民国武侠小说典藏文库·还珠楼主卷

蜀山剑俠传

还珠楼主 ◎ 著

（第一卷）

中国文史出版社

还珠楼主小传

　　还珠楼主,原名李善基,后更名李寿民;笔名还珠楼主,晚年又改笔名为李红。四川长寿县人。生于清光绪二十八年(1902 年)二月二十八日。在同胞兄弟中排行老大,在叔伯兄弟中排行老七。李家世代为官。其父元甫,进士出身,光绪年间官至苏州知府,为人清廉正直,厌恶官场肮脏黑暗而弃官归里,设馆授徒。其母周家懿,四川成都人,也是大家闺秀,知书通文。由于父母教子严厉,李寿民又聪明过人,三岁开始读书习字,五岁便能吟诗作文,七岁能写丈许长对联。九岁时更写出了五千言的《"一"字论》长文,被誉为"神童",并获得了长寿县衙颁发的"神童"大匾,此匾高高悬挂在李家祠堂。可知李寿民具有惊人的天赋且受到良好的家庭启蒙教育,这也是他后来成为著名作家的基础。不幸十二岁丧父,家道中落,家计难以维持。其母携带李寿民及两弟、一妹,顺江而下,至苏州投奔亲友,幸得其父之门生故旧慷慨周济,勉强度日。李寿民也得以就读于著名的草桥中学(今苏州第一中学),学习成绩一直高出侪辈,名列前茅。

　　在此期间,李寿民坠入了初恋的情网。恋人名叫文珠,比李寿民大三岁,为邻右之女。虽非绝代佳人,却也相貌清秀,性格温柔,尤善琵琶弹奏。李寿民爱听文珠弹琵琶,文珠则爱听李寿民摆四川"龙门阵"。一来二往,两小无猜,爱苗在不知不觉中苗壮成长。然而这段恋情却只见开花而未能结果。原因在于李寿民家境贫寒,又是长子,故从二十二岁起,便不得不停止学业,为养家糊口而开始浪迹江湖。起初尚与文珠有鸿雁传书,渐至鱼沉雁杳,后才得知文珠竟然沦落到烟花柳巷。这是李寿民的终生之痛,致使他在

1

很长时间内不作燕婉之想。据说他的小说《女侠夜明珠》，就是为纪念文珠而写的。

李寿民的首个落脚点是天津，而天津也没有辜负他的期望，不仅使他找到了终身伴侣，而且成为他作家生涯的起点。李寿民初到天津，经人介绍，充任天津警备司令傅作义的中文秘书，因其才气横溢，中文功底深厚，深得傅作义赏识。傅作义的英文秘书为段茂澜，是留英学生，与李寿民一见如故，义结金兰。由于李寿民生性散漫，不惯军旅生活，且性格强傲，不肯唯命是从，有时甚至敢于顶撞上司，故不足一年，便拂袖而去，据说还留下一首打油诗，对傅作义冷嘲热讽。傅作义也有过人度量，一笑了之。此后李寿民的职业很不固定，做过宋哲元冀察政务委员会的秘书，天津《天风报》的编辑、记者，还为名伶尚小云写过剧本并结为金兰之契，又曾以"木鸡"（取意于典故"呆若木鸡"）和"寿七"（"寿"指长寿县，"七"指排行老七）的笔名发表短文，接着又进入天津邮政局，当了一名小职员。由于小职员的薪金微薄，不足以养家糊口，又经人介绍，兼做天津大中银行老板孙仲山公馆的家庭教师，为其子女教授国文和书法。不料这一来，却给李寿民带来了桃花运，成为他一生的一个转折点。

孙仲山是一个暴发户，他与李寿民为小同乡。当李寿民进入孙公馆时，正是孙仲山生意的鼎盛时期，其大中银行在全国十三个城市开有十三个分行，其带花园的洋房豪宅在天津英租界马场道占地达二十余亩。孙家二小姐孙经洵，比李寿民小六岁，虽貌不惊人，但温文尔雅，气度非凡，性格坚强。起初，李寿民因初恋的隐恨未消，心如止水，对孙经洵并未在意；而孙经洵乃大家闺秀，对于李寿民这个憨厚的老师，也没有一见钟情。然而不知为什么，两人之间好像有一种无形的引力，既搅动了李寿民止水般的心境，也搅乱了孙经洵小姐矜持的芳心。他们在不知不觉之中，同时陷入了情网。

那时正值民国初年，社会风气虽然有所开放，但封建思想依然根深蒂固，因此他们的恋爱仍如张君瑞与崔莺莺那样，只能在暗中进行。然而天下没有不透风的墙，恋情终于被孙仲山发现。孙仲山首先以"门不当，户不对"以及"师生相恋，败坏家风"来训斥女儿，结果无效；然后又以"只要李先生与小女一刀两断，要多少钱不成问题"利诱李寿民，又遭到李寿民严词驳斥。于是孙仲山便下了个杀手锏，将李寿民炒了鱿鱼，以为如此便可斩断这对恋人的情丝。

然而爱情犹如燎原之火，是很难扑灭的。他们居然想出了一个传递情书的绝妙办法：双方将情书用橡皮膏贴在孙仲山上下班乘坐的汽车号牌后面，李寿民等孙仲山上班后到大中银行门口取信，孙经洵则在孙仲山下班回家后取信。孙仲山做梦也没有想到，他的专车倒成了女儿与李寿民的邮车，自己也被迫当了一回红娘。终于有一天，事情败露。孙仲山自然怒不可遏，一个耳光将女儿打倒在地。这一耳光不仅没有打消孙经洵婚姻自主的决心，反而打得她离家出走。

孙仲山在气走女儿后仍不善罢甘休，必欲置李寿民于死地。他仗着财大气粗，买通了英租界工部局，将李寿民投入监狱。幸亏段茂澜精通英文，李寿民又未犯法，经段茂澜从中斡旋，李寿民便获释放。孙仲山一计未成，又施一计：以"拐带良家妇女"的罪名，将李寿民告到天津法院。1930 年 11 月的一天，法院开庭审判。因为案件属于桃色事件，控告人又是大中银行老板，故记者云集，法庭座无虚席。但孙仲山不敢出庭，派其长子孙经涛作为代表。当审判到关键时刻，孙经洵突然出庭做证，大声说道："我今年二十四岁，早已长大成人，完全可以自主；我与李寿民也是情投意合，自愿结合，怎么能说'拐带'？"此话一出，全场哗然。本来就同情妹妹的孙经涛，更是无言以对。于是法官当即宣判李寿民无罪。此案在当时的天津曾经轰动一时，家喻户晓。李寿民后来即以此事为素材，写成了小说《轮蹄》（又名《征轮侠影》），这也是李寿民唯一的一部言情小说。此案虽了，但翁婿之间的怨恨却终生未解，互不往来。据说《蜀山剑侠传》中那个生相丑恶、专吸人血而神通广大的绿袍老祖，就是影射孙仲山的，足见李寿民对岳丈的怨恨之深。

李寿民为了与孙仲山赌气，也为了报答孙经洵坚贞不渝的爱情，发誓要办一场体面的婚礼，因此在官司打赢后并没有马上成婚，而是想方设法赚钱。直至1932 年 2 月 5 日，李寿民与孙经洵才正式结婚。婚前孙经洵特至医院做了妇科检查，证明身为处女，并登报声明。新居选在天津日租界秋山街，尚小云赠送了全套家具。婚礼采用西洋式，相当隆重，主婚人为段茂澜，为新娘执婚纱者为袁世凯的孙女袁桂姐（后来认为义女）。婚后不论生活多么坎坷艰难，夫妻始终相濡以沫，同甘共苦，并养育了七个子女。李寿民为了感激至友段茂澜，七个子女的名字皆用段茂澜之字"观海"中的"观"字，即观承、观芳(女)、观贤(女)、观鼎、观淑(女)、观洪、观政(女)。

1932年是李寿民时来运转的一年,在这一年,红鸾星和文昌星同时在他头顶上高照。新婚不久,天津《天风报》老板鉴于他曾在该报做过编辑和记者,又不时发表短文,文笔优美动人,便请他写一部连载小说。李寿民虽未写过小说,却自信可以胜任,于是一口答应。写什么呢?他立即想到了武侠小说。首先,武侠小说在当时的北方大行其道,十分流行;李寿民也耳濡目染,十分熟悉。其次,李寿民从七岁起,三上峨眉,四登青城,总共在山上生活过一年半,对这两座名山的一丘一壑、一涧一水、一草一木、一观一寺,无不了如指掌,并做过详细笔记,画过游览草图;同时结识了不少和尚道士,听了不少新奇故事,还学会了练功练气。这一切都是武侠小说的极好素材。那么使用什么笔名呢?李寿民觉得"木鸡"只是自我调侃,"寿七"又有点粗浅,一时委决不下。这时孙经洵说话了:"寿民,我知道你心中有座楼,那里面藏着一颗珠子,就用'还珠楼主'作笔名吧。""还珠"既是一个典故,又暗指李寿民的初恋对象文珠,可谓妙不可言。李寿民既佩服爱人的才思,又感激她对自己的理解。因此从当年的7月开始,便以还珠楼主的笔名,在《天风报》上连载《蜀山剑侠传》。不料作品一经发表,《天风报》的发行量便直线上升。不久,天津励力印书局(后改名励力出版社)又将该书结集出版,销售依然火爆。于是还珠楼主一鸣惊人,文名鹊起。从此一发不可复收,此书断断续续写了近二十年,总字数将近五百万,还没有写完。《蜀山剑侠传》一炮打响后,又陆续推出了《青城十九侠》《蛮荒侠隐》《边塞英雄谱》《云海争奇记》等,皆大受欢迎。

李寿民为了更大的发展,便带着天津给他的两大礼物——终身伴侣和作家名望,移居古都北平,并置了房产,成为职业作家,作品源源不断地问世。除了续写在天津的未完之作外,又陆续推出了《轮蹄》《皋兰异人传》《天山飞侠》等。至日寇侵占北平时,李寿民已经推出了八部小说,成为一位享誉平津的著名作家了。然而正是由于他的名声,为他带来了一场灾难。先是汉奸周大文请他出任日敌电台伪职,被他一口拒绝。接着,时任伪华北教育总署督办的周作人亲自出面劝驾,仍遭拒绝。事有凑巧,有徐姓出版商看准了出版李寿民的作品可获厚利,欲将其出版权从天津励力出版社挖过来,也遭到了李寿民的拒绝。姓徐的一怒之下,便托其为日寇当翻译的亲戚，在日寇面前诬陷李寿民为"重庆分子"，加上李寿民两次拒绝出任伪职，于是被日寇投进了牢狱。在狱中的七十多天里，李寿民受尽了各种酷刑，如鞭笞、灌凉水、用辣椒面揉眼睛等。李寿民的获释也颇有戏剧性，除了孙经洵四处求亲托友斡旋外，还与他精通卜卦有关。一个日军大佐请李寿民为其算卦，竟算得丝毫不差。加之日本人又找不出李寿民为"重庆分子"的任何证据，才被释放。李寿民本来颇通气功，身强体壮，经过七十多天的酷刑折磨，身体几乎垮掉。其视力损伤尤为严重，以致后来只能写大字，不能写小字，创作全凭口述，由秘书记录。

李寿民出狱后，略作休养，为了躲避日寇和汉奸的再次迫害，便只身逃到上海。上海人本来热衷于言情小说和社会小说，所以此前李寿民的小说只在北方流行，在上海少有读者。因此李寿民初到上海时，仅靠卖字糊口，无力养家。后被颇有眼光的上海正气书局老板陆宗植发现，为他安排了住处，请他继续写作，并约定由正气书局全权出版。于是李寿民迎来了第二次创作高潮，除了续写平津未完之作外，又推出了二十几部新作，如《武当异人传》《柳湖侠隐》《峨眉七矮》《蜀山剑侠新传》《冷魂峪》《北海屠龙记》《虎爪山王》《黑孩儿》《青门十四侠》《关中九侠》《万里孤侠》《蜀山剑侠后传》等。一向热衷于言情小说和社会小说的上海人，像突然发现了新大陆一般，一下子迷上了李寿民那充满了奇思妙想的新神魔小说和新武侠小说，以至出现了"还珠热"的盛况。李寿民在上海的知名度不仅超过了平津，而且盖过了所有上海作家。由于他的小说都是边写边分集出版，所以每当新作一出版，书店门口便会排起长龙。他的巨著《蜀山剑侠传》还被改编为京剧连台戏，在大舞台久演不衰。由于作品广受欢迎，供不应求，李寿民子女又多，家累甚重，不得不同时口授几部小说，每天都在一万字以上。而各部小说的众多人物和故事（如《蜀山剑侠传》有上千人物和上百故事）却井井有条，纹丝不乱，这不能不令人佩服其才情出众，思维敏捷，记忆力惊人。这种巨大的压力使他染上了烟霞癖，成为他后来生活的一大祸害。

直到抗战胜利后，社会初步安定，李寿民的稿酬也相当丰厚，才把家眷由北平接到上海，全家得以团聚。

然而正当李寿民踌躇满志的壮年时期，其创作事业也进入如火如荼的鼎盛时期，却因时局的巨变而使其创作之路走到了尽头。一向风行民间的武侠类小说，似乎突然变成了洪水猛兽，"谈武侠而色变"的气氛笼罩于九州大地，图书馆也通统将其束之高阁，禁止借阅，以至于武侠类小说完全销声匿迹。这就是李寿民的大部分小说皆被腰斩、成为断尾蜻蜓的唯一原因。这是李寿民无可弥补的遗憾，也是中国文学和中国读者无可弥补的遗憾！

李寿民的最后十来年，一度暂居苏州，旋又移居北京，都是在惶恐中度过的。他虽然没有被戴上什么政治"帽子"，并前后任上海天蟾京剧团、总政京剧团、北京京剧三团的编剧及北京市戏曲编导委员会委员，为剧团写过不少剧本，但似乎总有一种无形的巨大压力笼罩在他的头上，压得他喘不过气来；他的数十部小说似乎都变成了深重的罪孽，他所塑造的那些人物形象更像是变成了憧憧魔影，使他挥之不去。于是他把自己的作品全部付之一炬，一本不剩。这种恐惧感和负罪感，使他犹如惊弓之鸟，不得不"夹着尾巴做人"。这倒帮了他一个大忙，使他在那场"放长线钓大鱼"的政治阴谋中没有上钩，保持沉默，从而侥幸成为"漏网之鱼"，逃过了一劫。然而最终还是没有逃过那"批判的武器"的致命一击。1958年6月，一篇《不许还珠楼主继续放毒》的文章，便把他打成了脑溢血，虽经抢救脱险，终造成左半身偏瘫，生活无法自理，自此辗转病榻两年有余。当他口述完历史小说《杜甫》，秘书以工整的钢笔小楷记录下杜甫"穷愁潦倒，病死舟中"那一段的描写时，李寿民对妻子说："二小姐，我也要走了。你多保重！"第三天，即1961年2月21日，还珠楼主终于与世长辞，终年只有五十九岁，恰与一生坎坷的中国"诗圣"杜甫同寿。

"尔曹身与名俱灭，不废江河万古流。"（杜甫《戏为六绝句》其二）李寿民虽然一生坎坷，结局凄惨，但他无愧于中华民族，无愧于古老的文明祖国。他在短短二十多年的时间里，创作了总计达一千七百万字的四十部小说，还有几十个京剧剧本。他的《蜀山剑侠传》更荣登于香港和内地两个专家组评出的两个"二十世纪中文小说一百强排行榜"之上。他创造了一种无与伦比的新神魔小说，为中国小说增添了一枝璀璨的奇葩。他的小说曾为一代人所着迷，并将永世流传。

裴效维

2011年12月15日于北京蜗居

目　录

1

4

第一回

月夜棹孤舟　巫峡啼猿登栈道
天涯逢知己　移家结伴隐名山

话说四川峨眉山，乃是蜀中有名的一个胜地。昔人谓西蜀山水多奇，而峨眉尤胜，这句话实在不假。西蜀神权最胜，山上的庙宇寺观不下数百，每年朝山的善男信女，不远千里而来，加以山高水秀，层峦叠嶂，气象万千，那专为游山玩景的人，也着实不少。后山的风景尤为幽奇。自来深山大泽，多生龙蛇，深林幽谷，大都是那虎豹豺狼栖身之所。游后山的人，往往一去不返，一般人妄加揣测，有的说是被虎狼妖魔吃了去的，有的说被仙佛超度了去的，聚讼纷纭，莫衷一是。人到底是血肉之躯，意志薄弱的占十分之八九，因为前车之鉴，游后山的人，也就渐渐裹足不前。倒便宜了那些在后山养静的高人奇士们，省去了许多尘扰，独享那灵山胜境的清福。这且不言。

四川自经明末张献忠之乱，十室九空，往往数百里路无有人烟，把这一个天府之国闹得阴风惨惨，如同鬼市一般。满清入关后，疆吏奏请将近川各省如两湖、江西、陕西的人民移入四川，也加上四川地大物丰，样样需要之物皆有，移去的人民，大有此间乐不思故土之慨。这样的宾至如归，渐渐地也就恢复了人烟稠密的景象。

记得在康熙即位的第二年，从巫峡溯江而上的有一只小舟。除操舟的船夫外，舟中只有父女二人，一肩行李，甚是单寒；另外有一个行囊甚是沉重，好像里面装的是铁器。那老头子年才半百，须发已是全白，抬头看人，眼光四射，满脸皱纹，一望而知是一个饱经忧患的老人。那女子年才十二三岁，出落得非常美丽，依在老头子身旁，低声下气地指点烟岚，问长问短，显露出一片天真与孺慕。这时候已经暮烟四起，暝色苍茫，从那山角边挂出了一盘明月，清光四射，鉴人眉发。那老头儿忽然高声说道："那堪故国回首月明中！如此江山，何时才能返吾家故物啊！"言下凄然，老泪盈颊。那女子说道："爹爹又伤感了，天下事各有前定，徒自悲伤也是无益，还请爹爹保重身

1

体要紧。"正说时，那船家过来说道："老爷子，天已不早，前面就是有名的乌鸦嘴，那里有村镇，我们靠岸歇息，上岸去买些酒饭吧。"老头说道："好吧，你只管前去。我今日有些困倦，不上岸了。"船家说完时，已经到了目的地，便各自上岸去了。

这时月明如昼。他父女二人，自己将带来的酒菜，摆在船头对酌。正在无聊的时候，忽见远远树林中，走出一个白衣人来，月光之下，看得分外清楚，越走越近。那人一路走着，一路唱着歌，声调清越，可裂金石，渐渐离靠船处不远。老头一时兴起，便喊道："良夜明月，风景不可辜负。我这船上有酒有菜，那位老兄，何不下来同饮几杯？"白衣人正唱得高兴，忽听有人唤他，心想："此地多是川湘人的居处，轻易见不着北方人。这人说话，满嘴京城口吻，想必是我同乡。他既约我，说不得倒要扰他几杯。"一边想着一边走，不觉到了船上。二人会面，定睛一看，忽然抱头大哭起来。老头说："京城一别，谁想在此重逢！人物依旧，山河全非，怎不令人肠断呢！"白衣人说道："扬州之役，听说大哥已化为异物，谁想在异乡相逢。从此我天涯沦落，添一知己，也可谓吾道不孤了。这位姑娘，想就是令嫒吧？"老头道："我一见贤弟，惊喜交集，也忘了教小女英琼拜见。"随叫道："英琼过来，与你周叔叔见礼。"那女子听了她父亲的话，过来纳头便拜。白衣人还了一个半礼，对老头说道："我看贤侄女满面英姿，将门之女，大哥的绝艺一定有传人了。"老头道："贤弟有所不知。愚兄因为略知武艺，所以闹得家败人亡。况且她一出世，她娘便随我死于乱军之中，十年来奔走逃亡，毫无安身之处。她老麻烦我，叫我教她武艺。我抱定庸人多厚福的主意，又加以这孩子两眼煞气太重，学会了武艺，将来必定多事。我的武艺也只中常，天下异人甚多，所学不精，反倒招出杀身之祸。愚兄只此一女，实在放心不下，所以一点也未传授于她。但愿将来招赘一个读书种子，送我归西，于愿足矣。"白衣人道："话虽如此说，我看贤侄女相貌，决不能以丫角终老，将来再看吧。"那女子听了白衣人之言，不禁秀眉轩起，喜形于色；又望了望她年迈的父亲，不禁又露出了几分幽怨。

白衣人又问道："大哥此番入川，有何目的呢？"老头道："国破家亡，气运如此，我还有什么目的呢，无非是来这远方避祸而已。"白衣人闻言，喜道："我来到四川，已是三年了。我在峨眉后山，寻得了一个石洞，十分幽静，风景奇秀，我昨天才从山中赶回。此外我教了几个蒙童，我回来收拾收拾，预备前往后山石洞中隐居，今幸遇见了大哥。只是那里十分幽僻，人迹不到，猛兽甚多。你如不怕贤侄女害怕，我们三人一同前往隐居，以待时机。尊意如何？"老头听说有这样好所在，非常高兴，便道："如此甚好。但不知此地离那山多远？"白衣人道："由旱路去，也不过八九十里。你何不将船家开发，到我家中住上两天，同我从旱路走去？"老头道："如此贤弟先行，愚兄今晚且住舟中，明日开发船家，再行造府便了。但不知贤弟现居何处？你我俱是避地之人，可曾改易名姓？"白衣人道："我虽易名，却未易姓。明日你到前村找我，只需打听教蒙馆的周淳，他们都知道的。天已不早，明天我尚有一个约会，也不来接你，好在离此不远，我在舍候驾便了。"说罢，便与二人分手自去。

那女子见白衣人走后，便问道："这位周叔父，可是爹爹常说与爹爹齐名、人称齐鲁三英的周琅周叔父吗？"老头道："谁说不是他？想当年我李宁与你二位叔父杨达、周琅，在齐鲁燕豫一带威名赫赫。你杨叔父自明亡以后，因为心存故国，被仇人陷害。如今只剩下我与你周叔父二人，尚不知能保首领不能。此去峨眉山，且喜得有良伴，少我许多心事。我儿早点安歇，明早上岸吧。"说到此间，只见两个船家喝得酒醉醺醺，走了回来。李宁便对船家说道："我记得此地有我一个亲戚，我打算前去住上几个月，明早我便要上岸。你们一路辛苦，船钱照数开发与你，另外赏你们四两银子酒钱。你们早早安歇吧。"船家听闻此言，急忙称谢，各自安歇。不提。

到了第二天早上，英琼父女起身，自己背了行囊包裹，辞别船家，径往前村走去。行约半里，只见路旁闪出一个小童，年约十一二岁，生得面如冠玉，头上梳了两个双丫角。那时不过七八月天气，蜀中天气本热，他身上只穿了一身青布短衫裤。见二人走近，便迎上前来说道："来的二位，可是寻找我老师周淳的么？"李宁答道："我们正是来访周先生的。你是如何知道？"那小童听了此言，慌忙纳头便拜，口称："师伯有所不知。昨夜我老师回来，高兴得一夜未睡，说是在乌鸦嘴遇见师伯与师姐。今晨清早起来，因昨天与人有约会，不能前来迎接，命我在此与师伯引路。前面就是老师他老人家蒙馆。老师赴约去了，不久便回，请师伯先进去坐一会，吃点早点吧。"

李宁见这小童仪表非凡，口齿伶俐，十分喜爱。一路言谈，不觉已来到周淳家中，虽然是竹篱茅舍，倒也收拾得干净雅洁。小童又到里面搬了三副碗箸，切了一大盘腊肉和一碟血豆腐，一壶酒，请他父女上座，自己在下横头侧身相陪。说道："师伯，请用一点早酒吧。"李宁要问他话时，他又到后面去端出三碗醋汤面，一盘子泡菜来。李宁见他小小年纪，招待人却非常殷勤，愈加喜欢。一面用些酒菜，便问他道："小世兄，你叫什么名字？几时随你师父读书的？"小童道："我叫赵燕儿。我父本是明朝翰林学士，死于李闯之手。我母同舅父逃到此处，不想舅父又复死去。我家十分贫苦，没奈何，只得与人家牧牛，我母与大户人家做些活计，将就度日。三年前周先生来到这里，因为可怜我是宦家之后，叫我拜他老人家为师，时常周济我母子，每日教我读书和习武。周老师膝下无儿，只一女名叫轻云。去年村外来了一位老道姑，也要收我做徒弟，我因为有老母在堂，不肯远离。那道姑忽然看见了师妹，便来会我老师，谈了半日，便将师妹带去，说是到什么黄山学道去。我万分不舍，几次要老师去将师妹寻回来，老师总说时候还早；我想自己去，老师又不肯对我说到黄山的路。我想我要是长大一点，我一定要去将师妹寻回来的。我那师妹，长得和这位师姐一样，不过她眉毛上没有师姐这两粒红痣罢了。"李宁听了这一番话，只是微笑，又问他会什么武艺。燕儿道："我天资不佳，只会一套六合剑，会打镖接镖。听老师说，师伯本事很大，过些日子，还要请师伯教我呀！"

正说之时，周淳已从外面走进来。燕儿连忙垂手侍立。英琼便过来拜见世叔。李宁道："恭喜贤弟，你收得这样的好徒弟。"周淳道："此子天分倒也聪明，禀赋也是不差，就是张口爱说，见了人兀自不停。这半天的工夫，他的履历想已不用我来介绍了。"李宁道："他已经对我说过他的身世。只是贤弟已快要五十的人，你如何轻易把侄女送人抚育，是何道理？"周淳说："我说燕儿饶舌不是？你侄女这一去，正是她的造化呀。去年燕儿领了一个老道姑来见我，谈了谈，才知道就是黄山的餐霞大师，有名的剑仙。她看见你侄女轻云，说是生有仙骨，同我商量，要把轻云带去，做她的末代弟子。本想连燕儿一齐带去，因为他有老母需人服侍，只把轻云先带了去。如此良机，正是求之不得，你说我焉有不肯之理？"李宁听了此言，不禁点头。英琼正因为她父亲不教她武艺，小心眼许多不痛快，一听周淳之言，不禁眉轩色举，心头暗自盘算。周淳也已觉得，便向她说道："贤侄女你大概是见猎心喜吧？若论你世妹天资，也自不凡，无庸我客气。若论骨格品貌，哪及贤侄女一半。餐霞大师见了你，必然垂青。你不要心急，早晚自有机缘到来寻你，那时也就由不得你父亲了。"李宁道："贤弟又拿你侄女取笑了。闲话少提，我们峨眉山之行几时动身？燕儿可要前去？"周淳道："我这里还有许多零碎事要办，大约至多有十日光景，我们便可起程。燕儿有老母在堂，只好暂时阻他求学之愿了。"燕儿听了他师父不要他同去，便气得哭了起来，周淳道："你不必如此。无论仙佛英雄,没有不忠不孝的。我此去又非永别,好在相去不过数十里路,我每月准来一回,教授你的文武艺业,不过不能像从前朝夕共处而已。"燕儿听了,思量也是无法,只得忍泪。李宁道:"你蒙馆中的学童,难道就是燕儿一个么?"周淳道:"我前日自峨眉山回来,便有入山之想。因为此间宾主相处甚善,是我在归途中救了一个寒士,此人名唤马湘,品学均佳,我替他在前面文昌阁寻了寓所,把所有的学生都让给他去教。谁想晚上便遇见了你。"李宁道:"原来如此,怪道除燕儿外,不见一个学生呢。"周淳道:"燕儿也是要介绍去的,因为你来家中,没有长须奴,只好有事弟子服其劳了。"言谈片时,不觉日已沉西,大家用过晚饭。燕儿又与他父女铺好床被,便自走去。

只有英琼,听了白日许多言语,在床上翻来覆去睡不着。时已三鼓左右,只听见隔壁周淳与燕儿说话之声。一会,又听他师徒开了房门,走到院中。英琼轻轻起身,在窗隙中往外一看,只见他师徒二人,手中各拿了一把长剑,在院中对舞。燕儿的剑虽是短一点,也有三尺来长。只见二人初舞时,还看得出一些人影。以后兔起鹘落,越舞越急,只见两道寒光,一团瑞雪,在院中滚来滚去。忽听周淳道:"燕儿,你看仔细了。"话言未毕,只见月光底下,人影一分,一团白影,随带一道寒光,如星驰电掣般,飞向庭前一株参天桂树。又听咔嚓一声,将那桂树向南的一枝大枝丫削将下来。树身突受这断柯的震动,桂花纷纷散落如雨。定睛一看,庭前依旧是他师徒二人站在原处。在这万籁俱寂的当儿,忽然一阵微风吹过,檐前铁马兀自丁东。把一个英琼看得目瞪神呆。只见周淳对燕儿说道:"适才最后一招,名叫穿云拿月,乃是六合剑中最拿手的一招。将来如遇见能手,尽可用它败中取胜。我一则怜你孝道,又见你聪明过人,故此将我生平绝技传授于你。再有二日,我便要同你师伯入山,你可早晚于无人处勤加温习。为师要安睡去了,明夜我再来指点给你。"言罢,周淳便回房安歇不提。燕儿等周淳去后,也自睡去。

如是二日,英琼夜夜俱起来偷看。几次三番,对她父亲说要学剑。李宁被她纠缠不过,又经周淳劝解,心中也有点活动,便对她道:"剑为兵家之祖,极不易学。第一要习之有恒;第二要炼气凝神,心如止水。有了这两样,还要有名人传授。你从小娇生惯养,体力从未打熬,实在是难以下手。你既坚持要学,等到了山中,每日清晨,先学养气的功夫,同内功应做的手续。两三年后,才能传你剑法。你这粗暴脾气,到时不要又来麻烦于我。"英琼听了,因为见燕儿比她年幼,已经学得很好,她父亲之言,好像是故意难她一般,未免心中有点不服。正要开口,只见周淳道:"你父所说,甚是有理,要学上乘剑法,非照他所说炼气归一不可。你想必因连夜偷看我传燕儿的剑,故你觉得容易,你就不知燕儿学剑时苦楚。我因见你偷看时那一番诚心,背地劝过你父多少次,才得应允。你父亲剑法比我强得多,他所说的话丝毫不假,贤侄女不要错会了意。"李宁道:"琼儿你不要以为你聪明,这学剑实非易事,非凝神养气不可。等到成功之后,十丈内外,尘沙落地,都能听出是什么声音来。即如你每每偷看,你世叔何以会知道? 就是如此。这点眼前的事物如果都不知,那还讲什么剑法? 幸而是你偷看,如果另一个人要趴在窗前行刺,岂不在舞剑的时候,就遭了他人的暗算?"英琼听了他二人之言,虽然服输,还是放心不下。又偷偷去问燕儿,果然他学剑之先,受了若干的折磨,下了许多苦功,方自心服口服。

　　光阴易过,不觉到了动身的那一天。一干学童和各人的家长,以及新教读夫子马湘,都来送行。燕儿独自送了二十余里,几次经李、周三人催促,方才挥泪而别。

第二回

舞长剑　师徒逞身手
上峨眉　烟雨锁空濛

话说李宁父女及周淳三人辞别村人,往山中行去。他三人除了英琼想早到山中好早些学剑外,俱都是无挂无牵的人,一路上游山玩景,慢慢走去,走到日已平西,方才走到峨眉山下。只见那里客店林立,朝山的人也很多,看去非常热闹。三人寻了一家客店,预备明早买些应用的物品,再行上山,以备久住。一夜无话。

到了第二天,三人商量停妥:李宁担任买的是家常日用物件,如油、盐、酱、醋、米、面、酒、肉等;周淳担任买的是书籍、笔墨及锅灶、水桶等厨下用品,末后又去买了几丈长的一根大麻绳。英琼便问:"这有什么用?"周淳道:"停会自知,用处多呢。"三人行李虽然有限,连添置的东西也自不少。一会雇好脚夫,一同挑上山去。路上朝山的香客见了他们,都觉得奇怪。他三人也不管他,径自向山上走去。起初虽走过几处逼仄小径,倒也不甚难走。后来越走山径越险,景致越奇,白云一片片只从头上飞来飞去,有时对面不能见人。英琼直喊有趣。周淳道:"上山时不见下雨光景,如今云雾这样多,山下必定在下雨。我们在云雾中行走,须要留神,不然一个失足,便要粉身碎骨了。"再走半里多路,已到舍身岩。回头向山下一望,只见一片冥濛,哪里看得见人家;连山寺的庙宇,都藏在烟雾中间。头上一轮红日,照在云雾上面,反射出霞光异彩,煞是好看。

英琼正看得出神,只见脚夫道:"客官,现在已到了舍身岩,再过去就是鬼见愁,已是无路可通,我们是不能前进了。今天这个云色,半山中一定大雨,今天不能下山,明天又耽误我们一天生意,客官方便一点吧。"周淳道:"我们原本只雇你到此地,你且稍待一会,等我爬上山顶,将行李用绳拽上山去,我再添些酒钱与你如何?"说罢,便纵身一跃,上了身旁一株参天古柏,再由柏树而上,爬上了山头。取出带来的麻绳,将行李什物一一拽了上去。又

7

将麻绳放下,把英琼也拽了上去。刚刚拽到中间,英琼用目一看,只见此处真是险峻,孤峰笔削,下临万丈深潭,她虽然胆大,也自目眩心摇。英琼上去后,李宁又取出一两银子与脚夫做酒钱,自己照样地纵了上去。三人这才商量运取行李。周淳道:"我此地来了多次,非常熟悉,我先将你父女领到洞中,由我来取物件吧。"李宁因为路生,也不客气。各人先取了些轻便的物件,又过了几个峭壁,约有三里路,才到了山洞门首。只见洞门壁上有四个大字,是"漱石栖云"。三人进洞一看,只见这洞中共有石室四间:三间作为卧室,一间光线好的作为大家读书养静之所。又由周淳将应用东西一一取了来,一共取了三次,才行取完。收拾停妥,已是夕阳衔山。大家胡乱吃了些干粮干脯,将洞口用石头封闭,径自睡去。

第二天清晨起来,李宁便与英琼订下课程,先教她炼气凝神,以及种种内功。英琼本来天资聪敏异常,不消多少日月,已将各种柔软的功夫一齐练会。只因她生来性急,每天麻烦李、周二人教她剑法。周淳见她进步神速,也认为可以传授。惟独李宁执意不肯,只说未到时候。一日,周淳帮英琼说情。李宁道:"贤弟只知其一,不知其二。我难道不知她现在已可先行学剑么?你须知道,越是天分高的人,根基越要打得厚。琼儿的天资,我绝够不上当她的老师,所以我现在专心一意,与她将根基打稳固。一旦机缘来到,遇见名师,便可成为大器。现在如果草率从事,就把我平生所学一齐传授与她,也不能独步一时。再加上她的性情激烈,又不肯轻易服人,天下强似我辈的英雄甚多,一旦遇见强敌,岂不吃亏?我的意思,是要她不学则已,一学就要精深,虽不能如古来剑仙的超凡入化,也要做到尘世无敌的地步才好。我起初不愿教她,也是为她聪明性急,我的本领有限的缘故。"周淳听了此言,也就不便深劝。惟独英琼性急如火,如何耐得。偏偏这山上风景虽好,只是有一样美中不足,就是离水源甚远。幸喜离这洞一里多路,半山崖上有一道瀑布,下边有一小溪,水清见底,泉甘而洁。每隔二日,便由李、周二人,轮流前去取水。李、周二人因怕懈散了筋骨,每日起来,必在洞前空地上练习各种剑法拳术。英琼因他二人不肯教她,她便用心在旁静看,等他二人不在眼前,便私自练习。这峨眉山上猿猴最多,英琼有一天看见猴子在山崖上奔走,矫捷如飞,不由得打动了她练习轻功的念头。她每日清早起来,将带来的两根绳子,每一头拴在一棵树上,她自己就在上头练习行走。又逼周、李二人教她种种轻身之术。她本有天生神力,再加这两个老师指导,不但练得身轻如燕,并且力大异常。

周淳每隔一月,必要去看望燕儿一次,顺便教他武艺。那一日正要下山去看望于他,刚走到舍身岩畔,忽见赵燕儿跑来,手中持有一封书信。周淳打开一看,原来是教读马湘写来的。信中说:"三日前来了一个和尚,形状凶恶异常,身上背了一个铁木鱼,重约三四百斤,到村中化缘。说他是五台山的僧人,名唤妙通,游行天下,只为寻访一个姓周的朋友。村中的人,因为他虽然长得凶恶,倒是随缘讨化,并无轨外行为,倒也由他。他因为村中无有姓周的,昨天本自要走,忽然有个口快的村人说起周先生,他便问先生的名号同相貌。他听完说:'一定是他,想不到云中飞鹤周老三,居然我今生还有同他见面之日!'说时脸上十分难看。他正问先生现在哪里,我同燕儿刚刚走出,那快嘴的人就说,要问先生的下落,须问我们。那僧人便来盘问于我。我看他来意不善,我便对他说,周先生成都就馆去了,并未告诉他住在峨眉。他今天已经不在村中,想必往成都寻你去了。我见此和尚来意一定不善,所以通函与你,早做准备。"

周淳见了此信大惊,便对燕儿道:"你跟我上山再谈吧。"说时,匆匆携了燕儿,纵上危崖,来到洞中。燕儿拜见李宁父女之后,便对周淳说道:"因为马老师说那和尚存心不好,我那天晚上便到和尚住的客栈中去侦察他到底是什么样的人。我到三更时分,趴在他那房顶上,用珍珠帘卷钩的架势,往房中一看,只见这和尚在那里打坐。坐了片刻,他起身从铁木鱼内取出腊干了的两个人手指头,看了又看,一会又伸出他的右手来比了又比。原来他右手上已是只剩下三个指头,无名指同三指想是被兵刃削去。这时候又见取出一个小包来,由里面取出一个泥塑的人,那容貌塑得与老师一般模样,也是白衣佩剑,只是背上好像有两个翅膀似的东西。只见那和尚见了老师的像,把牙咬得怪响,好似恨极的样子,又拍着那泥像不住地咒骂。我不由心中大怒,正待进房去质问他,他与老师有什么冤仇,这样背后骂人?他要不说理,我就打他个半死。谁想我正想下房时,好像有人把我背上一捏,我便作声不得,忽然觉得身子起在半空。一会到了平地,一看已在三官庙左近,把我吓了一大跳。我本是瞒着我母亲出来,我怕她老人家醒了寻我,预备先回去看一看再说。我便回家一看,我母亲还没有醒,只见桌子上有一张纸条,字写得非常好。纸上道:'燕儿好大胆,背母去涉险。明早急速上峨眉,与师送信莫迟缓。'我见了此条,仔细一想:'我有老母在堂,是不应该涉险。照这留字人的口气中,那个和尚一定本领高,我绝不是对手。我在那房上忽然被人提到半空,想必也是此人所为。'我想了一夜,次日便告知母亲。母亲叫我急速与老师送信。这几天正考月课，我还怕马老师不准我来。谁想我到学房，尚未张口，马老师就把我叫在无人处，命我与老师送信，并且还给了我三钱银子做盘费。我便急速动身。刚走出十几里，就见前面有两个人正在吵架。我定睛一看，一个正是那和尚，一个是一位道人，不由把我吓了一大跳。且喜相隔路远，他们不曾注意到我，我于是舍了大路，由山坡翻过去，抄山路赶了来。不知老师可知道这个和尚的来历么?"

要知周淳怎样回答，且看下回分解。

第三回

云中鹤深山话前因
多臂熊截江逢侠士

话说周淳听了燕儿之言大惊，说道："好险！好险！燕儿，你的胆子真是不小。我常对你说，江湖上最难惹的是僧、道、乞丐同独行的女子。遇见这种人孤身行走，最要留神。幸而有人指点你，不曾造次；不然，你这条小命已经送到枉死城中去了。"李宁便道："信中之言，我也不大明白，几时听见你说是同和尚结过冤仇？你何妨说出来，我听一听。"周淳道："你道这和尚是谁？他就是十年前名驰江南的多臂熊毛太呀！"李宁听了，不禁大惊道："要是他，真有点不好办呢。"周淳道："当初也是我一时大意，不曾斩草除根，所以留下现在的祸患。可怜我才得安身之所，又要奔走逃亡，真是哪里说起！"李宁尚未答言，英琼、燕儿两个小孩子，初出犊儿不怕虎，俱各心怀不服。燕儿还不敢张口就说。英琼气得粉面通红，说道："世叔也太灭自己的威风，增他人的锐气了！他狠上天也是一个人，我们现在有四人在此，惧他何来，何至于要奔走逃亡呢？"

周淳道："贤侄女你哪里知道。事隔多年，你父虽知此事，也未必记得清楚。待我把当年的事说将出来，也好增你们年轻人一点阅历。在十几年前，我同你父亲、你杨叔父，在北五省真是享有盛名。你父的剑法最高，又会使各种暗器，能打能接，江湖人送外号'通臂神猿'。你杨叔父使一把朴刀，同一条链子镖，人送外号'神刀杨达'。彼时我三人情同骨肉，练习武艺俱在一块。为叔因见你父亲练轻身功夫，是我别出心裁，用白绸子做了两个如翅膀的东西，缠在臂上。哪怕是百十丈的高山，我用这两块绸子借着风力往上跳，也毫无妨碍。我因为英雄侠义，做事要光明正大，我夜行时都是穿白，因此人家与了我一个外号，叫作'云中飞鹤'。又叫我们三人为'齐鲁三英'。我们弟兄三人，专做行侠仗义的事。那一年正值张、李造反，我有一个好友，是一个商人，由陕西回扬州去，因道路不安靖，请我护送，这当然是义不容

11

辞。谁想走在路上，便听见南方出了一个独脚强盗，名叫多臂熊毛太。绿林中的规矩：路上遇见买卖，或是到人家偷抢，只要事主不抵抗，或者没有仇怨，绝不肯轻易杀人，奸淫妇女尤为大忌。谁想这个毛太心狠手辣，无论到哪里，就是抢完了杀一个鸡犬不留；要遇见美貌女子，更是先奸后杀。我听了此言，自然是越发当意。

"谁想走到南京的北边，正在客店打尖，忽然从人送进一张名帖，上面并无名姓，只画了一只人熊，多生了八只手。我就知道是毛太来了，我不得不见，便把随身兵器预备停妥，请他进来，我以为必有许多麻烦。及至会面，看他果然生得十分凶恶，可是他并未带着兵器。后来他把来意说明，原来是因为慕我的名，要同我结盟兄弟。我纵不才，怎肯与淫贼拜盟呢？我便用极委婉的话谢绝了他。他并不坚持，谈了许多将来彼此照应，绿林中常行的义气话，也自告辞。我留神看他脚步，果然很有功夫，大概因酒色过度的关系，神弱一点。我送到门口，正一阵风过，将一扇店门吹得半掩。他好似不经意地将门摸了一下，他那意思，明明是在我面前卖弄。我懒得和他纠缠，偏装不知道。他还以为我真不知道，故意回头对店家说道：'你们的门这样不结实，留心贼人偷啊。'说时把门一摇。只见他手摸过的地方，纷纷往下掉木末，现出五个手指头印来。我见他如此卖弄，真气他不过。一面送他出店，忽然抬头看见对面屋上有两片瓦，被风吹得一半露在屋檐下，好像要下坠的样子。我便对他说：'这两块瓦，要再被风吹落下来，如果有人走过，岂不被它打伤么？'说时，我用一点混元气，张嘴向那两块瓦一口痰吐过去，将那瓦打得粉碎，落在地上。他才心服口服，对我说道：'齐鲁三英，果然是名不虚传。你我后会有期，请你千万不要忘了刚才所说的义气。'我当时也并不曾留意。

"他走后，我们便将往扬州的船只雇妥，将行李、家眷俱都搬了上去。我们的船，紧靠着一家卸任官员包的一只大江船，到了晚上三更时分，忽然听得有女子哭喊之声。我因此时地面不大平静，总是和衣而睡，随身的兵器也都带在身旁。我立刻蹿出船舱一听，仔细察看，原来哭声就出在邻船。我便知道出了差错，一时为义气所激，连忙纵了过去，只见船上倒了一地的人。我扒在船舱缝中一望，只见毛太手执一把明晃晃的钢刀，船舱内绑着一个美貌女子，上衣已经剥卸，连气带急已晕死过去。那厮正在脱那女子的中衣时候，我不由气冲牛斗，当时取出一支金镖，对那厮打了过去。那厮也原有功夫，镖刚到他脑后，他将身子一偏，便自接到手中，一口将灯吹灭，就将我的镖先由舱中打出。随着纵身出来，与我对敌。我施展平生武艺，也只拼得一个平手。我因我船上无人看守，怕他有余党，出了差错，战了几十个回合，最后我用六合剑穿云拿月的绝招，一剑刺了过去。他一时不及防备，将他手指断去两个。这样淫贼，本当将他杀死，以除后患，才是道理。叵耐他自知不敌，登时将刀掷去，说道：'朋友，忘了白天的话吗？如今我敌你不过，要杀请杀吧。'我不该一时心软，可惜他这一身武艺，又看在他师父火眼金狮邓明的面上，他白天又与我打过招呼，所以当时不曾杀害于他，叫他立下重誓，从此洗心革面，便轻轻易易地将他放了。且喜那晚他并不曾伤人，只用点穴法将众人点倒。我将那些人一一解救，便自回船。他从此便削发出家，拜五台山金身罗汉法元为师，炼成一把飞剑，取人首级于十里之外，已是身剑合一，口口声声要报前仇。我自知敌他不过，没奈何才带上我女儿轻云避往四川。我等武艺虽好，怎能和剑仙对敌呢？"

谈话中间，忽听空中一声鹤唳响彻云霄，众人听得出神，不曾在意。周淳听了，连忙跑了下去，一会回来。燕儿问道："刚才一声鹤唳，老师为何连忙赶了出去？"周淳道："你哪里知道。此洞乃是峨眉最高的山洞，云雾时常环绕山半，寻常飞鸟绝难飞渡。我因鹤声来自我们顶上，有些奇怪，谁想去看，并无踪影，真是稀奇。"英琼便问道："周世叔说来，难道毛太如此厉害，世叔除了逃避，就没法可施吗？"周淳道："那厮虽然剑术高强，到底他心术不正，不能练到登峰造极。剑仙中强似他的人正多，就拿我女儿轻云的师父黄山餐霞大师来说，他便不是对手。只是黄山离此地甚远，地方又大，一时无法找寻，也只好说说而已。"李宁道："贤弟老躲他，也不是办法，还是想个主意才好。"周淳道："谁说不是呢？我意欲同燕儿的母亲商量，托马湘早晚多照应，将燕儿带在身旁，不等他约我，我先去寻他，与他订下一个比剑的日子，权作缓兵之计。然后就这个时期中间，去黄山寻找餐霞大师，与他对敌，虽然有点伤面子，也说不得了。"李宁听了，亦以为然，便要同周淳一同前去。周淳道："此去不是动武，人多了反而误事。令嫒每日功课，正在进境的时候，不可荒疏；丢她一人在山，又是不便。大哥还是不去的为是。"

众人商议停妥，周淳便别了李氏父女，同燕儿直往山下走去。那时已是秋末冬初，金风扑面，树叶尽脱。师徒二人随谈随走，走了半日，已来到峨眉山下。忽然看见山脚下卧着一个道人，只穿着一件单衣，身上十分褴褛，旁边倒着一个装酒的红漆大葫芦。那道人大醉后，睡得正熟。燕儿道："老师，你看这个道人，穷得这般光景，还要这样贪杯，真可以算得是醉鬼了。"周淳道："你小孩子家懂得什么！我们大好神州，亡于胡儿之手，那有志气的人，不肯屈身事仇,埋没在风尘中的人正多呢。他这样落拓不羁,焉知不是我辈中人哩。只是这样凉的天气,他醉倒此地,难免不受风寒。我走了半日,腹中觉得有点饥饿,等我将他唤醒,同去吃一点饭食,再赠他一点银两,结一点香火缘吧。"说罢,便走上前去,在道人身旁轻轻唤了两声:"道爷,请醒醒吧。"又用手推了他两下。那道人益发鼾声如雷,呼唤不醒。周淳见那道人虽然面目肮脏,手指甲缝中堆满尘垢,可是那一双手臂却莹白如玉,更料他不是平常之人。因为急于要同燕儿回家,又见他推唤不醒,没奈何,便从衣包内取了件半新的湖绉棉袍,与他披在身上。临行又推了他两下,那道人仍是不醒。只得同燕儿到附近饭铺,胡乱吃了一点酒食,匆匆上道。

到了无人之处,师徒二人施展陆地飞行的脚程,往乌鸦嘴走去,哪消两个时辰,便已离村不远。周淳知道燕儿之母甚贤,此去必受她特别款待,劳动她于心不安,况且天已不早,意欲吃完了饭再去,便同燕儿走进一家酒饭铺去用晚饭。这家酒饭铺名叫知味楼,新开不多时,烹调甚是得法,在那里饮酒的座客甚多。他师徒二人归心似箭,也不曾注意旁人,便由酒保引往雅座。燕儿忽然看见一件东西,甚是眼熟,不禁大吃一惊,连忙喊周淳来看。

要知后事如何,且看下回分解。

第四回

见首神龙　醉道人挥金纵饮
离巢孤雏　赵燕儿别母从师

话说周淳师徒二人进知味楼去用饭,忽然看见一件东西挂在柜房,甚是触目。仔细一看,原来便是在峨眉山脚下那个醉道人所用来装酒的红漆葫芦。四面一看,并无那个道人的踪影。二人起初认为天下相同之物甚多,也许事出偶然,便坐下叫些酒饭,随意吃喝。后来周淳越想越觉稀奇,便将酒保唤来问道:"你们柜上那个红葫芦,用来装酒,甚是合用,你们是哪里买的?"那酒保答道:"二位客官要问这个葫芦,并不是我们店里的。在五天前来了位穷道爷,穿得十分褴褛,身上背的就是这个葫芦。他虽然那样穷法,可是酒量极大,每日到我们店中,一喝起码十斤,不醉不止,一醉就睡,睡醒又喝。起初我们见那样穷相,还疑心他是骗酒吃,存心吃完了卖打的。后来见他吃喝之后,并不短少分文,临走还要带这一大葫芦酒去,每天至少总可卖他五六十斤顶上的大曲酒,他倒成了我们店中的一个好主顾。他喝醉了就睡,除添酒外,轻易不大说话,酒德甚好,因此我们很恭敬他。今早在我们这里喝完了酒,照例又带了一大葫芦酒。走去了两三个时辰回来,手上夹了一件俗家的棉袍,又喝了近一个时辰。这次临走,他说未带钱来,要把这葫芦做押头,并且还说不到两个时辰,就有人来替他还账。我们因为他这五六天已买了我们二三百斤酒,平时我们一个月也卖不了这许多,不敢怠慢他,情愿替他记账,不敢收他东西,他执意不从。他说生平不曾白受过人的东西,他一时忘了带钱,回来别人送钱,这葫芦算个记号。我们强不过他,只得暂时留下。客官虽喜欢这个葫芦,本店不能代卖,也不知道在哪里买。"周淳一面听,一面寻思,便对酒保说道:"这位道爷共欠你们多少酒钱,回头一齐算在我们的账上,如何?"酒保疑心周淳喜爱葫芦,想借此拿去,便道:"这位道爷是我们店里的老主顾,他也不会欠钱的,客官不用费心吧。"燕儿正要发言,周淳连忙对他使眼色,不让他说话。知道酒保用意,便说道:"你不要多疑。这位道爷原是我们的朋友，我应该给他会酒账的。这葫芦仍交你们保存，不见他本人，不要给旁人拿去。"酒保听了周淳之言，方知错会了意。他本认为穷道爷这笔账不大稳当，因为人家照顾太多，不好意思不赊给他；又怕别人将葫芦取走，道人回来讹诈，故而不肯。今见周淳这样慷慨，自然心愿。便连他师徒二人的账算在一起，共合二两一钱五分银子。

周淳将酒账开发，又给了一些酒钱，便往燕儿家中走去。燕儿正要问那道人的来历，周淳叫他不要多说，只催快走。不大工夫，已到燕儿门首。燕儿的娘赵老太太，正在门首朝他们来处凝望。燕儿见了他母亲，便舍了周淳，往他娘怀中扑去。周淳见了这般光景，不禁暗暗点头。赵母扶着燕儿，招呼周淳进去。他家虽是三间土房，倒也收拾得干净。堂前一架织布机，上面绷着织而未成的布，横头上搁着一件湖绉棉袍，还有一大包东西，好似包的银子。燕儿便道："老师你看，这不是你送与那穷道爷的棉袍么，如何会到了我的家中呀？"赵母便道："方才来了一位道爷，说是周先生同燕儿在路上有点耽搁，身上带了许多银子很觉累赘，托他先给带来。老身深知道周先生武艺超群，就是燕儿也颇有一点蛮力，怎会这点东西拿着都嫌累赘？不肯代收。那道爷又将周先生的棉袍作证。这件棉袍是老身亲手所做，针脚依稀还可辨认，虽然勉强收下，到底有些怀疑。听那道爷说，先生一会就来，所以便在门口去看。果然不多一会，先生便自来了。"周淳听了赵母之言，便将银包打开一看，约有三百余两。还包着一张纸条，写着"醉道人赠节妇孝子"八个字，写得龙蛇飞舞。周淳便对燕儿道："如何？我说天壤间正多异人。你想你我的脚程不为不快，这位道爷在不多时间往返二百余里，如同儿戏一般，他的武功高出我们何止十倍。幸喜峨眉山下不曾怠慢了他。"赵母忙问究竟。周淳便从峨眉山遇见那道人，直说到酒店还账止。又把带燕儿同走的来意说明。劝赵母只管把银子收用，绝无差错。赵母道："寒家虽只燕儿这一点骨血，但是不遇先生，我母子早已冻饿而死。况且他虽然有点小聪明，不遇名师也是枉然，先生文武全才，肯带他出去历练，再好不过。"周淳谢了赵母。

到了晚间，周淳又去见马湘，嘱咐许多言语。第二天起身往成都，特地先往酒店中去寻那醉道人，准备结交一个风尘奇士，谁想道人、葫芦俱都不在。便寻着了昨天的酒保，问他下落。那酒保回言："昨天那道人回来，好像有什么急事一般，进门拿了他那宝贝的葫芦便走。我们便对他说客官会他酒账的事，他说早已知道，你对他说，我们成都见吧。说完就走，等我赶了出去,已经不见踪影了。"周淳情知醉道人已走,无法寻访,好生不乐。没奈何,只得同了燕儿上路,直往成都。

　　行了数日,忽然走到一个地方,名叫三岔口。往西南走去,便是上成都的大道。正西一条小道,也通成都,比大道要近二百多里,只是要经过许多山岭,不大好走。周淳因闻听过这些山岭中有许多奇景,一来急于要到成都,二则贪玩山景,便同燕儿往小道走去。行了半日,已是走入山径。这山名叫云灵山,古树参天,怪石嵯峨,颇多奇景。师徒二人走得有点口渴,想寻一点泉水喝。恰好路旁有一道小溪,泉水清洁,游鱼可数。便同燕儿下去,取出带来的木瓢,汲了一些溪泉,随意饮用。此时日已衔山,师徒二人怕错过了宿头,连忙脚步加紧,往前途走去。

　　正走之间,忽听一声鹤唳。周淳道:"日前在峨眉山下时,连听两次鹤唳,今天是第三次了。"说罢抬头望天,只见天晴无云,一些踪影全无。燕儿忽然叫道:"老师,在这里了。"周淳连忙看时,只见道旁一块大山石上,站着极大的仙鹤,头顶鲜红,浑身雪白,更无一根杂毛,金睛铁喙,两爪如铜钩一般,足有八九尺高下,正在那里剔毛梳羽。周淳道:"像这样大的仙鹤,真也少见。"正说之间,忽见山石旁边蹿起一条青蛇,有七八尺长。那鹤见了这蛇,急忙用口来啄。叵耐那蛇跑得飞快,仙鹤嘴到时,已自钻入石洞之中,踪迹不见。铁喙到处,把那山石啄得碎石溅起,火星乱飞。那鹤忽然性起,脚嘴同施,连抓带啄,把方圆六七尺一块山石啄得粉碎。那蛇见藏身不住,正待向外逃窜,刚伸出头时,便被那鹤一嘴擒住。那蛇把身子一卷,七八尺长的蛇身将鹤的双脚紧紧缠住不放。那鹤便不慌不忙,一嘴先将蛇头啄断,再用长嘴从两脚中轻轻一理,便将蛇身分作七八十段。哪消几啄,便已吃在肚内。抖抖身上羽毛,一声长叫,望空而去,一晃眼间,便已飞入云中。

　　这时已是暮色苍茫,暝烟四合。周淳忙催燕儿赶路。走出三里多路,天色向晚。恰好道旁有一所人家,便上前叩门投宿。叩了半日,才听里面有人答话,问道:"你们是哪里来的?"周淳说明来意。那人道:"我现在已是命在旦夕,此地万分危险。客官如要投宿,往西南去五里多路,那里有一座茅庵,住着一位白云大师,你可去求她借宿一宵。她若依从,还能免掉危险。"说罢,便不闻声息。再打门时,也不见答应。周淳生性好奇,便叫燕儿等在外面,道:"我不出来,不可轻易走动。"便纵身越墙而过。这时明月升起,照得院中清澈如画。周淳留神仔细一看,只见院中藤床上卧倒一人,见周淳进来,便道:"你这人如何不听话? 你快走远些,不要近我,于你大有不利。"周淳道："四海之内,皆是朋友。你有何苦楚,此地有何危险,你何妨说将出来,我也许能够助你一臂之力,你何必坐以待毙呢?"那人道:"你还不快走!我已中了妖毒,近我三尺,便受传染。我在这里挣命,已经三日,如今腹中饥饿,你如带有干粮,可给些与我。那妖早晚寻到,我不必说,你也性命难保。你如果能急忙去投白云大师,或者还可以帮我的忙。我的事儿,你只对她说则个。"那人说到这里,已是神微力弱,奄奄一息。只见那人手臂上有七颗红痣,鲜明非常。周淳心想此非善地,便扔些干粮与他,随即纵了出来。喊燕儿时,忽然踪影不见。

要知后事如何,且看下回分解。

第五回

鹤舞空山　侠客惊蛇怪
云迷蜀岭　孝子拜仙师

话说周淳听了那人之言，连忙跳出一看，忽然燕儿踪影不见，这一吓非同小可。起初尚以为他到附近去方便，谁知四外高声呼唤，仍是不见踪影，不禁急得浑身是汗。又不敢轻易离开此地，怕燕儿回来，寻他不着。正在无可奈何，忽听门内又发出细微的声音说道："你还不曾走吗？"周淳道："我适才同你分别出来，我有一个同伴，如今不知去向，衣服行囊都未带去，莫不是你说的妖怪来吃了去么？"那人道："那妖属阴，不交三更，不会出来。你那同伴此刻失踪，绝非此妖所害。你快到白云大师那里，求她与你算一卦，便知下落。你不要自误，天已不早，快些去吧。"

周淳万般无奈，只得照那人所说，往前走去。才走不到五里，忽听背后呼呼风起，腥味扑鼻。周淳知道不妙，连忙如飞一般向前奔走，刚刚走到一座庵前，忽然风止。周淳回头一看，只见一团浓雾中，隐约现出两盏红灯，往来路退去。月光底下，分外看得清切，不由出了一身冷汗。再看这茅庵，并不甚大，门前两株衰柳，影子被月光映射在地下，碎荫满地，显得十分幽静。庵内梵音之声不绝，想是此中主人，正在那里做夜课。便轻轻去叩了两下门。便有一小女孩应声答道："我们这里乃是尼庵，客官如要投宿，往前面去吧。"周淳答道："我在途中遇难，特来投奔白云大师的。"话还未了，门已开放，出来一妙年女尼，年纪才十三四岁，长得十分美秀，见了周淳，说道："大师正在做夜课，你且到佛堂等候一会吧。"周淳便随她进去，到了佛堂坐定。那小女尼又去端了一碗茶同几块素馍，与周淳食用，便自进去，许久不见出来。

周淳正等得心烦，忽见面前青光一闪，犹如飞鸟般投向后院。周淳好奇心盛，便出了佛堂，轻轻往后院中走去。刚刚走近窗前，忽听有两个人正在说话，好似一男一女。侧耳细听，便听那女的说道："二师兄深夜到此，有何事见教?"那男的说道:"我适才从云灵山走过,看见妖气冲天,正要查看一个究竟,忽见道旁一家屋檐下站定一个小童,眼看离他身侧不到十丈光景。我见那童子根基甚厚,不忍他遭毒手,便将他一把抱起,先救出了险地,然后用剑将妖物赶走。后来盘问他的来历,才知是齐鲁三英中周淳的徒弟。我见此子生有仙骨,跟着尘世中的侠客,岂不辜负了他,便收他为徒,叫白儿将他背往我的山中去了。他行时说怕他师父、老母不放心,我答应与他带信,便去寻那姓周的。谁想无意中又救了七师弟的门徒,名叫施林,他也是中了妖毒,堪堪待毙。我将他救转,送他回山,才知道姓周的投到你这里来了。我方才进来时,看见一人坐在佛堂上,想是此人了。"那女的答道:"方才紫绡来说,有一姓周的投奔于我,正待出去会他,恰好师兄到此,所以还未相见。"那男的又道:"适才那妖看去十分厉害,我的玄英剑,只将它逼走,并不能伤它分毫。我因不知底细,未敢造次。你近在咫尺,何以容它如此猖獗呢?"那女的说道:"我为此妖,真是费了无穷心力,好容易将制它之物寻到,怎耐缺少帮手。师兄驾临,真是再好不过。"说罢,便对窗外说道:"周壮士远道而来,为何不进来叙话,只是作壁上听呢?"

周淳正听得出神,被室中人这一问,不由面红耳赤,只得走了进去。见蒲团上坐定一个女尼,年约四五十岁;上首坐定一个道人,一脸虬髯,两目精光四射。知是非常人物,不由纳头便拜。僧、道二人连忙用手相搀,口称"不敢"。那女尼叫周淳一旁坐下,便道:"适才我等之言,想你已经听去。这位是我师兄髯仙李元化。我名元元,人称白云大师的便是。你的高徒,已被这位髯师兄收归门下,不知壮士可能割爱吗?"周淳道:"他小小年纪,能承前辈剑仙垂青,真是三生有幸。弟子正因他天资聪明,弟子才学浅薄,恐误却他的前途。今幸得遇仙缘,哪有不愿之理。只是适才弟子路遇一人,中了妖毒,命在旦夕,还望二位大仙垂怜解救。"髯道人道:"那人名叫施林,乃是我的师侄。我适才路过,已将他解救回山去了。"周淳连忙拜谢。

白云大师道:"师兄来得甚巧,事不宜迟,明晨随我斩妖吧。"髯道人道:"此妖到底何物,这般厉害?"白云大师道:"此山原本不叫云灵山。因为山中出了一个蛇妖,早晚它口中吐出毒雾,结为云霞,映着山头的朝霞夕阳,反成了此山一个奇景。人家见此山云霞灿烂,十分悦目,这百多年来,就把这山叫作云灵山。此妖起初也不过在这山上吞云吐雾,并不曾害人,谁想近三年来,情形大变。从辰时起到酉时止,是那妖在洞中修炼之时,行人在此时间内走过,尚不妨事;否则,能逃毒手的,十无一二。这三年中,我同它斗了若干回,也不曾伤它分毫。它也知道我的厉害,只要一到我庵前不远,便自逃了回去。适才我听得风响,知是那妖前来。后来没有动静,便听见壮士叩门了。"周淳才知道那妖适才忽然不追的缘故。白云大师又说道:"一物伏一物,我知道此妖最怕蜈蚣。久闻黄山餐霞大师处有此异物,便叫紫绡去借。大师先还不肯,说那蜈蚣是她镇洞之宝。后来经我亲身前往,昨天才借到。恰好壮士与师兄到此,想是那妖伏诛之日不远了。"

第六回

名山借灵物　仙侠夜话
古洞斩妖蛇　父女重逢

　　白云大师说罢，便由壁上取出一个长匣，乃是精铁铸成，十分坚固。又从葫芦内取出几十粒丹药。然后将盒盖揭开，只见里面伏着一条二尺四寸长的蜈蚣，遍体红鳞闪闪发光，两粒眼珠有茶碗大小，绿光射眼。白云大师将那丹药放在盒内，那蜈蚣忽然蠕蠕欲动，大师忙将盒盖关上。髯道人道："如此灵物，其毒必比蛇妖厉害。不知餐霞大师当初如何收得？"白云大师道："餐霞大师幼年在闺中当处女时，最为淘气。有一天捉到一条蜈蚣，不过三两寸长。她将此物装在一个盒内，每天拿些米饭喂它，日子一多，渐渐长成。等她出阁时，这蜈蚣差不多已有五六尺长，她一定要陪送过去。她老太爷怕骇人听闻，执意不肯。没奈何，她才把那条蜈蚣叫人抬到山中放掉。后来她的丈夫死去，她被神尼优昙大师收归门下，炼成剑仙，又到那山中将那蜈蚣收作镇山之宝。百余年来，经餐霞大师用符咒催炼，食的俱是仙丹灵药，不但神化无穷，可大可小，并且颇通灵性，从不轻易伤人。餐霞甚是喜爱于它。此次经我再三请求，费了无数唇舌，才肯借用一时。师兄莫要小看于它。"

　　三人谈谈说说，问了些周淳所精的功夫，不觉已是东方微明。白云大师道："是时候了。"便对周淳道："此番前去，非常凶险。壮士如果要去，只可躲在一旁作壁上观，千万不可妄动才好。"说罢，便同了二人起身，往山谷中走去。

　　这时，一轮红日已经从地平线上往上升起，途径看得非常清楚。走到一处，只见山势非常险恶，寸草不生。白云大师便对髯道人道："此地离蛇巢不远，待我前去引它出来。等我与它斗时，烦劳师兄将玄英剑断它的归路。"说罢，便独自向前走去。髯道人同了周淳纵上山峰，只见山谷中有一个大洞，深黑不可见底。白云大师走到离洞不远，喔喔呜呜地叫了几声，忽然狂风大起，白云大师拨转身往回路便走。说时迟，那时快，洞中一阵黑风过去，冲出一条大蛇，金鳞红眼，长约十丈，腰如缸瓮，行走如飞。看看追出半里多地，白云忽地回身喊一声："来得好！"从手中飞出一道紫光。那蛇见了这光，便由口中吐出丈许长的火焰，与这道光华绞在一起。斗了片时，那蛇自知不敌，拨转身回头便走。髯道人便将手上玄英剑放出来，一道青光，朝蛇头飞去。那蛇见不是路，便将蛇身盘作一堆，喷出烈火毒雾，与这两道剑光战在一起，饶你仙剑厉害，也是不能伤它分毫。白云大师与髯道人各人占了一座山峰，指挥剑光，与那蛇对敌，斗了半日，不分胜败。白云没奈何，只得与髯道人打个招呼，各人将剑光收起。

那蛇看见剑光忽然退去，认为敌人已败，正待向白云大师扑来。忽然从白云大师手中飞起一物，通体红光耀目，照得山谷皆红。原来白云大师见剑仍是不能取胜，已是将匣内蜈蚣放出。这蜈蚣才一出匣，迎风便长，长有丈余。那蛇见蜈蚣飞来，知道已逢劲敌，更不怠慢，拼命地喷火喷雾，与那蜈蚣斗在一起。斗有片时，那蜈蚣一口将蛇的七寸咬住，那蛇也将蜈蚣的尾巴咬住，两下都不肯放松。那蛇被蜈蚣咬得难受，不住地将长尾巴在山石上扫来扫去，把山石打得如冰雹一般，四散飞起，煞是奇观。这时，他三人已走在一处。髯道人意欲将玄英剑放起，助那蜈蚣一臂之力。白云大师怕伤了蜈蚣，连忙止住。正说话时，忽然震天动地一声响过去，蛇与蜈蚣俱都纹丝不动。原来那蛇被咬，负痛不过，一尾扫过去，将谷口凸出来有丈许高的山石打断，恰好正落在它的头上，打得脑浆迸裂，那蜈蚣也力竭而死。白云大师同了髯道人连忙飞下山去，用剑将蛇身砍成十数段。见蜈蚣已死，白云大师道："我起初不肯轻易放出，就怕是两败俱伤。如今怎好回复餐霞大师呢？"髯道人道："此妖为害一方，荼毒生灵，今赖餐霞大师的蜈蚣除此巨害，功德非小，想来也不能见怪你我。"

正说话时，忽从山头上飞下一个黑衣女郎，腰悬一个葫芦，走到二人面前行礼道："弟子周轻云，奉餐霞大师之命，请白云大师不必在意。蜈蚣之死，乃是定数，命我致意大师，将它尸骨带回。"说罢，走到蜈蚣身旁，取出一粒丹药，放在它口内，那蜈蚣便缩成七八寸光景，便取来放在身旁葫芦之内。又对白云大师道："家师言说家父周淳在此，可容一见。"白云大师才知道她是周淳的女儿，十分代她喜幸，便将周淳唤将下来。他父女重逢，自是欢喜。周淳正要访求餐霞大师帮忙，适才在白云大师处，因忙于捉妖，不曾启齿，今见女儿到来，正好命她代求。便对轻云说了多臂熊毛太寻仇，同自己往成都之事，又教轻云代请餐霞大师下山。轻云道："如此小事，何必劳动师父，女儿此次也为此事而来。女儿自随师父上山，已将仙剑炼成。我因爹爹学剑不成，屡次求大师传授，大师说父亲与她老人家无缘。大师生平未收过男弟子，她说爹爹机缘到来，自然得遇名师。教爹爹此番只管往成都走去，前面自有人来接引。女儿回山复命之后，也要到成都去助爹爹杀那毛太呢。"周淳听了，不觉心中一块石头落地。轻云辞别三人，回山复命不提。

周淳心想白云大师与髯道人俱是成名剑仙，便有投师之意。白云大师道："你虽年过四十，根行心地俱好，早晚是我辈中人，何必急在一时？现在剑客派别甚多，时常引起争斗。昆仑、峨眉之外，现在新创的黄山派与五台派，如同水火，都是因为邪正不能并立的缘故。这次毛太寻仇，不过开端，以后的事儿正多呢。"说罢，便拾了许多枯树枝叶，将蛇身焚化。髯道人说："奉师父静虚老祖之命，要急忙去度一个富有仙根的人，以免被五台派的人收罗了去。"说罢嘬口一声长啸，只见云端中飞下一只大仙鹤，髯道人跨了上去，说声"再见"，便自冲霄飞起。周淳才知那日山中斗蛇的仙鹤，就是髯道人的坐骑。他虽听了女儿轻云之言，终觉放心不下，顺便邀白云大师相助。白云大师道："你只管先去，此行决无妨碍。到逢难时，我自会前来救你，此时尚用不着。"周淳心中半信半疑，没奈何，只得单身辞别上路。

行了数日，已到成都。到处打听毛太，都说不曾见过这样的一个和尚。周淳只得在那里等候轻云到来，等了三个多月，也不曾来，心中十分不解。这时已是正月下旬。成都城厢内外庵观林立，古迹甚多。有一天，他闷坐店房，十分无聊，信步走到南门外武侯祠去游玩。

第七回

擒淫贼　大闹施家巷
逢狭路　智敌八指僧

　　这武侯祠乃是蜀中有名的古迹,壁上名人题咏甚多。周淳浏览片时,信步走到望江楼,要了一壶酒、几味菜,独自一人食用。忽听楼梯响动,走上一人,武生公子打扮,长得面如冠玉,十分俊美,只是满脸带着不正之色。头戴蓝缎子绣花壮士帽,鬓边斜插着颤巍巍碗大的一朵通草做的粉牡丹。独自一人要些酒菜,也不好生吃用,两眼直勾勾地望着楼下。周淳看了半日,好生奇怪,也低头往下看去。原来江边停了一只大船,船上有许多女眷,内有一个女子长得十分美丽,正在离船上轿。那武生公子见了,连忙丢下一锭银子,会好酒钱,急匆匆迈步下楼。周淳观察此人定非良善,便也会了酒账,跟踪上去。忽然看见前面一个道人,背上负着一个大红葫芦,慢慢往前行走。仔细一看,原来就是那日在峨眉山相遇的那个醉道人。要待追那淫贼,好容易才得相遇奇人,岂肯失之交臂;要放下不追,又未免自私之心太重,有失侠义的天职。正犹豫间,成都轿夫有名的飞腿,已跑得不知去向;那武生公子,也已不见踪影。没奈何,只得暗暗跟着那道人走去。那道人好似不曾知道周淳跟他模样,在前缓缓行走。周淳心中暗喜,以为这次决不会轻易错过,只在道人后面紧紧跟随。那道人只往那田野中走去,不论周淳如何追赶,距离总是不到一二十丈。后来周淳急了,便脱口喊道:"前面道爷,暂停贵步,弟子有话奉上。"谁想那道人听了周淳之言,越走越快,任你周淳有轻身功夫,也是莫想追赶得上,一转瞬间,已是不见踪影。周淳知道人不肯见他,无奈何,垂头丧气回转店房。

　　到了定更后,正待安歇,忽然一阵微风吹过,凭空桌上添了一张纸条。周淳连忙纵身出来,只见明星在天,四外皆寂。远远深巷中,微微一阵犬吠。回房看那纸条时,只见上面写了三个大字"施家巷",笔酣墨饱,神采飞扬。看这字非常面熟,好似在哪里见过,怎奈一时想它不起。心想:"这施家巷俱是大户人家，与我有何关系？"心中十分不解。后来一想："莫非那里出了什么事故，送字的人独力难支，约我前去相助不成？不管是与不是，且到那里再说。"于是将随身用的兵器带好，将门紧闭，从窗口内纵身出去，一路蹿房跨脊。正走之间，忽见一条黑影，飞也似的往前奔跑，刚走到施家巷时，忽然不见。周淳心想："施家巷街道甚长，叫我先到哪一家呢？也不管它。"且先到了第一家的房上，却静悄悄并无声息。又走到第三家，乃是一所大院落，忽然看见楼上还有灯光。周淳急忙纵了过去，往窗内一看，不由怒发冲冠。原来屋中一个绝色女子，被脱得赤条条地缚在一条春凳上，已是昏厥过去。白天见的那一个武生公子，正在解带宽衣，想要强奸那一个女子。周淳不由脱口喝道："好淫贼！竟敢强奸良家女子，还不给我出来受死！"那贼听了，便道："何人大胆，敢破你家太爷的美事？"说罢，一口将灯吹灭，将房门一开，先将一把椅子朝外掷来。周淳将剑拨过一旁，正在等他出来厮杀，忽听脑后风声，知是有人暗算，更不回首，斜刺里往前纵跳出去。这贼人接着就是一刀砍来，周淳急架相还。

原来此贼十分狡猾，他先将椅子掷出，自己却从窗口飞将出来，想要暗算周淳。若不是周淳久经大敌，已经遭了毒手。周淳与淫贼斗了十余个回合，觉得此贼身法刀法非常熟悉，便喝道："淫贼，你是何人门下？叫什么名字？通名受死，俺云中飞鹤剑下不死无名之鬼。"那贼听了此言，不禁狂笑道："你就是周三么？我师父只道你不到成都来，谁想你竟前来送死。你家太爷，乃八指禅妙通，俗家名叫多臂熊毛太的门徒，名唤神行无影粉牡丹张亮的便是。"周淳一听是对头到了，不禁一阵心惊，又怕毛太前来相助，不是敌手，便使出平生绝艺，浑身上下，舞起一团剑花，将那贼紧紧裹住。那张亮虽然武艺高强，到底不是周淳敌手。偏偏这家主人姓王，也是一个武家子，被喊杀之声惊动，起初看见两个人在动手，估量其中必有一个好人，但分不清谁好谁坏，只把紧自己的房门，不敢上前相助。及至听了那贼报罢名姓，便已分清邪正，于是带领家人等上前相助。那贼见不是路，抽空纵身一跃，跳上墙去。周淳道："哪里走！"连人带剑，飞将起来，只一挥，已将淫贼两脚削断，倒栽下来，痛死过去。众人连忙捆好，请周淳进内坐定，拜谢相救之德。周淳道："此贼虽然擒住，你等千万不可声张。他有一师，名唤毛太，已炼成剑仙，若被他知晓，你等全家性命难保。"那家主人名唤王承修，听了周淳之言，不禁大惊，便要周淳相助。周淳道："我也不是此人的敌手，只要眼前他不知道，再等些日，便有收服他的人前来，所以你们暂时不可声张。明早你将这人装在皮箱内,悄悄先到官府报案,叫它秘密收监,等擒到毛太,再行发落。留我在此,无益有祸,更是不好。"王承修知挽留不住,只得照他吩咐行事。不提。

周淳仍照原路,悄悄回转店房。他因为今晚虽然干了一桩义举,谁想无意中,又和毛太更结深了一层仇怨。明知背葫芦的醉道人是一个大帮手,叵耐又失之交臂。心绪如潮,一夜并不得安睡。

到了第二日,在店中吃罢午饭,便到城内各处参观,寻访醉道人的住处。一连数日,都是不见踪迹。一日信步出城,走到一片树林里面,忽然看见绿荫中,隐露出粉墙一角,知是一座庙宇。周淳这时觉得有些口渴,便往那庙门走去,欲径进去随喜,讨杯水喝。刚刚走离庙门不远,忽听大道上鸾铃响亮,尘头起处,有十余骑人马,飞一般直往庙门驰来。周淳本是细心人,便将身子闪过一旁。只见马上那一群人,约有十三四个,一个是道家装束,其余都是俗家打扮,形状非常凶恶。每人身上,俱都负有包裹,好似都藏有兵刃。起初庙门紧闭,那一群人到得庙前,当头的是一个稍长大汉,只见他将鞭梢一挥,朝定庙门连击三下,不一会,庙门大开。十余骑连人带马,更不打话,一拥而入。等到一群人进去后,依然禅门紧闭,悄无人声。

周淳心知这伙人定非良善之辈,不过这座庙宇离城不远,似乎又不应藏匿匪人,想要看个究竟,便往那庙门口走去。只见这座庙盖得非常伟大庄严,庙门匾上写着"敕建慈云禅寺"六个大金字。周淳心想:"久闻慈云寺乃是成都有名丛林,庙中方丈智通和尚戒律谨严,僧徒们清规甚好,如何却与这些匪人来往?要说是过路香客,情形又有点不对。"正想假装进庙随喜,看个究竟,忽然叭的一声,一块干泥正落在周淳的脸上,不禁大惊。急忙用目四下观看,不要说人,连雀鸟都没有一个,不知这泥块从哪里飞来。心中虽然非常惊异,终究好奇心盛,又仗着艺高人胆大,仍拟前去叩门。刚把手举起来,忽然脑后生风。周淳这回不似刚才大意,急忙将头一低,叭的一声,落在地上,仍是一块干土。急往土块来路看时,只见相隔二十多丈,有一个人影,往树林中一晃,便自不见。不禁心中有气,便丢下进庙之想,飞步往树林中追去,准备搜出那人,问他无缘无故,为何一次两次和他开玩笑?等到走进林中,四下搜寻,哪有丝毫踪迹。正待不追,又是一块干土飞来。周淳这时早已留上十二分的心了,他一面闪开那块干土,一面定睛往前望去。只见前面这一个人,长得十分瘦小,正往林外飞跑。周淳气往上撞,拔腿便追。那人好快身法,脚不沾尘,任你周淳日行千里的脚程,也是追赶不上。

就这样一个跑，一个追，不大工夫，已是十余里路。周淳一路追，一路想："我与此人素昧平生，何故如此戏弄于我？要是仇家，我在庙门前，已是中了他的暗算。况且照他脚程身法看来，武艺决不能在我之下，他把我引在这无人的荒郊，是什么缘故呢？"正想间，忽然大悟，便止步喊道："前面那位尊兄，暂停几步，容俺周淳一言。"任你喊破喉咙，那人只是不理。忽然见他在一株树前站住，周淳心中大喜，便往前赶去。刚刚相离不远，那人忽又拔腿便跑，如星驰电掣般，眨眨眼，已不知去向。周淳走近树前，忽见地下有一个纸包。拾起来打开一看，原来是两粒丹丸，上面还有一行小字，写着"留备后用，百毒不侵"八个字。周淳也不知是什么用意，顺手揣入怀中。这一来益发知道那庙不是善地，这人是有心引他脱离危险。自己也知道孤掌难鸣，暂时只好且自由它，无精打采地往回路走去。

　　刚刚走了不到四五里路，忽然看见道旁一株大树上，悬挂着一大口钟。心想："刚才在此走过，并不曾见有这口钟。这口钟少说也有六七百斤，这人能够纵上去，将这口钟挂上，没有三四千斤的力量，如何能办得到？"再看离这钟不远，有一所人家，于是便走了过去，想问个明白。谁想才到那家门口，便隐隐听得有哭喊救命之声。周淳天生侠肝义胆，不由绕到屋后，纵身上去一看，只吓得心惊胆破。

第八回

林中比剑　云中鹤绝处逢生
寺内谈心　小火神西行求救

话说周淳听见那家院内有哭喊救命之声,连忙纵身上屋。用目往院中一看,只见当院一个和尚,手执一把戒刀,正在威胁一个妇人,说道:"俺今天看中了你,正是你天大的造化。只赶快随我到慈云寺去,享不尽无穷富贵;如若再不依从,俺就要下毒手了。"那妇人说道:"你快快出去便罢,我丈夫魏青不是好惹的。"说罢,又喊了两声救命。那和尚正待动手,周淳已是忍耐不住,便道:"凶僧休得无礼,俺来也!"话到人到剑也到,一道寒光,直往和尚当胸刺去。那和尚见他来势甚急,也不由吃了一惊,一个箭步纵了出来,丢下手上戒刀,抄起身旁禅杖,急架相还。战了几个回合,忽然一声怪笑,说道:"我道是哪一个,原来是你!俺寻你几个月,不想在此地相遇,这也是俺的造化。"说罢,一根禅杖如飞电一般滚将过来。周淳听了那和尚的话来路蹊跷,仔细一看,原是半年来时刻提防的多臂熊毛太,不想今日无意中在此相遇。已知他艺业大进,自己一定不是对手。便将手中剑紧了一紧,使了个长蛇出洞势,照毛太咽喉刺去。和尚见来势太猛,不由将身一闪。周淳乘此机会,蹿出圈外,说道:"慢来慢来,有话说完了再打。"毛太道:"我与你仇人见面,你还有何话说?"周淳道:"话不是如此说法。想当初你败在我的手中,我取你性命,如同反掌。只因我可惜你一身武艺,才放你逃走。谁想你恩将仇报,又来寻仇。你须知人外有人,天外有天。你只以为十年来学成剑法,可以逞强;须知俺也拜了黄山餐霞大师同醉道人为师,谅你枉费心力,也不是俺的对手。你趁早将这女子放下,俺便把你放走;如若不然,今天你就难逃公道。"周淳这番话,原是无中生有的一番急智。谁知毛太听了,信以为实,不禁心惊。心想:"周淳如拜餐霞大师为师,我的剑术一定不是他的对手。但是自己好不容易十年心血,今天不报此仇,也太不甘心。"便对周淳道:"当初我败在你手中,那时我用的兵刃是一把刀。如今我这个禅杖,练了十年。

29

你我今日均不必用剑法取胜，各凭手中兵刃。我若再失败，从此削发入山，再不重履人世。你意如何？"周淳听了，正合心意，就胆壮了几分，便道："无论比哪一样，我都奉陪。"说罢，二人又打在一处。只见寒光凛凛，冷气森森，两人正是不分上下。周淳杀得兴起，便道："此地太小，不宜用武，你敢和我外边去打吗？"毛太道："俺正要在外面取你的狗命呢。"

这时，那个妇人已逃得不知去向。二人一前一后，由院内纵到墙外的一片空地上，重新又动起手来。仇人见面，分外眼红，施展平生武艺，杀了个难解难分。周淳见毛太越杀越勇，果然不是当年阿蒙。又恐他放出飞剑，自己不是敌手，百忙中把手中宝剑紧了一紧。恰好毛太使了一个泰山压顶的架势，当头一禅杖打到。周淳便将身子一闪。毛太更不怠慢，急转禅杖的那一头，向周淳腰间横扫过来。周淳见来势甚猛，不敢用剑去拦，将脚一点，身子纵起有七八尺以上。毛太见了大喜，乘周淳身子悬起尚未落地之时，将禅杖一挥，照周淳脚上扫去。周淳早已料到他必有此一举，更不怠慢，毛太禅杖未到时，将右脚站在左脚面上，借势一用力，不但不往下落，反向上蹿高数尺。这是轻身法中的蜻蜓点水、燕子飞云纵的功夫，乃周淳平生的绝技。毛太一杖打空，因为用力过猛，身子不禁往前晃了一晃。周淳忽地一个仙鹤盘云势，连剑带人，直往毛太顶上扑下。毛太喊了一声"不好"，急忙脚下一用劲，身子平斜往前纵将出去，虽然是逃得快，已被周淳的剑尖将左臂划破了四五寸长一道血槽，愈发愤怒非凡。周淳不容毛太站定，又是飞身一剑刺将过来。毛太好似疯了的野兽一般，急转身和周淳拼命相持。

这时已是将近黄昏，周淳战了半日，知是轻易不能取胜，忽地将身一纵，将剑一舞，形成丈许长的一道剑花。毛太又疑心他使什么绝技，稍一凝神。周淳乘机拔脚就跑。毛太见仇人逃走，如何肯善罢甘休，急忙紧紧在后头追赶。周淳一面跑，一面悄悄将连珠弩取出，拿在手中。毛太见周淳脚步渐慢，正待纵身向前。周淳忽地回头，手儿一扬，道一声："着！"只见一线寒光，直望毛太面门。毛太知是暗器，急忙将头一低，避将过去。谁想周淳的连珠钢弩，一发就是十二支，不到危险时，轻易不取出来使用；如用时，任你多大武艺，也难以躲避。毛太如何知道厉害，刚刚躲过头一支，接二连三的弩箭，如飞蝗般射到。好毛太，连跳带接。等到第七支上，万没想到周淳忽将五支弩箭同时发出：一支取咽喉，两支取腹部，两支取左右臂，这个名叫五朵梅花穿云弩。任你毛太善于躲避，也中了两箭：一支中在左臂，尚不打紧；一支恰好射到面门。原来毛太见来势甚急，无法躲避，满想用口去接，谁想左臂所中之箭在先,又要避那一支,一时心忙意乱,顾了那头,顾不了这头,一个疏忽,将门牙打断了两个。立刻血流如注,疼痛难忍,没奈何只得忍痛回身便跑。周淳本当得意不可再追才是,因见毛太受伤,心中一高兴,回转身就追。

那毛太因听周淳之言,他已拜餐霞大师为师,所以不敢用飞剑敌他。后来两人打了半日,不见胜负,又急又恨,也就忘了用剑。及至毛太受伤,周淳返身追了过去,不禁醒悟过来。心想:"周淳既拜餐霞大师为师,他的剑术自然比我厉害,我因怕他,所以不敢放剑。他剑术比我强,何以也不敢用呢?莫非其中有诈?我不可中了他的诡计,不如试他一试。"正想之间,回头一看,周淳追赶已是相离不远。便将身回转,取出金身罗汉法元所赐的赤阴剑,手扬处,一道黄光,向周淳飞来。周淳正追之际,忽见毛太回身,便怕他是要放剑,正后悔穷寇莫追,自己太为大意,毛太已是将剑光放出。周淳知道厉害,拨转身如飞一般向前奔逃。毛太一见,知道以前周淳说拜餐霞为师的一番话全是假的,自己上了他老大一个当,愈加愤怒,催动剑光,从后追来。周淳已跑入一片树林之内,剑光过处,树枝纷纷坠落如雨。这时周淳与剑光相离不过一二丈光景,危险已极。知道性命难逃,只得瞑目待死。

毛太见周淳已临绝地,得意之极,不禁哈哈大笑。这时剑光已在周淳顶上,往下一落,便要身首异处。在这间不容发的当儿,忽然一声长啸,由一株树上,飞下一道青光,其疾如电,恰恰迎头将黄光敌住。在这天色昏黑的时候,一青一黄,两道剑光,如神龙夭矫,在天空飞舞,煞是好看。毛太满想周淳准死在他的剑下,忽然凭空来了这一个硬对头,不禁又是急又是怒。周淳正待瞑目就死,忽然半晌不见动静。抬头一看,黄光已离去顶上,和空中一道青光相持。知有高人前来搭救,心神为之一定。只是昏黑间,看不出那放剑救自己的人在哪里。所幸他目力甚好,便凝神定睛往那放剑之处仔细寻找,只见一个道人,坐在身旁不远的一株大树枝上。便轻轻走了过去,想等杀了毛太以后,叩谢人家。等到近前一看,不禁大喜,原来那人身背一个红葫芦,依稀认得正是这几个月来梦魂颠倒要会的醉道人。正待上前答话,醉道人忽朝他摆了摆手,周淳便不再言语。这时天空中黄光越压越小,青光愈加炫出异彩,把一个多臂熊毛太急得搓耳捶胸,胆战心寒。正在不可开交之际,周淳便趁毛太出神不备,取出怀中暗器没羽飞蝗石,照准毛太前胸打去,打个正着,将毛太打跌一跤。一分神间,黄光越发低小,眼看危险万分。忽然西南天空有三五道极细的红线飞来,远远有破空的声音。醉道人忽跳下树来,悄悄对周淳说道:"快随我来!"不容周淳还言,一手已是穿入周淳胁下,收起剑光,架起周淳,飞身向大道往城内而去。

那毛太正在急汗交流之际,见青光退去,如释重负,连忙将自己的剑收回。再一看周淳,已不知去向。始终不知对面敌手是谁,正在纳闷。忽见眼前一道红光一闪,面前立定一人,疑是仇人,正待动手。那人忽道:"贤弟休得无礼!"毛太定睛一看,原来是自己的莫逆好友飞天夜叉秦朗,不禁大喜,连忙上前见礼。秦朗便问毛太因何一人在此。毛太便将下山寻周淳报仇,在慈云寺居住,今日巧遇周淳,受骗中箭,后来自己放出赤阴剑才得取胜,忽然暗中有人放出仙剑将周淳救去,正抵敌不过,放剑的人与周淳顷刻不知去向的话,说了一遍。秦朗道:"我来时看见树林中有青黄二色剑光相斗,知道内中有本门的人在此遇见敌手,急忙下来相助,谁想竟已逃去。想是他们已看出是我,知道万万不是敌手,所以逃去。可惜我来迟了一步,被他们逃去。"秦朗本是华山烈火祖师的得意门人,倚仗剑法高强,无恶不作。他所炼的剑,名唤红蛛剑,厉害非常。起初也曾拜法元为师,烈火祖师又是法元所引进,与毛太也算同门师兄弟,二人非常莫逆。毛太见他一来,青光便自退去,也认为敌人是惧怕秦朗,便向秦朗谢了救命之恩。秦朗道:"我目前正因奉了祖师爷之命,往滇西去采药,要不然时,这一伙剑客,怕不被我杀个净尽。刚才那人望影而逃,总算他们是知趣了。"

正在大吹特吹之时,忽然听得近处有人说道:"秦朗你别不害臊啦!人家不过看在你那个没出息的师父面上,再说也不屑于跟你们这些后生下辈交手,你就这般的不要脸,还自以为得意呢!"秦朗性如烈火,如何容得那人这般奚落,不禁大怒,便骂道:"何方小辈,竟敢太岁头上动土?还不与我滚将出来受死!"话言未了,叭的一声,一个重嘴巴,正打在左颊上,打得秦朗火星直冒。正待回身迎敌,四外一看,并不见那人踪影。当着毛太的面,又羞又急。便骂道:"混账东西,暗中算人,不是英雄。有本领的出来,与我见个高下?"那人忽在身旁答道:"哪个在暗中算人?我就在你的面前。你枉自在山中学道数十年,难道你就看不见吗?"秦朗听了,更加愤恨,打算一面同那人对答,听准那人站的方向,用飞剑斩他。于是装着不介意的样子,答道:"我本来目力不济,你既然本领高强,何妨现出原身,与我较量一个高下呢?"那人道:"你要见我,还不到时候;时候到了,恐怕你想不见,还不成呢。"秦朗这时已算计那人离他身旁不过十余步光景,不等他话说完,出其不意,将手一张,便有五道红线般的剑光,直往那人站着的地方飞去。一面运动这剑光,在这周围数十丈方圆内上下驰射,把树林映得通红。光到处,树枝树叶齐飞，半晌不见那人应声。毛太道："这个鸟人，想必已死，师兄同我回庙去吧。"话言未了，忽然又是叭的一声，毛太脸上也挨了一个嘴巴。毛太愤恨万分，也把剑光放出，朝那说话的地方飞去。只听那人哈哈大笑，说道："我只当你这五台派剑法高强，原来不过如此。你们不嫌费事，有多少剑都放出来，让我见识见识。"秦朗、毛太二人又是气，又是急。明知那人本领高强，自己飞剑无济于事，但是都不好意思收回，只好运动剑光，胡乱射击。那人更不肯轻易闲着，在他二人身旁，不是打一下，就是拧一把，捏一把，而且下手非常之重，打得二人疼痛非常。后来还是毛太知道万难迎敌，便悄悄对秦朗说："我们明刀明枪好办，这个东西不知是人是怪，我们何必吃这个眼前亏呢？"秦朗无奈，也只得借此下台，恐怕再受别的暗算，叫毛太加紧提防，各人运动剑光护体，逃出树林。且喜那人不来追赶。

二人跑到慈云寺，已是上气不接下气。进庙之后，由毛太引见智通。智通便问他二人为何如此狼狈。毛太说明经过之事。智通听了，半晌沉吟不语。毛太便问他是什么缘故。智通道："适才在林中，起初同你斗剑之人，也许是峨眉派剑客打此经过，路见不平，助那周淳一臂之力。后来见秦道友来，或被看破结仇，又怕不是敌手，故而带了周淳逃走。这倒无关紧要。后来那个闻声不见形的怪人，倒是有些难办。如果是那老怪物出来管闲事，慢说你我之辈，恐怕我们老前辈金身罗汉法元，同秦道友令师华山烈火祖师，都要感觉棘手。"秦、毛二人答道："我等放剑，不见他迎敌，他也不过是会一点隐身法而已，怎么就厉害到这般田地？"智通答道："二位哪里知道。五十年前，江湖上忽然有个怪老头出现，专一好管闲事。无论南北两路剑客，同各派的能人剑侠，除非同他一气，不然不败在他手里的很少。那人不但身剑合一，并且练得身形可以随意隐现，并不是平常的隐身法，只能障普通人的眼目。起初人家不知道他的名姓，因他行踪飘忽，剑法高强，与他起了一个外号，叫作追云叟。后来才访出他的姓名，叫作白谷逸。当时江湖上的人，真是闻名丧胆，见影亡魂。他自五十年前，因为他的老伴凌雪鸿在开元寺坐化，江湖上久已不见他的踪迹，都说他已死了。去年烈火祖师从滇西回华山，路过此地，说是看见他在成都市上卖药，叫我仔细。并说自己当初曾败在他手里，有他在一日，自己决不出山，参加任何方面斗争。起初只说他已坐化，谁想还在人世。惟有践昔日之言，回山闭门静修，不出来了。所以我严命门下弟子，无故不准出庙生事。后来也不见有什么举动。前些日毛贤弟的门徒张亮半夜出庙，说是往城内一家富户去借零用，一去不归。后来派人往衙门口同那家富户去打听，音讯毫无。一定遭了这老贼的毒手，旁人决不会做得这般干净。"

张亮乃是毛太新收爱徒，一听这般凶信，不禁又急又气，定要往城内去探消息。智通连忙劝阻，叫他不可造次。便对秦朗说道："我庙中连日发生事故，情形大是不妙。秦道友不宜在此久居，明日可起程到滇西去。贫道烦你绕道打箭炉一行，请瘟神庙方丈粉面佛，约同飞天夜叉马觉，快到成都助我一臂之力。秦道友意下如何？"秦朗道："我此次奉师命到滇西去，本来也要到打箭炉去拜访晓月禅师。大师烦我前去，正是一举两便。我明早就起程便了。"

智通谢过秦朗，便叫人去把门下弟子四金刚，以及白日前来投奔的四川路上的大盗飞天蜈蚣多宝真人金光鼎、独角蟒马雄、分水犀牛陆虎、闹海银龙白缙，以及全体英雄，齐至大殿，有事相商。传话去后，先是本庙的四金刚大力金刚铁掌僧慧明、无敌金刚赛达摩慧能、多臂金刚小哪吒慧行、多目金刚小火神慧性等四人先到，随后便是金光鼎等进来施礼落座。智通道："我叫你等进来，不为别故，只因当初我祖师太乙混元祖师，与峨眉派剑仙结下深仇，在峨眉山玉女峰斗剑，被峨眉派的领袖剑仙乾坤正气妙一真人齐漱溟斩去一臂。祖师爷气愤不过，后来在茅山修炼十年，炼就五毒仙剑，约峨眉派二次在黄山顶上比剑。峨眉派眼看失败，凭空又来了东海三仙：一个是玄真子，二个是苦行头陀，三个就是那怪老头追云叟白谷逸。他们三人平空出来干涉，调解不公，动起手来，我们祖师爷被苦行头陀将五毒剑收去，又中了玄真子一无形剑，七天之后，便自身亡。临终的时节，将门下几个得意门人，同我师父脱脱大师叫在面前，传下炼剑之法，叫我等剑法修成，寻峨眉派的人报仇雪恨。我师父后来走火入魔，当时坐化。我来到成都，苦心经营这座慈云寺，十几个年头，才有今日这番兴盛。只因我从不在此做买卖，出入俱在深夜，颇能得到当地官民绅商的信仰。谁想半月前夜间，毛贤弟的门人张亮，看中了城内一家女子，前去采花借钱，一去不回。四外打听，并无下落，定是遭了别人的毒手。我正为此事着急，谁想前几天本院又出了一桩奇事。"

毛太听了，忙问出了什么奇事？智通道："贤弟你哪里知道，这也是我一念慈悲，才留下这一桩后患。前几天我正在欢喜禅殿，同了众弟子在那里追欢取乐，忽然听见暗门磬响，起初以为是你回来。谁想是十七个由贵州进京应试的举子，绕道到成都游玩，因闻得本庙是个大丛林，随便进来随喜。前面知客僧一时大意，被他们误入云房，巧碰暗室机关，进了甬道。我见事情已被他等看破，说不得只好请他们归西。我便将他等十七人全绑起来，审问明白，由我亲自动手送终。杀到临末一个举子，年纪只有十七八岁，相貌长得极好，跪在地上苦苦哀求，不禁将我心肠哭软，不忍心亲自动手杀他，便将他送往牢洞之中，给了他一根绳子、一把钢刀、一包毒药，叫他自己在洞中寻死。他又苦求多吃两顿，做一个饱死鬼。我想一发成全了他，又与他三十个馒头，算计可以让他多活三天。到第四天去看他，若不自杀，再行动手。我因那人生得非常文弱，那牢洞又高，我也未把此事放在心上。谁想第二天、第三天，连下了两晚的大雷雨，到第四天派人去看，那幼年举子已自逃走。我想他乃文弱书生，这四围均是我们自己人，不怕他逃脱。当时叫人将各地口子把住，加紧搜查，并无踪迹。此人看破庙中秘密，我又将他同伴十六人一齐杀死，他逃出之后，岂不报官前来捉拿我等？连日将庙门紧闭，预备官兵到时迎杀一阵，然后再投奔七贤弟令师处安身。谁想七八天工夫，并无音讯，派人去衙门口打听，也无动静。不知是何缘故？"

多目金刚小火神慧性道："师父，我想那举子乃是一个年幼娃娃，连惊带急，想必是逃出时跌入山涧身亡，或者是在别处染病而死，这倒不必多虑。"智通道："话虽如此说，我们不得不做准备。况且追云叟既然在成都出现，早晚之间，必来寻事。今日我唤你等同众位英雄到此，就是要大家从今起，分头拿我柬帖，约请帮手。在庙的人，无事不许出庙。且等请的帮手到来，再作计较。"众人听了，俱都无甚主见，不发一言。惟独毛太报仇心切，执意要去寻周淳拼个死活。智通拦他不住，只得由他。一宿无话。

到了第二日，秦朗辞别大众，起程往滇西去了。秦朗走后，众人也都拿了智通的信，分别出门请人。不提。毛太吃完早饭，也不通知智通，一人离了慈云寺，往城内去寻周淳报仇。

要知后事如何，且看下回分解。

35

第九回

古庙逢凶　众孝廉禅堂遭毒手
石牢逃命　憨公子夜雨越东墙

话说贵州贵阳县，有一家书香人家姓周，世代单传，耕读传家。惟独到了末一代，弟兄九个，因都是天性孝友，并未分居，最小的功名也是秀才，其余是举人、进士。加以兄弟非常友爱，家庭里融融洽洽，颇有天伦之乐。只是一件美中不足：弟兄九人，倒有八个有伯道之忧。只有第七个名叫子敬的，到了他三十六岁上，才生了一个儿子，取名云从，自幼聪明诚笃，至性过人。一子承祧九房，又是有钱的人家，家中当然是爱得如掌上明珠一般。偏生他又性喜读书，十五岁入学，十八岁便中了举，名次中得很高。他中举之后，不自满足，当下便要先期进京用功，等候应试。他的父亲叔伯虽然因路途遥远，不大放心，见云从功名心盛，也不便阻他上进之心。只得挑了一个得力的老家人王福，书童小三儿，陪云从一同进京。择了吉日，云从辞别叔伯父母同饯行亲友，带了王福、小三儿起程。

行了数日，半路上又遇见几个同年，都是同云从一样先期进京，等候科场的。沿途有了伴，自不寂寞。后来人越聚越多，一共有十七个进京应考的人。这班少年新贵，大都喜事。当下云从建议说："我们若按程到京，尚有好几个月的空闲。古人读万卷书行万里路，经历与学问，是并重的。我们何不趁这空闲机会，遇见名山胜迹，就去游览一番，也不枉万里跋涉一场呢？"内中有一位举子，名叫宋时，说道："年兄此话，我非常赞同。久闻蜀中多名胜，我们何不往成都去玩几天？"大家都是年轻好玩，皆无有异议。商量停妥，便叫随从人等携带行李，按程前进，在重庆聚齐。他们一行十七人，除云从带了一个书童外，各人只带了随身应用一个小包裹，径直绕道往成都游玩。王福恐他们不大出门，受人欺骗，再三相劝。宋时道："我在外奔走十年，江湖上什么道路我都明白，老管家你只管放心吧。"王福见拦阻不住，又知道往成都是条大路，非常安静，只得由他。又把小三儿叫在一旁，再三嘱咐，早晚好生侍候小主人，不要生事。小三儿年纪虽轻，颇为机警，一一点头答应。便自分别起程。他们十七个人，一路无话，欢欢喜喜，到了成都，寻了一家大客店住下，每日到那有名胜的去处，游了一个畅快。

有一天，云从同了众人出门，游玩了一会，便提议往望江楼去小饮。他们前数日已来过两次，因为他们除了三四个是寒士外，余人俱是富家子弟，不甚爱惜金钱。酒保见是好主顾到来，自然是加倍奉承。云从提议不进雅座，每四人或三人坐一桌，凭栏饮酒，可以远望长江。大家俱无异议，便叫酒保将靠窗的座位包下来。谁想靠窗的那一楼，只有四张桌子，当中一张桌子上已是先有一个道人在那里伏几而卧，宋时便叫酒保将那人唤开。酒保见那道人一身穷相，一早晨进来饮酒，直饮到下午未走，早已不大愿意。先前没有客，尚不甚在意，如今看这许多财神要这个座，当然更觉得理直气壮。便请他们先在那三张桌上落座，走过去唤了那道人两声，不见答应。随后又推了那道人两下，那道人不但不醒，反而鼾声大起。宋时在这小小旅行团中，是一个十分狂躁的人，见了这般情形，不由心中火起，正待发话。忽然那道人打了一个哈欠，说道："再来一葫芦酒。"这时他昂起头来，才看见他是抱着一装酒的红葫芦睡的。酒保见那道人要酒，便道："道爷，你还喝吗？你一早进来，已经喝了那些个酒，别喝坏了身体。依我之见，你该回庙去啦。"那道人道："放屁！你开酒店，难道还不许我喝吗？休要啰唣，快拿我的葫芦取酒去。"酒保一面答应"是是"，一面赔着笑脸，对那道人说道："道爷，小的打算求道爷一点事。"道人道："我一个穷道士，你有何事求我？"酒保道："我们这四张桌子，昨天给那边十几位相公包定了，说是今天这个时候来。你早上来喝酒，我想你一定喝完就走，所以才让给你。如今订座的人都来啦，请你让一让，上那边喝去吧。"道人听罢，大怒道："人家喝酒给钱，我喝酒也给钱，凭什么由你们调动？你如果给人家订去，我进来时，就该先向我说。你明明欺负我出家人，今天你家道爷在这儿喝定了！"

宋时等了半日，已是不耐。又见那道人一身穷相，说话强横，不禁大怒，便走将过来，对那道人道："这个座原是我们订的，你如不让，休怪老爷无礼！"道人道："我倒看不透，我凭什么让你？你有什么能耐，你使吧。"宋时听了，便走上前向那道人脸上一个嘴巴。云从见他等争吵，正待上前解劝，已来不及，只听"啊呀"一声，宋时已是痛得捧着手直嚷。原来他这一巴掌打在道人脸上，如同打在铁石上一样，痛彻心肺。这些举子如何容得，便道："反了！反了！拖他出去，打他一个半死，再送官治罪。"

正待一齐上前，云从忙横身阻拦，说道："诸位年兄且慢，容我一言。"因这里头只云从带的钱多，又舍得花，无形中做了他们的领袖。他这一句话说出，众人只得暂时停手，看他如何发付。云从过来时，那道人已自站起，朝他仔细看了又看。云从见那道人二目神光炯炯射人，知道不是等闲之辈。常听王福说，江湖上异人甚多，不可随意开罪。便向那道人说道："这位道爷不要生气，我们十七个俱是同年至好，今天来此喝酒，因为要大家坐在一起好谈话，所以才叫酒保过来惊动道爷。让不让都不要紧，还望不要见怪。"那道爷道："哪个前来怪你？你看见的，他打我，我并不曾还手啊！"这时宋时一只右手疼痛难忍，片刻间已是红肿起来。口中说道："这个贼道士定有妖法，非送官重办不可。"云从连忙使个眼色，叫他不要说话。一面对道人道："敝友冲撞道爷，不知道爷使何仙法？他如今疼痛难忍，望道爷慈悲，行个方便吧。"道人道："他自己不好，想打人又不会打，才会遭此痛苦。我动也不曾动，哪个会什么仙法？"

这时酒楼主人也知道了，生怕事情闹大，也在一旁相劝，道人仍是执意不认账。后来云从苦苦相求，道人说："我本不愿与要死的人生气。他因为不会打人，使错了力，屈了筋。要不看在你这个活人面上，只管让他疼去。你去叫他过来，我给他治。"宋时这时仍在那里千贼道、万贼道的骂。云从过来，将他扶了过去，宋时仍骂不绝口。云从怕道人生气不肯治，劝宋时又不听，十分为难。谁想那道人听了宋时的骂，若无其事，反对云从道："你不要为难，我是不愿和死人生气的。"说罢，将宋时手拿过，只见道人两只手合着宋时一只手，只轻轻一揉，便道："好了。下回可不要随意伸手打人呀！"说罢，看了宋时一眼，又微微叹了口气，宋时除了手上尚有点红外，已是不痛不肿。云从怕他还要骂人，将他拉了过去。又过来给道人称谢，叫酒保问道人还喝不喝，酒账回头算在一起。道人道："我酒已喝够，只再要五斤大曲酒，做晚粮足矣。"云从忙叫酒保取来，装入道人葫芦之内。那道人谢也不谢，拿过酒葫芦，背在背上，头也不回就走了。

众人俱都大哗，有说道人是妖人的，有说是骗人酒吃的，一看有人会账，就不占座位了。惟独云从自送那道人下楼，忽然想起忘了问那道人的姓名，也不管众人议论纷纷，独自凭窗下视，看那道人往何方走去。只见那道人出了酒楼，楼下行人非常拥挤，惟独那道人走过的地方，人无论如何挤法，总离他身旁有一二尺，好似有什么东西从中阻拦似的，心中十分惊异。因刚才不曾问得姓名，不禁脱口喊道："道爷请转！"那道人本在街上缓缓而行，听了此言,只把头朝楼上一望。云从满拟他会回来,谁想那道人行走甚速。这时众人吵闹了一阵,因见云从对着窗户发呆,来唤他吃酒。云从回首,稍微周旋一两句,再往下看时,已不见那道人踪影。只得仍旧同大众吃喝谈笑了一阵。因宋时今天碰了一个钉子,不肯多事流连,用罢酒饭,便提议回店。众人知他心意,由云从会了账,下楼回了店房。

第二日吃罢早饭,宋时又提议往城外慈云寺去游玩。这慈云寺乃成都有名的禅林,曲殿回廊,花木扶疏,非常雅静。庙产甚多,和尚轻易不出庙门。庙内的和尚均守清规,通禅理,更是名传蜀地。众人久已有个听闻,因为离城有二三十里,庙旁是个村集,云从便提议说:"成都名胜,游览已遍,如今只剩这个好所在。我们何不今天动身,就在那里打个店房住一天,游完了庙,明天就起程往重庆去呢?"宋时因昨日吃了苦,面子不好看,早欲离开成都,首先赞成。众人本无准见,也就轻车减从,带了小三儿一同上道。

走到午牌时分,行了有三十里路,果然有个村集,也有店房。一打听慈云寺,都知道,说是离此不远。原来此地人家,有多半种着庙产。众人胡乱用了一点酒饭,只留小三儿在店中看家,全都往慈云寺走去。行约半里,只见一片茂林,嘉树葱茏,现出红墙一角。一阵风过去,微闻梵音之声,果然是清修福地。众人到了庙门,走将进去,由知客僧招待,端过素点清茶,周旋了一阵,便引大家往佛殿禅房中去游览。这个知客,名叫了一,谈吐非常文雅,招待殷勤,很合云从等脾气。游了半日,知客僧又领到一间禅房之中歇脚。这间禅房,布置得非常雅致。墙上挂着名人字画,桌上文具非常整齐。靠西边禅床上,有两个夏布的蒲团,说是晚上做静功用的。众人意欲请方丈出来谈谈。了一道:"家师智通,在后院清修,谢绝尘缘,轻易不肯出来。诸位檀越,改日有缘再会吧。"众人听了,俱各叹羡。宋时看见一轴画,挂得地位十分不合式,正要问了一,为何挂在这里。忽然有一个小沙弥进来说:"方丈请知客师去说话。"了一便对众人道:"小庙殿房曲折,容易走迷,诸位等我回来奉陪同游吧,我去去就来。"说罢,匆匆走去。

宋时便对云从道:"你看这庙中的布置,同知客僧的谈吐,何等高明风雅。这间禅房布置得这样好,满壁都是名人字画,偏偏这边墙上,会挂这样一张画,岂不是佛头着粪吗?"原来这间禅房面积甚广,东边是窗户,南边是门。西墙上挂着米襄阳烟雨图的横幅;北墙上挂的是方孝孺白石青松的中堂,旁边配着一副对联,集的宋句是:"青鸳几世开兰若,白鹤时来访子孙。"落款是一个蜀中的小名士张易。惟独禅床当中,孤孤单单挂了一个中堂,画的是八仙过海,笔势粗俗,满纸匠气。众人先前只顾同了一说话,不曾注意。经宋时一说,俱都回过头来议论。

云从正坐在床上,回头看见那中堂下面横着一个磬锤,随手取来把玩。一个不留心,把那八仙过海中堂的下摆碰了一下。大概上面挂的那个钉年代久远,有点活动,经这磬锤一震,后面凹进去一块,约一人高,一尺三寸宽,上面悬着一个小磬。众人都不明白这磬为何要把它藏在此间。宋时正站在床前,把磬锤从云从手中取过来把玩,一时高了兴,随便击了那磬一下,只听当的一声,清脆可听。于是又连击了两下。云从忽见有一个小和尚探头,便道:"宋年兄不要淘气了,乱动人家东西,知客来了,不好意思。"

话言未了,便听三声钟响,接着是一阵轧轧之声。同时墙上现出一个小门,门前立着一个艳装女子,见了众人,"呀"的一声,连忙退去。宋时道:"原来这里有暗门,还藏着女子,那方丈一定不是好人。我们何不进去骂那秃驴一顿,大大地敲他一下钉锤(川语,即敲竹杠也)?"云从道:"年兄且慢。小弟在家中起身时,老家人王福曾对小弟说过,无论庵观寺院,进去随喜,如无庙中人指引,千万不可随意走动。皆因有许多出家人,表面上是跳出三界外,不在五行中,清净寂灭,一尘不染,暗地里奸盗邪淫,无恶不作的也很多。平时不看破他行藏还好,倘或无意中看破行藏,便起了他的杀机。这庙中既是清修福地,为何室中设有机关,藏有妇女?我等最好不要乱动,倘或他们羞恼成怒,我等俱是文人,万一吃个眼前亏,不是玩的。"

众人听了这一席话,正在议论纷纭。就中有一个姓史的举子,忽然说道:"云从兄,你还只顾说话,你看你身后头的房门,如何不见了?"众人连忙一齐回头看时,果然适才进来的那一座门,已不知去向,只剩了一面黑黝黝的墙。墙上挂的字画,也无影无踪。众人不禁惊异万分,不由得连忙上前去推。只见那墙非常坚固,恰似蜻蜓撼石柱,休想动得分毫。这时除了禅床上所现小门外,简直是无门可出。众人全都又惊又怕。云从忽然道:"我们真是呆瓜。现在无门可出,眼前就是窗户,何不越窗而出呢?"这一句把大众提醒,俱各奔到窗前,用手推了一回,不禁大大的失望。原来那窗户虽有四扇,已从外面下闩。这还不打紧,而这四扇窗,全都是生铁打就,另外挖的卐字花纹,有二指粗细,外面漆上红漆,所以看不出来。急得众人又蹦又跳,去捶了一阵板壁,把手俱都捶得生疼,外面并无人应声。这一班少年新贵们,这才知道身入险地,光景不妙。有怪宋时不该击那磬的,有说和尚不规矩的。还有两位胆子大的人说:"我们俱都是举人,人数又多,谅他也不能奈何我们,等一会知客回来,总会救我们出去的。"议论纷纭,满室喧哗,倒也热闹。云从被这一干人吵得头疼,便道:"我们既到此地步,如今吉凶祸福,全然不晓,埋怨吵闹,俱都无益,不如静以观变。一面大家想个主意,脱离此地才好。"

一句话说完,满室中又变成鸦雀无声,个个蹙着颦眉,苦思无计。惟独宋时望着那墙上那座小门出神,他忽然说道:"诸位年兄,我想是福不是祸,是祸躲不过。如今既无出路,又无人理睬我们,长此相持,如何是好?依我之见,不如我们就由这小门进去,见了方丈,索性与他把话说清,说明我们是无心发现机关,请他放我们出去。好在我们既未损坏他的东西,又是过路的人,虽然看破秘密,也决不会与他传说出去。我想我们这许多有功名的人,难道他就有那样大的胆子,将我们一齐害死吗?我们只要脱离了这座庙,以后的文章,不是由我们去做吗?"众人听了这话,立刻又喧嚷了一阵,商量结果,除此之外,也别无良法。于是由宋时领头,众人在后随着,一齐进去。那禅床上的小门,只容得进一人,大家便随了宋时鱼贯而入,最末后是云从。这一群送死队进门后,又下了十余级台阶,便是一条很长的甬道,非常黑暗,好似在夹墙中行走。且每隔三五十步,有一盏油灯,依稀辨出路径。走了约有百余步,前面又走十余级台阶,上面微微看见亮光。众人拾阶而升,便是一座假山。由这假山洞穿出去,豁然开朗,两旁尽是奇花异卉,布置得非常雅妙。众人由黑暗处走向明地,不禁有些眼花。虽然花草甚多,在这吉凶莫定之际,俱都无心流连。

众人正待向前迈步,忽听哈哈一声怪笑道:"众檀越清兴不小!"把众人吓了一跳,朝前看时,原来前面是一座大殿。石台阶上,盘膝坐定一个大和尚,面貌凶恶,身材魁伟,赤着上身,跣着双足,身旁堆着一堆做法事用的铙钹。旁边站定两个女子,身上披着大红斗篷,年约二十,满面脂粉。宋时忙将心神镇定,上前说道:"师父在上,学生有礼了。"那凶僧也不理睬于他,兀自闭目不语。宋时只得又道:"我等俱是过路游玩的文人,蒙贵庙知客师父带我等往各殿随喜,不想误触机关,迷失门户,望师父行个方便,派人领我们出去。学生等出去,决不向外人提起贵庙只字。不知师父意下如何?"那凶僧与那两个女子俱各合掌闭目,一言不发。宋时等了一会,又说了一遍,凶僧依旧不理。那姓史的举子,已是不耐,便说道:"和尚休得如此。你身为出家人,如何在庙中暗设机关,匿藏妇女?我等俱是上京赶考的新贵人,今天只要你放我们出去,我们决不向人前提起;如若不然,我等出去,定要禀官治你们不法之罪。"满想那凶僧听了此言,定然害怕,放他们走。谁想那凶僧说道:"你等这一班寒酸,天堂有路你不走,地狱无门自来投。待我来方便方便你们吧。"众人听罢此言,便知不妙。因见那凶僧只是一人,那两个又是女流之辈,大家于是使了一个眼色,准备一拥上前,夺门而出。那凶僧见了这般情状,脸上一阵狞笑,把身旁铙钹拿起,只敲了一下,众人忽然两臂已被人捉住。大家一看,不知从什么地方来的几十个凶僧,有的擒人,有的手持利刃,不一会的工夫,已将他们十七人捆翻在地。又有十几个凶僧,取了十几个木桩,将他等绑在桩上,离那大殿约有十余步光景。那大凶僧又将铙钹重敲了两下,众凶僧俱各退去。

这时众人俱已胆裂魂飞,昏厥过去。惟独云从胆子稍大,明知事已至此,只得束手待毙。忽然想起家中父母伯叔俱在暮年,自己一身兼祧着九房香烟,所关何等重大。悔不该少年喜事,闯下这泼天大祸,把平日亲友的期望同自己平生的抱负付于流水。痛定思痛,不禁悲从中来,放声大哭。那凶僧见云从这般哀苦,不禁哈哈大笑,便对身旁侍立的两个女子说道:"你看他们这班穷酸,真是不值价。平常端起秀才身份,在家中作威作福;一旦被困遭擒,便这样脓包,好似失了乳的娃娃一样。你俩何不下去歌舞一回,哄哄他们呢?"旁立女子听罢此言,道:"遵法旨。"将所披大红斗篷往后一翻,露出白玉般的身躯,已自跳入院中,对舞起来。粉弯雪股,肤如凝脂。腿起处,方寸地隐约可见。原来这两个女子,除披的一件斗篷外,竟然一丝不挂,较之现在脐下还围着尺许纱布的舞女,还要开通得许多咧。这时凶僧又将铙钹连击数下,两廊下走出一队执乐器的凶僧,也出来凑热闹,正是毛腿与玉腿齐飞,鸡头共光头一色。一时歌舞之声,把十余人的灵魂悠悠唤转。

众人醒来,看见妙相奇观,还疑是身在梦中。正待拔腿向前,看个仔细,却被麻绳绑紧,行动不得。才想起适才被绑之事,不禁心寒胆裂。虽然轻歌妙舞,佳丽当前,却也无心鉴赏。劳苦呼天地,疾痛呼父母,本属人之常情。在这生死关头,他们俱是有身家的少年新贵,自有许多尘缘抛舍不下;再被云从悲泣之声,勾起各人的身世之感。一个个悲从中来,不可断歇。起初不过触景伤怀,嘤嘤啜泣。后来越想越伤心,一个个索性放声大哭起来。真是流泪眼观流泪眼,断肠人遇断肠人,哀声动地,禅堂几乎变作了孝堂。连那歌舞的女子,见了这般可怜状况,虽然怵于凶僧,不敢停住,也都有点目润心酸,步法错乱。

那凶僧正在高兴头上,哪禁得众人这样煞风景,铙钹响处,那女子和执乐的凶徒，一霎时俱各归原位，又还了本来寂静景象。众人忽起了偷生之念，一个个苦苦哀求饶命。凶僧兀自不理，将身旁饶钹取过一叠，将身站起，手扬处，一道黄圈，奔向第一个木桩去。这木桩上绑的正是宋时，看见眼前黄澄澄一样东西飞来，偏偏发辫又牢，绑在桩上闪身不开，知道大事不好，"呀"的一声没喊出口，脑袋已是飞将下来。那一面饶钹，大半嵌入木中，震震有声。众人见凶僧忽然立起，又见他从手中飞出一个黄东西，还疑心是和尚和刚才一样，有什么特别玩意给他们看咧。等到看见宋时人头落地，才知道和尚耍这个花招，是要他们的命，吓得三魂皆冒。有的还在央求，希冀万一；有的已吓得晕死过去。说时迟，那时快，这凶僧把众人当作试饶钹的目标。你看他在大殿上兔起鹘落，大显身手。忽而鹞子翻身，从背后将钹飞出；忽而流星赶月，一钹接着一钹。钹无虚发，众人也落一个死无全尸。不大一会，十六面飞钹嵌在木桩上，十六个人头也都滚了一院子。只有云从一人，因身量太小，凶僧的飞钹拣大的先要，侥幸暂延残喘。凶僧见钹已用完，尚有一人未死，正待向前动手。那两个女子虽然跟那凶僧数年，经历许多怪事，像今儿这般惨状，到底是破题儿第一遭。女人家心肠软，又见云从年纪又轻，面如少女，不禁动了怜恤之念，便对凶僧道："大师父看我们的面上，饶恕了这个小孩子吧。"凶僧道："你哪里知道，擒虎容易放虎难。他同来十余人，俱死在我手中，只剩他一人，愈发饶恕不得。"两个女子还是央求个不息。

云从自忖必死，本是默默无言。忽见有人替他讲情，又动了希冀之心，便哭求道："我家在贵阳，九房中只生我一个儿子。这次误入禅堂，又不干我的事。望求大师父慈悲，饶我一命。如果怕我泄露机密，请你把我舌头割下，手指割下，我回去写不得字，说不得话，也就不能坏大师父的事。我只求回转家乡，好继续我九房的香烟，于愿已足。望大师父同二位姐姐开恩吧。"似这样语无伦次，求了好一会。凶僧也因杀人杀得手软，又禁不住两个心爱女子的解劝，便道："本师念你苦苦央求，看在我这两个心肝份上，如今让你多活三日。"便叫女子去唤知客，取过三般法典来。女子答应一声，便自走去。不一会，知客师了一取过一个红盘，上面有三件东西：一个小红纸包；一根绳子，盘成一堆，打了个如意结；另外还有一把钢刀。云从也不知道什么用处，只知道三日之后，仍是不免一死，依然苦苦央求。那凶僧也不理他，便对了一道："你把这个娃娃下在石牢之内，将三盘法典交付与他，再给他十几个馒首，让他多活三日。他如愿意全尸，自己动手。第四日早晨，你进牢去，他如未死，就用这把钢刀，取他首级回话。"了一答应了一声，便走到木桩前，将云从捆绑解开。

云从绑了半日，周身痛得麻木。经过一番大惊恐后，精神困乏已极，刚刚解去绳索，已是晕倒在地。了一道："你们这些富贵人家子弟，在家中享福有多么好，何苦出来自寻死路？我现在奉师父之命，将你下在石牢，本宜将你捆绑，念你是个小娃娃，料你也逃不出去，本师慈悲于你，不给你上绑。你快随本师来吧。"云从此时浑身酸楚，寸步难移，又不敢不走。万般无奈，站起身来，勉强随着了一绕过大殿，又走过两层院落，看见又有一个大殿，殿旁有一座石壁，高约三丈。只见了一向石壁前一块石头一推，便见那石壁慢慢移动，现出一个洞穴。云从就知此地便是葬身之地，不由得抱着一跪下，苦苦哀求，将自己的家庭状况，连哭带诉，求了一搭救。了一见他可怜，也动了怜恤之念，说道："你初进庙时，我同你就谈得很投机，我何尝不爱惜你，想救你一命。只是如今事情已然闹大，我也做不了主。再说我师父庙规甚严，不徇情面，我实在爱莫能助。不过我二人总算有缘，除了放你不能外，别的事我力量做得到的，或者可以帮你的忙。你快点说完，进牢去吧。"云从知道他说的是实话，知道生机已绝，便求他在这三天之中，不要断了饮食，好让自己做一个饱死鬼。了一一一答应。便将三般法典交与云从，又对他说："这小包中是毒药，你如要死得快，这个再好不过。我回头便叫人将三天的饮食与你送来。"说罢，便将云从推入石洞之中，转身走去。

云从到了石洞一看，满洞阴森。这时外面石壁已经封好，里面更是不见一些光亮。他身长富贵之家，哪里受过这样苦楚。这时痛定思痛，诸同年死时的惨状如在目前。又想起自己性命只能苟延三日，暮年的父母伯叔，九房香烟全靠自己一人接续，眼看不明不白地身遭惨死，越发伤心肠断。这时已经有人将他三天的饮食送到：一大葫芦水同一大盘馒首；黑暗中摸索，大约还有几碗菜肴，这原是出诸了一的好意。云从也无心食用，只是痛哭不止。任你哭得声嘶力竭，在这叫天天不应，叫地地不灵的地方，也是无人前来理你。云从自早饭后进庙，这时已是酉牌时分。受了许多困苦颠连，哭了半日，哭得困乏已极，便自沉沉睡去。等到一觉睡醒，睡在冰凉的石壁下，又冷又饿又伤心。随手取过馒首，才吃得两口，又想起家中父母伯叔同眼前的危险，不禁又放声大哭，真是巫峡啼猿，无此凄楚。

似这样哭累了睡，睡醒了哭，有时也胡乱进点饮食。洞中昏黑，不辨昼夜，也不知经过了几天。其实云从神经错乱，这时刚刚是第一天晚上咧。但凡一个人在黑暗之中，最能练习目力。云从因在洞中困了一昼夜，已经些微

44

能见东西。正在哭泣之际，忽然看见身旁有一样东西放光，随手取过，原来就是凶僧三般法典中的一把钢刀，取时差点没有把手割破。不由又想起命在旦夕，越发伤心落泪。正在悲苦之际，忽然一阵微风吹过，有几点微雨飘在脸上。云从在这昏愦懊丧之际，被这凉风细雨一吹，神智登时清醒了许多。这石洞不见天日，哪里来的雨点吹进？心中顿起怀疑。忽然一道亮光一闪，照得石洞光明。接着一阵隆隆之声。猛抬头，看见石洞顶上，有一个尺许大的圆洞。起初进洞时，因在气恼沮丧之时，洞中黑暗异常，所以不曾留意到。如今外面下雨闪电，才得发现，不由动了逃生之念。当时将身站起，四下摸索，知道这石洞四面砖石堆砌，并无出路。顶上虽有个小洞，离地太高，万难上去。身旁只有一条绳、一把钢刀，并无别的器械可以应用。知道危机迫切，急不可待，连忙镇定心神，解释愁思，仔细想一个逃生之路。后来决定由顶上那个洞中逃走，他便将那绳系在钢刀的中间，欲待抛将上去，挂在洞口，便可攀援而上。谁想费了半天心血，依旧不能如愿。原来那洞离地三丈多高，绳子只有两丈长，慢说抛不上去，就是幸而挂上，自己也不能纵上去够着绳子。一条生路，又归泡影。

失望之余，又痛哭了一场。到底他心不甘死，想了半天，被他想出一个呆法子来。他走到四面墙壁之下，用刀去拨了拨砖，恰好有两块能动些。他费了许多气力，刚好把这两块砖取下，心中大喜。满想打开此洞出去，连忙用刀去挖，忽听有铮铮之声，用手摸时，不禁叫一声苦。原来砖墙中间，夹着一层铁板。知道又是无效，焦急万分。腹中又有点饥饿，回到原处取食物时，又被脚下的绳子绊了一跤，立时触动灵机，发现一丝生路。他虽然是个文弱书生，到这生死关头，也就顾不得许多辛苦劳顿。他手执钢刀，仍到四壁，从破砖缝中，用刀去拨那些砖块。这时外面的雷声雨点越来越大，好似上天见怜，特意助他成功一般。到底他气力有限，那墙砖又制造得非常坚固，费尽平生之力，弄得上气不接下气，才只拨下四五十块四五寸厚、一尺多宽定制的窑砖来。一双嫩手，兀的被刀锋划破了好几处。他觉得湿漉漉的，还以为用力过度出的急汗，后来慢慢觉得有些疼痛，才知道是受伤出了血。他自出世以来，便极受家庭钟爱，几时尝过这样苦楚？起初不发现，倒也罢了；等到发现以后，渐渐觉得疼痛难支，两只脚也站得又酸又麻，实在支持不住，不禁坐在砖石堆上，放声大哭。哭了一会，两眼昏昏欲睡。

正要埋头倒卧之时，耳朵边好似有人警觉他道："你现在要死要活，全在你自己努力不努力了。你父母的香烟嗣续，同诸好友的血海冤仇，责任全在你一人身上啊!"他一转念间忽然醒悟,知道现在千钧一发,不比是在家中父母面前撒娇,有亲人来抚慰。这里不但是哭死没人管,而且光阴过一分便少一分,转眼就要身首异处的。再一想到同年死的惨状,不由心惊胆裂。立刻鼓足勇气,站起身形,忍着痛楚,仍旧尽力去拨动墙上那些砖块,这一回有了经验,比初动手时已较为容易。每拨下三四十块,就放在石洞中间,像堆宝塔一样,一层层堆了上去。这样的来回奔走,手足不停地工作,也不知经过了多少时间,居然被他堆了有七八尺高的一个砖垛。他估量今晚是第三夜,时间已是不能再缓,算计站在这砖石垛上,绳子可以够到上头的圆洞,便停止拨动工作。喝了两口水,吃了几口馒头。那刀锋已是被他弄卷了口,他把绳子的那一头系在刀的中间,稳住脚步,照原来堆就的台阶,慢慢往上爬,一直爬到顶上一层,只有二尺不到的面积,尽可容足。因为在黑暗中,堆得不大平稳,那砖头摇摇欲倒,把他吓了一跳。知道一个不留神倒塌下来,自己决无余力再去堆砌。只得先将脚步稳住,站在上头,将绳子舞起,静等闪电时,看准头上的洞,扔将上去挂住,便可爬出。可怜他凝神定虑,静等机会,好几次闪电时,都被他将机会错过。那刀系在绳上,被他越舞越圆,劲头越来越大。手酸臂麻,又不敢停手,怕被刀激回,伤了自己。又要顾顶上的闪电,又要顾手上舞的刀,又怕砖垛倒塌,真是顾了上头,顾不了下头,心中焦急万状。忽然一阵头晕眼花,当的一声,来了一个大出手,连刀带绳,脱手飞去。他受了这一惊,一个站不稳,从砖垛上滑倒下来。在四下一摸,绳刀俱不知去向。费了半夜的心血,又成泡影,更无余力可以继续奋斗,除等死外,再无别的主意。这位公子哥儿越想越伤心,不由又大哭起来。

　　正在无可奈何之际,忽然顶上的圆洞口一道闪光过处,好似看见一条长绳,在那里摇摆。他连忙止住悲声,定睛细看,做美的闪电接二连三闪个不住。电光过处,分明是一条绳悬挂在那里,随风摇摆,看得非常真切。原来他刚才将绳舞动时,一个脱手,滑向顶上,刚刚挂在洞口,他以为飞出洞外,谁知无意中却成全了他。人在黑暗中,忽遇一线生机,真是高兴非常,立刻精神百倍,忘却疲劳。他打起精神,爬到砖垛跟前,用手推了一推。且喜那砖又厚又大,他滑下来时,只把最顶上的滑下四五块,其余尚无妨碍,还好收拾。经过一番惊恐,越加一分仔细。他手脚并用地先四处摸索一番,再试探着往上爬。又把滑下来的地方,用手去整顿一下。慢慢爬到顶上,巍巍站起身形。用力往头上去捞时,恰好又是一道闪电过去,估量离头顶不过尺许。他平息凝神,等第二次闪电一亮,在这一刹那间,将身一纵,便已攀住绳头。

忽然哗啦一下,身子又掉在砖上,把他又吓了一大跳,还当是刀没挂稳,滑了下来。且喜只滑一二尺,便已不动。用力试了试,知道业已挂在缺口,非常结实。这回恰够尺寸,不用再等闪电,逃命要紧,也忘记了手上的刀伤同痛楚,两只手倒援着绳往上爬。他虽不会武功,到底年小身轻,不大工夫,已够着洞口。他用左肘挎着洞口,使劲把身子一起,业已到了上边。累得他力尽筋疲,动弹不得。上面电闪雨横,越来越大,把他浑身上下淋了一个透湿。休息好一会,又被凉雨一冲,头脑才稍微清醒。想起现在虽然出洞,仍是在虎穴龙潭之中,光阴稍纵即逝,非继续努力,不能逃命。这洞顶离地甚高,跌下去便是筋断骨折。只得就着闪电余光,先辨清走的方向再说。

这洞顶东面是前日的来路,西面靠着大殿,南面是庙中院落。惟独北面靠墙,想是隔壁人家,于是决定朝北面逃走。这时雨越下越大,四围死气沉沉,一些亮光都没有。树枝上的雨水,瀑布一般地往下溜去。云从几番站立不稳,滑倒好几次,差点跌将下去。再加洞顶当中隆高,旁边俱倾斜,更得加一分仔细,要等电光闪一闪,才能往前爬行一步。好容易挨到北面靠墙的地方,不由叫一声苦。原来这洞离墙尚有三四尺的距离,他本不会武艺,又在风雨的黑夜,如何敢往那墙上跳?即使冒险跳到墙上,又不知那墙壁距离地面有多高,一个失足,还不是粉身碎骨吗?

正在无计可施,忽然一阵大风过处,脸上好似有什么东西飘拂。他忙用手去抓,那东西的弹力甚大,差一点把他带了下去,把他吓了一大跳。觉得手上还抓着一点东西,镇定心神,借着闪电光一看,原来是几片黄桷树叶。想是隔墙的大树,被风将树枝吹过这边,被自己抓了两片叶子下来。正想时,又是一阵雷声,紧跟着一个大闪电。定睛往前看时,果然隔墙一株大黄桷树,在风雨当中摇摆。一个横枝,伸在墙这边,枝梢已断,想是刚才风刮起来,被自己攀折了的。正待看个明白,电光已过,依然昏黑,心想:"倘使像刚才来一阵风,再把树枝吹过来些,便可攀住树枝,爬过墙去。"这时电光闪闪,雷声隆隆,看见那树被风吹得东倒西歪,有几次那树枝已是吹得离手不远。到底胆小,不敢冒险去抓。等到机会错过,又非常后悔。最后鼓足勇气,咬紧牙关,站起身形,作出往前扑的势子,准备拼一个死里逃生。恰好风电同时来得非常凑巧,简直把树枝吹在他手中。云从于是将身往前一纵,两只手刚刚抓紧树枝。忽然一阵大旋风,那树枝把云从带离洞顶,身子凭空往墙外飞去。他这时已将生死置之度外,只把两目紧闭,两手抓紧树枝不放。在这一刹那间,觉得脚面好似被什么东西很重地打了一下。紧跟着身边一个大霹雳,震耳欲聋。他同时受了这两次震动,不由"哎哟"一声,一个疏神,手一松,栽倒在地,昏沉过去,不省人事。

等到醒来一看,自己身体睡在一张木床上面,旁边站着一个老头同一个少女,好似父女模样。只听那女子说道:"爸爸,他醒过来了。"说罢,又递过一碗温水,与云从喝。云从才想起适才逃难的事,知道自己从树上跌下地来,定是被他二人所救。当时接过碗,喝了一口,便要起身下来申谢。那老头忙道:"你这人因何至此? 为何从隔壁庙墙上跌了下来?"云从还待起身叩谢,觉得腿际隐隐作痛,想是刚才在树枝上过墙时被墙碰伤的。加以累了一夜,实在疲乏不过。便也不再客气,仍复将身睡下,将自己逃难经过说了一个大概。

第十回

拯孤穷　淑女垂青
订良缘　醉仙作伐

　　那父女二人听了，甚为动容。云从又问他父女怎样救的自己。那老头说道："老汉名叫张老四，旁人因我为人本分，就给我取了一个外号，叫张老实。老伴早年去世，只剩我同我女儿玉珍度日，种这庙里的菜园，已经十多年了。想不到那些和尚这等凶恶。照这等说来，公子如今虽然得逃活命，明天雨住，庙中和尚往石洞查看踪迹，定然看出公子逃到老汉家中。老汉幼年虽然也懂得一些拳棒，只是双拳难敌四手，我父女决不是和尚们的敌手。连累老汉父女不要紧，公子性命休矣。今晚我已上床睡觉，是我女儿玉珍把我唤醒，说是墙上跌下来一个少年。我起初怀疑是江湖上的朋友，到庙中借盘川，受了伤，逃到我的院内。打算把你救醒，问明来历后，再打发你走。谁知你是一位公子，又是新科举人。如今天已快亮，事情危险万分，你要急速打定主意才好。"

　　云从听了这一席话，又惊又怕，顾不得手脚疼痛，连忙翻身跪倒，苦苦哀求搭救性命。张老四答道："公子快快请起。等我同小女商量商量，再作计较。"说罢，便把玉珍叫出，父女在外，议论了一会才进来，对云从说道："如今事无两全。我要为自己女儿安全打算，最好把你捆上，送到庙中，一来免却干系，二来还可得和尚的好处。但这类事，决非我张老四所能做得出来的。现在有两条路，任你择一条：一条是我现在开门放你逃走，我也不去报告，这周围十里内人家，全种着庙里的庙产，并且有好些地方，安着他们的眼线，你逃得出去不能，全仗你自己的运气；第二条，是我父女同你一齐逃走，虽无把握，比较安全得多。老汉故土难移，本不愿这样办，只是老汉年过半百，只此一女，不忍心拂她的意思。但是我如今弃家舍性命来救你，你逃出去后，我父女往哪里安身，这是一个问题，你必须有个明白的答复。"云从见这老汉精神奕奕，二目有光，知道决不是等闲庄稼汉，他说的话定有原因。

况且自己在患难中，居然肯舍弃身家，冒险相救，不由心中万分感激。便答道："老丈这样义侠，学生杀身难报。学生承袭九房，颇有产业，任凭吩咐，无不惟命。只是老丈安居多年，如今为学生弃家逃走，于心难安耳。"

说到此处，那女子便自走出。张老四答道："你既然知道利害，事机危急，我也不与你多说闲话。好在我也不怕你忘恩负义，你是读书人，反正知道男女授受不亲的道理。"云从道："老丈此言差矣！学生束发受书，颇知道义，虽然是昏夜之间，与令嫒同行，就是没有老丈一路，学生难道对令嫒还敢有不端的行为，那岂不成了兽类吗？"张老四听罢，眉头一皱，说道："你真是书呆子。我问你，你只知道逃命，你知道是怎样的逃法？"云从听了茫然不解。张老四道："你生长在富贵人家，娇生惯养；一旦受了几天的凶险劳顿，又在大风大雨中九死一生，得脱性命，手脚俱已带伤。如今雨还未住，慢说是逃这么远的道路，恐怕你连一里半里也走不动哪。"云从听罢此言，方想起适才受伤的情形。起身走了两步，果然疼痛难忍，急得两泪交流，无计可施。张老四道："你不要着急。如果不能替你设法，老汉父女何必舍身相从呢？"说罢，玉珍从外面进来，手上提着两个包裹，又拿着一匹夏布，见了二人，说道："天已不早，一切应用东西，俱已收拾停妥。爹，你替周公子把背缠裹好，女儿去把食物取来，吃完立刻动身，以免迟则生变。"说罢，仍到外屋。

张老四打开夏布，撕成两截，将云从背上扎一个十字花纹，又将那半匹束在腿股之间。这时玉珍用一个托盘，装了些冷酒冷菜同米饭进来，用温水泡了三碗饭，三人一同胡乱吃罢。玉珍又到外屋去了一回，进来催他二人动身。张老四便把云从背在背上，将布缠在胸前，也打了一个十字纹，又用布将云从股际兜好。玉珍忙脱去长衣，穿了一件灰色短袄，当胸搭了一个英雄扣，背上斜插着他父女用的兵刃，把两个包袱分背两边。张老四又将里外屋油灯吹灭，三人悄悄开了后门，绕着墙直往官道上走去。

这时雨虽微小，仍是未住，道路泥泞没踝，非常难走。又没有路灯。他父女高一脚低一脚地走到快要天明，才走出五六里地。在晨星熹微中，远远看见路旁一棵大树下，有一家茅舍，在冒炊烟。玉珍忽道："爹爹，你看前面那个人家，不是邱老叔的豆腐房吗？我们何不进去歇歇腿，换换肩呢？"张老四道："不是你提起，我倒忘怀了。我们此时虽未出险，邱老叔家中暂避，倒是不要紧的。"说罢，便直往那茅舍走去。正待上前唤门，张老四眼快，忽见门内走出一道人，穿得非常破烂，背着一个红葫芦，酒气熏人，由屋内走了出来。张老四忙把玉珍手一拉，悄悄闪在道旁树后，看那道人直从身旁走过,好似不曾看见他父女一样。

　　这茅舍中主人,名唤邱林,与张老四非常莫逆。正送那道人出来,忽然看见张老四父女由树后闪出,便连忙上前打招呼。张老四问道:"你屋中有人吗?我们打算进去歇歇腿,扰你一碗豆腐浆。"邱林答道:"我屋中人倒有一个,是个远方来的小孩,没有关系,我们进去再说吧。"说完,便请他父女进去。张老四将云从放了下来,与邱林引见,各把湿衣脱下烤烤。邱林忙问:"这是何人?为何你等三人如此狼狈?"张老四因邱林是老朋友,便把前后情形讲了一遍。邱林便问云从打算什么主意。云从便道:"我现时虽得逃命,我那同年十六人,俱身遭惨死。我打算到成都报案,擒凶僧报仇,与地方上人除害。"邱林道:"周公子,我不是拦你的高兴,这凶僧们的来历同他们的势力,我都知道。他们的行为,久已人天共愤,怎奈他气数尚还未尽,他与本城文武官员俱是至好,他在本地还买了很好的名声。他那庙中布置,不亚于一个小小城堡。杀人之后,定然早已灭迹。就算你把状告准下来,最多也无非由官府假意派人去查,暗中再通信与他。他一定一面准备,一面再派人杀你灭口。他有的是钱,又精通武艺,会剑术,人很多,官府认真去拿,尚且决不是敌手,何况同他们通同一气呢。你最好不要白送性命,悄悄逃到京师,把功名成就,他们恶贯满盈,自有灭亡之日也。"

　　云从正待还言,忽然一阵微风吹过,面前凭空多了一个人,哈哈大笑,说道:"想不到又遇见了你。"张老四父女大惊,正待上前动手,邱林连忙道:"不要惊慌,这都是自家人。"这时云从已看清来人是谁,纳头便拜。原来这人便是张氏父女在路上遇见的那个道士,云从因为在张老四背上,不曾看见。邱林忙与他们引见道:"这位便是我的师叔、峨眉剑侠的老前辈醉道人。"张氏父女久闻醉道人的大名,重新又上前施礼。邱林又问云从如何认得。醉道人便把望江楼相遇的事说了一遍。又说:"适才我见你们行色慌张,有些怀疑。后来见你们进了邱林贤侄的家中,我便回来听你说些什么,谁想倒省我一番跋涉。"云从便道:"自从那日在望江楼蒙仙师指示玄机,弟子愚昧,不能领悟,几遭杀身之祸。刚才听邱林先生说起,仙师乃老前辈剑侠,越发增加弟子仰慕之心。弟子如今九死一生,看破世缘,情愿随仙师往深山修道,不愿再恋尘世功名了。"说罢,跪了下去。

　　醉道人哈哈大笑道:"起来起来。你想跟我为徒,谈何容易。你的资质颇好,要我收你,也不难,只要依我三件事,我才能答应。第一件,人生以孝义为先,你家九房,只你一子,你若出家,岂不断绝香烟,父母叔伯何人奉养?

你须要即刻回家完婚,等到有了嗣续之后,才能随我入山。第二件,我等俱是先朝遗民,如今虽然国运告终,决不能任本派门下弟子为异族效力。第三件,我等既以剑侠自居,眼看人民受异族的蹂躏,受奸恶人的摧残,就得出头去除暴安良。至于我门下的戒律,等到你为弟子以后,自然一一说与你知。只此三件,你依得依不得?"云从生有慧根,本是绝顶聪明的人,遇见这稀世难逢的奇缘,怎肯轻易错过,重复跪下,一一答应,便行拜师之礼。玉珍在旁正看得发呆,忽然灵机一动,等云从拜罢,便也过来跪下,请醉道人收录。醉道人道:"姑娘快快请起。我门下向不收女弟子,你将来另有比我强的师父。你们二人,将来都是能替本派争光的,不急在这一时。"玉珍仍然苦苦相求,醉道人执意不允,只得含羞站起。

醉道人又对云从道:"我还有话忘记对你说。那日在望江楼,我见你等十七人面带死气,除你一人尚有救星外,余均无可挽回。上天有好生之德,哪能见死不救?正待追踪你们下去,不想遇见我教中一位老前辈,他命我去办一件要事,耽误了三日。等我赶回,正待打听你们的下落,不想昨晚行到此间,狂风大雨,看见树林内有一小孩在上吊。我把他解了下来,带到邱林家中,救得快天亮时,才得救醒。问起情由,原来是你用的书童小三儿。他因你等出门三日,并无音信,那店中又不肯说那庙在哪里。昨天晚上店中去了一个和尚,与店家谈了半天,和尚走后,店家便将他赶出。他只得出来寻你,走到林中,遇着大雨,越想越伤心,因为不见了你,无法回家,只得寻死。我听他说完,便知你命在危急,也许已遭毒手,正待前往庙中打探,恰好遇见你们业已逃出。可惜我迟了三天,耽误了十六条人命,想是命中注定。如今凶僧气数未完,报仇之事,且俟诸异日。现在小三儿在内房养息。此地有我在此,凶僧不来,是他们的便宜。你且藏在里面休息一日,明日由我来送你上路。路上就传你练内功的法子,等你入了门径,我自会随时前来指点。"这时小三儿在内房,听见外面说话声音很熟,出来偷窥,见了小主人,不由抱头痛哭了一场。醉道人把云从伤口上了丹药,说:"天已不早,路上行人渐多,庙中眼目甚众,你等可到房内歇息,由我同邱林打发他们。"云从等进去,独自倚床假寐。惟独玉珍怀着满腔心事,又因拜师父不成,一肚子的不高兴,闷闷不乐。

到了下午,庙中才发现云从逃走。因为雨大,把云从逃走的方向冲得一点痕迹也没有。当然四下寻找,也曾两次到邱林家中打听,盘问曾否见过有这样一个少年人走过,俱被邱林用言语打发回去。过了些日,才发现张老四弃家逃走,知道云从是他父女救走,已是无法可想。

他等在邱林店中休息了一日,云从由谈话中间,才知道邱林也是峨眉大侠之一,外号人称神眼邱林,是奉令到此,以卖豆浆为名,探听庙中动静的。张老四也是从前四川路上的水路英雄,外号人称分水燕子,真名叫张琼。后来看破绿林,洗了手,才去种菜园子的。

在这惊魂已定之际,云从细想前因后果,深感张氏父女的高义。尤其是张玉珍好似对自己非常注意,他父女弃家相救,完全出自她的主意。红粉知己,这种救命之恩,益发令人感戴。想到这里,不由望了玉珍两眼。只见她生来粉面秀目,身材婀娜,美丽中含有英锐之气,令人又爱又敬。不知她为什么老是翠眉颦锁,好似有无穷幽怨,眉黛不开。有时他父女好似常有争论似的。云从好生不解。

他等数人过了一夜。第二日雨住风息,天还未亮,邱林同醉道人便来催他们动身。等到出门,外面已预备下四匹好马,叫张氏父女与云从主仆分乘。云从疑心醉道人不肯同去,或者马不敷用,打算自己同小三儿骑一匹,先请醉道人上马。醉道人道:"你以为马不够用?我是用不着马的。我等快些动身吧。"云从不敢违抗,便同张氏父女辞别邱林,上马往家乡进发,辔头起处,眨眨眼,醉道人已不知去向。正后悔不曾订好前途相会的地点,恐怕彼此走失,谁想行到晚间,下马投宿,醉道人已在店房相候,抱着葫芦,喝得正起劲咧。

他等五人在客店住下,用罢酒饭,醉道人把内功入门的口诀,同身眼的用法,大概说了一遍。云从天资聪明,颇能心领神会。张氏父女本是内行,自然越加听得入神。正谈得津津有味之际,醉道人忽然正色对云从道:"我还有一句要紧话未对你说,你听了须要切实注意。"云从连忙敬谨请教。醉道人道:"我生平最恨负心人。张老先生同他姑娘舍家拼命,搭救于你,此番你到了家乡,你是怎生图报人家?说与我听。"张老四正要开言,醉道人连忙使眼色止住。云从道:"弟子饱读诗书,岂敢忘恩负义?弟子家中颇有资财,此番张老先生到了舍下,自然是用上宾之礼款待。另外禀明父母,将田产房屋分出若干,作为张老先生用的养赡。不知师父意下如何?"醉道人道:"你这就错了。张老先生以前闯荡江湖,见的金银财宝何可数计,难道说人家图你家中有钱,才救你吗?你这种说法,不但不能报恩,人家也决不会受,你还要另打主意才好。"云从道:"弟子愚昧,只知感恩戴德,不知报法,还望师父指示。"醉道人道:"丈夫受大德不言德。依我之见,张老先生就是玉珍姑娘一位掌珠,当初冒险救你,也无非出于怜才之一念。我看你同张姑娘年貌相当,莫如由我做媒,请张老先生将玉珍姑娘许配于你。女婿本有半子之劳,以后你就服劳奉养,使他享些晚年之福,不但报了大德,也是一举两便。你看好不好呢?"这一番话,恰中张氏父女心怀,暗中非常感激。云从也知道师父此言乃是正理,玉珍不但美而且贤,并且听说她还有一身惊人的武艺,倘得结成连理,朝夕正可讨教。何况又是救命知己恩人,虽然未曾禀告父母,仗着自己是族养儿子,平时深得爱怜,又加上人家救命之恩,决不会不得通过。想了一会,心中已是十分愿意,怎奈脸嫩,不好意思开口。

玉珍当初磨着她父亲救云从,也是因为怜惜云从的才貌。等到逃出来,同处了两天,越发觉得云从少年端谨,终身可托。几番向老父示意,偏偏张老四为人执拗,虽然看中云从是个佳子弟,因为他是富贵人家,门户悬隔,万一人家推在父母身上,一个软钉子碰了回来,无地自容,打算到了地头,再作计较。玉珍既不能向老父明里要求,又羞于自荐,心中正在愁闷。忽见醉道人凭空出来为两家撮合,表面虽然害羞,低头不语,心中却是说不出来的痛快。满拟云从有个满意的答复,不想等了一会,没有下文,疑是云从嫌她家门户不对,不肯应允。暗恨个郎薄幸忘恩,满腔幽怨,不由抬起头来,望了云从一眼。偏偏云从这时也正抬头看她,两人眼锋相对,好似有电力吸引一般。同时两人又好似害羞一样,急忙各各避开,俱都是红云满颊。醉道人见了这般情状,知是两方愿意,便向张老四道:"适才之言,老先生想必不以我说得冒昧。如今小徒这方面已不成问题,只在老先生最后一言决定了。"张老四起初本要开言,因被醉道人止住,只是静听。今见醉道人问他,便直说道:"晚辈十年前洗手之后,因爱成都山水,恰好与那慈云寺凶僧早年有一面之缘,我又爱那里地方幽静,便去租他庙中菜园耕种,借此隐姓埋名。起初相安无事,我也料不到他们是那样的无法无天。今年春天,来了一个和尚,俗家名叫毛太,不知怎的,硬说我是峨眉派的奸细,叫智通赶我。智通因为同我相处十年,我轻易不出门,也无人来往,再三不肯赶我,反叫知客僧了一对我表示好意。我虽然当时谢了他们,已有迁地为良之念。等到周公子逃难落在我的园中,起初只当他是公子哥儿,能救则救,不能救就由他自己逃生。叵耐我女儿玉珍执意不从,非要叫我救人救到底,才有以后舍家相从的计划。周公子人品学问,这两天我看得很清楚,又加上是前辈剑侠的门徒,晚辈只愁攀不上,岂有不愿之理?不过他乃富贵人家子弟,似这样穷途订姻,是否出于心愿?如不当面讲明,似乎将来彼此不便。还望仙长问个明白。"醉道人听罢，呵呵大笑，便问云从道："此地并无外人，堂堂男子，不要做儿女态。如果是心愿，便上前去拜岳父，不要这样扭扭捏捏。"云从无奈，只得上前跪倒，大礼参拜，叫了一声岳父。又谢过了师父的成全之恩。

醉道人又道："如今事已定局，又省我许多心事。你同姑娘名分已定，路上暂时可以兄妹相称，不必避嫌。到了家乡，禀明父母，早日成婚。我这里有《剑法入门》一书，上面有内外功的必由途径，你成婚后，可同你妻子朝夕用功。两年后我自会寻到你家，亲自再秘密相传。"说罢，由腰中取出一本旧册子，交于云从。云从连忙跪受。醉道人又从腰间解下一柄剑来，长约三尺六寸，剑囊虽旧，古色斑斓，雕饰非常精美。说道："此剑名为霜锷，乃是战国时名剑，吹毛过刃，削铁如泥，能屈能伸，不用时可以缠在腰间。是我当年身剑未合之时，作防身之用的利器。如今赐你，权作聘礼。你夫妻须要好好保藏，不要辜负我怜才苦心。"云从听了大喜，连忙重又拜受。过来叫了一声岳父，将剑捧过。张老四本是识货的人，将剑微微拂拭，才抽出剑囊一二尺，便觉晶莹射目，寒气逼人，不禁赞不绝口。又同玉珍上前谢过成全之德。解下玉珍身上所佩的一块青玉串，算作答聘之物。醉道人对云从道："我现在成都有事，不能分身。如今你们的事都已办妥，适才所谈剑法，须要牢牢紧记，我去也。"说罢，只见身形一晃，醉道人已不知去向。三人连忙赶出，只见空中有一个白点，在日光下，望来路飞去，俱各惊叹不置。云从又与张老四谈了一会，三人分别安歇。到了第二日，高高兴兴往家乡进发。不提。

那智通在云从逃走的第三天，忽听人说，张老实父女忽然弃家逃走，不知去向。便往菜园中查看，才知道云从是由墙上逃出来，被张老实父女所救。因为当初不听毛太的劝，不曾赶走张家父女，如今留下祸胎，非常后悔。又怕毛太笑他不知人，只得找话遮掩过去。又一面加紧防备，一面暗中变卖庙产，准备另营巢穴。

欲知后事如何，且看下回分解。

第十一回

潜心避祸　小住碧筠庵
一念真诚　情感追云叟

　　话说周淳与毛太交手,正在危急之间,幸遇醉道人跑来相助。毛太与醉道人的剑光斗得难解难分之际,忽然半空中有破空的声音,接着有五道红线飞来。醉道人连忙夹起周淳,收了剑光,忙往城中飞去。周淳闭着双眼,耳旁但听呼呼风响,片时已落在城外武侯祠外一个僻静所在。周淳连忙跪下,叩谢醉道人救命之恩。醉道人也不答言,走到一所茅庵前,领着周淳推门进去。周淳一看,云房内收拾得十分干净。房中有两个十二三岁的道童,见二人进来,忙去倒茶。醉道人料知周淳尚未晚餐,便叫预备酒食。两个道童退去后,周淳又跪下,再三请醉道人收为门下弟子。醉道人道:"论你的心术同根基,不是不能造就。只是你行年四十,又非童身,学剑格外艰难,拜我为师,恐怕徒受辛苦。"执意不肯。周淳再三苦求,醉道人又道:"我不是不收你为徒,收你的人是嵩山二老中一位,又是东海三仙之一,比我胜强百倍。他老人家有补髓益元神丹,你纵破了童身,也无妨碍。你想你如非本教中人,我何必从峨眉一直跟你到此?"周淳知是实言,倒也不敢勉强。又不知嵩山二老是谁,几次请问醉道人。只答以机缘到来,自然知道,此时先说无益,便也不敢多问。一会道童送来酒食,周淳用罢,累了一天,便由道童领往偏房安睡。

　　次日一早醒来,去云房参见,哪知醉道人已不知去向。两个道童,一名松儿,一名鹤儿。周淳便问松儿道:"师父往哪里去了? 昨晚匆忙间,不曾问他老人家的真实姓名。两位小师兄跟随师父多年,想必知道。"松儿答道:"我师父并不常在庙中。三月两月,不见回来一次两次。今早行时,也不曾留下话儿。至于他老人家的姓名,连我们也不知道。外边的人,因为他老人家喜欢喝酒,大都叫他醉道人;有人来找他,也只说寻醉道人。想必这就是他的姓名了。此地名叫碧筠庵,乃是神尼优昙的大弟子素因参修的所在。

56

师父爱此地清静,借来暂住。我们来此,不过半年多,轻易也无人来。你如一人在成都,何妨把行李搬来居住? 我听师父说,你武艺很好,便中也可教教我们。你愿意吗?"周淳见他说话伶俐,此地居住自然比店中洁净,醉道人既然带他到此,想必不会不愿意,连忙点头答应。便问明路径,回到城内店中,算清店账,搬入庵中居住,借以避祸,平时也不出门。醉道人去后,多日也不回来,每日同松、鹤二童谈谈说说,倒也不甚寂寞。

他是有阅历的人,每逢谈到武艺,便设法支吾过去,不敢自恃乱说。有一天早上起来很早,忽听院落中有极轻微的纵跃之声。扒着窗户一看,只见松、鹤二童,一人拿了一支竹剑,在院中互相刺击。起初倒不甚出奇,动作也非常之慢,好似比架势一般,不过看去很稳。后来周淳一个不留神,咳嗽了一声,松、鹤二童知道周淳在房内偷看,两人卖弄本领,越刺越疾,兔起鹘落,纵跃如飞,任你周淳是六合剑中能手,也分不出他的身法来。正在看得出神之际,忽然松儿卖了一个破绽,使个仙鹤展翅的解数。鹤儿更不怠慢,左手掐着剑诀,右手使一个长蛇入洞的解数,道一声:"着!"如飞一般刺向松儿胸前。周淳看得清楚,以为松儿这回定难招架,正在替他着急。说时迟,那时快,只见松儿也不收招用剑来接,脚微垫处,顺架势起在空中,变了一个燕子穿云的解数。吱的一声,使了一个神鹰捉兔,斜飞下来,一剑照着鹤儿背后刺去。鹤儿听见脑后风声,知道不好,急忙把身往前一伏,就势一转,脊背卧地,脸朝天,来了一个颠倒醉八仙剑的解数。刚刚将松儿一剑避过,百忙中忽见一样东西,朝脸上飞来。鹤儿喊一声:"来得好!"脊背着地,一个鲤鱼打挺,横起斜飞出去七八尺高下。左脚垫右脚,使一个燕子三抄水飞云纵的解数,两三垫已够着庭前桂枝,翻身坐在树上喘息。说道:"师兄不害臊,打不过,还带使暗器的吗?"松儿笑答道:"哪个使暗器? 将才我纵到空中,恰好有一群雀儿飞过,被我随手刺了一个下来,从剑头上无意脱出。谁安心用暗器打你?"

周淳从屋中出来一看,果然是一个死麻雀,被松儿竹剑刺在颈子的当中,不由暗暗惊异。心想:"二人小小年纪,已有这般本领,幸喜自己持重,不曾吹牛现眼。"这时鹤儿也从树上下来,再三磨着周淳,叫他也来舞一回剑。周淳对他二人已是五体投地地佩服,哪敢轻易动手。后来被逼不过,才将自己的绝技五朵梅花穿云弩取出,试了一试。松、鹤二童因为醉道人不许他们学暗器,看了周淳的绝技,便告诉周淳,要瞒着师父偷学。周淳只好答应,每日尽心教授。又跟二童得了许多刺剑秘诀,不等拜师,先自练习起来。似这样过了十几天，周淳猛然想起女儿轻云，曾说不久就来成都相会，自己店房搬走时，又未留下话，恐怕她来寻找不着。醉道人又说自己不久便遇名师，如果老是藏在庵中，只图避祸，何时才能遇着良机？便同松、鹤二童说明，打算每日出外寻师访友，如果一连三日不回，便已发生事故，请他二人设法报与醉道人知道，求他为力。二童一一答应。

他吃罢午饭，别了二童，一人信步出了碧筠庵，也不进城，就在城外青阳宫、武侯祠几个有名的庵观寺院，留心物色高人。有时也跑到望江楼上来歇歇腿，顺便进些饮食。如此又是数日，依然一无所遇。有一天，走到城内自己从前住的店房，探问自从他搬走后，可有人前来寻访。店小二答道："一二日前，有一个年约五十岁的高大老头子，同一个红脸白眉的老和尚，前来打听你老。我们见你老那日走得很忙，只当回转家乡，只得说你老搬走多日，不知去向。我看那个客人脸上很带着失望的颜色。临走留下话，说是倘或周客人回来，就说峨眉旧友现在已随白眉和尚往云雾山出家，叫你不必回转故乡了。问他名姓，他也不肯说，想是你老的老朋友吧？"周淳又打探来人的身量打扮，知是李宁，只是猜不透为什么要出家，他的女儿英琼为何不在身旁。他叫自己不要去峨眉，想必毛太那厮已寻到那里。心中委决不下，便打算过数日往峨眉一行，去看个究竟。

他随便敷衍店家几句，便告辞出来。走到街上，忽然看见前面围着一丛人，在那里吵闹。他走到近处一看，只见一家店铺的街沿上，坐着一个瘦小枯干的老头儿，穿得很破烂，紧闭双目，不发一言。旁边的人，也有笑骂的，也有说闲话的。周淳便向一人问起究竟，才知道这老头从清早便跑到这家饭铺要酒要菜，吃了一个不亦乐乎，刚才趁店家一个不留神，便溜了出来。店家早就疑心他是骗吃骗喝，猛然发觉他逃走，如何肯轻易放过，他刚走到门口，便追了出来。正要拉他回去，不想一个不留神，把他穿的一件破大褂撕下半边来。这老头勃然大怒，不但不承认是逃走，反要叫店家赔大褂；并且还说他是出来看热闹，怕店家不放心，故将他的包袱留下。店家进去查看，果然有一个破旧包袱，起初以为不过包些破烂东西。谁想当着众人打开一看，除了几两散碎银子外，还有一串珍珠，有黄豆般大小，足足一百零八颗。于是这老头格外有理了，他说店家不该小看人。"我这样贵重的包袱放在你店中，你怎能疑心我是骗酒饭账？我这件衣服，比珍珠还贵，如今被你们撕破，要不赔钱，我也不打官司，我就在你这里上吊。"众人劝也劝不好，谁打算近前，就跟谁拼命，非让店家赔衣服不可。

周淳听了,觉着非常稀奇,挤近前去一看,果见这老头穿得十分破烂,一脸的油泥,拖着两只破鞋,脚后跟露在外面,又瘦又黑,身旁果然有一个小包袱。店家站在旁边,不住地说好话,把脸急得通红。老头只是闭目,不发一言。周淳越看越觉得稀奇。看店家那一份可怜神气,于心不忍,正打算开口劝说几句。那老头忽然睁眼,看见周淳,说道:"你来了,我算计你该来了嘛。"周淳道:"你老人家为何跟他们生这么大的气?"老头道:"他们简直欺负苦了我。你要是我的好徒弟,赶快替我拆他的房,烧他的房。听见了吗?"周淳听老头说话颠三倒四,正在莫名其妙。旁边人一听老头跟周淳说话那样近乎,又见来人仪表堂堂,心想:"怪道老头那样的横,原来有这般一个阔徒弟。"店家一听,格外着急,正待向周淳分辩。老头已经将身形站起,把包袱往身旁一揿,说道:"你来了很好,如今交给你吧。可是咱爷儿俩,不能落一个白吃的名,要放火烧房,你得先给完酒饭账。我走了。"说罢,扬长而去。

　　那老头说话,本来有点外路口音,又是突如其来,说得又非常之快,周淳当时被他蒙住。等他走后,店家怕周淳真要烧房,还只是说好话。等到周淳醒悟过来,这时老头已走,先头既没有否认不是老头徒弟,烧房虽是一句笑话,老头吃的酒饭钱,还是真不好意思不给。好在周淳真有涵养,便放下一锭二两多重的银子,分开众人,往老头去路,拔步就追。追了两条巷,也未曾追上。又随意在街上绕了几个圈,走到望江楼门口,觉得腹中有点饥饿,打算进去用点酒食。他本来熟了的,刚一上楼,伙计刘大便迎上来道:"周客人,你来了,请这儿坐吧。"周淳由刘大让到座头一看,只见桌上摆了一桌的酒菜,两副杯筷。有半桌菜,已经吃得肴盘狼藉;那半桌菜,可是原封未动。以为刘大引错了座头,便向刘大道:"这儿别人尚未吃完,另找一个座吧。"刘大道:"这就是给你老留下的。"周淳便忙问:"谁给我留下的?"刘大道:"是你老的老师。"周淳想起适才之事,不由气往上冲,便道:"谁是我的老师?"刘大道:"你的老师,就是那个穷老头子。你老先别着急,要不我们也不敢这么办。原来刚才我听人传说,后街有一个老头,要讹诈那里一个饭铺,刚巧我们这里饭已开过,我便偷着去瞧热闹,正遇见你老在那里替你的那位老师会酒账。等到我已看完回来,你那老师已经在我们这里要了许多酒菜,他说早饭不曾吃好,要等你老来同吃。他把菜吃了一半,吃喝得非常之快,又吃得多,留了一半给你老来吃。他说:'不能让心爱的徒儿吃剩菜。'又说他要的菜,又都是你老平时爱吃的。所以我更加相信他是你老多年的老师。他吃完,你老还没有来,他说他还有事,不能等你老,要先走一步,叫你老到慈云寺去寻他去,不见不散。我们因为刚才那个饭铺拦他,差点没烧了房,我又亲眼见过你老对那样恭敬,便让他走了,这大概没有错吧?"周淳听了,又好气,又好笑,又没法与他分说。没奈何,只得叫刘大将酒菜拿去弄热,随便吃了一些,喝了两杯酒,越想越有气。心想:"自己闯荡江湖数十年,今天凭空让人蒙吃蒙喝,还说是自己老师!"

在这时候,忽然楼梯腾腾乱响,把楼板震得乱颤,走上一个稍长大汉,紫面黄须,豹头虎眼,穿着一身青衣袄裤。酒保正待上前让座头,那人一眼望见周淳,便直奔过来,大声冲着周淳说道:"你就是那鹤儿周老三吗?"周淳见那人来得势急,又不测他的来意,不禁大惊,酒杯一放,身微起处,已飞向窗沿。说道:"俺正是周某。我与你素昧平生,寻俺则甚?"那人听了此言,哈哈笑道:"怪不得老头儿说你会飞,果然。俺不是寻你打架的,你快些下来,我有话说。"周淳仔细看那人,虽然长得粗鲁,却带着一脸正气,知道无恶意,便飞身下来,重复入座。那人便问周淳酒饭可曾用完。周淳本已吃得差不多,疑心那人要饮酒,便道:"我已酒足饭饱,阁下如果要用,可叫酒保添些上来。"话未说完,正待想问那人姓名时节,那人忽然站起身来,从腰间取出一锭银子,丢在桌子上,算是会酒账。周淳正待谦逊,那人已慢慢凑近身旁,趁周淳一个不留神,将周淳手一拢,背在身上,飞步下楼,好快的身法。饶你周淳是个惯家,也施展不开手段,被那人将两手脉门掐住,益发动弹不得,只得一任那人背去。楼上的人,先前看那大汉上来,周淳飞向窗口,早已惊异。如今又见将周淳背走,益发议论纷纭,都猜周淳是个飞贼,那大汉是办案的官人,如今将周淳背走,想必是前去领赏。在这纷纭当儿,离周淳坐处不远,有一个文生秀士,冷笑两声,匆匆会罢酒账,下楼去了。这且不提。

话说周淳被那大汉背在背上,又气又愧。自想闯荡江湖数十年,从未栽过筋斗,今天无缘无故,被一个不知姓名的人轻轻巧巧地将他擒住,背在大街上乱跑,心中甚是难过。怎奈身子已被来人抠住活穴,动转不得,只得看他背往哪里,只要一下地恢复自由,便可同他交手。他正在胡思乱想,那大汉健步如飞,已奔出城外。周淳一看,正是往慈云寺的大道,暗道不好。这时已到庙前树林,那大汉便将他放下,也不说话,冲着周淳直乐。周淳气恼万分,但被那人抠了好一会脉门,周身麻木,下地后自己先活动了几步,一面留神看那大汉,并无丝毫恶意。正待直问他为什么开这样的玩笑,只见眼前一亮,一道白光,面前站定一个十八九岁的文生秀士,穿着一身白缎子的衣服。再看那大汉时,已是目瞪口呆,站在那里,热汗直流,知是被那少年的点穴法点住。正要向那少年问询,忽听那少年说道:"我把你这个蠢驴,上楼都不会上,那楼梯震得那样厉害,震了你家老爷酒杯中一杯的土。你还敢乘人不备,施展分筋错骨法,把人家背到此地,真是不要脸。现在你有什么本事,只管使出来;不然,你可莫怪我要羞辱于你。"大汉听了少年这一番话,把两眼望着周淳,好似求助的样子。周淳看他脸上的汗好似黄豆一般往下直流,知道少年所点的穴,乃是一种独门功夫,要是时候长了,必受内伤。再说这个大汉生得堂堂仪表,艺业也很有根底,虽是和自己开玩笑,想其中必有原因。看他这样痛苦,未免于心不忍。便向那少年说道:"此人虽然粗鲁,但是我等尚不知他是好人坏人,这位英雄,何必同他一般见识呢?"劝解一会,见那少年站在那里一言不发,以为是少年架子大,心中好生不快。正待再为劝解,谁想近前一看,那少年也是目瞪口呆,站在那里,不知何时被人点了暗穴。再一看他的眼睛,还不如那大汉能够动转,知道自己决不能解救。周淳内外功都到了上乘的人,先前被大汉暗算,原是遭了一个冷不防,像普通的点穴解救,原不费事。便走到大汉身旁,照着他的胁下,用力击了一掌,那大汉已是缓醒过来,朝着周淳唱了一个喏。回头一眼看见少年站在那里,不由怒从心起,跑将过去,就是一脚。周淳要拦,已经不及。那大汉外功甚好,这一脚,少说有几百斤力量,要是挨上,怕不骨断筋折。那少年被人点住,不得动转,万万不能躲避。

在这间不容发的当儿,忽见少年身旁一晃,钻出一个老头儿,很不费事地便将大汉的脚接住。那大汉一见老头,便嚷道:"你叫我把姓周的背来,你跑到哪里去了?我差点被这小王八蛋羞辱一场。你快躲开,等我踢他。"那老头道:"你别不要脸啦,你当人家好惹的吗?不是我看他太狂,将他制住,你早栽了大跟头啦。"周淳这时看清此人,便是适才自己替他还酒账、冒充他的师父、骗吃骗喝的那个怪老头。一见他这般举动,便知不是等闲之辈,连忙过来跪倒,尊声:"师父在上,弟子周淳拜见。"老头道:"这会你不说我是骗酒吃的了吧?你先别忙,我把这人治过来。"说罢,只向那少年肩头轻轻一拍,已是缓醒过来。那少年满脸羞惭,略寻思间,忽然把口一张,一道白光飞将出来。周淳正在替老头担忧,只见老头哈哈一笑,说道:"米粒之珠,也放光华。"将手向上一绰,已将白光擒在手中。那白光好似懂得人性,在老头手中,如一条蛇一般,只管屈伸不定,仿佛要脱手逃去的样子。那少年见老头把剑光收去,对老头望了一望,叹了一口气,回转身便走。怎奈走出不几步,老头已在前面拦住去路,走东也是老头拦住去路,走西也是老头拦住去路。

心中万分焦躁,便道:"你把我点了穴,又将我剑光收了去,也就是了,何必苦苦追赶呢?"那老头道:"我同你初次见面,你就下这种毒手,难道这是李元化那个奴才教的吗?"少年听了此言,吓了一跳,知道老头必有大来头,连忙转口央求道:"弟子因你老人家将我点了暗穴,又在人前羞辱于我,气愤不过,一时糊涂,想把剑光放起,将你老人家的头发削掉,遮遮面子,没想到冒犯了老前辈。家师的清规极严,传剑的时节,说非到万不得已,不准拿出来使用,自从下山,今天还是头一次。这个瞒老前辈不过,可以验得出来的。"那老头把手中剑光看了一看,说道:"你的话果然不假。念你初犯,饶是饶你,得罚你去替我办点事。因为我这二次出世,旧日用的那些人,死的死,隐的隐,我又不爱找这些老头子,还是你们年轻气盛的人办事爽快。"说罢,便将剑光掷还了他。少年连忙一口答应说:"老前辈但有差遣,只要不背家师规矩,赴汤蹈火,万死不辞。"那老头便对那少年耳边说了几句话,少年一一答应。

周淳这时已知道这大汉便是日前初会毛太所救的那个妇女的丈夫陆地金龙魏青。只因那日魏青回来,他妻子把周淳相救之事说了一遍,魏青自然是怒发千丈,定要寻毛太与周淳,报仇谢恩,找了多少天,也不曾相遇。无意中遇见那老头,起初也跟他大开玩笑,后来指点他,说周淳在望江楼饮酒。冤他说:"你如好意去见他,他必不理你。"于是传了魏青一手分筋错骨法,教他把周淳背至林中。魏青本是浑人,便照老头所说的去做。趁这老头与那少年说话之际,周淳问起究竟,魏青便把始末根由告诉周淳。周淳知道他浑,也不便怪他,这时老头已把这少年领了回来。那少年同周淳便请问老头的姓名。那老头对少年道:"你如回山,便对你师父说,嵩山少室的白老头问候,他就知道了。"那少年一听此言,赶忙重新跪倒,拜见道:"你老人家就是五十年前江湖上人称神行无影追云叟,东海三仙之一,又是嵩山二老之一的白老剑侠么?弟子有眼不识泰山,望祈恕罪。"那老头连忙含笑相扶。周淳这才知道老头便是醉道人所说的二老之一,重又跪请收录。老头道:"你到处求师,人家都瞧不起你,不肯收录。我这个老头子脾气特别,人家说不好,我偏要说好;人家说不要,我偏要。特地引你两次,你又不肯来,这会我不收你了。"周淳忙道:"师父,你老人家游戏三昧,弟子肉眼凡胎,如何识得?你老人家可怜弟子这一番苦心吧。"说完,叩头不止。老头哈哈大笑道:"逗你玩的,你看你那个可怜的样子。可是做我的徒弟,得有一个条件,你可依得?"周淳道:"弟子蒙你老人家收列门墙,恩重如山,无不遵命。"老头道:"我天性最爱吃酒，但是我又没有钱，偌大年岁，不能跟醉道人一样，去偷酒吃。早晚三顿酒，你得替我会账，你可应得？"周淳知道老头爱开玩笑，便恭恭敬敬答应，起来站在一旁侍立。又请教那少年姓氏，才知道他是髯仙李元化的得意弟子，名唤孙南。于是问起赵燕儿的踪迹，知道现在他甚为用功，再有三年，便可问世，心中非常替赵母高兴。孙南喜欢穿白，虽然出世不到两年，江湖上已有白侠的雅号。

　　大家正说话间，忽然林中哈哈一阵怪笑道："老前辈说哪个偷酒吃？"众人定睛一看，从林中走出一个背朱红酒葫芦的道人，身后跟着一个女子。除魏青外，俱都认得是有名的剑仙醉道人，便各上前相见。惟有周淳看见那个穿黑的女子，不由心中一跳，正待开口，那女子已上前朝他拜倒。仔细看时，果然是他爱女轻云。问她为何迟到现在才来？轻云说："是因在山内炼一件法宝。在路上遇见醉师伯，知道爹爹同白祖师爷在此，所以一同前来。"周淳又引她见了祖师同众人。心想："今日师父同醉道人等在此聚会，决非无因而至。"正待趁间询问，只听醉道人向追云叟说道："我们有这些位英雄剑客，足可与那秃驴一较高下了。听说智通叫秦朗赴滇西采药之便，回来时绕道打箭炉，去请瘟神庙方丈粉面佛俞德，同飞天夜叉马觉，前来帮他一臂之力。那马觉倒不当紧要，只是那粉面佛俞德炼就五毒追魂红云砂，十分厉害。我同老前辈虽不怕他们，小弟兄如何吃当得起？所以我等要下手，以速为妙，等到破了他的巢穴，就是救兵到来，也无济于事，老前辈以为如何？"

第十二回

白日宣淫　多臂熊隔户听春声
黑夜锄奸　一侠女禅关歼巨盗

追云叟也不还言，掐指一算，说道："不行，不行，还有几个应劫之人未来。再说除恶务尽，索性忍耐些日，等他们救兵到来，与他一个一网打尽，省得再让他们为害世人。此时破庙，他们固然势单，我们也太来得人少。况且他庙中的四金刚、毛太等，与门下一班妖徒，虽是左道旁门，也十分厉害。魏青、周淳不会剑术；孙南、轻云虽会，也不过和毛太等见个平手。我日前路遇孙南的师父李胡子，因为他能跑，我叫他替我约请几位朋友，准定明年正月初一，在你碧筠庵见面，那时再订破庙方针，以绝后患。"醉道人道："前辈之言，甚是有理。只是适才来时，路遇轻云，她再三求我相助，打算今晚往慈云寺探听动静。老前辈能够先知，不知去得去不得？"追云叟道："昔日苦行头陀对我说过，吾道大兴，全仗二云。那一云现在九华苦修，这一云又这样精进，真是可喜。去便去，只是你不能露面，只在暗中助她。稍得胜利，便即回转。因为妖僧智通尚未必知我们明年的大举，省得他看破我等计谋，又去寻他死去师父那些余党，日后多费手脚。"说罢，便率领周淳、魏青、孙南与醉道人分别。周淳好容易父女重逢，连话都未说两句，便要分手，不免依依难舍。追云叟道："你如此儿女情长，岂是剑侠本色？她此去必获胜利，明天你父女便可相见畅谈，何必急在一时呢？"周淳又嘱咐轻云不要大意，一切听醉道人的指点。轻云一一答应，便各分别散去，不提。

话说慈云寺凶僧智通，自从粉蝶儿张亮去采花失踪，周云从地牢逃走，张氏父女弃家而去，在一两个月中，发生了许多事体，心中好生不快。偏偏那毛太报仇心切，几次三番要出庙寻找周淳，都被智通拦住。毛太觉得智通太是怕事，无形中便起了隔膜。有一天晚上，两人同在密室中参欢喜禅，看天魔舞，又为了智通一个宠姬，双方发生很大的误会。原来智通虽是淫凶极恶，他因鉴于他师父的覆辙，自己造建这座慈云寺非常艰苦，所以平时决不在本地作案。每一年只有两次，派他门下四金刚前往邻省，做几次买卖，顺便抢几个美貌女子回来受用。便是他的性情，又是极端的喜新厌旧。那些被抢来的女子秉性坚贞的，自然是当时就不免一死。那些素来淫荡，或者一时怯于凶威的，也不过顶多给他淫乐一年，以后便弃充舞女，依他门下势力之大小，随意使用。三年前，偶然被他在庙中擒着一个女飞贼，名叫杨花，智通因恨她敢在太岁头上动土，起初叫阖庙僧徒将她轮奸，羞辱一场，然后再送她归西。因那女子容貌平常，自己本无意染指。谁想将她小衣脱去以后，就露出一身玉也似的白肉，真个是肤如凝脂，又细又嫩，婉转哀啼，娇媚异常。不由得淫心大动，以方丈资格，便去占了一个头筹。谁想此女不但皮肤白细，而且淫荡异常，纵送之间，妙不可言。智通虽然阅人甚多，从未经过那种奇趣。春风一度，从此宠擅专房，视为禁脔，不许门徒染指。他门下那些淫僧眼见到手馒头，师父忽然反悔，虽然满心委曲，说不出来。好在庙中美人甚多，日久倒也不在心上。毛太来到庙中的第一天，智通急于要和峨眉剑侠为仇，想拉拢毛太同他的师父，增厚自己势力。偏偏杨花又恃宠而骄，不知因为什么，和智通闹翻，盛怒之下，便将杨花送与毛太，以为拉拢人心之计。毛太得了杨花，如获异宝，自然是感激涕零。可是智通离了杨花，再玩别人，简直味同嚼蜡。又不好意思反悔，只有等毛太不在庙中时，偷偷摸摸，反主为客，好些不便。那杨花又故意设法引逗，他哭笑不得，越发难舍。恰好又从邻省抢来了两个美女，便授意毛太，打算将杨花换回。毛太自然万分不愿，但是自己在人篱下，也不好意思不答应。从此两人便也公开起来。三角式的恋爱，最容易引起风潮。两人各含了一肚子的酸气，碍于面子，都不好意思发作。

这天晚上，该是毛太与杨花的班。毛太因智通在请的救兵未到前，不让他出去找周淳报仇，暗笑智通懦弱怕事。这日白天，他也不告诉智通，便私自出庙，到城内打听周淳的下落。谁想仇人未遇，无意中听见人说县衙门今早处决采花淫贼，因为怕贼人劫法场，所以改在大堂口执行。如今犯人的尸首已经由地方搭到城外去啦。毛太因爱徒失踪，正在忧疑，一闻此言，便疑心是张亮，追踪前往打听。恰好犯人无有苦主认领，地方将尸体搭到城外，时已正午，打算饭后再去掩埋，只用一片芦席遮盖。毛太赶到那里，乘人不防，揭开芦席一看，不是他的爱徒张亮，还有哪个？脑子与身子分了家，双腿双膝被人削去，情形非常凄惨。给那犯人插的招子，还在死尸身旁，上写着"采花杀人大盗、斩犯一名张亮"。毛太一看，几乎要晕过去。知道县中衙役，绝非张亮敌手，必定另有能人与他作对。他同张亮，本由龙阳之爱，结为师徒，越想越伤心。决意回庙，与智通商量，设法打听仇人是谁。这时地方饭后回来，看见一个高大和尚掀起芦席偷看尸体，形迹好生可疑，便上前相问。毛太便说自己是慈云寺的和尚，出家人慈悲为本，不忍看见这般惨状。说罢，从身上取出二十多两银子，托地方拿二十两银子买一口棺木，将尸体殓埋，余下的送他作为酒钱。原本慈云寺在成都名头很大，官府都非常尊敬；何况小小地方，又有许多油水要赚。马上收了方才面孔，将银子接过，谢了又谢，自去办理犯人善后。毛太在席篷内，一直候到地方将棺木买来，亲自帮同地方将张亮尸身成殓，送到义地埋葬，如丧考妣地哭了一场。那地方情知奇异，既已得人钱财，也不去管他。看那慈云寺的份上，反而格外殷勤。毛太很不过意，又给了他五两银子的酒钱，才行分别。他安埋张亮的时候，正是周淳在望江楼被魏青负入林中的当儿；要不是魏青与周淳开玩笑，毛太回庙时，岂不两人碰个对头？这且不言。

话说毛太见爱徒已死，又悲又恨，急忙忙由城中赶回庙去。走到树林旁边，忽见树林内一团浓雾，有几十丈方圆，衬着要落山的夕阳，非常好看。他一路走，一路看，正在觉得有趣的当儿，猛然想起如今秋高气朗，夕阳尚未落山，这林中怎么会有这么厚的浓雾？况且在有雾的数十丈方圆以外，仍是清朗朗的疏林夕照。这事有点稀奇，莫非林中有什么宝物要出世，故而宝气上腾吗？思想之时，已到庙门。连忙进去寻找智通，把禅房复室找了一个遍，并无踪影。恰好知客师了一走过，他便问智通现在何处。了一答道："我刚才看见师父往后殿走去，许是找你去吧？"毛太也不介意，便往后殿走来。

那后殿旁边有两间禅房，正是毛太的卧室。刚刚走到自己窗下，隐隐听得零云断雨之声。毛太轻轻扒在窗根下一看，几乎气炸了肺腑。原来他惟一的爱人，他同智通的公妻杨花，白羊似的躺在他的禅床上，智通站在床前，正在余勇可贾，奋力驰骋，喘吁吁一面加紧工作，一面喁喁细语。毛太本想闯了进去，问智通为何不守条约，在今天自己该班的日子，来擅撞辕门？后来一想，智通当初本和自己议定公共取乐，杨花原是智通的人，偶尔偷一回嘴吃，也不算什么。自己寄人篱下，有好多事要找他帮忙，犯不上为一点小事破脸，怒气便也渐渐平息。倒是杨花背着智通，老说是对自己如何高情，同智通淫乐，是屈于凶威，没有法子。今天难得看见他二人的活春宫，乐得偷听他们说些什么，好考验杨花是否真情。便沉心静气，连看带听。谁想不听犹可，这一听，酸气直攻脑门，几乎气晕了过去。原来杨花天生淫贱，又生就伶牙俐齿，只图讨对方的好，什么话都说得出。偏偏毛太要认真去听，正碰上智通战乏之际，一面缓冲，一面问杨花道："我的小乖乖，你说真话，到底我比那厮如何？"毛太在窗外听到这一句，越发聚精会神，去听杨花如何答复。心想："她既同我那样恩爱，就算不能当着智通说我怎么好，也决不能把我说得太稀松。"谁想杨花听罢智通之言，杏眼微扬，把樱桃小口一撇，做出许多淫声浪态，说道："我的乖和尚心肝，你不提起他还好，提起那厮，简直叫我小奴家气得恨不能咬你几口才解恨。想当初自蒙你收留，是何等恩爱，偏偏要犯什么脾气，情愿当活王八，把自己的爱人，拿去结交朋友。后来你又舍不得，要将小奴家要回，人家尝着甜头，当然不肯，才说明一家一天。明明是你的人，弄成反客为主。你愿当活王八，那是活该。可怜小奴家，每轮到和那个少指没手的强盗睡，便恨不得一时就天亮了。你想那厮两条毛腿，有水桶粗细，水牛般重的身体，压得人气都透不过来。也不知他碰到什么大钉子上，把手指头给人家割了两个去，叫人见了都恶心。亏他好意思骗我，还说是小孩时长疮烂了的。这话只好哄别人，小奴也会一点粗武艺，谁还看不出来，是被兵刃削去了的？我无非是听你的话，想利用他，将来替你卖命罢了。依我看，那厮也无非是一张嘴，未必有什么真本事。我恨不能有一天晚上，来几个有能力的对头，同他打一仗，倒看他有没有真本领。如果是稀松平常，趁早把他轰走，免得你当活王八，还带累小奴家生气。"

她只顾讨智通的好，嘴头上说得高兴，万没想到毛太听了一个逼真。智通也是一时大意，以为毛太出去寻周淳，也和上回一样，一去十天半月。两人说得高兴，简直把毛太骂了个狗血淋头。毛太性如烈火，再也忍耐不住，不由怒从心上起，恶向胆边生，再也无心计及利害，喊一声："贼淫妇，你骂得我好！"话到人到，手起处一道黄光，直往杨花头上飞去。杨花没曾想到有这一手，喊声："哎呀，不好！师父救命！"智通出乎不意，仓猝间，也慌了手脚，一把将杨花提将过来，夹在胁下，左闪右避。毛太已下决心，定取杨花性命，运动赤阴剑，苦苦追逼。幸而这个禅房甚大，智通光着屁股，赤着脚，抱着赤身露体的杨花，来回乱蹦。也仗着智通轻身功夫纯熟，跳跃捷如飞鸟，不然漫说杨花性命难保，就连他自己也得受重伤。可是这种避让，不是常法，手上还抱着一个人，又在肉搏之后，气力不佳，三四个照面，已是危险万分。正在慌张之际，忽然窗外一声断喝，说道："师父何不用剑？"话言未了，一道白光飞将出来，将毛太的剑光敌住。智通因见毛太突如其来，背地说好友阴私，未免心中有些内愧。又见杨花危急万分，只想到舍命躲闪，急糊涂了，忘却用剑。被这人一言提醒，更不怠慢，把脑后一拍，便有三道光华，直奔黄光飞去。杨花趁此机会，抢了一件衣服披在身上，从智通胁下冲出，逃往复壁而去。

毛太忽见对头到来，大吃一惊，定眼看时，进来的人正是知客了一。原来了一因为来了一个紧要客人，进来禀报智通，谁想走到房门口，听见杨花哭喊之声。他本来不赞成他师父种种淫恶勾当，以为杨花同上回一样触怒智通，他恨不能他师父将杨花杀死，才对心思。打算等他们吵闹完后，再来通禀。欲待回去陪那来客，正要转身走回前殿，忽听得房中有纵跳声音，不由探头去看，正好看见毛太放出剑光，师父同杨花赤身露体的狼狈样儿，乃是双方吃醋火并。暗忖师父为何不放剑迎敌？好生奇异。后来看见毛太满面凶光，情势危险，师生情重，便放剑迎敌，毛太见了一放剑出来，哪在他的心上。心想一不做，二不休，索性大闹一场吧。谁想智通的剑也被勾引出来。那智通是五台派鼻祖落雁峰太乙混元祖师嫡传弟子，深得旁门真传，毛太哪里是他的敌手。不到一盏茶时，那青红黑三道光华，把毛太的剑光绞在一起，逼得毛太浑身汗流。知道命在顷刻，不由长叹一声道："吾命休矣！"幸喜了一见师父出马，他不愿师徒两个打一个，将剑收回，在旁观战，毛太还能支持些时。

正在这危迫万分之时，忽听窗外一声大笑，说道："远客专诚拜访，你们也不招待，偷偷在这儿比剑玩，是何道理？待我与你二人解围吧。"说罢，一道金光，由窗外飞进一个丈许方圆、金光灿烂的圈子，将智通和毛太的剑光束在当中，停在空际，动转不得。智通和毛太大吃一惊，抬头看时，只见来人身高八尺开外，大头圆眼，面白如纸，一丝血色也没有，透出一脸的凶光。身穿一件烈火袈裟，大耳招风，垂两个金环，光头赤足，穿着一双带耳麻鞋，形状非常凶恶。智通一见，心中大喜，忙叫："师兄，哪阵香风吹得到此？"毛太巴不得有人解围，眼看来人面熟，一时又想不起，不好招呼。正在没有办法，那人说道："两位贤弟，将你们的随身法宝收起来吧，自家人何苦伤了和气？倒是为什么？说出来，我给你们评理。"这两个淫僧怎好意思说出原因，各人低头不语，把剑光收回。那人将手一招，也将法宝收回。毛太吞吞吐吐地问道："小弟真正眼拙，这位师兄我在哪里会过，怎么一时就想不起来？"那人听了，哈哈大笑，说道："贤弟，你就忘记当初同在金身罗汉门下的俞德么？"毛太听了，恍然大悟。

原来粉面佛俞德，本是毛太的师兄，同在金身罗汉门下。只因那一年滇西的毒龙尊者到金身罗汉洞中，看见俞德相貌雄奇，非常喜爱；又因自己门人周中汇在峨眉斗剑，死在乾坤妙一真人齐漱溟的剑下，教下无有传人，硬向金身罗汉要去收归门下。所以同毛太有数日同门之谊。俞德将两位淫僧一手拉着一个，到了前殿，寒暄之后，摆下夜宴。俞德便与他二人讲和，又问起争斗情由。智通自知这是丢脸的事，不肯言讲。还是毛太比较粗直，气愤愤地将和智通为杨花吃醋的事，详详细细说了一遍。粉面佛俞德听了，哈哈大笑道："你们两人闹了半天，原来为的是这样不相干的小事，这也值得红脸伤自家人的和气吗？来来来，看在我的薄面，我与你俩解和了吧。"智通与毛太俱都满脸惭愧，各人自知理屈，也就借着这个台阶，互相认了不是，言归于好。

　　三人谈谈笑笑，到了晚饭后，智通才把慈云寺近两月来发生的事故，详详细细告诉俞德，并请他相助一臂之力。俞德听罢智通之言，只是沉吟不语。毛太忽然说道："我有两件要事要讲，适才一阵争斗，又遇俞师兄从远道而来，心中一高兴，就忘了说了。"俞德与智通忙问是何要事，这样着急。毛太道："我今日进城，原是要寻访仇人报仇雪恨。谁想仇人未遇见，倒是寻访着失踪徒儿张亮，被人擒住，断去双足，送往官府，业已处了死刑了。"智通道："这就奇了！张亮师侄失踪，我早怕遭了毒手，衙门口不断有人打听消息，如何事先一些音讯全无？毛贤弟不要听错了吧？"毛太着急道："哪个听错？我因听人说县衙内处决采花大盗，我连忙赶到尸场，不但人已死去，并且双足好似被擒时先被人斩断的，我看得清清楚楚，一丝也不假。我急忙回来，找你商量如何寻访仇家，谁想进门便为一个贱人争斗，差点伤了自家兄弟义气。"俞德道："贤弟不要着急。我想此事决非你一人的私事，必定是峨眉有能人在成都，成心同你我为难。报仇之事，千万不可轻举妄动，须要大家商量才好。你说的两件要事，还有一件呢？"毛太道："我回庙时节，天才酉初，太阳尚未落山。庙前树林中，忽然起了一团白雾，大约有数十丈方圆，好似才开锅的蒸笼一样，把那一块树林罩得看都看不清。可是旁边的树林，都是清朗朗的。我想必定有什么宝物该出世吧？"俞德听毛太言时，便十分注意。等他说完，连忙问道："你看见白雾以后，可曾近前去看么？"毛太道："这倒不曾。因为我忙于回庙，并且我一个人要去掘取宝物，也得找几个帮手，所以未走近前去看。"俞德道："万幸！万幸！"说罢，脸上好似有些惶急。智通问道："师兄，你看毛贤弟所说的林中白雾，难道说真有宝物出现么？"

　　俞德道："有什么宝物，简直我们的对头到了。你当那团白雾是地下冒出来的吗？是那人用法术逼出来的呀。自从老贼婆凌雪鸿死后，只有那怪老头白谷逸会弄这一类障眼法。这种法术，名叫灵雾障，深山修道，真仙们往往利用它来保护洞门，以便清修，不受恶魔的扰闹。这怪老头二三十年不出世，江湖上久不见其踪迹。他的为人，我常听我师父毒龙尊者提起，本人却不曾见过。将才智贤弟说他出世，我还半信半疑。如今他既在庙前树林中卖弄，想必是有什么举动，要与我们不利。如果是他，我们这几个人绝不是对手，须要早做准备。"智通虽未与追云叟交过手，常听师父说起他的厉害，听了俞德之言，非常惊慌。惟独毛太早年只在江湖上做独脚强盗，他出世时，追云叟业已隐遁，不知道深浅厉害，气愤愤地说道："师兄休得这样长他人志气，灭自己的威风。我想人寿不过百年，那怪老头既然二十多年不见出世，想已死在深山空谷之中，现在所发现的，焉知不是另一个人呢？树林中的白雾，就算是有人弄玄虚，也不过是一种障眼法儿，有什么了不起，值得这样害怕？"

俞德听了，冷笑道："你哪里知道厉害。你白天幸而是回庙心切，不曾走到雾阵中去；如若不然，说不定也遭了毒手。峨眉派中，颇有几个能手，怪老头更是一个奇人。此次但愿不是他才好，如果是他，就连我师父毒龙尊者，恐怕也无法制他。他们照例每隔三五十年，必要出来物色一些资质好、得天独厚的青年做门徒，以免异日身后无有传人。前年，我师父毒龙尊者说他们又渐渐在川、陕、云、贵一带活动，偏偏凑巧，五台派和滇西派也届收徒之年，少不得因为彼此收徒弟，又要闹出许多是非。听说黄山餐霞大师已经收了一个女弟子，名叫周轻云，是齐鲁三英之一周淳的女儿，小小年纪，长得十分美丽，从师不多几年，已练得一身惊人的本领。其余如苦行头陀、齐漱溟、髯仙李元化等，俱已收了些得意的门人。早晚一定有许多事情发生，你留神听吧。"毛太听了，忙问道："师兄说的那个周轻云，就是我那仇人周淳的女儿么？你怎么知道这样清楚？"俞德道："那黄山五老峰后面有一个断崖，削立千仞，险峻异常，名叫五云步，上面有五台派中一位前辈女剑仙在那里参修。此人乃是你我三人的师父的同辈，也曾参加五十年前峨眉比剑。她因见老祖师中了无形剑，知道势力不敌，不曾交手，便趁空遁走。表面上说是自己脱离漩涡，独住深山修炼，其实是卧薪尝胆，努力潜修，想为师祖报仇。因为未曾与峨眉派中人交过手，破过面，所以餐霞大师才能容她在黄山居住。近二三十年来，着实收了几个得力的男女徒弟。餐霞大师对她也渐渐怀疑，借着谈道为由，屡次探她老人家口气。她却守口如瓶，平日连门下几个心爱弟子,也不把峨眉深仇露出半点。餐霞大师虽然疑忌,倒也无可奈何于她。偏偏她又在天都峰上得了枝仙芝,返老还童,八九十岁的人,看去如同二三十岁的美女子一般。餐霞大师带周轻云到她洞中去过。她同我师父毒龙尊者最为交厚,每隔两三年,必到滇西去一次。我来时在师父那里相遇,她说起这个周轻云来,还后悔物色徒弟多少年,怎么自己时常往来川滇,会把这样好的人才失之交臂,反让仇人得去呢?我所以才知道得这样详细。"智通插言道:"你说的可是黄山五云步万妙仙姑许飞娘么?"俞德道:"不是她还有哪个?"

毛太正听得津津有味,忽然拍手大笑道:"想不到周老三还有这么美貌的一个女儿,将来要是遇见我们,把她捉来快活受用,岂不是一件美事?"话言未了,忽然面前一阵微风,一道青光如掣电一般,直往毛太胸前刺来。毛太喊一声:"不好!"连忙纵身往旁跳开。饶他躲闪得快,左膀碰着剑锋,一条左臂业已断了半截下来。还算智通久经大敌,忙将后脑一拍,飞出三道光华,上前敌住。俞德的法宝俱是用宝物炼就,虽然取用较慢,这时也将他的圈儿放起,去收来人的剑光。毛太也负痛放出剑来迎敌。偏偏来人非常狡猾,俞德的太乙圈方才放出,剑光忽地穿窗飞出,不知去向。俞德等三人连忙纵出看时,只见一天星斗,庭树摇风,更不见放剑人一些踪迹,气得三人暴跳如雷。俞德更不怠慢,将身起在半空看时,只见南面天上有一道青光,往前飞去。俞德忙喊:"大胆刺客,往哪里走!"这时智通叫毛太赶快包裹伤处,也纵身随着俞德往前追赶,刚刚追到树林青光敛处,踪迹不见。智通正要进林找寻,俞德连忙一把拉住,说道:"贤弟千万不可造次,昏林月黑,你知道刺客藏在哪里?进去岂不中他暗算?我看今晚是来者不善,善者不来,不如先行回庙,再作计较吧。"智通愤怒不过,只得站在林外,把剑光飞进林去,上下八方刺击了一遍。等到收回剑光时并无血腥味,知道刺客不曾伤了分毫。经俞德苦劝,无可奈何,垂头丧气地回转。

刚刚走近庙墙,忽听喊杀之声,料知有异。急忙飞身上墙一看,只见一个穿青的女子,与毛太、了一两人斗剑,正在苦苦相持。那女子身段婀娜,年纪不大,长得十分秀丽。放出来的剑,夭矫如龙,变化不测。再一看毛太与了一,已被那女子的剑光逼得汗流浃背。在这一刹那的当儿,忽听空中一声响处,了一的剑光,被那女子的剑纠缠着只一绞,当的一声,折为两段,余光如陨石一般,坠下地来,变成一块顽铁。毛太又断了一只臂,本已疼痛,再加那女子的剑非常神妙,负痛支持,眼看危险。这时俞德、智通赶到,看见毛太危险万分,更不怠慢。智通脑后一拍,放起三道光华。俞德左手先将圈儿放起,右手取出炼就的五毒追魂红云砂,正待要放。忽听空中一声"留神暗器",女子还未等俞德圈儿近身,将身腾起,道一声:"疾!"身剑合一,化道青光,破空而去。俞德、智通见来人二次逃走,心中大怒,也将身起在半空,运动剑光,正待向前追赶。忽见半空中又有一道白光,迎头飞至。俞德大怒,将手中红砂往空一撒,一片黄雾红云,夹着隐隐雷电之声,顿时间天昏地暗,鬼哭神嚎。约有顿饭时许,俞德料想敌人定必受了重伤,晕倒在地。当下收回红砂,往地下观看,口中连喊"奇怪"。智通忙问何故。俞德道:"我这子母阴魂夺命红砂,乃是我师父毒龙尊者镇山之宝,无论何等厉害的剑仙侠客,只要沾一点,重则身死,轻则昏迷。今天放将出去,黄雾红光明明将敌人剑光罩住,为何不见敌人踪迹?叫我好生纳闷。"

正说话间,智通道:"你看那边放光,我们快去看来。"俞德往前一看,离身旁十丈左右,果然一物放光,急忙拾起一看,乃是一柄一尺三寸许的小剑。想是敌人宝剑中了红砂,受了污秽,跌落尘埃。那剑虽然受伤,依旧晶莹射目,在手中不住地跳动,好似要脱手飞去;又好似灵气已失,有些有心无力的样子。俞德连夸好剑,向智通道:"你别小觑了它,你看它深通灵性,虽然中了砂毒,依旧想要脱逃,如不是苦修百年,决不能到这般田地。照这剑看来,敌人的厉害可知。准是他也知我红砂的厉害,无计脱身,迫不得已,才把他多年炼就的心血,来做替死鬼。不过此人失了宝剑,便难飞行绝迹,想必逃走不远,师弟快随我去追寻吧。"

说完,正待同智通往前搜查时,忽然耳旁听见一阵金刃凌风的声音,知道有人暗算,急忙将头一偏。谁想来势太急,左面颊上,已扫着一下,不知是什么暗器,把俞德大牙打掉两个,顺嘴流血不止。紧接着箭一般疾的一道黑影飞过身旁。俞德正在急痛神慌之际,不及注意,那人身法又非常之快,就在这相差一两秒钟的当儿,俞德手中的战利品已被那人劈手夺去。那人宝剑到手时,左手抢剑,双脚并齐,照着俞德胸前一蹬,顺手牵羊,来一个双飞鸳鸯腿。顺势变招,脚到俞德胸前,借力使力,化成燕子飞云纵,斜飞几丈高远,发出青光,身剑合一,破空飞出。身手矫捷,无与伦比,饶你俞德、智通久经大敌,也闹了一个手足无所措。智通眼看敌人飞跑,怒发千丈。纵身追时,只见那道青光业已破空入云,不知去向,无可奈何,又急又气。再回来看俞德时,业已痛晕在地,智通向前扶起,恰好了一垂头丧气走出观看动静,帮同智通将俞德抬到房中。解开衣服一看,胸前一片青紫,现出两个纤足印,轮廓分明。估量来人是个女子,穿的是钢底剑靴,所以受伤如此之重。如非俞德内外功都到上乘,这一脚定踢穿胸腹,死于非命。俞德连受两处重伤,疼痛难忍,忽然一声怪叫,连吐两口鲜血,痛晕过去。智通见了,益发着忙,急将备就救急伤药,与他灌救,仍然不见止痛。痛骂了一阵刺客,也无济于事。只得让毛太同俞德两个,一个这壁,一个那壁,慢慢养伤,细细呻吟。不提。

　　说了半日,那两个刺客到底是谁呢?原来醉道人同周轻云辞别追云叟,便在林中取出干粮同红葫芦里的酒,饱餐一顿。到了晚间,二人到了慈云寺,正遇见俞德、智通、毛太三人在那里大发议论。依了轻云,便要下去一较短长,几番被醉道人止住。并告诉她俞德如何厉害,如果要下去,须要如此如彼,依计而行。他等三人俱怀绝艺,只可暗中乘其不备,让他受点创伤。如果真正明面攻击,决不是敌手。商量妥当,偏偏毛太要说便宜话,把这位姑娘招恼,这才放出飞剑,原打算取毛太首级,偏又被他逃过,只斩下半截手臂。后来俞德放出圈子,轻云因听醉道人嘱咐,估量厉害,又加上智通的三道光华,迎敌时便觉吃力,情知不是对手,便知难而退,依照原定计划,逃往树林。醉道人已在半途相助。智通同俞德在林外说话时,轻云因恨毛太不过,不听醉道人拦阻,飞身绕道入庙,打算趁毛太无人帮助时,取他首级雪恨。谁想毛太惊弓之鸟,早已提防,轻云剑光一到,便交起手来,毛太堪堪抵敌不住。知客僧了一在后殿因听说师父去追刺客,往前边来看,正遇见毛太与一青衣女子动手,便上前相助。周轻云受过餐霞大师真传,生有仙根,又加数年苦功,哪把二人放在心上。运动神光,才一交手,便把了一的剑斩断。毛太愈加势孤,恰好又是俞德、智通赶回。轻云见不是路,飞身逃走;这时如果稍慢一步,便遭红砂毒手。醉道人见轻云不听吩咐,前去涉险,深怕有些失利,对不起餐霞大师,早在暗中防备。也深知红砂厉害,不敢上前。为救轻云,拼出百年炼就心血,连忙将自己剑光放出,拦住来人去路,轻云才得逃生。果然红砂厉害,剑光一着红砂,便跌到尘埃。醉道人虽然心痛,因怕红砂厉害,不敢去拾。

　　轻云见醉道人为了救自己,失去宝剑,又羞又急,又气又怒。她少年气盛,又仗着艺高人胆大,便要乘机夺回。醉道人一把未拉住,正在着急。忽听耳旁有人说话道:"我把你这醉老道,这回花子没蛇耍了吧?"醉道人听出是追云叟,不禁大喜,便道:"都是你让我保护小孩子,这孩子又倔强不听话,你须赔我的剑来。如今这孩子又上去了,你还不去帮忙,在这儿说风凉话,倘有失机,如何对得起餐霞大师?"追云叟道:"这孩子颇似我当年初学道的时节,异日必为峨眉争光,她虽有两三次磨难,现在决无差误。你的剑也应在她的身上,得一柄胜似你的原物。而你的剑得回来,只消我带回山去,用百草九转仙丹一洗,便还你原物。你失一得双,都是我老头子做成你的,亏你还好意思怪人。"醉道人料无虚言,十分高兴。

正说时,轻云已经夺剑回转。说起夺剑情形,又说临走还赏了俞德两鸳鸯脚,脸上十分得意。正说时,追云叟现出原身,轻云连忙上前拜见。醉道人道:"你这孩子也太歹毒。你往虎口内夺食,把我宝剑得还,也就罢了,你还意狠心毒,临走还下了那么一个毒手。假如俞德因你这一脚送命,岂不又与滇西派结下深仇?江湖上异人甚多,我们但能不得罪人,就不得罪人。你小小年纪,正在往前进步,想你成名之时,少一个冤家,便少一层阻力。下次不可如此造次。"说到此间,追云叟连忙拦阻道:"醉道人你少说两句吧,我们越怕事,越有事。你忘了从前峨眉斗剑时么?起初我们是何等退让,他们这一群业障,偏要苦苦逼迫,到底免不了一场干戈。这回与从前还不是一样?她少年智勇,你当老辈的,原该奖励她才对。你说毒龙厉害,须知如今是各人收徒,外加有人要报峨眉之仇,他们已联合一气,我们但能得手,除恶务尽,去一个少一个。滇西这条孽龙,在滇西作恶多端,也该是他气运告终之时,倘遇见了他的门下,却是容留不得。你不知道,这一回乃是邪、正两道争存亡之时。"醉道人道:"我何尝不知道。不过餐霞昔日再三相托,她说轻云眉梢有红线三道,杀劫太重,我不能不时时警戒而已。"

正说间,忽见正西方半空中有几道红线飞来,追云叟说声:"快走!"便同他二人起在空中。

不知后事如何,且看下回分解。

第十三回

周轻云学道辟邪村
金罗汉搬兵五云步

话说追云叟正与醉道人、周轻云在慈云寺外树林之中谈说俞德受伤之事,忽见西方飞来了几道红线,便把醉道人和周轻云一拉,喊一声:"快走!"三人一同驾起剑光,飞回了碧筠庵。这时已到五更左右,冬天夜长,天还未亮。他三人也不去惊动周淳,进了经房坐下。醉道人唤起松、鹤二童预备茶点。轻云问道:"适才那西方上几道红线,为何我们见了就跑?"追云叟道:"慈云寺自从周云从被你醉师叔救走,张亮被杀,智通便料知我们峨眉派中人要和他为难。他在上月便打发他门下四金刚同多宝真人金光鼎,以及投奔他的一群四川大盗,拿他束帖,前往三山五岳,聘请能人剑客,齐集慈云寺,开会筹备应付之策。今天晚上这几道红线,便是毛太的师父金身罗汉法元。我因为暂时不便露面,所以叫你们一同回转。"轻云道:"照师祖这般说来,他们既然四出寻找帮手,我们就这几个人应敌么?"追云叟道:"哪有这种便宜的事? 我早已料到这一步,已经打发你师叔李胡子去请人去了。如今事情不过才在开端,智通那厮也拿不定我们这边虚实。不过他既疑心我又出世,鉴于他死去的师父太乙混元祖师的覆辙,所以把他们的同门同党召集拢来,仔细研究对敌方法。至于我们真正的硬对头,如今还一个都未露面,有的还在假充好人呢。"

谈了一会,周淳起来,轻云上前见礼。周淳又向追云叟、醉道人参拜。轻云便到内屋坐了一会内功,已是日出三丈,也就不打算睡了。醉道人背了葫芦,便要往外走。追云叟连忙将他唤转,从怀中取出一样东西与他。醉道人连忙称谢,接过来便藏在怀中,走了出去。追云叟便对轻云道:"现在敌人尚未到齐,也不知我们的虚实同藏身之地。我现在要带你父亲到衡山珠帘洞我大徒弟岳雯洞中去传授剑法,并且洗炼你醉师叔的宝剑。魏青我已叫他投奔一个人去了。你一个女子,孤身住在此地,多有不便;又有许多需用你的地方,不能叫你回山。这倒是一个难题。"轻云道:"师祖你老人家不用担心。我师父打发我下山时,也说是破慈云寺尚早,孙儿到了成都,没有落脚之处。临行交与孙儿一封书信,就是到了成都,见了醉师叔同孙儿的父亲后,如无处住,拿这封信到成都北辟邪村投奔玉清师太,便可得到安身之所。祖师同爹爹走后,孙儿便去投她如何?"追云叟听了,大喜道:"想不到摩伽仙子玉清大师会在成都居住,这真是我们一个好帮手。她自从受了神尼优昙点化后,便洗净尘缘,一心归善。我在东海云游时,她到那里采药,我同她见过一次,曾经为她帮过小忙。如今一别五十年,想来她的本领益发高强了。你此去对她务要特别恭敬,朝夕讨教,于你大是有益。"

轻云听了大喜,正要请问摩伽仙子玉清大师的来历,还未开口,眼前一亮,满室金光,忽听一个女子口音说道:"白老前辈,要想背后议论人的长短,我是不依的。"周淳、轻云定睛一看,室中凭空添了一个妙龄女尼,头戴法冠,足蹬云履,身穿一件黄缎子僧衣,手执拂尘,妙相庄严,十分美丽,正在和追云叟为礼。追云叟笑道:"我这怪老头子向不道人的短处,大师只管放心。不过异日与五台这一群业障对敌时,大师必要助我们一臂之力。"那妙龄少尼说道:"老前辈吩咐,岂有不遵之礼?这二位,一个我已经知道,是我村中新来的佳客,这位呢?"追云叟笑道:"只顾说话,还不曾与你们引见。"说罢,便叫周淳、轻云参见。又对他二人说道:"这位就是我们适才所说的玉清大师。"周淳、轻云十分惊异,心想:"追云叟和她相别已五十多年,此人怕没有一百来岁,怎么容颜还如少女一般?"追云叟道:"她今年大约也有一百三十多岁了。"玉清大师道:"老前辈又来取笑了。"追云叟道:"这是我新收的弟子周淳,是一个半路出家的,剑法一些没有入门,你看他还能造就吗?"玉清大师道:"老前辈有旋乾转坤之力,顽铁可点金,何况周道友根基厚呢。"追云叟道:"你是怎生知道我们在此地的?"玉清大师道:"此地原是大师兄素因的下院,今年她从云南采药,回转家师那里,顺便前来看我,言说将此地借与醉道人,我久已想来看望。"说时,便指着轻云道:"昨日她师父餐霞大师的好友、落雁山愁鹰洞顽石大师带来口信,说是她拿了她师父的信投奔于我。算计日程,已应来到,并未见她前来。我知道如今群魔又要出世,恐怕出了差错,故而前来打听,不想有幸遇见老前辈也在此地,真是快事。恰好我有一件要事,正要找一个峨眉派中主要人物报告。因我正炼一件法宝,无暇抽身到别处去,老前辈遇得再巧不过。"

追云叟忙问根由。玉清大师道:"老前辈知道太乙混元祖师的师妹万妙

76

仙姑许飞娘么?"轻云插口道:"师伯说的莫非是在黄山五云步参修的那一个中年道姑吗?"玉清大师道:"正是此人。自从两次峨眉斗剑,她师兄惨死,她便遁迹黄山,绝口不谈报仇之事。当时一般人都说她受师兄深恩,把她师兄的本领完全学到手中。眼看师兄遭了峨眉派毒手,好似无事人一样,漠不关心,毫无一点同门情义,就连我也说她太无情分。直到去年,我才发现此人胸怀异志,并且她五十年苦修,法宝虽没有她师兄的多,本领反在她师兄之上。此人不除,简直是峨眉派的绝大隐患。我是如何知道的呢?我和滇西毒龙尊者在八十年前本有同门之谊,自经家师点化,改邪归正。我因不肯忘本,别样的事情可为峨眉同本门效力,惟独遇见滇西派人交起手来,我是绝对中立。因此数十年来,不曾与滇西翻脸。毒龙尊者因见我近年道法稍有进步,几次三番,想叫我仍回滇西教下,都被我婉词谢绝,并把守中立的话也说了。十年前,他带这个许飞娘前来见我。我起初很看不起她,经不起她十分殷勤,我见她虽然忘本,倒是真正改邪归正,向道心诚,她又下得一手好棋,因此来往颇密。谁想知人知面不知心。去年冬天又来看我,先把我恭维了一阵,后来渐渐吐露心腹,原来她与混元祖师明是师兄师妹,实是夫妻。她这五十年来卧薪尝胆,并未忘了报仇,处心积虑,原是要待时而动。苦苦求我助她成事,情愿让我做他们那派的教祖。我听了此言,本想发作,又觉她情有可原,反而怜她的身世。虽用婉言谢绝她,对她倒十分的安慰。谁想她不知怎的想入非非,以为我同她一般下贱。有一次居然替毒龙尊者来做说客,想劝我嫁与他,三人合力,使滇西教放一异彩。我听了满心大怒,当时便同她宣告绝交。她临走时,用言语恫吓我,说她五十年苦心孤诣,近在咫尺的餐霞大师都不知道她的用心,如今机密被我知道,希望我同她彼此各不相干,我如果泄露她的机密,她便要同我拼个死活。她又说并不是惧怕餐霞大师,怕她知道了机密,因为她有一柄天魔诛仙剑尚未炼成,不愿意此时离开黄山等语。我也没有答理她,她便恨恨而去。我最奇怪,餐霞大师颇能前知,何以让一只猛虎在卧榻之侧安睡,不去早些剪除,却使她成就了羽翼,来同峨眉派为难?难道她当真就被她蒙蔽了吗?"追云叟道:"想必餐霞大师自有妙算,不然也决不会让她安安静静在黄山五十多年。现在她的假面目既然揭开,她的劫数也快临头,你日后自知分晓。你见了令师、令师兄,代老头子致意,改日少不得还要麻烦他们。我们今日就分手吧。"说罢,摩伽仙子便告别追云叟,带了轻云,回转辟邪村。追云叟也带了周淳,回山炼剑。不提。

　　且说智通自从俞德、毛太受伤,医药无效,自己单丝不成线,孤树不成林。尤其俞德更是昏迷不醒,呻吟不绝。正在无可奈何之际,忽然了一进来报道:"前殿忽然降下一位禅师,言说是五台山来的,要见师父同毛师叔。"智通急忙出来一看,见是金身罗汉法元,心中大喜,当即上前参拜。这法元生得十分矮胖,相貌凶恶,身穿一件烈火袈裟,手持一支铁禅杖。见了智通,便问毛太可在此地?智通便把毛太寻周淳报仇,如何在林中遇了能手,被人戏弄,后来滇西派粉面佛俞德来到庙中,那晚来了两个刺客,好似一男一女,毛太同俞德如何中了暗算,现在后殿养伤,昏迷不醒,一一说了一遍。法元听了大怒,便叫智通引他进去。法元见毛太已是断了一只左臂,正在昏睡,不禁连连叹惜。忙叫智通取来一碗无根水,从身旁取了两粒丹药,与他二人灌了下去。又将两粒丹药化开,敷在伤处。

这时毛太业已清醒过来,见了法元,便要下床叩拜。法元道:"你伤痕未愈,不必拘礼。"毛太疼痛难忍,便也就恭敬不如从命,眼含痛泪,又将前事说了一遍,请法元与他报仇。法元道:"此事关系不止你一人,报仇之事,何消说得。"说罢,便问智通:"毛太的断臂现在何处?"智通道:"现在佛堂供桌上,因怕毛贤弟伤心,不曾拿进来。"法元道:"此臂不曾丢失,还好想法,快去取来,好好保存。"毛太正愁自己成了废人,听了法元之言,不由精神一振,便问道:"师父法术通神,难道说还可叫弟子断臂重续么?"法元道:"我哪有这大神通?不过北海无定岛陷空老祖那里,有炼就的万年续断接骨生肌灵玉膏,倘能得到手中,便可接骨还原。幸喜如今天寒地冻,不然肌肉腐烂,虽有灵药,也无用处。可惜没有峨眉派的固本丹,止住血液,保养肌肉。将来就算灵丹到手,把断臂接上,也不过无碍观瞻,不能运用自如了。"智通道:"既然有此灵药,师叔快快修书,待弟子前去将它取来,早些与贤弟医治如何?"法元道:"哪有这样容易的事?那陷空老祖非比寻常,他那无定岛环圈三千弱水,鸟雀也难飞渡。并且这位老祖业已谢绝世缘,不与外人见面,就是我亲身去求,也休想进岛一步。"智通道:"如此说来,还是无望的了。"法元道:"这倒也不然。陷空老祖生平只收下两个弟子:一个是灵威叟,现在北海冰原灵山住居,人极正派,也学他师父一意静修,不问外事;一个是崆峒山长臂神魔郑元规,此人剑术高强,另成一家,只是心意狠毒,不为老祖所喜。十年前不知为了何事,师徒意见不和,老祖忽然要用飞剑斩他,被他师兄灵威叟知道,悄悄通信,叫他逃走。一面向陷空老祖苦苦哀求。为了此事,老祖怪他不该私通消息,还罚灵威叟面壁静跪三年。郑元规见立足不住,没奈何,投身到云南百蛮山赤身洞五毒天王列霸多教下安身。后来奉了五毒天王之命,到云、贵、陕、川一带收徒弟,才在崆峒山暂住。此人倒与我情投意合。听说他逃走时,曾将陷空老祖的灵药盗走不少。这须我亲去,才能到手。"智通道:"如今峨眉派多在成都,早晚必来生事,弟子虽曾派门下弟子去请能人相助,俱未来到。他二人现在病中,师叔走后,不知有无妨碍?"

法元听了,哈哈大笑道:"你枉自修道多少年,你连这点都看不透,你还想恢复你师祖的事业?你想峨眉派有许多能人,岂是轻举妄动的?此次明明想借各派收徒的机会,设法开衅,想把火挑起来,照上次峨眉斗剑一样,把异派消灭,好让他们独自称尊。区区一个慈云寺,岂放在他们心上?如果追云叟业已出世,以他一人之力,消灭这座慈云寺,岂不易如反掌?上述行刺,明明是他们新收弟子想出风头,故而先来挑衅,再看我们如何布置,他们再行下手。我们这儿人越多,他们也越来生事。如果和平常一样,只要我们不出去生事,他们也决不会来的。"说罢,俞德服用丹药后,药力发动,虽不能马上还原,倒也疼消痛止。醒来见了法元,知道是他解救,便勉强下床叩谢。法元道:"你自离开为师,到了毒龙尊者门下,我已知道你功行精进。此次也是你艺高人胆大,才中了别人暗算。以后临敌,须要小心在意。我再与你二人留下几粒丹药服用,三日后便可痊愈。事不宜迟,待我往崆峒山走走。"说罢,便出房,化成几道红线,望空而去。

到了第二日,智通正与毛太、俞德闲话,先是大力金刚铁掌僧慧明回来,报道:"启禀师父:弟子奉师之命,到了衡山锁云洞,去请岳琴滨师叔。先是应门童子拿了师父的信进洞,出来说是岳师叔不在洞中,到武夷山飞雷洞,寻龙飞师叔下棋去了。弟子便赶到武夷山,遇见龙师叔的弟子小灵猴柳宗潜,他说龙师叔东海访友,岳师叔未来。他本人倒愿意来看热闹,他并且答应帮弟子找几位同门道友同来。弟子恐怕师父久候,特来缴旨。"智通听了,不由叹口气道:"如今人情势利,你岳师叔无非惧怕峨眉派势力大,明明成心不见你罢了。你算是空跑一趟,里面歇息去吧。"慧明退了下来。

隔了三四日,无敌金刚赛达摩慧能、多臂金刚小哪吒慧行、多目金刚小火神慧性等先后回庙,所请的人,也有请到的,也有托故不来的,也有当真不在的。那所请到的是:崂山铁掌仙祝鹗、江苏太湖洞庭山霹雳手尉迟元、沧州草上飞林成祖、云南大竹子山披发猱猊狄银儿、华山烈火祖师的弟子飞天夜叉秦朗等。除了烈火祖师是另一派,也是与峨眉派积有深仇的,余人皆是智通、毛太的师兄弟辈,长一辈的师叔、师伯俱未请到。滇西毒龙尊者推说有事,事办完了来不来不一定。他门下大弟子俞德,业已先来。飞天夜叉马觉,出门未归。算计人虽不少,只是并无出类拔萃的剑仙,未免有些失望。到底慰情聊胜于无,只好再作区处。

又过了两天,飞天蜈蚣多宝真人金光鼎,率领他的弟子独角蟒马雄、分水犀牛陆虎、闹海银龙白缙等,高高兴兴走进庙来,见了众人,见礼已毕,便道:"我自从离了慈云寺,原往青城山去请我的好友纪登,代约他的祖师矮叟朱梅前来助我们一臂之力。刚刚到了灌县,在二郎庙前,看见一个十四五岁的绝色女子向一个中年道姑买药,我打算约好了纪登,回来时顺便将那女子抢回来,与大师受用。谁想我到了青城山金鞭崖白云观,纪登已云游在外,只有一个道童在观中看家。他说他师父不久回转,便在庙中等了多日,仍不见回转。我又怕误了此地之事,又惦记那个女子,便往回走。好在那天已将女子的寓所探好,便在她家附近寻下住所。到了晚间,我带了马雄等前往她家。起初以为一个弱女子,手到擒来。不想她家还有一个父亲,连那女子,都武艺高强,非常扎手。后来我见马雄等抵敌不住,恐怕失手,便放出飞剑,将女子的父亲一剑杀死。因为要擒活的,我同马雄费了半天手脚,马雄还中了那女子一袖箭,擒她时,手也被她咬伤,好容易才将那女子擒住。那女子当时一气,便晕死过去。我用一条被单,将她紧紧包裹,叫马雄背在身上,连夜往回逃走。谁想出城不过十里,忽然遇见那天在二郎庙卖药的中年道姑,拦住去路,硬要我将人留下。我因赶路心急,希图早些了事,便把飞剑放出,谁想这一来,几乎闯了大祸。这道姑见了我的飞剑微微冷笑,将手一扬,便有一道金光。我的飞剑与她的金光才一接触,便退了下来。眼看她的剑光已将我等罩住,只好闭目等死。待了一会,不见动静,睁眼看时,那卖药道姑连同我们所抢来的女子,俱都不知去向。且喜我们一行人等,连一个受伤的也没有。当时尚以为是那道姑不肯开杀戒,所以未取我们的性命。我们又白白辛苦一夜,到手的美人儿被人家抢去,心中好生不快。然也无法,只得仍往成都走来。走到半途,忽然遇见马觉马道长,谈起那道姑,他才悄悄告诉我,说她乃是现今我派中最厉害的人物黄山五云步的万妙仙姑许飞娘。她在黄山修炼,只为探看峨眉派的动静,想必她看我们所抢的女子好,故而借此示恩于她,好收她为徒。我们去杀人抢人,正好为她造机会,她不久也要出世。许仙姑现在表面上尚未显出本来面目,仍与峨眉派中人假意周旋,叫我严守秘密。我派有此异人,岂非幸事?"俞德、智通等听了,也自欣喜。

过了几天,法元从崆峒山跑了回来,虽将灵药取到,但是已隔多日,效验微小。只得将断臂与毛太接上,敷上灵药加紧包扎,就烦大力金刚铁掌僧慧明护送毛太回五台山将息。

　　等毛太、慧明走后，法元把人聚集在大殿，说道："此番争斗，不比寻常。临敌时，第一要镇定心神，临事不慌，不可小看他们。我看现在为期还早，我们的帮手还未到来，待我亲自出马，再去请几位相助。庙中自我走后，无论何人，无事不许出门。到了晚间，分班轮守。如遇真正厉害敌人到此，可由俞德出面，与他订一日期，以决胜负。千万不可造次迎敌，以免像上次吃亏，要紧要紧。"说完，别了众人，便往三山五岳，寻访能人相助去了。

第十四回

九华山白侠遇凶僧
镇云洞红药逢仙侣

话说法元离了慈云寺,去约请三山五岳的剑侠能手,准备明春与峨眉派决一胜负。出庙后一路盘算,决定先到九华山金顶归元寺,去约请狮子天王龙化同紫面伽蓝雷音。剑光迅速,不消两日,已到了九华前山。便收了剑光,降下地来,往金顶走去。

这九华山相离黄山甚近。金顶乃九华最高处,上有地藏菩萨肉身塔,山势雄峻,为全山风景最佳之地。时届隆冬,法元心中有事,也无心鉴赏。正走之间,忽听树林内好似有妇女儿童说笑之声,心中甚觉诧异。暗想:"这样冷的天气,山风凛冽,怎么会有妇人小孩在此游玩?"便往树林中留神观看。只见衔山夕阳,火一般照得一片树林清朗朗的,一些人影全无。正在诧异之间,忽听有一个小孩的声音说道:"姊姊,孙师兄从那旁来了。你看还有一个贼和尚,鬼头鬼脑,在那里东张西望。你去把孙师兄喊过来吧,省得被那贼和尚看见又惹麻烦。"法元听了这几句话,忙往林前看时,仍是只听人言,不见人影。情知这说话的人不是妖魔鬼怪,便是能手,成心用言语来挑逗自己。正待发言相问,忽见对面山头一个十七八岁的少年,穿着一身白衣服,穿峰越岭,飞一般往前面树林走来。又听林中小孩说道:"姊姊,你快去接孙师兄,那个贼和尚是不安好心的啊。"又是一个声音答道:"你这孩子,为什么这样张皇?那个和尚有多大胆子,敢来九华山动一草一木?他若是个知趣的,趁早走开,免得惹晦气,怕他何来?"

法元听他们说话,越听越像骂自己,不由心头火起。叵耐不知道人家藏身之地,无从下手,只得忍耐心头火气,以观动静。这时那白衣少年也飞身进入林内。法元见那少年立定,知道一定已与那说话的人到了一块,便想趁他一个冷不防,暗下毒手。故意装作往山上走去,忽地回身,把后脑一拍,便有数十道红线,比电还急,直往林中飞去。暗想敌人只要被他的剑光笼罩,休想逃得性命。主意好不狠毒。他一面在指挥剑光，一面留神用目向林中观看，却见那白衣少年，好似若无其事一般，在这一刹那的当儿，忽然隐身不见。法元心想："这少年倒也机警，不过这林子周围数十丈方圆，已被我的剑光笼罩，饶你会轻身法，也难逃性命。"正在这般暗想，忽见剑光停止不进，好似有什么东西隔住一样。法元大怒，手指剑光，道一声："疾！"那剑光更加添了一番力量，衬着落山的夕阳，把林子照得通明，不住地上下飞舞。后来索性把这林子团团围住，剑光过去，枯枝败梗，坠落如雨。有时把那合抱的大树，也凭空截断下来。只是中间这方丈的地方，剑光只要一挨近，便碰了回来，兀是奈何它不得。林中的人，依旧有说有笑，非常热闹。法元虽觉把敌人困住，也是无计可施。

相持了一会，忽听林中有一个女子声音说道："师弟，都是你惹出来的，现在母亲又不在家，我看你怎么办？"又听一个男的声音说道："师姊，看在我的面上，你出去对敌吧。这凶僧不问青红皂白，就下毒手，太是可恶！若不是师姊拉我一把，几乎中了他的暗算。难道说你就听凭人家欺负咱们吗？"那女子尚未还言，又听那小孩说道："师兄不要求她，我姐姐向来越扶越醉。好在要不出去，大家都不出去，乐得看这贼和尚的玩意儿。我要不怕母亲打我，我就出去同他拼一下。"那女子只冷笑两声，也不还言。这几个人说话，清晰可听。法元听见人家说话的神气，好似不把他放在心上，大有藐视之意，知道这几个年轻人不大好惹。最奇怪的是这近几十年，并不曾听峨眉派出了什么出色的人物；这几个人年纪又那样轻，便有这样惊人的本领，小孩如此，大人可知。自从太乙混元祖师死后，五台、华山两派虽然失了重心，但是自己也是派中有数的人物。自信除了峨眉派领袖剑仙乾坤正气妙一真人齐漱溟同东海三仙、嵩山二老外，别人皆不是自己敌手。如今敌人当面嘲笑，不但无法近身，连人家影子都看不见，费了半天气力，人家反而当玩笑看。情知真正现身出来，未必占得了便宜；想要就此走去，未免虎头蛇尾，打了半天，连敌人什么形象都不知道，岂非笑话？不禁又羞又气，只得改用激将之计，朝着林中大声说道："对面几个乳臭小娃娃，有本事的，只管走了出来，你家罗汉爷有好生之德，决不伤你的性命；如果再耍障眼法儿，我就要用雷火来烧你们了。"

话言未了，又听林中小孩说道："姐姐，你看这贼和尚急了，在叫阵呢。你还不出去，把他打发走？我肚子饿了，要回家吃饭呢。"那女子道："你闯的祸，我管不着。"那小孩道："没羞。你以为我定要你管吗，你看我去教训他去。"法元听了,以为果然把敌人激了出来,益发卖弄精神,运动剑光,一面留神看对方出来的是一个什么人物。看了一会,仍是不见动静。正在纳闷,忽然听见一个女子声音说道:"贼和尚,鬼头鬼脑瞧些什么?"接着眼前一亮,站定一男一女:男的便是那白衣少年;女的是一个绝色女子,年约十八九岁,穿着一身紫衣,腰悬一柄宝剑。法元见敌人忽然出现,倒吓了一跳。自己的剑光,仍在林中刺击一个不住,便急忙先将剑光收回。那女子轻启朱唇道:"你不要忙,慢慢的,我不会取你的狗命的。"那一种镇静安闲、行所无事的神气,倒把一个金身罗汉法元闹了一个不知如何应付才好。那女子又问道:"你这凶僧太是可恶! 你走你的路,我们说我们的话,无缘无故,用毒手伤人,是何道理?"法元情知此人不大好惹,便借台阶就下,说道:"道友有所不知。我因来此山访友,见你们在林中说话,只闻人声,不见人面,恐是山中出了妖怪,所以放出剑光,探听动静,并无伤人之意。如今既已证明,我还有事,后会有期,我去也。"说完,不等女子还言,便打算走时,忽然一颗金丸,夹着一阵风雷之声,从斜刺里飞将过来。法元知道不妙,打算抵敌,已是措手不及,急忙把头一偏,这金丸已打在左肩。若非法元道行高深,这一下就不送命,怕不筋断骨折。法元中了一丸,疼痛万分,知道要跑人家也不答应,只得忍痛破口大骂道:"你们这几个乳臭娃娃,罗汉爷有好生之德,本不值得与你们计较,你们竟敢暗算伤人。今天不取你们的狗命,也不知罗汉爷的厉害!"一边嚷,一边便放出剑光,直往那一双男女飞去。只见那女子微微把身一扭,身旁宝剑如金龙般一道金光飞起,与法元的剑斗在空中。那穿白少年正待飞剑相助,那女子道:"孙师弟,不要动手,让我收拾这个贼和尚足矣。"白衣少年便不上前,只在一旁观战。

这二人的剑,在空中杀了个难解难分,不分高下。法元暗暗惊奇:"这女子小小年纪,剑术已臻上乘。那个白衣男子,想必更加厉害。"正在腹中盘算,忽然好几道金光夹着风雷之声劈空而至。这次法元已有防备,便都一一躲过。那金丸原是放了出来,要收回去,才能再打。法元一面迎敌,一面用目往金丸来路看时,只见离身旁不远一个断崖上,站定一个小孩,年才十一二岁左右,面白如玉,头上梳了两个丫髻。穿了一件粉红色对襟短衫,胸前微敞,戴着一个金项圈,穿了一条白色的短裤,赤脚穿一双多耳蒲鞋。齿白唇红,眉清目秀,浑身上下好似粉妆玉琢一般。法元中了他一金丸,万分气恼。心想:"小小顽童,有何能耐?"便想暗下毒手,以报一丸之仇。便将剑光一指,分出一道红线,直往那小孩飞去。这是一个冷不防,那女子也吃了一大惊,知道已不及分身去救,忙喊:"蝉弟留神!"那白衣少年也急忙将剑光放出,追上前去。谁知那幼童看了红线飞来,更不怠慢,取出手中十二颗金丸,朝那红线如连珠般打去,一面拨头往崖下就跑。那红线被金丸一击,便顿一顿。可是金丸经那红线一击,便掉下地来。红线正待前进,第二个金丸又到。如是者十二次,那小孩已逃进一个山洞里面,不见踪影。这时恰好白衣少年赶到。那女子一面迎敌,一面往后退,已退到洞口。这时白衣少年的剑,迎敌那一根红线,觉着非常费劲,看看抵敌不住。恰好那女子赶到,见了这般景况,忙叫:"师弟快进洞去!"一面朝着剑光运了一口气,道一声:"疾!"那剑光化作一道长虹,把空中红线一齐圈入。那白衣少年趁此机会,也逃进洞中。法元得理不让人,又见小孩与白衣少年逃走,越发卖弄精神,恨不能将那女子登时杀死。可是杀了半日,依旧不分高下。

这时日已平西,一轮明月如冰盘大小,挂在林梢,衬着晚山晴霞,把战场上一个紫衣美女同一个胖大凶僧照得十分清楚。法元正想另用妙法,取那女子性命。忽听一阵破空的声音,知有剑客到来,双方都疑是敌人来了帮手。在法元是以为既来此山,必定是人家的帮手;那女子又听出来者不是本派中人。双方俱在惊疑之际,崖前已经降下一个道姑和一个少女。那女子与法元见了来人,俱各大喜。原来来者正是黄山五云步的万妙仙姑许飞娘。这时法元与那女子动手,正在吃惊之际,双方皆不及叙话,可是都以为来人是友,而非敌人。原来法元与许飞娘原有同门之雅,而那女子的母亲却是许飞娘常来常往的熟人,故而双方都有了误会。法元本想许飞娘一定加入,相助自己,谁想竟出自己意料之外。只见那许飞娘不但不帮助自己,反装不认得法元,大声说道:"何方大胆僧人,竟敢在九华山胡闹? 你可知道这锁云洞,是乾坤正气妙一真人齐漱溟的别府么? 知时务者,急速退去,俺许飞娘饶你初次,否则叫你难逃公道!"法元听了此言,不禁大怒,暗骂:"无耻贱婢,见了本派的人,怎装不认得,反替外人助威?"正待反唇相讥,忽然醒悟道:"我来时曾闻飞天夜叉马觉说,她假意同峨眉派联络,暗图光复本门,誓报昔日峨眉斗剑之仇。她明明当着敌人,不便相认,故用言语点破于我,叫我快走。这里既是齐漱溟别府,我决难逃公道。这女子想必是齐漱溟的女儿,所以这样厉害。幸喜老齐未在此地,不然我岂不大糟而特糟?"于是越想越害怕,便一面迎敌,一面说道:"我也不是愿动干戈,原是双方一时误会。道友既是出来解围,看在道友面上,我去也。"说罢,忽地收转剑光,破空飞去。

那女子还待不舍,飞娘连忙拦阻道:"云姑看我的薄面,放他去吧。"那女子又谢了飞娘解围之情。正说时，那小孩已走出洞来，去拾那十二个金丸时，已被法元飞剑斩断，变成二十四个半粒金丸了。便跑过来，要他姊姊赔，说："你为何把贼和尚放走？你须赔我金丸来！这是餐霞大师送我的，玩了还不到一年，便被这贼和尚分了尸了。"那女子道："没羞。又要闯祸，闯了祸，便叫做姊姊的出头。你暗放冷箭，得了点小便宜，也就罢了，还要得寸进尺，只顾把你那点看家本事都施展出来。惹得人家冒了火，用飞剑来追。要不是这几粒宝贝丸子，小命儿怕不送掉？那和尚好不厉害，仙姑不来解围，正不知我倒霉不倒霉呢。刚才孙师弟因救你，差点没有把多年心血炼就的一把好剑断送在和尚手里。还好意思寻我放赖？"那小孩听了他姐姐一阵奚落，把粉脸急得通红，也不招呼来客，鼓着两个腮帮子，说道："我的金丸算什么，只要没有把孙师兄的宝剑断送，你还会心疼吗？"一路说，一路便往洞中走去。

那女子听了小孩之言，不禁脸上起了一层红云，向着飞娘说道："这孩子禀赋聪明，根基甚厚，又加上家父母与他前世有很深的关系，他才三岁，便费尽九牛二虎之力，度他上山。因为前世因缘，十分钟爱，所以惯得他如此，仙姑不要见笑。"飞娘不禁叹了一口气道："我看贵派不但能人甚多，就你们这一辈后起之秀，哪一个将来不是青出于蓝？我为想得一个好徒弟，好传了我衣钵，便设法兵解，谁知几十年来，就寻不出一个像你兄弟这样厚根基的。"说时，指着同来女子道："就拿她来说，根基同禀赋不是不好，要比你们姊弟，那就差得太远了。"说罢，便教同来的女子上前见礼。那女子道："我真该死，只顾同小孩子拌嘴，也忘了请教这位仙姑贵姓，也没有请仙姑在寒舍小坐，真是荒唐。"飞娘道："云姑不要这样称呼。她名叫廉红药，乃是我新收的徒弟。我见她资质甚好，度她两次。她母亲早死。她父亲便是当年名震三湘的小霸王铁鞭廉守敬，早年保镖与人结下深仇，避祸蜀中。我去度此女时，她父亲因为膝前只有一个，执意不肯。红药她倒有此心，说她父亲年已七十，打算送老归西之后，到黄山来投奔于我。我便同她订了后会之期。有一天晚上，忽听人言，她家失火，我连忙去救时，看见她父亲业已身首异处，她也踪迹不见。我便驾起剑光，往前追赶。出城才十里地，看见一伙强人，我便上前追问，后来动手，他们也都会剑术，可惜都被他们逃走，连名姓都未留下，只留下一个包袱。打开一看，她已气晕过去。是我把她救醒，回到她家，将她父亲尸骨从火场中寻出安葬。她执意要拜我为师，以候他日寻那一伙强人报杀父的深仇。"

那女子听罢,再看那廉红药时,已是珠泪盈盈,凄楚不胜,十分可怜。自古惺惺惜惺惺,那女子见廉红药长得容光照人,和自己有好几分相像,又哀怜她的身世,便坚请飞娘同红药往洞中叙谈。飞娘尚待不肯,只见红药脸上现出十分想进洞去而又不敢启齿的神气。飞娘不禁想起自己许多私心,有些内愧,便说道:"我本想就回山去,我看红药倒十分愿进洞拜访,既承云姑盛意,我们就进去扰一杯清茶吧。"红药听了,满心大喜。这叫作云姑的女子,见红药天真烂漫,一丝不作假,也自高兴。便让飞娘先行,自己拉了红药的手,一路进洞。红药初到宝山,看去无处不显神妙。起初以为一个石洞里面,一定漆黑阴森,顶多点些灯烛。谁知进洞一看,里面虽小一些,灯烛皆无,可是四壁光明,如同白昼,陈设雅洁,温暖如春。只是看不见适才那个可爱的小孩子,心中十分奇异。

　　三人坐定,谈了一会。飞娘原是勉徇爱徒之意,强与敌人周旋。那红药却十分敬爱那云姑,双方越说越投机,临走时还依依不舍。云姑道:"你那里离我这洞很近,无事可常来谈天,我还可以把你引见家母。"红药凄然道:"小妹多蒙仙姊垂爱,感谢已极。只是小妹的大仇未报,还得随恩师多用苦功。早年虽随先父学了些武艺,闻说黄山五云步山势险峻,离此也有一百数十里,来回怕有三百多里。小妹资质愚鲁,哪能像仙姊这样自在游行呢!"云姑听了她这一番话,十分可怜,便道:"你不能来,只要仙姑不怪我妨害你的功课,我也可以常去拜望你的。"飞娘道:"云姑如肯光临荒山,来多加指教,正是她莫大的造化。我师徒请还请不到,岂有不愿之理?"说罢,便对红药道:"我们走吧。"仍旧用手夹着红药,与云姑作别后,将足一顿,破空而去。

第十五回

齐漱溟访道入名山
苟兰因深闺失爱女

说了半天，这个云姑这样大的本领，她是谁呢？事从根起，要说云姑，得先说云姑的父母。

原来云姑的父亲，便是乾坤正气妙一真人齐漱溟，峨眉派的领袖剑仙之一。那齐家本是四川重庆府长寿县的望族。这长寿县中，有一口长寿井，井泉非常甘冽。县中因得当地民风淳厚，享高年的人居多。于是便附会在这口井上，说是这县名也由井而生。事出附会，倒也无可查考。齐家本是当地大家，文人武士辈出，在明朝中叶，为极盛时代。漱溟在阖族中算是最小的一房，世代单传。他父母直到晚年才生漱溟，小时便有异禀，所以愈加得着双亲的钟爱。漱溟不但天性聪明，学富五车，而且臂力过人，有兼人之勇，从小就爱朱家、郭解之为人。每遇奇才异能之士，不惜倾心披胆，以相结纳。川湘一带，小孟尝之名，几乎妇孺皆知。他到十九岁上，双亲便相继去世。

漱溟有一个表妹，名唤苟兰因，长得十分美丽，贤淑过人。因为两家相隔甚近，青梅竹马，耳鬓厮磨，渐渐种就了爱根。女家当时也颇有相攸之意，经人一撮合，便订了婚姻之约，只是尚未迎娶。等到漱溟双亲去世，经不起他的任意挥霍，家道逐渐中落。偏偏兰因生母去世，她父亲娶了一个继母，因见婿家贫穷，便有悔婚之意。不但漱溟不愿意，兰因也以死自誓，始终不渝。虽然悔婚未成，可是漱溟同兰因都因此受了许多的磨难，直到漱溟三十二岁，功名成就，费了不少气力，才能得践白首之约。彼时兰因已二十六岁了。两人患难夫妻，感情之笃，自不必说什么闺房之乐，甚于画眉的俗套了。

他二人结婚两三年，便生下了一男一女：男的取名叫作承基；女的生时，因为屋顶上有一朵彩云笼罩，三日不散，便取名叫作灵云。这小兄妹二人，都生得相貌秀美，天资灵敏。漱溟日伴爱妻，再有这一双佳儿佳女，他的利禄之念很轻。早先原为女家不肯华门贵族下嫁白丁，所以才去猎取功名。

如今既然样样称心随意,不肯把人家幸福,消磨在名利场中,乐得在家过那甜蜜的岁月。他又性喜游山玩水。兰因文才本与漱溟在伯仲之间,嫁过门后,无事时又跟着漱溟学些浅近武功。所以他二人连出门游玩,都不肯分离,俱是一同前去的。

有一天,夫妻二人吃了早饭,每人抱了一个小孩,逗弄说笑。正在高兴的当儿,兰因忽然微微叹了一口气,带着十分不快的样子。漱溟伉俪情深,闺房中常是充满一团喜气,他二人从未红过一回脸。今天忽然看见他夫人不高兴,连忙问起究竟。兰因道:"你看我二人,当初虽然饱受折磨,如今是何等美满。可是花不常好,月不常圆;人生百年,光阴有限,转眼老大死亡,还不是枯骨两堆?虽说心坚金石,天上比翼,地下连枝,可以再订来生之约,到底是事出渺茫,有何征信?现在我二人虽然快活,这无情的韶光,转眼就要消逝,叫人想起,心中多么难受呢!"漱溟听了此言,触动心思,当时虽然宽慰了他夫人几句,打这天起便寝食难安,终日闷闷不乐。他夫人盘问几次,他也不肯说出原因,只是用言语支吾过去。

如是者又过了半年,转瞬就是第二年的春天。兰因又有了两个月的身孕。漱溟忽然向他夫人兰因说:"我打算到峨眉山去,看一个隐居的老友简冰如。你有孕在身,爬山恐怕动胎气,让我一人去吧。"他二人自结婚以后,向来未曾分离,虽然有些依依不舍,一则兰因身怀有孕,不能爬山,又恐漱溟在家闷出病来,便也由他一人前往。临别的时候,漱溟向着他夫人,欲言又止者好几次。等到兰因问他,又说并无别的,只因恐她一人在家寂寞等语。好在兰因为人爽直,又知她丈夫伉俪情深,顶多不过几句惜别的话儿,也未放在心上。谁想漱溟动身后,一晃便是半年多,直等兰因足月,又生了一个女孩,还是不见回来。越想越是惊疑,刚刚能够起床,也等不及满月,便雇了一个乳母,将家事同儿女托一个姓张的至亲照应,便赶往峨眉探望。

那简冰如是一个成了名的侠客,住在峨眉后山的一个石洞中,兰因也听见她丈夫说过。等到寻见冰如,问漱溟可曾来过?冰如道:"漱溟在三四月间到此住了两个多月,除了晚间回来住宿外,每日满山地游玩。后来常常十多天不回来,问他在哪里过夜,他只是含糊答应。同我临分手的一天,他说在此山中遇见一个老前辈,要去盘桓几天。倘若大嫂寻来,就说请大嫂回去,好好教养侄男女,他有要事,耽搁在此,不久必定回家。还有书信一封,托我转交,并请我护送大嫂回去。因为他现在住的地方,是人迹不到的所在,徒找无益。后来我送他出洞时,看见洞外有一个仙风道骨的道长,好似

89

在那里等他,见了漱溟出来,听他说道:'师弟这般儿女情长,师父说你将来难免再堕魔劫呢。'我还听漱溟答道:'师兄不要见笑,我求师的动机,也起于儿女情长啊。'我听了非常诧异,暗暗在他们后面跟随。才转了一个弯,那道长已经觉察,只见他将袍袖一拂,忽然断崖中涌起一片烟云。等到云散,已不见他们二人踪影。我在此山中访寻异人多年,并无佳遇。漱溟想必遇见仙缘,前往深山修炼,我非常羡慕。峨眉乃是熟路,到处寻访,也不见一丝踪影。"兰因听了冰如之言,又是伤心,又是气苦。她虽是女子,颇有丈夫气,从不轻易对人挥泪,只得忍痛接过书信,打开观看。只见上面写道:

兰妹爱妻妆次:琴瑟静好,于今有年。客秋夜话,忽悟人生,百年易逝,遂有出尘之想。值君有妊在身,恐伤别离,未忍剖诚相告。峨眉访道,偶遇仙师,谓有前因,肯加援拔,现已相随入山,静参玄秘。虽是下乘,幸脱鬼趣。重圆之期,大约三载。望君善抚儿女,顺时自珍。异日白云归来,便当与君同道。从此刘桓注籍,葛鲍双修,天长地老,驻景有方,不必羡他生之约矣。顽躯健适,无以为念。漱溟拜手。

兰因读罢,才知漱溟因为去秋自己一句戏言,他觉得人生百年,光阴易过,才想寻师学道之后,来度自己。好在三年之约,为期不远,只得勉抑悲思,由冰如护送回家,安心在家中整理产业,教育儿女。

光阴易过,那时承基已是七岁,生来天分聪明,力大无穷,看上去好似有十一二岁的光景。兰因也不替他延师,只把自己所学,尽心传授与他。灵云与新生的女孩一个五岁,一个三岁。灵云看见母亲教她哥哥,她也吵着要学,简直教一样,会一样,比她哥哥还要来得聪明。兰因膝前有了这三个玉雪般可爱、聪明绝顶的孩子,每日教文教武,倒也不觉得寂寞。可是这几个小孩子年纪渐渐长成,常常来问他们的母亲:"爹爹往哪里去了?"兰因听了,心中非常难过,只拿假话哄他们道:"你爹爹出门访友,就要回来的。"话虽如此说,一面可就暗中盘算,三年之约业已过去,虽然知道漱溟不会失信,又怕在山中吃不惯苦,出了别的差错,心中非常着急。偏偏又出了一件奇事,教兰因多了一层系念。

原来新生的女孩,因要等漱溟回来取名,只给她取了一个乳名,叫作霞儿。因兰因上峨眉找夫时,所雇乳母的乳不好,恰好亲戚张大娘产儿夭亡,便由她喂乳。那张大娘人品极好，最爱霞儿，几乎完全由她抚养长大。霞儿也非常喜爱张大娘，所以张大娘常抱她在田边玩耍。两家原是近邻，来往很便。有一天，张大娘吃完了饭，照旧抱着霞儿往田边去看佃人做活。忽然从远处走来一个女尼，看见霞儿长得可爱，便来摸她的小手。张大娘怕霞儿怕生，正待发话，谁想霞儿见了尼姑非常亲热，伸出小手，要那尼姑去抱。那尼姑道："好孩子，你居然不忘旧约。也罢，待我抱你去找你主人去。"她将霞儿抱将过去就走。张大娘以为是拐子手，一面急，一面喊着，在后头追。彼时佃人都在吃午饭，相隔甚远，也无人上前拦阻。张大娘眼看那女尼直往齐家走去，心中略略放心，知道兰因武功甚好，决不会出事。她脚又小，只得赶紧从后跟来。等到了齐家，只见兰因已将霞儿抱在怀中，这才放心。正待质问那女尼为何这般莽撞时，只听那女尼说道："此女如在夫人手中，恐怕灾星太重；况且贤夫妇异日入山，又要添一层累赘。不如结个善缘，让贫尼带她入山。虽然小别，异日还能见面，岂不两全其美？"又听兰因说道："此女生时，外子业已远游，尚未见过父亲一面。大师要收她为徒，正是求之不得。可否等她父亲回来，见上一面，那时再凭她父亲做主，妾身也少一层干系。"那女尼道："她父亲不出七日必定归来，等他一见，原无不可，只是贫尼尚有要事，哪能为此久待？夫人慧性已迷，回头宜早。这里有丹药一丸，赠与夫人，服用之后，便知本来。"说罢，从身边取出一粒丹药，递与兰因。兰因接过看时，香气扑鼻，正在惊疑，不敢服用。那霞儿已摆脱她母亲的手中，直往那女尼身边扑来。那女尼便问道："你母亲不叫你随我去，你可愿随我去吗？"霞儿这时已能牙牙学语，连说："大师，我愿去，好在不久就要回来的。"神气非常恭敬，说话好似成人。女尼听了，一把便将霞儿抱起，哈哈大笑道："事出自愿，这可不怪贫尼勉强了。"

兰因情知不好，一步蹿上前去，正待将霞儿夺下时，那女尼将袍袖一展，满室金光，再看霞儿时，连那女尼都不知去向。把一个张大娘吓得又害怕又伤心，不由放声大哭。还是兰因明达，便劝慰张大娘道："是儿不死，是财不散。漱溟在家常说，江湖上有许多异人。我看这个女尼，定非常人，不然霞儿怎么有那一番对答呢？"张大娘又问适才女尼进来时情形。兰因道："适才你走后，承儿与云儿被他舅母接去玩耍。我因他们虚情假意，懒得去，正拿起一本书看。忽然霞儿欢欢喜喜，连走带爬跑了进来，朝我恭恭敬敬叩了三个头，说道：'妈妈，我师父来了，要带我回山呢。'说完，便往外走。我追了出来，将她抱住，看见厅堂站定刚才那一个尼姑，口称她是百花山潮音洞的神尼优昙,说霞儿前身是她的徒弟,因犯戒入劫,所以特来度她回山。底下的话,就是你所听见的了。"张大娘也把刚才田边之事说了一遍。

两人难过了一会,也是无法可想。张大娘忽然说道:"也都怪你夫妻,偏偏生下这样三个好孩子,无怪别人看了红眼。"那兰因被她一句话提起,不由想起娘家还有两个孩子,十分不放心,恐怕又出差错,正要叫人去接,忽见承基与灵云手牵手哭了进来。兰因因为适才丢了一个,越发心疼,忙将两人抱起。问他们:"为何啼哭? 舅母因何不叫人送你们回来?"承基只是流泪,不发一言。灵云便道:"我和哥哥到了大舅母家,我们同大舅母的表哥表姊在一块玩,表哥欺负我,被哥哥打了他两下。舅母出来说:'你们这一点小东西,便这样凶横,跟你们爹爹一样,真是一个窑里烧不出好货。你爹爹要不厉害,还不会死在峨眉山呢。你娘还说他修仙,真正羞死啦。'表哥也骂哥哥是没有爹爹的贼种。哥哥一生气,就拉我跑回来啦。"说罢,又问张大娘道:"妹妹呢?"兰因听了,又是一阵伤心,只得强作欢颜,哄他们道:"你妹妹被你爹爹派人接去啦。"这两个小孩一听后,都收了泪容,笑逐颜开道:"原来爹爹没有死。为什么不回来,只接妹妹去,不接我们去?"张大娘道:"你爹爹还有七天就要回来的。"这小兄妹二人听了,都欢喜非凡。从此日日磨着张大娘,陪着他们到门口去等。张大娘鉴于前事,哪里还敢领他们出去。还是兰因达观,知道像优昙那样人,她如果要来抢人,关在家中也是无用。经不起两个孩子苦苦哀求,便也由他们,只不过嘱咐张大娘,多加小心而已。

到了第六天上,小兄妹二人读完了书,仍照老例,跟张大娘到门口去看。父子之情,原是根于天性。他们小小年纪,因听见父亲快回来,每日在门口各把小眼直勾勾往前村凝望。兰因因听神尼之言,想不至于虚假,为期既近,也自坐立不安。她生性幽娴,漱溟不在家,从不轻易出门,现也随着小孩站在门口去等。这两个小孩看见母亲也居然出来,更是相信父亲快要回来,站在门前看一阵,又问一阵,爹爹为何还不回来? 等了半天,看看日已衔山,各人渐渐有些失望。兰因心中更是着急,算计只剩明日一天,再不回来,便无日期。又见两个儿女盼父情切,越加心酸。几次要叫他们回去,总不舍得出口,好似有什么心理作用,预算到丈夫今日定要回来似的。等了一会,日已西沉,暝烟四合。耕田的农夫,各人肩了耕锄,在斜阳影里,唱着山歌往各人家中走去。张大娘的丈夫从城中归来,把她喊走。顿时大地上静悄悄的,除了这几个盼父盼夫的人儿,便只有老树上的归鸦乱噪。兰因知道今日又是无望,望着膝前一双儿女,都是两眼酸溜溜的,要哭不哭的样子,不由得深深地叹了一口气道："你那狠心的爹爹，今日是不会回来了。我叫老王煮了两块腊肉，宰了两个鸡，想必已经做好，我们回家吃饭去吧。"

说还未了，耳边忽听一阵破空的声音。两个小兄妹忙道："妈妈，快看鸽子。"正说间，眼前一亮，站定一个男子，把兰因吓了一跳。忙把两个小孩一拉，正待避往门内，那男子道："兰妹为何躲我？"声音甚熟，承基心灵，早已认出是他父亲回来。灵云虽然年幼，脑海中还有她父亲的影子。兄妹二人，双双扑了上去。兰因也认清果然自己丈夫回来，不禁一阵心酸，千言万语，不知从何说起，呆在一旁。这时夜色业已昏茫，还是漱溟说道："我们进去再说吧。"抱了两个孩子，夫妻双双走进屋来。老王在厨下将菜做好，正要来请主母用饭，看见主人回来，喜从天降。这时饭已摆好，兰因知漱溟学道，便问吃荤吃素。漱溟说："我已能辟谷。你们吃完，听我话别后之情吧。"兰因再三劝了一阵，漱溟执意不动烟火，只得由他。

她母子三人哪有心吃饭，随便吃了一点，便问入山景况。漱溟道："我此次寻师学道，全是你一句话惹起。我想人生百年，好似一梦。我经多次考虑之后，决计去访师学道，等到道成，再来度你，同求不老长生，省得再转轮回。因你有妊，恐你惜别伤心，所以才假说访友。我因峨眉山川灵秀，必有真人栖隐。我住冰如洞中，每日遍游全山，走的尽是人迹不到之处。如是者两个多月，才遇见长眉祖师，答应收我为徒，并许我将来度你一同入道。此中另有一段仙缘，所以才能这般容易。只是你我俱非童身，现在只能学下乘的剑法。将来还得受一次兵解，二次入道，始参上乘。我在洞中苦炼三年，本想禀命下山，正在难以启齿，昨日优昙大师带了一个女孩来到洞中，说是我的骨血，叫我父女见上一面。又向真人说情，允我下山度你。说是已赠了一粒易骨仙丹，不知可曾服用？"兰因听了，越发心喜，便将前事说了一遍，又说丹药未曾服用。漱溟道："那你索性入山再服吧。"

第十六回

散家财　合籍注长生
承衣钵　一门归正果

　　兰因知夫妻俱不能在家久待,便问家事如何料理。漱溟道:"身外之物,要它何用? 可取来赠与张表兄夫妇,再分给家中男女下人一些。此女生有仙骨,可带她同去。承儿就拜张表兄为义父,将来传我齐门宗祠。他头角峥嵘,定能振我家声。"承基听说父母学仙,不要他去,放声大哭。就连兰因与灵云,也是依依不舍,再三替他求情。漱溟道:"神仙也讲情理,只是我不能做主,也是枉然。"又将承基唤在面前,再四用言语开导于他,把"不孝有三,无后为大"的话,开导了一番。承基不敢违抗,心中好生难过。兰因心疼爱子,又把他唤在无人之处,劝勉道:"你只要好好读书为人,我是个凡人,你爹爹修成能来度我,难道我修成就不能来度你吗? 你真是个呆孩子。"承基知道母亲从不失言,才放宽心。又悄悄告诉他妹妹:"倘使母亲忘记度我,你可千万提醒一声,着实替我求情。"

　　漱溟在家中住了三日,便请过张家夫妻。张大娘的丈夫明德,也是一个归林的廉吏,两袖清风。漱溟把赠产托子的话再三恳托。张明德劝了半天无效,只好由他。由漱溟召集全家,说明自己要携眷出去做官,愿将产业赠与张家,以作教养承基的用途;匀出一部分金钱,分与众人。因恐惊人耳目,故意配了两件行李,一口箱子,辞别众人,买了两匹马,把行李箱子装好,带了妻女动身。等到离家已远,便叫兰因下马,在行李中取出应用东西之后,将两马各打一鞭,任凭它们落荒走去。取了一件斗篷,将灵云裹定,背在身上;一手抱定兰因。只道一声:"起!"便破山飞去。

　　到了峨眉,引见长眉真人、同门师弟兄。夫妻二人在洞中用功数十年。后来长眉真人迁居蓬莱,漱溟夫妻与众道友创立峨眉派,专一行侠仗义。又收了两个得意的弟子。那一年夫妻借故兵解,重入尘凡。师兄玄真子奉师命二次度化,夫妻二人童身重入仙山,才参上乘道法,成峨眉剑仙领袖。兰因因爱九华清境，才在那里开辟一个洞府，与灵云居住。有时也来看望女儿。偶然遇见许飞娘，飞娘竭力拉拢，几次要拜兰因为师，都被兰因谦让。飞娘常到洞中下棋，故而认得灵云，唤她叫云姑。

承基自父母仙去，力求上进，文武功名，俱已成就。上体亲心，娶妻生子。每日盼母来度，杳无音讯。他到峨眉寻亲，三次不遇。后来玄真子看他可怜，指引他得了一枝肉芝，服用之后，得享高寿。又因灵药之力，真灵不昧，投生川东李家，乳名金蝉。他犹记兰因，每日思念前生父母。兰因二次成道，不肯自食前言，便将金蝉度到九华，与灵云同居，这就是那个小孩子。

那白衣少年，便是白侠孙南。他奉追云叟之命，前来约请兰因夫妇，顺便还办一件要事。孙南先到峨眉，齐漱溟已离却洞府他往。孙南便赶到九华，见着兰因，才知道这次各派收徒，有许多外派旁门要和峨眉派为难。五台、华山两派，更要借此机会，图报历来仇恨，表面上尚未发动，暗中已在积极准备。一旦引起斗争，什么能人都有，简直是各派剑仙空前大劫。兰因又对孙南说："明春破慈云寺，便是导火线。然而破寺却并不难，自己当然帮忙。漱溟现在也正为此事筹备，到云贵苗疆一带去了。现在为期甚早，你可在洞中暂住，帮我办理一件小事。等到事完之后，你前去也就合适了。"

孙南自奉师命下山，原想多认识几位异人。他在短期之内，连遇着追云叟、醉道人同兰因，俱是前辈有名的剑仙，而且对他都很加青眼，心中非常高兴。今见兰因看得起他，叫他帮同办事，心中非常高兴。他年纪还轻，到底童心未退，便问兰因道："不知师伯有何要事差遣弟子，请说出来，以便准备。"兰因道："现在还不到说的时候，我一半天就要出门，去向朋友借一点应用东西，回来再说吧。"说罢，灵云与金蝉从黄山餐霞大师那里回来，兰因便叫他二人与孙南见礼。

到了第三日，兰因便起程下山，临行时便对灵云道："我走后，你将孙师弟安置在蝉儿室中。孙师弟入门不久，功行还浅，你可随时将你爹爹所作的《元元经·剑术篇》讲与他听，也不枉他到我们这里来这一趟。蝉儿太淘气，无事不准离开此山。如今各派均与峨眉为仇，倘有形迹可疑之人到此，你们一时不及入洞，可到这颠倒八阵图中暂避，便不妨事。"说罢自去。

原来乾坤正气妙一真人自二次入道，苦修百余年，已能参透天地玄秘。他因灵云等年幼，九华近邻俱都是异派旁门，恐怕出了万一，特在这洞门左右，就着山势阴阳，外功符箓，摆下这颠倒八阵图，无论你什么厉害的左道旁门，休想进阵一步。一经藏身阵内，敌人便看不见阵内人的真形。多厉害的剑光,也不能飞进阵内一步。

这天灵云正同孙南讲经,金蝉在洞外闲眺,忽见半空中飞来几道红线,接着崖前降下一个矮胖和尚,知是妖人,连忙进洞告知灵云。灵云也觉得诧异,本来九华自从齐漱溟辟为别府后,左道旁门轻易不敢进山一步。今天来者不善,便打算去观看动静。因为不知来人能力多大,便与金蝉隐身到八阵图坎方巽位中观看;叫孙南在乾宫上站定,以作策应。后来金蝉用言语将法元激怒时,孙南正想来到灵云这边来,他却不知道离了方位,再想入阵,比登天还难。他起初在乾宫站定时,远远望见灵云姊弟二人又是说,又是笑,非常有趣,所以他打算到他姊弟二人站的地方去。及至离开乾宫,再往对面一看,只是一片树林,清朗疏澈,也听得见他二人说话,就是不见踪影。又见那和尚恶狠狠望着林中,强敌在前,方知不妙,便打算退回原地。起初进阵是灵云指引,现在失了南针,简直无门可入。只得按着适才所看方向,朝林中走去试试。他刚刚走进坎宫,法元已下毒手。如非灵云手快,将他从阵外拉入,险些丧了性命。

这金蝉不知怎的,平日最恨许飞娘不过,所以懒得理她。等她走后,才与孙南一齐出来。灵云道:"你这孩子,越来越淘气了。那许飞娘虽是坏人,如今反形未露,母亲见了她还带几分客气,怎么你今日见了人家连理都不理,岂不要叫人家笑话我家太没规矩?况且你不过丢了几个小小金丸,算得什么?你当着外人,说的是什么话?"说时,看了孙南一眼,不觉脸飞红潮。又道:"我知道你前世里原是我的哥哥,今生做了我的兄弟,所以不服我管。从今起我到爹爹那里去,让你一人在此如何?"说罢,也不等金蝉发言,一道白光,已自腾空而去。孙南见他二人斗嘴,正待要劝时,业已无影无踪,不由便埋怨了金蝉两句。金蝉虽然心中有些发慌,脸上仍作镇静道:"孙师兄不要着急,我这个姊姊倒是最疼爱我的,可是我们一天总要吵几回架。她的剑法高强,有人追也追不上,干着急也是无益,且等母亲回来再说。只是你的本领不高,我的本领还不如你。本待母亲去后,我们可以到各处游玩,如今她这个本领大的走了,只好在近处玩耍,不要到远处去就是了。"

孙南听了,笑道:"你那样大胆子,怎么也说不敢远游,莫非你从前吃过苦头么?"金蝉听了,拍手大笑道:"谁说不是? 有一天,母亲不在洞中。我因为听说后山醉仙崖很好玩,要姊姊同我去,偏偏遇着那个鬼道姑来找她下棋,不肯前去。我便带了金丸同宝剑,偷偷溜了出去。那时正在秋末冬初,满山的红叶和柿子,如同火一样又鲜又红,映着晚山余霞,好看极了。我正在玩得有趣之间,忽然看见崖洞中跑出一匹小马,才一尺多长,驮着一个七八寸的小人在枫林中飞跑,我喜欢极了,便想把它捉回家来玩耍。我的脚程也算快的了,追了好几个圈子,也未追上。后来把它追到崖下一个小洞中,便不见了。那个洞太小,我钻不进去,把我弄发了急,便拿宝剑去砍那山石,打算把洞弄大,进去捉它。我当时带的一口剑,原是母亲当年入道时炼的头一口防身利器,慢说是石,就是钢,遇见也难免两断。谁想砍了半天,竟然不能砍动分毫。后来才发现石头上面有几个像蚯蚓般的字。我想砍不动的原因,必定在此。一时性起,便把餐霞大师赠我的金丸取出,照着那山石打去。这一打,差点惹下了杀身之祸。金丸才打了三粒,那块石头便倒了下来。"

第十七回

闲寻幽壑　巧遇肉芝
独劈华岩　惊逢巨蟒

　　金蝉继续说道："接着一阵黄风过去,腥气扑鼻,从山石缝中现出一个女人脑袋,披散着一头黄发,只是看不见她的身子。我当时觉得很奇怪,可是我心中并不怎么害怕。她的身子好似夹在山石缝中,不能转动。她不住地朝我点头,意思大约是叫我把山石再炸碎一块,她便可以脱身出来。我正要照她的恳求去做时,她见我在那里寻思没有表示,好似等得有些不耐烦,脸上渐渐现出怒容,两只眼睛一闪一闪的,发出一种暗蓝的光,又朝着我呱呱的叫了两声,又尖又厉,非常怕人。同时一阵腥臭之气中人欲呕。我也渐渐觉出她的异样来。猛然想起在这深山穷谷人迹不到的所在,怎会藏身在这崖洞之中,莫非是妖怪吗? 我后来越想越害怕,本想用金丸将她打死,又恐怕她万一是人,为妖法所困,岂不误伤人命? 一时拿不定主意。

　　"正在委决不下,那东西忽然震怒,猛然使劲将身子向前一蹿,蹿出来有五六尺长,张开大口,那个意思好似要咬我一口。幸而我同她离的地位很远,又好似有什么东西将她困住,蹿出了几尺光景,便不能再往前进,所以我未遭她的毒手。这时我才看出那东西是人首蛇身,蹿出来的半截身体是扁的,并不像普通蛇那么圆。周身俱是蓝鳞,太阳光下,晶光耀目。我既然看出它是蛇妖,怎肯轻易放过,便将金丸放出,准备将它打死,以除后患。谁想金丸刚刚出手,便有一阵天崩地裂的声音,把我震晕在地。等我清醒过来,我已回到此地,母亲把我抱在怀中叫唤呢。想起适才事情,好似做梦一般,忙问母亲是怎么回事。母亲只叫我静养,不许说话,我才觉出浑身有些酸疼。过了几天,才得痊愈。后来我又问姊姊,姊姊才对我说起那日情形。

　　"原来醉仙崖下,那个蛇身人首的妖怪,名叫美人蟒,其毒无比。想是当初为祸人间,才被有道力的仙人,将它封锁在那醉仙崖下,用了两道符箓镇住。那天被我追逐的小人小马,名叫肉芝。平常人若吃了,可以脱骨换胎,多活好几百年;有根行的人吃了,便可少费几百年修炼苦功。这种灵异的栖身之所,都是找那有猛兽毒虫所在,以防人类的侵袭。我当时不知道,执意要捉回来玩,才用金丸去轰打山石。不想无意中破了头一道的符篆,几乎把妖蛇放出,闯下大祸。幸而当时擒蛇的人早已防到此着,又用法术将它下半身禁锢,所以只能蹿出半截身子。后来我第二次要用金丸打时,那第二道符篆已发生功效,将面前一块山石倒了下来,依旧将它镇住。同时我已中了蛇毒,又受了极大震动,晕倒在地。

"幸而母亲将我救了回来。据母亲推算,说是那蛇禁锢洞内,已经数百余年。它在内苦修,功行大长。那肉芝原是雌雄两个:雄的年代较久,业已变化成人;雌的只能变马。它也知道人若走到崖下,中了蛇毒,便要晕倒在地,所以择那崖前的小洞,作藏身之所。那日雄的肉芝骑了雌的出来游玩,被我追得慌不择地,逃近那蛇妖身旁。那蛇妖对这两个肉芝早已垂涎,只苦无有机会,如今送上门来的好东西,岂肯轻易放过? 可怜那肉芝一时逃避不及。总算雄的跑得快,未遭毒手。雌的逃得稍慢,被那妖蛇一口吞了下去。它得此灵药,越发厉害。原来符篆两道又被我破掉一个,渐渐禁它不住,被它每日拼命挣扎,现在已将上半身钻出洞外。大约不久便要出来,为祸人间了。"

孙南听了大惊道:"那蛇妖既然厉害,难道师伯那样大的神通,眼看它要出来为祸于世,近在本山,就不想法去消灭它,为世人除害吗?"金蝉笑道:"谁说我们肯轻易饶它呀? 我因为这场大祸,是我闯出来的,好多次请母亲去除灭它。母亲总说,这里头有一段因果,非等一个人来相助不可。"孙南道:"照这样说来,那相助的人,一定是能力很大的了。"金蝉道:"这倒不一定。据母亲说,此人如今本事倒不甚大,不过应在他来之时,便是妖蛇大数已尽的时候。而且这人的生辰八字,是午年五月端午日午时生,在生克上,是那妖蛇的硬对头,所以等他来相助,比较容易一些。"孙南听了,恍然大悟,说道:"怪不得师伯要留我在此相助,我就是午年五月端午日午时生的呀。"金蝉闻言,大喜道:"我这就好放心了。不瞒你说,我为此事,非常着急。因为姊姊本事大,几次求她瞒着母亲帮我去捉妖除害,她总怕母亲知道怪她。昨天母亲走后,我又求她,她还是不肯去。我本打算找你帮忙,因为刚才我看你同那贼和尚打时,你的剑光并不怎么出奇。偏偏姊姊刚才又赌气走了,更无办法。想不到你就是我母亲所说的帮手。今日已晚,明日正午,我便同你去除妖如何?"孙南知道金蝉性情活泼,胆大包身。自己能力有限,虽然他母亲说除妖要应在自己身上，万一到时斗那妖不过，再要出点差错，这千斤重责，如何担法？欲待不答应，又恐金蝉笑他胆小。甚为两难。只得敷衍他道："我虽然能力有限，极愿帮你的忙，前去除妖。不过师伯出门，师姐又不在洞中，我陪你去涉险，师伯回来怪罪于我，如何是好？莫如设法先将师姐寻回，三人同去，岂不尽美尽善吗？"

金蝉闻言，好生不快道："你们名为剑侠，做事一点不爽快，老是推三阻四。你想我头一次到醉仙崖，当时母亲就说它快要出世，到如今已经有两个月，说不定就在这一两天出世。我们老是迁延不决，养奸贻患，将来一发，便不可收拾。古人说得好：'除恶务尽'；'先下手的为强，后下手的遭殃。'我日前在黄山，见着朱梅姊姊，谈起此事，她倒很慷慨地答应帮我。也是怕她师父见怪，悄悄地将餐霞大师的法宝偷借我好几样。刚才同贼和尚动手，我因为恐怕像金丸一样，被那贼和尚弄坏，将来还的时候，对不起朱梅姊姊，舍不得拿出来用。如今听你说出生辰八字，我欢喜极了，实指望你同我一样心理，除害安良，免去后患。谁想你也和我姊姊一样，看不起我这个小孩子，不肯帮我的忙。你要知道，我人虽小，心却不小。你们都不肯帮我，难道我就不会一个人去？我明天豁出一条小命，与那妖蛇拼个你死我活。你胆小怕事，我就独自去，也不要紧。"说时，鼓着一张小嘴，好似连珠炮一般，说个不停。说完，绷着脸，怒容满面。孙南听了，知道这个小孩子说得出来，便做得出来。自己也是好胜的人，见金蝉说他胆小，越发不好意思。况且在人家这里做客，他是一个小孩子，如果让他前去闹出乱子，更觉难以为情。好在师父说自己生平尚无凶险，估量不妨事，莫如答应同他前去，到时见机行事，知难而退便了。当下便对金蝉道："师弟不要生气，我是特为试试你有胆子没有，并不是不愿同你前去。原想等你姊姊回来同去，实力更充足一些；况且她的剑术精深，我更是万分佩服，如有她同行，便万无一失，比较妥当得多。既然你执意要去，我们就明日去吧。"金蝉闻言，便转怒为喜，说道："我原说孙师兄是好人呢！我还有几句心腹话未对你说。你看我姊姊这个人怎么样？"孙南正要答言，忽然眼前一亮，灵云已站在面前，说道："你这小东西，又要编排我些什么？"金蝉见姊姊回来，满心欢喜，便也就不往下深说了。

原来灵云因常听父母说，自己尚要再堕尘劫，心中好生不痛快。偏偏孙南来时，又见母亲对他特别垂青，言语之中，很觉可疑，便疑心到昔日堕劫之言怕要应验。因为这百余年之功行，修来不易，便处处留神，竭力避免与孙南说话。在孙南方面，并无别念，只为敬重灵云的本领，所以时常诚心求教。

灵云的母亲去时，又叫孙南跟灵云学《剑术篇》中剑法秘诀，灵云对母亲素来孝顺，从不违抗，心中虽然不愿，面子上只得照办。一个是志在请益，一个是先有成见。灵云为人和婉，又知道孙南正直光明，见他殷殷求教，怎肯以声音颜色拒人于千里之外。虽然知道自己也许误会了母亲的意思。自己素日本是落落大方，又加道行深厚，心如明镜，一尘不染。不知怎的，一见孙南，莫名其妙地起了一种特别感想，也不是爱，也不是恨，说不出所以然来。欲想不理人家吧，人家光明至诚，又别无错误；要理吧，无缘无故，又心中不安。实则并无缘故，自己偏偏要忸怩不安，有时自己都莫名其妙。适才金蝉当着飞娘，用言语讥讽，原是小孩的口没遮拦，随便说说，并无成见。不知为何，自己听了，简直羞得无地自容。忽然想起："我何不借个因由，避往黄山，每日在暗中窥视金蝉动静，以免发生事端。"所以才故意同金蝉斗口，飞往黄山。

刚刚起在半空，便遇餐霞大师问她何往。灵云脸色通红，也说不出所以然来。餐霞察颜观色，即知深意。便道："好孩子，你的心思我也知道，真可怜，和我当初入道情形简直一样。"灵云知道不能隐瞒，便跪请设法。餐霞大师道："本山原有肉芝，可补你的功行。只要你能一尘不染，外魔来之，视如平常，便可不致堕劫，你怕它何来？"灵云又问肉芝怎样才能到手。餐霞大师道："这要视你有无仙缘。明日正是妖蛇伏诛之日，肉芝到手，看你们三人的造化如何，不过目前尚谈不到。最可笑的是，你一意避免尘缘，而我那朱梅小妮子，偏偏要往情网内钻。日前乘我不注意，将我两件镇洞之宝，偷偷借与你的兄弟，你说有多么痴顽呢！"灵云听了，又忙替金蝉赔罪，为朱梅讲情。餐霞大师道："这倒没什么，哪能怪他们两个小孩子？不过金蝉不知用法，明日我还叫朱梅前来助你们成功便了。"灵云谢了又谢，不便再往黄山，辞别大师回洞，藏在暗处，打算再让金蝉着急一夜，一面偷听他和孙南说些什么。正听见金蝉用言语激动孙南，孙南居然中计，不禁暗笑。后来又听见金蝉又说到自己身上，恐他乱说，才现身出来拦阻。

金蝉见姊姊回来，心中虽然高兴，脸上却不露风，反说道："你不是走了吗，回来做甚？莫不是也要明天同去看我和孙师兄大显神通，擒妖除害吗？"灵云笑了笑道："没羞。勾引你朱梅姊姊，去偷你师伯的镇山之宝，害得人家为你受了许多苦楚。如今师伯大怒，说要将她逐出门墙。你好意思吗？"金蝉听罢，又羞又急，慌不择地跑将过来，拉着灵云的衣袖说道："好姊姊，这是真的吗？梅姊她偷大师镇山之宝，借与我去除妖，原是一番义气，不想为我害她到这般地步,叫人怎生过意得去? 好姊姊,你看在兄弟的面上,向大师去求一求情,想个什么法子救救她吧。"灵云见金蝉小脸急得通红,那样着急的样子,不由心中暗暗好笑。便益发哄他道:"你平日那样厉害,不听话,今天居然也有求我的时候。又不是我做的事,我管不着。大师那样喜欢你,你不会自己去求吗?"金蝉道:"好姊姊,你不要为难我了,我也够受的了。只要姊姊这次能帮我的忙,从今以后,无论姊姊说什么,做兄弟的再不敢不服从命令了。好姊姊,你就恕过兄弟这一回吧。"说时,两眼晕起红圈,几乎哭了出来。

灵云知道金蝉性傲,见他这般景况,也就适可而止。便说道:"好弟弟,不要着急。你再不听话,做姊姊的能跟你一般见识吗? 何况你的梅姊姊又是那么好的一个人呢。我对你直说了吧,适才你不听话,我本要躲开你,到峨眉暂住。刚刚起到半空中,便遇着大师排云驭气而来。说起这除妖之事,关于你梅姊姊的窃盗官司,大师还在装聋作哑。是我再三求情,大师不但不责罚朱梅,反叫她明日前来助你成功。又劝我不要和你小孩子一般见识,我才回来的。你听了该喜欢吧?"金蝉果然欢喜得口都合不上了,说道:"你真是我的好姊姊! 这样一说,明天连你同梅姊,都要帮我擒妖,那是万无一失的事了。我修道还未成功,就替人间除了这般大害,怎不叫人欢喜呢!"灵云道:"你不要又发疯了。闻听母亲说,那妖蛇十分厉害,非同小可。如果是平常妖蛇,大师何必派朱梅来相助呢? 你不要倚仗人多和有法宝。到了交战时,彼此不能相顾,吃了眼前亏,没处诉苦。"金蝉道:"姊姊说得是。将才我不是说过吗,反正我们都听你支配,你叫怎样就怎样如何?"灵云道:"只要你听话,事就好办了。如今你盗来的法宝,尚不知用法,只好等朱梅到来,再作商量。你何妨取出来,我们看看呢?"

金蝉听了,忙往内洞取出餐霞大师镇洞之宝。这几样法宝,原是用一个尺许大的锦囊装好。等到金蝉倒将出来一看,里面有三寸直径的一粒大珠,黄光四射,耀眼欲花;其余尽是三尖两刃的小刀,共有一百零八把,长只五六寸,冷气森森,寒光射人。只是不知用法。灵云对金蝉道:"你看你够多荒唐,勾引良家女子做贼,偷来的东西连用法都不知道。你拿时也不问问怎样用吗?"金蝉带愧说道:"日前我到黄山,大师不在家中。我同梅姊在洞外玩了一阵,后来谈起妖蛇的事,我便说我没有帮手,又没有法宝,空自心有余而力不足。万一妖蛇逃去,为害人间,岂不是我的罪过? 我说时,连连叹气。她便用言语来安慰我,她说极愿帮我的忙,只是大师教规极严,无故不许离开洞府。她胆子又小,不敢向大师去说。后来看我神气沮丧,她说大师有十二样镇洞之宝,大师平日轻易不带出门,又归她保管,可以偷偷借与我用。事成之后,悄悄送还;万一败露,再叫我请母亲、姊姊去向大师求情。我自然是满心欢喜,她便挑了这两样给我。又对我说,这刀名叫诛邪刀,共是一百零八把,能放能收。那珠名叫天黄正气珠。她没有说出怎样用法,偏偏大师回来。我连忙将二宝藏在身旁,上前参见。临别时,大师对我微微一笑,好似已知道我们私弊。我恐怕梅姊受累,便想向大师自首,又有点做贼心虚,没有那般勇气。又妄想大师或者尚未知道,存一种侥幸心理,想借此宝助我成功。等到回来,天天受良心制裁,几次想偷偷前去送还,老是没有机会。"

灵云听了,正要答言,忽听洞外传进一种声音,非常凄厉,情知有异。连忙纵身出洞,往四下一看,只见星月皎洁,银河在天,适才那一种声音,夹着一阵极奇怪的笛声,由醉仙崖那边随风吹来。

第十八回

惊怪异　深宵闻厉声
策群力　仙崖诛毒蟒

灵云纵到高处，借着星月之光，往醉仙崖那边看时，只见愁云四布，彩雾弥漫，有时红光像烟和火一般，从一个所在冒将出来。再看星光，知是子末丑初。灵云知道事体重大，急忙飞身回洞，见金蝉和孙南二人也赶将出来，灵云忙叫二人回去。到了洞中，便把将才所见述说一遍。金蝉急得跳起来说道："如何？妖蛇已逃去。这都是当初不听我的话，养痈贻患。事不宜迟，我们急速前去吧。"

灵云也着了慌，正待商量怎样去法，忽然从洞外飞进一人。金蝉大吃一惊，不由喊道："姊姊快放剑，妖蛇来了！"孙南也着了忙，首先将剑放起。灵云道力高深，早看见来人是谁，连忙叫道："孙师弟不要无礼，来者是自己人。"来人见剑光来得猛，便也把手一扬，一道青光，已将孙南的剑接住。等到灵云说罢，双方俱知误会，各人把剑收回。孙南知道自己莽撞，把脸羞得通红。金蝉已迎上前去，拉了来人之手，向孙南介绍道："这就是我朱梅姊姊。这是我师兄白侠孙南。"各人见礼已毕，灵云埋怨金蝉道："你这孩子，专爱大惊小怪。我们这洞府，岂是妖物所敢走进的？也不看清就乱喊，若非朱师妹剑法高强，手疾眼快，岂不受了误伤？孙师弟也太性急一点。"朱梅忙代金蝉分辩道："这也难怪蝉弟，本来我来得鲁莽，况且我从未在晚上来过，师姊不要怪他吧。"灵云见她偏向金蝉，又想起适才金蝉着急情形，暗暗好笑，不便再说，便问朱梅来意。朱梅道："适才我正在用功，忽然师父进来，对我说道，醉仙崖妖蛇明日午时便要出洞，如今它已在那里召集百里毒蛇大蟒，必然现出怪异，恐怕师姊们造次动手，倒造成它逃走的机会。所以命妹子赶来，共同策划。"灵云等闻言大喜，忙请朱梅就座叙话。

四人坐定之后，便商量擒妖之计，并问法宝用法。朱梅道："妹子年轻，应该听从师姊调遣。家师命我来时，曾将办法指示，待妹子说出来，请师姊参考。"灵云道:"师妹说哪里话来,既有大师命令,我们当然照计而行,就请师妹吩咐吧。"朱梅便笑嘻嘻对着金蝉道:"你借家师的法宝呢?"金蝉急忙拿出,递与朱梅。又道:"梅姊,我还忘了问你。那日你帮我的忙,我真是感谢不尽。后来恐怕大师知道怪你,又非常后悔,要想送去,又无机会。将才姐姐说,大师业已知道此事,可曾责罚你吗?"朱梅道:"还好,只说了我几句。多谢你关心。"灵云见他二人说得亲密的样儿,不由望着孙南一笑。朱梅尚不觉察,金蝉已明白,怕他姊姊讥笑,急忙说道:"大师不曾怪你,真是太好了。我改日定要前去,替梅姊负荆请罪。如今请你说那法宝的用处吧。"朱梅道:"今日之事,我们应该公举师姊为首领,我算是个军师,由我代大师出计如何?"金蝉道:"好极了,请你快说吧,不要尽说闲话了。"朱梅扑哧一笑道:"就是你一个人性急。如今才不过丑末寅初,离午时还早着呢,你忙什么?听我慢慢说吧。"便把那颗天黄珠拿起,交与灵云道:"此珠乃千年雄黄炼成,专克蛇妖。放将出去,有万道黄光,将周围数里罩住。此次妖蛇勾了许多同类,准备出来以后,进袭贵洞,其中很有几条厉害的毒蟒。请师姊将此珠带在身旁,找一个高峰站好,等妖蛇破洞逃出,其余毒蛇聚在一处,朝我们进攻时,便将此珠与师姊的剑光同时放出,自有妙用。"说罢,又取出三枝药草,长约三四寸许,一茎九穗,通体鲜红,奇香扑鼻,递了一枝给金蝉。又说道:"此名朱草,又名红辟邪,含在口中,百毒不侵。那妖蛇每日子午时,用它奇异的鸣声召集同类。我们须将这一百零八把仙刀在妖蛇洞口外,每隔三步插一把,在午时以前,要将刀插完。插时离蛇洞甚近,须含朱草以避毒侵。这是一件最危险而劳苦的事,你敢同我前去吗?"金蝉听罢,心中大喜,忙道:"我去我去。既是要在它出洞以前插完,我们现在早些前去如何?"朱梅道:"你总是这般性急,话还未说完呢。"便对灵云道:"你们这里有一个午年五月端午日午时生的人吗?"灵云道:"这位孙师弟便是。"孙南看见朱梅长得那般美丽,又有那般本领,又是一脸英风侠气,非常羡慕。便想起自己枉自用了许多苦功,谁知下山以来所遇见的,不要说老前辈,就是师兄弟,都一个赛似一个,心中甚觉惭愧。又见朱梅同金蝉对答,天真烂漫的样儿,非常有趣,莫名其妙地又起了一种特别感想。正在出神之际,忽听朱梅问他,便起立答道:"小弟正是那时生的,不知有何差遣?"朱梅道:"此蛇修炼数千年,厉害非常。自从服了肉芝之后,周身鳞甲,如同百炼精钢一般,决非普通仙剑所能伤得它分毫。致它命的地方,只有两处:一处就是蛇的七寸子;一处就是它肚腹正中那一道分水白线。但是它已有脱骨卸身之功,就算能伤它两处致命的地方，也不过减其大半威势，末了还得仗师姊的珠和剑，才能收得了全功。"说时又递与孙南一根朱草，又从身旁取出金光灿烂的一支短矛，都拿来交与孙南道："孙师弟，少时间我等到了那里，你口含这朱草，手执这一支如意神矛，跑在醉仙崖蛇洞的上面，目不转睛地望着下面的蛇洞。那蛇妖非常狡猾，它出洞之前，或者先教别的蛇先行出洞，也未可知。一个沉不住气，误用此矛，便要误事。它出来时，又是其疾如风，所以要特别注意。好在妖蛇头上有一头长发，容易辨认。那时你看清它的七寸子，口喊如意，神矛放将出去。"

第十九回

独抱热肠　芝仙乞命
功服灵药　侠女多情

话说朱梅从身旁取出如意神矛交与飞侠孙南，说道："那妖蛇行走疾若飘风，师弟站在崖上，下望洞口，须要特别注意。等它露出来时，认清妖蛇七寸子，用力掷去，口喊如意，神矛自有妙用，得心应手。"孙南接过二宝，连声答应。朱梅便站起身来，对灵云、孙南说道："如今天气还早，你二位正可稍微养神。我同金蝉弟弟先去埋刀布置一切吧。"灵云虽然已成为半仙之体，仍觉男女有别，不愿与孙南同在洞中，便道："我们大家一同去吧。"朱梅道："也好。"灵云忽然想起一事，忙问朱梅道："那妖蛇的头已出洞外，你们在它洞前去布置，岂不被它察觉了吗？"朱梅道："听大师说，昨晚子时，那妖蛇业将身上锁链弄断，正在里面养神，静待今日午时出洞，不到午时，它是不会探头出来的。"又对金蝉说道："你是最爱说话的，到了那里，我们须要静悄悄地下手，切莫大声说话。倘若惊动了它，它先期逃出，那可就无法善后了。"金蝉连忙点头答应，又催大家快走。

这时已是寅末卯初，灵云等一行四人出了洞府，将洞外八阵图挪了方向，把洞门封闭，然后驾起剑光，往醉仙崖而去。不大一会工夫，便到崖前，分头各去做事。灵云与孙南先找好自己应立的方位。朱梅将诛邪刀分了一半与金蝉。那蛇洞原来在西方，朱梅顺洞口往东，将诛邪刀埋在土内，刀尖朝上，与地一样齐平。叫金蝉算好步数，比好直径，由东往西，如法埋好。两人插到中间会齐，约花了一顿饭的光景，便都插好。朱梅与金蝉插到中心点时，恰好步数一些也不差。两人俱都是弄了一手泥灰，金蝉便要和朱梅同到山涧下去洗手，朱梅点头应允，同往山涧中走去。

这时如火一般的红日，已从地平线上逐渐升起，照着醉仙崖前的一片枯枝寒林，静荡荡的。寒鸦在巢内也冻得一点声息皆无，景致清幽已极。再加上这几个粉妆玉琢的金童玉女，真可算得尘外仙境。记者的一支秃笔，哪里形容得许多。那朱梅、金蝉双双到了洞边，正就着寒泉洗手的当儿，忽听吱吱两声。朱梅忙把金蝉一拉，躲在一块山石后方，往外看时，却原来是洞的对面有一只寒鸦，从一枯树丫上飞向东方。金蝉道："梅姊，一只乌鸦，你也大惊小怪。"朱梅忙叫金蝉噤声，便又纵在高处，往四面看时，只见寂寂寒山，非常清静，四外并无一些迹兆，才放心落下地来。金蝉问她为何面带惊疑？朱梅道："弟弟你哪里知道，你想那乌鸦在这数九寒天，如无别的异事发生，哪会无故飞鸣？我们与它相隔甚远，怎会惊动？我看今日杀这个妖蛇倒不成问题，惟独这枝肉芝，我们倒要小心，不要让外人浑水摸鱼，轻易得去。如果得的人是我们同志，各有仙缘，天生灵物，不必一定属之于我；倘被邪魔外道得了去，岂不助他凶焰，荼毒人世？我看弟弟入门未久，功行还浅。我把家师给我的虹霓剑借你斩蛇，待我替你看住肉芝，将它擒到手中，送给与你。你也无须同姊姊他们客气，就把它生吃下去。好在他们功行高深，也不在乎这个。"金蝉听了，笑道："我起先原打算捉回去玩的，谁要想吃它？偏偏它又长得和小人一样，好像有点同类相残似的，如何忍心吃它？还是梅姊你吃吧。"朱梅道："呆弟弟，你哪里知道，这种仙缘，百世难逢，岂可失之交臂？况且此物也无非是一种草类，禀天地灵气而生，幻化成人，并非真正是人。吃了它可以脱骨换胎，抵若千年修炼之功，你又何必讲妇人之仁呢？"金蝉摇头道："功行要自己修的才算稀奇，我不稀罕沾草木的光。况且那肉芝修炼千年，才能变人，何等不易，如今修成，反做人家口中之物。它平时又不害人，我们要帮助它才对，怎么还要吃它？难道修仙得道的人，只要于自己有益，便都不讲情理么？"朱梅听金蝉强词夺理，不觉娇嗔满面道："你这人真是不知好歹！我处处向着你，你倒反而讲了许多歪理来驳我，我不理你了。"说完，转身要走。金蝉见她动怒，不由慌了手脚，连忙赔着笑脸说道："梅姊不要生气，你辛苦半天，得来的好东西，我怎好意思享用？不如等到捉到以后，我们禀明大师和母亲，凭她二位老人家发落如何？"朱梅道："你真会说。反正还未捉到，捉到时，不愁你不吃。"

二人正谈得起劲之间，忽然灵云飞来，说道："你们二人在此说些什么？你看天到什么时候了，如今崖内已经发出叫声来了。"朱梅和金蝉侧耳细听，果然从崖洞中发出一种凄厉的啸声，和昨晚一样。便都着忙，往崖前跑去。朱梅一面走，一面把虹霓剑递与金蝉道："擒妖之事，有你三位足矣，我去等那肉芝去。"说罢，飞往崖后面去。灵云究因金蝉年轻，不敢叫他涉险，便哄他道："我同你站在一起吧。"金蝉道："这倒可以遵命，不过这条蛇是要留与我来斩的。"灵云点头应允,金蝉高高兴兴随着灵云找了方位。站好之后,灵云又怕孙南失事,打算前去嘱咐一番,便叫金蝉不要离了方位,去去就来。金蝉也点头答应。

这时妖蛇叫了两声,又不见动静。日光照遍大地,树枝和枯草上的霜露,经阳光一蒸发,变成一团团的淡雾轻烟,非常好看。金蝉站了一会,觉得无聊,便用手去摸那枯草上的露珠。忽然看见从地面上钻出一个赤条条雪白的东西,等到仔细一看,正是他心爱而求之不得的肉芝。正待上前用手去捉,那肉芝已跪在面前,叩头不止。金蝉看了,好生不忍,便朝它说道:"小乖乖,你不要跑,到我这里来,我决不吃你的。"那肉芝好似也通人性,闻言之后,并不逃跑,一步一拜,走到金蝉跟前。金蝉用手轻轻将它捧在手中细看,那肉芝通体与人无异,浑身如玉一般,只是白里透青,没有一丝血色,头发只有几十根,也是白的,却没有眉毛,面目非常美秀。金蝉见了,爱不释手。那肉芝也好似深通人性,任凭他抱在怀中,随意抚弄,毫不躲闪。金蝉是越看越爱,便问它道:"从前你见了我就跑,害得你的马儿被毒蛇吃了。如今你见了我,不但不跑,反这样的亲近,想你知道我不会害你吗?"那肉芝两眼含泪,不住地点头。金蝉又道:"你只管放心,我不但不吃你,反而要保护你了,你愿意和我回洞去吗?"那肉芝又朝他点头,口中吐出很低微的声音,大约是表示赞成感激之意。

金蝉正在得意之间,忽然灵云走来。肉芝见了灵云,便不住地躲闪,几次要脱手跑去。金蝉知它畏惧,一面将它紧抱,一面对它说道:"来的是我的姊姊,不会害你的,你不要害怕。"话犹未了,灵云已到身旁,那肉芝狂叫一声,惊死过去。金蝉埋怨灵云道:"姊姊你看,你把我的小宝宝给吓死了。"灵云早已看见金蝉手上的肉芝,便道:"不要紧,我自能让它活转。如若它不死,我们正好带回洞去,大家玩耍玩耍;它如若死了,我们索性把它吃了吧。"金蝉正待回言,那肉芝已经醒转,直向灵云点头,闹得他姊弟二人都笑起来。金蝉道:"这个小东西还会使诈。"灵云道:"你不知道,此物深通人性。刚才你如见它死去,把它放下地来,它便入土,不见踪迹。你是怎生把它得到的?你的仙缘可谓不小。"金蝉便把同朱梅争论之言,以及肉芝自来投到的情形,述说了一遍。灵云道:"照此说来,我们倒当真不忍伤害它了。"金蝉高兴得跳了起来,说道:"谁说不是呢,陪我们修道多么好。"说时,一个疏忽,肉芝已是挣脱下地。灵云忙叫:"不好!"正要伸手去捉时,那肉芝并不逃跑,只把小手向西指了几指,口中不住地叫唤。金蝉方将它抱起,向西方看时,只见醉仙崖下蛇洞中喷出一团浓雾,里面一丝丝的火光,好似放的花筒一样。猛听得洞内又发出叫声,再看日色,已交午初,知是蛇要出来,便都聚精会神,准备动手。

那蛇洞上面的孙南,端着如意神矛,矛锋冲下,目不转睛望着下面蛇洞,但等露出蛇头,便好下手。正在等得心焦,忽然洞中冒出浓雾烟火,虽有仙草含在口中,不怕毒侵,也觉着一阵腥味刺鼻。这时日光渐渐交到正午,那蛇洞中凄厉的鸣声也越来越盛。猛一抬头,看见隔洞对面山坡上几十道白练,一起一伏地排着队抛了过来。近前看时,原来是十数条白鳞大蟒,长约十余丈开外。孙南深怕那些大蟒看见他,忙蹿上崖去。正在惊疑之际,那些大蟒已过了山涧,减缓速度,慢慢游行。离洞百余步,便停止前进,把身体盘作一堆,将头昂起,朝着山洞叫了两声,好似与洞中妖蛇报到一般。不大一会,洞内蛇鸣愈急,来的蛇也愈多,奇形怪状,大小不等。最后来了一大一小两条怪蛇,一个在上,一个在下,其疾如风,转眼已到崖前,分别两旁盘踞。大的一条,是二头一身,头从颈上分出,长有三四丈,通体似火一般红。一个头上各生一角,好似珊瑚一般,日光照在头上,闪闪有光。小的一条,长只五六尺,一头二身,用尾着地,昂首人立而行,浑身俱是豹纹,口中吐火。这二蛇来到以后,其余的蛇都是昂首长鸣。最奇怪的是,这些异蛇大蟒过洞以后,便即分开而行,留下当中有四五尺宽的一条道路不走,好似留与洞中妖蛇出行之路一样。

孙南正看得出神,忽听洞内一声长鸣,砰的一声,一块封洞的石头激出三四丈远。猛然惊觉,自己只顾看蛇,几乎误了大事。忙将神矛端正,对下面看时,只见那雾越来越浓,烟火也越来越盛,简直看不清楚洞门。正恐怕万一那蛇逃走时,要看不清下手之处,忽听洞内一阵砰砰的轰隆之声,震动山谷。知是那妖蛇快要出来,益发凝神屏气,注目往下细看。在这万分吃紧的当儿,忽见洞口冒出一团大烟火,依稀看见一个茅草蓬蓬的人脑袋,刚刚举矛要刺,那脑袋又缩了回去。幸喜不曾失手,刺了一个空。孙南到这时越发不敢大意,专心致志,去等机会。忽然洞外群蛇一齐昂首长鸣,声音凄厉,瘆人毛发。霎时间,日色暗淡,惨雾弥漫。

在这一转瞬间,第二次洞口烟火喷出,照得洞口分明。一个人首蛇身的东西,长发披肩,疾如飘风,从洞口直蹿出来。那孙南早年惯使镖枪,百发百中,在这间不容发的时候,端稳神矛,对准那妖蛇致命所在,口喊一声"如意",掷将出去。只听一声惨叫,一道金光,那神矛端端正正,插在妖蛇七寸子所在,钉在地上,矛杆颤巍巍地露出地面。那群毒蛇大蟒,见妖蛇钉在地上,昂首看见孙南,一个个磨牙吐信,直往崖上蹿来。孙南见蛇多势众,不敢造次,驾起剑光,破空升起,飞向灵云那边,再看动静。说时迟,那时快,那妖蛇中了神矛,它上半身才离洞数尺,其余均在洞内。它本因为大难已满,又有同类前来朝贺,原来是一腔高兴。谁想才离洞口,便中了敌人暗算,痛极大怒,不住地摇头摆尾,只搅得几搅,长尾过处,把山洞打坍半边,石块打得四散纷飞。孙南如非见机先走,说不定受了重伤。这时那妖蛇口吐烟火,将身连拱四拱,猛将头一起,呼的一声,将仙矛抛出数十丈远。接着颈间血如涌泉,激起丈余高下。那妖蛇负伤往前直蹿,其快如风,蹿出去百十丈光景,动转不得。原来它负痛往前蹿时,地下埋的一百零八把诛邪神刀,一一冒出地面,恰对着妖蛇致命处所在,正是当中分鳞的那一道白缝,整个将那妖蛇连皮分开,铺在地上。任凭它神通广大,连受两次重创,哪得不痛死过去。它所到的终点,正是灵云等站的山坡下面。直把一个金蝉乐得打跌,便要去斩那蛇头。灵云忙喊不可造次。金蝉刚刚住手,果然那蛇挣扎了一会,又发出两声惨痛的呼声。其余怪蛇大蟒也都赶到,由那为首两条大蛇,过来衔着妖蛇的皮不放。只见那妖蛇猛一使劲,便已挣脱躯壳,虽是人首蛇身,只是通体雪白,无有片鳞。这妖蛇叫了两声,便盘在一处,昂头四处观望,好似寻觅敌人所在。而崖上三人童心未退,只顾看蛇好玩,忘了危险。

正在出神之际,忽然朱梅狼狈不堪地如飞奔到,说道:"师姊还不放珠,等待何时?"说完,便倒在地上。金蝉连忙过去用手扶起。那灵云被朱梅一句话提醒,刚将天黄珠取出放时,这妖蛇已看见四人站立之所,长啸一声,把口一张,便有鲜红一个火球,四面俱是烟雾,向他们四人打来。群蛇也一拥而上。恰好灵云天黄珠出手,碰个正着。自古邪不能侵正,那天黄珠一出手,便有万道黄光黄云,满山俱是雄黄味,与蛇珠碰在一起,只听叭的一声,把毒蛇的火球击破,化成数十道蛇涎,从空落下,顿时烟消雾散。一群毒蛇怪蟒正蹿到半山坡,被天黄珠的黄光罩住,受不住雄黄气味,一条条骨软筋酥,软瘫在地。那毒蛇见势不佳,正要逃跑,恰好朱梅在金蝉怀中业已看见,便勉强使劲去推金蝉道:"蛇身有宝,可以救我,快去斩蛇取来。"金蝉忙叫:"孙师兄替我扶持梅姊,我去斩蛇就来。"那朱梅望了孙南一眼道:"我不要人扶,让我先躺在石上歇歇吧。"说时,好似力气不支,话言未了,倒在山石上面。

金蝉在百忙中不暇细问朱梅为何这样,因听说蛇身有宝,可以救她,更不急慢，纵身起来，提着虹霓剑便往下走。山坡下的怪蛇大蟒，被黄云笼罩，都挤作一团。灵云等也分不出下面谁是妖蛇。偏巧那肉芝在朱梅、孙南未到以前，金蝉因为爱它长得好看，去吻它的小脸，那肉芝却去用舌舐那金蝉的双目。当时金蝉只觉凉阴阴，痒酥酥的，非常舒服，不甚注意。后来孙南赶到，那肉芝趁忙乱中跑下地来，便不知去向了。金蝉正要走时，灵云拉他道："下面黄云笼罩，看又看不见，你要斩蛇，放剑出去就是了，下去做甚？"金蝉急得顿足道："姊姊快放手，我看得见。梅姊中了暗算，蛇身有宝，可救梅姊。你看那蛇妖逃出很远去了。"灵云还待不信时，金蝉猛一使劲，摆脱灵云的手，如飞往东南而去。孙南闲着无事，心想何不放剑多宰两条蛇，岂不是好？便将剑光放出，指挥往山下乱砍。灵云见孙南放剑，也把身子一摇，将剑放出。这两道剑光在万道黄云中一起一落，如同神龙夭矫一般，煞是好看。

杀了半个时辰，突然见她母亲乾坤正气妙一夫人携着她爱弟金蝉，金蝉手中宝剑穿着一个水缸大小的人形蛇头，走来说道："蛇都死完了，你们还不把剑收回来？"众人连忙上前参拜，各自把剑收回。妙一夫人把手一招，把天黄珠收了回来。再往山下看时，遍地红红绿绿，尽是蛇的浓血，蛇头蛇身，长短大小不一，铺了一地。妙一夫人从一个葫芦中倒了一葫芦净水下去，说是不到几个时辰，便可把蛇身化为清水，流到地底下去。金蝉忙跑到朱梅跟前看时，已是晕死过去，不禁号啕大哭，忙求母亲将梅姊救转。妙一夫人看了这般景象，不禁点头叹道："情魔为孽，一至于此！"

第二十回

金蝉初会碧眼佛
朱梅误中白骨箭

妙一夫人忙叫金蝉不要惊慌,朱梅不过误遭暗算,有她在此,决不妨事。金蝉才止住悲声,又问母亲:"她是中了何人暗算?"夫人道:"先将她背回洞府,再作道理。"金蝉即要去背。灵云笑道:"你还是背你的胜利品,我来替你代劳吧。"金蝉有些明白,把小脸羞得通红。于是灵云背了朱梅。金蝉仍用剑挑了蛇头,正要起身,忽然想起肉芝,便对夫人将前事说出。夫人道:"想不到你小小年纪,便有这好生之德,不肯贪天之功。只是可惜你……"说到这一句,便转口道:"果然此物修成不易,索性连根移植洞中,成全了它吧,以免在此早晚受人之害。"说罢,命灵云等先护送朱梅回洞等候,复又携着金蝉去觅肉芝。才走出数十步,那肉芝已从路旁土内钻出,向她母子跪拜。夫人笑道:"真乃灵物也!"金蝉过去要抱,那肉芝却回身便走,一面回头用小手作势,比个不休。夫人明白那肉芝的意思,是要引他们到灵根之所,便随定它前行。那肉芝在前行走,与金蝉相离约有十丈左右。

刚刚走到崖旁,忽听一声惨叫,便有一个黑茸茸的东西飞起。再看崖畔,闪出一个矮胖男子,相貌凶恶,便要往空逃走。妙一夫人苟兰因忙喝道:"何人敢在本山放肆,还不与我将肉芝放下!"那人也不答应,把后脑一拍,一道黄光,便要往空中逃走。金蝉哪里容得,喊了声:"奸贼子!你倒来捡现成。"便将虹霓剑放起。好一个餐霞大师镇洞之宝,只见一道红光过去,那人便被剑光罩住。妙一夫人忙喊不可造次,一面将口中宝剑吐出去时,已来不及,那人一条左臂已削将下来。手中提的黑茸茸的东西,同时也坠落下来。金蝉知道里面定是肉芝,连忙过去看时,原来是一个头发织成的网,可不是肉芝正在里面,已是跌得半死。金蝉气愤不过,再找那人时,已被他母亲放走,连那条断臂,已被那人取去。便问夫人道:"母亲,那个贼子是何人,为何与我们作对?"妙一夫人道:"你这孩子太莽撞。你想有我在此,怎能让他将肉芝抢走？你随便就放剑伤人。如今我们峨眉派仇人太多，你们还偏偏要结仇。刚才那矮胖子，便是庐山神魔洞中白骨神君心爱的门徒碧眼神佛罗睪。想是他知道你们斩蛇，又知道此地有这千年肉芝，想跑来找便宜。在此等了半天，知道肉芝虽受毒蛇扰害，避往别处，可是它生根之所在此，早晚必须归巢，所以死守不走。他见肉芝回来，想出我们不意，捞了就走，谁想反送掉一只左臂。"说罢，便将那发网拿起一看，大惊道："这是白骨神君头发结成之网呀！难道说他是奉命前来的吗？这倒不可轻视呢！"

这时肉芝已渐渐醒转，形态好像是十分困惫。夫人便对肉芝道："芝仙，我等决不伤害你。你如愿随我到洞府去修炼，你便将你生根之所指示出来，我好替你移植。"肉芝便跳下地来，跪下叩了两个头，往前走了几步，走到一个山石缝中，忽然不见。金蝉往石缝内看时，原来里面是一个小小石洞，清香阵阵，从洞内透出。等了一会，只见由洞中地面上涌现一株灵芝仙草，五色缤纷，奇香袭人。其形如鲜香菌一般，大约一尺方圆，当中是芝，旁边有四片芝叶。妙一夫人先向北方跪祝了一番，然后从身旁取出一把竹刀，将灵芝四围的土轻轻剔松，然后喊一声："起！"连根拔起。金蝉忙问它变的那个小人呢？夫人道："回洞自会出现，你忙什么？"说时，忽然从芳香中嗅着一丝腥味，连忙看时，只见石洞旁壁下伏着一只怪兽，生得狮首龙身，六足一角，鼻长尺许，两个金牙露出外面，长有三尺。妙一夫人叹道："天生灵药，必有神物呵护。这个独角神貅，又不知被何人所害，所以灵芝知道大难临头，往外逃避。"金蝉见那神兽的皮直发亮光，心中甚为爱惜，想要剥了回去。夫人道："此兽亦非善类，性极残忍，剥去无妨。它那两个大牙，削铁如泥，颇有用处，一并拿了回去吧。"金蝉闻言大喜，正要取那兽的皮、牙，忽又见地下一支白色小箭，式样新鲜灵巧。伸手去拾时，好似触了电气一般，手脚皆麻，连忙放手不迭。夫人走过捡起一看，说道："这是白骨神君的白骨丧门箭，刚才朱梅正是中了罗睪的暗算，所以几乎丧了性命。"金蝉道："早知如此，母亲不该放他逃走，好与朱梅姊报仇。"夫人道："我们也只能适可而止。好在朱梅有救，不然岂能轻易放他？"说时，金蝉因挂念朱梅，匆匆将兽皮剥完，携了兽皮、兽牙，由妙一夫人捧着灵芝，离了醉仙崖，回转洞府。

刚一进门，看见朱梅仰卧在石床之上，声息全无。灵云同孙南守在旁边，默默无言，见夫人和金蝉回转，连忙上前接过灵芝。夫人叫灵云将灵芝移往后洞，好好培植。吩咐已毕，便向朱梅床前走来。金蝉见朱梅牙关紧咬，满脸铁青，睁着一双眼，望着金蝉，好似醒在那里，只是一言不发。忙喊了两声梅姊，不见答应。上前去拉她双手，已然冰凉如死。虽然知道自己母亲有起死回生之能，也禁不住伤心落泪。正在悲痛之间，夫人业已走过，忙喝金蝉道："她中了妖人之箭，因她道行尚厚，虽然昏迷，并未死去，心中仍是明白。你这一哭，岂不勾起她的伤心，于她无益有损？"金蝉听了他母亲之言，只得强自镇定。夫人便叫将蛇头取来。金蝉取将过来。夫人用剑将蛇前额劈开，取出一粒珠子，有鸭蛋大小，其色鲜红，光彩照耀一室。又叫孙南去往后洞看灵芝，倘若灵芝移后，灵芝现出化身时，速来报知。孙南奉命去了。夫人从身边取出两粒丹药，塞入朱梅鼻孔里面。又取出七粒丹药，将朱梅的牙齿拨开，放在她口中。然后将朱梅前胸解开，把那蛇额中的红珠放在她的心窝间，用手托着，来回转动不停。

转了有半个时辰，忽见朱梅脸色由青转白，由白又转黄，秀眉愁锁，好似十分吃苦，又说不出口来的样子。那金蝉目不转睛望着朱梅，恨不能去替她分些痛苦才好。夫人见丹药下去，运了半天蛇珠，虽然有些转机，还看不出十分大效，脸上也露出为难的样子。金蝉见了，更是着急，忽然灵机一动，便对夫人道："母亲，我到后洞看看那灵芝就来。"夫人也不答言。金蝉如飞而去，到了后洞，见灵云等已将灵芝移植妥当，朱茎翠叶，五色纷披，十分好看。灵云正与孙南在那里赏鉴，见金蝉跑来，对他道："你不在前洞帮着母亲照应你的梅姊，跑到这里来则甚？"金蝉也不答言，走过来便向那灵芝跪下，口中不住地默祝。孙南道："师弟你在那里说些什么？"金蝉也不理他。灵云道："孙师兄莫要管他，他的事，只有我明白。想是母亲救梅妹，功效慢了一点，所以他一禀至诚，又来乞灵草木了。"正说时，忽然看见那芝草无风自动，颜色越来越好看，阵阵清香，沁人心脾。那金蝉跪祝了一会，不见动静，正要发怒时，忽见那灵芝顶上，透出一道霞光，打里头钻出一个婴儿头来，一会便现出原身，跳下地来。金蝉一看，正是那肉芝，满心欢喜。孙南从未见过这样奇事，更是心爱。那肉芝朝金蝉点了点头，便跑过来，拉了金蝉的手。金蝉急忙将它抱起，它又用手向前洞一指。金蝉起初看朱梅昏迷不醒，非常着急，猛然想起肉芝能使人长寿，岂不能使人起死回生？何不去求它将身上的血肉赏赐一些，以救朱梅之命呢？因为怕灵云、孙南笑他，所以只在地上跪着默祝。今见芝仙这般状况，知是允了他的要求。当下抱着它，往前洞就走。灵云、孙南也明白大概，跟踪来看。

才到前洞，只见妙一夫人向着那芝仙说道："餐霞大师弟子朱梅，今中妖人白骨箭，命在旦夕。芝仙如肯赐血相救，功德不浅。"那芝仙听了夫人之言,口中咿呀,说个不住。夫人只是微笑点头。金蝉性急,疑心那芝仙不肯,便问夫人道:"母亲,它说些什么?怎么孩儿等俱都听不出?"夫人道:"你等道行尚浅,难怪你们不懂。它说它要避却三灾,才能得成正果。如今三灾已去其二,我们将它移居到此,非常感谢,理应帮忙。不过它自舍的灵液,比较将它全身服用还有功效,可是因此它要损失了三百多年的道行。要我在它舍血之后,对它多加保护,异日再遇大劫难,求我们救它,避免大劫。"金蝉道:"母亲可曾答应?"夫人道:"这本是两全其美的事,我已完全答应了。"那芝仙又朝夫人说了几句,夫人益加欢喜,便对它道:"你只管放心,我等决不负你。如今受伤的人万分痛苦,不可再延,请大仙指明地方,由我亲自下手吧。"那芝仙闻言之后,脸上顿时起了一种悲惨之容,好似有点不舍得,又无可奈何的样子。又挨了片刻,才慢慢走到夫人跟前,伸出左臂,意思是请夫人动手。大家看见这个形似婴儿的肉芝,伸出一条雪白粉嫩的小手臂来,俯首待戮,真是万分不忍。夫人更是觉得它可怜可爱,因为救人要紧,万分无法,只得把它抱在怀中。叫灵云上床来,替她将蛇珠在朱梅胸腹上转动。又叫金蝉取来一个玉杯,教孙南捧着玉杯,在芝仙的手腕下接着那灵液。然后在金蝉腰间取下一块玉玦,轻轻向那肉芝说道:"芝仙,你把心放定,一点不要害怕,稍微忍受这一丝痛苦,事完,我取灵丹与你调治。"那肉芝想是害怕,闭紧双目,不发一言,颤巍巍地把头点了两点。夫人先将它左臂抚弄了两下,真是又白又嫩,几乎不忍下手。后来无法再延,便一狠心,趁它一个冷不防,右手拈定玉玦,在它腕穴上一划,便割破了个寸许长的小口。孙南战战兢兢,捧着玉杯去接时,只见那破口处流出一种极细腻的白浆,落在玉杯之中,微微带一点青色,清香扑鼻,光彩与玉杯相映生辉,流有大半酒杯左右。夫人忙喊道:"够了,够了!"那肉芝在夫人怀中,只是摇头。一会工夫,那白浆流有一酒杯左右,便自止住。夫人忙在怀里取两粒丹药,用手研成细粉,与它敷在伤口处。

金蝉看那芝仙时,已是面容憔悴,委顿不堪,又是疼爱,又是痛惜,一把将它抱住。夫人忙喊:"蝉儿莫要鲁莽!它元气大伤,你快将衣解开,把它抱在前胸,借你童阳,暖它真气。千万不可使它入土。等我救醒朱梅,再来救它。"金蝉便连忙答应照办。妙一夫人忙又从孙南手中取过芝血,一看血多,非常欢喜,忙上床叫灵云下来。再看朱梅时,借了蛇珠之力,面容大转,只是牙关紧闭,好似中邪,不能言语。又叫灵云取过一个玉匙,盛了少许芝血,拨开朱梅牙关,正待灌了进去。忽然看见起初塞在她口中的七粒丹药,仍在她舌尖之上含着，并未下咽。暗惊白骨箭的厉害，无怪乎灵丹无效，原来未入腹中。又恐芝血灌了下去，同这丹药一样，不能入腹，顺口流出，岂不是前功尽弃，而且万分可惜？便不敢造次下手。忙叫金蝉过来，将芝仙交与孙南，叫他如法偎在胸前。然后对金蝉说："朱师姊命在顷刻，只有芝血能救。她如今外毒已被蛇珠收去，内毒深入腠理，以致牙关紧闭，无法下咽。意欲从权，命你用口含着芝血去喂她，她得你真阳之气，其效更快。不过此事于你有损无益，你可愿否？"金蝉道："梅姊原为孩儿才遭毒手，但能救她，赴汤蹈火，皆所不辞。"夫人道："既然如此，你先将芝血含在你口中些。然后用你的手，紧掐她的下颏，她的下颏必然掉将下来，口开难闭。你将你的嘴，对着她的嘴，将芝血渡将进去。你二人之口，须要严密合缝，以免芝血溢出。然后你骑在她的身上，用手抄在她背后，紧紧将她抱着，再提一口丹田之气，渡将进去。倘若觉得她腹中连响，便有一口极臭而难闻的浊气，从她口中喷出。你须要运用自己丹田之气，将那浊气抵御回去，务必使那浊气下行，不要上逆才好。"金蝉连忙点头答应，跨上床来。眼看一个情投意合、两小无猜的绝色佳人，中了妖人暗算，在床上昏迷不醒。见他上来之后，一双犹如秋水的秀目，珠泪盈盈望着他，只是说不出话来，可是并未失了知觉，其痛苦有甚于死，不禁怜惜万分。

到了这时，也顾不得旁人嘲笑，轻轻向着朱梅耳边说道："姊姊，母亲叫我来救你来了。你忍着一点痛，让我把你下颏端掉，好与你用药。"朱梅仍是睁着两眼，牙关紧闭，不发一言。金蝉狠着心肠，两手扣定朱梅下颏，使劲一按，咔嚓一声，果然下巴掉下，樱口大张。金蝉更不怠慢，依照他母亲之言，骑在朱梅身上，抄紧她的肩背。妙一夫人递过玉碗，金蝉随即在夫人手中喝了一口芝仙的白血，嘴对嘴，渡将进去。幸喜朱梅口小，金蝉便将她的香口紧紧含着，以待动静。究竟芝仙的血液非比寻常，才一渡进，便即吞下。金蝉知芝血下肚，急忙用尽平生之力，在丹田中运起一口纯阳之气，渡了进去。只听朱梅腹内咕隆隆响个不住，再看她的脸色，已渐渐红润。适才上来时，觉得她浑身冰凉挺硬，口舌俱是发木的。此刻忽觉得她在怀中，如暖玉温香一般，周身软和异常，好不欢喜。这时朱梅腹内益发响个不住，猛然一个急噫，接着一口浊气冒将上来，腥臭无比。金蝉早已准备，急忙运气，将那口浊气抵了回去。一来一往，相持半碗茶的光景，便听朱梅下身砰然放一个响屁出来，臭味非常难闻。金蝉也顾不得掩鼻，急忙又运动丹阳之气，渡了一口进去。妙一夫人道："好了，好了，不妨事了。蝉儿快下来吧。"

再看朱梅，业已星眼莹泪，缓醒过来。猛见金蝉骑在自己身上，嘴对着自己的嘴，含紧不放，又羞又急，猛一翻身，坐将起来。金蝉一个不留神，便跌下床来。这朱梅生有灵根，又在黄山修炼数年，剑术很有根底，虽中了妖人暗算，还能支持。只是心中明白，难受异常，不能言动。此番醒转，明知金蝉是奉了他母亲之命来救自己，因醒来害羞，使得势猛，将他跌了一跤，好生过意不去。正要用手去扶，猛觉有些头晕，随又坐在床上。这时金蝉业已站起，也累了个力尽神疲。夫人忙对朱梅道："你妖毒虽尽，精神尚未复原，不必拘礼，先躺下养养神吧。"一面用手将她下颏捏好。朱梅身子也觉得轻飘飘地站立不住，也就恭敬不如从命，只好口头向众人称谢。忽然觉得身下湿了一块，用手摸时，羞得几乎哭了出来，急忙招手呼唤灵云。灵云急忙走过，朱梅便向她咬了几句耳朵。这时夫人也明白了，便叫孙南与金蝉出去，于是二人便到外面去了。夫人便从孙南怀中取过肉芝，从身旁取了三粒丹药，与它服用，仍然送到后洞手植之所，看它入土。又教金蝉不可随意前去扰它。再回前洞时，朱梅业已借了灵云的衣裳换好，收拾齐整，出来拜谢夫人救命之恩。夫人道："那白骨箭好不厉害！若非芝仙舍身相救，只有嵩山二老才有解药，远隔数千里，岂不误事？况且也不能这样容易复原。"

金蝉便问其中箭情形。朱梅道："我同你在洞边洗手时，因见鸦鸣，便疑心有人在旁窥探，生怕别人趁火打劫，去捉肉芝。我来时早已问明它生根所在，所以留下你们擒蛇，我便到崖后去守候。刚到那里，便看见一个六足独角的神兽，我本不想伤它，正要设法将它逼走，忽听那兽狂吼一声，便从崖后一个洞中蹿了进去。我追踪去看时，才到洞口，脑后一阵风响，知道有人暗算，急忙往后面一闪，已是不及。当时只觉左臂发麻，头脑天旋地转，知道中了妖法。因为宝剑不在手中，恐怕抵敌不住，急忙跑回。走到你们跟前，已是站立不稳了。后来我浑身疼痛，心如油煎，虽看得见你们，只是不大清楚，也听不见说些什么，难受极了。我叫你去斩的蛇头呢？"金蝉道："我当时见你晕倒，非常着急。因听你说蛇身有宝，便追了下去，它业已逃出有半里路去。见我追它来，便将头扬起，朝我喷了一口毒气。恰好母亲赶到，用她老人家的剑光，将妖蛇的毒气遏住。我才用剑将它斩为数段，将蛇首挑了回来。母亲叫我从蛇脑中取出一粒红珠，是否就是你说的宝贝？"朱梅道："可不正是此物。"夫人道："此珠名为蛇宝，乃千年毒蟒精华。无论中了多么厉害的毒，只消用此珠在浑身上下贴肉运转，便能将毒提尽。只是此番因斩妖蛇，与白骨神君结下仇恨，将来又多一个强敌了。"灵云道："他怂恿他的弟子为恶,暗中伤人,此人之恶毒可知,难道我们还怕他吗?"夫人道:"不是怕他,无非让你们知道,随时留意而已。"

朱梅与众人谈了一会,便要回山复命。夫人便将余下的芝血与她服下,叫灵云将借来的几件法宝交与她带去。因为新愈之后,精神疲惫,并叫灵云、金蝉陪同前往,顺便道谢餐霞大师的盛意。三人辞别夫人,出了洞府,已是夕阳西下,便驾起剑光,前往黄山去了。

这里妙一夫人对孙南道:"我回时途遇你师父同追云叟,谈起各派比剑之事,追云叟主张在明年正月先破慈云寺,剪却他的羽翼再说,我倒甚为赞同。依我预算,正式在峨眉比剑,还在三五年之后。你天资、心地俱好,如不嫌弃,可就在我这里参修。我已同你师父说过,你意如何?"孙南听了,自然高兴,急忙跪谢夫人成全之恩。从此孙南便在此山,与灵云、金蝉等一同练习剑术。不提。

第二十一回

金罗汉访友紫金泷
许飞娘传书五云步

话说金身罗汉法元,在九华与齐灵云斗剑,正在难解难分之际,巧遇许飞娘赶到,明为解围,暗中点破,才知道那女子是乾坤正气妙一真人齐漱溟的女儿,暗暗吃惊。恐怕吃了眼前亏,便借着台阶就下。等到离却前山,正要往金顶走去,不由叫了一声苦。心想:"九华既做了齐漱溟的别府,不消说得,那狮子天王龙化与紫面伽蓝雷音,一定在此存身不得,此番来到金顶,岂非徒劳?"他虽然如此想法,到底心还不死。好在金顶离此并不多远,不消半顿饭时候,便已赶到。只见那龙化与雷音所住的归元寺,山门大开,山门前败草枯叶,狼藉满地,不像庙中有人住的神气。进入内殿一看,殿中神佛、庙貌依然,只是灰尘密布。蝙蝠看见有人进来,绕檐乱飞。更没有一个人影。便知二人一定不在庙中。再走进禅房一看,尘垢四积。门前一柄黑漆的禅杖,断为两截在地上,不知被什么兵刃斩为两段。那禅杖原是纯钢打就,知是龙化用的兵器。进屋看时,地下还有一摊血迹,因为山高天寒,业已冻成血冰。估量庙中无人,为期当在不远。正在凝思之际,忽想起此地既是峨眉派剑仙洞府,在此住居的人未必只齐漱溟一个人。他们人多势众,不要被他们遇见,又惹晦气。想到此间,便急忙离了归元寺,下了金顶。心想:"此番出游,原为多寻几个帮手,谁想都扑了一个空。那许飞娘自从教祖死去,同门中人因为她不肯出力报仇,多看不起她。直到近年,才听说她的忍辱负重,别存深意。适才山下相遇,想是从外面倦游归来。黄山近在咫尺,何不去看望她一番,顺便约她相助? 即便目前不能,至少也可打听出龙化、雷音两个人的踪迹。"想罢,便驾起剑光,直往黄山飞去。至于龙化、雷音这些异派的剑仙,何以值得法元这般注意,以及他二人在九华金顶存身不住的原因,日后自有详文,这且不言。

且说那黄山,法元虽来过两次,只是许飞娘所居的五云步,原是山中最高寒处，而又最为神秘的所在，法元从未去过。闻说餐霞大师也在那附近居住，看望许飞娘须要秘密，不要为外人知道，因此法元驾剑飞行时十分留神。剑光迅速，不多时已到黄山，打算由前山文笔峰抄小径过去。到了文笔峰一看，层翠叠峦，岗岭起伏，不知哪里是飞娘隐居之所。空山寂寂，除古木寒鸦，山谷松涛之外，并没有一个人影。偌大一个黄山，正不知从何处去寻那五云步。

正在进退为难之际，忽听远远送来一阵细微的破空声音。急忙抬头看时，空中飞来一道黑影，看去好似一个幼童，离法元不远，从空中落下一个东西，并不停留，直往东北飞去。法元正待去拾时，脚下忽地又现出一道白影，细细一看，原来是一个穿白年幼女子，比箭还快，等到法元走到跟前，业已将落物拾在手中。法元看清那东西是一块石头，上面一根红绳，系着一封信。起初以为是那飞行人特意落给那小女孩的，倒也不十分注意。因为黄山乃仙灵窟宅，适才在九华山遇见那个孩子，几乎栽了跟头。如今又遇见一个小孩，见她身法，知非常人，便不愿多事。正待转身要走，忽见峰脚下又转出一个穿蓝衣的女子，喊着适才那个女子道："师妹抢到手啦？是个什么东西？"穿白的女孩答道："是一信封，我们进去看吧。"言时旁若无人，好似并未看见法元在旁一样。法元猛想起："我正无处寻访飞娘，这两个女孩能在此山居住，她的大人定非常人，我何不想一套言语，打听打听？"想罢，便走近前来，说道："两位女檀越留步，贫僧问讯了。"那大些的一个女子，刚把白衣女子的信接过，便道："大和尚有话请说。"法元道："黄山有位餐霞大师，她住在什么地方？两位女檀越知道否？"那两位女子闻言，便把法元上下打量一番，开口说道："那是吾家师父。你打听她老人家则甚？"法元闻言，暗吃一惊，原想避开她们，如何反问到人家门口来了？幸喜自己不曾冒昧。当下镇定精神，答道："我与万妙仙姑许飞娘有一面之缘，她曾对我言讲，她与大师乃是近邻，住在什么五云步。怎奈此山甚大，无从寻找，我想打听出大师住的地方，便可在附近寻访了。"那女子闻言，微微一阵冷笑，说道："大和尚法号怎么称呼呢？"法元到底在五台派中是有名人物，在两个女孩面前不便说谎，日后去落一个话柄，还说因为怕餐霞大师，连真姓名都不敢说。便答道："贫僧名唤法元。"那女子听了，便哈哈大笑道："你原来就是金身罗汉法元哪，我倒听我师父说过。你不必找许飞娘了，这正是她给你的信，等我姊妹二人看完之后，再还与你吧。"说罢，便把手中信一扬。法元看得真切，果然上面有"法元禅师亲拆"等字。因听那女子说，看完之后便给他，便着急道："这是贫僧的私信,外人如何看得?不要取笑吧。"那女子闻言,笑道:"有道是'捡的当买的,三百年取不去的'。此信乃是我们拾来的,又不是在你庙中去偷来的。修道人正大光明,你是一个和尚,她是一个道姑,难道还有什么私弊,怕人看吗?既经过我们的山地,我们检查定了。如有不好的事,你还走不了呢。"

法元见那女孩似有意似无意,连讥讽带侮辱,满心大怒。知道许飞娘叫人送信,连送信人都不肯与他见面,其中必有很大的关系。情知飞娘与峨眉派表面上假意拉拢,如果信上有机密的事,岂不误却大事?又不知餐霞大师在家否,不敢造次。只得强忍心头火,一面用好言向对方婉商,一面打算来一个冷不防,抢了就走。谁想那女子非常伶俐,早已料到此着,不等法元近前,便将信递与白衣女子手中,说道:"师妹快看,大和尚还等着呢。"法元到了此时,再也不能忍受,大怒道:"你二人再不将信还俺,俺就要无礼了!"那女子道:"师妹快拆开看,让我来对付他。"白衣女子刚把信拆开,法元正待放剑动手时,忽然峰后飞也似的跑动一人,喊道:"两位姊姊休要动手,看在可怜的兄弟份上吧。"那两个女子闻言,即停止拆信。法元也就暂缓动手。看来人时,是一个十六七岁的男孩,穿了一身黑,慌不迭地跑了过来,一面向两个女子打招呼,一面向法元道:"师叔不要生气,我替你把信要回来吧。"法元见来人叫他师叔,可是并不认识,乐得有人解围,便答道:"我本不要动手,只要还我的信足矣。"那黑衣男孩也不答言,上前朝着那两个女子道:"二位姊姊可怜我吧,这封信是我送的,要是出了差错,我得挨五百牛筋鞭,叫我怎么受哇?"那白衣女子道:"师姐,你看他怪可怜的,把这封信给他吧。"又向法元道:"要不是有人讲情,叫你今天难逃公道。"法元强忍着怒,把信接过,揣在怀中。那黑衣男孩道:"家师许飞娘叫我把信送与师叔,说是不能见你。偏偏我不小心,落在二位姐姐手中,幸喜不曾拆看。异日如遇家师,千万请师叔不要说起方才之事。"法元点头应允,恐怕两个女子再说话奚落,将足一顿,便有几道红线火光,破空而去。

黑衣男孩向着两个女子,谢了又谢。那两个女子问他信的来由,他说道:"家师刚从九华回来。到家后,匆匆忙忙写了这封信,派我驾起剑光,等候方才那个和尚,说他是我的师叔法元,并叫我与他不要见面。我等了一会,才见他落在文笔峰下。谁想交信时被两位姐姐拾去,我很着急。我藏在旁边,以为姐姐可以还他。后来见双方越说越僵,我怕动起手来,或把信拆看,回去要受家师的责打,所以才出来说情。多蒙姐姐们赏脸,真是感恩不尽。"那女子答道:"我适才同师妹在此闲玩,忽见几道红线飞来,落在峰上,知有异派人来此。我很觉此人胆子不小，正想去看是谁，忽见你驾剑光跑来。起初以为你跟上年一样，偷偷来和我们玩耍。后见你并不停留，掷下一个纸包，我知道那纸包决不是给我们的，否则不会那样诡秘。师妹出去抢包时，那和尚已到眼前，我才知道信是给他的。他就是师父常说的金身罗汉法元。我们哪要看人私信，无非逗他玩而已。你今年为何不上我们这儿玩？"那男孩答道："我才是天底下最苦命的人呢。父母双亡，全家惨死，好容易遇见家师，收我上山学剑。以前常带我到此拜谒大师，得向诸位姐姐时常领教，多么好呢。谁想去年因家师出门，烦闷不过，来看望诸位姐姐，不料被师弟薛蟒告发，原不要紧，只因我不该说错了一句话，被家师打了我五百牛筋鞭，差点筋断骨折。调养数月，才得痊愈。从此更不肯教我深造，也不准到此地来。每日只做些苦工粗活，待遇简直大不如前了。今日不准我在此峰落地，想是不愿意教我同姊姊们见面的缘故。"这两个女子听了，很替他难受。便道："怪不得去年一别，也不见你来呢。你说错什么话，以致令师这般恨你呢？"那男孩正要答言，忽见空中飞来一道青光，那男孩见了，吓得浑身抖战道："两位姊姊快救我吧，师弟薛蟒来了。倘被他看见我在这里，一定回去告诉家师，我命休矣！"说罢，便钻到峰旁洞中去了。

不大工夫，青光降落，现出一人，也是一个十七八岁的少年。这两个女子见了他，不由得脸上现出十分憎恶的意思。那少年身形矮短，穿着一身红衣，足蹬芒鞋，头颈间长发散披，打扮得不僧不道。满脸青筋，二眉交错处有一块形似眼睛的紫记，掀唇露齿，一口黄牙，相貌非常丑恶。这人便是万妙仙姑最得意的门徒三眼红蜺薛蟒。他到了两个女子跟前，不住地东张西望。那两个女子也不去理他，有意说些不相干的闲话，好似才出洞门，并未发生过事情一样。那薛蟒看不出动静，不住地拿眼往洞中偷觑。后来忍不住问道："二位道友，可曾见我师兄司徒平么？"那白衣女子正要发言，年长的一个女子急忙抢着说道："司徒平么？我们还正要找他呢。去年他来同我们谈了半天，把我轻云师妹一张穿云驾借去，说是再来时带来，直到如今也不送还。大师又不准我们离开这里，无法去讨。你要见着他，请你给带个话，叫他与我们送来吧。"说时，神色自如。薛蟒虽然疑心司徒平曾经到此来过，到底无法证明，自言自语道："这就奇了，我明明看见红线已飞往西南，怎么他会不见呢？"那女子便问道："你说什么红线？敢是那女剑仙到黄山来了吗？"薛蟒知话已说漏，也不曾答言，便怏怏而去。那女子不悦道："你看这个人，他向人家问话就可以，人家向他说话，他连话都不答，真正岂有此理！"薛蟒明明听见那女子埋怨，装作不知，反而相信司徒平不在此间，径往别处寻找去了。那两个女子又待了一会，才把司徒平喊出，说道："你的对头走了，你回去吧。"司徒平从洞侧走出道："我与他真是冤孽，无缘无故地专门与我作对。想是家师差我送信时，被他知道，故此跟在后面，寻我的差错。"那两个女子很替他不平，说道："你只管回去，倘到不得已时，你可来投奔我们，我今晚就向大师为你说便了。"司徒平闻言大喜，因天已不早，无可留恋，只得谢别她二人，破空而去。

这司徒平出家经过，原有一段惨痛历史，他又是书中一个重要人物，本当细表。怎奈读者都注意破慈云寺，作者一支笔，难写两家话，只得留在以后峨眉斗剑时补写。这两个女子，年轻穿白的，就是餐霞大师的弟子朱梅。年长的一个，名唤吴文琪，乃是大师的大弟子，入门在周轻云之先，剑法高强，深得大师真传。因她飞行绝迹，捷若雷电，人称为女空空的便是。文笔峰乃是大师赐她练剑之所。大师因为叫朱梅来向她取神矛，去帮助金蝉擒蛇妖，恰好在洞外遇见。谈话中间，忽然看见法元来到，司徒平空中掷信，才有这一场事发生。虽然不当要紧，与异日破许飞娘的百灵斩仙剑大有关系，以后自知。这且不言。

话说那法元离了文笔峰，转过云巢，找一个僻静所在，打开书信一看，上面写道：

剑未成，暂难相助。晓月禅师西来，爱莲花峰紫金泷之胜，在彼驻锡，望唾面自干，求其相助，可胜别人十倍。行再见。知名。付丙。

法元看罢大喜，心想："我正要去寻晓月禅师，不想在此，幸喜不曾往打箭炉去空跑一次。"便把信揣在怀中，往莲花峰走去。那莲花峰与天都峰俱是黄山最高的山峰，紫金泷就在峰旁不远，景物幽胜，当年大心道人曾隐居于此处。法元对莲花峰原是熟路，上了立雪台，走过百步云梯，从一个形如石鳌的洞口穿将过去，群峰峰峙，烟岚四合，果然别有洞天。

这时天已垂暮，忽然看见前面一片寒林，横起一匹白练，知道是六铺海，一霎时云气濛濛，布散成锦。群山在白云簇绕中露出角尖，好似一盘白玉凝脂。当中穿出几十根玉笋，非常好看。再回顾东北，依旧清朗朗的，一轮红日，被当中一个最高峰顶承着，似含似捧，真是人间奇观。伫立一会，正待往前举步，那云气越紧越厚，对面一片白，简直看不见山石路径。况且紫金泷这条道路，山势逼仄异常，下临无底深渊，底下碎石森列，长有丈许，根根朝上。一个不留神，滑足下去，身体便成肉泥。他虽是一个修炼多年的剑仙，能够在空中御剑飞行，可是遇着这样栈道云封，苍岚四合，对面不见人的景物，也就无法涉险。等了一会，云岚潆翳，天色越发黑将下来。知道今日无缘与晓月禅师见面，不如找个地方，暂住一宵，明日专诚往拜。那黄山顶上，罡风最厉害，又在寒冬，修道的人纵然不怕寒威，也觉着难于忍受。便又回到立雪台，寻了个遮风的石洞，栖身一宵。

天色甫明，起来见云岚已散，趁着朝日晨晖，便往紫金泷而去。走了一会，便到泷前。只见两旁绝涧，壁立千仞，承着白沙矼那边来的大瀑布，声如雷轰，形同电掣。只不知晓月禅师住在哪里。四下寻找了一会，忽然看见涧对面走过一个小沙弥，挑着一对大水桶，飞身下涧，去汲取清泉。涧底与涧岸，相隔也有好几丈高下。只见他先跳在水中兀立的一块丈许高的山石上，抢着两个大桶，迎着上流水势，轻轻一抢，便已盛得满满两桶水，少说点也有二百来斤轻重。只见他毫不费力地挑在肩上，将足微顿，便已飞上涧岸，身法又快又干净。桶中之水，并不曾洒落一点。法元不由口中喝了一声彩。那小沙弥听见有人叫好，将两个水桶在地上一放，脚微顿处，七八丈宽的阔涧，忽如飞鸟般纵将过来，向着法元怒气冲冲地说道："你走你的路，胡说什么！你不知道我师兄有病吗？"法元看那小沙弥蜂腰猿背，相貌清奇，赤着一双足，穿了一双麻鞋，从他两道目光中看去，知道此人内外功都臻于上乘，暗暗惊异。又见他出言无状，好生不悦。心想："我这两天怎么尽遇些不懂情理的人，又都是小孩？"因为晓月禅师在此居住，来人又是个小和尚，恐怕是大师的弟子，不敢造次。便答道："我见你小小的年纪，便已有这样的武功，非常欢喜，不禁叫了一声好，这也不要紧的。你师兄有病，我怎么会知道，如何就出口伤人呢？"那小沙弥闻言答道："你不用装呆。我们这里从无外人敢来，我早看见你在这里鬼鬼祟祟，东瞧西望，说不定乘我师父不在家，前来偷我们的宝贝，也未可知。你要是识时务的，趁早给我走开；再要偷偷摸摸，你可知道通臂神猿鹿清的厉害？"说完，举起两个瘦得见骨的拳头，朝着法元比了又比。法元看他这般神气，又好气，又好笑。答道："你的师父是谁？你说出来，我也许闻名而退。要说你，想叫我就走，恐怕很难。"鹿清闻言大怒道："看来你还有点不服我吗？且让你尝尝我的厉害。"说罢，左掌往法元面上一晃，抢起右掌，往法元胸前便砍。法元把身子一偏避开，说道："你快将你师

125

父名字说出,再行动手不迟,以免误伤和气。"鹿清也不还言,把金刚拳中化出来的降龙八掌施展出来,如风狂雨骤般地向法元攻击过来。

这金刚拳乃是达摩老祖秘传,降龙八掌又由金刚拳中分化而出,最为厉害。要不是法元成道多年,简直就不能抵御。法元因对手年幼,又恐是晓月禅师的门徒,所以便不肯用飞剑取胜,只好用拳迎敌。怎耐鹿清拳法神奇,变化无穷,战了数十个回合,法元不但不能取胜,反而中了他两掌。幸亏练就铁打的身体,不然就不筋断骨折,也要身带重伤。鹿清见法元连中两掌,行若无事,也暗自吃惊。倏地将身跃出丈许远近,将拳法一变,又换了一种拳。法元暗暗好笑,任你内外功练到绝顶,也不能奈何我分毫。打算将他累乏,然后施展当年的绝技七祖打空拳,将他擒伏。他如是晓月禅师门徒,自不必说,由他领路进见;否则像这样好的资质,收归门下,岂不是好? 便抖擞精神,加意迎敌。那鹿清见一时不能取胜,非常着急,便故意卖个破绽,将足一顿,起在半空。法元向他下身正待用手提他双足,小沙弥早已料到,离地五尺许,施展金刚拳中最辣手的一招,将身在空中一转,鲤跃龙门式,避开法元两手,伸开铁掌,并起左手二指,照着法元两只眼睛点去。法元见势不好,知道无法躲避,只得将身一仰,打算平蹿出去。谁知鹿清敏捷非常,招中套招,左手二指虽不曾点着法元二目,跟着右手使一个绷拳,对着法元下颏打一个正着。接着又使一个裆里连环,一飞腿,正打在法元前心。就法元前胸撞劲,脚微点处,便斜纵出三四丈高远,立定大笑。法元虽然武功纯熟,经不起无意中连中几下重手法,虽未受伤,跌跌撞撞,倒晃出去十几步,差点没有跌倒在地。这一下勾动无明火起,不由破口骂道:"你这小畜生,真不知天高地厚。你家罗汉爷念你年幼,不肯伤你,你倒反用暗算伤人。你快将你师父名字说出,不然教你死无葬身之地!"说罢,后脑一拍,便将剑光飞出。

鹿清看见几条红线从法元脑后飞出,说声:"不好!"急忙把脚一顿,蹿过山涧。法元也不想伤他性命,无非借此威吓于他。见他逃走,便也驾起剑光,飞身过涧,在后追赶。鹿清回头一看,见法元追来,便一面飞跑,一面大声喊道:"师兄快来呀,我不行了!"话言未了,便见崖后面飞起一道紫巍巍的光华,将法元的剑光截住。法元一面运剑迎敌,一面留神向对面观看。只见对面走出一个不僧不道的中年男子,二目深陷,枯瘦如柴,穿了一件半截禅衣,头发披散,也未用发箍束住,满面的病容。法元估量那人便是鹿清的师兄,正要答话,只见那人慢吞吞有气无力地说道:"你是何方僧人,竟敢到此扰闹? 你可知道晓月禅师大弟子病维摩朱洪的厉害?"法元一听那人说是晓月禅师的弟子，满心高兴，说道："对面师兄，快快住手，我们都是一家人。"说罢，便将剑光收转。

那人闻言，也收回剑光，问道："这位大师，法号怎么称呼？如何认识家师？来此则甚？"法元道："贫僧法元，路过九华，闻得令师飞锡在此，特地前来专诚拜见，望乞师兄代为通禀。"这时鹿清正从崖后闪出，正要答言，朱洪忙使眼色止住，对法元说道："你来得不巧了。家师昨日尚在此间，昨晚忽然将我叫到面前，说是日内有一点麻烦事须去料理，今早天还没亮，就起身往别处去了。"法元见他二人举动闪烁，言语支吾，便疑心晓月禅师不曾外出，想是不愿见他。人家既然表示拒绝，也就不好意思往下追问。朱洪又不留他洞内暂住，神情非常冷淡。只得辞别二人，无精打采地往山下走去。

要知后事如何，且看下回分解。

第二十二回

晤薛蟒　三上紫金泷
访异人　结嫌白鹿洞

　　话说金身罗汉法元见病维摩朱洪神情冷淡,正待往别处找寻能人相助,忽见正南方飞来了几道红线,知是秦朗打此经过,连忙上前唤住,二人相见,各把前事述说了一遍。秦朗道:"此次到打箭炉,晓月禅师业已他去,路遇滇西红教中传灯和尚,才知禅师隐居黄山紫金泷。后来路过慈云寺,见了知客马元,听说发生许多事故,师父出外寻找帮手。弟子想师父定不知道晓月禅师住址,特来代请,约他下山,到慈云寺相助。"法元道:"你哪里知道。我自到九华后,人未约成,反与齐漱溟的女儿斗了一次剑。后来飞娘赶来解围,又叫人与我送信,才知道晓月禅师在此。等我寻到此地,他两个徒弟又说他出外云游去了,是否人在紫金泷,无从判断。如果在家,成心不见,去也无益,我们另寻别人吧。"秦朗道:"我知道晓月禅师西来,一则爱此地清静;二则听说此地发现一样宝物,名为断玉钩,乃是战国时人所铸,在这泷下泉眼中,所以驻锡在此,以便设法取到手中,决不会出门远去。莫如弟子同师父再去一趟,先问晓月禅师是否他去。别处不是没有能人,能制服追云叟的,还是真少。他老人家相助,胜别人十倍。师父以为如何?"法元闻言,也甚以为然,便同秦朗回了原路。

　　刚刚走到泷前,便见鹿清正在洞外,见他二人回来,好似很不痛快,说道:"大和尚又回来则甚? 我师父不在洞中,出外办事去了。老实说吧,就是在家,他老人家已参破尘劫,不愿加入你们去胡闹了。"法元一听鹿清之话,越觉话里有因,便上前赔着笑脸说道:"令师乃是我前辈的忘年交,此番前来拜访,实有紧急之事,务乞小师兄行个方便,代为传禀。如禅师他出,也请小师兄将地方说知,我等当亲自去找。"法元把好话说了许多,鹿清只是摇头,不吐一句真言。反说道:"我师父实实不在山中。他出外云游,向无地址。至于归洞之期,也许一天半天,也许一年半载才回,那可是说不定。如果你真有要事,何妨稍候两日再来,也许家师回来,也未可知。"说罢,道一声"得罪",便转向崖后自去。法元见了这般景况,好生不快,但是无可如何。秦朗见鹿清出言傲慢,也是满心大怒,因晓月禅师道法高深,不敢有所举动,只得随了法元,离了紫金泷,往山脚下走去。

师徒二人正要商量往别处寻人,忽然空中一道黑影,带着破空声音,箭也似的,眨眨眼已飞下一个相貌奇丑的少年,穿着不僧不道的衣服。秦朗疑心此人来意不善,忙做准备。法元连忙止住。那少年见了法元,躬身施礼,说道:"弟子三眼红蜺薛蟒,奉了恩师许飞娘之命,知道大师轻易见不着晓月禅师,叫我来说,禅师并未离此他去,请大师千万不要灰心短气。如今峨眉派剑侠不久就在成都碧筠庵聚齐,去破慈云寺,非晓月禅师下山,无法抵敌。家师剑未炼就,暂时不能下山相助。望大师继续进行,必有效果,家师业与晓月禅师飞剑传书去了。"法元道:"我已去过两次,均被他徒弟鹿清托辞拒绝。既蒙令师盛意,我再专诚去一回便了。"薛蟒闻言,便告辞走去。走不几步,忽然回头,又问法元道:"昨日我师兄苦孩儿司徒平送信的时节,可曾与大师见面亲交?"法元不知他们二人的关系,便实说道:"昨日他将书信原是从空中抛下,不想被文笔峰前两个女子抢去。我去要时,那两个女子执意不肯,双方几乎动武。你师兄才下来解围,费了半天唇舌,才把书信取转。见了令师,就说我们一切心照,我自按书信行事便了。"薛蟒听了,不禁狞笑两声。又对法元道:"那晓月禅师的徒弟鹿清,家师曾对他有恩,大师再到紫金泷,就说我薛蟒致意,他自会引大师去见晓月禅师的。"说罢,便自作别而去。法元师徒二人等薛蟒走后,便整了整僧衣,二人虔心诚意往紫金泷而去。

那晓月禅师是何派剑仙?为何使法元等这般敬重?这里便再补述两笔。那晓月禅师也是峨眉派剑仙鼻祖长眉真人的徒弟,生来气量褊狭,见他师弟乾坤正气妙一真人齐漱溟末学新进,反倒后来居上,有些不服。只是长眉真人道法高深,越发不赞成他的举动,渐渐对他疏淡。晓月含恨在心。等到长眉真人临去时,把众弟子叫到面前,把道统传与了玄真子与齐漱溟。差点没把晓月肚皮气炸,又奈何他们不得。他早先在道教中,原名灭尘子。真人又对众弟子道:"此番承继道统,原看那人的根行厚薄、功夫深浅为标准,不以入门先后论次序。不过人心难测,各人又都身怀绝技,难免日后为非作歹,遗羞门户。我走后,倘有不守清规者,我自有制裁之法。"说罢,取出一个石匣,说道:"这石匣内,有我炼魔时用的飞剑,交与齐漱溟掌管。无论门下何人,只要犯了清规,便由玄真子与齐漱溟调查确实,只需朝石匣跪倒默祝,这匣中之剑,便会凌空而起,去取那人的首级。如果你二人所闻非实,或颠倒是非,就是怎样默祝,这石匣也不会开,甚或反害了自己。大家须要谨记。"长眉真人吩咐已毕,便自升仙而去。众同门俱都来与齐漱溟和玄真子致贺,惟有晓月满心不快,强打笑颜,敷衍了一阵。后来越想越气,假说下山行道,便打算跑到庐山隐居,所谓眼不见心不烦。因知寡不敌众,又有长眉真人留下的石匣,倒也并不想叛教。不想在庐山住了几年,静极思动,便游天台雁荡。在插虹洞遇见追云叟,因论道统问题,晓月恼羞成怒,二人动起手来,被众同门知道,都派他不对。他才一怒投到贵州野人山,去削发归佛,拜了长狄洞的哈哈老祖为师,炼了许多异派的法术。到底他根基还厚,除记恨玄真子与齐漱溟而外,并未为非作歹。众同门得知此信,只替他惋惜,叹了几口气,也未去干涉他。后来他又收了打箭炉一个富户儿子名叫朱洪的为徒,便常在打箭炉居住。那里乃是川滇的孔道,因此又认得了许多佛教中人。他偶游至黄山,爱那紫金泷之胜,便在那里居住。他同许飞娘的关系,是因为有一年为陷空老祖所困,遇见许飞娘前来解围,因此承她一点情。他早知法元要来寻他,因为近年来勤修苦练,不似从前气盛,虽仍记前嫌,知齐漱溟、玄真子功行进步,不敢造次。所以法元来了两次,俱命鹿清等设辞拒绝。法元第二次走后,便接到许飞娘的飞剑传书,心神交战了好一会,结果心中默默盘算了一会,觉得暂时仍不露面为是。便把鹿清叫在面前,嘱咐了几句,并说若是法元再来,你就如此如彼地对答他。鹿清连声说"遵命"。暂且不提。

且说法元师徒二人一秉至诚,步行到紫金泷,早已看见鹿清站在洞岸旁边。鹿清看见法元师徒回转,不待法元张口,便迎上前来说道:"适才家师回转,已知二位来意,叫我转致二位,请二位放心回庙,到了紧急时节,自会前来相助。今日另有要事,不及等二位前来叙谈,他老人家又匆匆下山去了。"法元尚疑鹿清又是故意推辞,正待发言,那秦朗已把薛蟒吩咐之言,照样说了一遍。鹿清闻得秦朗提起薛蟒致意,果然换了一副喜欢面孔,先问秦朗的姓名,然后问他因何与薛蟒相熟。谈了几句后,渐渐投机。三人便在洞石上面坐下,又谈了一阵。法元乘机请他帮忙,请晓月禅师下山。鹿清知道法元心中疑虑,便向他说道:"我师父生平从不打诳语,说了就算数,二位只管放心吧。"法元方才深信不疑。又问鹿清道:"当初我同令师见面,已是三十年前。后来他老人家搬到打箭炉,便很少去问候。小师父是几时才拜入门墙,功行就这样精进?"鹿清道:"你要问我出家的根由么?就连我自己也不知

130

道。我只记得我小时候，是生长在四川一个荒山石洞里面，我倒没有娘，喂我乳的是一只梅花鹿。有一天，我师父他老人家路过那山，我正跟一群鹿在那里跑，我师父说我生有异禀，日后还可和我生身父母见面，便把我带到打箭炉，传我剑术，到现今已十二年了。那个薛蟒的师父，曾经帮过我师父的忙，我要是早知道二位跟她认识，我也就早跟你们交好了。"法元见鹿清说话胸无城府，也不知道什么礼节称呼，纯然一片天真，非常可爱。正想同他多谈几句，想打听晓月禅师在此隐居，是否为觅那断玉钩？方要张口，便听崖后洞中有一个病人的声音唤道："清师弟，话说完了，快回来吧，我有事找你呢。"鹿清闻言，便忙向二人作辞道："我家师不在洞中，未便让二位进去。现在我师兄唤我，异日有缘，相见再谈。"说罢，便急忙走去。

法元与秦朗见鹿清走后，师徒二人一同离了紫金泷，计算时日还早，便想起到庐山白鹿洞去寻雷音的师叔八手观音飞龙师太下山相助，顺便打听雷音、龙化的下落。剑光迅速，不一日便到了庐山白鹿洞前。降下剑光，正待举步，忽见一阵腥风起处，连忙定睛看时，只见洞内蹿出一只吊睛白额猛虎，望着二人扑来。法元知是飞龙师太喂的家畜，不肯用剑伤它，忙望旁边一闪。刚刚避过，又见眼前一亮，由洞内又飞出一条独角白鳞大蟒，箭也似一般疾，直向秦朗扑去。那秦朗哪知其中玄妙，喊一声："来得好！"脑后一拍，几道红线飞起。法元忙喊："休要冒失！"已来不及，剑光过去，把那三丈来长的白蟒挥成两段。那只黑虎见它同伴被杀，将前足微伸，后足伏地，一条长尾，把地打得山响，正要作势前扑。法元见白蟒被秦朗所杀，知道闯下大祸，又听得洞内有阵阵雷声，便知不妙。也不及说话，伸手将秦朗一拉，喊一声："快逃！"二人剑光起处，飞身破空而去。

法元在路上埋怨秦朗道："你怎么这般鲁莽？我连声喊你不可冒失，你怎还把飞龙师太看守洞府的蛇、虎给毁了一个？这位老太婆性如烈火，非常难惹。她对人向来是无分善恶，完全以对方同自己有无感情为主旨。我同她虽然认识，也只是由于雷音的引见，并无深交。请她下山相助，也无把握，只是希望能先打一个招呼。此人本最守信用，但求她不帮助峨眉派与我们为敌罢了。如今人未请成，反伤了她的灵蟒，她如知道，岂肯甘休？尚喜我们走得快，她如出来看见，岂非又是一场祸事？"秦朗见师父埋怨，情知做错，也无可奈何。他虽入道多年，嗜欲未尽，尚不能辟谷。法元虽能数日不饥，一样不能断绝烟火。二人见雷音找不着，无处可请别人，算计日期还早，本想回慈云寺去。又想起峨眉剑仙暂时不来寺中寻事，是因为自己不在寺中，表示余人不堪一击的缘故。此时回寺，难免独力难支。他是知道追云叟的厉害的，便不想早回去。偶然想起每次往返武昌，并未下去沽饮，又在山中数日，未动荤腥，便想下去饮食游玩。于是不再御剑飞行，一路沿江而上，观赏风景。秦朗自然更是赞成。师徒二人到了汉阳，雇了一只小船，往江中游玩一番，再渡江上黄鹤楼上去沽饮。上楼之后，只见楼上酒客如云，非常热闹，便找了一个靠窗的座头坐下。自有酒保上前招呼，他师徒二人便叫把上等酒菜只管拿来。随即凭窗遥望，见那一片晴川，历历远树，几点轻帆，出没在烟波浩渺中，非常有趣。移时酒保端来酒菜，他二人便自开怀畅饮。不提。

这一楼酒客正在饮食之间，忽见上来这两个奇形怪状的一僧一俗，又见他二人这一路大吃大喝，荤酒不忌。荆楚之间，本多异人，巫风最胜。众人看在眼里，虽然奇怪，倒也不甚注意。

惟独众客中有一姓陶的富家公子，原籍江西南昌，家有百万之富。这陶公子单名一个钧字，表字孟仁，自幼好武。祖上虽是书香门第，他父母因他是个独子，非常钟爱，不但不禁止，反倒四处聘请有名的教师陪他习学。陶钧练到十六岁，他父母相继下世。临终的时节，把陶钧叫到面前，说道："你祖父因明亡以后，不肯去屈节胡儿，所以我便不曾出去求功名。我因仰承祖训，你既不愿读书，也就望你去学习刀棒。不过我忠厚一生，只生你一人。我死之后，为免不为人引诱，堕入下流，所以我在临死的时节，一切都替你布置妥当。我现在将我的家财分作十成：一成归你现在承继，任你随意花用，以及学武之资；三成归老家人陶全掌管，只能代你整顿田业，你如将自己名分一成用完，陶全手中的财产，只准你用利，不准你动本，以免你日后不能营生；还有六成，我已替你交给我的好友滕……"刚说到这里，便已力竭气微，两眼一翻，寿终人世。

陶钧天性本厚，当他父亲病时，就衣不解带地在旁亲侍汤药。这日含泪恭听遗嘱，伤心已极，正想等听完之后，安慰老人家几句。忽见他父亲说到临末六成，只说出一个"滕"字，便咽气而死。当时号啕大哭，痛不欲生，也顾不到什么家产问题。等到他父亲丧葬办完，才把老仆陶全找来，查点财产。果然他父亲与他留下的一成，尽是现钱，约有七八万两银子。老仆手里的田产家财，约值有二十余万，皆是不动产。惟有那六成家产，不知去向。陶全只知道那六成中，除了汉口有三处丝、茶庄，因为随老主人去过，字号是永发祥外，下余田业，一向是老主人掌管，未曾交派过，所以全不知道。估量老主人必定另行托付有人，日久不难发现。陶钧是膏粱子弟，只要目前有钱，也就不放在心上。居丧不便外出，每日依旧召集许多教师，在家中练习。

练到三年服满，所有家中教师的本领，全都被他学会。每届比试时，也总是被他打倒，越加得意非常，自以为天下无敌。这一班教师见无可再教，便又荐贤以代。于是又由陶钧卑辞厚礼，千金重聘，由这些教师代为聘请能手来教他。他为人又非常厚道，见旧日教师求去时，他又坚不放走。对新来的能手，又是敬礼有加。于是那一班教师，旧者乐而不去，新者踊跃而来，无不竭力教授，各出心得，交易而退，皆大欢喜。陶钧又天资非常之好，那些教师所认为不传之秘诀手法，他偏偏一学便会。会了之后，又由新教师转荐新教师，于是门庭若市，教师云集。每值清明上坟，左右前后，尽是新旧的教师，如众星捧月一般地保护，真是无一个大胆的人，敢来欺负这十几岁的小孩。小孟尝名声传出去，便有慕名来以武会友的英雄豪杰，不远千里，特来拜访。于是众教师便慌了手脚，认为公子天才，已尽众人之长，不屑与来人为敌。一方面卑辞厚礼优待来人，以示公子的大方好友；一方面再由教师的头目百灵鸟赛苏秦魏说，先同来人接见，说话半日，再行比武。结果大多是先同教师们交手，获胜之后，再败在陶钧手里，由教师劝公子赠银十两以至百两，作为川资，作遮羞钱，以免异日狭路报仇。有些洁身自好之士，到了陶家，与这位魏教师一比之后，便不愿再比，拂袖而去。据赛苏秦魏说说，来人是自知不敌，知难而退。陶钧听了，更是心满意足，高兴万分。

可是钱这种东西，找起来很难，用起来却很快。他那七八万两银子，哪经得起他这样胡花，不到几年光景，便用了个一干二净。要问陶全拿时，陶全因守着老主人的遗嘱，执意不肯松手，反用正言规劝道："老主人辛苦一生，创业艰难，虽然家有百万之富，那大的一半，已由老主人托交别人保存，临终时又未将那人名姓说出，将来有无问题，尚不可知。余下的这四成，不到三年工夫，便被小主人花去七八万。下余这些不动产，经老奴掌管，幸喜年年丰收，便颇有盈余，已由老奴代小主人添置产业，现钱甚少，要用除非变卖产业。一则本乡本土传扬出去，怕被人议论，说小主人不是克家之子；二则照小主人如今花法，就是金山也要用完。当初劝小主人节省，小主人不听，那是无法。这在老奴手中的一点过日子以及将来小主人成家立业之费，老奴活一天，决不能让小主人拿去胡花，使老奴将来无颜见老主人于地下的。再者小主人习武，本是好事，不过据老奴之眼光看来，这一班教师，差不多是江湖无赖，决非正经武术名家。天下岂有教师总被徒弟打倒的，这不是明明摆着他们无能吗？况且每次来访友的人，为何总爱先同他接洽之后，才行比试？其中颇有可疑之处。老奴虽是门外汉，总觉小主人就是天生神力，也决不会这点年纪，就练成所向无敌的。依老奴之见，小主人就推说钱已用完，无力延师，每人给些川资，打发他们走路。如果真要想由武术成名，再打发多人，四处去打听那已经成名的英雄，再亲自延聘。这些亲自送上门的，哪有几个好货？至于打发他们走的钱，同异日请好武师的钱，老奴无论如何为难，自要去设法。现时如果还要变卖田产去应酬他们，老奴绝对不能应命。"

陶钧人极聪明，性又至孝，见陶全这样说法，不但不恼，仔细寻思，觉得他虽言之太过，也颇有几分理由。即如自己羡慕飞檐走壁一类的轻身功夫，几次请这些教师们教，先是设辞推诿，后来推不过，才教自己绑了沙袋去跳玩，由浅而深。练了一两年，丈许的房子虽然纵得上去，但是不能像传闻那样轻如飞燕，没点声响。跳一回，屋瓦便遭殃一回，一碎就是一大片。起初怀疑教师们不肯以真传相授。等到叫那些教师们来跳时，有的说功夫抛荒多年；有的说真英雄不想偷人，不练那种功夫；有两个能跳上去的，比自己也差不多。后来那些教师被逼不过，才荐贤以代。先是替未来的教师吹了一大阵牛，及至见面，也别无出奇之处。只是被众人撮弄捧哄惯了，也就习成自然。今天经老人家陶全一提，渐渐有些醒悟。只是生来面嫩，无法下这逐客之令，好生委决不下。只得对陶全道："你的话倒不错，先容我考虑几日再办。不过今天有两个教师，是家中有人娶媳妇；还有一个，是要回籍奔丧。我已答应他们，每人送五百两银子，还有本月他们的月钱一千多两银子，没有三千银子，不能过去。我账房中已无钱可领，你只要让我这一次的面子不丢，以后依你就是。"陶全叹口气答道："其实老奴手中的财产，还不是小主人的？只因老主人有鉴及此，又知老奴是孤身一人，诚实可靠，才把这千斤重责，交在老奴身上。这一次小主人初次张口，老奴也不敢不遵。不过乞望小主人念在老主人临终之言，千万不要再去浪费，速打发他们要紧。"说罢，委委屈屈地到别处张罗了三千银子，交与陶钧。陶钧将钱分与众人之后，知道后难为继。又见众人并无出奇的本领，欲留不能，欲去不好意思。陶全又来催促几次，自己只是设词支吾。过了十几天，好生闷闷不乐。

有一天，正同众教师在谈话，忽然下人进来报道："庄外来了一个穷汉，要见主人。"陶钧正要发言，那赛苏秦抢口说道："想是一个普通花子，公子见他则甚？待我出去打发他走便了。"说罢，立起身来，就要往外走。陶钧忙道："他如果是来求助的，那就叫账房随便给一点钱罢了。要是找我比武的，可急速引来见我。"赛苏秦一面答应，一面已不迭地赶到外面。只见那人是个中年男子，穿得十分破烂，一脸油泥，腰间系了一条草绳，正与下人争论。赛苏秦便上前喝问道："你是干什么的，竟敢跑到这里来吵闹？"那汉子上下望了赛苏秦两眼，微微笑道："你想必就是这里的教师头，曾经劝我徒弟陆地金龙魏青，不要与你的衣食父母陶钧比武，或者假败在他手里，还送他五十两银子的么？可惜他本慕名而来，不愿意帮助你们去哄小孩，以致不领你们的情。我可不然，加上这两天正没钱用。他是我的徒弟，你们送他五十两；我是他师父，能耐更大，我要五百两。如少一两，你看我把你们衣食父母的蛋黄子都给打出来。"赛苏秦起初疑心是穷人告帮，故而盛气相向。及至听说这人是魏青的师父，去年魏青来访陶钧，自己同人家交手，才照一面，便被人家一指头点倒。后来才说出自己同众人是在此哄小哥，混饭吃，再三哀求他假败在陶钧手内，送他五十两银子，人家不受，奚落一场而去。这人是他师父，能耐必更大。只是可恨他把自己秘密当众宣扬出来，不好意思。又怕来人故意用言语相诈，并无真实本领。想了一想，忽然计上心来，便对那人说道："阁下原来是来比武的，我们有话好说。请到里面坐下，待我将此比武规矩说明，再行比试如何？"那汉子答道："你们这里规矩我知道：若假装败在你们手里，是三十两；败在你们衣食父母手里，是五十两。美其名曰'川资'。对吗？"赛苏秦心中又羞又恨，无可奈何，一面使眼色与众人，表示要收拾那人；一面假意谦恭，一个劲直往里让。

那人见他那般窘状，冷笑两声，大踏步往里便走。赛苏秦便在前引路，往花园比武所在走去，打算乘他一个冷不防，将他打倒，试试他有无功力。如果不是他的敌手，再请到自己屋中，用好言相商，劝陶钧送钱了事。主意拿定后，一面留神看那人行走，见他足下轻飘飘的，好似没有什么功夫，知是假名诈骗，心中暗喜。刚刚走到花园甬道，回看后面无人跟随，便让那人前行，装作非常客气的样子。等到那人才走到自己的前面，便用尽平生之力，照定那人后心一拳打去。谁想如同打在铁石上面，痛彻心肺，不禁大惊。知那人功力一定不小，深怕他要发作，连忙跳开数尺远近。再看那人，好似毫不放在心上一般，行若无事，仍往前走。心知今日事情棘手，万般无奈，只得随在那人身后，到了自己屋前，便让那人先进去。再看自己手时，已红肿出寸许高下，疼痛难忍。那人进门之后，便问道："你打我这一下，五百两银子值不值呢？"赛苏秦满面羞愧，答道："愚下无知，冒犯英雄。请阁下将来意同真姓名说明，好让我等设法。"那人道："我乃成都赵心源，久闻贵教师等大名，今日我要一一领教。如果我败在你们手里，万事皆休；若是你们败在我手下，你们一个个都得与我滚开，以免误人子弟。"赛苏秦已经吃过苦头，情知众人俱都不是对手，只得苦苦哀求道："我等并无真实本领，也瞒不过阁下。只是我等皆有妻儿老小，全靠陶家薪水养活，乞望英雄高抬贵手，免了比试。如果愿在这里，我们当合力在陶公子面前保荐；如果不愿在这里，你适才说要五百两银子，我等当设法如数奉上。"说罢，举起痛手，连连作揖，苦苦央求。那人哈哈大笑道："你们这群东西，太替我们武术家丢人现眼。看见好欺负的，便狐假虎威，以多为胜；再不然乘人不备，暗箭伤人；等到自己不敌，又这样卑颜哀求。如饶你们，情理难容！快去叫他们来一齐动手，没有商量余地。"

赛苏秦还待哀求，忽听窗外一声断喝道："气死我也！"说罢，蹿进一人，原来正是陶钧。

第二十三回

小孟尝结客挥金
莽教师当场出丑

原来陶钧自听陶全之言，便留心观察众人动静。今见有人来访，赛苏秦又抢先出去。自己若去观看，定要被这一群教师拦阻，便假说内急，打算从花园内绕道去看个清楚。刚刚走到花园，便见赛苏秦用冷拳去打那穷汉，心中好生不悦。觉得比武要明鼓明锣，不能用暗算伤人。及至见那人竟毫不在意，赛苏秦倒好似有负痛的样子，心中暗暗惊异。便远远在后面跟随，欲待看个水落石出，他二人进屋之后，便在窗外偷听。见了赛苏秦许多丑态，听了那人所说种种的话，才知一向是受他们哄骗。便气得跳进屋内，也不理赛苏秦，先向那人深施一礼道："壮士贵姓高名？我陶钧虽然学过几年武功，一向受人欺诳，并未得着真传。壮士如果要同舍间几位教师比武，让我得饱眼福，我是极端欢迎的。"

赛苏秦见陶钧进来，暗恨一班饭桶为何不把他绊住，让他看去许多丑态。情知事已败露，又羞又急，不等那人回答，急忙抢先说道："我们武术家照例以礼让为先，不到万不得已，宁肯自己口头上吃点亏，不肯轻易动手，以免伤了和气，结下深仇。这位赵教师乃成都有名英雄，他因慕公子的大名，前来比试。我恐公子功夫尚未纯熟，万一一时失手，有伤以武会友之道。好在公子正要寻觅高人，所以我打算同赵教师商量，请他加入我辈，与公子朝夕研究武艺。公子不要误会了意。"赵心源听罢，哈哈大笑道："贵教师真可谓舌底生莲，语妙人前了。我赵心源也不稀罕哄外行，骗饭吃，要入你们的伙，我是高攀不上。要奉陪各教师爷走上两趟，那倒是不胜荣幸之至。"陶钧见赛苏秦还要设辞哄骗自己，不由满心大怒，只是不好发作。冷笑了两声，说道："这位赵教师既然执意比试，何必拦阻人家呢？来来来，我替你们俩当做证人，哪个赢了，我就奉送哪个五十两彩金如何？"赵心源道："还是你们公子说话痛快，我赵某非常赞成。"赛苏秦见事已闹僵，自己又不是对手，忽然眉头一皱，计上心来，便说道：

"赵教师与公子既赞成比试,愚下只得奉陪。不过今日天晚,何妨就请赵教师安歇一宵,容我等与公子稍尽地主之谊。明早起来,约齐众教师,就在庄外草坪中一齐分个高下。如何?"陶钧已知赵心源定非常人,正恐他不能久留,乐得借此盘桓,探探他的口气,便表示赞成。赵心源也不坚拒。

当下陶钧留赵心源住在他书房之内。又吩咐厨房备酒接风,让赵心源上座。赵心源也不客气,问了众教师名姓之后,道声:"有僭。"径自入座。酒到半酣,陶钧便露出延聘之意。赵心源闻言大笑道:"无怪乎江湖上都说公子好交,美恶兼收,精粗不择了。想赵某四海飘零,正苦无有容身之地,公子相留,在下是求之不得。只是赵某还未与众位教师爷比试,公子也不知道我有无能耐,现在怎好冒昧答应?倘若赵某败在众教师手里,公子留我,也面上无光;万一侥幸把众教师打倒,众位教师爷当然容让赵某在此,吃碗闲饭。公子盛意,赵某心领,且等明日交手后再说吧。"陶钧见赵心源满面风尘,二目神光炯炯,言词爽朗,举动大方,迥非门下教师那般鄙俗光景,不待明日比试,已自心服,在席上竭力周旋他一人,把其余诸人简直不放在眼里。赛苏秦同这一群饭桶教师见了这般情状,一个个全都切齿痛恨。席散之后,陶钧又取了两身新衣,亲自送往书房,与赵心源更换。赵心源道:"公子这番盛意,也不是赵某不受,且等明日交手之后,再领情吧。"陶钧道:"我等一见倾心,阁下何必拘此小节?"赵心源尚待推辞,怎奈陶钧苦劝,也就只好收下。二人谈了片时,各自安寝。

那赛苏秦席散之后,召集众人,互相埋怨了一阵,又议临敌之策。其中也有两个功夫稍好一些的,一名叫黎绰,一名叫黄暖,乃是水路的大盗,也是来访友比武,被众人婉劝入伙的。当下便议定明日由黎、黄二人先上头阵,众人随后接应;如见不能取胜,估量敌人纵然厉害,也双拳难敌四手,就与他来个一拥齐上;如再不胜,末后各人将随身暗器同时施放出来,他就不死,也要受重伤。打伤姓赵的之后,陶钧好说便罢,如若不然,就放起火来,抢他个一干二净,各人再另觅投身之所。计议已定,一宿无话。

到了次日,陶钧陪着赵心源,同众教师到了庄前草坪,看的人业已挤满。黄暖自己忍耐不住,手持单刀,跳到场内,指着赵心源叫阵。赵心源也不脱去身上长衣,也不用兵刃,从容不迫地走进场内,先打一躬,说道:"赵某特来领教,还望教师爷手下留情一二。"黄暖气愤愤地说道:"你这东西欺人太甚!快亮兵刃出来交手。"赵心源道:"兵刃么?可惜我不曾带将出门;这里的兵刃,无非是摆样子的,不合我用。这可怎么好呢?"黄暖怒道:"你没有兵刃,就打算完了吗?"赵心源道:"赵某正想众位教师让我在此吃两年闲饭,岂有不比之理? 也罢,与你一个便宜,你用兵刃,我空手,陪你们玩玩吧。"黄暖道:"这是出你自愿。既然如此,你接招吧。"言还未了,一刀迎面劈下。陶钧见赵心源无有兵器,正要派人送去,他二人已动起手来,心中暗怪黄暖不讲理,又怕赵心源空手吃亏。正在凝思,忽听满场哈哈大笑。定睛一看,只见赵心源如同走马灯似的,老是溜在黄暖身后。那黄暖怒发千丈,一把刀横七竖八,上下乱斫,休说是人,连衣服也伤不了人家一点,引得满场哈哈大笑。这其中恼了黎绰,手持一条花枪,蹿入场中。陶钧忙喊:"黎教师且慢! 只许单打独斗,才算英雄。"黎、黄二人哪里肯听,仍是一拥齐上。陶钧见黎、黄二人刀枪并举,疾若飘风,正替赵心源着急。再看那赵心源时,纵高跳远,好似大人戏弄小孩子一样,并不把黎、黄二人放在心上。

　　黎、黄二人斗了半天,竟不能伤敌人分毫,又羞又气又着急,便不问青红皂白,把手中兵器拼命向敌人进攻。先是黎绰照着赵心源前心,使了一个长蛇入洞,抖起碗大的枪花,分心便刺。赵心源不慌不忙,将脚一垫,纵起有丈许高下。落地不远,黄暖一刀,又照他脚面斫去。看着将要斫在脚上,赵心源忽地一个怪蟒翻身,将身一侧,避过刀锋。左脚刚一落地,黎绰的枪又到,同时黄暖的刀又当头斫来。赵心源喊一声:"来得好!"将身往后一仰,脚后跟顿处,倒退斜穿出去数尺远近。那黎绰一枪刺了个空,恰巧黄暖用力太猛,收刀不住,一刀斫在黎绰枪上,斫成两段。在这快如闪电的当儿,赵心源业已飞身到了面前,举起两拳,在黎、黄二人脸上一晃。他二人吃了一惊,慌不迭地,一个拿了把钢刀,一个举起半截断枪,还待迎敌,只觉头上仿佛有个东西轻轻按了一下。再看敌人,已不知去向。忽见赵心源立在一个土坡上,手里拿着他二人的帽子,哈哈笑道:"二位教师果然武术高强,请饶了我吧。"黎、黄二人暗暗惊异:"怎么一转瞬间,自己帽子会被人家取去了?"情知万万不是此人对手,只是又舍不得离此他去,越加恼羞成怒。稍微想了一想,黎绰又在别人手中取过一件兵刃,二人喊了一声,又赶杀上去。赵心源见二人这样不知趣,便说道:"赵某手下留情,尔等仍然不知时务,我就要无礼了。"

　　那赛苏秦见势不佳,便与余下的十几个教师使了一个眼色,自己却溜回庄中而去。那十几个浑人哪知赵心源的厉害,见军师发下号令,还想以多取胜,一个个手持兵刃,离了座位,假装观望,往场内走去。到底敌人是一双空手,起初还不好意思加入战团。那赵心源见众人挨近,早知来意,便一面迎敌,一面口中说道:"诸位如果技痒,何不也下来玩耍玩耍呢?"众人见赵心源叫阵,越加恼怒,大吼了一声,各持兵刃,一拥齐上。赵心源起初只敌黎、黄二人,并未拿出真实本领,无非用些轻身功夫,闪转腾挪,取笑而已。现在见众人一齐向前,心想:"不给他们点厉害,他们也不知道我赵心源为何许人也。"想罢,顺便就把两个帽子当作兵器,舞了个风雨不透。觑定众人来到切近,忽地将身往下一蹲,用一个扫地连环腿,往四面一转,扫将开去,当时打倒了七八个人。黎绰受了同伙兵刃的误伤,几乎连肩削了去。知道不好,按照原定计划,打了一个呼哨,众人连滚带爬,忙跟着四散退了下来。赵心源本不想太甚,既是敌人败退,也不穷追。恰好身旁倒有两个受伤的教师,便上前用手相扶。刚刚扶起一人,忽听金刃劈风的声音,知道是敌人暗器,忙将头一偏,躲了过去,原来是一只飞镖。再往四外看时,败退的十几个教师,手中各持暗器,已在四面将自己包围。说时迟,那时快,这四下的镖、锤、弩、箭,如飞蝗流星一般,向他打来。赵心源见他等这般卑鄙,暗暗好笑,可是自己也不敢大意。你看他蹿高纵矮,缩颈低头,手接脚踢,敏捷非常,活似猿猴一般,休想伤得他分毫。百忙中有时接着敌人暗器,还要回敬一下,无不百发百中。

这时早恼了陶钧。起初见黎、黄败退,众教师以多为胜,已是又气又恨。及至见众人不是赵心源敌手,被人赤手空拳打倒好些,心中高兴非常。现在见众人败退,暗器齐发,不由大怒,便站在高处喝止。众人恨极了赵心源,咬牙切齿,哪里还听他的话。陶钧正待上前,忽见陶全上气不接下气跑来,说道:"适才公子在此比武,有一个教师偷偷回到庄中,将账房捆住,开了银柜,抢了许多金银,往西北方逃走了。"陶钧心想:"果然这班人俱是歹人,现今他们见能手来了,知道他们站不住脚,便下这样毒手。"又想自己平日对他们何等厚待,临走倒抢了自己银票。情知已追赶不上,索性等比试完了再说。又见众教师狼狈情形,越加愤恨,便喊道:"赵英雄,你不必手下留情,他们这一伙俱是强盗,适才已分人到我家中打劫去了。"这时黎绰站得离陶钧最近,闻听此话,暗恨赛苏秦不够朋友,众人在此舍死忘生对敌,他倒于中取利。又恨陶钧不讲交情,一心偏向外人,恰好手中暗器用完,便顾不得再打敌人,把心一横,只一蹿便到了陶钧面前,大声喝道:"你这个得新忘旧的小畜生!"言还未了,一枪当胸便刺。

陶钧一个冷不防,吃了一惊,刚喊出一声:"不好!"黎绰已中镖倒地。原来赵心源在场上乱接暗器时,地下新躺倒两个受伤的敌人。一个伤很重,已经动转不得,虽经赵心源扶起,依旧倒下哼哼装死。另一个姓毛,外号人称猫头鹰,最是奸险不过。他虽然也挨了赵心源一连环腿,却是受伤不重。因见众教师暗器齐飞,赵心源应接不暇之际,看出了便宜。恰好他身上带着有三支钢镖,悄悄取在手中。赵心源正在那里乱接暗器,忽见地下受伤教师在那里慢慢移动,便留上了神。猫头鹰哪知厉害,将镖挪在右手,向前一举,一只钢镖直奔赵心源咽喉打去。赵心源早已防备,见镖来到,也不躲闪,将口一张,用钢牙紧紧将镖衔住。恰好手中又接了一支弩箭,觑准猫头鹰右肩胛上,大中二指捏住箭杆,食指用力微一使劲,打个正着。猫头鹰第二次镖还未发出,就中了敌人暗器,疼得满地打滚。这时黎绰已纵到陶钧跟前,举枪便刺。赵心源远远看见,来不及救援,他便把口中的镖换在左手,又接了黄暖一只镖,刚要回敬他一下,瞥眼看着陶钧正在危险之中,也不及说话,双手镖冲着黎、黄二人次第发出,黎、黄二人分别中镖倒地。赵心源接着施展燕子飞云纵的功夫,接连三纵,已到了陶钧面前。再看陶钧,已夺过黎绰花枪,要往下再刺。赵心源忙喊道:"公子不可造次。"陶钧停手刚要问时,赵心源忙道:"公子请先回庄,待我先打发他们上路。"说罢,要过陶钧手中的枪,将黎绰胁下一点,便纵身入场。

这时众教师中,有乖觉一点的,业已逃跑;有不知时务的,还待上前。赵心源施展轻身功夫,纵到他们跟前,用枪杆一点,无不应声而倒。不大会工夫,众教师除逃去的三四个外,其余的俱都被赵心源点倒在地,不能动转。赵心源又将众人像提猪一般,提在一个地方。这时陶钧尚未走去,众人俱都不能动转,面向着他,露出一种乞怜之色。陶钧正要发言,赵心源道:"想尔等众人在此地蒙骗陶公子混碗饭,原无什么罪恶。只是不该以众凌寡,暗算伤人。尔等如欲从此洗心革面,赵某也不为已甚;否则便请陶公子送尔等到官厅,办尔等抢劫之罪。任凭尔等打算吧!"说罢,便走过去,在每人身后拍了一把,众人缓醒过来,一个个羞容满面,转身要走。陶钧这时倒动了恻隐之心,忙喝道:"诸位暂且慢走,且容我派人将诸位的行李衣物取来。"说罢,便叫人去叫陶全将众人的衣物取来,又叫陶全再筹一千两银子,作为赠送人的川资。众人见公子如此仁义,俱都喜出望外,跪在地下,向陶钧叩头谢别。陶钧也跪下还礼。众人当即告辞。那受伤的人,便由不受伤的搀扶,分别上路而去。

陶钧见众人走后,便请赵心源同往庄中,执意拜他为师。赵心源道:"公子生有异质,赵某怎配做公子的师父?我不过在此避难。公子如以朋友相待,赵某当尽心相授。"陶钧还是不依,赵心源只得受了陶钧四拜,从此朝夕用功,艺业大进。

第二十四回

望门投止　赵心源门内接银镖
渡水登萍　陶孟仁江心观绝技

那赵心源原名崇韶，乃是江西世家，祖上在明朝曾为显宦。赵心源从小随宦入川，自幼爱武，在青城山中遇见侠僧轶凡，练了一身惊人的本领。他父亲在明亡以后，不愿再事异族，隐居川东，课子力田。去世之后，心源袭父兄余产，仗义轻财，到处结纳异人名士，艺业也与日俱进。江湖上因他本领超群，又有山水烟霞之癖，赠他一个雅号，叫作烟中神鹗。他与陆地金龙魏青，乃是同门师兄弟。近年因在四川路上帮助一家镖客，去夺回了镖，无意中与西川八魔结下仇怨。因常听魏青说起陶钧轻财好友，好武而未遇名师，便想去投奔于他，借以避祸。好在他的名江湖上并无人知道，八魔只以为四川是他的老家，暂时不会寻访到江西来。又见陶钧情意殷殷，便住在他家中，用心指导他内外功门径。三年光阴，陶钧果然内外功俱臻上乘。对于心源，自然是百般敬礼。

有一天，陶钧正同心源在门前眺望，忽然觉得有一个亮晶晶的东西飞来，再看心源，已将那东西接在手中，原来是一支银镖。正待发问，忽见远处飞来一人，到了二人跟前，望着心源笑道："俺奉魔主之命，寻访阁下三年，正愁不得见面，却不想在此相遇。现在只听阁下一句话，俺好去回复我们魔主。"说罢，狞笑两声。心源道："当初俺无意中伤了八魔主，好生后悔。本要登门负荆，偏偏又被一个好友约到此地，陪陶公子练武。既然阁下奉命而来，赵某难道就不识抬举？不过赵某还有些私事未了，请阁下上复魔主，就说赵某明年五月端午，准到青螺山拜访便了。"那人听了道："久闻阁下为人素有信义，届时还望不要失约才好。"说罢，也不俟心源还言，两手合拢，向着心源当胸一揖，即道得一声："请！"心源将丹田之气往上一提，喊一声："好！阁下请吧！"再看那人，无缘无故，好似有什么东西暗中撞了似的，倒退出去十几步，面带愧色，望了他二人几眼，回身便走，步履如飞，转眼已不知去向。

陶钧见心源满脸通红，好似吃醉了酒一般，甚觉诧异。刚要问时，心源摇摇头，回身便走。回到陶家，连忙盘膝坐定，运了一会气，才说道："险哪！"陶钧忙问究竟。心源道："公子哪里知道。适才那人，便是四川八魔手下的健将，名叫神手青雕徐岳的便是。"说罢，将手中接的那支银镖，递与陶钧道："这便是他们的请柬。只因我四年前，在西川路上，见八魔中第八的一个八臂魔主邱舲，劫一位镖客的镖，他们得了镖，还要将护镖的人杀死。我路见不平，上前解劝，邱舲不服，便同我打将起来。他的人多，我看看不敌，只得败退。不知什么所在，放来一把梅花毒针，将他们打败，才解了镖客同我之围。放针的人，始终不曾露面。八魔却认定了我是他们的仇敌。我听人说，他非要了我的命不可。我自知不敌，只好避居此地。今日在庄外遇见徐岳，若非内功还好，不用说去见八魔，今日已受了重伤。那徐岳练就的五鬼金沙掌的功夫，好不厉害。他刚才想趁我不留神，便下毒手。幸喜我早有防备，用丹田硬功回撞他一下，他就不死，也受了内伤。我既接了八魔请柬，不能不去。如今离明年端午，只有九个多月，我要趁此时机，做一些准备，不能在此停留。公子艺业未成，我也不要做公子的师父，辱没了公子资质。天下剑仙异人甚多，公子如果有心，还是出门留心，在风尘中去寻访。只要不骄矜，能下人，存心厚道，便不会失之交臂的。"陶钧听心源要走，万分不舍，再四挽留不住，又知道关系甚大，只得忍痛让心源走去。由此便起了出门寻师之念。好在家中有陶全掌管，万无一失。于是自己也不带从人，打了一个包袱，多带银两，出门寻觅良师异人。因汉口有先人几处买卖，心源常说，蜀中多产异人，陶钧就打算先到汉口，顺路入川。

行了月余，到了汉口。陶家开的几家商店，以宏善堂药铺资本最大，闻得东家到来，便联合各家掌柜，分头置酒洗尘。陶钧志在求师，同这些俗人酬应，甚觉无聊。周旋几天之后，把各号买卖账目略看了看，逢人便打听哪里有会武术的英雄。那武昌城内赶来凑趣的宏善堂的掌柜，名叫张兴财，知道小东家好武，便请到武昌去盘桓两日，把当地几个有名的武师，介绍给陶钧为友。陶钧自从跟心源学习武功之后，大非昔比。见这一班武师并无什么出奇之处，无非他们经验颇深，见闻较广，从他们口中知道了许多武侠轶闻，绿林佳话，心中好生歆慕。怎奈所说的人，大都没有准住址，无从寻访。便想再住些日，决意入川，寻访异人。众武师中，有一个姓许名钺的，使得一手绝好的子母鸳鸯护手钩，轻身的功夫也甚好，外号展翅金鹏。原是书香后裔，与陶钧一见如故，订了金兰之好。这时已届隆冬，便打算留陶钧过年后，一同入川,寻师访友。陶钧见有这么一个知己伴侣,自然更加高兴。因厌药店烦嚣,索性搬在许钺家中同住。

有一天,天气甚好,汉口气候温和,虽在隆冬,并不甚冷,二人便约定买舟往江上游玩。商量既妥,也不约旁人,雇了一只江船,携了行灶酒食。上船之后,见一片晴川,水天如镜,不觉心神为之一快。二人越玩越高兴,索性命船家将船摇到鹦鹉洲边人迹不到的去处,尽情畅饮。船家把船摇过鹦鹉洲,找了一个停泊所在。陶、许二人又叫把酒食搬上船头,二人举杯畅谈。正在得趣之际,忽见上流头远远摇下一只小船,这只船看去简直小得可怜,船上只有一把桨,水行若飞。陶钧正要说那船走得真快,还未说完,那船已到了二人停舟所在。小船上的人是一个瘦小枯干的老头,在数九天气,身上只穿着一件七穿八洞的破单袍,可是浆洗得非常干净。那小船连头带尾不到七尺,船中顶多能容纳两人。船头上摆了一把瓦茶壶,一个破茶碗,还有一个装酒的葫芦。那老头将船靠岸,望了陶、许二人两眼,提了那个葫芦,便往岸上就走,想是去沽酒去。那小船也不系岸,只管顺水漂荡。陶钧觉得稀奇,便向许钺道:"大哥,你看这老头,想是贪杯如命,船到了岸,也不用绳系,也不下锚,便上岸去沽酒。一会这船随水流去,如何是好呢?"说时那船已逐渐要离岸流往江心。陶钧忙命船家替他将船拢住。船家领命,便急忙用篙竹竿将那船钩住。说也可笑,那船上除了几件装茶、酒的器具外,不用说锚缆没有,就连一根绳子也没有,好似那老头子根本没有打算停船似的。船家只得在大船上寻了一根绳子,将那小船系在自己船上的小木桩上。许钺年纪虽只三十左右,阅历颇深,见陶钧代那操舟老头关心,并替他系绳的种种举动,只是沉思不语,也不来拦阻于他。及至船家系好小船之后,便站起身来,将那小船细细看了一遍。忽然向陶钧说道:"老弟,你看出那老头有些地方令人可疑么?"陶钧道:"那老头在这样寒天只穿一件单衫,虽然破旧,却是非常整洁。可是他上岸的时候,步履迟钝,又不像有武功的样子。实在令人看不透来历。他反正不是风尘中异人,便是山林内隐士,决非常人。等他回来,我们何妨请他喝两杯,谈谈话,不就可以知道了吗?"许钺道:"老弟的眼力果然甚高,只是还不尽然。"

陶钧正要问是何缘故,那老头已提着一大葫芦酒,步履蹒跚,从岸上回转。刚到二人船旁,便大喝道:"你们这群东西,竟敢趁老夫沽酒的时候,偷我的船么?"船家见老头说话无礼,又见他穿的那一身穷相,正要反唇相骂。陶钧连忙止住,跳上岸去,对那老头说道:"适才阁下走后,忘了系船。我见

144

贵船随水漂去，一转眼就要流往江心，所以才叫船家代阁下系住，乃是一番好意，并无偷盗之心。你老休要错怪。"那老头闻言，越发大怒道："你们这群东西，分明通同作弊。如今真赃实犯俱在，你们还要强词夺理吗？我如来晚一步，岂不被你们将我的船带走？你们莫非欺我年老不成？"陶钧见那老头蛮不讲理，正要动火，猛然想起赵心源临别之言，又见那老头虽然焦躁，二目神光炯炯，不敢造次，仍然赔着笑脸分辩。那老头对着陶钧，越说越有气，后来简直破口大骂。

许钺看那老头，越觉非平常之人，便飞身上岸，先向那老头深施一礼道："你老休要生气，这事实是敝友多事的不好。要说想偷你的船，那倒无此心。你老人家不嫌弃，剩酒残肴，请到舟中一叙，容我弟兄二人用酒赔罪，何如？"那老头闻言，忽然转怒为喜道："你早说请我吃酒，不就没事了吗？"陶钧闻言，暗笑这老头骂了自己半天，原来是想诈酒吃的，这倒是诓酒的好法子。因见许钺那般恭敬，知出有因，自己便也不敢怠慢，忍着笑，双双揖客登舟。坐定之后，老头也不同二人寒暄，一路大吃大喝。陶、许二人也无法插言问那老头的姓名，只得殷勤劝酒敬菜。真是酒到杯干，爽快不过。那两个船家在旁看老头那份穷喝饿吃，气愤不过，趁那老头不留神，把小船上系的绳子悄悄解开。许钺明明看见，装作不知。等到船已顺水流出丈许，才故作失惊道："船家，你们如何不经意，把老先生的船，让水给冲跑了？"两个船家答道："这里江流本急，他老人家船上又无系船的东西，通共一条小绳，如何系得住？这大船去赶那小船，还是不好追，这可怎么办？好在他老人家正怪我们不该替他系住他的小船，想必他老人家必有法子叫那船回来的。"那老头闻船家之言，一手端着酒杯，回头笑了笑道："你说的话很对，我是怕人偷，不怕它跑的。"陶钧心眼较实，不知许钺是试验老头的能耐，见小船顺水漂流，离大船已有七八丈远，忙叫："船家快解缆，赶到江心，替老先生把船截回吧。"

船家未及答言，老头忙道："且慢，不妨事的，我的船跑不了，我吃喝完，自会去追它的，诸位不必费心了。"许钺连忙接口道："我知道老前辈有登萍渡水的绝技，倒正好借此瞻仰了。"陶钧这才会意，便也不开口，心中甚是怀疑："这登萍渡水功夫，无非是形容轻身的功夫到了登峰造极的地步，如在水面行走。昔日曾听见赵心源说过，多少得有点凭借才行。看那船越流越远，这茫茫大江，无风三尺浪，任你轻身功夫到了极点，相隔数十丈的江面，如何飞渡？"仔细看那老头，除二目神光很足外，看不出一些特别之点。几次想问他姓名，都被他用言语岔开。又饮了一会，小船隔离更远，以陶、许二人目力看去,也不过看出在下流头,像浮桴似的露出些许黑点。那老头风卷残云,吃了一个杯尽盘空。然后站起身来,酒醉模糊,脚步歪斜,七颠八倒地往船边便走,陶钧怕他酒醉失足江中,刚一伸手拉他左手时,好似老头递在自己手上一个软纸团,随着把手一脱,陶钧第二把未拉住,那老头已从船边跨入江中。陶钧吓了一跳,"不好"两字还未喊出口,再看那老头足登水面,并未下沉,回头向着二人,道一声"再见",踢里跶拉,登着水波,望下流头如飞一般走去。把船上众人,吓得目瞪口呆。江楚间神权最盛,两个船家疑为水仙点化,吓得跪在船头上大叩其头。

许钺先时见那老头那般作为,早知他非常人。起初疑他就会登萍渡水的功夫,故意要在人前卖弄。这种轻身功夫,虽能提气在水面行走,但是顶多不过三四丈的距离,用蜻蜓点水的方式,走时也非常吃力。后见小船去远,正愁老头无法下台,谁知他竟涉水登波,如履平地。像这样拿万丈洪涛当作康庄大路的,简直连听都未听说过。深恨自己适才许多简慢,把绝世异人失之交臂。陶钧也深恨自己不曾问那老头姓名。正出神间,忽觉手中捏着一个纸团,才想起是那老头给的。连忙打开一看,上面写着"迟汝黄鹤,川行宜速"八个字,笔力遒劲,如同龙蛇飞舞。二人看了一遍,参详不透。因上面"川行宜速"之言,便想早日入川,以免错过良机。同许钺商量,劝他不要顾虑家事,年前动身。许钺也只得改变原来安排,定十日内将家中一切事务,托可靠的人料理,及时动身。当下嘱咐船家,叫他们不要张扬出去。又哄骗说:"适才这位仙人留得有话,他同我们有缘,故而前来点化。如果泄露天机,则无福有祸。"又多给了二两银子酒钱。船家自是点头应允。不提。

二人回到许家,第二天许钺便去料理一切事务。那陶钧寻师心切,一旦失之交臂,好不后悔。因老头纸条上有"迟汝黄鹤"之言,临分手有再见的话,便疑心叫他在黄鹤楼相候。好在还有几天耽搁,许钺因事不能分身,也不强约,天天一人跑到黄鹤楼上去饮酒,一直到天黑人散方归,希望得些奇遇。到第七天上,正在独坐寻思,忽然看见众人交头接耳。回头一看,见一僧一俗,穿着奇怪,相貌凶恶,在身后一张桌子上饮酒。这二人便是金身罗汉法元和秦朗,相貌长得丑恶异常,二目凶光显露。陶钧一见这二人,便知不是等闲人物,便仔细留神看他二人举动。那秦朗所坐的地方,正在陶钧身后,陶钧回头时,二人先打了一个照面。那秦朗见陶钧神采奕奕,气度不凡,也知他不是平常酒客。便对法元道:"师父,你看那边桌上的一个年轻秀士,二目神光很足,好似武功很深,师父可看得出是哪一派中的人么?"法元听秦朗之言,便对陶钧望去,恰好陶钧正回头偷看二人,不由又与法元打了一个照面。

法元见陶钧长得丰神挺秀,神仪内莹,英姿外现,简直生就仙骨,不由大吃一惊。便悄悄对秦朗说道:"此人若论功行,顶多武术才刚入门;若论剑术,更是差得远。然而此人根基太厚,生就一副异禀。他既不会剑术,当然还未被峨眉派收罗了去。事不宜迟,你我将酒饭用完,你先到沙市相候,待我前去引他入门,以免又被峨眉派收去。"师徒用了酒饭,秦朗会完饭账,先自一人往沙市去了。法元等秦朗走后,装作凭栏观望江景,一面留神去看陶钧,简直越看越爱。那陶钧起先见法元和秦朗不断地用目看他,一会又见他们交头接耳,小声秘密私谈,鬼鬼祟祟的那一副情形,心中已经怀疑。后来见秦朗走时,又对他盯了两眼,越发觉得他二人对自己不怀好意。陶钧虽造诣不深,平时听赵心源时常议论,功夫高深同会剑术的人种种与常人不同之点,估量这两个人如对自己存心不善,绝不容易打发。那和尚吃完不走,未必不是监视自己。自己孤身一人,恐难对付;欲待要走,少年气盛,又觉有些示弱。自想出世日浅,并未得罪过人,或者事出误会,也未可知。于是也装作凭栏望江,和看街上往来车马,装作不介意的样子。

正在观望之间,忽见人丛中有一个矮子,向他招呼。仔细一看,正是他连日朝思暮想、那日在江面上踏波而行的那个老头,不由心中大喜。正要开口呼唤时,那老头连忙向他比了又比,忽耳旁吹入一丝极微细的声音说道:"你左边坐着的那一个贼和尚,乃是五台派的妖孽,他已看中了你,想收你做徒弟。你如不肯,他就要杀你。我现时不愿露面,你如想拜我为师,可用计脱身,我在鹦鹉洲下等你。那和尚要想等你下楼,用强迫手段将你带走。你不妨欲取故与,先去和他说话,捉弄他一下。"说完,便不听声响。再看那老头时,已走出很远去了。

说到这里,阅者或者以为作者故意张大其词,否则老头在楼下所说这些话,虽然声小,既然陶钧尚能听见,那法元也是异派剑仙中有数人物,近在咫尺,何以一点听不见呢? 阅者要知道,剑仙的剑,原是运气内功,臻乎绝顶,才能身剑合一,可刚可柔,可大可小。那老头说话的一种功夫,名叫百里传音,完全是炼气功夫。他把先天真气,练得细如游丝,看准目标,发将出去,直贯对方耳中。声音虽细,却是异常清楚。漫说楼上楼下,这十数丈的距离,就是十里百里,也能传到。剑仙取人首级于百里之外,也是这一种道理。闲话少提,书归正传。

话说陶钧闻听老头之言，才明白那和尚注意自己的缘故。又听那老头答应收他为徒，真是喜出望外。又愁自己被和尚监视，脱身不易。望了望那和尚，好似不曾听见老头曾经和自己说过话一般，就此已知他二人程度高下。于是定了定心神，暗想脱身之计。那法元本想等陶钧下楼时，故意自高身价，卖弄两手惊人的本领，好让陶钧死心塌地前来求教。后来见陶钧虽然看了他两眼，也不过和其他酒客一样，并不十分注意，不由暗暗骂了两声蠢材。他和陶钧对耗了一会，不觉已是申末酉初，酒阑人散。黄鹤楼上只剩他两个人，各自都假装眺望江景，正是各有各的打算。陶钧这时再也忍耐不住，但因听那老头之言，自己如果一走，那和尚便要跟踪下楼，强迫他同走，匆遽间委实想不出脱身之计。

　　正在凝思怎样走法，偏偏凑趣的酒保因陶钧连来数日，知是一个好主顾，见他独坐无聊，便上来献殷勤道："大官人酒饭用完半天，此时想必有些饥饿。适才厨房中刚从江里打来的新鲜鱼虾，还要做一点来尝尝新么？"陶钧闻言，顿触灵机，便笑道："我因要等一个朋友，来商量一件要事，原说在傍晚时在此相会，大概也快来啦。既有这样新鲜东西，你就去与我随便做两样。我此时有点内急，要下楼方便方便。倘如我那位朋友前来，就说我去去就来，千万叫他不要走开。"说罢，又掏出一锭银子，叫他存在柜上，做出先会账的派头，向酒保要了一点手纸，下楼便走。

　　法元正在等得不耐烦，原想就此上前卖弄手段。及听陶钧这般说法，心想物以类聚，这人质地如此之高，他的朋友也定不差。便打算索性再忍耐片时，看看来人是谁。估量陶钧入厕，就要回来，也就不想跟去。又因枯坐无聊，也叫酒保添了两样菜，临江独酌。等了半日，不见陶钧回来，好生奇怪，心想道："此人竟看破了我的行藏么？"冬日天短，这时已是暝色满江，昏鸦四集。酒保将灯掌上，又问法元为什么不用酒菜。法元便探酒保口气道："适才走的那位相公，不像此地口音，想必常到此地吃酒，你可知道他姓甚名谁，家居何处吗？"那酒保早就觉着法元相貌凶恶，荤酒不忌，有些异样，今见他探听陶钧，如何肯对他说真话。便答道："这位相公虽来过两次，因是过路客人，只知他姓陶，不知他住何处。"法元见问不出所以然来，好生不快。又想那少年既然说约会朋友商量要事，也许入厕时，在路上相遇，或者不是存心要避自己。便打算在汉口住两天，好寻觅此人，收为门下，省得被峨眉派又网罗了去。

148

第二十五回

赛仙朔三次戏法元
小孟尝二番逢矮叟

法元酒饭用罢,便会账下楼,去寻客店。刚刚走到江边,忽见对面来了一个又矮又瘦的老头,喝得烂醉如泥,一手还拿着一个酒葫芦,步履歪斜,朝着自己对面撞来。法元的功夫何等纯熟,竟会闪躲不开,砰的一声,撞个满怀,将法元撞得倒退数尺。那老头一着急,哇的一声,将适才所吃的酒,吐了法元一身。明知闯了祸,连一句客气话也不说,慌忙逃走。法元几乎被那老头撞倒在地,又吐了自己一身的酒,不由心中大怒。本想将剑放出,将那老头一挥两段。又想以自己身份,用剑去杀一个老醉鬼,恐传出去被人耻笑。正要想追上前去,暗下毒手。在月光底下,忽抬头看见前面街道转角处,站定一人,正是在那酒楼上所见的少年。便无心与那老头为难,连忙拔步上前。怎奈那少年看见法元,好像知道来意,拔脚便走,两下相隔有十几丈远。法元万料不到陶钧见他就躲,所以走得并不十分快。及至见陶钧回身便走,忙急行几步,上前一看,这巷中有三条小道,也不知那少年跑向哪一条去。站在巷口,不由呆了一阵。猛然想起刚才那个老头有些面熟,好似在哪里见过;又想起自己深通剑术,内外功俱臻绝顶,脚步稳如泰山,任凭几万斤力量来撞,也不能撞动分毫,怎么适才会让一个醉鬼几乎将自己撞倒? 越想越觉那人是个非常人物,特意前来戏弄自己。再往身上一看,一件簇新的僧衣,被那老头吐得狼藉不堪,又气又恼。等了一会,不见酒楼遇见的那少年露面,只得寻了一个客店住下,将衣服用湿布擦了一擦,放在屋内向火处去烘干。坐在屋内,越想越疑心那少年是那老头的同党。便定下主意:如果那少年并不在敌派教下,那就不愁他不上套,无论如何,也要将他收归门下,以免被敌人利用;如果他已在峨眉派门下,便趁他功行未深、剑术未成之时,将他杀死,以除后患。

法元打好如意算盘之后,就在店房之中盘膝坐定。等到做完功课,已是三更时分,估量这件僧衣业已烘干。正要去取来穿时,不料走到火旁一看,不但僧衣踪影不见,连自己向秦朗要来的那十几两散碎银子,俱已不知去向,不由大吃一惊。论起来,法元御剑飞行,日行千里,虽未断绝烟火食,已会服气辟谷之法,数日不饥。这尘世上的金银原无什么用处,只因在酒楼上秦朗会账时,法元后走,恐怕难免有用钱的地方,特地给他留下十几两散碎银子。也不知哪一个大胆的贼人,竟敢在太岁头上动土,来开这么一个玩笑。法元情知这衣服和钱丢得奇怪。自己剑术精奇,听觉灵敏,树叶落地,也能听出声响。何况在自己房内,门窗未动,全没丝毫声息,会将自己偷个一净二光,此事决非寻常贼盗所为,就是次一等的剑仙,也不能有此本领。明知有敌人存心和自己过不去,来丢他的丑。没有衣服和银子,漫说明天不好意思出门见人,连店钱都无法付。自己是有名的剑仙,绝不能一溜了事,其势又不能张扬,好生为难。猛想起天气还早,何不趁此黑夜,上大户人家去偷些银两,明日就暗地叫店家去买一身僧衣,再设法寻查敌人踪迹。

　　主意打定之后,也不开门,便身剑合一,从后窗隙穿出,起在空中,挑那房屋高的所在,飞身进去。恰好这家颇有现银,随便零整取了有二十两银子。又取纸笔,留下一张借条,上写"路过缺乏盘资,特借银二十两,七日内加倍奉还,声张者死"几个字。写完之后,揣了银子,仍从原路回转店中,收了剑光坐下。刚喊得一声:"惭愧!"忽觉腰间似乎有人摸了他一把,情知有异。急忙回头看时,忽然一样东西当头罩下。法元喊声:"不好!"已被东西连头罩住,情知中了敌人暗算。在急迫中,便不问青红皂白,一面放起剑光乱砍一阵,一面用手去取那头上的东西。起初以为不定是什么法宝,谁想摸去又轻又软,等到取下看时,业已被自己的剑砍得乱七八糟,原来正是将才被那人偷去的僧衣。法元这是平生第一次受人像小孩般玩弄,真是又羞又气又着急,哭笑不得。再一摸适才偷来的二十两银子,也不知去向。僧衣虽然送还,业已被剑砍成碎片,不能再穿。如要再偷时,势又不能。敌人在暗处,自己在明处,估量那人本领,决不在自己以下,倘再不知进退,难免不吃眼前亏,好生为难。猛一回头,忽见桌上亮晶晶地堆了大大小小十余个银锞子,正是适才被人偷去之物。走上前一看,还压着有一张纸条,上面写道:"警告警告,玩玩笑笑。罗汉做贼,真不害臊。赃物代还,吓你一跳。如要不服,报应就到。"底下画着一个矮小的老头儿,一手拿着酒杯,一手拿着装酒的葫芦,并无署名。法元看完纸条,再细细看那画像,好似画的那老头,和临黑时江边所遇的那老头儿一样。越看越熟,猛然想起,原来是他。知道再待

150

下去,绝无便宜,不及等到天明,也顾不得再收徒弟,连夜驾起剑光逃走了。在路上买了一身僧衣,追上秦朗,回转慈云寺去了。

说了半天,这个老头是谁呢?这便是嵩山二老中的一老,名叫赛仙朔矮叟朱梅。此人原在青城山得道隐居,百十年前,在嵩山少室寻宝,遇见东海三仙中追云叟白谷逸。两人都是剑术高深,道法通神,性情又非常相投。从头一天见面起,整整在嵩山少室相聚了有十年,于是便把嵩山少室作为二人研究玄功之所。各派剑仙因他二人常在嵩山少室相聚,便叫他二人为嵩山二老。朱梅举动滑稽,最爱偷偷摸摸和别人开玩笑。既有神出鬼没之能,又能隐形藏真。有一位剑仙,曾送了他一个外号,叫赛仙朔。他的剑术自成一家,另见一种神妙。生平未收过多的徒弟,只数十年前在青城山金鞭崖下,收了一个徒弟,名叫纪登,便是前者多宝真人金光鼎去约请,被他避而不见的那一个。此人生得又瘦又长,他师父只齐他肚腹跟前。师徒二人走到一起,看去非常好笑。朱梅还有一个师弟,也是一个有名的剑仙,名唤石道人。法元原是石道人的徒弟,石道人因见他心术不正,不肯将真传相授,法元才归入五台派门下。所以法元深知朱梅的厉害,吓得望影而逃。

那朱梅是怎生来的呢?他原先本同东海三仙之中的追云叟白谷逸,每隔三年,无论如何忙法,必定到嵩山少室作一次聚会。今年本是他二人相会之期,忽然髯仙李元化专程骑鹤去到嵩山少室,告诉他说追云叟烦他带口信,今年少室之约,因事不能前来;同时还敦请他下山帮忙,去破慈云寺,继续准备日后与各异派翻脸时的事体等语。朱梅听了这一番言语,自是义不容辞。他于是先到了四川青城山,考察了一番纪登的功课,知道较前进步,便勉励了他几句。那金光鼎原先与纪登本是总角之交,后来纪登被朱梅接引,洗手学道,二人虽然邪正不同,倒是常常来往。金光鼎去请纪登下山时,恰好朱梅正在那里,问起根由,不但不准纪登与金光鼎相见,反申斥了他一顿。纪登无法,只得叫道童回复金光鼎,说是云游在外。朱梅在观中呆了几日,静极思动。心想各派都在网罗贤材,自己平生只收这一个徒弟,虽然肯用功上进,怎奈资质不厚,不能传自己的衣钵。便想也去搜罗几个根基厚的人,来做传人。于是离了青城山,到处物色。顺着蜀江下游寻访,虽然遇见几个,都不合他的意。前些日在汉阳江边,用剑诛了一个水路的小贼。他便把贼人留下的小船,作起浮室泛宅上的生活。他生来好饮。本书中有三个爱吃酒的剑仙:一个是追云叟,一个是醉道人,一个便是朱梅。他每日坐着小船在江边沽醉,逍遥了数日。那日见陶钧,便知是个好资质,一路跟下他来，故意将船泊岸，去试验于他。朱梅早算就法元要经过此地，特意叫陶钧在黄鹤楼相候，存心作弄法元一番。他把陶钧引下黄鹤楼之后，便同陶钧晤面，嘱咐了几句言语，约定第七日同往青城山去。这才假装醉人，吐了法元一身酒。后来见法元进了一家客店，知道他还不死心，便跟踪下来。到了晚间，飞身进了法元所住的店房，将他衣服、银两偷去。原是念在他从前师父石道人的份上，想警戒他知难而退，以免日后身首异处。及至见法元虽然有些畏惧，却是始终不悟，又去偷盗人家，知道此人无可救药，仍将盗来的僧衣和银两与他送还，留下一张纸条，作一个最后的警告。可叹法元妄念不息，未能领会朱梅一番好意，所以后来峨眉斗剑，死得那样惨法。这且不提。

补说陶钧在黄鹤楼上用了几句诈语，脱身下楼之后，且喜法元并不在后跟来，于是急忙顺着江边路上走去，赴那老头之约。刚刚走出三里多地，便看见江边浅滩上横着那老头所乘的小船，知道老头不曾远去，心中大喜。等到跑近船边一看，只是一个空船，老头并不在船上，心中暗恨自己来迟了一步，把这样好的机会错过。正在悔恨之际，忽然觉得身后一只手伸过来，将他连腰抓在手中，举起抢了两抢，忽然喊一声："去你的吧！"随手一拉，将他扔出有三四丈高远。要换了别人，怕不被那人扔得头昏眼花，跌个半死。陶钧起初疑心是黄鹤楼上遇的那个和尚，便使劲挣扎，偏偏对方力大无穷，一丝也不能动转。他自随赵心源学艺三年后，武功确实大有进步。及至那人把他扔了出去，他不慌不忙，两手一分，使了一个老鹰翔集的架子，轻轻落在地下。向对面一看，站定两个人：一个正是那梦寐求之的矮老头；还有一个老尼姑，手持拂尘，慈眉如银，满面红光，二目炯炯有神。不由心中大喜。正要赶上前去答话，忽听那老头对那老尼姑说道："如何？我说此子心神湛定，资质不差么。"那老尼姑笑道："老前辈法眼，哪有看错的道理？"

这时陶钧已跪在老头面前，口尊"师父"。老头道："快快起来，拜过云灵山的白云大师。"陶钧连忙上前拜跪。白云大师半礼相还。陶钧又请教师父的姓名。老头道："我乃嵩山少室二老之一，矮叟朱梅是也。因见你根基甚厚，恐你误入迷途，特来将你收归门下。你要知道，此乃特别的缘法，非同小可。我生平只收你师兄一个徒弟，他仅能将我的道法剑术得去十之二三。你如肯努力精进，前途实在不可限量，完全在你好自为之而已。我同白云大师，俱都是日内要往成都赴你师伯追云叟之约。你急速回你寓所，收拾等候，七日内随我同行。我先到青城山金鞭崖你师兄纪登那里。你的那个朋友，虽然也向道心虔，可惜他的资质不够做我的徒弟，再说他也无缘，想去也不行。你回去对他言明，叫他暂时不必入川。他过年将家事料理完竣之后，可到宜昌三游洞去寻侠僧轶凡。他若不肯收留，就说是我叫他去的。同时，叫他对侠僧轶凡说，他的徒弟赵心源，被西川八魔所迫，明年端午到魔宫赴会，人单势孤，凶多吉少，叫他无论如何，要破例前去助他脱难。黄鹤楼上那个和尚，名叫金身罗汉法元，原先是你师叔石道人的弟子，也是一个剑仙，后来叛正归邪。他必然仍要前来寻你，不要害怕，凡事有我在此。你此时回去，若遇着他，你只回头便走，底下你就不用管了。到第七天早晨，你一人仍到这边找我。现时就分手吧。"陶钧俯首恭听，等朱梅说完之后，便遵言拜别而去。不提。

白云大师原是从庐山回转，路遇朱梅，互相谈起慈云寺的事，才知道她也是接了髯仙李元化代追云叟的邀请。朱梅很得意地告诉她收了一个好徒弟，因要试试陶钧的定力同胆量，所以才突如其来地将他扔起空中。及见陶钧虽然有些惊疑，并不临事惊慌；尤其是看清楚之后，再行发话。这一种泰山崩于前而色不变的态度，更为难得，所以朱梅很觉满意。白云大师因要先回云灵山去一转，便告辞先走。朱梅便去点化法元，上文业已说过。

这里陶钧刚走到离许家不远，忽见前面来了凶僧法元，在那里东张西望，好似寻人的样子。又见师父朱梅从一条小巷内步履歪斜，直往法元身上撞去。法元身法虽然敏捷非常，可是并未闪开，被朱梅一撞，几乎跌倒，又吐了他一身，看去情形十分狼狈可笑。正疑心他师父要和法元比剑，打算看个热闹。忽然觉得有人在他肩头上一拍，说道："你看什么，忘了我的话吗？"回头一看，正是自己师父，这一眨眼工夫，不知怎么会从前面二十多丈远的地方到了自己身后，正要答话，已不见师父的踪迹。猛抬头看见法元好似看见了自己，正往前走来，知道不好，慌不迭地连忙跑进巷内。且喜许家就在跟前，忙将身一纵，便已越墙而入，迈步进了厅堂。只见许钺正在那里愁眉不展，问起原因，许钺只管吞吞吐吐不说实话，只说四川之游，不能同去，请他明日动身。陶钧暗服师父果然先知，便把朱梅之言对他说了一遍。许钺只是叹气，对陶钧道："恭喜贤弟！还未跋涉，就遇剑仙收归门下。愚兄虽承他老人家指引门路，去投侠僧轶凡，但不知我有无这个福气，得侧身剑侠之门呢。"陶钧见许钺神气非常沮丧，好生不解，再三追问根由，许钺终是不肯吐露只字。陶钧不便再往下追问，只是心中怀疑而已。许钺也不再料理别事，每日陪着陶钧，把武汉三镇的名胜游了一个遍。到第六天上，备了一桌极丰盛的酒席，也不邀约外人，二人就在家中痛饮。饭后剪烛西窗，越谈越舍不得睡。

一宵易过，忽听鸡鸣。陶钧出看天色，冬日夜长，东方尚是昏沉沉的。陶钧因与师父初次约会，恐怕失约，便想在东方未明前，就到江边去等，以表诚敬。许钺也表赞成，便执意要送陶钧，并在江边陪他。陶钧因师父说过，许钺与他无缘，惟恐师父不愿意相见，便想用婉言谢绝。才说了两句客气话，许钺忽然抢着说道："贤弟你难道看愚兄命在旦夕，就不肯加以援手吗？"陶钧闻言大惊，忙问是何缘故。许钺叹气道："你见我面带愁烦，再三盘问，此时愚兄已陷入危险，因知贤弟的本领虽胜过愚兄，但决不是那人的对手，所以不肯言明。第二日忽然想起令师可以救我，虽然说我与他无缘，但他既肯指引我的门路，可知他老人家尚不十分鄙弃我。恰好我的仇人与我约定，也是今日上午在江边见面比试。所以我想随贤弟同去，拜见令师，或者能借令师的威力，解此大难。我这几日几次三番想同贤弟说明，只因年轻荒唐之事，不好意思出口。如今事机急迫，愚兄只有半日的活命。现时天已快明，无暇长谈，死活全仗贤弟能否引我去拜求令师了。"陶钧见许钺说时那样郑重，好友情长，也不暇计师父愿意与否，便满口应允。正待问因何与人结仇，这时见明瓦上已现曙色，许钺又说到江边再谈，便把打好的包裹和银两提在手中，一同出门。路并不远，到时天才微明。江边静荡荡的，一些声息皆无，只有江中寒潮，不时向堤岸激泼。见小船不在，知道师父未来，二人找了一块石头坐下。严冬时节，虽然寒冷，且喜连日晴明，南方气候温和，又加以二人武功有根底，尚不难耐。坐定以后，许钺便开始叙说以前结仇经过。

要知后事如何，且看下回分解。

第二十六回

白露横江　良朋谈往事
青霓掣电　侠女报亲仇

许钺道："我家祖先世代在大明承袭武职,家传九九八十一手梨花枪,在武汉三镇一带颇有盛名。我有一个族弟,名唤许锟,小时一同学艺,非常友爱。家父因见异族亡我国家,非常愤恨,不许在朝中为官。因此我弟兄将武艺学成之后,舍弟便出外经商,我便在家中闭户力田,同时早晚用功习武。

"八年前,忽然舍弟跑了回来,左手被人打断,身上中了人家的暗器。问起情由,原来是他经商到长沙,走到一个大镇场上,看见一个老婆子,带着两个女儿,大的不过也就十七八岁上下,在那里摆把式场子。场上立着一面旗,上写比武招婿,说话非常狂傲。这一老二小三个女人,在镇上亮了三天的场,被她们打倒了不少当地的有名教师。舍弟年轻,见猎心喜,便下去和那女人交手。先比拳脚,输给人家。后来要求比兵刃,才一出手,那老婆子便上前拦住,说道:'小女连日比试,身体困乏,兵刃没眼睛,彼此受了伤都不好。况且适才贵客业已失败在小女手中,就算这次赢了,也无非扯个平,算不得输赢。莫如由老身代小女比试,如果老身输了,立刻照约履行,以免临时又来争论。'舍弟欺那婆子年迈,她说的话也近情理,双方同意之后,便动起手来,谁想打了半日,不分胜负,正在难解难分。那老婆子使一对特别的兵刃,名唤麻姑锄,非常神妙,想是老年气弱,看看有些支撑不住。舍弟眼看就要取胜之际,忽觉右臂一阵酸痛,手一松,一个失着,被那婆子一锄,将他右手打折。当时败下阵来,回到寓所一检查,原来他无心中中了人家一梅花针。

"要是明刀明枪输了,自无话说。像这样暗箭伤人,使舍弟变成残废,愚兄自然决难容让,便连夜同舍弟赶往那个镇场,恰好走到半路相遇。愚兄那时除了自家独门梨花枪外,又从先师孟心一那里学了几年内功,自然她们母女不是对手。先是那女子同我动手,因见她武艺相貌均好,不忍心要她的

155

命;况且打伤舍弟又不是她。少年轻狂,想同她开开玩笑。又在四五月天气,穿得很单薄。我便用醉仙猿拳法同她动手,老是在她身旁掏掏摸摸,趁空在她裤腰上用鹰爪力重手法捏了一下,故意卖一个破绽与她。恰好她使了一个鸳鸯连环腿踢将过来,被我接在手中。只一些的工夫,她裤带早被我用手指捏得已经要断,她又用力一振,裤子便掉将下来。

"在众目之下,赤身露体,妙相毕呈。她羞得要哭出来。那婆子一面用衣服与她遮盖,一面上前朝我说道:'我母女本不是卖武为生,乃是借此招婿的。小女既输在你手中,请你就照约履行吧。'我本为报仇而去,况且业已娶妻生子,不但未允,反说了许多俏皮话。那老婆子恼羞成怒,便和我动起手来。这时大家都兵刃拼命相持,还未到半个时辰,我也觉着左臂酸痛,知道她们又发暗器。偏偏那婆子倒霉,我中暗器时,她刚好使了一个吴刚伐桂的招数,当头一锄打到。我右手单举着枪,横着一挡。她第二锄又到,我忍痛抖着枪使了一个怪蟒翻身,抖起斗大的枪花,只一绞将她两锄拨开,她露出整个的前胸,我当时取她性命,易如反掌。只因不愿打人命官司,所以枪尖垂下,将她左脚筋挑断,倒在地下。我才对她们说道:'许某向不欺负妇人女子,谁叫你们暗箭伤人? 这是给你们一个教训,警戒你们的下次!'说完,我便同舍弟回家。且喜那梅花针打中得不厉害,仅仅受了一些微伤。后来才知道,那老婆子是南五省的江洋大盗余化虎的老婆,有名的罗刹仙蔡三娘。她两个女儿,一个叫八手龙女余珣姑,小的一个便是如今寻我为仇的女空空红娘子余莹姑。

"上两月,有一个湖南善化好友罗新,特意前来送信,说那余珣姑因我当众羞辱于她,又不肯娶她为妻,气病身亡。蔡三娘受伤之后,已成废人;又因痛女情殷,竟一病而死。我听了非常后悔,但也无济于事。谁想她次女莹姑立志报仇,天天跑到她母亲、姊姊坟前去哭。偶然遇见罗浮山女剑仙元元大师,看她可怜,收归门下。练成剑术之后,便要寻我报仇。罗新从大师同派中的一个朋友那里得来消息,他叫我加紧防备。恰好贤弟约我入川,访师学剑,正合我意,原拟随贤弟同行。那日贤弟出门,我正在门外闲立,忽然走过一个女子,向我说道:'这里就是许教师的家中么?'我便说:'姓许的不在家,你找他则甚?'她说:'你去对他说,我是来算八年前的旧账的。我名叫余莹姑,他如是好汉,第七天正午,我在江边等他。如果过午不来,那就莫怪我下绝情了。'我闻言,知道她既寻上门来,决不能善罢甘休。我就能逃,也逃不了一家老小,倒不如舍这条命给她。事隔多年,她已不认得我,乐得借七天空闲,办理后事。便答道:'你不就是元元大师的高徒红娘子吗? 当年的事情,也非出于许某他的本心,再说衅也不是他开。不过事情终要有个了断,他早知你要来,特命我在此等候。他因为有点要事须去料理,七日之约,那是再好不过,你放心,他届时准到就是。'那女子见我知道她的来历,很觉诧异,临去时回头望了我几眼,又回头说道:'我真是有眼不识泰山,原来阁下就是许钺,那真是太好了。我本应当今天就同你交手,可报杀姊之仇。只是我门中规矩,要同人拼死的话,须要容他多活七天,好让他去请救兵,预备后事。第七天午前,我准在江边等你,如要失信,那可不怪我意狠心毒。'我明知难免一死,当下不肯输嘴,很说了几句漂亮话。那女子也还不信,只笑数声而去。过后思量,知道危在旦夕,又知道贤弟能力不能够助我,不愿再把好朋友拖累上。先时不肯对你说明,就是这个缘故。"

这时已届辰初二刻,日光渐渐照满长江。江上的雾,经红日一照,幻出一片朝霞,非常好看。二人正说得起劲,忽见上流头摇下一只小舟,在水面上驶行若飞。陶钧忙道:"师父的船来了,我们快去迎接吧。"许钺远远向来船看了又看道:"来船决不是朱老师,这个船似乎要大一些。"言还未了,来船业已离岸不远,这才看清船上立着一位红衣女子,一个穿青的少年尼姑。那红衣女子手中擎着一个七八十斤的大铁锚,离岸约有两三丈远,手一扬处,便钉在岸上,脚微一点,便同那妙龄女尼飞身上岸,看去身手真是敏捷异常。陶钧正要称羡,忽听许钺口中"哎"的一声,还未及说话,那两个人已经走到二人面前。那红衣女子首先发言,对许钺道:"想不到你居然不肯失信,如约而来。这位想必就是你约的救兵吗? 一人做事一人当,何苦饶上好朋友做什么?"陶钧闻言,便知来人定是许钺所说的红娘子余莹姑了,因恼她出言无状,正要开口。许钺忙拉了他一把,便对余莹姑说道:"姑娘休得出言无状。许某堂堂男子,自家事,自家了,岂肯连累朋友? 这位小孟尝陶钧,乃是我的好友。他因有事入川,在此等候他的恩师。我一则送他荣行,二则来此践约。你见我两人在此,便疑心是约的帮手,那你也和这位比丘同来,莫不成也是惧怕许某,寻人助拳么?"余莹姑闻言,大怒道:"我与你不共戴天之仇,如今死在临头,还要巧语伤人。今日特地来会会你的独门梨花枪,你何不也在你家姑娘跟前施展施展?"说罢,腰中宝剑出匣,静等许钺亮兵刃。

许钺闻言,哈哈笑道:"想当初我同你母亲、姊姊动手,原是你们不该用暗器伤我兄弟,我才出头打抱不平。那时手下留情,并不肯伤她二人性命。你姊姊丢丑,你母亲受伤,只怨她们学艺不精,怪得谁来? 今日你为母报仇,其志可嘉。久闻你在罗浮练成剑术，许某自信武艺尚不在人下，若论剑术，完全不知。你如施展剑术，许某情愿引颈受戮，那也无须乎动手。若凭一刀一枪，许某情愿奉陪三合。"说罢，两手往胸前一搭，神色自如。那穿青女尼自上岸来，便朝陶钧望了个目不转睛。这时见二人快要动手，连忙插嘴道："二位不必如此。我也同贵友一样，是来送行的。二位既有前嫌，今日自然少不得分一个高下。这事起因，我已尽知。依我之见，你们两家只管比试，我同贵友做一个公证人，谁也不许加入帮忙如何？"许钺正恐朱梅不来，陶钧跟着吃苦，闻言大喜，连忙抢着说道："如此比试，我赞成已极。还未请教法号怎么称呼？"那女尼道："我乃神尼优昙的门下弟子，叫素因便是。莹姑是同门师妹。她奉师叔之命，到我汉阳白龙庵借住，我才知道你们两家之事。我久闻许教师乃是武汉的正人侠士，本想为你们两家解纷，但是这事当初许教师也有许多不对之处，所以我也就爱莫能助了。不过听许教师之言，对剑术却未深造。我们剑仙中人，遇见不会剑术的人，放剑去杀他，其原因仅为私仇，而那人又非奸恶的盗贼，不但有违本门中规矩，也不大光明，我师妹她是决不肯的。教师只管放心，亮兵刃吧。"许钺闻言，感觉如释重负，不由胆气便壮了三分。他的枪原是蛟筋拧成，能柔能刚，可以束在腰上。一声："多谢了！"便取将出来，一脱手，笔杆一般直，拿在手中，静等敌人下手。

余莹姑原有口吃毛病，偏偏许钺、素因问答，俱都是四川、湖北一带口音，说得非常之快，简直无从插口，只有暗中生气。及至听素因说出比兵刃，不比剑的话，似乎语气之间，有些偏向敌人，好生不解。自己本认为这是不共戴天之仇，原打算先把敌人嘲弄个够，再放飞剑出去报仇。如今被素因说了多少冠冕堂皇的话，又的确是本门中的规矩，无法驳回。越想越有气，早知如此，不请她同来反倒省事。若不是临行时师父嘱咐"见了素因师兄如同见我，凡事服从她命令"的话，恨不得顶撞她几句，偏用飞剑杀与她看。正在烦闷之间，又见许钺亮出兵刃，立等动手，不由怒发千丈道："大胆匹夫！你家姑娘不用飞剑，也能杀你报仇，快些拿命来吧。"言罢，道一声："请！"脚点处，纵出丈许远近，左手掐着剑法，右手举剑横肩，亮出越女剑法第一招青鸾展翅的架势，静待敌人进招。那一种气静神闲、沉着英勇的气概，再加上她那绝代的容华，不特许、陶二人见了心折，就连素因是神尼优昙得意弟子，个中老手，也暗暗称许她入门不久，功行这样精进。

这时许钺在这生死关头，自然是不敢大意，将手中长枪紧一紧，上前一纵，道一声："有僭！"抖起三四尺方圆的枪花，当胸点到。莹姑喊一声："来得好!"急忙举剑相迎。谁知许铖枪法神化,这一枪乃是虚招。等到莹姑举剑来撩时,他见敌人宝剑寒光耀目,削在枪上,定成两段。莹姑的剑还未撩上,他将枪一缩,枪杆便转在左手,顺势一枪杆,照着莹姑脚面扫去。莹姑不及用剑来挡,便将两脚向上一纵,满想纵得过去,顺势当头与许铖一剑。谁想许铖这一枪杆也是虚招,早已料到她这一着。莹姑刚刚纵过,许铖枪柄又到手中,就势一个长蛇入洞,对准莹姑腹部刺到,手法神妙,迅速异常。许家梨花枪本来变化无穷,许铖从小熬炼二十余年,未有一日间断。又从名师练习内功,升堂入奥,非同小可。莹姑所学越女剑,本非等闲,只因一念轻敌,若非许铖手下留情,就不死也带了重伤了。许铖这几年来阅历增进,处处虚心,极力避免结仇树敌。深知莹姑乃剑仙爱徒,此次但求无过,于愿已足,故此不敢轻下毒手。枪到莹姑腹前,莹姑不及避让,"呀"的一声未喊出口,许铖已将枪掣回。莹姑忙将身体纵出去丈许远近,再看身上衣服,已被许铖枪尖刺破。又羞又恼,剑一指,纵将过来,一个黄河刺蛟的招数,当胸刺到。

　　许铖见她毫不承情,便知此人无可商量,便想些微给她一点厉害。知道剑锋厉害,不敢用枪去迎,身子往右一偏,避开莹姑宝剑,朝着敌人前侧面纵将过去。脚才站定,连手中枪,一个金龙回首,朝莹姑左胁刺到。这回莹姑不似先前大意,见许铖身子轻捷如猿,自己一剑刺空,他反向自己身后纵将过来,早已留心。等到许铖一枪刺到,刚刚转过身来,使用剑照枪杆底下撩将上去。许铖知道不好,已无法再避。自己这一条枪,费尽无数心血制造,平时爱若性命,岂肯废于一旦。在这危机一发之间,忽然急中生智,不但不往回拖枪,反将枪朝上面空中抛去。接着将脚一垫,一个黄鹤冲霄燕子飞云势,随着枪纵将出去。那枪头映着日光,亮晶晶的,刚从空中向衰草地上斜插下来,许铖业已纵到,接在手中。忽然脑后微有声息,知道不好,不敢回头,急忙将头一低,往前一纵,刷的一声,剑锋业已将右肩头的衣服刺了一个洞。如非避得快,整个右肩臂,岂不被敌人刺了一个对穿?原来莹姑剑一直朝许铖枪上撩去,没想到许铖会脱手丢枪。及至许铖将枪扔起,穿云拿月去接回空中枪时,莹姑怎肯轻饶,一个危崖刺果的招数,未曾刺上。知道许铖使这种绝无仅有的奇招,正是绝好机会,毫不怠慢,也将脚一登,跟着纵起。二人相差原隔丈许远近,只因许铖纵去接枪,稍微慢了一慢,恰好被莹姑追上,对准后心,一剑刺到。宝剑若果迎着顺风平刺出去,并无有金刃劈风的声音,最难警觉。还算许铖功夫纯熟,步步留心,微闻声息,便知敌人赶到身后,只得将身往左一伏,低头躲去,肩头衣服刺了一下。也顾不得受伤与否,

159

知已避过敌人剑锋，忽地怪蟒翻身，枪花一抖，败中取胜，许家独门拿手回头枪，当胸刺到。莹姑见自己一剑又刺了个空，正在心中可惜，不料敌人回敬这样快法。这时不似先前大意，将身一仰，枪头恰好从莹姑腹上擦过。莹姑顺手掣回剑，往上一撩，但听叮当一声，莹姑也不知什么响声，在危险之中，脚跟一垫，平斜着倒退出去两三丈远。刚刚立起，许钺的枪也纵到面前。原来许钺始终不想伤莹姑性命，回身一枪猛刺，正在后悔自己不该用这一手绝招。忽见莹姑仰面朝天，避开自己枪尖，暗暗佩服她的胆智，便想就势将枪杆向下一插，跌她一跤。谁知莹姑在危险忙迫之中，仍未忘记用剑削敌人的兵刃。起初一剑刺空，敌人又枪法太快，无法避让。及至仰面下去，避开枪头，自己就势撤回，一面往后仰着斜纵，一面用剑往上撩去。许钺也未想到她这样快法，急忙掣回手中枪，已是不及，半截枪头，已被敌人削断，掉在地下，痛惜非常。心一狠，便乘莹姑未曾站稳之际，纵近身旁，一枪刺去。莹姑更不怠慢，急架相还。

二人这番恶斗，惊险非常，把观战的素因和陶钧二人都替他们捏一把汗。陶钧起初怕许钺不是来人敌手，非常焦急。及见许钺一支枪使得出神入化，方信名下无虚，这才稍放宽心。他见这两个人，一个是绝代容华的剑仙，一个是风神挺秀的侠士，虽说许钺是自己好友，可是同时也不愿敌人被许钺刺死，无论内中哪一个在战场上躲过危机，都替他们额手称庆。深知二虎相争，早晚必有一伤，暗中祷告师父快来解围，以免发生惨事。诚于中，形于外，口中便不住地咕噜。那素因起初一见陶钧，神经上顿时受了一番感动，便不住地对他凝望。及至陶钧被她看得回过脸去，方才觉察出，自己虽是剑仙，到底是个女子，这样看人，容易惹人误会。及至许、余二人动起手来，便注意到战场上去。有时仍要望陶钧两眼，越看越觉熟识。二人同立江边，相隔不远。素因先前一见陶、许二人，便知这两人根基甚厚，早晚遇着机会，要归本门。因无法劝解莹姑，这才故意来做公证人，原是不愿伤许钺的性命。忽见陶钧嘴唇乱动，疑心他是会什么旁门法术，要帮许钺的忙，便留神细听。如果他二人已入异派，用妖法暗算莹姑，此人品行可知，那就无妨用飞剑将二人一齐斩首。及至看陶钧口中咕噜，脸上神色非常焦急，又有些不像，便慢慢往前挨近。陶钧专心致志在那里观战，口中仍是不住地唤着："师父，你老人家快来。"素因耳聪，何等灵敏，业已听出陶钧口中念的是："大慈大悲的矮叟朱梅朱师父，你老人家快来替他二人解围吧！"素因闻言，大大惊异："这矮叟不是嵩山少室二老之一朱梅朱师伯么？他老人家已多少年不收徒弟了,如今破例来收此人,他的根基之厚可知。"不由又望了陶钧一眼,猛看见陶钧耳轮后一粒朱砂红痣,不由大吃一惊,脱口便喊了一声:"龙官!"

陶钧正在口目并用的当儿,忽听有人喊他的乳名,精神紧张之际,还疑心是家中尊长寻来,便也脱口应了一声道:"龙官在此!"便听有人答言道:"果然是你?想不到在此相遇。"陶钧闻言诧异,猛回头,见那叫素因的妙年女尼,站近自己身旁,笑容可掬。不知她如何知道自己乳名?正要发问,忽听素因口中说一声:"不好!"

要知许铖性命如何,且看下回分解。

第二十七回

逐洪涛　投江遇救
背师言　为宝倾生

　　话说陶钧正奇怪素因女尼唤他的乳名,忽见战场上有一个如匹练般的白光飞往战场,陶钧疑心她用飞剑去杀许钺,吓了一跳。回头往战场上看时,这两个拼命相斗的男女二人,已经有人解围了。解围的人,正是盼穿秋水的师父矮叟朱梅。不由心中大喜,赶将过去,同许钺跪倒在地。素因原疑莹姑情急放剑,知道危险异常,便飞剑去拦。及见一个老头忽然现身出来,将莹姑的剑捉在手中,不禁大吃一惊。定睛一看,认出是前辈剑仙矮叟朱梅。自己还在十五年前,同师父往峨眉摩天崖去访一真大师,在半山之上见过一面,才知道他是鼎鼎大名嵩山二老之一。因是入道时遇见的头一位剑仙,他又生得好些异样,故而脑海中印象很深。当下不敢怠慢,急忙过来拜见。

　　起初莹姑同许钺杀了两三个时辰,难分高下。莹姑到底阅历浅,沉不住气,几次几乎中了许钺的暗算,不但不领许钺手下留情,反而恼羞成怒。素因注意陶钧那一会工夫,许钺因为同莹姑战了一个早晨,自己又不愿意伤她,她又不知进退,这样下去,如何是个了局? 便想索性给她一个厉害。一面抖擞精神,努力应战;一面暗想诱敌之计。莹姑也因为战久不能取胜,心中焦躁。心想:"这厮太狡猾,不给他个便宜,决不会来上当的。"她万没料到许家梨花枪下,决不能去取巧卖乖,一个假作聪明,便要上当。这时恰好许钺一枪迎面点到,莹姑知道许钺又用虚中套实的招数来诱敌,暗骂:"贼徒! 今番你要难逃公道了。"她算计许钺必定又是二仙传道,将枪交于左手,仍照上次暗算自己。便卖个破绽,故意装作用剑撩的神气,把前胸露出,准备许钺枪头刺过,飞身取他上三路。谁知许钺功夫纯熟已极,他的枪法,所谓四两拨千斤,不到分寸,决不虚撒。他见莹姑来势较迟,向后一退,陡地向前探剑,猛一运力,杆枪微偏,照准剑脊上一按,使劲一绞,但听叮叮当当之声。

莹姑撤剑进剑都来不及，经不起许钺神力这一绞，虎口震开，宝剑脱手，掉在地上。同时许钺的枪也挨着一些剑锋，削成两段，只剩手中半截枪柄。许钺更不怠慢，持着四五尺长的半截枪柄，一个龙归大海，电也似疾地朝着莹姑小腹上点到。莹姑又羞又急，无法抵御，只得向后一纵，躲过这一招时，许钺已将莹姑的剑拾在手中，并不向前追赶，笑盈盈捧剑而立。莹姑见宝剑被人拾去，满心火发，不暇顾及前言，且自报仇要紧，便将师父当年炼来防魔的青霓剑从怀中取出。许钺见莹姑粉面生嗔，忽从腰间取出一个尺多长的剑匣来，便知不妙，未及开言，那莹姑已将宝剑出匣，一道青光，迎面掷来。情知来得厉害，不及逃避，只得长叹一声，闭目等死。

正在无可奈何之际，忽听"哈哈"一声，好一会不见动静。再睁眼时，只看见那日江边所遇的矮叟朱梅，站在自己面前，一道白光匹练般正向那个少年女尼飞回。敌人所放的剑光已被朱梅捉在手中，如小蛇般屈伸不定，青森森地发出一片寒光。这时素因与陶钧都先后来到朱梅面前拜见。许钺才猛然想起，不是朱梅赶来，早已性命难保，自己为何还站在一旁发呆？便连忙向朱梅跪下，叩谢解围之德。朱梅见众人都朝他跪拜，好生不悦，连忙喊道："你们快些都给我起来！再要来这些虚礼末节，我就要发脾气了。"素因常听师父说他性情古怪，急忙依言起立。那许钺、陶钧，一个是救命恩深，一个是欢喜忘形，只顾行礼，朱梅说的什么，都未曾听见。惹得朱梅发了脾气，走过来，顺手先打了陶钧一个嘴巴。把陶钧打了一个头昏眼花，错会了意，以为是师父一定怪他不该引见许钺，一着急，越发叩头求恕。许钺见陶钧无故挨打，他也替他跪求不止。谁想头越叩得勤，朱梅的气越生得大，又上前踢了陶钧两脚。然后回转身，朝着许钺跪下道："我老头子不该跑来救你，又不该受你一跪。因不曾还你，所以你老不起来。你不是我业障徒弟，我不能打你，我也还你几个头如何？"

这一来，陶、许二人越发胆战心惊，莫名其妙，跪在地下，不知如何是好。朱梅跪在地下，气不过，又把脚在身背后去踢陶钧。陶钧见师父要责打自己，不但不敢避开，反倒迎上前去受打，与师父消气。只消几下，却踢了一个鼻青眼肿。素因早知究竟，深知朱梅脾气，不敢在旁点明。后来见陶钧业已被朱梅连打带踢，受了好几处伤，门牙都几乎踢掉，顺嘴流血，实在看不过去，便上前一把先将陶钧扶起道："你枉自做了朱梅师伯徒弟，你怎么会不知道他老人家的脾气，最不喜欢人朝着他老人家跪拜么？"这时陶钧已被朱梅踢得不成样子，心中又急又怕，素因说的话，也未及听明，还待上前跪倒。许钺却已稍微听出来朱梅口中之言,再听素因那般说法,恍然大悟,这才赶忙说道:"弟子知罪,老前辈请起。"同时赶紧过来,把陶钧拦住,又将素因之言说了一遍。陶钧这才明白,无妄之灾,是由于多礼而来。便不敢再轻举妄动,垂手侍立于旁。

朱梅站起身来,扑了扑身上的土,朝着素因哈哈大笑道:"你只顾当偏心居中证人,又怕亲戚挨打,在旁多事。可惜元元大师枉自把心爱的门徒交付你,托你照应,你却逼她去投长江,做水鬼,你好意思吗?"素因闻言,更不慌忙,朝着朱梅说道:"弟子怎敢存偏心?元元师叔早知今日因果,她叫莹姑来投弟子,原是想要磨炼她的火气,使成全材。否则莹姑身剑不能合一,功行尚浅,在这异派横行之时,岂能容她下山惹事?师伯不来,弟子当然奉了元元师叔之命,责无旁贷。师伯既在此地,弟子纵一知半解,怎敢尊长门前卖弄呢!"陶、许二人这时才发觉面前少了一个人,那立志报仇的余莹姑,竟在众人行礼忙乱之际,脱身远行,不知去向。朱梅既说她去投江,想必是女子心窄,见二剑全失,无颜回山去见师父,故而去寻短见。许钺尤觉莹姑死得可惜,不由"哎"了一声。朱梅只向他望了一眼。及至素因说了一番话以后,陶、许二人以为朱梅脾气古怪,必定听了生气。谁想朱梅听罢,反而哈哈大笑道:"强将手下无弱兵,你真和你的师父那老尼姑的声口一样。这孩子的气性,也真太暴,无怪乎她师父不肯把真传给她。"说罢,便往江边下流走去。众人便在后面跟随。

走约半里多路,朱梅便叫众人止步。朝前看时,莹姑果在前面江边浅滩上,做出要投身入江的架势。众人眼看她往江心纵了若干次,身子一经纵起,仿佛有个什么东西拦住,将她碰了回来,结果仍旧落在浅滩上,并不曾入水。莹姑露出十分着急的神色。陶、许二人好生不解。却见朱梅忽然两手笼着嘴,朝着江对面轻轻说了几句。陶钧见师父这般动作,便知又和那日岳阳楼下一样,定是又要朝着江心中人说话。再往前看时,只见寒涛滚滚,江中一只船儿也无,好生诧异。再往江对岸看时,费尽目力,才隐隐约约地看出对岸山脚下有一叶小舟,在那里停泊,也看不出舟中有人无人。朱梅似这样千里传音,朝对岸说了几句,扭回头又嘱咐素因几句话。素因便向许钺说道:"解铃须要系铃人。许教师肯随我去救我师妹么?"许钺早就有心如此,因无朱梅吩咐,不敢造次。见素因相邀,知是得了朱梅同意,自然赞同,便随素因往浅滩上走去。两下相隔只有二三丈,素因便大喊道:"师妹休寻短见,愚姊来也!"

这时莹姑还在跳哩,忽听素因呼唤,急忙回头一看,见素因同自己的仇人许钺一同走来,越加羞愧难当,恨不得就死。便咬定牙关,两足一登,使尽平生之力,飞起两丈多高,一个鱼鹰入水的架势,往江心便跳。这一番使得力猛,并无遮拦,"扑通"一声,溅起丈高的水花,将江下寒涛激起了一个大圆圈。莹姑落在江中,忽又冒将上来,只见她两手望空乱抓了两下,便自随浪漂流而去。许钺起初见莹姑投江,好似有东西遮拦,心知是朱梅的法术。素因叫他同来救人,疑心是示意他与莹姑赔礼消气。及至见莹姑坠入江流,不知怎么会那样情急,平时水性颇好,当下也不及与素因说话,便奋不顾身地往江心跳去。数九天气,虽然寒冷,且喜水落滩浅,浪力不大。许钺在水中追了几十丈远,才一把抓着莹姑的头发,一伸右手,提着莹姑领口,倒端着水,背游到江边。将莹姑抱上岸来,业已冻得浑身打战,寒冷难禁。再看莹姑,脸上全青,业已淹死过去。许钺也不顾寒冷,请素因将莹姑两腿盘起,自己两手往胁下一插,将她的头倒转,控出许多清水。摸她胸前,一丝热气俱无,知是受冻所致。正在无法解救,焦急万状,朱梅业已同了陶钧走将过来。只见朱梅好像没事人一般,用手往江面连招。不一会,便见对岸摇来一只小船,正是当初朱梅所乘之舟。船头上站定一个老尼姑,身材高大,满脸通红,离岸不远,便跳将上来。素因连忙上前拜见,口称:"师叔,弟子有负重托,望求师叔责罚。"那老尼道:"此事系她自取,怎能怪你?我无非想叫许檀越施恩于她,解去冤孽罢了。"朱梅道:"够了够了,快将她救转再说吧。天寒水冷,工夫长了,要受伤的。"那老尼闻言,便回身从腰间取出两粒丹药,叫素因到小船上取来半盏温热水,拨开莹姑牙关,灌了一阵,哇的一声,又吐出了升许江水,缓醒过来。觉着身体被人夹持,回头一看,正是自己仇人许钺,一手插在自己胁下,环抱着半边身体;一手在自己背上轻轻拍打。不由又羞又急,又恼又恨,也没有看清身旁还有何人,喝道:"大胆狂徒!竟敢在危急中戏弄于我!"言还未了,回手一拳。许钺不及提防,被她打个正着,登时脸上紫肿起来,顺嘴流血。莹姑没好气地往前一纵,忽觉身子有些轻飘飘的,站立不稳。原来她从早上起来,忙着过江找许钺报仇,一些食物未吃,便同劲敌战了一早晨,又加上灌了一肚子江水,元气大亏。纵时因用力太猛,险些不曾栽倒,身子晃了两晃,才得站稳。正要朝许钺大骂,猛听有人喝道:"大胆业障!你看哪个在此?"莹姑定神一看,正是自己师父、罗浮山香雪洞元元大师,旁边立着素因同一个老头儿,便是将才收去自己宝剑的人,还有适才相遇的那姓陶的少年。不由又惊又怕,急忙过来,跪在地下,叩头请罪。

原来莹姑性如烈火，当初在罗浮山学艺时，元元大师说她躁性未退，只教她轻身功夫和一套越女剑法，不肯教她飞剑。莹姑志在报仇，苦苦哀求，又托许多同门师叔兄辈说情，大师仍然不肯。罗浮山原是人间福地，遍山皆是梅花，景色幽奇。每到十月底边，梅花盛开，一直开到第二年春天，才相继谢落。莹姑无事时，便奉大师之命，深入山谷采药。

　　有一年春天，忽然被她在后山中发现一个山洞，进口处很窄小，越走越深，越走越觉往上尽是螺丝形的小道，渐渐看见前面露出亮光，鼻端时时闻见梅花香味。莹姑天性好奇，仗着自己手中宝剑锋利，不怕毒蛇猛兽侵袭，便直往洞内走去。转过一个钟乳下垂的甬道，忽然前面现出一块平坦的草原，上面有成千株大可合抱的千年老梅，开得正盛。忽见前面又有一片峭壁，写着"香雪海"三个摩崖大字，下面有一个洞口。心想："师父住的那洞，因为万梅环绕，洞中有四时不谢之花，所以叫作香雪洞。这里又有这个香雪海，想必也是因为梅花多的缘故。这洞中景致，不知比那香雪洞如何？今日被我发现，倒要进去看看。如果比香雪洞还好，回去告诉师父，便搬在这里来住，岂不更妙？"

　　一面想，一面便往洞中走去。适才的洞，步步往上。这个洞，却是步步往下。走了十几步，见里面有一座石屏。转过石屏，隐约之间，看见前面有东西放光。走近前一看，什么都没有。那光从一块石板底下发出，她便用手中剑把石板掘开，底下便现出一把一尺三寸长的小宝剑。估量是个宝物，取在手中，仍将石板盖好。因洞中光线太暗，正要纵身到外看时，忽听有脚步之声，从外进来。疑心是洞中主人前来，不及逃出，便隐藏在屏风旁边，看看来人是谁。暗处看明处，格外清楚。只见来人是两个女子：前面走的一个，只穿了一条裤子，上身衣服全用树叶做成，身材婀娜，眉目间稍含荡意；后面走的一个，穿着一身蓝布衣服，脸容非常美丽，颈上拖了一串锁链。二人走到屏风前面，便立定不走，争论起来。穿树叶的女子说道："这三十六年的长岁月，如何熬得过去？我在寨主那里，享不尽的无穷富贵。你师父所说不用她自己动手，便会有人用飞剑斩你，这句话，不过吓吓你罢了。如果不是你要回来取东西时，我们怕不走去有几百里路么？你怎么又要害怕呢？"蓝衣女子说道："不是我害怕。我师父的厉害，我是深知的。适才蒙你相救，将我放出此洞。本不想回来取我这些宝物的，只因我当初辛苦得来，颇非容易，就连在洞中受这十几年的活罪，也为这些东西而起。但是师父当日埋藏那些宝物时，曾说这些东西传入人间，匹夫无罪，怀璧其罪，不知又要发生多少惨事，又不愿把它毁坏，于是便拿来埋在这石头下面。那时将师父当年炼来防魔的青霓剑埋在上面一层。因我剑术练成之后，为偷盗这些宝物，曾经犯戒杀人，本想将我杀死。是我苦苦哀求，又蒙定慧大师兄求情，才免我一死，追去我的宝剑，囚我在洞中三十六年，面壁参修。埋宝时节，曾对我言过，倘若我遇机逃脱，或者再存贪念，去盗宝时，自有人用那青霓剑取我首级。师父平日说话，无有不验。我虽舍不得又跑回来，要叫我亲手去掘那石板，我实在无此胆量。"那穿树叶的女子闻言笑道："我因你当年对我有许多好处，十余年不见，后来才知你在此受罪，恰好寨主要求像你一般的人才，所以不远千里，前来相救。多年不见，怎的就这么胆小？你既害怕，你说出地方，待我替你去取如何？"蓝衣女子道："就在这石屏后面一块石板底下，你须要小心在意才好。"穿树叶的女子说道："不妨事。"说罢，便转过石屏。

这时莹姑得来的小剑，不住在手中震动，好似一个把握不住，便要脱手飞去似的。估量两个女子决非常人，自己恐怕不是来人对手，便不敢造次。又不知蓝衣女子所说的宝物是什么东西，很后悔适才掘石板时，没有往下搜寻。见那两个女子由左往屏后转时，自己便轻脚轻手，由右往屏前转。莹姑胆子甚大，也忘了处境危险，还想偷看所说的宝贝，开开眼界，便隐身在壁脚黑暗所在，看二人动静。只见那穿树叶的女子，手中持了一杆钢叉，叉尖上红光闪闪。她用叉将石板掘开，在里面拨了一阵，又掘起一块小石板，从内中取出一个石匣，说道："我说你师父故意恐吓你不是？这不是你说的石匣吗？宝剑哪有呢？"穿蓝衣的女子连忙接过石匣道："想是宝剑已被师父取去。宝物既得，我们快走吧。"那穿树叶的女子说道："久闻你从前在明宗室靖王府中得这九龙铜宝镜同这夜光珠时，曾伤了三个峨眉派剑客，杀死十几条人命，乃是无价之宝。洞外光明，不如洞中黑暗，可显此二宝神奇。何不取出，让我开开眼界呢？"那蓝衣女子好似受了人家恩惠，无法拒绝，很为难地把手中石匣打开。莹姑在暗处看得很清楚。只见那石匣有八寸见方，四寸厚。里面装着一面铜镜，镜背后盘着九条龙，麟角生动非常，晶光四照，寒光射目。另外还有一粒径寸的大珠，方一出匣，登时全洞光明，照得清澈异常。那穿树叶的女子接过镜、珠二宝，正不断连声夸赞好宝，果然价值连城。那穿蓝衣的女子忽然大惊失色，道一声："哎呀！不好！"便直往穿树叶女子身后躲去。

第二十八回

得青霓　余莹姑下山
认朱砂　秦素因感旧

　　莹姑以为藏在暗处，不会被人发现。谁想那夜光珠才一出匣，便好似点了千百支蜡烛一般，把洞中照得如在青天白日之下。穿树叶的女子一心观宝，倒不曾留意。蓝衣女子本自心虚，深怕师父飞剑前来，老是留神东瞧西望。莹姑本在她身后，她猛一回头，瞧见一个红衣少女，一手拿着一口宝剑，正是当初她师父埋宝同时埋下的那口青霓剑。原说如若叛道，自有人用这口剑来杀她，焉得不胆裂魂飞呢！

　　那穿树叶女子也看见莹姑站在面前，她久闻元元大师的厉害，也自心惊。见蓝衣女子吓得那样，只得强打精神，先将两样宝物揣在身上，朝着莹姑喝道："你是何人？擅敢前来窥探我们举动！你可知鬼母山玄阴寨赤发寨主大弟子翘翘的厉害么？"莹姑知道此时示弱，难免受害，索性诈她一诈，便答道："何方妖女，竟敢到本山私放罪人，偷盗宝物！我奉师父之命，在此等候多时。速速将二宝放下，还可饶你不死。"那穿树叶女子还未及答言，莹姑手中的青霓剑已在手中不住地蹦跳，手微一松，便已脱手飞去，一道青光过处，穿蓝衣的女子"哎哟"一声，尸倒洞口。蛮姑翘翘（即穿树叶衣女子）登时大怒，抖手中叉，那叉便飞起空中，发出烈焰红光，与那青霓剑斗在一处。莹姑不会剑术，心知敌人厉害，暗暗焦急。正在无计可施，忽然洞外一声断喝道："大胆妖孽，竟敢来山扰闹！"言罢，元元大师已从洞外进来。翘翘知道大师厉害，收回叉，脚一登，一溜火光，径直逃走。大师手一招，将剑收回。莹姑见大师到来，心中大喜，正要开言，大师摆手道："一切事情，我已尽知。死的这人，是你不肖师姊王娟娟，也是她自作自受，才有今日。她今日如果投奔异教，又不知要害人多少。这是天意假手于你，将她正法。我门下规矩甚严，你应当以此为戒。这口青霓剑，乃是我当年炼魔之物，能发能收。既然被你发现，就赐予你吧。你异日如果犯了教规，你师姊便是你的榜样。此间乃是香雪洞的后洞,早晚时有瘴气,于初修道的人不宜。快将你师姊掘土掩埋,随我回去吧。"莹姑无意中得了一口飞剑,又感激,又快活,埋了王娟娟之后,便随大师回洞。大师又传她运用飞剑之法。大师赐剑之后,日常总教训不可任性逞能,多所杀戮,居心要正直光明,不可偏私。惟独于她要报仇之事,总是不置可否。莹姑见师父不加拦阻,以为默许,又有了这口飞剑,便打算求大师准她下山报仇。大师素日威严,对于门下弟子,不少假借辞色。莹姑虽然性急,总不敢冒昧请求,便打算相机再托人关说。

那湖南大侠善化罗新的姑娘、衡山白雀洞金姥姥罗紫烟,同元元大师非常莫逆。每到罗浮梅花盛开时,定要到香雪洞盘桓一两月。她很爱惜莹姑,常劝大师尽心传授。大师因当年王娟娟学成剑术之后,做了许多败坏清规之事,见莹姑性躁,杀气太重,鉴于前事,执意不肯。就连青霓剑的赐予,也由于金姥姥的情面。本来她也未始不爱莹姑的天资,不过不让莹姑碰碰钉子,磨平火气之后,决不传她心法而已。莹姑知道金姥姥肯代她进言,等到十月底边金姥姥来到,莹姑觑便跪求。金姥姥怜她孝思,果然替她求情。大师不大以为然。她说:"当初事端,其过不在许某,他不过不该存心轻薄而已。双方比剑总有胜败,况且莹姑母亲不该先用暗器,把人家兄弟打成残废。许某为手足报仇,乃是本分。他不曾伤人,足见存心厚道。又不贪色,尤为可取。她母子心地褊狭,自己气死,与人何干?当初我因见她孤苦无依,又可惜她的资质,才收归门下。你还怪我不肯以真传相授,你看她才得一口现成飞剑,功夫尚未入门,就敢离师下山,岂不可笑?"金姥姥道:"你不是打算造就她吗?你何妨将计就计,准她前去。许某如果品行不好,落得假手于她,成全她的心愿;许某如果是个好人,你可如此这般,见景生情。如何?"大师这才点头应允。写了一封信,把莹姑叫至面前,说道:"你剑术尚未深造,便要下山。这次为母报仇,虽说孝思,但这事起因,其罪不在许某。你既执意要去,你身剑不能合一,一个孤身女子,何处栖身?你可拿这封信去投奔汉阳白龙庵你同门师姊、我师兄神尼优昙的徒弟素因那里居住。这信只许素因一人拆看,不许他人拆看。一切听她教导,见她犹如见我一般。到了汉口,先打听许某为人如何,如果是个好人,便须回省你母、姊自己当初的过错,将这无价值的私怨取消。如果许某是个奸恶小人,你就与他无仇,也应该为世除害,那就任你自己酌量而已。我这口青霓剑当年用时,颇为得力。道成以后,用它不着,专门作为本门执行清规之用。你师姊之死,也就因犯了清规。今既赐你,如果无故失落,被异教中人得去,那你就无须乎回来见我。大师伯若要回湖南，让她带你同行，你孤身行路不便。你事办完之后，便随素因师兄在白龙庵修炼，听我后命可也。"莹姑从小生长绿林，又随母亲、姊姊周游四方，过惯繁华生活。山中清苦寂寞好多年，闻得师父准她下山，满心欢喜，当即俯首承训。第二日，金姥姥罗紫烟带了莹姑，驾剑光直往汉阳白龙庵，将莹姑放到地上，回转衡山。不提。

素因见了大师的信，明白用意，便对莹姑说道："你的仇人许钺为人正直，在湘鄂一带，颇有侠义名声。照师叔信中之意，你这仇恐怕不能报吧？"莹姑八年卧薪尝胆，好容易能得报仇，如何肯听。素因也不深劝，便叫莹姑头七日去与许钺通知。莹姑去后，忽然元元大师来到，便叫素因只管同她前去，如此如此便了。原来元元大师自莹姑走后，便跟踪下来。嘱咐完了素因之后，走出白龙庵，正要回山，忽然遇见朱梅。朱梅便代追云叟约大师往成都，同破慈云寺。大师又谈起莹姑之事，双方商量第七天上同时露面。大师驾了朱梅的小舟，在隔江等候。

那莹姑同许钺打到中间，忽然一个瘦小老头将青霓剑收去，大吃一惊。原盼素因相助，及见素因将剑光放出，又行收回，反倒朝那老头跪拜，便知老头来头甚大，自己本想口出不逊，也不敢了。二剑全失，无颜回山，也不敢再见师父，情急心窄，便想躲到远处去投江。元元大师正好在隔岸望见，莹姑跳江几次，被大师真气逼退回身。正在纳闷，回头见素因赶到。大师知道素因有入海寻针之能，便想借此磨折于她，任她去跳。谁想反是许钺将她救起。后来大师过江，将莹姑救醒。她在昏迷中，仇人见面，分外眼红，打了一拳，跳起来便骂。及至看见师父，又愧又怕，忙过来不住地叩头请罪。大师道："你才得下山，便背师训。许檀越被你苦苦逼迫，你还敢用我的飞剑去妄报私仇，乱杀好人。若非朱师伯将剑收去，他已身首异处。他见你投江，也无非怜你一番愚孝，这样寒天，奋不顾身，从万顷洪涛中将你救起。你不知感恩戴德，反乘人不备，打得人家顺嘴流血。我门下哪有你这种忘恩背本的业障？从此逐出门墙，再提是我徒弟，我用飞剑取你首级！"

莹姑闻言，吓得心惊胆裂，惟有叩头求恕，不敢出声。素因是小辈，不敢进言相劝。陶、许二人也不敢造次。还是朱梅道："算了，够她受了。看我面子，恕过她一次吧。如今他二人俱是落汤鸡一般，好在来路被我逼起浓雾，无人看见。我们就近到许家去坐一坐，让他们更衣吃饭吧。"元元大师这才容颜转霁道："不是朱师伯与你讲情，我定不能要你这个孽徒，还不上前谢过！"莹姑才放心站起，狼狈地走到朱梅面前，刚要跪下，急得朱梅连忙跺脚，大嚷道："我把你这老尼姑，你不知道我的老毛病吗，怎么又来这一套？"大师忙道："你朱师伯不受礼，就免了吧。快去谢许钺檀越救命之恩。"莹姑先时见许钺几番相让，火气头上，并不承情。及至自己情急投江，到了水中，才知寻死的滋味不大好受，后悔已是不及。醒来见身在江边，只顾到见仇眼红，并不知是许钺相救。适才听师父之言，不由暗佩许钺舍身救敌，真是宽宏大量。又见许钺脸上血迹未干，知是自己一拳打伤。顿时仇恨消失，反倒有些过意不去。又经大师命她上前道谢，虽觉不好意思，怎敢违抗，腼腼腆腆地走了上前，正要开口。许钺知机，忙向前一揖道："愚下当初为舍弟报仇，误伤令堂，事出无心。今蒙大师解释，姑娘大量宽容，许某已是感激不尽，何敢当姑娘赔话呢！"莹姑自长成后，从未与男子交谈。今见许钺温文尔雅，应对从容，不禁心平气和，把敌对之心，化为乌有。虽想也说两句道歉话，到底面嫩，无法启齿，福了两福，脸一红，急忙退到师父身旁站定。

许钺便请众人往家中更衣用饭。朱梅道："你先同陶钧回去，我们即刻就到。"陶、许二人不敢再说，便告辞先行。才过适才战场，转向街上，便遇见熟识的人问道："许教师，你刚从江边来么，怎么弄了一身的水？适才那边大雾，像初出锅蒸笼一般，莫非大雾中失足落在江中吗？"陶、许二人才明白在江边打了一早晨，并无一个人去看，原来是大雾遮断的缘故。随便敷衍路人两句，转回家去。二人才进中厅，忽然眼前一亮，朱梅、元元大师、素因、莹姑四人已经降下。许钺发妻故去已经四年，遗下衣物甚多。留下一儿一女，俱在亲戚家附读。家事由一个老年姑母掌管。便请众人坐定，一面命人端茶备酒。急忙将姑母请出，叫她陪莹姑去更换湿衣。自己也将湿衣重新换好，出来陪坐。大师已不食烟火食。素因吃素。朱梅、陶钧倒是荤酒不忌，而且酒量甚豪，酒到杯空。移时莹姑换好衣服出来，她在山中本未断荤，常打鹿烤肉来吃，大师也命她入座。自己随便吃了点果子，便嘱咐莹姑好生跟素因学剑，同朱梅订好在新正月前成都相会，将脚一登，驾剑光破空而去。莹姑不知青霓剑是否还在朱梅手中，抑或被师父一怒收了回去，见师父一走，也不敢问，好生着急。素因见莹姑坐立不安，心知为的是两口宝剑，便对莹姑道："师妹的两口宝剑，俱是当世稀有之物，加上元元师叔的真传，贤妹的天资，自必相得益彰。适才元元师叔命我代为保管，早晚陪贤妹用功。从今以后，我的荒庵，倒是不愁寂寞的了。"莹姑闻言，知二剑未被师父收去，才放宽心。这时陶、许二人都陪朱梅痛饮，殷殷相劝，无暇再讲闲话。那素因心中有事，几番要说出话来，见朱梅酒性正豪，知这老头儿脾气特别，不便插嘴拦他高兴。那陶钧在观战时,忽然素因唤他乳名,好生不解,本想要问,也因为朱梅饮在高兴头上,自己拿着一把壶,不住地替他斟,没有工夫顾到说话。大家只好闷在肚里。

这一顿酒饭,从未正直饮到酉初。素因本不用荤酒,莹姑饭量也不大,陶、许二人也早已酒足饭饱。因都是晚辈,只有恭恭敬敬地陪着。到了掌上灯来,朱梅已喝得醉眼模糊,忽然对素因说道:"你们姊弟不见面,已快二十年了,回头就要分别,怎么你们还不认亲呢?"素因闻言,站起答道:"弟子早就想问,因见师伯酒性正豪,不敢耽误师伯的清兴,所以没有说出来。"朱梅哈哈大笑道:"你又拘礼了。我比不得李胡子,有许多臭规矩。骨肉重逢,原是一件快活事,有话就说何妨?"

素因闻言,便对陶钧道:"陶师弟,请问堂上尊大人,是不是单讳一个铸字的呢?"陶钧闻言,连忙站起答道:"先父正是单名这一个字,师姊何以知之?"素因闻言,不禁下泪道:"想不到二十年光阴,我姑父竟已下世去了。姑母王太夫人呢?"陶钧道:"先父去世之后,先母第二年也相继下世了。小弟年幼,寒家无多亲故。师姊何以这般称呼,请道其详。"素因含泪道:"龙官,你不认得身入空门的表姊了?你可记得十九年前的一个雪天晚上,我在姑父家中,同你玩得正好,忽然继母打发人立逼着叫我回家过年,你拉我哭,不让我走,我骗你说,第二日早上准来,我们一分手,就从此不见面的那个秦素因么?"

陶钧闻言,这才想起幼年之事,也不禁伤心。答道:"你就是我舅家表姊,乳名玉妮的么?我那舅父呢?"素因道:"愚姊自先母去世,先父把继母扶正之后,平素对我十分虐待。多蒙姑父姑母垂爱,接到姑父家中抚养,此时我才十二岁,你也才五岁。先父原不打算做异族的官的,经不住继母的朝夕絮聒,先父便活了心。我们分别那一天,便是先父受了满奴的委用,署理山东青州知府。先父也知继母恨我,本打算将愚姊寄养姑母家中,继母执意不肯。先父又怕姑父母用大义责难,假说家中有事,硬把愚姊接回,一同上任。谁想大乱之后,人民虽然屈于异族暴力淫威,勉强服从,而一般忠义豪侠之士,大都心存故国,志在匡复。虽知大势已去,但见一般苦难同胞受满奴官吏的苛虐,便要出来打抱不平。先父为人忠厚,错用了一个家奴,便是接我回家的石升。他自随先父到任之后,勾连几个丧尽天良的幕宾,用继母作为引线,共同蒙蔽先父,朋比为奸,闹得怨声载道。不到一年,被当地一个侠僧,名叫超观,本是前明的宗室,武功很好,夜入内室,本欲结果先父的性命。

谁知先父同他认得,问起情由,才知是家人、幕宾作弊,先父蒙在鼓里。他说虽非先父主动,失察之罪,仍是不能宽容,便将先父削去一只耳朵,以示警戒。那恶奴、幕宾,俱被他枭去首级,悬挂在大堂上。先父知事不好,积威之下,又不敢埋怨继母,费了许多情面,才将恶奴、幕宾被杀的事弥缝过去。急忙辞官,打算回家,连气带急,死在路上。继母本是由姜扶正,又无儿女,她见先父死去,草草埋葬,把所有财物变卖银两,本打算带我回到安徽娘家去。走到半路,又遇见强人,将她杀死。正要将我抢走,恰好恩师四川岷山凝玉峰神尼优昙大师走过,将强人杀死,将我带到山中修道。面壁十年,才得身剑合一。奉师命下山,在成都碧筠庵居住。两年前,又奉恩师之命,将碧筠庵借与醉师叔居住,以作异日各位师伯师叔、兄弟姊妹们聚会之所,叫我来这汉阳白龙庵参修行道。适才见贤弟十分面熟,听说姓陶,又被我发现你耳轮后一粒朱砂红痣,我便叫了贤弟的乳名,见你答应,便知决无差错。正要问前因后果,对你细说时,朱师伯已显现出法身。以后急于救人,就没有机会说话了。朱师伯前辈是剑仙中的神龙,嵩山二老之一,轻易不收徒弟,你是怎生得拜在门下?造化真是不小!"陶钧闻言,甚是伤感,也把别后情形及拜师的经过,仔细说了一遍。

那许钺见众人俱是有名剑仙的弟子,心中非常羡慕,不禁现于辞色。朱梅看了许钺脸上的神气,对他笑道:"你早晚也是剑侠中人,你忙什么呢?将来峨眉斗剑,你同莹姑正是一对重要人物。你如不去做癞和尚的徒弟,白骨箭谁人去破呢?我不收你,正是要成就你的良缘,你怎么心中还不舒服呢?"许钺闻朱梅之言,虽然多少不解,估量自己将来也能侧身剑侠之门,但不知他说那侠僧轶凡剑术如何。便站起身来,就势问道:"弟子承老前辈不弃,指示投师门径。所说三游洞隐居这位师父,但不知他老人家是哪派剑仙?可能收弟子这般庸么?"朱梅道:"你问癞和尚么?他能耐大得紧呢!尤其是擅长专门降魔。我既介绍你去,他怎好意思不收?不过他的脾气比我还古怪,你可得留点神。如果到时你不能忍受,错过机会,那你这辈子就没人要了。"许钺连忙躬身答应。朱梅又对素因道:"破慈云寺须是少不得你。天已不早,你同莹姑回庵,我这就同陶钧到青城山去。我们大家散了吧。"许钺虽然惜别,知朱梅脾气特别,不敢深留。

当下众人分手,除许钺明春到三游洞投师,暂时不走外,素因同莹姑回转白龙庵,朱梅便带了陶钧,驾起剑光,往青城山金鞭崖而去。

第二十九回

金鞭崖　陶钧学剑
碧筠庵　朱梅赴约

　　矮叟朱梅的大弟子纪登，在师父下山后，因恐金光鼎等又来烦扰，轻易不肯出门。这日清晨起来，算计师父快要回来，便在崖前站定。果然立了不多一会，遥望天边，有两粒黑点朝崖前飞来。移时，朱梅携着陶钧在金鞭崖前降下。纪登连忙上前拜见。朱梅叫陶钧见过师兄，一同进了观门。朱梅命纪登将打坐并炼气口诀，日夕传与陶钧用功。又到云房内取出一柄长剑赐予陶钧，叫他按照剑诀练习。陶钧拜谢之后，接过宝剑一看，连头带尾，有三尺六寸长。剑柄上有七个金星，上面刻着"金犀"两个篆字。用手一攥剑柄，微一用力，已自铮然出匣，寒光凛凛，瘆人毛发，端的是柄好剑，心中高兴已极。从此每日跟随纪登早晚用功。不提。矮叟朱梅在观里住了几日，单把纪登叫过一旁，嘱咐了几句，便自下山，往成都而去。

　　这时成都碧筠庵醉道人，自同追云叟分别后，虽然宝剑被污，却蒙追云叟将太乙钩赠他使用，比较原来宝剑还要神化。他每日除在成都市上买醉外，便在庵中传授松、鹤二童剑术。这日正在院中闲立，远远看见天空中一道青光飞来，定睛一看，正是追云叟带到衡山，去用千年朱灵草替自己洗炼的宝剑，心中大喜，手一抬，那宝剑业已落在手中。仔细看时，居然返本还原，仍是以前灵物，暗暗感激追云叟的高义。心想："这口剑虽是自己炼就神物，并不似三仙二老他们的剑，完全用五行真气，采炼五金之精而成。衡山相隔数千里，怎得认主归来，不爽毫厘？"正在惊奇，忽听破空的声音，抬头看时，周淳业已驾剑光从空中降下，见了醉道人，上前拜见。醉道人道："周道友休得如此客气。我们相隔不久，道友功行，竟能这样猛进，虽然白老前辈有超神入化之能，然而道友的根基禀赋，也就可想而知了。"

　　周淳躬身答道："师叔休得过奖。弟子自蒙家师收录，因自己年岁老大，深怕不能入门，心中非常恐惧。那日随家师回到衡山，便蒙家师指示秘诀，又赐我丹药数粒。到第七天上，家师又命我到后山最高峰红沙崖下，去采千年朱灵草。走到崖前，忽然红雾四起，当时一阵头昏眼花，神志昏沉，堪堪卧倒。猛想起弟子初游慈云寺时节，遇一个身材矮小的老前辈，用土块打弟子数次，将弟子打急，随后追赶，并未追上。那位老前辈留与弟子一个纸包，内有两粒丹药，纸包上面写着'留备后用，百毒不侵'八个字。弟子此时已是两脚麻痹，幸喜双手还能动转，连忙将那两颗丹药取出嚼碎，咽了下去，立时觉着神志清朗异常。可是红雾依旧未消，心知那崖必非善地。而衡山顶上一年到头，俱是白云封锁，每年只有两次云开。如采不着药草，误了家师之命，恐受责罚，依旧在崖前寻找。忽听崖旁洞内有小儿啼声，走向前一看，只见一个山洞，高宽各约二丈。洞口有一个没有壳的大蝎子，长约七八尺光景，口中喷出红雾，声如儿啼。幸喜那东西才得出壳，行动极为笨缓。弟子服了灵丹，毒雾不侵，便用宝剑将它斩为数段。忽见红光从那东西身后的洞中发出。走近看时，正是一丛千年朱灵草，上面还结着七个橘子大小的果儿，鲜红夺目。弟子便连根拔起，不敢再为迟延，急忙下山。走到半路回头看时，业已云雾满山，稍迟一步，便无路下来了。家师见弟子取得仙草，甚是嘉奖。说起那蝎子时，家师起初本未料到有这样怪物，幸喜尚未成形，又有灵丹护卫。不然一近它身，怕不化为脓血？那灵草一千三百年结一回果，成熟七天，便入地无踪。服了之后，益气延年，轻身换骨，又抵百十年苦功。家师便将仙果七个赐予弟子。吃下去当时周身酥软，连泻三日。痊愈后力大身轻，远胜寻常。如今可以力擒虎豹，手捉飞鸟。家师深恩，又传弟子许多路剑法。另换了一口炼成的宝剑，照口诀勤习了四十九日，便能御剑飞行。师叔的剑也同时洗炼还原。又说起赠丹的老前辈，才知是家师的好友朱梅师叔。今早命弟子前来送信，顺便将师叔宝剑送回。行近成都，那宝剑好似认得家一般，一个不留神，便脱手飞去。弟子随后追赶，见它往此地飞来，已知师叔收去，才放了心。家师说李师叔约请各派剑仙，不日陆续来到，请师叔代为招接。家师尚有他事，来年正月初五前准到。此番乃是邪正两方正面冲突的开端，彼此约请的能人剑客不在少数。这第一次交手，必须要挫他们的锐气，同时把他们用作根据地的慈云寺一举消灭，以减少他们的势力。家师还请师叔除夕前到寺中探一探动静，说他们那里能人甚多，如被他们窥破，只说是特去通知比试日期，不可轻易地动手。弟子奉命转达，请师叔斟酌办理。"

醉道人听罢，当下谢了周淳冒险采灵草之义。因为追云叟不在峨眉派统系之下，与峨眉开山祖师长眉真人俱都是朋友称呼。长眉真人飞升时，大弟子玄真子志在专修内功，禀明真人，愿把道统让给根基厚的师弟齐漱溟，自己却同追云叟、苦行头陀二友前往东海隐居，同参上乘玄宗。醉道人是齐漱溟的师弟，他因追云叟虽是师兄好友，到底人家得道的年代长，又与长眉真人有一面之识，平素总以晚辈自居。周淳称他师叔，他不肯承受。周淳饮水思源，自己入门又浅，再三不肯改口，只得由他。

到了第三天，先是后辈剑仙中峨眉派掌教剑仙乾坤正气妙一真人的女儿齐灵云，同着她的兄弟金蝉，髯仙李元化的弟子白侠孙南，奉了妙一夫人荀兰因之命，前来听候调遣。又过了几天，髯仙同门师兄弟风火道人吴元智，带着大弟子七星手施林来到。施林与周淳本有一面之缘，当下周淳便谢了当日施林指引之恩，二人谈得甚是投机。

第二天起，罗浮山香雪洞元元大师、巫山峡白竹洞正修庵白云大师、陕西太白山积翠崖万里飞虹佟元奇同他弟子黑孩儿尉迟火、坎离真人许元通、云南昆明滇池开元寺哈哈僧元觉禅师同他弟子铁沙弥悟修、峨眉山飞雷岭髯仙李元化先后来到。醉道人与周淳竭诚款待，松、鹤二童忙了个手脚不停。到了除夕的那一天，醉道人同各位剑侠正在云房闲话，罗浮七仙中的万里飞虹佟元奇说道："同门诸位道友俱都各隐名山，相隔数千里，每三年前往峨眉聚首外，很少相见。这次不但同门师兄弟相聚，许多位全不在本门的前辈道友也来参加。同时小兄弟们也彼此多一番认识，将来互相得到许多帮助，可以算得一个大盛会了。只是相隔破寺之日不远，嵩山二老、掌教师兄以及餐霞大师等，为什么还不见到来呢？"髯仙李元化答道："师兄有所不知。此次追云叟道友，原是受了掌教师兄之托，替他在此主持一切。一来掌教师兄要准备最后峨眉斗剑时一切事务，现在东海炼宝，不能分身。二来这次慈云寺邀请的人，出类拔萃的有限，只二老已足够应付。所以这次掌教师兄来不来还不能一定。餐霞大师就近监视许飞娘，这次飞娘如不出面，大师也未必前来。她单指派她一个得意女弟子，她名叫朱梅，前来参加，想必日内定可来到。"醉道人道："餐霞大师女弟子，怎么会与矮叟朱老前辈同名同姓？虽说不同门户，到底以小辈而犯前辈之讳，多少不便。餐霞大师难道就没有想到这一层，替她将名字改换么？"

髯仙闻言，哈哈大笑道："醉道友，你在本门中可算是一个道行深厚，见闻最广的人，怎么你连那朱前辈同餐霞大师女弟子朱梅同名同姓这一段前因后果，都不知道呢？"醉道人便问究竟，各位剑仙也都想听髯仙说出经过。

髯仙道："起初我也不知道。前数月我奉追云叟之命,去请餐霞。她说要派弟子朱梅参加破寺,同各位前辈剑仙以及同门师兄弟见一见面,将来好彼此互助。我因她的弟子与朱前辈同名,便问大师何不改过?大师才说起这段因果。原来大师的女弟子朱梅与朱老前辈关系甚深,她已坠劫三次,就连拜在大师门下,还是受朱老前辈所托呢。"

大家正要听髯仙说将下去,忽然一阵微风过处,朱梅业已站在众人面前,指着髯仙说道："李胡子,你也太不长进,专门背后谈人阴私。你只顾说得起劲,你可知道现在危机四伏了么?"众剑仙闻言大惊,连忙让座,请问究竟。朱梅道："不用忙,少时自有人前来报告,省得我多费这番唇舌。"言还未了,檐前有飞鸟坠地的声息,帘起处进来一人,面如金纸,见了诸位剑仙,匍匐在地。矮叟朱梅连忙从身上取出一粒百草夺命神丹,朝那人口中塞了进去。醉道人与髯仙见来人正是岷山万松岭朝天观水镜道人的门徒神眼邱林,不知为何这样狼狈。急忙将他扶上云床,用一碗温水将神丹灌了下去。待了半盏茶时,邱林腹内咕噜噜响了一阵,脸上由金紫色渐渐由白而红,这才恢复原状。睁眼看见诸位剑侠在旁,便翻身坐起。这时各派剑侠中小兄弟们,本同周淳、孙南等在前面配殿中谈话,听说矮叟朱梅与邱林先后来到,便都入房相见。邱林坐起之后,先谢了矮叟朱梅赐丹之恩,然后说起慈云寺中景况及他脱险情形。

第三十回

烛影忽摇红　满殿阴风来鬼祖
剑光同闪电　昏林黑月会妖人

　　原来醉道人与张老四父女护送周云从打邱林豆腐店中走后,慈云寺中人因周云从逃得奇怪,寺周围住户店铺差不多都是寺中党羽,决不会见了逃犯不去通报。惟独邱林在寺旁小道上,离寺较远,不在其范围之中,未免有些疑心。曾经派人去盘查数次,也问不出一些端倪,也就罢了。自周轻云夜闹慈云寺,断去毛太一只左臂,俞德受伤后,法元赶到,知道峨眉派厉害,嘱咐智通约束门下众人,不许轻易出庙;他自己又亲自出去约请能人,前来与峨眉派见个高下。法元去后,俞德伤势业已痊愈,便要告辞回滇西,去请师父毒龙尊者出来,与他报仇雪恨。智通恐他去后,越发人单势孤,劝他不必亲自前往。可先写下书信一封,就说他受了峨眉派门下无敌的欺负,身受重伤,自己不能亲往,求他师父前来报仇。俞德本是无主见的人,便依言行事,恳恳切切写了一封书信。就烦毛太门徒无敌金刚赛达摩慧能前往,自己同毛太每日闭门取乐。

　　过了好些日子,转瞬离过年只有八九天,不但慧能没有音信,连金身罗汉法元也没有回来。所请的人,也一个未到。智通心中焦急万状。到了二十三这天晚上,智通、俞德正在禅房谈话,忽然一道黑烟过处,面前站定二人。俞德是惊弓之鸟,正待放剑。智通已认清来人正是武夷山飞雷洞七手夜叉龙飞,同他弟子小灵猴柳宗潜,连忙止住俞德,与三人介绍。这龙飞乃是九华山金顶归元寺狮子天王龙化的兄长,与智通原是师兄弟。自从他师父五台派教祖太乙混元祖师死后,便归入庐山神魔洞白骨神君教下,炼就二十四口九子母阴魂剑,还有许多妖法。那日打庐山回洞,小灵猴柳宗潜便把智通请他下山相助,与峨眉派为敌之事说了一遍。龙飞闻言大怒说:"我与峨眉派有不共戴天之仇,当年太乙混元祖师就是受他们的暗算。如今他见五台派失了首领,还要斩尽杀绝。前些日,我师弟罗枭到九华山采药,又被齐漱溟的儿子断去一臂，越发仇深似海。事不宜迟，我们就此前去，助你师伯一臂之力。"说罢，带了随身法宝，师徒二人驾起阴风，直往慈云寺走来。见了智通，谈起前情，越发愤怒。依龙飞本心，当晚便要去寻峨眉派中人见个高下。还是智通拦阻道："那峨眉派人行踪飘忽，又无一定住所。自从到寺中扰闹两次，便没有再来。师弟虽然神通广大，到底人单势孤。莫如等金身罗汉回来，看看所约的人如何，再作商议。"龙飞也觉言之有理，只得暂忍心头之怒。

第二日起，前番智通所约的人，崂山铁掌仙祝鹗、江苏太湖洞庭山霹雳手尉迟元、沧州草上飞林成祖、云南大竹子山披发狻猊狄银儿、四川云母山女昆仑石玉珠、广西钵盂峰报恩寺莽头陀，同日来到。智通见来了这许多能人，心中大喜，便问众人，如何会同日来得这样巧法？披发狻猊狄银儿首先答道："我们哪里有什么未卜先知。先前接到你的请柬，我们虽恨峨眉派刺骨，到底鉴于从前峨眉斗剑的覆辙，知道他们人多势众，不易抗敌，都想另外再约请几个帮手。日前各位道友先后接到万妙仙姑许飞娘飞剑传书，她说她有特别原因，恐怕万一到时不能前来，她另外约请了两位异派中特别能人前来相助，峨眉派无论如何厉害，决无胜理，请我们大家安心前去，准于腊月二十四日赶到慈云寺。飞娘自教祖死后，久已不见她有所举动，有的还疑心她叛教，有些道友接信后，不大相信。后来又接着晓月禅师展转传信的证明，又说他本人届时也要前来，我们这才按照书信行事。这飞剑传书，当初除了教祖，普天下剑仙只有四五个人有此本领。想不到飞娘才数十年不见，便练到这般地步，真是令人惊奇了。"智通道："以前大家对于飞娘的议论，实在冤屈了她。人家表面上数十年来没有动静，骨子里却是卧薪尝胆这么多年，我也是今年才得知道。"便把前事又说了一遍。

当下因为法元未到，龙飞本领最大，先举他做了个临时首领。龙飞道："我们现在空自来了许多人，敌人巢穴还不曾知道。万一他们见我们人多，他们就藏头不露面，等我们走后，又来仗势欺人，不似峨眉斗剑，订有约会。我看如今也无须乎闭门自守。第一步，先打听他们巢穴在哪里，或是明去，或是暗去，先给他们一个下马威如何？"智通终是持重，商量了一会，便决定先派几个人出去打听峨眉派在成都是几个什么人，住在哪里。然后等晓月禅师、金身罗汉回来再说。议定之后，因为狄银儿道路最熟，小灵猴柳宗潜则成都是他旧游之地，便由他二人担任，到成都城乡内外打探消息。

又隔了一天，法元才回庙。除晓月禅师未到外，另外约请了四位有名剑仙：第一位是有根禅师，第二位是诸葛英，第三位是癫道人，第四位是沧浪羽士随心一，皆是武当山有名的剑仙。大家见面之后，法元便问龙飞道："令弟龙化不是和雷音道友一向在九华金顶归元寺修炼么？我这一次原本想约他们帮忙，谁想到了那里不曾遇见他，反倒与齐漱溟的女儿争打起来。到处打听他二人的下落，竟然打听不出来。你可知道他二人现在何处？"龙飞闻言，面带怒容道："师叔休要再提起我那不才兄弟了，提起反倒为我同门之羞。我现在不但不认他为手足，一旦遇见他时，我还不能轻易饶他呢！"说罢，怒容满面，好似气极的样子。

法元知他兄弟二人平素不睦，其中必有缘故，也就不便深问。当下便朝大众把追云叟在成都出现，峨眉派门下两次在寺中大闹，恐怕他们早晚要找上门来，所以特地四处约请各位仙长相助的话，说了一遍。又说："这次虽不似前番峨眉斗剑，预先定下日期，但是我深知追云叟这个老贼决不能轻易放过。与其让他找上门来，不如我们准备齐备之后，先去找他报仇。他们巢穴虽多，成都聚会之所只碧筠庵一个地方。我早就知道，当初不说，一则恐怕打草惊蛇，二则恐怕未到齐时，俞贤弟报仇心切，轻举妄动。峨眉派中人虽无关紧要，追云叟这个老贼却不好对付。如今我们人已到齐，是等他来，还是我们找上门去，或者与他约定一个地方比试，诸位有何高见？"法元在众人中辈分最大，大家谦逊了一阵，除龙飞自恃有九子母阴魂剑，俞德报仇心切外，余人自问不是追云叟的敌手，都主张等晓月禅师同毒龙尊者内中来了一个再说。好在人多势大，也不怕敌人找上门来。当初既未明张旗鼓约定日期比试，乐得匀出工夫，筹划万全之策。龙、俞二人虽不愿意，也拗不过众人。

众人正在议论纷纷，只见一溜火光，狄银儿夹着一人从空飞下。小灵猴柳宗潜也随后进来。狄银儿见了众人，忙叫智通命人取绳索过来，把这奸细捆了。一回头看见法元，便走将过来施礼。这时被擒的人业已捆好，众人便问狄银儿究竟。狄银儿道："我自昨日出去打听敌人住所，走过望江楼，便上去饮酒，听见楼上有些酒客纷纷议论道：'适才走的这位道爷真奇怪，无冬无夏，老是那一件破旧单道袍。他的酒量也真好，喝上十几斤，临走还带上一大葫芦。他那红葫芦，少说着也装上十七八斤酒。成都这种曲酒，多大量的人，也喝不上一斤，他竟能喝那么多，莫非是个酒仙吗？'我觉得他们所说那人，颇似那年峨眉斗剑杀死我师兄火德星君陆大虎的醉道人。正打算明日再去暗中跟随，寻查他们的住所，谁知我同柳贤在下楼走了不远，便觉得后面有人跟随。我二人故作不知，等到离我们不远，才回头问那厮，为何要跟我们。这厮不但口不服输，反同柳贤侄争斗起来。别看模样不济，武功还是不弱，若非我上前相助，柳贤侄险些遭了他毒手。本待将他杀死，因不知他们窝藏之地，特地擒回，请诸位发落。"

众人闻言，再朝那人看时，只见那人生得五短身材，白脸高鼻，一双红眼，普通买卖人打扮，虽然被擒，英姿勃勃，看去武功很有根底。当下法元便问那人道："你姓甚名谁？是否在峨眉派门下？现在成都除追云叟外，还有些什么人？住在何处？从实招来，饶你不死。"那人闻言，哈哈大笑道："你家大爷正是峨眉门下神眼邱林。若问本派成都人数，除教长乾坤正气妙一真人外，东海三仙、嵩山少室二老，还有本门以及各派剑侠，不下百位，俱在成都，却无一定住所。早晚荡平妖窟，为民除害。我既被获遭擒，杀剐听便，何必多言？"

龙飞、俞德性情最暴，见邱林言语傲慢，刚要上前动手，忽听四壁吱吱鬼声，一阵风过处，烛焰摇摇，变成绿色。众人毛发皆竖，不知是吉是凶，俱都顾不得杀人，各把剑光法宝准备，以观动静。一霎时间，地下陷了一个深坑，由坑内先现出一个栲栳大的人头，头发胡须绞作一团，好似乱草窝一般；一双碧绿眼睛，四面乱闪。众人正待放剑，法元、俞德已知究竟，连忙拦住。一会现出全身，那般大头，身体却又矮又瘦，穿了一件绿袍，长不满三尺，丑怪异常。不是法元、俞德预先使眼色止住，众人见了这般怪状，几乎笑出声来。法元见那人从坑中出现，急忙躬身合掌道："不知老祖驾到，我等未曾远迎，望乞恕罪。"说罢，便请那人上座。那人也不谦逊，手一拱，便居中坐下。这时鬼声已息，烛焰依旧光明。法元、俞德便领众人上前，又相介绍道："这位老祖，便是百蛮山阴风洞绿袍老祖便是。练就无边魔术，百万魔兵，乃是魔教中南派开山祖师。昔年在滇西，老祖与毒龙尊者斗法，曾显过不少的奇迹。今日降临，绝非偶然，不知老祖有何见教？"绿袍老祖答道："我自那年与毒龙尊者言归于好，回山之后，多年不曾出门。前些日毒龙尊者与我送去一信，言说你们又要跟峨眉派斗法，他因一桩要事不能分身，托我前来助你们一臂之力。但不知你们已经交过手了没有？"说时声音微细，如同婴儿一般。法元道："我等新近一二日才得聚齐，尚未与敌人见面。多谢老祖前来相助，就烦老祖做我等领袖吧。"绿袍老祖道："这有何难！我这数十年来，炼就一桩法宝，名叫百毒金蚕蛊，放将出去，如同数百万黄蜂，遮天盖地而来。无论何等剑仙，被金蚕蛊咬上一口，一个时辰，毒发攻心而死。峨眉派虽有能人，何惧之有?"众人闻言大喜。惟独邱林暗自心惊,只因身体失却自由,不能回去报信,不由便叹了一口气。

绿袍老祖闻得叹息之声,一眼看见地下捆的邱林,便问这是何人。法元便把邱林跟踪擒获,正在审问之间,适逢老祖驾到,未曾发落等情说了一遍。又问老祖,有何高见。绿袍老祖道:"好些日未吃人心了,请我吃一碗人心汤吧。"法元闻言,便叫智通命人取冷水盆来,开膛取心。邱林知道不免于死,倒也不在心上,且看这群妖孽如何下手。智通因为要表示诚心,亲自动手,将冷水盆放在邱林身旁,取了一把牛耳尖刀。刚要对准邱林胁下刺去,忽然面前一亮,一道金光,如匹练般电也似疾地卷将进来。智通不及抵挡,忙向后倒纵出去。众人齐都把剑光法宝乱放出来时,那金光如闪电一般,飞向空中。龙飞、俞德等追出看时,只见一天星斗,庙外寒林被风吹得哗哗作响,更无一些儿踪迹。再回看地上绑的邱林,已不知去向,只剩下一摊长长短短的蛟筋绳。幸喜来人只在救回被擒的人,除挨近邱林站立的知客僧了一被金光扫着了一下,将左耳削去半边外,余人皆未受伤。众人正在兴高采烈之际,经此一番变动,锐气大挫,愈加知道峨眉派真有能手。连俞德的红砂都未能损伤来人分毫,可以想见敌人的厉害。便都面面相觑,不发一言。这且不言。

话说邱林正在瞑目待死之际,忽然眼前一亮,从空降下一道金光,将他救起。在飞起的当儿,忽然觉得一股腥味刺鼻,立时头脑昏眩。心中虽然清楚,只是说不出话来。不一会工夫,那驾金光的人已将他带到一个所在,放将下来,对邱林仔细一看,忙说:"不好!轻云快把我的丹药取来。"话言未了,便有一个十七八岁的妙龄女子,从丹房内取了九粒丹药。那人便用一碗清水,将丹药与邱林灌了下去,然后将他扶上云床,卧下歇息。

这时邱林业已人事不知,浑身酸痛已极,直睡到第二日早起,又吃了几次丹药,才得清醒过来。睁眼一看,只见面前站定一个美丽少女,生就仙骨英姿,看去功行很有根底,便要下床叩谢救命之恩。那女子连忙阻止道:"师兄,你虽然醒转,但是你中了俞德红砂,毒还未尽,不可劳顿。待我去与你取些吃食来。"说罢,掉头自去。邱林也觉周身疼痛难忍,只得恭敬不如从命。听那女子称他师兄,想是同门之人,只不知她姓甚名谁,是何人弟子。小小年纪,居然能不怕俞德红砂及绿袍老祖等妖法,在虎穴龙潭中,将自己救出,小弟兄中真可算是出类拔萃的人物了。想到这里,又暗恨自己,不应错杀了人,犯了本门规矩,被师父将宝剑追去,戴罪立功。自己入门三十年,还不如后辈新进的年幼女子,好生惭愧。

正在胡思乱想之际,那女子已从外面走进,端了两碗热腾腾的豆花素饭来与他食用。邱林腹中正在饥饿,当下也不客气,接过便吃。吃完觉得精神稍好,便先自口头上道谢救命之恩,又问这是什么所在。那女子道:"师兄休得误会,我哪有这大本事?此间是辟邪村玉清观。昨晚救你的,便是玉清大师。我名周轻云,乃是黄山餐霞大师的弟子。师兄不是名叫神眼邱林的么?昨日玉清大师打从慈云寺经过,顺路探看敌人虚实,见师兄被擒,便用剑光将师兄救出。不想师兄肩头上还是沾了一点红砂,若不是大师的灵药,师兄怎得活命?大师今早因有要事出门了,临行时,吩咐请师兄就在此地休息,每日用灵药服用,大约有七八天便可复原了。"邱林闻言,才知道自己被玉清大师所救。只是一心惦记着回碧筠庵报告敌人虚实,便和轻云商量,要带病前去。轻云道:"听玉清大师说,此番破慈云寺,三仙、二老都要前来,能前知的人很多,慈云寺虚实,那里想必早已知道。师兄病体未痊,还是不劳顿的好。我等大师回来,过年初三四也要前去,听候驱遣,届时同行,岂不甚好?"邱林因昨日同醉道人分别时,知道三仙、二老一个未到,慈云寺有好些妖人,恐怕众剑侠吃了暗亏,执意要去。轻云劝说不下,只得陪他同行。邱林病势仍重,不可让他去冒天风,只得同他步行前去,好在辟邪村离碧筠庵只有二十余里远近。到了晚饭时分,轻云同邱林起身上路。

二人刚走到一片旷野之间,只见风掣电闪般跑过一双十六七岁的幼男女,后面有四个人,正在紧紧追赶。及待那一双男女刚刚跑过,邱林已认出追的四个当中,有一个正是那万恶滔天的多宝真人金光鼎。便对轻云道:"师妹快莫放走前面那个采花贼道,那便是多宝真人金光鼎。"正说时,金光鼎同着独角蟒马雄、分水犀牛陆虎、关海银龙白缟等四人业已到了面前。轻云见来人势众,知道邱林带病不能动手,便说道:"师兄快先走一步,等我打发他们便了。"说罢,便迎上前去。

第三十一回

力诛四寇　周侠女送友碧筠庵
夜探强敌　醉道人飞身慈云寺

　　那金光鼎四人本是好色淫贼，因法元叫智通约束寺中众人不许出外生事，他四人在寺中住了多日，天天眼见智通、俞德淫乐不休，只是不能染指。寺中妇女虽多，但都是些禁脔。欲待出来采花，又被智通止住。虽恨智通只顾自己快活，不近人情，好生不忿。但是寄人篱下，惟有忍气吞声，看见人家快活时心痒痒，咽一口涎沫而已。这日却来了许多能人，他四人班辈又小，本领又低，除奴才似的帮助合寺僧徒招待来宾外，众人会谈，连座位都无一个，越加心里难受。同时淫欲高涨，手指头早告了消乏。昨天看见邱林被金光救去，众人毫无办法。就平日所见所闻，慈云寺这群人决非峨眉派敌手，便安下避地为高之心。今早起来，四人商量停妥，假说要上青城山聘请纪登前来相助。智通因见他等一向表面忠诚，毫不疑心，还送他四人很丰厚的川资，叫他四人早去早回。

　　四人辞别智通出寺之后，金光鼎道："我等因被轶凡贼和尚追逼，才投到此地。实指望借他们势力，快活报仇。谁想到此尽替他们出力，行动都不得自由，还不把我们当人。如今他们同峨眉派为仇，双方都是暗中准备。莫如我们瞧冷子，到城内打着慈云寺旗号，做下几件风流事，替双方把火药线点燃，我们也清清火气。然后远走高飞，投奔八魔那里安身。你们看此计可好？"这些人原是无恶不作的淫贼，金光鼎会剑术，众人事事听他调遣，从来不敢违抗。又听说有花可采，自然是千肯万肯。当下便分头去踩盘子、调线，当日便访出有四五家，俱是绝色女子。马雄、陆虎本主张晚上三更后去。白缙偏说："今天该大开荤，天色尚早，何妨多访几家？"也是他等恶贯满盈，那几家妇女家门有德，不该受淫贼侮辱。他等四人会齐之后，信步闲游，不觉出了北门。彼时北门外最为荒凉。马雄道："诸位，你看看我们踩盘子踩到坟堆里来了。快些往回路走，先找地方吃晚饭吧。有这四五家，也够我们快活的了,何必多跑无谓的路呢?况且天也快黑了,就有好人,也不会出来了。"言还未了,忽听西面土堆旁有两个幼年男女说笑的声音道:"大哥,你看兔子才捉到三个,天都黑了。我们快些回庄吧,回头婆婆又要骂人了。"声音柔脆,非常好听。众淫贼闻声大喜,便朝前面望去,只见从土堆旁闪出一男一女,俱都佩着一口短剑,手上提三只野兔,年纪约在十六七岁,俱都长得粉妆玉琢,美丽非常。

四淫贼色心大动。马雄一个箭步纵上前去,拦住去路,说道:"你们两个小乖乖不要走了,跟我们去享福去吧。"言还未了,面上已中了那男孩一拳,打得马雄头眼直冒金星,差点没有栽倒在地。不由心中大怒,骂道:"好不识抬举的乖乖,看老子取你狗命!"言还未了,那一双男女俱都拔剑在手。马雄也将随身兵刃取出迎敌。金光鼎、陆虎、白缙也都上前助战。谁想这两个小孩不但武艺超群,身体灵便,还会打好几种暗器,见淫贼一拥而上,毫无惧色。不一会工夫,四淫贼已有两个带伤。马雄中了那男孩一飞蝗石,陆虎中了那女子一支袖箭,虽不是致命伤,却也疼痛非凡。金光鼎见势不佳,跳过一旁,将剑光放起。这一双男女俱都识货,喊一声:"不好!"将脚一登,飞纵倒退三五丈远,拨转头,飞驰电掣般落荒逃走。那金光鼎因要擒活的受用,收起剑光,紧紧追赶,打算追上,再用剑光截他归路。

正赶之间,只见前面站定一个绝色少年美女,估量是两个小孩同党,哪里放在心上。正待一拥齐上,只见来人并不动手,微微把肩膀一摇,便有一道青光飞出。金光鼎忙喊:"留神!"已来不及,再看马雄、白缙,业已身首异处。陆虎因走在最后,得延残喘。金光鼎见来人飞剑厉害,也把剑放出,一青一黄,在空中对敌。那两个少年男女正慌不择路地逃走,忽见敌人不来追赶。回头看时,见一个女子用一道青光,同敌人的黄光对敌,四个敌人已死了两个。心中大喜,重又回转。那陆虎迷信金光鼎飞剑,还在梦想战胜,擒那女子来淫乐报仇。他见金光鼎与那女子都在神志专一,运用剑光,在旁看出便宜,正待施放暗器。这两个幼年男女业已赶到,脚一纵,双双到了陆虎跟前,也不答言,两人的剑一上一下,分心就刺。陆虎急忙持刀迎敌,不到两个照面,被那男孩一剑当胸刺过,陆虎尸横就地。金光鼎见那一双幼年男女回转,已是着忙。又见陆虎丧命,微一分神,黄光便被青光击为两段,喊一声:"不好!"想逃命时已是不及,青光拦腰一绕,把金光鼎腰斩两截。

这两个少年男女见四淫贼俱已就戮,心中大喜,走将过来,朝着轻云深施一礼,道谢相助之德。轻云见这一双年少男女长得丰神挺秀,骨格清奇,暗中赞赏。当下互相通了姓名。原来那少年男女是同胞兄妹,男的名叫张琪,女的名叫张瑶青,乃是四川大侠张人武的孙儿女,父母早已下世,只剩下祖母白氏在堂,也是明末有名的侠女。张琪兄妹自幼受祖母的训练,学就一身惊人本领。今天因为出来打野兔,遇见淫贼,若非轻云相助,险遭不测。瑶青见轻云年纪同她相仿,便学成剑术,好生歆羡,执意要请轻云到家,拜她为师,学习剑法。轻云因自己年幼,不得师父允许,怎敢收徒,答应破了慈云寺之后,替他二人介绍。这时邱林也在路旁僻静处走了出来,大家又各互相介绍。邱林便对轻云道:"师妹,你看这里虽是偏僻之地,但是这四具死尸若不想法消灭,日后被人发现,岂不株连好人?"轻云道:"师兄但放宽心,我自有道理。"便从腰中取出一个瓶儿,倒出一些粉红色的药粉,弹在贼人身上。说道:"这个药,名为万艳消骨散,乃是玉清大师秘制之药。我在观中虽住日子不多,承大师朝夕指教,又送我这一瓶子药。弹在死人身上,一时三刻,便化成一摊黄水,消灭形迹,再好不过。"

正说时,忽见前面一亮,便有一道金光。四人定睛一看,玉清大师已来到面前,朝着轻云笑道:"云姑初次出马,便替人间除害,真是可喜可贺。"邱林先跪谢得救之恩。轻云领着张琪兄妹二人拜见。玉清大师道:"我不为他们,我还不来。我适才在棋盘峰经过,无意中偷听得两个异派中人要往成都北门外张家场去收他兄妹二人为徒。我料知他兄妹根基必定很好,我顾不得办事,匆匆赶到张家场,见了他们祖老太太之后,才知道不是外人,他祖母便是追云叟老前辈的侄曾孙女。后来听说他兄妹出门打野兔去了,我赶到此地,你已将四贼杀死。他兄妹二人根基颇好,学剑术原非难事。但须破了慈云寺之后,替他们介绍吧。"

张琪兄妹见玉清大师一脸仙风道骨,又同自己外高祖父相熟,知道决非普通剑侠可比。她既垂青自己,岂肯失之交臂,互相使了个眼色,双双走将过来,跪在地下,执意非请大师收他们为徒不肯起来。玉清大师道:"二位快快请起。不是我不肯,因为我生平未收过男弟子。所以要等破寺之后,见了众道友,看你二人与谁有缘,就拜谁为师,你二人何必急在一时呢?"张琪兄妹见大师不肯,还是苦苦哀求不止。玉清大师见二人如此诚心,略一寻思,便对张琪说道:"你二人既然如此向道心诚,我也正愁你二人回家难免被异派劫骗了去。这么办,我先收你妹子为徒。你呢,不妨先随同我到观中,我先教你吐纳运气之法。破寺之后,再向别位道友介绍便了。"张琪兄妹闻言大喜,又叩了几个头,起来垂手站立一旁。

邱林病未痊愈,又在野外受了一点晚风,站了多时,不住地浑身抖战。玉清大师忽对他说道:"我只顾同他们说话,忘了你的病体。你要知道受毒已深,危在旦夕,我的药方无非苟延残喘而已。我今早出门,就为的是去寻灵药与你解毒,救你性命。也是你吉人天相,我在棋盘峰回转时,路遇嵩山二老之一矮叟朱老前辈,他有专破百毒的仙丹,比我寻得的胜强百倍。他也是往碧筠庵去,你要想活命,趁这天色昏黑之际,勉力施展你平生本领飞跑。哪怕多累,多难受,也不能在半路停留缓气。你只连纵带跳地跑进碧筠庵,先让你浑身死血活动一下,那时再得朱老前辈仙丹,便可活命,切记切记!我和云姑在后暗中护送便了。"又对轻云说:"你送邱林师兄到了碧筠庵,你无须进去,可先回观等我。我领他兄妹二人去见他们祖老太太,说明一切情形,随后就来。"说罢,邱林便辞别众人,也顾不得周身疼痛,眼目昏花,飞一般往前快跑,虽然累得气喘吁吁,也不敢停留半步。到了碧筠庵,看那丈许的围墙,估量自己还可纵得上去,便不走大门,咬紧牙关,提着气,越墙而过。轻云见邱林到了目的地,知已无碍,便自回转。邱林进房以后,见许多剑仙都在,头昏眼花,也分不出谁是谁来,心中一喜,气一懈怠,一个支持不住,晕倒在地。等到服了矮叟灵药,经了些许时辰,才悠悠醒转,觉得周身疼痛稍减。当下坐起,谢了矮叟朱梅活命之恩,随把慈云寺情形说了一遍。

众人听完邱林报告之后,便问矮叟朱梅有何高见。朱梅道:"诸位不要害怕。绿袍老祖的妖法与俞德的红砂虽然厉害,届时自有降他们的人。不过他们既来到,早晚必要前来扰闹一番。碧筠庵地方太小,又在城内,大家虽然能够抵御一阵,附近居民难免妖法波及。再者小弟兄们根行尚浅,一个支持不住,中了暗算,便不好施治,岂不是无谓的牺牲?如今事不宜迟,我们大众一齐往辟邪村玉清观去。那里地方又大,远在郊外山岩之中,一旦交起手来,也免殃及无辜。同时今晚请二位道友先到慈云寺去,同他们定好决斗日期,并说明我们全在辟邪村玉清观中。或是他们来,或是我们登门领教,顺便观察虚实。诸位意下如何?"众剑侠闻言,俱各点头称善。因为醉道人轻车熟路,便推定他前去订约。朱梅道:"醉道友前去,再好不过。不过敌人与我们结怨太深,他们又是一群妖孽,不可理喻。此去非常危险,还须有一位本领超群之人去暗中策应才好。"

言还未了,一阵微风过处,忽听一人说道:"朱矮子,你看我去好么?"众人定睛看时,面前站定一个矮胖道姑,粗眉大眼,方嘴高鼻,面如重枣,手中拿着九个连环,叮当乱响,认出是落雁山愁鹰涧的顽石大师,俱各上前相见。

这时朱梅已离座上前,指着顽石大师说道:"你这块顽石也来凑热闹么? 你要肯陪醉道友去,那真是太好不过。如今事不宜迟,你二位急速去吧。我同大众,到辟邪村静候消息便了。"说罢,醉道人和顽石大师别了众人,径往慈云寺而去。

第三十二回

弥天星雨　两次破金蚕
彻地金光　一番诛丑怪

这时法元通知俞德等，正同众人陪着绿袍老祖在大殿会商如何应敌。先前龙飞自邱林逃走后，本要约同绿袍老祖同俞德等三人，各将炼成的法宝，先往碧筠庵去施展一番，杀一个头阵。法元总说晓月禅师到后，再做通盘计划。好在帮手能人，俱都来了不少，慈云寺已如铜墙铁壁一般，进可以战，退可以守，乐得等人到齐，把势力养足，去获一个全胜。

龙飞性情暴躁，心中不以为然，执意要先去探个虚实。当下约同俞德，带了柳宗潜，前往碧筠庵。刚刚走到武侯祠，便见前面白雾弥漫，笼罩里许方圆，简直看不清碧筠庵在哪里。可是身旁身后，仍是晴朗朗的，疑是峨眉派的障眼法儿。正要将九子母阴魂剑放出，往雾阵中穿去，忽然从来路上飞来万朵金星。这时正在丑初，天昏月暗，分外鲜明。俞德一见大惊，忙喊："道兄仔细！"一面说，一面把龙飞拉在身旁，从身上取出一个金圈，放出一道光华，将自己同龙飞圈绕在金光之中。龙飞便问何故。俞德忙叫噤声，只叫他在旁仔细看动静便了。二人眼看那万朵金星飞近自己身旁，好似那道光华挡住它的去路。金星在空中略一停顿，便从两旁绕分开来，过了光华，又复合一。龙飞耳中但听得一阵吱吱之音，好似春蚕食叶之声一般。那万道金星合成一簇之后，更不迟慢，直往那一团白雾之中投去。在这一刹那当儿，忽见白雾当中冒出千万道红丝，与那一簇金星才一接触，便听见一阵极微细的哀鸣，那许多碰着红丝的金星纷纷坠地，好似正月里放的花炮一般，落地无踪，煞是好看。而后面未接触着红丝的半数金星，好似深通灵性，见事不祥，电掣一般，拨回头便往来路退去。那千万道红丝好似白雾中有人驾驶，也不追赶，仍旧飞回雾中。把一个俞德看了个目瞪口呆，朝着龙飞低喊一声："风紧，快走！"龙飞莫名其妙，还待问时，已被俞德驾起剑光带回来路。

俞德到了慈云寺前面树林，便停了下来，朝着龙飞说道："好险哪！"龙飞便问:"适才那是什么东西,这样害怕?"俞德轻轻说道:"起初我们看见那万道金星,便是绿袍老祖费多年心血炼就的百毒金蚕蛊。这东西放将出来,专吃人的脑子。无论多厉害的剑仙,被它咬上一口,一个时辰,准死无疑。适才金身罗汉请大家等晓月禅师到后再说,我见绿袍老祖脸上跟你一样,好似很不以为然的样子。果然他见我们走后,想在我们未到碧筠庵之前,将金蚕蛊放出,咬死几十个剑侠,显一点奇迹与大家看。谁想人家早有防备,先将碧筠庵用浓雾封锁,然后在暗中以逸待劳。放出来的那万道红丝,不知是什么东西,居然会把金蚕制死大半。绿袍老祖这时心中不定有多难受。他为人心狠意毒,性情特别,不论亲疏,翻脸不认人。我们回去,最好晚一点,装作没有看见这一回事,以防他恼羞成怒,拿我们出气,伤了和气,平白地又失去一个大帮手。我看碧筠庵必有能人,况且我们虚实不知,易受暗算,今晚只可作罢,索性等到明张旗鼓,杀一个够本,杀多了是赚头,再作报仇之计吧。"

龙飞闻言,将信将疑,经不住俞德苦劝,待了一会,方各驾剑光,回到寺中。见了众人,还未及发言,绿袍老祖便厉声问道:"你二人此番前去,定未探出下落,可曾在路上看见什么没有?"俞德抢先答道:"我二人记错了路,耽误了一些时间。后来找到碧筠庵时,只见一团浓雾,将它包围。怎么设法也进不去,恐怕中了敌人暗算,便自回转,并不曾看见什么。"绿袍老祖闻言,一声怪笑,伸出两只细长手臂,如同鸟爪一般,摇摆着栲栳大的脑袋,睁着一双碧绿的眼睛,慢慢一步一步地走下座来,走到俞德跟前,突地一把将俞德抓住,说道:"你说实话,当真没有瞧见什么吗?"声如枭号一般。众人听了,俱都毛发森然。俞德面不改色地说道:"我是毒龙尊者的门徒,从不会打诳语的。"绿袍老祖才慢慢撒开两手。他这一抓,几乎把俞德抓得痛彻心肺。绿袍老祖回头看见龙飞,又是一声怪笑,依旧一摇一摆,缓缓朝着龙飞走去。俞德身量高,正站在绿袍老祖身后,便摇手作势,那个意思,是想叫龙飞快躲。龙飞也明白绿袍老祖要来问他,决非善意,正待想避开时,偏偏智通派来侍候大殿的一个凶僧头目,名唤盘尾蝎了缘的,正端着一盘点心,后面跟着知客僧了一,端了一大盘水果,一同进来,直往殿中走去,恰好走到绿袍老祖与龙飞中间。法元要打招呼,已来不及。了缘因在了一前头,正与绿袍老祖碰头,被绿袍老祖一把捞在手中。了缘一痛,手一松,当的一声,盘子打得粉碎,一大盘的肉包子,撒了个满地乱滚。在这时候,众人但听一声惨呼,再看了缘,已被绿袍老祖一手将肋骨抓断两根,张开血盆大口,就着了缘软胁

190

下一吸一呼,先将一颗心吸在嘴内咀嚼了两下。随后用嘴咬着了缘胸前,连吸带咬,把满肚鲜血,带肠肝肚肺吃了个净尽。然后举起了缘尸体,朝龙飞打去。龙飞急忙避开,正待放出九子母阴魂剑时,俞德连忙纵过,将他拉住道:"老祖吃过人心,便不妨事了。"再看绿袍老祖时,果然他吃完人血以后,眼皮直往下搭,微微露一丝绿光,好似吃醉酒一般,垂着双手,慢慢回到座上,沉沉睡去。众人虽然凶恶,何曾见过这般惨状。尤其是云母山女昆仑石玉珠,大不以为然,若非估量自己实力不济,几乎放剑出去,将他斩首。知客僧了一也觉寺中有这样妖孽,大非吉兆。法元暗叫智通把了缘尸首拿去掩埋,心中也暗暗不乐。

到了第二天,大家对绿袍老祖由敬畏中,便起了一种厌恶之感。除法元外,谁也不敢同他接近说话。而绿袍老祖反不提起前事,好似没事人一般。俞、龙二人见不追问,才放了心。到了晚间,又来两个女同道:一个是百花女苏莲,一个是九尾天狐柳燕娘,俱都是有名的淫魔,厉害的妖客。法元同大众引见之后,因知绿袍老祖爱吃生肉,除盛设筵宴外,还预备了些活的牛羊,与他享用。晚饭后,大家正升殿议事之际,忽然一阵微风过处,殿上十来支粗如儿臂的大蜡,不住地摇闪。烛光影里,面前站定一个穷道士,赤足芒鞋,背上背着一个大红葫芦,斜插着一支如意金钩。众人当中,一多半都认得来人正是峨眉门下鼎鼎大名的醉道人。见他单身一人来到这虎穴龙潭之中,不由暗暗佩服来人的胆量。法元正待开言,醉道人业已朝大众施了一礼,说道:"众位道友在上,贫道奉本派教祖和三仙、二老之命,前来有话请教。不知哪位是此中领袖,何妨请出一谈。"法元闻言,立起身来,厉声道:"我等现在领袖,乃是绿袍老祖。不过他是此间贵客,不值得与你这后生小辈接谈。你有什么话,只管当众讲来。稍有不合理处,只怕你来时容易去时难,有些难逃公道。"醉道人哈哈大笑道:"昔日太乙混元祖师创立贵派,虽然门下品类不齐,众人尚不失修道人身份。他因误信恶徒周中汇之言,多行不义,轻动无明,以致身败名裂。谁想自他死后,门下弟子益加横行不法,奸淫杀抢,视为家常便饭,把昔日教规付于流水。除掉几个洁身自好者改邪归正外,有的投身异端,甘为妖邪;有的认贼作亲,仗势横行。我峨眉派扶善除恶,为世人除害,难容尔等胡作非为!现在三仙、二老同本派道友均已前往辟邪村玉清观,明年正月十五夜间,或是贵派前去,或是我们登门领教,决一个最后存亡,且看是邪存,还是正胜!诸位如有本领,只管到十五晚上一决雌雄。贫道此来,赤手空拳,乃是客人,诸位声势汹汹何来?"

言还未了，众中恼了秦朗、俞德、龙飞等，各将法宝取出，正待施放。醉道人故作不知，仍旧谈笑自如，并不把众人放在心上。法元虽然怒在心头，到底觉得醉道人孤身一人，胜之不武。忙使眼色止住众人道："你也不必以口舌取胜。好在为日不久，就可见最后分晓。明年正月十五，我们准到辟邪村领教便了。"醉道人答道："如此甚好。贫道言语莽撞，幸勿见怪。俺去也。"说罢，施了一礼，正要转身，忽听殿当中一声怪笑，说道："来人慢退！"醉道人未曾进来时，早已留心，看见绿袍老祖居中高坐。此时见他发话拦阻，故作不知，问道："这位是谁？恕我眼拙，不曾看见。"绿袍老祖闻言，又是一声极难听的怪笑，摇摆着大脑袋，伸出两只细长鸟爪，从座位上慢慢走将下来。众人知道醉道人难逃毒手，俱都睁着大眼，看个究竟。法元心中虽然不愿意绿袍老祖去伤来使，但因他性情特别古怪，无法阻拦；又恨醉道人言语猖狂，也就惟有听之。不过醉道人来者不善，善者不来，便暗使眼色，叫众人准备。那绿袍老祖还未走到醉道人身旁，只见一道匹练似的金光飞进殿来，便听一人说道："醉道友，这班妖孽不可理喻，话已说完，还不走，等待何时？"众人情知来了帮手，那道金光来去迅速非常。

　　这一刹那间，看殿上，醉道人已不知去向。众人便要追赶。绿袍老祖一声长啸，从腰中抓了一把东西，望空中洒去。法元、俞德忙喊众人快收回剑光法宝，由老祖一人施为。众人用目看时，只见绿袍老祖手放处，便有万朵金星，万花筒一般，电也似疾，飞向空中。接着绿袍老祖将足一登，无影无踪。俞德、龙飞、秦朗三人便飞往空中看时，只见最前面一道青光，飞也似的逃走。后面这万朵金星，云驰电掣地追赶。看看已离青光不远，忽见万朵金星后面，飞起万道红丝，比金星还快，一眨眼间，便已追上那万朵金星。好似遇见劲敌，想要逃回，后路已被红丝截断。在空中略一停顿，万道红丝与万朵金星碰个正着。但听一阵吱吱乱叫之声，那万朵金星如同陨星落雨一般，纷纷坠下地来。接着便是一声怪啸，四面鬼哭神嚎，声音凄厉，愁云密布，惨雾纷纷。俞德喊一声："不好！诸位快降下地来，切莫乱动！"一面将圈儿放起，化成亩大光华，将众人围绕在内。只见地面上万朵绿火，渐渐往中央聚成一丛。绿火越聚越高，忽地分散开来。绿火光中，现出绿袍老祖栲栳大的一张怪脸，映着绿火，好不难看。绿袍老祖现身以后，便从身上取出一个白纸幡儿，上方绘就七个骷髅，七个赤身露体的魔女。幡一摇动，俞德等三人便觉头目昏眩，非常难过。绿袍老祖正待将幡连摇，忽地一团丈许方圆的五色光华往幡上打到，将幡打成两截。那五色光华也同时消灭。接着一道匹练似的金光从空降下，围着绿袍老祖只一绕，便将绿袍老祖分为两段，金光也便自回转。倏地又见东北方飞起一溜绿火，飞向老祖身前，疾若闪电，投向西南方而去。这一幕电影，把三人看了个目瞪口呆。俞德知事不祥，喊一声："快走！"收起圈儿，不由分说，拖了秦、龙二人，飞回慈云寺而去。

这里再说醉道人，见绿袍老祖摇摆着往自己身旁走来，便知不好，正准备迎敌时，忽被一道金光引出。刚刚出了寺门，便听那人说道："醉道友，你快往回路诱敌，待我与顽石大师除此妖孽。"醉道人即便答应。回头看那人时，只见此人身若十一二岁幼童，穿着一件鹅黄短衣，项下一个金圈，赤着一双粉嫩的白足，活像观音菩萨座前的善财童子，并非峨眉本派中人，看去非常面熟，却是素昧平生，好生惊奇。这时，后面绿袍老祖已将金蚕放出，那人只顾催醉道人快走。醉道人也不及请问来人姓名，便驾起剑光，往前逃走。偶然回头看后面追的万朵金星发出唧唧之声，漫天盖地而来，知是金蚕蛊，暗自惊心。看看被那些金蚕追上，忽见蚕后面又飞出千万道红丝，把金蚕消灭了个净尽。便回转剑光，来看动静。只见一道金光过处，将绿袍老祖分为两段。知是那人所为，心中大喜。急忙走近前看时，只见地下倒着绿袍老祖的下半截尸身，上半截人头已不知去向。刚才用金光救自己出险的那人，同顽石大师正在说话。顽石大师一见醉道人回转，便赶上前来说道："醉道友，快来拜见这位老前辈，便是云南雄狮岭长春岩无忧洞内极乐童子李老前辈。这次若非老前辈大发慈悲，这绿袍老祖妖孽的金蚕，怕不知道要伤若干万数生灵，而我们也不知有多少同道要遭大劫呢！只是我多年炼就，全仗它成名的一块五云石，生生被业障断送了。"

醉道人闻言，才知这人便是当年青城派鼻祖极乐真人李静虚。昔日陪侍长眉真人，曾经见过，怪不得面熟。那时真人剑术自成一家，与峨眉派鼻祖长眉真人不相上下。因为收错了两个徒弟，胡作非为，犯了教规，他却不像混元祖师那样庇护恶徒，亲自出来整顿门户，把恶徒擒回青城，遍请各位剑仙到场，按家法处治。从此无意收徒传道，退隐到云南雄狮岭长春岩无忧洞静参玄宗。数十年工夫，悟彻上乘，炼成婴儿，脱去躯壳，成了散仙，从此便自号极乐童子。本想在洞中一意精进，上升仙阙，一来外功未满，二来青城派剑法尚无传人，终觉可惜，打算物色一位真正根基深厚、心端品正的人承继道统。那日偶遇玄真子，谈起各派情形，知道不久各派在成都有一场恶斗。便来到成都，想到他们两下住处，都去观察一番，顺便看看有无良缘者在内。他刚到慈云寺，便见绿袍老祖居中高坐，即此一端，已分出两家邪正。

刚离慈云寺，又遇见神尼优昙，说绿袍老祖妖法厉害，知道真人有炼就三万六千根乾坤针，请他相助一臂之力。真人因不愿偏袒一方，只答应除去绿袍老祖，代世人除害。因算就绿袍老祖要将金蚕放出来害人，先将碧筠庵用雾封锁。后来从雾中放出乾坤针，将金蚕除了一小半。知道绿袍老祖决不甘心，便在暗中监视。今晚见醉道人冒险入寺，又见顽石大师跟在后面，便上前去相见。他叫顽石大师藏在暗处，听他招呼，再行动手。然后进去将醉道人救出，叫他逃走诱敌，他后面用乾坤针去杀金蚕，以防逃走，而绝后患。后来绿袍老祖展动修罗幡，顽石大师知道厉害，便想乘其不备，从暗中用五云石将他打死。谁想幡倒被她打折，五云石受妖幡污秽，也同归于尽，真成了一块顽石，把多年心血付于一旦，好不可惜。

　　醉道人拜见真人之后，又谢了相助之德。真人道："为世除害，乃是分内之事，这倒无须客气。不过这妖孽炼就一粒玄阴珠，藏在后脑之中，适才不及施放，便被我将他斩死，被一个断臂的妖人，连头偷了逃走，必定拿去为祸世间。我做事向来全始全终，难免又惹下许多麻烦了。"醉道人听罢真人之言，便恭恭敬敬地请真人驾临辟邪村去，相助破慈云寺。真人道："你们各派比剑，虽有邪正之分，究竟非妖人可比。我当初曾因收徒不良，引为深憾，怎好意思代死去的朋友（指混元祖师）整顿门户？况且他们很少出类拔萃之人能同你们抵敌，这个我万万不能奉陪。"醉道人不敢勉强，便请真人驾到辟邪村小坐一会，好让一班后辈瞻仰金容。真人也本想看看峨眉后进中根行如何，答应同去。朱梅早已听人说远远半空中满天金星，同万道红丝相斗。出来看时，已认出是真人的乾坤针，正破金蚕。便回来招呼众人，迎上前去。才离观门不远，便见醉道人和顽石大师陪着真人驾到，当下接了进去。

　　真人遍观峨眉门下，果然有不少根行深厚之人在内，尤以周轻云和金蝉为最好。但是一个是餐霞大师爱徒，一个是齐漱溟前生爱子，俱与他无缘。知道峨眉派门户将来一定能够发扬光大，好生赞赏，愈加动了觅一个佳材，以传衣钵之想，不愿见各派剑仙自相残杀。坐了一会，便要走。众人挽留不住，只得随送出了观门。真人袍袖一展，一道金光，宛如长虹，照得全村通明，起在空中，便自不见。矮叟朱梅向不服人，自问也望尘不及。其余众人，更是佩服不置。

第三十三回

秘笈误良朋　三世重逢　始结师生完夙孽
寒月森剑气　四侠倾盖　同施身手探慈云

　　众人回观之后，醉道人把前事说了一遍。又说自己业经擅做主张，与他们订下十五之约。他们人虽众多，看不出有什么特别人物在内。但不知他们所请的人到齐没有。矮叟朱梅道："哪里会到齐？如今来的，差不多俱是无名之辈。那厉害的，如许飞娘、晓月禅师、毒龙尊者，俱都还未露面呢。"众人谈了一会，便议定由玉清大师、醉道人、顽石大师、髯仙李元化四人，分班每日前往慈云寺探看虚实。

　　转眼光阴，便到了正月初五。双方陆续又来了不少帮手。辟邪村玉清观来的是：餐霞大师弟子女空空吴文琪同女神童朱梅，东海三仙之一玄真子的大弟子诸葛警我，东海三仙之一苦行头陀的大弟子笑和尚，神尼优昙的大弟子素因等。慈云寺那边来的是：许飞娘门徒三眼红蜺薛蟒，晓月禅师的两个门徒通臂神猿鹿清、病维摩朱洪，武当山金霞洞明珠禅师，飞来峰铁钟道人等。许飞娘因有特别原因，不能前来。晓月禅师日内准到。法元闻讯之后，稍放宽心。

　　到了初九那一天，追云叟白谷逸才到了辟邪村。众人上前，分别拜见之后，追云叟又谢了矮叟朱梅先到之情。随后便问素因与玉清大师："令师神尼优昙何不肯光降？"素因答道："家师说此番比试，不过小试其端，有诸位老前辈同众道友，已尽够施为，家师无加入的必要。如果华山烈火禅师忘了誓言，滇西毒龙尊者前来助纣为虐时，家师再出场不晚。但是家师已着人去下过警告，谅他们也决不敢轻举妄动了。"追云叟闻言道："烈火、毒龙两个业障接着神尼警告，当然不敢前来，我们倒省却了不少的事。许飞娘想必也是受了餐霞大师的监视。不过这到底不是根本办法，我向来主张除恶务尽，这种恶人，决没有洗心革面的那一天，倒不如等他们一齐前来，一网打尽的好。"说罢，女神童朱梅忽然走将过来，朝着追云叟跪了下去，随将手中一封书信呈上,起来侍立一旁。追云叟接过餐霞大师书信,看了一遍,点了点头,朝着矮叟朱梅说道:"朱道友,这是餐霞大师来的信。她说这次教她两个门徒到成都参加破慈云寺,一来为的是让她们增长阅历。二来为的是好同先后几辈道友见见面,异日积外功时,彼此有个照应。三来她门徒女神童朱梅在幼小时,原是你送去托餐霞大师教养,当时她才两岁,餐霞大师要你起名,你回说就叫她朱梅吧,说完就走了,于是变成和你同名同姓。你何以要让她与你同名,以及你二人经过因果,我已尽知,所以托我给你二人将恶因化解,并把她的名字改过,以免称呼上不方便。你看好么?"矮叟朱梅面带喜容道:"这有什么不好,我当初原是无心之失,不意纠缠二世,我度她两次,她两次与我为仇。直到她这一世,幸喜她转劫为女,我才将她送归餐霞门下。如今你同餐霞替我化解这层孽冤,我正求之不得呢。"

这一番话,众人当中,只有一二人明白,连女神童朱梅本人也莫名其妙。不过她在山中久闻三仙、二老之名,并且知道一老中,有一个与她同名同姓。不知怎的,日前见了矮叟朱梅以后,心中无端起了万般厌恶此人之感,自己也不知什么缘故。现在听追云叟说了这一番话,估量其中定有前因,又不敢问,尽是胡猜乱想。

忽听追云叟说道:"人孰无过?我辈宅心光明,无事不可对人言,待我把这事起因说了吧。在百数十年前,矮叟朱梅朱道友同女神童朱梅的前生名叫文瑾,乃是同窗好友。幼年同是巍科,因见明末奸臣当道,无意做官,二人双双同赴峨眉,求师学道。得遇峨眉派鼻祖长眉真人的师弟水晶子收归门下,三年光阴,道行大进。同时,师父水晶子也兵解成仙。有一天,二人分别往山中采药,被文道友在一个石壁里发现了一部琅嬛秘笈,其中尽是吐纳飞升之术。文道友便拿将回来,与朱道友一同练习。练了三年工夫,俱都练成婴儿,脱离躯壳,出来游戏。山中岁月,倒也逍遥自在。当时文道友生得非常矮小,朱道友却是一表非凡。道家刚把婴儿练成形时,对于自己的躯壳,保护最为要紧。起初他二人很谨慎,总是一个元神出游,一个看守门户,替换着进行。后来胆子越来越大,常有同时元神出游的时候,不过照例都是先将躯壳安置在一个秘密稳妥的山洞之中。也是文道友不该跟朱道友开玩笑,他说那琅嬛秘笈乃是上下两卷,他拿来公诸同好的只是第一卷,第二卷非要朱道友拜他为师,不肯拿出来。朱道友向道心诚,不住地央求,也承认拜文道友为师。文道友原是一句玩笑话,如何拿得出第二卷来?朱道友却认为是文道友成心想独得玄秘,二人渐渐发生意见。后来朱道友定下一计:

趁文道友元神出游之时，他也将元神出窍，把自己躯壳先藏在山后一个石洞之中，自己元神却去占了文道友的躯壳，打算借此挟制，好使文道友将第二卷琅嬛秘笈献了出来。等到文道友回来，见自己躯壳被朱道友所占，向他理论，朱道友果然借此挟制，非叫他献出原书不可。等到文道友赌神罚咒，辨证明白，朱道友也打算让还文道友躯壳时，已不能够了。

"原来借用他人躯壳，非功行练得极深厚，绝不能来去自如。这一下，文道友固然吓了个胆落魂飞，朱道友也闹了个惶恐无地，彼此埋怨一阵，也是无用。还是朱道友想起，双方将躯壳掉换，等到道成以后，再行还原。这个法子同打算原本不错，等到去寻朱道友本身躯壳时，谁想因为藏的时候疏忽了一点，被野兽钻了进去，吃得只剩一些尸骨。文道友以为朱道友是存心谋害，誓不与朱道友甘休。但是自身仅是一个刚练成形的婴儿，奈何他不得。每日元神在空中飘荡，到晚来依草附木，口口声声喊朱道友还他的躯壳。山中高寒，几次差一点被罡风吹化。朱道友虽然后悔万分，但也爱莫能助。日日听着文道友哀鸣，良心上受刺激不过，正打算碰死在峨眉山上，以身殉友。恰好长眉真人走过，将文道友元神带往山下，找一个新死的农夫，拍了进去。朱道友听了这个消息，便将他接引上山，日夕同在一处用功。叵耐那农夫本质浅薄，后天太钝，不能精进。并且记恨前仇，屡次与朱道友拼命为难，想取朱道友的性命，俱被朱道友逃过。他气愤不过，跳入舍身岩下而死。

"又过了数十年，朱道友收了一个得意门徒，相貌与文道友生前无二，爱屋及乌，因此格外尽心传授。谁想这人心怀不善，学成之后，竟然去行刺朱道友。那时朱道友已练得超神入化，那人行刺未成，便被朱道友元神所斩。等到他死后，又遇见长眉真人，才知果然是文道友投生，朱道友后悔已是不及。

"又隔了若干年，朱道友在重庆市上，看见一双乞儿夫妇倒毙路侧，旁边有一个两岁女孩，长得与文道友丝毫无二。这时朱道友已能前知，便算出来果是文道友三次托生。当时原想将她带回山中抚养，又鉴于前次接二连三地报复不休，将来难免麻烦；欲待不管，一来良心上说不过去，二来见这女孩生就仙骨，资禀过人，如被异教中人收了去，同自己冤冤相报，还是小事，倘或一个走入歧途，为祸世间，岂不孽由己造？自己生平从未带过女徒弟，为难了好一会，才想起黄山餐霞大师。当下便买了两口棺木，将女孩父母收殓，将这女孩带往黄山，拜托餐霞大师培养教育。餐霞大师见这女孩根基厚，颇为喜欢，当下便点头应允。那女孩因在路上受了风寒感冒，头上有些发热。朱道友的丹药本来灵异,便取了一粒,与那女孩调服。那女孩服了朱道友灵药之后,不消片刻,便神志清醒过来,居然咿呀学语,眉目又非常灵秀,餐霞大师与朱道友俱各欢喜非常。朱道友见那女孩可爱,便用手抚弄。谁想那女孩前因未昧,一眼认清朱道友面目,恶狠狠睁着两只眼,举起两只小手,便往朱道友脸上一抓,竟自气晕过去。朱道友知她怀恨已深,自己虽用许多苦心,难于解脱,不由得叹了口气,回身便走。餐霞大师因这女孩没有名字,忙将朱道友唤转,叫他与女孩取名。朱道友为纪念前因起见,又不知那女孩生身父母名姓,便说就叫她朱梅,说完走了。直到今日,才与这女孩二次见面。这便是女神童朱梅与朱道友的一段因果。

"这女神童朱梅因今年在华山去除毒蟒,误中了白骨箭,得服肉芝之后,把她生来恶根,业已化除净尽。虽然异日决不会再发生什么举动,但是你们两人俱都应当由我把话说明。因为峨眉派着眼门户光大,女神童朱梅是后辈中最优良的弟子。她的险难也太多,很有仰仗朱道友相助的时候。我既受餐霞大师委托,与你们两家化解,依我之见,莫如朱道友破一回例,收这女神童为门下弟子,以后如遇危险,朱道友责无旁贷,努力扶她向上,把昔日同门之好,变为师生之谊。把她的名字,也改过来,以便称呼。了却这一件公案,岂不两全其美?"

矮叟朱梅闻言,微笑不语。那女神童朱梅这才恍然大悟,听到前生伤心处,不由掉下两行泪珠来。她自服了肉芝之后,久已矜平躁释,再加餐霞大师日常训导之力,心地空灵已极。平日常听师父说,自己根行甚厚,异日必可大成,但是多灾多难。师父三十年内便要飞升,巴不得有这一个永远保镖的,时常照护于她。见追云叟要叫她拜矮叟朱梅为师,这种莫大良机,岂肯失之交臂。一时福至心灵,便不等招呼,竟自走了过来,朝着追云叟与朱梅二人双膝跪下,口称:"师父在上,受弟子一拜!"矮叟朱梅见她跪倒,想起前因,不禁泪下。也不像往日滑稽状态,竟然恭恭敬敬站起,用手相搀,说道:"你快快起来。我昔日原是无心之失,适才你也听师伯说个明白。你我昔为同门,今为师生,自与寻常弟子不同。此后只要你不犯教规,凡我力量所能及者,无不尽力而为。你的名字,本可不改,因不好称呼,你前生原姓文,我看你就叫朱文吧。我除你一人外,并无女弟子。你以后仍在黄山修炼,我随时当亲往传授我平生所学。"说罢,从怀中取出一面三寸许方圆的铜镜,说道:"这面镜子,名唤天遁。你拜师一场,我无他传授,特把来赐予了你。有此一面镜子,如遇厉害敌人,取将出来,按照口诀行事,便有五色光华,无论多么厉害的剑光法宝,被镜光一照,便失其效用,同时敌人便看不见你存身之处。此乃五千年前广成子炼魔之宝,我为此宝,寻了三十年,才得发现。你须要好生保管,不可大意。过一日,我再将口诀传授于你。"女神童朱梅跪接宝镜以后,又谢了师父赐名之恩。小辈剑侠中,俱都代女神童朱梅庆幸这一番异数,彼此又互贺了一回。从此,女神童朱梅,便改名朱文。不提。

追云叟与矮叟朱梅率领众剑侠,在辟邪村玉清观又住了数日,不觉已是灯节期近。到了十三日下午,醉道人回来,报道:"后日便是十五,他们那里请的主要人物,如晓月禅师、毒龙尊者、烈火祖师、万妙仙姑许飞娘等,俱都一个未到,不解何故。"追云叟闻言,寻思一会,仍嘱咐他们四人随时留意打探,不可轻敌妄动。

这时候最难受的,是小一辈的剑侠。初来时,以为一到便要与慈云寺一干人分个高下,一个个兴高采烈。谁想到了成都,一住已有二十天,不见动静。每日随侍各位老前辈,在玉清观中行动言语俱受拘束,反不如山中自由自在。金蝉性质最为活泼淘气,估量就是到了十五,有众位老前辈在场,自己又有姊姊管束,未必肯让他出去与人对敌。临来时,母亲赐给他一对鸳鸯霹雳剑,恨不能择个地方,去开个利市。无奈单丝不成线,孤木不成林,打算约请两个帮手,偷偷前往慈云寺去,杀掉两个妖人,回来出出风头。姊姊灵云又寸步不离,难以进行,好生焦闷。偏巧这日醉道人奉命走后,齐灵云因女神童朱文约她下棋,灵云便要金蝉前去观阵。金蝉假装应允,等到齐、朱二人聚精会神的时候,偷偷溜了出来。

小弟兄中,他同周轻云、孙南、张琪兄妹、苦行头陀的大弟子笑和尚最说得来。他因张琪兄妹年幼,剑术未成,不便约人家涉险。先去找着了轻云、孙南,又对笑和尚使了个眼色,四人一同走到观后竹园中,各自寻了一块石头坐下。轻云、笑和尚便问他相邀何事。金蝉道:"我到此最早,转眼快一月了。起初原想到此就同敌人厮杀,谁想直到现在,并未比试交手。每日住在观中,好不气闷死人。我看到了十五那日,有诸位老前辈在场,未必有我们的事做。适才听醉师叔说,他们那边厉害一些的一个未来,现在所剩的,尽是一些饭桶,这岂不是我等立功机会?我本想约朱文姊姊同去,她起初和我感情再好不过,也曾经帮过我的大忙。自从斩罢妖蛇,身体复原之后,竟变成大人了。又跟我姊姊学了一身道学气,也不和我玩了。我若找她同往慈云寺,她不但不去,恐怕还要告诉姊姊。我想我跟三位师兄师姊最莫逆,情愿把功劳分给你们三位一半。今晚三更时分,同往慈云寺,趁他们厉害的人未到以前,杀一个落花流水,岂不快活煞人?不知你们三位意下如何?"孙南知道事情非同小可,以追云叟那么大法力,尚主持重,这样大事,岂是几个小孩子所能办的?但是他知道金蝉小孩脾气,不敢驳回,只拿眼望着别人,不发一言。轻云天资颖异,在餐霞大师门下,入门虽浅,功夫最深。新近又跟玉清大师学了许多法术,艺高人胆大。虽然觉得事情太险,但去否都可,并不坚持一面。

那笑和尚本是书中一个主要人物,他的出身甚奇,留待后叙。年才十四五岁,为苦行头陀生平惟一弟子。五岁从师,练就一身惊人艺业。性情也和金蝉差不多,长就一个圆脸,肥肥胖胖,终日笑嘻嘻,带着一团和气。可是他胆子却生来异乎寻常之大。再加以苦行头陀轻意未收过徒弟,因他生有异质,便不惜把自己衣钵尽心传授,平日又多所奖励。此次奉命前来到场,曾有信与二老,说他可以随意听候调遣,那意思就是他均可胜任。他本领大,心也大,自然是巴不得去闯个祸玩玩。他听完了金蝉之言,见孙南、周轻云俱不发言,便站起身来说道:"金蝉师弟所说,正合我意。但不知孙师兄、周师姊意下如何?"轻云本是无可无不可的,见笑和尚小小年纪这般奋勇,怎肯示弱,当下也点头应允。孙南见二人赞同,便也不好意思反对。又商量了一会,定下三更时分,一同前往。金蝉又叫笑和尚到时故意约自己同榻夜话,以免灵云疑心拦阻,不叫他去。

四人刚把话说完,齐灵云、朱文、吴文琪三人一起,又说又笑,并肩走入后园。见他四人在这里,灵云便上前问金蝉道:"怎么你不去看下棋,就溜走了?跑到这后园做甚?你打算要淘气可不成。"金蝉闻言,冷笑道:"怎么你可找朋友玩,就不许我找朋友玩?适才我要看笑师兄的剑法,同他来到后园一会工夫,孙师兄同周师姊也先后来到,我们互谈自己山中景致。难道说这也不是吗?"灵云正要回答,吴文琪连忙解劝道:"你们姊弟见面就要吵嘴,金蝉师弟也爱淘气,无怪要姊姊操心。不过小弟兄见面,亲热也是常情,管他则甚?"灵云道:"师姊你不知道。这孩子只要和人在一起,他就要犯小孩脾气,胡出主意,无事生非,闯出祸来,我可不管了。"金蝉道:"一人做事一人当,谁要你管?"说完,不等灵云开言,竟自走去。灵云过来,刚要问笑和尚,金蝉与他说些什么。笑和尚生平从不会说假话,也不答应,把大嘴咧着,哈哈一声狂笑,圆脑袋朝着众人一晃,无影无踪。

第三十四回

小灵猴僧舍宣淫
女昆仑密室被困

众人见他这般滑稽神气,俱都好笑。孙、周二人也怕灵云追问,俱各托故走开。灵云越发疑心金蝉做有文章,知道问他们也不说,只得作罢。虽然起疑,还没料到当晚就要出事。她同朱文、吴文琪二人又密谈了一会,各自在月光底下散去。

灵云回到前殿,看见金蝉和笑和尚二人并肩坐在殿前石阶上,又说又笑,非常高兴,看去不像有什么举动的样子。金蝉早已瞥见灵云走来,故意把声音放高一点,说道:"这是斩那妖蛇的头一晚上的事情,下余的回头再说吧。"猛回头看见灵云,便迎上前来说道:"笑师兄要叫我说九华诛妖蛇的故事,今晚我要和笑师兄同榻夜话,功课我不做了。姊姊独自回房去吧。"灵云心中有事,也巴不得金蝉有此一举,当下点头答应。且先不回房,轻轻走到东厢房一看,只见坐了一屋子的人,俱都是晚辈师兄弟姊妹,在那里听周淳讲些江湖上的故事。大家聚精会神,在那里听,好不热闹。灵云便不进去,又从东偏月亮门穿过,去到玉清大师房门跟前,正赶上大师在与张琪兄妹讲演内功,不便进去打扰。正要退回,忽听大师唤道:"灵姑为何过门不入?何不进来坐坐?"灵云闻言,便走了进去。还未开言,大师便道:"昔年我未改邪归正以前,曾经炼了几样法宝。当初若非老伯母妙一夫人再三说情,家师怎肯收容,如何能归正果?此恩此德,没齿不忘。如今此宝留我这里并无用处。峨眉光大门户,全仗后起的三英二云。轻云师妹来此多日,我也曾送了两件防身之物。灵姑近日红光直透华盖,吉凶恐在片刻。我这里有一件防身法宝,专能抵御外教中邪法,特把来赠送与你,些些微物,不成敬意,请你笑纳吧。"说罢,从腰间取出一个用丝织成的网子,细软光滑,薄如蝉翼,递在灵云手中。说道:"此宝名为乌云神鲛网,用鲛丝织成,能大能小。如遇妖术邪法不能抵敌,取出来放将出去,便有亩许方圆,将自己笼罩,不致受人侵害,还可以用来收取敌人的法宝,有无穷妙用。天已不早,你如有约会,请便吧。"灵云闻言,暗自服她有先见之明,当下也不便深说,连忙接过,道谢走出。想去寻轻云再谈一会,这时已是二更左近,遍找轻云不见。西厢房内灯光下,照见房内有两个影子,估量是笑和尚与金蝉在那里谈天,便放了宽心,索性不去惊动他们。又走回上房窗下看时,只见坐了一屋子的前辈剑仙,俱各在盘膝养神,做那吐纳的功夫。灵云见无甚事,便自寻找朱文与吴文琪去了。

话说金蝉用诈语瞒过了姊姊,见灵云走后,拉了笑和尚,溜到观外树林之中,将手掌轻轻拍了两下。只见树林内轻云、孙南二人走将出来。四人聚齐之后,便商量如何进行。轻云、孙南总觉金蝉年幼,不肯让他独当一面。当下便派笑和尚同孙南作第一拨,到了慈云寺,见机行事。轻云同金蝉作第二拨,从后接应。笑和尚道:"慢来,慢来。我同金蝉师弟早已约定,我同他打头阵。我虽然说了不一定赢,至少限度总不会叫金蝉师弟受着敌人的侵害。至于你们二人如何上前,那不与我们相干了。"轻云、孙南见笑和尚这般狂妄,好生不以为然。轻云才待说话,笑和尚一手拉着金蝉,大脑袋一晃,说一声:"慈云寺见。"顿时无影无踪。他这一种走法,正是苦行头陀无形剑真传。轻云、孙南哪知其中奥妙,又好气,又好笑。知道慈云寺能人众多,此去非常危险,欲待不去,又不像话,好生为难。依了孙南,便要回转,禀明追云叟、朱梅等诸位前辈剑侠,索性大举。轻云年少气盛,终觉不大光鲜。况且要报告,不应该在他二人走后。商量一阵,仍旧决定前往。当下二人也驾起剑光,跟踪而去。二人刚走不多一会,树旁石后转出一位相貌清癯的禅师,口中说道:"这一干年轻业障,我如不来,看你们今晚怎生得了!"话言未了,忽见玉清观内又飞出青白三道剑光,到树林中落下,看出是三个女子。只见一个年长一点的说道:"幸喜今晚我兄弟不曾知道。朱贤妹与吴贤妹,一个在我左边,一个在我右边,如果妖法厉害,可速奔中央,我这里有护身之宝,千万不要乱了方向。天已不早,我们快走吧。"说罢,三人驾起剑光,径往慈云寺而去。三人走后,这位禅师重又现身出来,暗想:"无怪玄真子说,峨眉门户,转眼光大,这后辈中,果然尽是些根行深厚之人。不过他们这般胆大妄为,难道二老就一些不知吗?且不去管他,等我暗中跟去,助他们脱险便了。"当下把身形一扭,也驾起无形剑光,直往慈云寺而去。

且说慈云寺内,法元、智通、俞德等自从绿袍老祖死后,越发感觉到峨眉派声势浩大,能人众多,非同小可。偏偏所盼望的几个救星,一个俱未到来。

明知眼前一干人,决非峨眉敌手,心中暗暗着急。就连龙飞也觉着敌人不可轻侮,不似出来时那般趾高气扬,目空一切了。似这样朝夕盼望救兵,直到十三下午,还没有动静。法元还好一点,把一个智通急得像热锅上的蚂蚁一般,不由地命手下一干凶僧到外面去迎接来宾,也无心肠去想淫乐,整日短叹长吁。明知十五将到,稍有差池,自己若干年的心血创就的铁壁铜墙似的慈云寺,就要化为乌有。起初尚怕峨眉派前来扰闹,昼夜分班严守。过了十余天都无动静,知道十五以前,不会前来,渐渐松懈下来。寺中所来的这些人,有一多半是许飞娘展转请托来的。除了法元和女昆仑石玉珠外,差不多俱都是些淫魔色鬼。又加上后来的百花女苏莲、九尾天狐柳燕娘两个女淫魔,更是特别妖淫。彼此眉挑目逗,你诱我引,有时公然在公房中白昼宣淫,简直不成话说。

那智通的心爱人儿杨花,本是智通、俞德的禁脔。因在用人之际,索性把密室所藏的歌姬舞女,连杨花都取出来公诸同好。好好一座慈云寺,活生生变成了一个无遮会场。法元虽然辈分较尊,觉得不像话,也没法子干涉,只得一任众人胡闹。众人当中,早恼了女昆仑石玉珠。她本是武当派小一辈的剑仙,因在衡山采药,遇见西川八魔的师父苗疆大麻山金光洞黄肿道人,见石玉珠长得美秀绝尘,色心大动,用禁锢法一个冷不防,将她禁住,定要石玉珠从他。石玉珠知他魔术厉害,自己中了暗算,失去自由,无法抵抗,便装作应许。等黄肿道人收去禁法,她便放出飞剑杀他,谁想她的飞剑竟不是黄肿道人敌手。正在危急之间,恰好许飞娘打此经过,她见石玉珠用的飞剑正是武当嫡派,便想借此联络,但又不愿得罪黄肿道人。当下把混元终气套在暗中放起,将石玉珠救出险地,自己却并未露面。石玉珠感飞娘相救之恩,立誓终身帮她的忙,所以后来有女昆仑二救许飞娘的事情发生。飞娘也全仗女昆仑,才得免她惨死。这且留为后叙。

这次石玉珠接了飞娘的请柬,她姊姊缥缈儿石明珠曾经再三劝她不要来。石玉珠也明知慈云寺内并无善类,但是自己受过人家好处,不能不报,执意前来赴约。起初看见绿袍老祖这种妖邪,便知不好。一来因为既经受人之托,便当忠人之事,好歹等个结果再走;二来仗着自己本领高强,不致出什么差错。谁知苏莲与柳燕娘来了以后,同龙飞、柳宗潜、狄银儿、莽头陀这一班妖孽昼夜宣淫,简直不是人类。越看越看不惯,心中厌恶非常,天天只盼到了十五同峨眉分个胜负之后,急速洁身而退。那不知死活进退的小灵猴柳宗潜,是一个色中饿鬼,倚仗他师父七手夜叉龙飞的势力,简直是无恶不作。这次来到慈云寺,看见密室中许多美女同苏、柳两个淫娃,早已魂飞天外。师徒二人,一个把住百花女苏莲,一个把住九尾天狐柳燕娘,朝夕取乐,死不撒手。旁人虽然气愤不过,一则惧怕龙飞九子母阴魂剑厉害,二则寺中美女尚多,不必为此伤了和气,只得气在心里。原先智通便知道石玉珠不能同流合污,自她来到,便替她早预备下一间净室,拨了两个中年妇女早晚伺候。她自看穿众人行径后,每日早起,便往成都名胜地点闲游,直到晚间才回来安歇。天天如此,很少同众人见面。众人也知道她性情不是好惹的,虽然她美如天仙,也无人敢存非分之想,倒也相安。

这日也是合该有事。石玉珠早上出来,往附近一个山上寻了一个清静所在,想习内功。到了上午,又到城内去闲游了一会。刚刚走出城关,她的宝剑忽然叮当一声,出匣约有寸许,寒光耀眼惊人。这口宝剑虽然没有她炼的飞剑神化,但也是周秦时的东西。石玉珠未成道以前,曾把来做防身之用。每有吉凶,辄生预兆,先做准备,百无一失。上次衡山采药,因觉有了飞剑,用不着它,又嫌它累赘,不曾带去,几乎中了黄肿道人之暗算。从此便带在身旁,片刻不离。今天宝剑出匣,疑心是慈云寺出了什么事,便回寺去看动静。

进寺后,天已快黑。看见法元等面色如常,知道没有什么,也不再问,谈了几句,便告辞回房。刚刚走到自己门首,看见一个和尚鬼头鬼脑,轻手轻脚地从房内闪将出来。石玉珠心中大怒,脚一点,便到那和尚跟前,伸出玉手,朝着和尚活穴只一点,那和尚已不能动了。石玉珠喝道:"胆大贼秃,竟敢侵犯到我的头上来了!"说罢,便要拔剑将他斩首。那和尚被她点着活穴,尚能言语,急忙轻声说道:"大仙休得误会,我是来报机密的,你进房自知。"石玉珠见他说话有因,并且这时业已认清被擒的人是那知客僧了一,知道他平日安分,也无此胆量敢来胡为,也不怕他逃,便将手松开,喝道:"有何机密,快快说来。如有虚言,休想活命!"了一道:"大仙噤声。你且进房,自会明白。"石玉珠便同他进房,取了火石,将灯掌起。只见桌上一个纸条,上面写着"龙、柳设计,欲陷正人,今晚务请严防"十几个字,才明白他适才是来与自己送信的。心想:"龙飞师徒虽然胆大,何至于敢来侵犯自己?好生不解。"想了一想,忽然变脸,定要了一说个明白。了一虽是智通门下,他为人却迥乎不同,除了专心一意学习剑术外,从没有犯过淫邪。他见连日寺内情形,知道早晚必要玉石俱焚,好生忧急。今天偶从龙飞窗下走过,听见龙飞与柳宗潜师徒二人因爱石玉珠美貌,商量到了深夜时分,用迷香将石玉珠醉过去,再行无礼。了一听罢这一番话,心想:"石玉珠虽是个女子,不但剑术高强,人也正派。慈云寺早晚化为乌有,我何不借此机缘,与她通消息,叫她防备一二,异日求她介绍我到武当派去,也好巴结一个正果。"拿定主意以后,又不敢公然去说,恐事情泄露,被龙飞知道,非同小可。便写了一个纸条,偷偷送往石玉珠房中。偏偏又被石玉珠看见,定要他说明情由,才放他走。了一无法,只得把龙飞师徒定计,同自己打算改邪归正,请她援手的心事,说了一遍。石玉珠闻言,不禁咬牙痛恨。当下答应了一,事情证实之后,必定给他设法,介绍到武当同门下。了一闻言,心中大喜,连忙不停嘴地称谢。因怕别人知道,随即告辞走出。

石玉珠等了一走后,暗自寻思,觉得与这一干妖魔外道在一起,决闹不出什么好来;欲待撒手而去,又觉着还有两天就是十五,多的日子都耐过了,何在乎这两天?索性忍耐些儿,过了十五再走。不过了一既那样说法,自己多加一分小心罢了。她一人在房内正在寻思之时,忽然一阵异香触鼻,喊一声:"不好!"正要飞身出房,已是不及,登时觉得四肢绵软,动弹不得。

忽听耳旁一声狂笑,神思恍惚中,但觉得身体被人抬着走似的。一会工夫,到了一个所在,好似身子躺在一个软绵的床上。情知中了人家暗算,几番想撑起身来,怎奈用尽气力,也动转不得。心中又羞又急,深悔当初不听姊姊明珠之言,致有今日之祸。又想到此次来到慈云寺,原是应许飞娘之请,来帮法元、智通之忙。像龙飞师徒这样胡闹,法元等岂能袖手不管?看他们虽将自己抬到此间,并未前来侵犯,想必是法元业已知道,从中阻止,也未可知。想到这里,不由又起了一线希望。便想到万一不能免时,打算用五行真气,将自己兵解,以免被人污辱。倘若得天见怜,能保全清白身体,逃了出去,再寻龙飞等报仇不晚。石玉珠本是童女修道,又得武当派嫡传,虽然中了龙飞迷香之毒,原是一时未及防备,受了暗算,心地还是明白。主意打点好后,便躺在床上,暗用内功,将邪气逼走,因为四肢无力,运气很觉费力。几次将气调纯,又复散去,约过了半个多时辰,才将五行真气,引火归元,知道有了希望,心中大喜。这才凝神定气,将五行真气由涌泉穴引入丹田。也顾不得身体受伤与否,猛地将一双秀目紧闭,用尽平生之力,将真气由七十二个穴道内进散开来,这才将身中邪毒驱散净尽。只因耗气伤神太过,把邪气虽然驱走,元气受了大伤。勉强从床上站起身来,一阵头晕眼花,几乎站立不住。好在身体已能自由,便又坐将下来,打算养一会神再说。睁眼看四面,俱是黑洞洞的。用手一摸坐的地方,却是温软异常,估量是寺中暗室。

又休息了一会，已能行动。知道此非善地，便将剑光放出，看清门户与逃走方向。

这一看，不由又叫了一声苦。原来这个所在，是凶僧的行乐密室之一，四面俱是对缝大石，用铜汁灌就，上面再用锦绣铺就。察看好一会，也不知道门户机关在哪里。把一个女昆仑石玉珠，急得暴跳如雷。正在无计可施之际，忽听身后一阵隆隆之声，那墙壁有些自由转动。疑心是龙飞等前来，把心一横，立在暗处，打算与来人拼个你死我活。那墙上响了一阵，便现出一个不高的小门，只见一个和尚现身进来。石玉珠准备先下手为强，正待将剑放起，那和尚业已走到床前，口中叫道："石仙姑我来救你，快些随我逃走吧。"

第三十五回

密室困昆仑　艳艳红霞　飞剑惊芒寒敌胆
禅林逢异教　漠漠黄雾　迅雷忽震散妖氛

石玉珠听去耳音甚熟，借剑光一看，果是了一。便问他怎能知道自己在此。了一道："外面来了不少峨眉派的剑仙，我们这边人已死了好几个。现在已不及细诉根由，快随我逃出去再说吧。"石玉珠听说出了变故，不及再问详情。当下了一在前，石玉珠在后，刚走到暗穴门口，忽地暗中飞来一个黑球。了一喊声："不好！"将头一偏，正打在他肩头上，觉得湿乎乎的，溅了一脸，闻着有些血腥气，好似打进来的是个人头，幸喜并未受伤。石玉珠因在暗处，免受了暗算，当下身剑合一，从洞中飞身出来。了一也飞起剑光，出了暗穴。二人才得把脚站定，忽见前面一晃，突然站定一个小和尚，月光底下看去好生面熟。只见那小和尚道："原来是你！"再一晃，业已踪迹不见。石玉珠见那小和尚来去突兀，好生奇怪，便问了一寺中光景。了一答道："适才我从你房内出来，对面便遇见那个小灵猴柳宗潜朝我冷笑，他随即往你窗下走去。我正要抢到前头与你送信，忽然后面有人咳嗽一声，我回头看时，正是那龙飞同苏莲、柳燕娘三人在我身后立定。他带着满脸凶横，朝我警告道：'你要多管闲事，休想活命！'我只得闪过一旁。后来见他用迷香将你迷倒，由苏、柳两淫妇抬往密室以内。那密室原是四间，各有暗门可通，十分坚固。全寺只有四五个人知道机关，能够进出自如。早先原是我师父与杨花的住室，现在给予龙飞享用。我因闻听师父说过，那迷香乃是龙飞炼来采花用的，人闻了以后，两三个时辰，身体温软如棉，不能动转。知道你必遭毒手，我便偷偷去告诉金身罗汉法元，请他前来阻止。等到法元赶到柳宗潜房中，解劝不到几句，便同龙飞口角起来，几乎动武。这时，后殿忽然先后来了六七个峨眉剑仙，同前殿几位剑仙动起手来。无心再打家务，同往前殿迎敌。谁想来人年纪虽轻，十分了得。当中有一个女子，尤其厉害，才一交手，便将草上飞林成祖斩为两段，铁掌仙祝鹗、小火神秦朗也受了重伤。后来金身罗汉法元与龙飞赶到，俞德也从后殿出来，俞德将红砂祭起，龙飞也将九子母阴魂剑放出。这两人法宝果然厉害。红砂放将出去，便是红尘漫漫，阴风惨惨。那九子母阴魂剑更是一派绿火，鬼气森森。谁想那女子早有防备，从手上放出一个东西，化成亩许大的五色祥云，将同来的人身体护着。所有法宝，俱都奈何他们不得。后来俞德出主意，将红砂尽量放起，四面包围，将他们困住再说。我偷空溜了出来救你。依我之见，这慈云寺内，尽是一群妖邪，今晚虽然得势，但是也不能把敌人怎么样；况且来人尽是一些年轻小孩子，尚且如此大的本领，三仙、二老更不必说。我看今晚情势，来的这些人虽然被困，定有能人来救，眼看大势危险万分。但不知你有何高明主见？"

石玉珠闻言，沉思了一阵，说道："无论他们行为如何，我总是应了万妙仙姑许飞娘之请而来。就是有仇，也只有留为后报，不能在今晚去寻他们算账，反为外人张目。我已无心在此留恋，打算再待一会，便回转仙山，异日飞娘道及此事，也不能怪我有始无终。至于你同智通，本有师生之谊，相随多年。虽然他多行不义，看他这情急势孤之时，遽然弃之而去，情理上太说不过去。你莫如姑尽人事，以听天命，往前殿相机行事，真到无可挽回之时，再行退下还不晚。如果恐怕遭遇危险，我当在暗中助你脱险便了。"了一道："我也并非是贪生怕死之人，见人家势危力薄之时，昧良心弃之而去。只恨我当初眼力不济，误入旁门。等到知道错误，已来不及，欲待中途退出，必有生命危险，惟有暂时隐忍，以待机会。去年有一个姓周的年轻举子，同来的还有十六个年轻举子，俱因误入密室，被我师父将他们一齐杀死，只剩这姓周的一个。因为杨花、桃花两个淫妇求情，才饶他全尸，关在石室之内。我因见那人根器甚厚，本想设法救了他一同逃走。谁知到了第二天晚上，大雷大雨，我在天方亮时去看，此人业已逃走。我当时急忙退出，也不敢声张，恐怕他逃走不远，又被擒回。过了不多几天，便来了一个年轻女子，把多臂熊毛太断去一臂；一鸳鸯剑靴，几乎把俞德踢了个透心穿。我师父同俞德那般厉害，居然被她大获全胜之后从容逃走。这才勾起峨眉派旧恨。双方虽明定交手日期，俱都暗中准备，势不两立。我便知慈云寺早晚要化为灰烬，便想退身之计，只苦无门可入。承仙姑不弃，答应替我介绍到武当门下。现在已决定改邪归正，不过我受智通传授剑法，早晚必要图报。今晚这个局面，决非像我这般能力薄弱之人所能迎敌，徒自牺牲，实无益处。我暂时不想到前面去，我自有一番打算，你日后自知我的心术。"

石玉珠闻言，也觉他言之有理。只因自己好奇心盛，想到前面去看看来的这些青年男女,都是什么出奇人物,便同了一订下后会之期。正要往前面走时,忽听震天的一个大霹雳,就从前面发出,震得屋瓦乱飞,树枝颤动。石玉珠便知事情不妙,一时顾不得再和了一说话,飞身往前殿走去。原打算将身体藏在大殿屋脊上去观阵,谁知到了屋脊上面一看,空中地上,俱都是静悄悄的,全无一些动静。那院中两行参天古柏,在月光底下,迎着寒风飒飒,响成一片涛声。夜色清幽,全不像个杀人的战场。侧耳一听,大殿中人声嘈杂,好似争论什么,也看不见被俞德红砂围住的青年男女在什么地方。正要探头往殿中看去,忽的一道青光,从殿中飞将出来。石玉珠何等机警敏捷,连忙运动自己剑光迎敌。才一接触,便将敌人飞剑斩为两截,余光如陨星一般坠下地来。石玉珠不知殿中是仇是友,刚要退转身去,忽听脑后一声断喝道:"峨眉后辈,休得倚势逞强,反复无常。你们既不守信义,休怪老僧手辣。"话言未了,大殿内又飞出七八个人,将石玉珠团团围住。

石玉珠定睛一看,正是法元、智通、俞德、龙飞、苏莲、柳燕娘这一干人。说话的那一个和尚,生得面如满月,身材高大,正是那黄山紫金泷暂居的晓月禅师。那龙飞本打算与晓月禅师叙罢寒温之后,便往密室去寻石玉珠的快活,现在见她脱身出来,好生诧异。那石玉珠见了仇人,本要翻脸,估量自己人单势孤,他们都是同恶相济,难免不吃眼前亏,只得暂时隐忍。九尾天狐柳燕娘本是在殿中与龙飞谈话,忽见月光底下映出一个人影,疑是峨眉派中人,还有余党在此。便想趁个冷不防,给来人一个暗算,好遮盖刚才战败之羞。她练的原是两口飞剑,头一口剑已被金蝉削为两段,这口剑又毁在石玉珠手内。欲待不依,自己能力有限,不敢上前,惟有心中愤恨而已。法元正愁石玉珠被龙飞所困,又不听劝解,异日难免再与武当结下深仇,留下隐患。今见她安然逃出,好生痛快,便装作不知前情,抢先说道:"原来是石道友,都是自己人,我们到殿中再说吧。"石玉珠见过晓月禅师之后,便随同进了大殿。石玉珠留神往殿中一看,只见殿中情形很是杂乱:林成祖、柳宗潜业已被人腰斩。受轻重伤的有好几个。一干凶僧,正在忙着收殓尸身,打扫血迹。才知道了一之言不假。适才那一个晴天霹雳,一会工夫,来人便在那时退去,真是神妙迅速,心中佩服已极。

大家入座之后,石玉珠便问法元:"怎么今晚会伤了这许多人?"法元闻言,长叹一声,便把适才经过说了一遍。作者一支笔,难写两家话。峨眉派小弟兄们如何大闹慈云寺,以及如何出险,这些热闹情节,只得在这里补叙。诸位欲知其详,看我写来,闲话少说,书归正传。

原来今晚峨眉派小兄弟们无形中暗自分成两组,各自为谋。头一组又分成两起:第一起是金蝉与笑和尚,二人自从在辟邪村玉清观外的树林之中,按照预定计划商量停妥之后,笑和尚说了一声"慈云寺再见",不等周轻云、孙南二人答言,一手拉了金蝉,脑袋一晃,驾起剑光,不消片刻,便到了慈云寺。久闻各位前辈剑仙言说,慈云寺机关密布,误入紧要重地,就是精通剑术,也难免身入罗网,因此不敢大意。到了寺前,便先看出五行生克,由中央戊己土降下剑光,落在殿房屋脊之上,恰好这殿便是法元众人集会之所。那法元因盼晓月禅师等的救兵不到,正在发愁,偏偏了一又来报告,说是七手夜叉龙飞和小灵猴柳宗潜师徒、百花女苏莲、九尾天狐柳燕娘四人商量诡计,用迷香将女昆仑石玉珠困在密室石洞之中,供其淫乐。法元闻信大惊,知道这件事非同小可,不但对不起人,并且还要因此与武当派结下深仇,那还了得!闻报之后,急忙往龙飞师徒房中劝解,请他二人急速收手,不要胡为。

他走了不多一会,金蝉、笑和尚二人双双来到。笑和尚见大殿之上,坐立着高高矮矮胖胖瘦瘦的三山五岳的剑客异人,连同寺内凶僧不下数十个,仗着艺高人胆大,打算在人前显耀。便嘱咐金蝉道:"师弟,你且伏在这鸱首旁边,休要乱动。待我下去捣一个小乱,如果我将敌人引出,你便将你的鸳鸯霹雳剑放将出去,杀一个落花流水。"他原是怕金蝉涉险,才这样说的。金蝉到底年轻,信以为真,自然依言埋伏。笑和尚驾起无形剑,轻轻走到大殿之中,忽的现出身形,笑嘻嘻地说道:"诸位檀越辛苦。化缘的来了。"言罢,合掌当胸,闭目不动。

这时铁掌仙祝鹗、霹雳手尉迟元、草上飞林成祖、小火神秦朗、披发犬狁狄银儿、三眼红蜺薛蟒、通臂神猿鹿清、病维摩朱洪、明珠禅师、铁钟道人、本寺方丈智通以及他门下四大金刚等,俱都在场。那法元邀来的武当沧浪羽士随心一、有根禅师、癫道人、诸葛英等四位剑仙,因那日醉道人前来订约,知道为期尚早,又见绿袍老祖那般凶邪,寺中众人多有淫恶行为,意趣不投,原想回山不管。只因当初与法元交情甚厚,已答应了人家帮忙,说不出"不算"二字。住了两日,耐不惯寺中烦嚣,托故他去,说是十五头一天一定赶到。法元苦留不住,径自作别走去。俞德是在晚饭时,喝酒有了几分酒意,勾动了酒字底下的那个字。他和莽头陀最说得来,便拉了他往后面密室中,一人选了一个美女,互相比赛战术战略去了。除了以上六人不在外,慈云寺全体人众正谈得很起劲时,忽然殿中现出了一个小和尚,也不知从哪里进来的。众人见笑和尚唇红齿白，疑心是寺中徒弟，还不在意。

那智通早已认清来人不是本寺人。起初因未看清来人如何进殿，年纪又小，还未想到是峨眉派中人，疑心是到本寺来挂单的和尚徒弟，无意中溜进大殿。见他那样不守规矩，神态滑稽，又好气，又好笑。以自己的身份，犯不着和他怄气，便向四金刚道："前面这群东西，越来越糊涂了，难道不知我和众位仙长在此议事，怎么会让这挂单秃驴的小和尚擅入大殿？还不与我拉了出去！"四金刚闻言，哪敢怠慢。头一个无敌金刚赛达摩慧能，迈步上前。心想这样一个乳臭未干的小和尚还经得起动手，打算用手抓起，再走到殿外，将他拉出庙外。他这一种想头不要紧，差点没把自己的命就此送掉。笑和尚听智通说完话，偷偷用目四外一看，见有一个身材高大、凶神恶煞般的凶僧朝自己走来。因不知来人本领如何，便想了一条妙计对付。那智通刚说完话，忽然想起自从去年周云从逃走，毛太、俞德受伤，就不准别庙僧人前来挂单。况且从前殿到大殿，隔了好几层殿宇，有不少的暗藏机关，到处又有人把守，这个小和尚如何能够溜了进来？而且态度安详，神态又非常可笑，好似存心前来捣乱似的。情知有异，正要止住慧能，那慧能已将笑和尚抓在手中，要往殿外走去。正好笑自己多疑，忽听一声大叫道："疼死我也！"再看慧能，业已栽倒在地。那小和尚忽然合掌当胸，口念"阿弥陀佛"。原来慧能抓起笑和尚，正要往殿外走去，忽觉手臂上猛地一凉，奇痛异常。"扑搭"一声，一条抓人的手臂业已同自己分家，断了下来。接着小肚腹间中了一拳。负痛已极，不由狂叫一声，倒在地上，血流如注。众人见慧能手臂被人斩去，并未看出来人用的什么兵刃，好生奇怪。智通等见这小和尚竟敢伤人，心中大怒，十几道剑光同时飞出。那笑和尚见了这般景况，哈哈大笑，便往殿外一纵。众人急忙收了剑光，追将出来。只见月明星稀，清光如昼。再找笑和尚时，业已踪迹不见。

大家抬头往四处观看，忽见殿脊上站定一人，高声说道："你们这群凶僧业障，快来让小爷发个利市吧！"月光下看清来人又是一个小孩子。这样寒天，赤着双足，穿了一双多耳麻鞋，一身白色绣边的对襟露胸短衣裤，颈项上戴着一个金圈，梳着两个冲天髻，手中拿着一对宝剑。生得白嫩清秀，活似观音座前善财童子。智通因听法元说过他的长相打扮，忙道："诸位休得看轻这个乳臭顽童，他便是齐漱溟的儿子，千万不可放他逃走。"话言未了，只见小孩将剑往下一指，便有两道红紫色的剑光从剑尖上发出。智通知道是他母亲妙一夫人荀兰因用的鸳鸯霹雳剑，别人难以抵敌，忙喊大家留神已来不及。剑光到处,草上飞林成祖已分为两段;小火神秦朗不及躲闪,扫着一点剑芒,左臂连衣带肉削去一片,疼得哇哇怪叫。这时众人俱已将剑光放出迎敌。智通急忙唤人去请法元、俞德,一面咬牙迎敌。那金蝉抖擞精神,一手舞起剑光,护着全身;一手运用剑光迎敌。毕竟妙一夫人炼的宝剑与众不同,任人多势众,也讨不了一丝便宜。那红紫两道光华,舞起来好似两条蛟龙,夭矫飞舞。根行差一点的剑光,碰着霹雳剑,便似媳妇见了恶婆婆,面无人色。金蝉战了一会,虽然杀死一个,仍不满意。偏偏笑和尚把人引出,就不曾出现,估量他隐身在旁。一面迎敌,一面口中唤道:"敌人太多,笑师兄快帮忙吧!"连唤数声,不见答应。猛想起自己人单势孤,有些着慌。

小灵猴柳宗潜,为人最是奸狡。他正从那房中出来,见金蝉剑光厉害,自忖不是敌手,但欺金蝉年轻,又是孤身一人,别无帮手,想找便宜。绕到殿屋脊后,打算趁金蝉一个冷不防,给他一剑。那金蝉在屋脊上和众人对敌,全神贯注在前面,哪想到后面有人暗算。柳宗潜见金蝉毫无防备,心中大喜,便将他师父七手夜叉龙飞传给他的丧门剑一摇,一道绿沉沉的剑光,直往金蝉头上飞去,以为敌人万不能幸免。谁知一道青光从天而下,与柳宗潜的剑碰个正着,将柳宗潜的剑光斩为两截。接着一声呼叱道:"贼子竟来暗箭伤人,俺周轻云来也!"说罢,便有一双青年男女飞在殿上面,运动青白剑光,朝着柳宗潜飞来。柳宗潜见势不妙,正要撤身走时,已来不及,剑光过处,将柳宗潜分为两段。金蝉见来者二人正是白侠孙南与周轻云,心中大喜,越发奋起神威,将红紫两道霹雳剑光挥动,同孙、周两人的剑光联成一气,如闪电飞虹般,把慈云寺一干剑客逼得气喘吁吁,抵敌不住。不一会工夫,铁掌仙祝鹗一个疏神,被轻云的剑光往下一压,将他的剑光圈住。祝鹗便知不妙,"不好"两个字未曾出口,被孙南看出便宜,运动飞剑,从斜刺里飞进。祝鹗急忙躲闪,往旁跳开。智通见祝鹗处境危险,忙收回空中飞剑,抵住孙南的剑时,祝鹗已被孙南的剑连肩带臂削去一大片,大叫一声,倒在地上。同时他的剑也被轻云削为两段。

周轻云、孙南、金蝉三位小侠,见贼人挫败,正在得意洋洋,忽听一声怪叫道:"大胆峨眉小孽种,敢到此地猖狂!"话到人到,一个相貌凶恶的道人,从殿旁月亮门跑将出来,手起处,一道绿阴阴的剑光,连同八道灰白色的剑光,鬼气森森地飞上屋脊。孙南与轻云的剑光,才与来人接触,便觉暗淡无光,知道事情不妙。且喜金蝉霹雳剑不怕邪污,还能抵挡一二,急忙上前支援。来人正是七手夜叉龙飞。因为与柳燕娘斗气,将石玉珠用迷香困入密室。自己原也知把事情做错，但他天生淫恶，性情刚愎，又经两个女淫魔架弄，哪里想到异日因此遭下杀身之祸。正计议痛饮一番，再去采补石玉珠的贞元，谁知了一走漏了消息，法元跑去劝解。龙飞势成骑虎，如何肯听，两下几乎争斗起来。正在口角之间，忽听前面僧人报信，峨眉派前来寻衅，大众抵敌不住，请他们前去策应。顾不得再同室操戈，龙飞抢先出来，不及和同党说话，便将九子母阴魂剑放将出去。妖术邪法，倒也厉害。众人见峨眉失势，同时又各耀武扬威，把剑光飞起，一齐到屋脊上面，以防来人趁空逃走。这时龙飞已看见爱徒柳宗潜惨死，愈加咬牙痛恨，非将今晚来的三人擒捉，凌迟碎剐，以报此仇不可。同时法元从后赶来，也把剑光祭起。轻云、孙南、金蝉三人见势不佳，欲待逃走，四面俱被敌人剑光围住。又加上法元的剑非同小可，龙飞的剑只有金蝉一人能够抵敌。法元的剑，合轻云、孙南二人之力，尚且不是对手，何况智通等俱不是平常之辈。眼看敌人势盛，自己的剑光被人家压迫得走投无路，光芒顿减。三人俱都气喘吁吁，汗流不止。金蝉暗恨笑和尚不够朋友，也不知跑向何方去了。

正在危急之间，忽听一声哈哈大笑道："蝉弟休要惊慌，我同齐师姊等三位在此多时了。"言罢，便有两道金光，同一青一白两道剑光从南面飞下。同时，笑和尚、齐灵云、朱文、吴文琪俱各现出身来。登时峨眉派又复声威大震。原来笑和尚的无形剑尚未登峰造极，只能借剑隐身，不能似苦行头陀可以身剑同隐。他将敌人引出后，因听金蝉说霹雳剑天下无敌，他想看此剑妙用，隐身不动。及至后来金蝉唤他，本要出来，又见轻云、孙南二人赶到，正在得势之时。他同苦行头陀是一个脾气，不愿再锦上添花，所以仍是不动。猛回头看见齐灵云等三位女侠飞来，他便上前说知经过。齐灵云这时也看清金蝉等三人在与那一群异派中人恶斗，心中又是爱又是气：爱的是金蝉小小年纪，竟有这样胆力，深入虎穴龙潭，从容应敌，毫无一些惧色；气的是他一丝也不听话，瞒着自己，任性而行。依了笑和尚，本要叫灵云加入，即时上前动手。灵云因见金蝉初出犊儿不怕虎，如果由他任性，将来说不定闯出什么祸来；又见慈云寺这一干人，并无什么出奇本领，索性让金蝉着一点急，好警戒他下次。便止住大众，隐身屋脊后面，不到他们危急时，不要出去。

这一来不要紧，差点没惹出乱子。起初金蝉三人尚能得手。不到一会工夫，龙飞出来施展九子母阴魂剑，灵云、孙南二人先不是来人敌手，剑光退了下来。金蝉霹雳剑虽然厉害，到底双拳难敌四手。笑和尚见势不佳，不等灵云吩咐，便将手一指，飞出去一道金光。正巧法元头顶红丝飞剑，与金光迎个正着。同时灵云等三人一声娇喊，各人将自己剑光放将出去。金蝉见救兵来到，心中大喜，便同孙南、轻云，三人一面迎敌，一面与灵云等凑在一起。齐氏姊弟的剑不怕污秽，便抵住了龙飞的九子母阴魂剑。笑和尚见法元的剑是五道红丝，便将自己炼成的五道剑光同时发出。金红两样颜色，十道剑光绞作一团。朱文、吴文琪、孙南、周轻云四人便去迎战其余人等。法元见今晚所来这些峨眉派年纪俱都不大，各有一身惊人本领；更不知他们后面，还有多少人未来。虽然知道来人难占自己便宜，却也心惊。

这时，俞德与莽头陀正在密室之中，一人搂了杨花，一人搂了一个歌女，自在快乐。忽然接连两三次紧急报告，说是前面来了好些峨眉派，俱都是年轻小孩子，本领非常厉害，请他们前去。他二人正在得趣之时，起初以为不过又是些峨眉派小辈，到寺中探听动静，前面有那许多人，还怕来人跑上天去？满不放在心上。后来接连几次警报，说是寺中一连死伤了好几个，七手夜叉与金身罗汉全都上去，竟然不能取胜，才有些着慌；当下便喊莽头陀一同前往迎敌。那莽头陀恰与他一样心思，正搂着一个年轻美貌歌女，赤身露体在床上干那快活勾当，紧要关头，如何舍得丢开。故意穿衣着袜，假装忙乱。俞德正催他快穿时，前面又来急报。俞德知势不妙，顾不得等莽头陀，径自先行。莽头陀见俞德先走，正合心意，也不及再脱衣袜，饿虎扑羊般重又奔到床前，撩起长衣，扑向那女子身上，说道："乖乖快来吧，管什么峨眉派，我先死在你肚皮上吧。"言罢，重又纵乐起来。他这一句话，不一会自然会应验，这且不言。

那俞德云雨之后，因事在紧急，也不顾得受了寒，抛了杨花，直往前面走去。才到天井，便见上面五颜六色数十道剑光，如蛟龙戏海一般，满空飞舞。其中有两道金光，同两道红紫剑光，尤为出色。他将身一纵，便到殿角，手起处，将圈儿飞起，化成一道华光，将敌人的剑光圈在中间。龙飞见齐氏姊弟的剑光被俞德圈住，心中大喜，将手一指九子母阴魂剑，正想朝齐氏姊弟头上飞去，忽听咔嚓一声，俞德的如意圈，竟被金蝉的剑光震碎，化作流光四散。俞德心中大怒，高喝一声："诸位道友后退，待俺俞某来擒这一干业障！"慈云寺方面一干人等闻听此言，知道俞德要放红砂。除法元同龙飞两人，俱是练就旁门剑法，不怕邪污，还是紧紧与敌人拼命争持外，余人口中一声呼哨，各将自己剑光收转。俞德将身纵起空中，一把红砂撒将下来，顿时天昏地暗，星月无光，一片黄雾红云，夹着隆隆雷震之声，漫天着地，朝着灵云等七人，当头罩将下来。笑和尚抬头一看，叫声："不好！"原想拉着金蝉借无形剑光逃走,谁知相隔有数丈远近,已来不及,也就顾不得金蝉,把脑袋一晃,无影无踪。齐灵云适才见俞德上来时打扮异样,早已留心;又听得他喊众人后退,便知敌人要施展妖术邪法,暗中早做准备。她见俞德红砂来得厉害,急忙伸手到怀中,摸出玉清大师所赠的乌云神鲛网。这时红砂离众人头顶不到三尺,急忙中随手将乌云神鲛网往空中一抛。立时一团乌云起向空中,有亩许方圆,护着众人头顶,将红砂托住,不得下来。那法元、龙飞也怕自己剑光为红砂所伤,情知灵云等必定死于红砂之下,各将剑光收转,观看动静。灵云见红砂出手,已知来人便是俞德,怕中了红砂污秽,也知会各人将剑光收转,由那乌云神鲛网护着大家全身。灵云见神网灵异,知不妨事。再检点同来人数时,只不见了笑和尚一个,事在危急,也无法兼顾,只得且自由他。

第三十六回

诛淫孽　火焚色界天
救丽姝　大闹慈云寺

　　法元见齐灵云放起一片乌云，红砂不能侵害，暗自惊奇。知会龙飞，各人将剑光重又放起，打算从下面攻将进去。谁知二人剑光飞到灵云等眼前，好似被什么东西拦住，只在网外飞腾，不能越雷池一步。俞德心中大怒，便将葫芦内所有追魂夺命红砂全数放将出来，将灵云等六人团团围住，打算将他等困住，再行设法擒拿。支持约有半个时辰，灵云等虽然未曾受伤，后来俞德连放红砂，工夫一大，渐渐显出乌云神鲛网有点支持不住，头上面这块乌云受了红砂压迫，眼看慢慢往头上压将下来。俞德见了大喜。

　　灵云等正在危险万分之际，忽然空中震天价一个霹雳，只震得屋瓦乱飞，窗棂皆断，一霎时黄雾无踪，红云四散。灵云等怕敌人又有什么邪术，一面收回神鲛网，各人运动剑光，把周身护住；一面留神朝前面看时，只见从空中降下两人：一个是相貌清秀的禅师；一个是白须白发的胖大和尚。灵云认得来人是东海三仙中苦行头陀同黄山紫金泷的晓月禅师，但不知他二人一正一邪，怎生会同时来到。金蝉毕竟鲁莽，估量来人定是慈云寺的帮手，不问情由，便将霹雳剑朝着那胖大和尚一指，便有一道紫光飞将过去。苦行头陀忙喝道："孺子不得无礼！"说罢，手一招，金蝉的双剑倏地飞入苦行头陀袍袖之中。灵云急忙止住金蝉，不准鲁莽从事，一面告知他来人是谁。法元等见晓月禅师、苦行头陀同时来到，不知是何用意，好生不解。正待上前说话，只见苦行头陀朝着晓月禅师说道："师兄犯不着与他们这些后辈计较，适才之言，务必请你三思。如果不蒙允纳，明后日我同二老诸道友在玉清观候教便了。"说罢，不等晓月禅师答言，将袍袖一展，满院金光，连同灵云等六人俱各破空而去。法元等率领众人上前拜见之后，便请晓月禅师到大殿升座。一面令人将死尸连同受伤诸人抬入殿内，或装殓，或医治。内中除龙飞因爱徒惨死，心中悲愤，执意要当晚就到辟邪村报仇外，余人自知能力不够，俱都惟晓月禅师马首是瞻。晓月禅师入座以后，便将来意说了一遍。

原来他自连受许飞娘催请后，决意前来相助。他的耳目也甚为灵通，闻说峨眉方面有二老同许多有名剑仙在内，自审能力，未必以少胜众，有些独力难支。一面先叫门下两个弟子到时先往。自己便离了黄山紫金泷，去到四川金佛寺，寻他最投契的好友知非禅师，并请他代约川东隐名剑仙钟先生。另外自己还约有几个好友。他知道峨眉派准在正月十五日破慈云寺，他同知非禅师约定十四晚上在慈云寺相会。自己在十三晚上，便从金佛寺驾剑光先行赶到。正走到离慈云寺不远，忽见有数十道剑光，电闪一般在空中刺击盘旋，疑心峨眉派与慈云寺中人业已交手。正要催动剑光前往，忽听耳旁有人道："师兄到何方去？可能留步一谈么？"以晓月禅师的功行，竟然有人在云路中追上来和他说话，不由大吃一惊。连忙按住剑光，回头看时，才看出来人是东海三仙中的苦行头陀。早知他自收了个得意门徒之后，有人承继衣钵，已不再问人间闲事。今天突然出现在双方冲突激烈之时，他的来意可知，不由大吃一惊。知道行藏被人窥破，索性实话实说。当下答道："贫僧久已不问外事，只因当年受了一个朋友之助，现在他同峨眉派有些争执，约贫僧前去相助一臂之力，义不容辞，也不容贫僧再过清闲岁月了。久闻师兄承继衣钵有人，早晚间成佛升天，怎么也有此清兴到红尘中游戏呢？"苦行头陀闻言，哈哈笑道："我也只为有些俗缘未了，同师兄一样，不能置身事外呀。依我之见，此番两派为敌，实在是邪正不能两立的缘故。师兄昔日与峨眉派道友也有同门之谊，长眉真人遗言犹在，师兄何苦加入漩涡，为人利用呢？"晓月禅师道："师兄言之差矣！峨眉派自长眉真人飞升后，太以强凌弱了。尤其是纵容后辈，目中无人，叫人难堪。即如今晚，你看前面剑光，难保不是峨眉派来此寻衅。今日之事，不必多言，既然定下日期，势成骑虎，少不得要同他们周旋一二了。"

苦行头陀见晓月禅师不听良言，叹了一口气道："劫数当前，谁也不能解脱。今晚究非正式比试，待我同师兄前去，停止他们争斗。到了十五晚上，我等再行领教便了。"晓月禅师闻言，冷笑一声，说道："如此甚好。"不俟苦行头陀答言，驾起剑光先行。刚到了慈云寺半空，便听见震天的一个霹雳，震散红砂。原来苦行头陀在一眨眼的工夫，业已赶到他的前面，用五行真气太乙神雷，破了红砂，将灵云等救出险地。晓月禅师虽然心惊苦行头陀厉害，又恨他不加知会，竟自恃强，用神雷破法，分明是示威于他看。正待质问两句，苦行头陀已抢先交代几句话，率领来人破空而去。晓月禅师恨在心里，也是无可如何。只得率领众人来到殿中，饰辞说了一遍。又说自己请了几个帮手，早晚来到。众人听了大喜。因有辟邪村候教之言，便议定反主为客，十五晚上同往辟邪村去对敌。

这时石玉珠脱身出来之后，本不想露面再见众人，即刻回去。只因一时好奇心盛，又见晓月禅师来到，打算听一听适才交战新闻，不知不觉也随众人跟了进来。那法元见石玉珠逃出罗网，心中为之一宽。不料龙飞见石玉珠安然出险，疑心法元所放，勾起适才口角时恼怒。又见石玉珠的一副俏身材，在大殿灯光之下，越发显得娇媚。心想："好一块肥羊肉眼看到口，又被她脱逃出来。"好生不快。石玉珠听完晓月禅师说明经过，猛想起自己身在龙潭虎穴之中，如何还要流连？便站起身来，朝着晓月禅师和众人施罢一礼，说道："我石玉珠在武当门下，原不曾与别的宗派结过冤仇。只因当初受了万妙仙姑援助之德，连接她两次飞剑传书，特到慈云寺，稍效些微之劳。谁想今日险些被奸人陷害，差点将我多年苦功废于一旦，还几乎玷辱师门，见不得人。幸仗我真灵未昧，得脱陷阱。本想寻我那仇人算账，又恐怕任事不终，耽误大局，有负万妙仙姑盛意。好在如今晓月禅师驾到，日内更有不少剑仙到来，自问功行有限，留我无用。青山不改，后会有期，我就此告辞吧。"说罢，脚一登，驾起剑光，破空便走。龙飞见石玉珠语中有刺，本已不容；如今见她要走，情知已与武当派结下冤仇，索性一不做二不休。喝道："贱婢吃里扒外，往哪里走？"当下一纵身赶到殿外，手起处，九子母阴魂剑便追上前去。石玉珠正待驾剑要走，忽见后面龙飞追来，知道九子母阴魂剑厉害，自己不是敌手，正在为难。偏偏龙飞十分可恶，他也不去伤她，只用剑光将她团团围住，一面叫她急速降顺，免遭惨死。石玉珠落在殿脊上面，好生狼狈，知道若被敌人生擒，难免不受侮辱。

当下把心一横，正要用剑自刎，忽听耳旁有人说道："女檀越休得害怕，只管随他下去，少时自有人来救你。"听去十分耳熟，四面一看，不见一人。下面龙飞连连催促。晓月禅师已听法元说知究竟，同众人走出殿外，先劝石玉珠下来，免伤和气。石玉珠无可奈何，只得下来，随定众人，仍归殿内，往殿中一立，朝着龙飞大骂道："你们这群无知邪魔！你把仙姑请将下来，又待怎样？我与你有杀身之恨，这世界上有你无我，早晚自有人来报应于你。"说完，气得粉面通红，泪流不止。晓月禅师见龙飞这样胡来，好生不以为然。怎奈石玉珠出言伤众，大家犯过淫孽的，自然都怒容满面。自己虽然辈分最尊，不便明作偏向。略一寻思，不俟龙飞再与石玉珠口角，抢先说道："石道友此番到此，原是好意，谁知与龙道友又发生误会。你回去原不要紧，怎奈后日便与峨眉交锋，此中有好些关系。说不得，看老僧薄面，屈留道友三日，三日之后任凭去留，一切有老僧做主。不知石道友意下如何？"这个意思，原是缓和二人暂时争执，得便再让石玉珠逃走，以免用人之际得罪龙飞。石玉珠这时已看透慈云寺俱非良善之辈，她把晓月禅师好意误会，正要破口大骂。忽听远远人声嘈杂，接着一个凶僧前来报道："后面大殿火起。"智通连忙亲自带人去救时，一会工夫又纷纷来报，仓房、密室四面火起，一霎时火焰冲天。龙飞、俞德闻报密室火起，其中有两个女子，俱是二人最心爱之人，俞德闻报先去。龙飞便指着石玉珠对法元说道："这个雏儿交与了你，如果被她逃走，休怪我无情无义！"言罢，随同众人救人去了。这时大殿上人听说密室起火，因各有心上爱人，都忙着去救火，只剩下法元、石玉珠和晓月禅师师徒五人未动。石玉珠见龙飞走后，本要逃走，因龙飞临行之言气糊涂了，又知法元厉害，自己抵敌不过，晓月禅师更是此中能手，冒昧行动，自取其辱，只在一旁干生气。这时外面红光照天，火势愈甚，眼看一座慈云寺要化为灰烬。其实晓月禅师原有救火能力，只因他虽入异派，只为当年一时气愤，天良未昧。今番拉拢各派和峨眉派对敌，原想利用机会存心报仇。一到慈云寺，见了众人，已知难成气候。见四面大火起来，明知是峨眉派中人所放，乐得借此扫荡淫窟。这座寺如留作和峨眉派对敌的大本营，原无多大用处，索性任它毁灭。等到烧得差不多时，再亲手去擒拿奸细。本想示意石玉珠，叫她逃走。谁想刚一张口，石玉珠就破口伤人，知她情急误会，也就不好再说。那朱洪、鹿清随侍晓月禅师座前，见石玉珠口出不逊，好生愤怒。因见他师父含笑不言，也不敢有所动作。

这时外面火势经这许多异派剑仙扑救，火头已渐渐小了下去。石玉珠正在寻思如何逃走时，忽听耳旁又有人说道："我是苦行头陀弟子笑和尚，在东海曾同你见过几面，因知你好帮助人，陷身难脱，特来救你，可是我不似我师父能用无形剑斩人，只能用无形剑遁飞行。你等我现身出来，拉住我的衣袖，我便能带你同走。"石玉珠闻言，恍然大悟，适才在密室逃出所遇小和尚就是此人，心中大喜，便聚精会神以等机会。武当派中本有几个能人，晓月禅师与他们差不多均有一面之缘，尤其石玉珠的师父半边老尼尤为厉害，所以不愿与石玉珠结仇。可是在用人之际，龙飞九子母阴魂剑同他的师父，将来帮助甚多，也不愿公然同他反目。正在想善法解决，忽听殿中哈哈一声大笑，现出一个年幼矮胖和尚，转眼间已到石玉珠跟前。法元认出是适才峨眉派来人当中最厉害的一个,不及招呼众人,一面先将脑后剑光飞出,一面喊:"禅师,休得放来人逃走!"那小和尚已到了石玉珠跟前,法元剑光才往下落。小和尚把头一晃,已是无影无踪。晓月禅师见石玉珠同笑和尚借无形剑遁逃去,袍袖一展,便驾剑光从后追了出来。

那笑和尚是怎样来的呢?他先前在屋脊上和慈云寺中人斗剑正酣之际,见俞德红砂来得厉害,顾不及拉金蝉逃走,先借无形剑遁起在空中。后见灵云在寺中飞起一片乌云,护着六人身体,便知道于事无碍。本想回辟邪村去请救兵,又想此番私自出来,不曾取得二老同意,事败回去,难免碰一鼻子灰。况且这边红光照天,辟邪村本派有醉道人等随时探报,不愁没人来救他们。他生性疾恶如仇,便想趁众人全神注意前面时,去到后面捣一个大乱。当下飞身走入后殿,忽见一个和尚探头探脑,往一堆假山后面走去。此人就是了一。笑和尚本想将他杀死,因为要探他做些什么,不曾下手。隐起身形,跟他走入石洞。只见了一到了石洞中间,伸手将一块石头拨开,露出一个铁环。将这铁环往左连转三次,便听见一阵轧轧之声。一霎时现出一个地穴,里面露出灯光,有七八尺见方,下面设有整齐石阶。笑和尚仍然隐身跟在后面,见了一走进有两丈远近,便有一盏琉璃灯照路,迎面一块石壁,上面刻有"皆大欢喜"四个斗大的字。只见了一先走到"欢"字前面,摸着一个铜钮一拧,便有一扇石门敞开了。一伸头往里一看,口中低低说了一声"该死",便自回转头来。笑和尚估量这里定是凶僧供淫乐的密室,不知了一为何说"该死"二字。等了一转身,便也伸头一看,不由怒气上冲。原来是密室,共分四处。了一、笑和尚所看这一处,正是俞德、莽头陀与杨花等行乐之地。

莽头陀自俞德走后,重新和一个淫女行乐。等到云散雨收,忽然想起杨花是个尤物,因为争的人多,轻易捞不上手。如今众人俱在前面迎敌,杨花现在套间之内,无人来争这块禁脔,何不趁此机会亲近一番?一面想,一面便往套间走去。那杨花与俞德在紧要关头上,忽被人来将俞德唤走,好生不快。又因为同俞德调笑时,吃了几杯酒,浑身觉得懒洋洋的,不大得劲,只好慢慢一步一步地移到床前躺下,打算趁空闲时先睡一会。不知怎的,杨花翻来覆去总睡不着,起初以为莽头陀也随俞德往前面迎敌去了,及至后来忽听隔壁传来一阵微妙的声息,越加闹得她不能安睡,只好用两只玉手抓紧被角,不住地在嘴边使劲猛咬,借以消恨。一会隔壁没有了响动。又停了一阵,忽听有人往自己房中走来,知是莽头陀要趁众人不在来讨便宜。她生就淫贱,在无聊的当儿,乐得有人来替她解闷。一个凶僧,一个荡妇,淫乐了一阵,还嫌不足,又由套间中走到外面床前,同先前女子一同取乐。正在得趣的当儿,偏被了一同笑和尚先后撞见。了一虽然厌恶,一来司空见惯,二来自己能力有限,不敢轻易发作。而那笑和尚天生正直,疾恶如仇,哪里见得这般丑态。当下纵到室中,喝道:"胆大凶僧!擅敢宣淫佛地。今日你的报应到了。"莽头陀见有人进来叫骂,知事不好,正待招架,已被笑和尚剑光将他同杨花二人的首级斩落。笑和尚看见床角还躺着一个赤身女子,已是吓晕过去。不愿多事杀戮,便提了莽头陀脑袋,纵身出来。再寻了一,已不见踪迹。他也照样走至原来的石壁跟前,到处摸按,寻那暗室机关。居然无意之中被他发现,但听得一阵隆隆之声,石壁忽然移动,现出一个可容一人出入的甬道。

笑和尚艺高人胆大,便不假思索地走了进去。走不数步,便见又是一间石室,且喜门户半关。他便探头一看,只见墙角躲着一个女子,适才那个和尚正朝床前走去,一面口中说个不住。这便是那了一去救石玉珠的时候。笑和尚听罢了一之言,起初还疑心了一与石玉珠有什么私情,又见二人举动不像,未敢造次。便想同他们开个玩笑再说。知他二人要走将出来,自己先退到甬道外面,用莽头陀人头朝着了一打去。及至二人从甬道中纵将出来,笑和尚才在月光底下认清那个女子是石玉珠。她是武当后辈中有数人物,昔日曾在东海见过她们姊妹。自己常听师父说她姊妹根行甚厚,但不知她怎么会到此地。当下隐身在旁,及至听完二人言语,方明白了一半。正要往前殿去看灵云等动静时,忽然一声雷震,听出是师父到来,心中大喜。急忙纵往前殿看时,果是师父苦行头陀,并已将灵云等救出,往辟邪村而去。本想跟踪前往,因见晓月禅师等在大殿会议,便想探一个究竟。他知晓月禅师厉害,不敢近前,只在殿角隐身,听他们讲些什么。后来见石玉珠同众人告辞,龙飞出来拦阻,他才明白石玉珠到此原因。因知她不是坏人,想设法救她,便在她耳边说了几句。等到石玉珠下去后,他在殿脊上,忽见后殿一片火光,好生不解。原来是后殿点的一盏琉璃灯,被适才雷声震断铜链,倒下地来,火光燃着殿中纸钱。大家因在忙着救伤埋死,无人注意,被这火引着窗棂,越燃越大。等到发现,火势已成燎原了。笑和尚见后殿起火,忽然灵机一动,急忙从殿角飞身下来,前往东西配殿,将火点起。又飞到密室之内,扭开机关,走进去一看,只见数十个穿红着绿的女子,围在杨花、莽头陀尸体旁边。适才吓昏过去的那一个女子已缓醒过来,正同众人在说莽头陀、杨花被杀时情形呢。

这慈云寺殿房，共有三百多间。另外有四个密室，专供智通行乐之用。最后一间密室，连接三处地道。一处通到方丈室内，由方丈室，又可由山洞走到后殿阶前。这里便是昔日周云从被陷之所。还有两处，直通庙墙以外，那里另有数十间华丽房子，便是这一干妇女的住处。她们住的所在有四面高墙，除了由这一条地道出进，去陪侍和尚枕席外，其余简直无门可出。这其中有大多数女子都是被凶僧抢来，逼迫成奸。虽然吃穿不愁，哪有不想家乡父母的？日子一多，自然也有想由她们住所翻墙逃走的。谁知智通这厮非常歹毒，他在这高墙左近，设了不少秘密机关；又养了百十恶犬，散布墙外。一面故意显出许多逃走的机会，让这些可怜妇女去上当，以儆将来。那逃走的人，不是中了秘密机关，身遭惨死，便是被恶狗分尸。这一干妇女吓得一个个亡魂丧胆，除了含泪忍痛供凶僧糟践外，谁也不敢作逃走之想。这四个密室之中，各有一个总铃，总铃一响，全体妇女都要来到，以供凶僧选择。适才陪莽头陀淫乐的那个女子名叫凤仙，本是一个赃官女儿，她老子卸任时，船至川东，被智通知道，叫人抢来。因她姿色出众，颇受凶僧们宠爱，夜无虚夕。今晚正玩得起劲，忽见一个小和尚飞身进来，将莽头陀、杨花二人杀死，当下被吓得晕死过去。醒来看见两具尸首，心惊胆裂。无意中拧动总铃，众妇女一闻铃声，赶到密室，问起原因，估量寺中出了差错。知道外面出口，秘密机关层层密布，并且铁壁石墙，无法出去。一个个面无人色，珠泪盈盈。

正在惶恐无计，忽听一声长笑，飞进一个小和尚来，众妇女疑心是寺内小和尚，尚不在意。那凤仙认清来人便是适才杀人的人，不由心惊胆落，急忙朝着笑和尚跪下，不住央告："小佛爷、小罗汉饶命！"一面对众妇女说道："杀杨花的便是这位小罗汉爷。快求他饶命，不要杀我们这班苦命人吧！"笑和尚此来，原是放火，见众妇女苦苦央求，不忍下手。便道："前面石门已开，尔等急速逃走，免得葬身火窟。"说罢，将密室中灯火拿到手中，朝着那容易燃烧之处放火。众妇女见此情形，顿时纷纷奔窜，哭喊连天。笑和尚将四个密室中的火全引着后，才纵身出来。众妇人在百忙中走投无路，有几个听清了笑和尚之言的，便往前面跑去，果然看见石壁开放，露出门户，便不计利害，逃了出来。有些胆小的，仍由地道逃回本人住所。这些密室，都盖在地底下，本不易燃烧。只因慈云寺中湿气太重，智通又力求华丽，除了入门有机关的地方是石块铁壁外，其余门窗、间壁以及地板，多半用木头做成；再加上家具床帐,都是容易引火之物。点着不多一会,火焰便透出地面。

这十几个妇女逃出以后,便大喊起火救命。正在巡更僧人赶到,一面禁止众妇女乱动,听候发落;一面往前殿送信。彼时智通等正在各偏配殿救火,闻报密室火起,更为惊恐。因是他半生菁华所藏聚之所,又加上有许多"活宝"在内,便顾不得再救火,直往密室走来。恰好龙飞也同时赶到。还是他子母阴魂剑厉害,一面用剑光蔽住火势,一面由众凶僧用水泼救,等到把火势扑灭,这密室已成一片瓦砾窖,无路可入。当下查问众妇女起火原因,供出是一个小和尚进来,先杀了莽头陀和杨花,然后二次进来放的火。智通知道不假,只得喝令众凶僧将这些妇女押往别的殿中看守,明日打扫密室之后,再行发落。这时前面的火经众人扑救,也次第熄灭。那寺外居民,多半是寺中党羽,见寺中起火,也纷纷赶到救火。火熄后,智通令人打发他们回去。这一场火,把慈云寺殿房烧去三分之一,损失颇为严重。等到智通、龙飞等回到大殿时,见晓月禅师与石玉珠不在殿中,问起原因,知道又是被一个小和尚救去,分明中了人家调虎离山之计。只是晓月禅师当石玉珠走时,竟然不及觉察;追人去了多时,又不见回来,好生诧异。龙飞见石玉珠逃走,心中好生不快,迁怒于法元,由此结下嫌怨。后文将有法元三中白骨箭的事情发生,暂且不言,留待后叙。

经这一番纷扰之后,天已大亮。忽然院中降下三人:一个正是晓月禅师;一个是飞天夜叉马觉;还有一个生得庞眉皓首,鹤发童颜,面如满月,目似秋水,白中透出红润,满身道家打扮的老人,众人当中十有九都不认识他。晓月禅师请那老道人进殿坐定后,同众人引见,才知那人便是巫山神女峰玄阴洞的阴阳叟。俗家双姓司徒,单名一个雷字。他自幼生就半阴半阳的身体,上半月成男,下半月成女。因为荒淫不法,被官府查拿,才逃到巫山峡内,遇着异人传授三卷天书。学到第二卷时,不知怎的,一个不小心,第一卷天书就被人偷去。他师父说他缘分只此。他叹了一口气,从此,出去不再回来。他在巫山十二峰中,单择了这神女峰玄阴洞做修炼之所,把洞中收拾得百般富丽。每三年下山一次,专一选购各州府县年在十五六岁的童男童女,用法术运回山去,上半月取女贞,下半月取男贞,供他采补。百十年间,也不知被他糟践了多少好儿女。所买来的这些童男童女,至多只用三年。而三年之中,每月只用一次。到了三年期满,各赠金银财宝,根据男女双方的情感和心愿,替他们配成夫妻。结婚后三日,仍用法术送还各人家乡。只是不许向人家泄露真情,只说是碰见善人,收为义子义女,代主婚姻。善人死后,被族中人逐出,回来认祖归宗。那些卖儿女的都是穷人,一旦儿女结婚回来,又带了不少金银,谁再去寻根问底。也有那口不紧的,立时便有杀身之祸。他以为这样采补,既不损人寿数,又成全了许多如意婚姻,于理无亏。谁知罪犯天条,终难幸免呢。

第三十七回

访能人　马夜叉独上玄阴宫
窥秘戏　柳燕娘动情天魔舞

智通等经晓月禅师介绍后，知道来人神通广大，非同小可，一个个上前参拜。又问晓月禅师，石玉珠可曾追上？晓月禅师道："说起来真也惭愧，我今天居然会栽在一个小和尚手里。我以为只有东海三仙会用无形剑，而他们三人素来光明正大，从不暗地伤人。不曾想到他们后辈中也有这样人，一时大意。如果早知有此事发生，我便将剑光放出，他如何进得殿来？等到他将石玉珠带走，我追到辟邪村附近，眼看快要追上，却迎面碰见峨眉派中醉道人同髯仙李元化。这二人与我昔日有同门之谊，当初都帮过我的大忙，曾经答应必有以报答他们，事隔多年，俱无机会。今日他们二人上来拦阻讲情，我不能不答应，只得借此勾销前情。我回来时，见此地火势渐小，谅无妨碍。忽然想起这位老友，打算去请他出来帮忙。恰好在路上遇见马道友，业已请他同来。"

原来这马觉到慈云寺住了多日，那日出寺闲游，忽然遇见他多年不见的师叔铁笛仙李昆吾，马觉大喜，便请他到寺中相助。李昆吾道："你我二人俱非峨眉敌手。最好你到巫山神女峰玄阴洞去请阴阳叟，你就说峨眉派现下收了数十名男女弟子，俱是生就仙骨，童贞未坏。问他敢不敢来参加，讨一点便宜回去？此人脾气最怪，容易受激，又投其所好，也许能够前来。有他一人，胜似别人十倍。现在敌人方面有我的克星，不但我不能露面，就连你也得加意留神，见机而作。"说罢，与马觉订下后会之期而去。马觉因为事无把握，便不告诉众人，亲身前往。到了神女峰，见着阴阳叟，把前情说了一遍。阴阳叟冷笑道："李昆吾打算借刀杀人，骗我出去么？你叫他休做梦吧！"马觉见话不投机，正要告辞。忽然外面气急败坏跑进来一个道童，说道："那个小孩被一个道人救走。师兄也被道人杀死了。"阴阳叟闻言，也不说话，只在屋子里转来转去。转了一会，倏地闭目坐定，不发一言。马觉疑心他是不愿理自己,站起来要走。那个道童低声说道:"请稍等一会,师父出去一会就回来。"马觉不知他的用意,正要问时,阴阳叟业已醒转,自言自语道:"真走得快,可惜逃走已远了,不然岂肯与他甘休!"说罢,站起身来,拉着马觉的手,说道:"你且少待一会,等我收拾收拾,再同你到慈云寺去。"马觉见他反复无常,好生诧异。阴阳叟道:"你觉得我没有准主意吗?我这人一向抱的是利己主义,我也不偏向何人,谁于我有益,我就和谁好。昨天我擒着一个小孩子,根基甚好,于我大有益处。谁想今日被人救去,反伤了我一个爱徒。适才运用元神追去,已追不上,看见一些剑光影子,知是峨眉派中人所为。我不去伤他,他反来伤我,情理难容,我才决定去的。"当下便叫道童与马觉预备休息之所。他便走进后洞,直到半夜才出来,而且喝得醉醺醺的,脸上鲜明已极,腰间佩了一个葫芦。他把门下许多弟子召集拢来,嘱咐了几句,便同马觉动身。走到半路,遇见晓月禅师,他二人本是好友,见面大喜,一同来到慈云寺商议应敌之策。

　　到了当日下午,慈云寺中又陆续来了几个有名的厉害人物:一个是新疆天山牤牛岭火云洞赤焰道人,同着他两个师弟金眼狒狒左清虚和追魂童子萧泰;一个是云南苦竹峡无发仙吕元子;还有贵州苗疆留人寨的火鲁齐、火无量、火修罗三个寨主,还带领着门下几个有名剑仙同时来到。这都是异教中有数人物,有的是受了许飞娘的蛊惑,有的是由晓月禅师展转请托而来。慈云寺中增加了这许多魔君,声势顿盛。依了赤焰道人的意思,当晚就要杀奔辟邪村来。晓月禅师认为还有邀请的几个有名剑仙尚未来到,仍是主张等到十五上半日再行定夺。这其中有好些位俱已不食人间烟火,惟独苗疆三位寨主以及随同他来的人,不但吃荤,而且仍是茹毛饮血,过那原始时代的野蛮生活。当下晓月禅师代智通做主人,吩咐大排筵宴,杀猪宰羊,款待来宾。慈云寺本来富足,什么都能咄嗟立办,一会酒筵齐备。晓月禅师邀请诸人入座,自己不动荤酒,却在下首相陪。

　　等到酒阑人散,已是二更时分。有的仍在大殿中闭目养神,运用坐功;有的各由智通安顿了住所,叫美女陪宿。龙飞知道阴阳叟会采补功夫,打算跟他学习,便请阴阳叟与他同住一起。除了百花女苏莲与九尾天狐柳燕娘,是慕名安心献身求教外,另由智通在众妇女中选了几个少年美女前来陪侍。阴阳叟不拒绝,也不领受,好似无可无不可的神气。他这间房本是一明两暗,阴阳叟与龙飞分住左右两个暗间。龙飞、苏莲、柳燕娘齐朝阴阳叟请教,阴阳叟只是微笑不言。后来经不起龙、苏、柳三人再三求教,阴阳叟道:"不是我执意不说,因为学了这门功夫,如果自己没有把握,任性胡为,不但无益,反倒有杀身之祸的。"龙、苏、柳三人见阴阳叟百般推却,好生不快,因他本领高强,又是老前辈,不便发作。

那阴阳叟坐了一会,便推说安歇,告辞回房。龙、苏、柳三人原想拉他来开无遮大会,见他如此,不再挽留,只好由他自去。他房中本有智通派来的两名美女,他进房以后,便打发她们出来,将门关闭。龙、苏、柳三人见了这般举动,与昔日所闻人言说他御女御男,夜无虚夕的情形简直相反,好生诧异,不约而同地都走到阴阳叟窗户底下去偷看。这一看不要紧,把龙、苏、柳三人看了个目眩心摇,作声不得。先是看见阴阳叟取过腰间佩带的葫芦,把它摆在桌上,然后将葫芦盖揭开,朝着葫芦连连稽首,口中念念有词。不大一会工夫,便见葫芦里面跳出来有七个寸许高的裸身幼女,一个个脂凝玉滴,眉目如画,长得美秀非常。那阴阳叟渐渐把周身衣服褪将下来,朝着那七个女子道一声:"疾!"那些女子便从桌上跳下地来,只一晃眼间,都变成了十六七岁的年幼女孩。其中有一个较为年长的,不待吩咐,奔向床头,朝天卧着。阴阳叟便仰睡在她身躯上面。那六个女子也走将过来,一个骑在阴阳叟的头上,一个紧贴阴阳叟的胸前,好似已经合榫,却未见他动作。其余四个女子,便有两个走了过去,阴阳叟将两手分开,一只手掌贴着一个女子的身体;还有两个女子也到床上,仰面朝天睡下,将两腿伸直,由阴阳叟将两只脚分别抵紧这两个女子的玉股。这一个人堆凑成以后,只见阴阳叟口中胡言乱嚷不休;那七个女子,也由樱口发出一种呻吟的声息。龙、苏、柳三人不知他做什么把戏,正看得出神之际,那阴阳叟口里好似发了一个什么号令,众女子连翻起身,一个个玉体横陈。阴阳叟站立床前,挨次御用,真个是颠倒鸳鸯,目迷五色。

龙飞看到好处,不由得口中"咦"了一声。忽觉眼前一黑,再看室中,只剩阴阳叟端坐床前,他佩的葫芦仍在腰间,适才那些艳影肉香,一丝踪影俱无。回想前情,好似演一幕幻影,并没有那回事似的。龙飞也不知阴阳叟所作所为,是真是幻,好生奇怪。还想看他再玩什么把戏时,只见屋内烛光摇曳,而床上坐的阴阳叟也不知去向了。以龙飞的眼力,都不知他是怎么走的,心中纳闷已极。那苏莲与柳燕娘见了这一幕活剧,身子好似雪狮子软化在窗前。见阴阳叟已走,无可再看,双双朝龙飞瞧了一个媚眼,转身便朝龙飞房中走去。龙飞心头正在火热,那禁得这种勾引,急忙跟了进去,一手抱定一个。正要说话,忽听窗外有弹指的声音,原来是晓月禅师派人请他们到大殿有事相商。

苏、柳二人闻言,各自"呸"了一声,只得捺住心火,随龙飞来到前殿。只见阖寺人等均已到齐,晓月禅师与阴阳叟,还有新来几位有名异派剑仙,居中高坐。龙飞定睛一看,一个是川东南川县金佛山金佛寺方丈知非禅师,一个是长白山摩云岭天池上人,一个是巫山风箱峡狮子洞游龙子韦少少。还有一个看去有四十多岁年纪,背上斜插双剑,手中执定一把拂尘,生就仙风道骨,飘然有出尘之概。龙、苏、柳三人俱不认识此人,经晓月禅师分别介绍,才知此人就是川东的隐名剑仙钟先生,果然名不虚传。大家见面之后,晓月禅师便把前因后果说了一遍。知非禅师道:"善哉!善哉!不想我们出家人不能超修正果,反为一时义气,伏下这大杀机。似这样冤仇相报,如何是了?依我之见,我与苦行头陀原有同门之谊,不如由我与钟先生、苦行头陀出头与你们各派讲和,解此一番恶缘吧。"晓月禅师因知非禅师剑术高强,有许多惊人本领,曾费了许多唇舌,特地亲身去请他前来帮忙,不想他竟说出这样懈怠话来,心中虽然不快,倒也不好发作。这殿上除了钟先生是知非禅师代约前来,天池上人与韦少少不置可否,阴阳叟是照例不喜说话。其余众人见请来的帮手说出讲和了事的话,俱都心怀不满,但都震于知非禅师威名,不好怎样。

惟独火焰道人名副其实,性如烈火,闻言冷笑一声,起来说道:"禅师之言错了。那峨眉派自从齐漱溟掌教以来,专一倚强凌弱,溺爱门下弟子,无事生非。在座诸位道友禅师,十个有八个受过他们的欺侮。难得今日有此敌忾同仇的盛会,真乃千载一时的良机。如果再和平了结,敌人必定以为我们怕他们,越加助长凶焰,日后除了峨眉,更无我们立足之地了。依我之见,不如趁他们昨晚一番小得志之后,不知我们虚实强弱,不必等到明晚,在这天色未明前杀往辟邪村,给他们一个措手不及,出一点心中恶气,是为上策。如果是觉得他们人多势众,自己不是敌手的话,只管自己请便,不必游说别人,涣散人心了。"说罢,怒容满面。知非禅师见火焰道人语含讥讽,满不在意,倏地用手朝外殿角一指,众人好似见有一丝火光飞出,一面含笑答道:"火道友,你休要以为贫僧怕事。贫僧久已一尘不染,只为知道此番各派大劫临头,又因晓月禅师情意殷殷,到此助他一臂之力,顺便结一些善缘。谁想适才见了众位道友,一个个煞气上冲华盖,有一多半在劫之人。明日这场争斗,胜负已分。原想把凶氛化为祥和,才打算约请双方的领袖和平排解。火道友如此说法,倒是贫僧多口的不是了。明日之会,诸位只管上前,贫僧同钟道友接应后援如何?"火焰道人还要还言,晓月禅师连忙使眼色止住。一面向知非禅师说道:"非是贫僧不愿和平了结,只是他们欺人太甚,看来只好同他们一拼。师兄既肯光降相助,感恩不尽。不过他们人多势众,还是趁他们不知我们虚实时先行发动,以免他们知道师兄诸位等到此,抵敌不过,又去约请帮手。师兄以为如何?"知非禅师道:"师兄你怎么也小看峨眉派,以为他们不知我们的虚实? 哪一天人家没有耳目在我们左右? 一举一动,哪一件瞒得过人家? 诸位虽不容纳贫僧的良言,贫僧应召前来,当然也不能因此置身事外。双方既然约定十五日见面,那就正大光明,明日去见一个胜负,或是你去,或是他来好了。"

众人因听知非禅师说有峨眉耳目在旁,好多人俱用目往四处观看。知非禅师道:"诸位错了,奸细哪会到殿中来呢? 适才我同火道友说话时,来人已被我剑光圈在殿角上了。"说罢,站起身来,朝着外殿角说道;"来人休得害怕,贫僧决不伤你。你回去寄语二老与苦行头陀,就说晓月禅师与各派道友,准定明日前往辟邪村领教便了。"说罢,把手向外一招,便见一丝火光由殿角飞回他手中。智通与飞天夜叉马觉坐处离殿门甚近,便纵身出去观看,只见四外寒风飕飕,一些踪影俱无,只得回来。知非禅师又道:"无怪峨眉派逞强,适才来探动静的这一个小和尚,年纪才十多岁,居然炼就太乙玄门的无形剑通。看这样子,他们小辈之中前途未可限量呢!"大家谈说一阵。知非禅师知道劫数将应,劝说无效,当众声明自己与钟先生只接后场,由别位去当头阵。龙飞同三位寨主不知知非禅师本领,疑心他是怕事,不住用言语讥讽。知非禅师只付之一笑,也不答理他们。晓月禅师仍还仗着有阴阳叟等几个有名的帮手,也未把知非禅师的话再三寻思,这也是他的劫数将到,活该倒霉。当下仍由晓月禅师派请众人:留下本寺方丈智通、明珠禅师、铁掌仙祝鹗、霹雳手尉迟元、飞天夜叉马觉几个人在寺中留守;其余的人均在十五申末西初,同时往辟邪村出发。这且不言。

话说昨晚追云叟与矮叟朱梅正同各位剑仙在玉清观闲话,忽然醉道人与顽石大师匆匆飞进房来,说道:"适才我二人在慈云寺树林左近,分作东西两面探看。不多一会,先后看见五人分别驾起剑光飞入慈云寺。后来追上去看,才知是小弟兄中的齐灵云姊弟,同着周轻云、朱文、吴文琪、孙南、笑和尚等七人。起初颇见胜利。后来俞德、龙飞出来,我二人便知事情不好,果然俞德将红砂放将出来。幸喜齐灵云身旁飞起一片乌云,将他们身体护住。虽未遭毒手,但是已被敌人红砂困住,不能脱身。我二人力微势孤,不能下去救援,特地飞回报告,请二老急速设法才好。"髯仙李元化一听爱徒有了红砂之危,不禁心惊,说道:"这几个孩子真是胆大包身,任意胡为!久闻俞德红砂厉害,工夫一大,必不能支。我等快些前去救他们吧。"矮叟朱梅笑道:"李胡子,你真性急。这有什么大不了的事,用得着这般劳师动众吗?"李元化见朱梅嬉皮笑脸,正要答言,忽听门外有人说道:"诸位前辈不必心忧,他们此番涉险,我事前早已知道,代他们占了一卦,主于得胜回来,还为下次邀来一位好帮手。如有差错,惟我是问好了。"髯仙闻言,回头一看,见是玉清大师。虽知她占课如神,到底还是放心不下,便要邀请白云大师同去看一看动静。追云叟笑道:"李道兄,你真是遇事则迷。令徒孙南福泽甚厚,小辈中只有他同少数的几个人一生没有凶险。轻云、灵云姊弟与笑和尚,生具仙缘,更是不消说得。就连朱文、吴文琪二人,也不是夭折之辈。红砂虽然厉害,有何妨碍?我等既然同人家约定十五之期,小弟兄年幼胡闹,已是不该,我等岂能不守信约,让敌人笑话?你不用忧惊,他们一会自然绝处逢生,化险为夷。乐得借敌人妖法管教自己徒弟,警戒他们下次。你怕着何来?"正说话间,忽听远远一个大霹雳,好似从慈云寺那面传来。追云叟笑道:"好了,好了,苦行头陀居然也来凑热闹了。"说罢,掐指一算,便对醉道人、顽石大师、髯仙李元化三人说道:"苦行头陀与晓月禅师同时来到慈云寺,被苦行头陀用太乙神雷破了红砂,一会便同他们回来。他弟子笑和尚贪功心切,最后回来时,恐怕要遭晓月禅师毒手。三位道友在辟邪村前面一座石桥旁边等候,如见晓月禅师追来,由顽石大师把笑和尚接回,醉、李二位道友就迎上前去。晓月禅师昔日曾受二位道友的好处,必不好意思动手,二位就此回来便了。"醉道人等听完追云叟之言,各自依言行事。

他三人才走不远,苦行头陀已将灵云等六人救回。二老同各位剑仙,便率同小辈剑侠一齐上前拜见。苦行头陀见了二老,各合掌当胸地把前事说了一遍。苦行头陀道:"阿弥陀佛!为峨眉的事,我又三次重入尘寰了。"矮叟朱梅道:"老禅师指日功行圆满,不久就要超凡入圣,还肯为尘世除害,来帮峨眉派的大忙,真正功德无量。只便宜了齐漱溟这个牛鼻子,枉自做了一个掌教教祖,反让我们外人来替他代庖,自己却置身事外去享清净之福,真正岂有此理!"苦行头陀道:"朱檀越错怪他了。他为异日五台派有两个特别人物,第三次峨眉斗剑,关系两派兴亡,不得不预先准备。因恐泄露机密,才借玄真子的洞府应用。日前又把夫人请去相助。知道慈云寺里有许多会邪法妖术的异派人在内,叫贫僧来助二老同各位剑仙一臂之力。他不能来,正有特别原因,不过眼前不能泄露罢了。"矮叟朱梅道:"谁去怪他,我不过说一句笑话而已。"

大家入座以后,追云叟便问灵云适才在慈云寺中情形。灵云起初去的动机,原只想去暗中探一探虚实,并不曾料到金蝉、笑和尚等四人走在前头会动起手来。因未奉命而行,深恐追云叟怪罪,及至将适才情形说完,追云叟同各位前辈并未见责,才放宽了心。对答完后,便退到室旁侍立。猛回头见金蝉在门外朝她使眼色。灵云便走出房来,问他为什么这样张皇?金蝉道:"适才我们被红砂所困时,笑和尚借无形剑遁逃走,我以为他早已回来。谁想我问众位师兄师妹,皆说不曾看见他回转。想是被困寺内,如今吉凶难定。姊姊快请各位师伯设法搭救才好。"灵云起初也以为笑和尚先自逃回,听了金蝉之言,大吃一惊,便进房报告,请二老派人去救。矮叟朱梅道:"还用你说,这个小和尚的障眼法儿是瞒不过晓月秃驴的,他偏要不知进退去涉险。适才你白师伯已经派人去接他去了,你放心吧。要不然小和尚有难,老和尚在这里会不着急吗?"灵云、金蝉闻言,见房中各位前辈俱在,只不见了醉道人等三人,才放宽了心。苦行头陀道:"这个业障也真是贫僧一个累赘。贫僧因见他生有夙根,便把平生所学尽数传授。谁想他胆大包身,时常替贫僧惹祸。所幸他来因未昧,天性纯厚,平生并无丝毫凶险,所以适才我也懒得去寻他一同回来。现在有醉道友等三位剑仙去替他解围,贫僧更放心了。"元元大师道:"老禅师轻易不收徒弟,一收便是有仙佛根基的高足,异日再不愁衣钵没有传人了。"接着各位剑仙也都夸赞苦行头陀得有传人。大家谈了一阵。直到天色微明,醉道人、髯仙、顽石大师同笑和尚先后回来。那女昆仑石玉珠同笑和尚到了玉清观前,便自道谢作别而去。笑和尚看见师父来了,心中大喜,急忙上前拜见。苦行头陀又训诫了他几句。这时除了这些前辈剑仙外,余人都分别安歇,回房做功夫去了。只有金蝉在门外静等笑和尚回来。一会工夫,笑和尚回完了话,退出房来。二人见面之后,携手同到前面,大家兴高采烈地互谈慈云寺内情形。

到了这日晚间,追云叟召集全体剑侠,说道:"只剩今日一夜,明日便要和敌人正式交手。何人愿意再往慈云寺去,探看敌人又添了什么帮手,以便早做准备。"笑和尚仗着自己会无形剑遁,可以藏身,不致被敌人发现,便上前讨令。追云叟笑道:"你倒是去得的,不过现在他们定来了不少能人,你只可暗中探听虚实,不可露面生事。切记切记!"笑和尚领命后,驾起剑光,飞到慈云寺内,果然看见来了不少奇形怪状之人。他艺高人胆大,本想还要下去扰乱一番，忽见从空中先后降下四人。笑和尚在殿角隐着身形，定睛一看，见有知非禅师在内，顿时吓了一跳。昔日在东海曾经见过，知道他厉害，便不敢乱动，只把身体藏在殿角瓦垄之内，朝下静观。正听得出神之际，忽听知非禅师朝他说话，知道事情不妙。才待要走，已来不及，被知非禅师放出的剑光困住，脱身不得。还算好，敌人剑光只把他周身罩住，不往下落。他便把身剑合一，静等机会逃走。后来知非禅师又对他说了几句，撤回剑光。笑和尚知道厉害，不敢停留，急忙飞回辟邪村向大众报告一切。追云叟道："既然敌人约来了许多帮手，明日千万不可大意。"说罢，又同大众商量明日迎敌之计。

第三十八回

蓦接金牌　四剑侠奉命回武当
齐集广场　众凶邪同心敌正教

那辟邪村外有一座小山,山下有一片广场,地名叫作魏家场。彼时在明末大乱之后,魏家场已成一片瓦砾荒丘,无一户人家,俱是些无主孤坟,白骨嶙嶙,天阴鬼哭。因此人烟稀少,离城又远,又僻静,往往终日不见一个路人走过。峨眉派众剑仙便议定在这里迎敌。当即把众剑侠分为几拨:左面一拨是髯仙李元化、风火道人吴元智、醉道人、元元大师四位剑仙,率领诸葛警我、黑孩儿尉迟火、七星手施林、铁沙弥悟修等分头迎敌;右边一拨是哈哈僧元觉大师、顽石大师、素因大师、坎离真人许元通四位剑仙,率领女神童朱文、女空空吴文琪、齐灵云姊弟分头迎敌;嵩山少室二老追云叟白谷逸、矮叟朱梅及苦行头陀三人指挥全局;白云大师率领周淳、邱林、张琪兄妹、松鹤二童在观中留守,必要时出来助战;玉清大师、万里飞虹佟元奇二位剑仙率领笑和尚、周轻云、白侠孙南三人,暗中前去破寺。分配已定,转眼便过了一夜。

第二日清晨,小弟兄们一个个兴高采烈,准备迎敌。到了申初一刻,便陆续照预定方向前去等候。这时,追云叟又派玄真子的大弟子诸葛警我前往慈云寺内送信,通知晓月禅师同慈云寺各派剑仙,申末酉初在魏家场见面。这日天气非常晦暗,不见日光。到了酉初一刻,各位剑仙俱已分别到齐,站好步位,静候慈云寺中人到来。这且不言。

话说晓月禅师接了追云叟通知后,召集全体人等商量了一阵,便照预定计划,按时向魏家场进发。到了申初一刻,又回来了武当派有根禅师、诸葛英、沧浪羽士随心一、癫道人等四位有名剑仙。法元见他四位果然按时回来,不曾失约,心中大喜。晓月禅师原巴不得为峨眉派多套上几个对头,对于这四位武当派剑仙到来,自是高兴。

正在周旋之际,忽然庭心降下一道青光,光敛处,一个红绡女子走进殿来。法元不认识来人，正待上前相问，那女子已朝有根禅师等四人面前走来，说道："四位师兄，俺妹子石玉珠，误信奸人挑拨，帮助妖邪，险些中了妖人暗算。家师半边大师已通知灵灵师叔。俺奉师叔之命，现有双龙敕令为证，请四位师兄急速回山。"说罢，脚微登处，破空而去。来的这个女子，正是女昆仑石玉珠的姊姊缥缈儿石明珠。原来石玉珠在慈云寺脱险后，回转武当山，见了半边老尼哭诉前情。这半边老尼是武当派中最厉害的一个，闻言大怒，当下便要带了石玉珠姊妹二人，找到慈云寺寻七手夜叉龙飞报仇。恰好她师弟灵灵子来到，便劝半边老尼道："如今各派剑仙互相仇杀，循环报复，正无了期，我们何苦插身漩涡之内？慈云寺这一干人，决非三仙、二老敌手，何妨等过了十五再说？如果龙飞死在峨眉派手中，自是恶有恶报，劫数当然，也省我们一番手脚；倘或他漏网，再寻他报仇也还不迟。"半边老尼觉得灵灵子之言甚为有理，便决定等过十五再说。石玉珠总觉恶气难消，便把有根禅师、诸葛英、癫道人、沧浪羽士随心一也在寺中的话说了一遍。灵灵子闻言，甚是有气，说道："这四个业障，不知又受何人蛊惑，前去受人利用，真是可恶！"当下便向半边老尼借用石玉珠姊姊缥缈儿石明珠，叫他们回来。临行时，将双龙敕令与她带去，又嘱咐了几句话。那双龙敕令本是一块金牌，当中一道符篆有"敕令"二字，旁边盘着两条龙，乃武当派的家法，见牌如同见师一般，对于传牌人所说的话，决不敢丝毫违背。

有根禅师等四人本是受了几位朋友嘱托，又经法元再三恳求，才来到慈云寺中。后来见这一班人淫乱胡为，实在看不下去，非常后悔，住了不多几日，便借故告辞，说是十五前准到。原打算到了十五这日前来敷衍一阵，不过为践前言，本非心愿。他四人尚不知石玉珠同龙飞的这段因果，今日忽见缥缈儿石明珠带了双龙敕令前来传达师父法旨，这一惊非同小可。等到朝着双龙敕令下跪时，石明珠把话说完，便自腾空而去。有根禅师等只得站起身来，朝着法元道："贫僧等四人本打算为师兄尽力，怎奈适才家师派人传令，即刻就要回山听训，不得不与诸位告辞了。"说罢，不待法元回言，四人同时将脚一登，破空便起。座中恼了龙飞，知道自己已与武当派结下深仇，索性一不做二不休，开口骂道："你这干有始无终的匹夫往哪里走！"手扬处，九子母阴魂剑飞向空中。癫道人在三人后面正待起身，看见龙飞剑光到来，知道厉害，不敢交锋。口中一声招呼，袍袖一展，四人身剑合一，电掣一般逃回武当山而去。龙飞还待追时，晓月禅师连忙劝住，说道："此等人有他不多，无他不少。现在时辰已到，何必争这无谓的闲气？急速前去办理正事要紧。"龙飞这才收回剑光,不去追赶。可是从此与武当派就结下深仇了。

晓月禅师又道:"峨眉派下很有能人,我等此番前去,各人须要看清对手。如果自问能力不济,宁可旁观,也不可乱动。他等不在观中等候,必是诱我前去偷袭。我等最好不要理他,以免上当。"说罢,便照预定方略,把众人分作数队,同往魏家场而去。知非禅师、天池上人、韦少少、钟先生四人却在后面跟随。

慈云寺离魏家场只数十里路,剑光迅速,一会便到。他们头一队是新疆牤牛岭水云洞的赤焰道人、金眼狒狒左清虚、追魂童子萧泰,同云南苦竹峡的无发仙吕元子、披发犭昆狁狄银儿、小火神秦朗,以及苗疆留人寨寨主火鲁齐、火无量、火修罗和金身罗汉法元等十人。到了魏家场一看,山前有一片荒地同青枫、黄桷树林,四面俱是坟头,全无一户人家,也不见一个行人。天气阴沉得好似要下雨的神气。这座土山并不甚高,有两团亩许方圆的云气停在半山腰中,相隔有数十丈远近,待升不升的样子。只是看不出敌人在哪里,疑心峨眉派还未到来。正待前进时,晓月禅师、阴阳叟率领第二队的铁钟道人、七手夜叉龙飞、俞德、通臂神猿鹿清、病维摩朱洪、三眼红蜆薛蟒、百花女苏莲、九尾天狐柳燕娘等均已到来。见了这般情状,连忙止住众人,吩咐不要前进,急速将全体人等分成三面展开。正待说话,阴阳叟哈哈笑道:"我只道峨眉派是怎样的能人,却原来弄些障眼法儿骗人。我等乃是上宾,前来赴约,怎么还像大姑娘一般藏着不见人呢?"说罢,将手一搓,朝着那两堆白云正要放出剑光。倏地眼前一闪,现出两个老头儿:一个穿得极为破烂,看他年纪有六七十岁光景;一个身高不满四尺,生得矮小单瘦,穿了一件破旧单袍,却是非常洁净。这两个老头虽然不称俗眼,可是在慈云寺这一班人眼中,却早看出是一身仙风道骨,不由便起了一种又恨又怕的心理。那阴阳叟估量这两个老头便是名驰宇内的嵩山少室二老追云叟白谷逸和矮叟朱梅。他虽未曾见过,今日一见,也觉话不虚传。便退到一旁,由追云叟与晓月禅师去开谈判。

只听追云叟说道:"老禅师,你同峨眉派昔日本有同门之谊。那五台、华山两派,何等凶恶奸邪,横行不法。齐道友受了令师长眉真人法旨,勤修外功,铲尽妖邪。你道行深厚,无拘无束,何苦插身异端胡作非为呢? 你的意思我原也知道,你无非以为混元祖师死后,五台派失了重心,无人领袖,你打算借目前各派争斗机会,将他们号召拢来创成一派,使这一干妖孽奉你为开山祖师,异日遇机再同齐道友为难,以消昔日不能承继道统之恨。是与不是？以玄真子之高明,胜过你何止十倍,他都自问根行不如齐道友,退隐东海。你想倒行逆施,以邪侵正,岂非大错？依我之见,不如趁早回转仙山,免贻后悔,等到把那百年功行付于一旦,悔之晚矣!"晓月禅师闻言大怒,冷笑一声,说道:"昔日长眉真人为教主时,何等宽大为怀。自从齐漱溟承继道统以来,专一纵容门下弟子,仗势欺人,杀戮异己。又加上有几个助纣为虐的小人,倚仗本领高强,哪把异派中人放在眼里。如今已动各派公愤,都与峨眉派势不两立。贫僧并不想做什么首领,不过应人之约,前来凑个热闹。今日之事,强存弱亡,各凭平生所学,一见高低。谁是谁非,暂时也谈不到,亦非空言可了。不过两方程度不齐,难以分别胜负。莫如请二位撤去雾阵,请诸位道友现身出来,按照双方功夫深浅,分别一较短长。二位以为如何?"追云叟笑道:"禅师既然执迷不悟,一切听命就是。"矮叟朱梅便对追云叟道:"既然如此,我等就无需客气了。"说罢,把手朝后一抬,半山上左右两旁,十六位剑仙现身出来。二老将身一晃,也回到山上。

话说那火云洞三位洞主同苗疆留人寨三位寨主,原来是贵州野人山长狄洞哈哈老祖的徒弟,晓月禅师是他等六人的师兄。起初晓月禅师接着许飞娘请柬,知道三仙、二老厉害,本不敢轻易尝试。后来又想起五台派门下甚多,何不趁此机会号召拢来,别创一派,一洗当年之耻？因为觉得人单势孤,便到贵州野人山长狄洞去请他师父哈哈老祖相助。谁知哈哈老祖因走火入魔,身体下半截被火烧焦,不能动转,要三十年后才能修炼还原。晓月便把这六个师弟约来,另外还请了些帮手相助。他知道长眉真人遗留的石匣飞剑,是他致命一伤。却偏偏无意中在黄山紫金泷中,将断玉钩得到手中。此钩能敌石匣飞剑,因而有恃无恐。适才同二老说话时,赤焰道人不知二老的厉害,见二老语含讥讽,几番要上前动手,俱被晓月禅师使眼色止住。及至二老回转山头,晓月禅师便问众人:"哪位愿与敌人先见高低?"当下留人寨三位寨主同赤焰道人口称愿往。晓月禅师再三嘱咐小心在意。

四人领命,才行不到数步,对面山头已经飞下两个道人、一个和尚、一个尼姑。来者正是醉道人、髯仙李元化、元觉禅师、素因大师四位剑仙。原来追云叟同晓月禅师见面后,知道晓月禅师心虚,愿意一个对一个。正待派人出战,忽见敌人那边出来四个奇形怪状的妖人,便问哪位道友愿见头阵。醉道人、髯仙李元化、元觉禅师、素因大师同称愿往。说罢,一同飞身下山。那赤焰道人头戴束发金冠,身穿一件烈火道袍,赤足穿了一双麻鞋,身高六尺,面似朱砂,尖嘴凹鼻,兔耳鹰腮,腰佩双剑,背上还挂着蓝色的葫芦。火氏兄弟三人,头上各扎了一个尺来长的大红包头,身穿一件大红半截衣服,也是赤脚,各穿一双麻鞋,身高丈许,蓝面朱唇,两个獠牙外露,腰中各佩一口缅刀。他三人俱是一个模样,一个打扮,形状凶恶已极。四位剑仙见敌人打扮异样,知道山寨中人多会妖术邪法,愈加小心在意。

赤焰道人见了敌人,不待答话,用手一拍剑囊,便有一道蓝光飞将出去。醉道人正在前面,连忙放出剑光迎敌。火氏弟兄也各把缅刀飞起空中,又是三道蓝光,直朝髯仙等三人头上落下。髯仙李无化、元觉禅师、素因大师三位剑仙更不怠慢,各将自己剑光迎敌。战场上二青二白四道剑光敌住四道蓝光,在空中上下飞舞。不多时候,蓝光渐渐不能支持。赤焰道人见不能取胜,心中焦急,拔开腰中葫芦盖,念念有词,由葫芦内飞出数十丈烈焰,直朝四位剑仙烧去。素因大师哈哈大笑道:"妖术邪法,也敢前来卖弄!"用手朝着空中剑光一指,运用全神,道一声:"疾!"她那道白光立时化成无数剑光,将赤焰逼住,不得前进。元觉禅师见这般景况,忽地收回剑光,身剑合一,电也似一般快,直朝赤焰道人身旁飞下。赤焰道人见烈火无功,十分焦急。正待施展别的妖法时,忽见一道白光从空飞下,知道不好,想逃已来不及,"哎呀"一声未喊出口,业已尸横就地。火氏兄弟见赤焰道人身死,大吃一惊,精神一分,三道蓝光无形中减少若干光芒。看看难以抵抗,恰好自己阵中又飞出数十根红线,将髯仙等剑仙敌住,才能转危为安。火氏弟兄见添了帮手,重又打起精神,指挥刀光拼命迎敌。元觉禅师斩了赤焰道人,正待飞回助战,敌人阵上,铁钟道人见赤焰道人身死,心中大怒,飞身上前,放出一道青光,与元觉禅师战在一处。金身罗汉法元、小火神秦朗见火氏弟兄情势危急,双双飞到阵前,各将剑光放起。端的金身罗汉剑术非比寻常,峨眉三位剑仙的剑光堪堪觉着吃力。那元觉禅师会战铁钟道人,本是势均力敌。三眼红鲵薛蟒见自己这边添了三个帮手,敌人阵上仍是适才那四个人,看出便宜,也将剑光飞出,同铁钟道人双战元觉禅师。元觉禅师一人独战两个异派剑仙,虽不妨事,也很费手脚。双方拼命支持,又战了一会工夫。

那晓月禅师深知自己这边人程度很不齐,愿意同峨眉派单打独斗,以免艺业低能的人吃亏,本不愿大家齐上。谁知慈云寺来的这一干人打错了主意。先自恃自己这边人多,峨眉派那边尚不见动静。后来又见法元、秦朗、火氏弟兄声威越盛,峨眉派的剑光又渐渐支持不住,便想以多为胜,趁敌人不防,去占一个便宜,先杀死几个与赤焰道人报仇再说。大家不约而同地相互使了一个眼色,各人同时连人带剑飞向战场。头一个便是七手夜叉龙飞,他后面跟着俞德、披发猱狲狄银儿、百花女苏莲、九尾天狐柳燕娘、通臂神猿鹿清、病维摩朱洪。这七人刚刚飞到战场，忽听对面山头上十数声断喝道："无耻妖人，休要以多为胜！"接着电一般疾，飞下十来条剑光。登时战场上更加热闹起来，除了醉道人、髯仙李元化、素因大师仍战火氏弟兄，元觉禅师仍战铁钟道人外，峨眉派这边风火道人吴元智接战小火神秦朗，元元大师接战金身罗汉法元，黑孩儿尉迟火接战九尾天狐柳燕娘，女空空吴文琪接战百花女苏莲，诸葛警我接战病维摩朱洪，坎离真人许元通接战俞德，铁沙弥悟修接战通臂神猿鹿清，女神童朱文接战三眼红蚬薛蟒，顽石大师接战七手夜叉龙飞，七星手施林接战披发猱狲狄银儿。一共是十三对二十六人，数十道金、红、青、白、蓝色光华，在这暮霭苍茫的天空中龙蛇飞舞，杀了个难解难分。

晓月禅师见敌人阵上忽然出来许多能人，情知中了诱敌之计，业已无可挽回，便要请阴阴叟、知非禅师等出去与二老见一个胜负。知非禅师推说尚未到出去时候。阴阳叟却只把一双色眼不住向几个年轻的峨眉派剑仙身上注意，晓月禅师同他说话，好似不曾听见。这几个人正在商议之间，战场上业已起了变化。原来追云叟因要看敌人虚实，早按预定计划，让敌人先上，好量力派人迎敌，以免小辈剑仙吃亏。及至见龙飞等一拥而来，知道再若迟延，场上四位剑仙难免吃亏，当下便派了十来位剑仙分头迎敌。又悄悄对矮叟朱梅嘱咐了几句。朱梅闻言，隐身自去，这且不言。

话说女神童朱文迎敌薛蟒，飞身到了他的面前，且不动手，一声娇叱道："无知业障，你可认得俺么？"薛蟒住在黄山，知道朱文是餐霞大师得意门徒，不敢怠慢，急忙收回与元觉禅师对敌的剑光，向朱文头上飞去。朱文哈哈笑道："鼠子不要害怕，你家姑娘决不暗算于你。"说罢，便将剑光放起，与薛蟒的剑光斗在一起。薛蟒的剑光原来不弱，怎奈朱文自服肉芝后，功行精进，又加上新近得了几样法宝，本领越加高强。她见敌人厉害，难以取胜，左手摇处，又将餐霞大师所赐的虹霓剑飞起空中。薛蟒本自力怯，忽见一道红光飞将过来，知道不好，忙喊："师姊饶命！"朱文早先在黄山原常和他在一处玩耍，因为他心术险恶，又因他陷害他师兄苦孩儿司徒平，才不去理他。如今见他口称饶命，不禁动了恻隐之心，急忙收回剑光时，剑光早已扫着薛蟒的脸，将他左眼刺瞎，连左额削下，血流如注。还算朱文收得快，不然一命早呜呼了。这时薛蟒空中的剑光已被朱文的剑光压迫得光芒渐失。朱文喝道："看在你师兄面上，饶你不死，急速收剑逃命去吧！"薛蟒侥幸得逃活命，哪敢还言,急忙负痛收回剑光,逃往黄山去了。

朱文战败薛蟒,便往中央战场上飞来,正赶上通臂神猿鹿清、披发猰貐狄银儿与峨眉派的七星手施林、铁沙弥悟修对敌,四人五道剑光正杀了个难解难分。不曾料到朱文从后面飞来,剑光过处,狄银儿尸横就地。鹿清见狄银儿已死,稍微疏神,便被铁沙弥悟修的双剑一绞,把剑光绞断。鹿清知道不好,才待抽身逃走,正遇朱文一剑飞来,拦腰斩为两段。

火氏弟兄三人会战髯仙李元化、醉道人、素因大师,本嫌吃力,又被剑光逼住,急切间施展不得妖法。再加上施林、朱文、悟修三个生力军,不由心慌意乱,一眨眼的工夫,火修罗被素因大师一剑斩为两段。素因大师道:"二位前辈与三位道友,除却这两个妖人,待我去助顽石大师一臂之力。"说罢,飞身往顽石大师这边,助她会战龙飞。不提。

火鲁齐、火无量见兄弟惨死,又急又痛,一个不留神,火鲁齐被醉道人连肩带头削去半边,死于就地。火无量被髯仙、朱文、悟修三人的剑光一绞,将他的蓝光绞为两截。还算他见机得早,没有步他两个兄弟的后尘,施展妖法,一溜火光逃回苗疆去了。

百花女苏莲会战女空空吴文琪,如何能是对手,只一会工夫,便被吴文琪破了剑光,死于就地。九尾天狐柳燕娘会战黑孩儿尉迟火,刚刚打了一个平手。忽然百花女苏莲惨死,女空空吴文琪朝着自己飞来,知道不好,不敢恋战,急忙从空中收回剑光,身剑合一,逃命去了。

这时龙飞战顽石大师,施展了九子母阴魂剑。顽石大师眼看支持不住,正在危险之际,恰好齐氏姊弟赶来,才得抵挡一阵。原来金蝉在山头上几次想要上前助战,都被姊姊灵云拦住。他见顽石大师情势危险,灵云正在一心观战之际,倏地运动鸳鸯霹雳剑飞下山来。灵云怕他有失,只得随他上前,双双帮助顽石大师三战龙飞。龙飞的九子母阴魂剑一出手,便是一青八白九道光华,非常厉害。忽见敌人添了两个帮手,一时性起,便将二十四口九子母阴魂剑同时放将出来,共是二百一十六道剑光飞舞空中,满天绿火,鬼气森森,将灵云姊弟、顽石大师包围在内。正在紧急之间,素因大师、髯仙李元化、醉道人先后赶到,他们三人才得转危为安,努力支持。这且不言。

话说朱文战胜之后,便打算跟随醉道人等加入顽石大师这面,同战龙飞。正待起身,忽地前面漆黑,接着便有一缕温香,从鼻端袭来,使人欲醉,登时觉得周身绵软,动转不得,连飞剑也无从施展。正在惊异之间,忽见一道五彩光华从自己胸前透出,登时大放光明,把一个月黑星昏的战场,照得清清楚楚,战场上各派剑光仍在拼命相持。又见离自己不远,站定两个老头儿,手舞足蹈,又像比拳,又似在那里口角。一个正是自己新认的师父矮叟朱梅。那一个生得庞眉皓首,鹤发童颜,是男不男、女不女的打扮。猛想起适才曾有五彩光华从自己身上出来,破了妖法。便往身上去摸,正摸着矮叟朱梅给她的那一面天遁铜镜。自从那日到手后,从未有机会用过,今日无意中倒救了自己。便从怀中将镜取出,出手有五彩光华照彻天地。她便往矮叟朱梅这边走来,打算看看他同那人说些什么。正往前走,矮叟朱梅忽地喝道:"朱文休得前进!快将天遁镜去救各位道友脱险。这个妖人由我对付。"朱文闻言,猛回首一看,把她吓了一跳,只见满天绿火、剑光、红线、金光如万道龙蛇,在空中飞舞不住。敌人那边又飞出几条匹练似的青光白光,直往剑光层上穿去。还未到达,小山头上也飞下两三道匹练般的金光,将白光敌住。朱文知道顽石大师那边势弱,不敢怠慢,一手执着天遁铜镜,向龙飞那边飞去。

作书的一支笔难写两家话,且待下回分解。

第三十九回

宝镜散子母阴魂　　诸剑仙斗法完小劫
神雷破都天恶煞　　一侠女轻敌受重伤

话说那晓月禅师见出去的人连连失利，火氏弟兄又死了二人，爱徒鹿清也被敌人剑光所斩，又急又痛，又愧又气。当下不计利害，长叹一声，便把自己两道剑光，运动先天一气，放将出来。知非禅师、天池上人、游龙子韦少少、钟先生四位剑仙起初不动手，原是厌恶慈云寺这一班妖人，想借峨眉派之手除去他们。及至见出去的人死亡大半，晓月禅师又意在拼命，既然应约而来，怎好意思不管，便各将剑光飞起。这五人的剑光非比寻常，追云叟怎敢怠慢，便同苦行头陀各将飞剑放出迎敌。金光、白光、青光在空中绞成一团，不分胜负。这且不言。

那阴阳叟此来，原是别有用心。他也不去临敌，只把全神注意在峨眉派一干年轻弟子身上。他见朱文长得满身仙骨，美如天仙，不禁垂涎三尺。借着一个机会，遁到朱文身旁，施展五行挪移迷魔障，将朱文罩住。正待伸手擒拿，忽地屁股上被人使劲掐了一下，简直痛彻心肺，知道中了敌人暗算，顾不得拿人。回头看时，掐他的人正是矮叟朱梅。心中大怒，便用他最拿手的妖法颠倒迷仙五云掌，想将矮叟朱梅制住。他这一种妖法，完全由五行真气，运用心气元神，引人入窍，使他失去知觉，魂灵迷惑，非常厉害。才一施展，朱梅哈哈笑道："我最爱看耍狗熊，这个玩意，你就随便施展吧。"阴阳叟见迷惑朱梅无效，又不住地眉挑目语，手舞足蹈起来。他这一种妖法，如遇不懂破法的人，只要伸手一动，便要上当。朱梅深知其中奥妙，任他施为，打算等他妖法使完，再用飞剑将他斩首，以免他逃走，再去害人。猛见朱文朝自己走来，怕她涉险，急忙叫她回去。稍一分神，便觉有些心神摇摇不定，不能自主。暗说一声："好厉害！"急忙镇住心神，静心观变。那阴阳叟见妖法无效，便打算逃走。朱梅已经觉察，还未容他起身，猛将剑光飞起，将阴阳叟斩为两截。只见一阵青烟过处，阴阳叟腹中现出一个小人，与阴阳叟生得一般无二,飞向云中,朝着矮叟朱梅说道:"多谢你的大恩,异日有缘,再图补报。"原来他已借了朱梅的剑光,兵解而去。朱梅原是怕他遁走,才一个冷不防拦腰斩去,谁想反倒成全了他。

再看战场上,业已杀得天昏地暗。七手夜叉龙飞已经逃走。小火神秦朗,被铁沙弥悟修、风火道人吴元智腰斩为两段。晓月禅师见秦朗被杀,自己一时不能取胜,分了一支剑光,朝吴元智飞来。吴元智斩了秦朗,正待回首,忽见晓月禅师剑光飞来,要躲已来不及,剑光过处,尸横就地。悟修知道厉害,不敢迎敌,忙驾剑光逃回玉清观而去。俞德与坎离真人许元通斗剑,因为红砂早被苦行头陀所破,仅能战个平手。偏偏诸葛警我将病维摩朱洪断去一臂,朱洪驾剑光逃走后,便又跑来帮助许元通,双战俞德。俞德见自己的人死的死,逃的逃,又见敌人添了帮手,知不是路,偷个空收回剑光,逃回滇西去了。铁钟道人独斗元觉禅师,正在拼命相持,忽见坎离真人许元通与诸葛警我跑来助战,不禁慌了手脚。先是许元通青白两道剑光飞去,铁钟道人正待迎敌,不想斜刺里诸葛警我又飞来一剑,铁钟道人欲待收回剑光逃走,已是不及,被元觉禅师、坎离真人许元通与诸葛警我等三人的剑,同时来个斜柳穿鱼式,将他斩成四截。他用的那一口剑,本是一口宝剑炼成,主人死后便失了重心,一道青光投回西北而去,从此深藏土内,静等日后有缘人来发现。不提。

三位剑仙见敌人已死,便跑过来帮助元元大师同战法元。那边战龙飞的各位剑仙,自龙飞逃后,便加入二老这面助战。那七手夜叉龙飞是怎么逃走的呢?原来七手夜叉龙飞独战峨眉各位剑仙,他见灵云姊弟的剑光厉害,又加上素因大师的剑光是受了神尼优昙的真传,非比寻常。后来醉道人及各位剑仙先后加入,未免觉着有些吃力。龙飞着了急,暗运五行之气,披散头发,咬破中指,朝着他的剑光喷去。果然九子母阴魂剑厉害,不多一会,顽石大师与髯仙李元化的剑光受了邪污,渐渐暗淡无光。顽石大师知道不好,待飞身退出,稍一疏神,左臂中了一剑。金蝉看见顽石大师危在顷刻,将霹雳剑舞成一片金光,飞到顽石大师身旁,紧紧护卫,不敢离开一步。髯仙李元化见顽石大师受了剑伤,自己剑光受挫,四面俱被敌人的剑光包围,难以退出。正在危机一发之际,忽见一道五彩光华,有丈许方圆粗细,从阵外照将进来。接着便见一个青衣女子,一手持着一面宝镜,一手舞动一道红光,飞身进来。来者正是女神童朱文,那五彩光华,便从她那面镜上发将出来。光到处,二百一十六口九子母阴魂剑,纷纷化成绿火流萤,随风四散。众剑仙见朱文破了九子母阴魂剑,立时精神抖擞,纷纷指挥剑光向龙飞包围上来。那龙飞见顽石大师受伤,峨眉众剑仙威风大挫,原是高兴已极,满打算将敌人一网打尽。忽见一道五彩光华从空而降,便知遇见克星。急忙收回剑光时,已来不及,被那五彩光华破去二十一口。数十年苦功,付于一旦,心中又痛又急。知道再不见机,性命难保,忙带着残余的子母阴魂剑,化阵阴风而去。等到众剑仙包围上来,他已走了。众剑仙见顽石大师伤势甚重,昏迷不醒,当下由醉道人、髯仙李元化二人驾剑光将她背回辟邪村去,设法医救。这里众人便去帮助二老会战晓月禅师。暂且不提。

金眼狒狒左清虚、追魂童子萧泰、无发仙吕元子原是被赤焰道人强迫邀来,见赤焰道人一死,峨眉势盛,知道难以讨得便宜,不等交手就溜走了。这时战场上,慈云寺方面死的死,逃的逃,只剩下晓月禅师、金身罗汉法元、天池上人、游龙子韦少少、钟先生,与二老、苦行头陀及各位剑仙拼命相持。晓月禅师见自己带来的这许多人,不到几个时辰,消灭大半,又是惭愧,又是愤恨。自己的剑光敌住追云叟已经显出高低,若非钟先生的剑光相助,早已失败。明知今天这场战事绝对讨不了半点便宜,只是自己请来的帮手,都在奋勇相持,如何好意思败走。后来见敌人的生力军越来越多,声势大盛。那峨眉派中小一辈的剑仙,更是狡猾不过,他们受了素因大师的指点,知道敌人剑光厉害,并不明张旗鼓上前助战,只在远处站立旁观,看出晓月禅师等的一丝破绽,各人便把剑光从斜刺里飞将过来。等到敌人收剑回来迎敌,他们又立时收剑逃走。晓月禅师等欲待追赶,又被二老、苦行头陀同长一辈剑仙的剑光苦苦跟定。似这样出没无常,左右前后尽是敌人,把晓月禅师同金身罗汉法元累了个神倦力竭,疲于奔命。

不一会工夫,法元的剑光突被元元大师的剑光压住。朱文在远方看出便宜,将虹霓剑从法元脑后飞来。还算法元剑术高强,久经大敌,知道事情不妙,连忙使劲从丹田内运用五行真气,朝着自己的剑光用力一吸,将元元大师压住的数十道红线,猛地往回一收,元元大师的剑光一震动间,被法元将剑收回。刚敌住朱文飞来的虹霓剑时,元元大师、素因大师两口飞剑当头又到。法元见危机四伏,顾不得丢脸,将足一登,收回他的数十道红线,破空而去。众剑仙也不去追赶,任他逃走了。

晓月禅师见法元被一小女孩赶走,更加着忙,暗骂道:"你们这一班小畜生,倚势逞强,以多为胜。异日一旦狭路相逢,管教你等死无葬身之地便了!"二老与苦行头陀若论本领,早就将晓月禅师擒住。皆因他请来的这四个帮手,俱是昆仑派中有名人物,知非禅师等的师父一元祖师与憨僧空了,俱都护短;况且闻说知非禅师此来,系碍于晓月禅师情面,非出本心。故不愿当面显出高低,与昆仑派结恨。知道晓月禅师早晚必应长眉真人的遗言,受石匣中家法制裁。此时却是劫数未到,乐得让他多活几天。因此只用剑光将他困住,却由小一辈的剑仙去同他捣乱,让他力尽精疲,知难而退。

谁知那游龙子韦少少却错会了意,疑心二老故意戏弄于他,不住地运动五行真气,朝着他那口剑上喷去,同矮叟朱梅对敌。朱梅起初原和追云叟一样心思,后来见游龙子韦少少不知好歹,不禁心中有气,暗想:"这样相持何时可了?不如给他一点厉害再说。"便把手朝着自己的剑光连指几指,登时化成无数道剑光,朝游龙子韦少少围上来。正好素因大师赶走法元,又一剑飞来。韦少少慌了手脚,神一散,被朱梅几条剑光一绞,立时将他的剑光绞为两段。素因大师的剑乘机当头落下。朱梅见韦少少危机系于一发,不愿结仇,急忙飞剑挡住。韦少少知道性命难保,长叹一声,瞑目待死。忽然觉得半晌不见动静,睁眼看时,只见矮叟朱梅笑嘻嘻地站在面前,向他说道:"老朽一时收剑不住,误伤尊剑,韦道友休得介意,改日造门负荆吧。"韦少少闻言,满面羞惭,答道:"朱道友手下留情,再行相见。"说罢,也不同别人说话,站起身来,御风而去。

晓月禅师见韦少少也被人破了飞剑逃走,越加惊慌。忽听追云叟笑道:"老禅师,你看慈云寺已破,你的人死散逃亡,还不回头是岸,等待何时?"晓月禅师急忙回头一看,只见慈云寺那面火光照天,知道自己心愿成为梦想,不禁咬牙痛恨。当下把心一横,暗生毒计,一面拼命迎敌,一面便把他师父哈哈老祖传的妖术十二都天神煞使将出来。这十二都天神煞非常厉害,哈哈老祖传授时节,曾说这种魔法非同小可,施展一回,便要减寿一纪,或者遭遇重劫一次,不到性命交关之际,万万不能轻易使用。今日实在是恼羞成怒,才使出这拼命急招。当下将头上短发抓下一把,含在口中,将舌尖咬破,口中念念有词,朝着战场上众剑仙喷去。立时便觉阴云密布,一团绿火拥着千百条杀火龙,朝着众剑仙身上飞来。知非禅师等三人见韦少少已被矮叟朱梅破了飞剑,又悔又气,又恨矮叟朱梅不讲交情:"难道你就没听你们来人回报,不知我等俱是为情面所拘,非由本意?"矮叟朱梅这一剑,从此便与昆仑派结下深仇。这且不提。

话说知非禅师、天池上人、钟先生三人,虽然愤恨矮叟朱梅,但是皆知二老与苦行头陀的厉害,万无胜理,早想借台阶就下,正苦没有机会。忽见晓月禅师使用都天神煞,知道他情急无奈,这种妖法非常厉害,恐怕剑光受了污染,便同时向对面敌人说道:"我等三人与诸位道友比剑,胜负难分。如今晓月禅师用法术同诸位道友一较短长,我等暂时告退,他年有缘再相见吧。"说罢,各人收了剑光,退将下来。二老连忙约束众人,休要追赶。

这时绿火乌云已向众剑仙头上罩下,二老、苦行头陀忙唤众剑仙先驾剑光回玉清观去。众剑仙闻言,忙往后退。朱文倚仗自己有宝镜护体,不但不退,还抢着迎上前去。谁想晓月禅师的妖法非比寻常,朱文前面绿火阴云虽被宝镜光华挡住,不能前进,旁边的绿火阴云却围将上来。矮叟朱梅见朱文涉险,想上前拉她回来,已来不及了。那晓月禅师施出妖法后,见对阵上众剑仙后退,只留下二老同苦行头陀三人。当他正驱着妖法前进之时,忽见二老身后飞出个少年女子,手拿着一面宝镜,一手发出一道剑光,镜面发出数十丈五彩光华,将他的阴云绿火冲开一条甬道。晓月禅师暗自笑道:"无怪他三人不退,原来想借这女子的镜子,来破我的法术,岂非是在做梦?"他见正面有五彩光华挡住去路,便将身子隐在阴云绿火之中,从斜刺里飞近朱文左侧,口中念念有词,一口血喷将过去。朱文立时觉得天旋地转,晕倒在地。晓月禅师迈步近前,正要用剑取朱文首级,忽见眼前两道金光一耀,急忙飞身往旁边一跃。就在这一腾挪间,眼看一个粉妆玉琢的小孩,手舞两道金光,将地下那个女孩救去。他这十二都天神煞,乃是极厉害的妖法,普通飞剑遇上便成顽铁,不知这个小孩的剑光,何以不怕邪污?好生不解。不由心中大怒,急忙从阴云绿火中追上前去。正待在那小孩身后再行施法,忽然震天的一个霹雳,接着一团雷火,从对阵上发将出来,立刻阴云四散,绿火潜消。同时天空中也是浮翳一空,清光大放。一轮明月,正从小山脚下渐渐升起,照得四野清澈,寒光如昼。那晓月禅师被这雷声一震,内心受了妖法的反应,晕倒在地。等到醒来时,已睡在南川金佛寺方丈室内禅床之上。原来他使用邪术时,知非禅师等知他虽用绝招,仍难讨好,不忍心看他灭亡,把数百年功行付于一旦,便在远处瞭望。及至见他被苦行头陀的太乙神雷震倒,知非禅师、天池上人双双飞到战场,口中说道:"诸位道友,不为已甚吧。"说罢,便将他夹在胁下,同了钟先生,将他带回金佛寺,用丹药医治,调养数月,才得痊愈。从此,与峨眉派结下的仇恨益发深重。这且不提。

至于金蝉何以不怕妖法,其中有几种原因,待我道来。原来金蝉同朱文两人,只差三两岁年纪。餐霞大师与金蝉前身的母亲妙一夫人荀兰因,原是同道至好,一个在九华,一个在黄山,相隔不远,双方来往非常亲密。彼时金蝉与朱文都在六七岁光景,各人受了母亲的传授,从小就在山中学习轻身之术,两小无猜,彼此情投意合。起初还是随着大人来往,后来感情日深,每隔些日,不是你来寻我,便是我来寻你,青梅竹马,耳鬓厮磨,一混就是十来年。二人天生异质,生长名山,虽不懂得什么儿女私情,可是双方只要隔两三天不见,就仿佛短了什么似的。似这样无形中便种下了爱根。妙一夫人与餐霞大师知前缘注定,也不去干涉他们,任他二人往来自在,只对于他们的功课并不放松就是了。他们这一对金童玉女,既有剑仙做母师姊妹,自己本身又是生就仙根仙骨,小小年纪便练成一身惊人本领。分住在黄山、九华这洞天福地的一双两好,每日做完功课,手拉手,满山中去探幽选胜,斗草寻芳,越岭探山,追飞逐走。本不知道什么叫作男女之爱,那干净纯洁的心灵,偏偏融成一片,兀自纠结不开。及至朱文中了蓝枭的白骨箭,服了芝血以后,忽然大彻大悟。加以年事已长,渐渐懂得避嫌,不肯和金蝉亲近。金蝉本有些小孩子脾气,他见朱文无端同他冷淡,疑心是自己无意中开罪于她,不住地向朱文赔话。朱文总说:"没有什么开罪。我近因自己本领不济,要想用功练剑,没有功夫再陪你玩,请你不要见怪。"金蝉闻言,哪里肯信,仍是时常问长问短。朱文见他老是麻烦,后来索性不见他面,也不到九华来玩。金蝉本是小孩脾气,也赌气不再寻她。朱文又觉好端端地拒人于千里之外,未免叫人难堪。可是金蝉不来,也未便再去寻他赔话。后来灵云姊弟奉了母亲妙一夫人之命,叫他二人同白侠孙南到黄山见餐霞大师,约朱文同女空空吴文琪下山,到成都参加破慈云寺。等到破寺之后,各人不必回山,就在人间修炼那道家的三千外功,顺便替汉族同胞出些不平之气。五人领命下山时,金蝉见朱文仍不大理他,又难过,又生气。且喜到了成都,同门小弟兄姊妹甚多,尚不十分寂寞,索性同朱文拗到底,看看谁先理谁,二人平日大不似从前亲近。此次同慈云寺一干人交锋,金蝉见朱文到处立功,为她高兴。当他知道今日敌人方面能手甚多,又替她担心。后来会战晓月禅师同昆仑四友,小辈弟兄们受了素因大师的指教,只在远处放放冷剑,并不上前。灵云更是怕金蝉涉险,寸步不离,他连飞剑都使不出去。正觉着没有兴味,忽见慈云寺火光照天,接着昆仑四友收回剑光,晓月禅师施展妖法。灵云正要拉金蝉回辟邪村去,偏偏朱文倚仗天遁镜,可以以正压邪,便飞身进入阴云绿火之中。矮叟朱梅一把没有拉住她,知道朱文危险,忙喊苦行头陀快破妖法,不然朱文性命难保。金蝉一听是朱文性命难保,一着急,也顾不得说话,脚一登,也飞进绿火中去。此时朱文晕死在地,正赶上晓月禅师放出剑光,要取

246

朱文的性命。金蝉不管三七二十一,剑光一指,两道金光如蛟龙一般,飞向晓月禅师头上。就在晓月禅师一腾挪间,就地上抱起朱文逃将回来。还未到达地点时,那苦行头陀已将太乙神雷放出,破了妖法。晓月禅师却被知非禅师、天池上人等救回山去。

金蝉忙看怀中的朱文,已是面如金纸,牙关紧闭,一阵伤心,几乎落下泪来。矮叟朱梅忙道:"尔等休得惊慌,快背回观中去,等我回来时再说。"正说着,忽见慈云寺那面一朵红云,照得四野鲜红如血。二老见状大惊,忙对众人说道:"各位道友同门下弟子,一半将吴道友尸身抬回玉清观去,一半速将战场上死尸化去,再行回观。对于受伤的人,不要惊慌,等我三人回来再说。"说罢,二老与苦行头陀将身一晃,顷刻间已到了慈云寺内。

这时破寺的几位剑仙,正在九死一生之际,见二老与苦行头陀到来,心中大喜。同时又听空中一声佛号,声如洪钟,一道金光过去,又降下一位女尼姑来。敌人见凭空来了这几位前辈有名剑仙,有知道厉害的,一个个四散奔逃不迭。这是怎么回事呢? 这一情节热闹,头绪繁多,作者一支秃笔,大有应接不暇之势,所以有的须用补叙之笔。这一回结束之后,便要归入峨眉七友七个小剑仙的本传,较诸以前回目尤为惊险新奇。这且不言。

第四十回

烟云尽扫　同返辟邪村
毒瘴全消　大破慈云寺

话说玉清大师、万里飞虹佟元奇率领笑和尚、白侠孙南、周轻云一行五人,等晓月禅师同二老动手时,便按照预定方略,飞身到了慈云寺大殿院中降下。笑和尚曾来过两次,轻车熟路,他想在人前卖弄,头一晃,便隐身往后殿中去。万里飞虹佟元奇乃是前辈剑仙,不愿暗中袭人,便一声大喝道:"无知淫孽,速来纳命!"话言未了,只见从殿内飞出两道灰色剑光,紧接着出来两个高大和尚。佟元奇哈哈大笑道:"微末道行,也敢在人前卖弄!"手指处,一道白光过去,将那两道灰色的剑光斩为两截。两个凶僧见来人厉害,正待逃走,被佟元奇的剑光拦腰一绕,立时将二人腰斩成四个半截。这两个凶僧正是大力金刚慧明、多目金刚慧性。二人在智通门下,也不知做了多少淫恶不法之事,终久难逃惨死。可见天网恢恢,疏而不漏。

殿中还有几个凶僧,见有敌人从空而降,知道来者不善。一面由慧明、慧性二人迎敌;那不会剑术的,便撞起警钟来。智通正同明珠禅师、飞天夜叉马觉、铁掌仙祝鹗、霹雳手尉迟元几个人在后殿谈心,忽听警钟连响,知有敌人到来。明珠禅师与飞天夜叉马觉二人首先站起,飞身到了前殿。只见庭心内站定一个相貌清奇的道者,一个妙年女尼,一个浑身穿黑的幼年美女,同一个英姿飒爽的白衣少年。四大金刚中的慧明、慧性二人,业已尸横就地。不由心中大怒,也不及说话,便同马觉二人各把飞剑放将出来。当下佟元奇接战明珠禅师,玉清大师接战飞天夜叉马觉。一道金光、一道白光与两道青光绞成一片。

轻云、孙南二人就趁空往殿内去搜索余党,走进殿中一看,业已逃了个干净。原来慈云寺内的四大金刚、十八罗汉,虽然个个本领高强,但是学成剑术的只有慧能、慧明、慧行、慧性四人。今日原是慧明、慧性同九个凶僧在前殿值日,那九个凶僧见慧明、慧性两个会剑术的师兄,同敌人才一照面便遭惨死,知道自己血肉之躯决非剑仙敌手,不敢再从殿前逃走,于是放下钟槌,一个个从弥勒佛身后逃往后殿去了。轻云、孙南见殿内凶僧俱已逃走,知道慈云寺机关密布,便不着地,飞身由殿后穿出,见面前又是一个大天井,两旁有四株柏树。正要向前搜索,忽听有人骂道:"大胆小狗男女,敢来此地送死!不要走,吃我一剑。"话言未了,从殿角西边的月亮门内飞出一道黄光。白侠孙南更不怠慢,把口一张,一道白光飞将过去,将来人飞剑敌住。轻云正要上前相助,只见东边月亮门内又走出两个高大凶僧。一个口中说道:"师兄休要放走这两个雏儿,快些将她擒住,好与师父晚间受用。"言还未了,各将一道半灰不白的剑光飞将出来。轻云见这两个凶僧出言无状,心中大怒,正要向前动手。忽见面前有一个七八尺长短的东西,从东边月亮门内飞将起来,把轻云吓了一跳,疑心是敌人又使什么妖法。顾不得取凶僧性命,先将剑光将自己全身罩住。一面定睛看时,飞上去的那一个东西,却是一个被绑的活人,正迎着前面两个凶僧的剑光,被斩成三段,倒下地来。接着面前一晃,笑和尚已站在面前,手一指,便有一道金光将那两个凶僧的剑光迎住。一面口中喊道:"周师姊,这两个贼和尚交与我来对付,请你到前面去擒那智通贼和尚吧。"轻云见这三个敌人并非能手,估量笑和尚同孙南能占上风,本想让笑和尚立功,因恼恨其中一个凶僧出言无状,也不还言,左肩摇处,一道青光电也似的朝那说话的凶僧飞将过去。那凶僧见轻云剑光来势太猛,急忙收回剑光抵挡时,谁想来人的剑光厉害,才一接触,便分为两段,那剑光更不停留,直朝他顶门落下。知道不妙,想逃走已来不及,只喊得半个"哎呀",已被轻云飞剑当头落下,将他端端正正劈成两个半边,作声不得。笑和尚见轻云已斩却一个凶僧,忙喊道:"周师姊手下留情,好歹将这个留与我玩玩吧。"轻云的恶气已消,不再赶尽杀绝,便飞身仍回前殿去了。那被杀的凶僧正是多臂金刚慧行,他同无敌金刚慧能奉命看守中殿,忽警钟连响,便飞身出来。看见来人年幼,又长得十分美丽,不知死到临头,便向慧能说了两句便宜话,才惹下这杀身之祸。

那笑和尚一到寺中,便用无形剑遁到了后殿。他只能用剑遁隐形,不能隐形用剑,见智通室内人多,不敢妄动。正要想法动手,忽听警钟连响,先是明珠禅师、飞天夜叉马觉飞身出去,接着智通也跟了出去。室内只剩下霹雳手尉迟元与铁掌仙祝鹗。那祝鹗的剑,已在前天被轻云所破,他本想回山炼剑,再来报仇。智通总觉过意不去,知道他失了飞剑,已不能御剑飞行,怕中途遇见峨眉门下的人,再出差错,故此好意留他,同峨眉比剑后,再亲自送他回山。祝鹗见智通情意殷殷，又贪图寺中女色，便又住了下来。今日晓月禅师带领众人去后，不多一会便听警钟连响，明珠禅师等先后出去迎敌，尉迟元本要同去，祝鹗忙使个眼色止住。智通走后，祝鹗道："尉迟师兄，我看峨眉势盛，今日分明中了调虎离山之计，凶多吉少。我又失了飞剑，回山路途遥远。师兄如念同门之情，我二人不如同时不辞而别，逃出之后，用你的飞剑，将我带回山去，以免玉石俱焚，异日再设法报仇，岂不是好？"尉迟元道："谁说不是？不过我等受人聘请，不到终场而走，万一晓月禅师等破了辟邪村回来，异日何颜再见大家之面？现在来的敌人强弱不知，莫如你且在此等候，待我到前面看一个虚实。如果来者是无能之辈，就上前帮助擒拿；如果来人厉害，我便回来，同你逃走也还不迟。你意如何？"祝鹗也觉言之有理，便依言行事。谁想尉迟元才一转身，便被笑和尚用分筋错骨法将祝鹗点倒，用绳捆好。本想将他生擒回去，刚出月亮门，便看见两个凶僧和尉迟元正同孙南、轻云对敌。他便嫌生擒累赘，当下把祝鹗朝二凶僧的飞剑抛了过去，接着自己也放出飞剑迎敌。那慧能先已被笑和尚斩去一只手臂，知道他的厉害，又见慧行才一照面，便被周轻云所斩，吓了个胆落魂飞，怎敢应战。本想借剑光逃走，谁想笑和尚同他开定了玩笑，也不伤他性命，只将他圈住。慧能的剑光渐渐被笑和尚的金光压迫得光彩全消，逼得气喘吁吁。他知道性命难保，一面拼命支持，一面跪下地来，直喊"小佛爷饶命"不止。笑和尚长到这么大，从无人向他拜跪过，见慧能这般苦苦跪求，便动了恻隐之心，按住剑光说道："饶你不难，你须要与我跪在这里，不许走动。等我擒住你那贼和尚师父，再行发落。如果不奉我命，私自逃走，无论你跑出多远，我的飞剑也能斩你。"慧能但求活命，便满口应承下来。

笑和尚制服了慧能，正要上前帮助孙南擒那尉迟元，忽见尉迟元大喊一声道："峨眉门下，休要赶尽杀绝。我去了。"话言未了，尉迟元已经收回剑光，破空而起。笑和尚、孙南见敌人逃走，哪里容得，各人指挥剑光追上前去。忽见尉迟元手扬处，便有一溜火光直朝他二人打来。笑和尚见那团火光直奔孙南面门，知道厉害，来不及说话，将脚一登，纵到孙南面前，将孙南一推，二人同时纵出去有三丈高远。忽听耳旁"咔嚓"一声，庭前一株大柏树业被那团火光打断下来。抬头再看尉迟元时，业已逃走远了。

原来尉迟元见孙南剑光厉害，自己用尽精神，才战得一个平手。又见祝鹗、慧行惨死，慧能投降，知道笑和尚更比孙南厉害。不敢再战下去，趁空逃走。他会一种邪术，名叫五行雷火梭，他的外号叫霹雳手就从这梭上得来。

他见势已紧急,才用这最后的一个脱身之计,侥幸留得活命。逃出去有三五里地,回看敌人不来追赶,才放了宽心。缓了一缓气,正待前行,忽听对面空中有破空的声音,连忙留神朝前看时,知是本门道友,心中大喜,便驾剑光迎上前去。近前一看,来者乃是一僧一道。那和尚生得奇形怪状:头生两个大肉珠,分长在左右两额,脸上半边蓝,半边黄,鼻孔朝天,獠牙外露,穿了一件杏黄色的僧衣。那道人却长得十分清秀,面如少女,飘然有出尘之概。尉迟元认得来的这两个是他的同门师叔:那和尚是云南萨尔温山落魂谷的日月僧千晓;那道人便是五台派剑仙中最负盛名,在贵州天山岭万秀山隐居多年的玄都羽士林渊。尉迟元当下上前招呼。三人降下地来,尉迟元重又上前参拜。林渊便问尉迟元:"为何满面惊惶?"尉迟元不便隐瞒,把前事说了一遍。林渊听了,还未现于辞色。那日月僧千晓却不禁大怒,说道:"峨眉派这样仗势欺人,岂能与他甘休!我等急速前去帮助智通,先将来的这几个小业障处死,然后再往辟邪村去助晓月禅师,与他等决一存亡便了。"

这一僧一道,自从他们的师父混元祖师在峨眉斗剑死去后,隐居云贵苗疆,一意潜修,多年不履尘世,五台派中人久已不知他们的下落。十年前尉迟元的师父蕉衫道人坐化时,他二人不知从何得信,赶去送别。因见洞庭湖烟波浩渺,便在尉迟元洞中住了半年,才行走去。行时是不辞而别,所以尉迟元也不知他二人的住处。此次同峨眉派斗剑,原是万妙仙姑许飞娘在暗中策动,不知怎的居然被她打听出他二人的住所。因自己不便前去,便托昔日日月僧的好友阴长泰,带了许飞娘一封极恳切动人的信。先说自己年来卧薪尝胆的苦况,以及暂时不能出面的缘故。又说到场的人都将是重要人物,倘能侥幸战胜,大可剪去峨眉派许多羽翼。同时请他二人同晓月禅师主持,就此召集旧日先后辈同门,把门户光大起来,根基立定后,再正式寻峨眉派报祖师爷的血海深仇。务必请他二人到场,以免失败等语。日月僧接信后,很表同情。阴长泰告辞走后,日月僧便拿飞娘的信,去寻玄都羽士林渊商量。林渊为人深沉而有智谋,明白飞娘胸怀大志,想借机会重兴五台派,拿众人先去试刀。又知峨眉派能人多,不好对付。自己这些年来虽然功行精进,仍无必胜把握。因为飞娘词意恳切,非常得体,不好意思公然说"不去"二字,只是延搁。直到十四这天,经不起日月僧再三催逼,林渊想了一想,打好算盘,才同日月僧由苗疆动身。他的原意以为双方仍照上回峨眉斗剑一样,必是又在清晨动手。苗疆到成都也有上千里的途程,纵然驾剑飞行,到了那里也将近夜间,如果晓月禅师正占上风,乐得送一个顺水人情;否

251

则也可知难而退。偏偏不知死活的日月僧,只是一味催他快走,将近黄昏时分,便离慈云寺不远。遇见尉迟元,说起寺中情形,便知难以讨好。估量这暗中来破寺的敌人,定没有几个能手,日月僧提议先到慈云寺,正合他的心意。

当下由尉迟元引导,三人不消片刻,已到了慈云寺。只见前面大殿院落中,剑光绞成一片,地下横陈三个尸身,只剩明珠禅师与智通,正同万里飞虹佟元奇、摩伽仙子玉清大师和周轻云三人拼命支持。林渊见峨眉派这三个人的剑光如神龙出海,变化无穷,暗暗惊异。那日月僧见状,早已忍耐不住,手指处,红黄两道剑光直往玉清大师头上飞去。那玉清大师与佟元奇,先前同飞天夜叉、明珠禅师交手,不到一会,智通也从后殿赶来助战,智通后脑一拍,飞起三道光华,直取万里飞虹佟元奇。佟元奇见智通飞剑厉害,更不怠慢,指挥剑光化成一道长虹,双战智通、明珠禅师,兀自不分胜负。玉清大师正战飞天夜叉马觉,忽见智通出来飞起三道光华,知是一个劲敌,恐怕佟元奇势孤,正待将飞天夜叉马觉除去。恰好轻云从后殿出来,喝道:"大胆妖僧,休得猖獗!周轻云来也!"话言未了,剑光已经飞起。智通见来人正是去年夜探慈云寺,连伤俞德、毛太的那个黑衣女子,仇人见面,分外眼红。与明珠禅师打了一个招呼,便放下佟元奇,运动三道光华,与周轻云的飞剑战在一起。

玉清大师自从到神尼优昙门下后,轻易不肯伤生。这回因见智通剑光厉害,恐怕轻云有失,一面迎敌,一面往轻云这边走来,欲待与轻云交换敌人,让轻云去战马觉。那马觉本不是玉清大师敌手,他偏不知分寸,见玉清大师且战且退,反疑心玉清大师怯阵,打算逃走,一面运动飞剑,紧紧逼住玉清大师的金光,喝道:"贼淫尼休要逃走,快快投降,让俺快活快活,饶你不死!"玉清大师听马觉口出不逊,心中大怒,骂道:"不知死活的业障!我无非怜你修炼不易,你倒不知好歹,出口伤人。听你之言,也决非善类,本师须替世人除害,容你不得。"言罢,将手往金光一指,忽地金光闪耀,如同金蛇乱跳,将马觉圈绕在内。马觉才知厉害,欲待逃走,已经不及,被玉清大师的金光卷将过来,连人带剑分为两段。智通的三道剑光分成三路直取轻云。轻云堪堪迎敌不住,恰好玉清大师斩罢马觉,前来相助,轻云才得无事。

这时天已昏黑,玉清大师见智通剑光厉害,明珠禅师也非庸手,笑和尚、孙南也不见出来,又不知寺中虚实。心想:"这样相持下去,万一自己同来的人吃了亏,何颜回见二老同众人?"当下把心一狠,从怀中取出一把子午火云针，猛一回首，朝着明珠禅师放去。那明珠禅师正被佟元奇的剑光逼得气喘汗流，忽见有数十点火星飞来，喊声："不好！"急忙将身拔地纵起，任你躲得快，左腿上已中了两针，痛彻心肺。知道敌人厉害，稍一疏神便有性命之忧。当他心慌神散之时，玉清大师的剑光又将他飞剑绞断一根。正在危急之间，恰好日月僧赶到相助。智通见来了生力军，正在高兴，忽听一片哭声。回看后殿，四处火起，知道峨眉派不定又到了多少能人。自己又不能分身去救；寺中门下虽多，了一是不知去向，余人皆非敌人对手。眼看多年基业，毁于一旦。即使晓月禅师能在辟邪村得胜回来，要想重整基业，也非易事。何况峨眉敌人又决不能令他安居。一阵心酸，不由把心一横，拼命上前迎敌。六个人七八道剑光绞作一团，正在各奋神威，两不相下之际，忽然云开天朗，清光四澈，照得院落中如同白昼一般。双方又力战了一阵。那明珠禅师渐渐觉得腿上的伤越来越痛，佟元奇的剑光声势更盛，眼见难以支持。正要想法逃走，猛觉腰部被一个东西撞将过来，来势甚猛，一个立脚不住，往前一撞。忽地对面又一道白光，直朝他颈间飞到。他来不及收回剑光，急忙将身纵起，用手一挡，被那白光削去五个手指，还直往他腰上卷来。他见情势危险万分，顾不得手脚疼痛，情急冒险，冲入剑光丛中，收回自己的剑，身剑合一，逃向东南而去。

这时智通右臂上又中了玉清大师几根子午火云针，正在恐慌万状，忽见明珠禅师好似被什么东西一撞，接着出现了前晚那个小和尚同一个白衣少女。眼看白衣少女剑光过去，明珠禅师受伤逃走。那小和尚又飞起四五道金光卷将过来。自己臂上所受的伤奇痛非常，二支飞剑又被断去一支，虽然日月僧飞剑厉害，到底双拳难敌四手。正在焦急万分，忽听一声长啸，声如鹤鸣，庭院中落下一个道者，口中喊道："智通后退，待我来擒这一干业障。"玉清大师认清来人正是林渊，听他喊智通后退，知他妖法厉害。于是暗中准备，忙唤轻云、孙南、笑和尚走向自己这边，一起站立，以便抵挡。果然林渊下来后，日月僧首先收回飞剑。林渊先放出紫、红、黄三道剑光，抵住玉清大师的剑光，让智通退将下来。随向怀中取出一样东西，往空中一撒，立时便有十丈红云夹着许多五彩烟雾，直朝玉清大师等当头落下。万里飞虹佟元奇不知破法，见势不佳，收回剑光，化道长虹而去。玉清大师早年曾入异教，知道敌人放的是彩霞红云瘴，乃是收炼苗疆毒岚烟瘴而成，人如遭遇这种恶毒瘴气，一经吸入口鼻，不消多日，毒发攻心，全身紫肿而亡。幸已早做准备，当下忙令笑和尚等同时将剑光运成一团，让大家围个风雨不透，暂免一时危险,以待接应。这且不言。

那佟元奇见妖法厉害,正待赶回辟邪村求救,才飞起不远,便遇见苦行头陀等三人。当下不及交谈,四人同时赶到慈云寺。恰好神尼优昙也从空降下,不待二老等动手,伸出一双长指,朝着那红云堆上弹去,随手便有几点火星飞入云雾之中。那红云烟雾一经着火,便燃烧起来,映着里面的金光剑气,幻成五色霞光异彩,煞是奇观。那火并不灼人,只有一股奇臭触鼻气味。玉清大师见师父同二老、苦行头陀同时来到,破了妖法,外面红云烟雾被火引着,随着顺风随烧随散,知道事已无碍,仍令众人加紧用剑光护体,待妖云散尽再行离开。那消一会工夫,那些毒瘴妖岚,便已消灭无存,依旧是月白风清。只是后面真火越烧越大,渐渐烧到前面,隐隐听见一阵妇女哭声以及远处人们的喧嚷声。

且说那林渊为人阴险狡猾,智谋深远。因同明珠禅师有嫌,所以起初袖手旁观。及至见明珠禅师败走,他才下来,使用彩霞红云瘴,打算将众仙一网打尽。正在得意扬扬,忽见二老、苦行头陀、神尼优昙同时赶到,便知事情不妙。又见神尼优昙从十指中弹出佛家的石火电光,想收回红云瘴业已不及。便顾不得众人,因智通离他较近,伸手一拉他的臂膀,说道:"还不随我逃走,等待何时?"说罢,破空先自逃走。

智通也知二老既来,晓月禅师必无幸理,便觉逃命要紧。才飞身起来,不到三五丈高下,倏地飞来一道金光,疾如闪电。智通喊声:"不好!"想用飞剑抵挡,已来不及,被那金光绕向两腿间,登时先烧坏了他的双足,一时负痛,倒栽葱往下便落。智通剑术煞是了得,他从空坠下,离地数尺,顾不得疼痛,还想驾剑逃命。咬着牙,一个云里翻身,往上升起。忽然一青一白两道剑光同时飞来,立时把他分成三段,尸首先后跌到尘埃,死于非命。

尉迟元见日月僧下去,并未占着丝毫便宜,便打点了脚底揩油之想。及至见林渊下去,将众剑仙困住,好生高兴。自知此地有他不多,无他不少,打算赶往辟邪村,去看晓月禅师胜负如何,好回来与林渊报信。正待起身,对面飞来一道长虹金光。他知道除峨眉掌教真人、三仙、二老外,无人有此本领。猛抬头,又见从辟邪村方面飞来三四道金光、白光,与先前金光不相上下,同时坠在对面殿脊上面,定睛一看,吓了个胆落魂飞。他本是惊弓之鸟,既知大事不好,心里有数,脚底揩油,立刻就溜之乎也。好在他为人尚无大恶,故此幸逃惨戮。

那日月僧最为颠顶,他头一个看见来人正是矮叟朱梅,因从未见过,不知高低,只知是敌人的救应,不假思索,便把两道剑光放了出去。及至认清来人中有追云叟同苦行头陀时,才知不好,正想收剑逃走。那矮叟朱梅,却没把他的飞剑放在心上,哈哈笑道:"微末之技,也敢来此卖弄!"只用手一指,一道金光过处,便将日月僧千晓的飞剑斩断,四散坠地。佟元奇更不怠慢,立时将剑光飞过去,结果了妖僧性命。

这时妖云散尽,玉清大师便率领众人,上前拜见师父同各位前辈。追云叟便问寺中凶僧余党如何发落。白侠孙南道:"适才弟子同笑师弟,已将他等擒住,大概逃走的不多。寺中尚有若干妇女,问明俱是被凶僧强抢霸占而来。弟子斗胆做主,放火时节,已将庙墙打开一面,命她等各携凶僧财物往外逃命。据她等异口同音,除知客僧了一不犯淫孽外,余人皆是淫恶不法。此类凶僧放出去,定为祸世间。适才用飞剑同分筋错骨法擒住的七十余名凶僧,除当场格杀者外,其余都投入密室火穴之中。至于寺中打杂烧火的僧人,尚有数十名,他们只供役使,尚无大恶,已分别告诫,任他等自行逃命去了。还有一个凶僧名唤慧能,本当将他斩首,因他向笑师弟苦求饶命,立誓痛改前非,仅将他的飞剑消灭,割去两耳,以示薄惩,现在也已放他逃生。弟子等擅专一切,还望各位前辈老师宽宥。"追云叟见他同笑和尚小小年纪,办事井井有条,不住点头。

矮叟朱梅道:"适才我听见有人声喧嚷,想是附近救火的人,如何这半天倒不见动静?"追云叟道:"我因怕人来看见杀死多人,难免要经官动府,岂不使我汉人去受胡奴欺负?我便逼起一团浓雾,使他等以为错看失火。等到明早,此地业已变成瓦砾荒丘,我等再显些灵异,使当地官府疑为天火天诛,以免连累好人。那逃出去的妇女怕受牵连,当然也不敢轻易泄露。至于逃出去的寺中打杂人等,恐怕官府疑心他等谋财放火,更是不会乱说。况且常有同门道友来往成都,如因慈云寺失火,发生纠葛之事,随时再来援救化解便了。只是显些灵异的事,须仗优昙大师佛法。天已不早,就请大师施为吧。"神尼优昙闻言道:"如此,贫尼要施展了。"这时火势已渐渐蔓延到前殿,院落中松柏枯枝被火燃烧,毕毕剥剥响成一片。神尼优昙当下命玉清大师去寻了五尺高下一块长方形的石碑,放在大殿院落中间。将手一指,便有一道金光射在石上。一会工夫,便显出"杀盗淫奸,恣情荼毒,天火神雷,执行显戮"十六个金色似篆非篆的文字,写成之后,黄光闪耀,兀自不散。

这时火势渐渐逼近众人。追云叟道:"等到天亮雾消,此地已变成一片瓦砾场。地方官员前来验看,必定疑神疑鬼,不致牵连无辜。此刻事已办完,玉清观中还有几个受伤之人,我等急速回去医治吧。"优昙大师见大事已毕,便说道:"我尚有事他去,不同诸位回玉清观了。"说罢,告辞而去。大家便随二老、苦行头陀驾起剑光,返回玉清观内。

第四十一回

爱缠绵　采药上名山
惊摇落　携女游城市

这时战场上敌人的尸体，已被众剑仙用消骨散化去。风火道人吴元智的尸首，业由众剑仙帮助套上法衣，静等二老、苦行头陀等到来举行火葬。七星手施林正守着他师父的尸首哀哀痛哭，立誓与他师父报仇雪恨。那顽石大师左臂中了龙飞的九子母阴魂剑，女神童朱文受了晓月禅师的十二都天神煞，虽然与她二人服了元元大师的九转夺命神丹，依旧是昏迷不醒。最关心的是金蝉，陪在朱文卧榻前眼泪汪汪，巴望二老和苦行头陀快些回来施治。此次比剑，虽然峨眉派大获全胜，可也有一位剑仙被害，两位受伤，不似昔年峨眉斗剑，能够全师而返。

各位剑仙正在心中难过之际，二老、苦行头陀同众剑仙一齐回转。矮叟朱梅连忙从身旁取出几粒丹药，分一半给追云叟，请他去医治顽石大师，矮叟朱梅自己便往朱文身旁走来。金蝉姊弟见朱梅过来，急忙上前招呼。朱梅见金蝉一脸愁苦之状，不禁心中一动。当下便唤齐灵云取了一碗清水，将一粒丹药化开。然后用剪刀将朱文衣袖剪破，只见她左臂紫黑，肿有二寸许高下，当中有一个米粒大的伤口在流黄水。矮叟朱梅不住地说道："好险！如不是此女根行深厚，又服过元元大师的神丹，此命休矣！"边说边取了一粒丹药，塞在朱文的伤口上。又命灵云将调好的丹药将她左臂连胸敷遍。一会工夫，黄水止住。朱梅又取两粒丹药，命灵云撬开朱文的牙关，塞入她口中，等她融化自咽。然后对灵云姊弟说道："那十二都天神煞，好不歹毒。我等尚且不敢轻易涉险，她如何能行？此次虽然得保性命，恐怕好了，左臂也不能使用，并且于修道练剑上大有妨碍。她这样好的资质，真正可惜极了！使我最奇怪的是，晓月贼秃使用妖法时，连我同诸位根行深厚的道友，只看见一片阴云绿火同一些火龙，看不见他藏身之所。何以金蝉能看得那样清楚，会把朱文从九死一生之下抢了回来？"灵云便把九华斩妖蛇，芝仙感恩舐目之事说了一遍。矮叟朱梅忽然哈哈大笑道："这般说来，朱文有了救了。不但有救，连顽石大师也有了救，而且说不定还可遭遇仙缘，得些异宝。真是一件痛快的事。"一面说，一面招呼追云叟快来，请顽石大师且放宽心。

追云叟用药去救顽石大师，虽然救转，但左臂业已斩断，骨骼连皮只有两三分，周身黑紫，伤处痛如刀割。顽石大师受不住痛苦，几番打算自己用兵解化去，俱被追云叟止住。那金蝉先听朱梅说朱文不能复原，要成残废，一阵心酸，几乎哭出声来。后来听到朱梅说朱文有了救星，忧喜交加，心头不住地怦怦跳动。又不敢轻易动问怎样救法，睁着一双秀目，眼巴巴望着朱梅的脸。招得一班小弟兄们看见他的呆相，当着许多师父前辈，要笑又不敢笑。真是事不关心，关心则乱；前缘既定，无可解脱。那追云叟何尝不知他二人不是没有解法，但是知道求之太难，所以不作此想。

及至听朱梅呼唤，先请元元大师等监视顽石大师，防她自己兵解。急忙走了过来，悄声问道："朱道友，你说他二人有救，敢莫是说桂花山福仙潭里的千年何首乌同乌风草么？这还用你说，一时间哪里去寻那一双生就天眼通的慧根童男女呢？"朱梅哈哈大笑道："你枉自是个名驰人表的老剑仙，你难道就不知福仙潭那个大老妖红花婆的几个臭条件吗？她因为当年失意的事，发下宏愿，专与世人为仇。把住了桂花山福仙潭，利用潭里的几个妖物，喷出许多妖云毒雾，将潭口封锁。她自己用了许多法术，把一个洞天福地变成了阿鼻地狱。

"当年长眉真人因见她把天才地宝霸占成个人私产，不肯公之于世，有失济人利物之旨，曾经亲身到桂花山寻她理论。她事先知道信息，便在山前山后设下许多惊人异法，俱被长眉真人破去。末后同长眉真人斗剑斗法，也都失败。长眉真人便要她撤去福仙潭的封锁同妖云毒雾，她仍是不甘屈服。彼时她说的话，也未始没有理由。她说：'天生异宝灵物，原留待夙根深厚的有缘人来享用。如果任人予取予携，早晚就要绝种，白白地便宜了许多不相干的人；真正根行深厚的人，反倒不得享受。我虽然因为一时的气愤，将福仙潭封锁，那是人类与我无缘，不完全是我厌恶人类。如要叫我撤去封锁，我就要应昔日的誓言。现在我也很后悔当时的意气用事。潭底下布的埋伏，并非绝无破法，只要来人是一对三世童身，生具夙根的童男女，经我同意之后，就进得去。不过乌风草生长在雾眼之中，随雾隐现，更有神鳄、毒石护持。来人如果不是生就一双慧眼，能看彻九幽，且剑术通玄，下临无地，就三世童身，我也是爱莫能助。就是应允你，现在就撤去埋伏，你也无法下去。'

长眉真人当下对她笑道：'你说的也是实话。七十年后，我教下自有人来寻你，只要你心口相应，除已有设备外，不再另外同他为难就是了。'其实，长眉真人何尝不能破她潭中法术同那护持灵药的两样厉害东西，只因时机未到，乐得利用她偏狭的心理，让她去代为保护；并使门下弟子，知道天生灵物，得之非易。

"自从长眉真人同她办交涉以后，不知有多少异派中人到福仙潭去，寻求那两样灵药，有的知难而退，有的简直就葬身雾眼之内。后来也就无人敢去问津了。近年来，大老妖红花婆阅历也深了，道术也精进了，气也平了，前些年又得了一部道书，越加深参造化，只苦于昔日誓言，不得脱身，巴不得有这么两个去破她的封锁，铲除毒石，收服神鳄，她好早日飞升。所以现在去取这样灵药，正是绝好的机会。今日我见金蝉竟能飞身到晓月贼秃妖云毒雾之中将朱文救回，很觉稀奇，当时因为急于破寺，未及细问。适才灵云对我说起他在九华日夕受芝仙精液舐洗的缘故，他同朱文俱是好几世的童身，由他同朱文前往桂花山求药，借此多带些回来，制成丹药，以备异日峨眉斗剑之用，岂非绝妙？"

追云叟道："适才顽石大师几次要自行兵解，都被我拦住。我本想到桂花山的乌风草，可以祛毒生肌，只苦于无有适当的人前去。想不到金蝉一念之仁，得此大功，免却异日许多道友的灾难，真是妙极！我看事不宜迟，慈云寺既破，我等就此分别回山。由我将顽石大师带往衡山调养，等候金蝉将灵药取回，再行敷用。金蝉到底年幼，如今异派仇人太多，就由灵云护送他同朱文前往云南桂花山，去见红花姥姥，求取灵药便了。"

这时朱文服用朱梅丹药之后，渐渐醒转。她的痛苦与顽石大师不同，只觉着左半身麻木，右半身通体火热，十分难过。见二老在旁，便要下床行礼。朱梅连忙止住，又把前事与她说了一遍。追云叟也把桂花山取药之事告诉顽石大师，劝她暂时宽心忍耐。顽石大师伤处肿痛，难以动转，事到如今，也只好暂忍痛苦。众人议定之后，天已微明，便为风火道人吴元智举行火葬。

众剑仙在吴元智的灵前，见他的弟子七星手施林抱着吴元智尸首哀哀痛哭，俱各伤感万分。火葬之后，七星手施林眼含痛泪，走将过来，朝着众位剑仙跪下，说道："各位老师在上，先师苦修百十年，今日遭此劫数，门下只有弟子与徐祥鹅二人。可怜弟子资质驽钝，功行未就，不能承继先师道统。先师若在，当可朝夕相从，努力上进。如今先师已死，弟子如同失途之马，无所依归。还望诸位老师念在先师薄面，收归门下，使弟子得以专心学业，异日手刃仇人，与先师报仇雪恨。"说罢，放声大哭。众剑仙眷念旧好，也都十分怆凄。追云叟道："人死不能复生，这也是劫数使然。你的事，适才我已有安排。祥鹅日后自有机缘成就他，不妨就着他在山中守墓。你快快起来听我吩咐，不必这般悲痛。"施林闻言，含泪起来。追云叟又道："我见你为人正直，向道之心颇坚，早就期许。你将你师父灵骨背回山去，速与他寻一块净土安葬。然后就到衡山寻我，在我山中，与周淳他们一同修炼便了。"施林闻言，哀喜交集，便上前朝追云叟拜了八拜，又向各位前辈及同门道友施礼已毕，自将他师父骨灰背回山去安葬。不提。

灵云姊弟因朱文身受重伤，不便御剑飞行，只得沿路雇用车轿前去。便由玉清大师命张琪兄妹回家取来应用行李川资。灵云也是男子装扮。打点齐备后，追云叟与朱梅又对三人分别嘱咐相机进行之策。天光大亮后，灵云等三人先到了张琪兄妹家中，见过张母，便由张家用了一乘轿子，两匹川马，送他三人上道。不提。

追云叟等灵云三人走后，众剑仙正在分别告辞，互约后会之期，忽然一道金光穿窗而入。追去叟接剑一看，原来是乾坤正气妙一真人从东海来的飞剑传书。大意说是云、贵、川、湘一带，如今出了好些邪教。那五台、华山两派的余孽，失了统驭，渐渐明目张胆，到处胡为；有的更献身异族，想利用胡儿的势力，与峨眉派为难。请本派各位道友不必回山，仔细寻访根行深厚的青年男女，以免被异派中人物色了去，助纣为虐。同时计算年头，正是小一辈门人建立外功之期，请二老、苦行头陀将他们分作几方面出发等语。追云叟看完来书，便同众剑仙商量了一阵。除二老、苦行头陀要回山一行和顽石大师要随追云叟回山养病外，当下前辈剑仙各人俱向自己预定目的地进发。小兄弟或三人一组，或两人一组，由二老指派地点，分别化装前往，行道救人。以后每隔一年，指定一个时期，到峨眉聚首一次，报告各人自己功过。如果教祖不在洞中，便由驻洞的值年师伯师叔纠察赏罚。

派定以后，众剑仙由玉清大师、素因大师恭送出玉清观外，分别自去。除周轻云、女空空吴文琪在成都府一带活动仍住玉清观不走外，各人俱按指定的地点进发。笑和尚因同金蝉莫逆，自己请求同黑孩儿尉迟火往云南全省行道，以便得与金蝉相遇之后，结伴同行。二老也知他可以胜任，便点头应允。笑和尚打算先到昆明去，立下一点功绩，再往回走，来追金蝉等二人。当下便向玉清大师等告别，同黑孩儿尉迟火上路。

至于灵云姊弟陪朱文到桂花山求取灵药，以及峨眉门下这些小剑客的许多奇异事迹,后文自有交代。那本书中最重要的女侠李宁之女英琼,自前文中出现后,久已不与阅者相见。现在成都比剑已经告一段落,从今日起,便要归入英琼等的本传,引出英琼峨眉学剑,偶遇昆仑派赤城子接引莽苍山,月夜梅花林中斗龙,巧得紫郢剑,重牛岭斩山魈,百余马熊感恩搭熊桥,五侠战八魔等故事,均为全书中最精彩处,尚祈阅者注意为幸。闲话少提,书归正传。

话说李宁父女,自周淳下山后,转瞬秋尽冬来。又见周淳去了多日,并无音信回来,好生替他忧急。这日早起,李宁对英琼说道:"你周叔父下山两个多月了,蜀山高寒,不久大雪封山,日用物品便无法下山去买。我意欲再过一二日,便同你到山下去,买一些油盐米菜腊肉等类,准备我父女二人在山上过年。到明年开春后,再往成都去寻你周叔父的下落?你看可好?"英琼在山中住了多日,很爱山中的景致。加以她近来用一根绳子绑在两棵树梢之上,练习轻身术,颇有进展,恐怕下山耽搁了用功。本想让她父亲一人前去,又恐李宁一人搬运东西费力。寻思了一会,便决定随着李宁前往。且喜连日晴朗。到了第二天,李宁父女便用石块将洞门封闭,然后下山。二人在山中住了些日子,道路业已熟悉,便不从舍身岩险道下去,改由后山捷径越过歌凤溪,再走不远,便到了歌凤桥。桥下百丈寒泉,涧中如挟风雨而来,洪涛翻滚,惊心骇目,震荡成一片巨响,煞是天地奇观。父女二人在桥旁赏玩了一阵飞瀑,再由宝掌峰由右转左,经过大峨山,上有明督学郭子章刻的"灵陵太妙之天"六个擘窠大字。二人又在那里瞻仰片刻,才走正心桥、袁店子、马鞍山,到楠枰,走向下山大路。楠枰之得名,是由于一株大可数抱的千年楠树。每到春夏之交,这高约数丈、笔一般直的楠树,枝柯盘郁,绿荫如盖,荫覆亩许方圆。人经其下,披襟迎风,烦暑一祛,所以又有木凉伞的名称。可惜这时已届冬初,享不着这样清福了。李宁把山中古迹对英琼谈说,英琼越听越有趣。便问道:"爹爹虽在江湖上多年,峨眉还是初到,怎么就知道得这般详细? 莫非从前来过?"李宁道:"你这孩子,一天只顾拿刀动剑,跳高纵远,枉自给你预备了那么多的书,你也不看。我无论到哪一处去,对于那一处地方的民情风土,名胜形势,总要设法明了。我所说的,一半是你周叔父所说,一半是从峨眉县志上看来的。人只要肯留心,什么都可以知道,这又何足为奇呢?"

二人且行且说,一会工夫便到了华岩堠。这时日已中午,李宁觉着腹中饥饿。英琼便把带来的干粮取出,正要去寻水源,舀点泉水来就着吃。李宁忙道："无须。此地离山下只有十五里,好在今晚是住在城里,何苦有现成福不享? 我听你周叔父说,离此不远有一个解脱庵,那里素斋甚好,我们何妨去饱饱口福?"说罢,带着英琼又往前走了不远,便到了解脱坡。坡的右边,果然有一座小庵,梵呗之声隐隐随风吹到。走近庵前一看,只见两扇庵门紧闭。李宁轻轻叩了两下。庵门开处,出来一个年老佛婆。李宁对她说明来意,老佛婆便引李宁父女去到禅堂落座,送上两盏清茶,便到里面去了。不多一会,唪经声停歇,出来一个四十多岁的老尼姑。互相问过姓名法号之后,李宁便说游山饥渴,意欲在她香积厨内扰一顿素斋。那尼姑名唤广慧,闻言答道:"李施主,不瞒你说,这解脱庵昔日本是我师兄广明参修之所,虽不富足,尚有几顷山田竹园,她又做得一手的好素斋,历年朝山的居士,都喜欢到此地来用一点素斋。谁想她在上月圆寂后,被两个师侄将庙产偷卖与地方上一些痞棍。后来被我知道,不愿将这一所清净佛地凭空葬送,才赶到此间将这座小庵盘顶过来,只是那已经售出去的庙产无力赎回。现在小庵十分清苦,施主如不嫌草率,我便叫小徒英男做两碗素面来,与施主用可好?"李宁见广慧谈吐明朗,相貌清奇,二目神光内敛,知是世外高人,连忙躬身施谢。广慧便唤佛婆传话下去。又对李宁道:"女公子一身仙骨,只是眉心这两粒红痣生得煞气太重。异日得志,千万要多存几分慈悲之心,休忘本性,便可逢凶化吉,遇难呈祥了。"李宁便请广慧指点英琼的迷途及自己将来结果。广慧道:"施主本是佛门弟子,令嫒不久也将得遇机缘。贫尼仅就相法上略知一二,在施主面前献丑,哪里知道什么前因后果呢?"李宁仍是再三求教,广慧只用言语支吾,不肯明言。

　　一会,有一个蓄发小女孩,从后面端了两大碗素汤面出来。李宁父女正在腹中饥饿,再加上那两碗素面是用笋片、松仁、香菌做成,清香适口,二人吃得非常之香。吃完之后,那小女孩端上漱口水。英琼见她生得面容秀美,目如朗星,身材和自己差不多高下,十分羡爱,不住用两目去打量。那小女孩见英琼一派秀眉英风,姿容绝世,也不住用目朝英琼观看。二人都是惺惺惜惜,心中有了默契。李宁见英琼这般景况,不等女儿说话,便问广慧道:"这位小师父法号怎么称呼? 这般打扮,想是带发修行的了。"广慧闻言,叹道:"她也是命多磨劫。出世不满三年,家庭便遭奇冤惨祸,被贫尼带入空门。因为她虽然生具凤根,可惜不是空门中人,并且她身上背着血海奇冤,早晚还要前去报仇,所以不曾与她落发。她原姓余,英男的名字是贫尼所取。也同令嫒本有一番因果,不过此时尚不是时候。现在天已不早,施主如果进城,也该走了,迟了恐怕城门关闭,进不去。贫尼也要到后面做功课去了。"李宁见广慧大有逐客之意,就率英琼告辞,并从身上取了二两散碎银子作为香资。广慧先是不收,经不起李宁情意甚殷,只好留下。广慧笑道:"小庵虽然清苦,尚可自给。好在这身外之物,施主不久也要它无用。我就暂时留着,替施主散给山下贫民吧。"李宁作别起身,广慧推说要做功课,便往里面走去,只由名唤英男的小女孩代送出来。

行到庵门,李宁父女正要作别举步,那英男忽然问英琼道:"适才我不知姊姊到来,不曾请教贵姓。请问姊姊,敢莫就是后山顶上隐居的李老英雄父女吗?"李宁闻言,暗自惊异,正要答言,英琼抢着说道:"我正是后山顶上住的李英琼,这便是我爹爹。你是如何知道的?"余英男闻言,立刻喜容满面,答道:"果然我的猜想不差,不然我师父怎肯叫我去做面给你们吃呢?你有事先去吧,我们是一家人,早晚我自会到后山去寻你。"说到此间,忽听那老佛婆唤道:"英姑,师太唤你快去呢。"余英男一面答应"来了",一面对英琼说道:"我名叫余英男,是广慧师太的徒弟。你以后不要忘记了。"说罢,不俟英琼答言,竟自转身回去,将门关上。李宁见这庵中的小女孩,居然知道自己行藏,好生奇怪。想要二次进庵时,因见适才广慧情景,去见也未必肯说,只得罢休。好在广慧一脸正气,她师徒所说的一番话俱无恶意,便打算由城中回来,再去探问个详细。那英琼在山中居住,正愁无伴,凭空遇见一个心貌相合的伴侣,也恨不得由城中回来,立刻和英男订交。父女二人各有心思,一面走,一面想,连山景也无暇赏玩。不知不觉过了凉风洞,从伏虎寺门前经过,穿古树林,从冠峨场,经瑜伽河,由儒林桥走到胜风门,那就是县城的南门。

二人进了南门,先寻了一所客店住下。往热闹街市上买了许多油盐酱醋米肉糖食等类,因为要差不多够半年食用,买得很多,不便携带,俱都分别嘱咐原卖铺家,派人送往客店之内。然后再去添买一些御寒之具同针线刀尺等类。正走在街旁,忽听一声呼号,声如洪钟。李宁急忙回头看时,只见一个红脸白眉的高大和尚,背着一个布袋,正向一家铺子化缘。川人信佛者居多,峨眉全县寺观林立,人多乐于行善。那家铺子便随即给了那和尚几个钱。那和尚也不争多论少,接过钱便走。这时李宁正同那和尚擦肩而过。那和尚上下打量李宁父女两眼,又走向别家募化去了。李宁见那和尚生得那般雄伟,知道是江湖上异人,本想上前设法问讯。后来一想,自己是避地之人,何必再生枝节?匆匆同了英琼买完东西,回转店房。叫店家备了几色可口酒肴,父女二人一面喝酒吃菜,一面商谈回山怎样过冬之计。

李宁闯荡半生,如今英雄末路,来到峨眉这种仙境福地住了数月,眼看大好江山沦于异族,国破家亡,匡复无术,伤心已极,便起了出尘遗世之想。只因爱女尚未长成,不忍割舍。英琼又爱学武,并且立誓不嫁,口口声声陪侍父亲一世。他眼看这粉妆玉琢、冰雪聪明的一个爱女,怎肯将她配给庸夫俗子。长在深山隐居,目前固好,将来如何与她择配,自是问题。几杯浊酒下去,登时勾起心事,眼睛望着英琼,只是沉吟不语。英琼见父亲饮酒犯愁思,正要婉言宽慰,忽听店门内一阵喧哗。

欲知后事如何,且看下回分解。

第四十二回

客馆对孤灯　不世仙缘　白眉留尺简
冻云迷蜀岭　几番肠断　孝女哭衰亲

　　说话英琼天性好动,便走向窗前,凭窗往外看去。这间房离店门不远,看得很是清楚。这时店小二端了一碗粉蒸肉进来,李宁正要喊英琼坐下,趁热快吃。忽听英琼道:"爹爹快来看,这不是那个和尚吗?"李宁也走向窗前看时,只见外面一堆人,拥着一个和尚,正是适才街中遇见的那个白眉红脸的和尚。不禁心中一动,正想问适才端菜进来的店小二。这人生来口快,不俟李宁问话,便抢先道:"客官快来用饭,免得凉了,天气又冷,不好受用。按说我们开店做买卖,只要不赊不欠,谁都好住。也是今天生意太好,又赶十月香汛,全店只剩这一间房未赁出去,让给客官住了。这个白眉毛和尚,本可以住进附近庙宇,还可省些店钱。可他不去挂单,偏偏要跑到我们这里来强要住店。主顾上门,哪敢得罪? 我们东家愿把账房里间匀给他住,他不但不要,反出口不逊,定要住客官这一间房。问他是什么道理? 他说这间房的风水太好,谁住谁就要成仙。如若不让,他就放火烧房。不瞒客官说,这里庙宇太多,每年朝山的人盈千累万,靠佛爷吃饭,不敢得罪佛门弟子。如果在别州府县,像他这种无理取闹,让地方捉了去,送到衙门里,怕不打他一顿板子,驱逐出境哩。"店小二连珠似的说了这一大套,李宁只顾沉思不语。不由恼了英琼,说道:"爹爹,这个和尚太不讲理了。"话言未了,忽听外面和尚大声说道:"我来了,你就不知道吗? 你说我不讲理,就不讲理。就是讲理,再不让房,我可要走了。"

　　李宁听到此处,再也忍耐不住,顾不得再吃饭,急忙起身出房,走到和尚面前深施一礼。然后说道:"此店实在客位已满,老禅师如不嫌弃,先请到我房中小坐,一面再命店家与老禅师设法,匀出下榻之所。我那间房,老禅师倘若中意时,那我就搬在柜房,将我那间奉让与老禅师居住如何?"那白眉毛和尚道:"你倒是个知趣的。不过你肯让房子,虽然很好,恐怕你不安好心,要连累贫僧,日后受许多麻烦,我岂不上了你的当?我还是不要。"这时旁观的人见李宁出来与店家解围,那和尚还是一味不通情理,都说李宁是个好人,那和尚不是东西,出家人哪能这样不讲理?大家以为李宁闻言,必要生和尚的气,谁知李宁礼愈恭,词更切。说到后来,那和尚哈哈大笑,说道:"你不要以为我那样不通情理,我出家人出门,哪有许多银两带在身边?你住那间房,连吃带住怕不要四五钱银子一天,你把房让与我,岂不连累我多花若干钱?我住是想住,我打算同你商量:你住柜房,可得花上房的钱;我住上房,仍是花柜房的钱。适才店家只要八分银子一天,不管吃,只管住。我们大家交代明白,这是公平交易,愿意就这么办,否则你去你的,我还是叫店家替我找房,与你无干。你看可好?"李宁道:"老禅师说哪里话来。你我萍踪遇合,俱是有缘,些须店钱算得什么?弟子情愿请老禅师上房居住,房饭钱由弟子来付,略表寸心。尊意如何?"那和尚闻言大喜道:"如此甚好。"一面朝店家说道:"你们大家都听见了,房饭钱可是由他来给,是他心甘情愿,不算我讹他吧?我早就说过,我如要那间房,谁敢不让?你瞧这句话没白说吧?"这时把店家同旁观的人几乎气破了肚皮。一个是恭恭敬敬地认吃亏,受奚落;一个是白吃白喝当应该,还要说便宜话。店家本想嘱咐李宁几句,不住地使眼色。李宁只装作不懂,反一个劲催店家快搬。店家因是双方情愿,不便管闲事,只得问明李宁,讲好房饭钱由他会账,这才由李宁将英琼唤出,迁往柜房。那和尚也不再理人,径自昂然直入。到了房中落座后,便连酒带菜要个不停。

　　话说那间柜房原是账房一个小套间,店家拿来堆置杂物之用,肮脏黑暗,光线空气无不恶劣异常。起初店家原是存心搪塞和尚,谁想上房客人居然肯让。搬进去以后,店家好生过意不去,不断进房赔话。李宁竟安之若素,一点不放在心上,见店家进房安慰,只说出门人哪里都是一样住,没有什么。那伺候上房的店小二,见那和尚虽然吃素,都是尽好的要了一大桌,好似倚仗有人会账,一点都不心疼,暗骂他穷吃饿吃,好生替李宁不服气。又怕和尚吃用多了,李宁不愿意,抽空来到李宁房中报告道:"这个和尚简直不知好歹,客官何苦管他闲账?就是喜欢斋僧布道,吃亏行善,也要落在明处,不要让人把自己当做空子。"李宁暗笑店小二眼光太小,因见他也是一番好心,不忍驳他。只说是自己还愿朝山,立誓不与佛门弟子计较,无论他吃多少钱,都无关系。并嘱咐店小二好好伺候,如果上房的大师父走时,不怪他伺候不周,便多把酒钱与他。店小二虽然心中不服,见李宁执意如此,也就无可奈何,自往上房服侍去了。英琼见她父亲如此,知道必有所为。她虽年幼,到底不是平常女子,并未把银钱损失放在心上,只不过好奇心盛,几次要问那和尚的来历,俱被李宁止住。闹了这一阵,天已昏黑。李宁适才被和尚一搅,只吃了个半饱,当下又叫了些饮食,与英琼再次进餐,找补这后半顿。吃喝完毕,业已初更过去。店家也撤去市招,上好店门。住店的客人,安睡的安睡,各自归房。不提。

李宁对着桌上一盏菜油灯发呆了一阵,待英琼又要问时,李宁站起来嘱咐英琼,不要随便出去,如困时,不妨先自安睡。英琼便问是否到上房看望那位大和尚。李宁点了点头,叫英琼有话等回山细说,不要多问。说罢,轻轻开门出来,见各屋灯光黯淡,知道这些朝山客人业已早睡,准备早起入山烧香。便放轻脚步,走到上房窗下,从窗缝往里一看,只见室中油灯剔得很旺,灯台下压着一张纸条。再寻和尚,踪迹不见,李宁大为惊异。一看房门倒扣,轻轻推开窗户,飞身进去,拿起灯台底下的纸条,只见上面写着"凝碧崖"三个字,墨迹犹新,知道室中的人刚走不大一会。随手放下纸条,急忙纵身出来,跳上房顶一看,大街人静,星月在天,四面静悄悄的。深巷中的犬吠柝声,零零落落地随风送到。神龙见首,鸿飞已冥,哪里有一丝迹兆可寻?知道和尚走远,异人已失之交臂,好生懊悔。先前没有先问他的名字、住址,无可奈何,只得翻身下地,仔细寻思:"那凝碧崖莫非就是他驻锡之所? 特地留言,叫我前去寻访,也未可知。"猛想起纸条留在室中,急忙再进上房看时,室中景物并未移动,惟独纸条竟不知去向。室中找了个遍,也未找到。适才又没有风,不可能被风吹出窗外,更可见和尚并未走远,还是在身旁监察他有无诚意。自己以前观察不错,此人定是为了自己而来,特地留下地方,好让自己跟踪寻访。

当下不便惊动店家,仍从窗户出来。回房看英琼时,只见她伏在桌上灯影下,眼巴巴望着手中一张纸条出神。见李宁进来,起身问道:"爹爹看见白眉毛和尚么?"李宁不及还言,要过纸条看时,正是适才和尚所留的,写着"凝碧崖"三个大字的纸条。惊问英琼:"从何处得来?"英琼道:"适才爹爹走出门,不多一会,我正在这里想那和尚行踪奇怪,忽然灯影一晃,我面前已留下这张纸条。我跑到窗下看时,正看见爹爹从房上下来,跳进上房窗户去了。这'凝碧崖'三个字是什么意思? 怎会凭空飞入房内? 爹爹可曾晓得?"李宁道:"大概是我近来一心皈依三宝,感动高人仙佛前来指点。这'凝碧崖'想是那高人仙佛叫我前去的地方。为父从今以后,或者能遇着一些奇缘,摆脱

267

尘世。只是你……"说到这里，目润心酸，好生难过。英琼便问道："爹爹好，自然女儿也好。女儿怎么样？"李宁道："我此时尚未拿定主意，高人仙佛虽在眼前，尚不肯赐我一见，等到回山再说吧。"英琼这时再也忍耐不住，逼着非要问个详细。李宁便道："为父近来已看破世缘，只为向平之愿未了，不能披发入山。适才街上遇见那位和尚，我听他念佛的声音震动我的耳膜，这是内家炼的一种罡气，无故对我施为，决非无因，不是仙佛，也是剑侠，便有心上前相见。后来又想到你身上，恐怕无法善后，只得罢休。谁想他跟踪前来，起初以为事出偶然。及至听他指明要我住的那间房，又说出许多不近情理的话，便知事更有因。只是为父昔年闯荡江湖，仇人甚多，又恐是特意找上门来的晦气。审慎结果，于是先把他让入上房，再去察看动静。去时已看见桌上有这张纸条，人已去远，才知这位高僧真是为我前来。只是四海茫茫，名山甚多，叫我哪里去寻这凝碧崖？即使寻着之后，势必不能将你带去，叫我怎生安排？如果不去，万一竟是旷世仙缘，岂不失之交臂？所以我打算回山，考虑些日再说。"英琼闻言道："爹爹此言差矣！女儿虽然年幼，近来学习内外功，已知门径。我们住的所在，前临峭壁，后隔万丈深沟，鸟飞不到，人踪杳然。爹爹只要留下三五年度日用费，女儿只每年下两次山，购买应用物品，尽可度日用功，既不畏山中虎狼，又无人前来扰乱。三五年后，女儿把武功练成，再去寻访爹爹下落。由爹爹介绍一位有本领、会剑术的女师太为师，然后学成剑术，救世济人，岂非绝妙？人寿至多百年，爹爹学成大道，至少还不活个千年？女儿也可跟着沾光，岂不胜似目前苟安的短期聚首？'不放心'和'不舍得'几个字从何说起？"

李宁见这膝前娇女小小年纪，有此雄心，侃侃而谈，绝不把别离之苦与索居之痛放在心上，全无丝毫儿女情态，既是疼爱，又是伤心。便对她道："世间哪有这样如意算盘？你一人想在那绝境深谷中去住三五年，谈何容易。天已不早，明日便要回山，姑且安歇，回山再从长计较吧。天下名山何止千百，这凝碧崖还不知是在哪座名山之中，是远是近呢。"英琼道："我看那位高僧既肯前来点化，世间没有不近人情的仙佛，他不但要替爹爹同女儿打算，恐怕他留的地名，也决不是什么远隔千里。"说着，便朝空默拜道："好高僧，好仙佛，你既肯慈悲来度我父亲，你就索性一起连我度了吧。你住的地方也请你快点说出来，不要叫我们为难，打闷葫芦了。"李宁见英琼一片孩子气，又好笑，又心疼。也不再同她说话，只顾催她去睡。

当下李宁便先去入厕，英琼就在房中方便，回来分别在铺就的两个铺板上安睡。英琼仍有一搭没一搭地研究用什么法子寻那凝碧崖。李宁满腹心思，加上店房中借用的被褥又不干净，秽气熏鼻难闻，二人俱都没有睡好。

时光易过，一会寒鸡报晓，外面人声嘈成一片。李宁还想叫英琼多睡一会，好在回山又没有事。英琼偏偏性急，铺盖又脏，执意起来。李宁只得开门唤店家打洗漱水。这时天已大明，今天正是香汛的第一日，店中各香客俱在天未明前起身入山，去抢烧头香，人已走了大半。那未走的也在打点雇轿动身，显得店中非常热闹。那店小二听李宁呼唤，便打水进来。李宁明知和尚已走，店家必然要来报告，故意装作不知，欲待店小二先说。谁想店小二并不发言，只帮着李宁收拾买带进山的东西。后来李宁忍不住问道："我本不知今日是香汛，原想多住些日子，如今刚打算去看热闹。你去把我的账连上房大禅师的账一齐开来。再去替我雇两名挑夫，将这些送与山中朋友之物挑进山去。回头多把酒钱与你。"店小二闻言，笑道："客官真有眼力，果然那和尚不是骗吃骗住之人。"李宁闻言，忙问："此话怎讲？"店小二道："昨天那位大师父那般说话行为，简直叫我们看着生气。偏又遇见客官这样好性的人儿。起初他胡乱叫菜叫酒，叫来又用不多，明明是拿客官当空子，糟践人。我们都不服气，还怕他日后有许多麻烦。谁想他是好人，不过爱开玩笑。"李宁急于要知和尚动静，见店小二只管文不对题地絮叨，便冲口问道："莫非那位大师父又回来了吗？"店小二才从身上慢悠悠地取出一封信递给李宁，说道："那位大师父才走不多一会，并未回来。不过他临走时，已将他同客官的账一齐付清，还赏了我五两银子酒钱。他说客官就在峨眉居住，与他是街坊邻居。他因为客官虽好佛，尽上别的寺观礼拜，不上他庙里烧香，心中有气，昨天在街上相遇，特地跟来开玩笑。他见客官有涵养，任凭他取笑并不生气，一高兴，他的气也平了。我问他山上住处和庙的名字，他说客官知道，近在咫尺，一寻便到。会账之后，留下这一封信，叫我等客官起身时，再拿出来给你。"李宁忙拆开那信看时，只见上面写着：

　　欲合先离，不离不合。凝碧千寻，蜀山一角。何愁掌珠，先谋解脱。明月梅花，神物落落。手扼游龙，独擘群魔。卅载重逢，乃证真觉。

字迹疏疏朗朗，笔力遒劲，古逸可爱。可见昨晚这位高僧并未离开自己，与英琼对谈的一番心事，定被他听了去。既然还肯留信，对于英琼必有法善后,心中大喜。父女二人看完后,不禁望了一眼,因店小二在旁,不便再说什么。店小二便问:"信上可是约客官到他庙内去烧香?我想他一个出家人,还舍得代客官会账,恐怕也有希图。客官去时,还得在意才好。"李宁便用言语支吾过去。

一会,店小二雇来挑夫,李宁父女便收拾上道。过了解脱桥,走向入山大道。迎面两个山峰,犬牙交错,形势十分雄壮。一路上看见朝山的善男信女络绎不绝,有的简直从山麓一步一拜,拜上山去。山上庙宇大小何止百十,只听满山麓梵呗钟鱼之声,与朝山的佛号响成一片,衬着这座名山的伟大庄严,令人见了自然起敬。李宁因自己不入庙烧香,不便挑着许多东西从人丛中越过,便命挑夫抄昔日入山小径。到了舍身岩,将所有东西放下,开发脚力自去。等到挑夫走远,仍照从前办法,父女二人把买来的应用物品,一一背了上去。回到石洞之中,因冬日天短,渐已昏黑。父女二人进洞把油灯点起,将什物安置。累了一天,俱觉有些劳乏,胡乱做些饮食吃了,分别安睡。

第二日晨起,先商量过冬之计。等诸事安排就绪,又拿出那和尚两张纸条,同店小二所说的一番话仔细详参。李宁对英琼道:"这位高僧既说与我是邻居,那凝碧崖定离此地不远。我想趁着这几日天气晴朗,在左近先为寻访。只是此山甚大,万一当日不能回来,你不可着急,千万不要离开此地才好。"英琼点头应允。由这日起,李宁果就在这山前山后,仔细寻访了好几次。又去到本山许多有名的庙宇,探问可有人知道这凝碧崖在什么地方,俱都无人知晓。英琼闲着无事,除了每日用功外,自己带着老父亲当年所用的许多暗器,满山去追飞逐走。有时打来许多野味,便把它用盐腌了,准备过冬。她生就天性聪明,加以天生神力,无论什么武功,一学便会,一会便精。自从入山到现在,虽然仅止几个月工夫,学了不少的能耐。她那轻身之术,更是练得捷比猿猱,疾如飞鸟。每日遍山纵跃,胆子越来越大,走得也越远。李宁除了三五日赴山崖下汲取清泉水,一心只在探听那高僧的下落,对女儿的功课无暇稽考。英琼怕父亲担心,又来拘束自己,也不对她父亲说。父女二人,每日俱是早出晚归,习以为常。

渐渐过了一个多月,凝碧崖的下落依旧没有打听出来。这时隆冬将近,天气日寒。他们住的这座山洞,原是此山最背风的所在,冬暖夏凉;加以李宁布置得法,洞中烧起一个火盆,更觉温暖如春,不为寒威所逼。这日李宁因连日劳顿,在后山深处遭受一点风寒,身体微觉不适。英琼便劝他暂缓起床,索性养息些日,再去寻凝碧崖的下落。一面自己起身下床,取了些储就的枯枝,生火熬粥,与她父亲赶赶风寒,睡一觉发发汗。起床之时,忽觉身上虽然穿了重棉,还有寒意。出洞一看,只见雪花纷飞,兀自下个不住,把周围的大小山峰和山半许多琼宫梵宇,点缀成一个琼瑶世界。半山以下,却是一片浑茫,变成一个雪海。雪花如棉如絮,满空飞舞,也分不出那雪是往上飞或是往下落。英琼生平几曾见过这般奇景,高兴地跳了起来。急忙进洞报道:"爹爹,外面下了大雪,景致好看极了!"李宁闻言,叹道:"凝碧崖尚无消息,大雪封山,不想我缘薄命浅一至于此!"英琼道:"这有什么要紧? 神仙也不能不讲道理,又不是我们不去专诚访寻,是他故意用那种难题来作难人。他既打算教爹爹的道法,早见晚见还不是一样? 爹爹这大年纪,依女儿之见,索性过了寒冬,明春再说,岂不两全其美?"李宁不忍拂爱女之意,自己又在病中,便点了点头。英琼便跑到后洞石室取火煮粥,又把昨日在山中挖取的野菜煮了一块腊肉,切了一盘熟野味。洞中没有家具,便把每日用饭的一块大石头,滚到李宁石榻之前。又将火盆中柴火拨旺,才去请李宁用饭。只见李宁仍旧面朝里睡着,微微有些呻吟。英琼大吃一惊,忙用手去他头上身上摸时,只觉李宁周身火一般热,原来寒热加重,病已不轻。一个弱龄幼女与一个行年半百的老父,离乡万里,来到这深山绝顶之上相依为命,忽然她的老父患起病来,怎不叫人五内如焚! 英琼忍着眼中两行珠泪,轻轻在李宁耳旁唤道:"爹爹,是哪儿不好过? 女儿已将粥煮好,请坐起来,喝一些热粥,发发汗吧。"李宁只是沉睡,口中不住吐出细微的声音,隐约听出"凝碧崖"三字。英琼知是心病,又加上连日风寒劳碌,寒热夹杂,时发谵语。又遇上漫天大雪,下山又远,自己年幼,道路不熟,无处延医。李宁身旁更无第二个人扶持。不禁又是伤心,又是害怕。害怕到了极处,便不住口喊"爹爹"。李宁只管昏迷不醒,急得英琼五内如焚,饭也无心吃。连忙点了一副香烛,跪向洞前,祷告上苍庇佑。越想越伤心,便躲到洞外去痛哭一场。这种惨况,真是哀峡吟猿,无此凄楚。只哭得树头积雪纷飞,只少一只杜鹃,在枝上帮她啼血。

这时雪还是越下越盛。他们的洞口,在山的最高处,虽然雪势较稀,可是十丈以外,已分不清东西南北。英琼四顾茫茫,束手无计,哭得肠断声嘶之际,忽然止泪默想。想一阵,又哭;哭一会,又进去唤爹;唤不醒,又出来哭。似这样哭进哭出,不知有若干次。最后一次哭进洞去,恍惚听得李宁在唤她的小名,心中大喜,将身一纵,便到榻前,忙应:"爹爹,女儿在此。"谁想李宁仍是不醒，原是适才并未唤她，是自己精神作用。这一来，越加伤心到了极点，也不再顾李宁听见哭声，抱着李宁的头，一面哭，一面喊。喊了一会，才听见李宁说道："英儿，你哭什么？我不过受了点凉，心中难过，动弹不得，一会就会好的，你不要害怕。"英琼见李宁说话，心中大喜，急忙止住悲泣，便问爹爹吃点粥不。李宁点了点头。英琼再看粥时，因为适才着急，灶中火灭，粥已冰凉。急得她重新生火，忙个不住。眼望着粥锅烧开，又怕李宁重又昏睡过去，便纵到榻前去看。偏偏火势又小，一时不容易煮开，好不心焦。好容易盼到粥热，因李宁生病，不敢叫他吃荤，连忙取了一些咸菜，连同稀粥，送到榻前。将李宁扶起，一摸头上，还是滚热。便用枕被垫好背腰，自己端着粥碗，一手拈起咸菜，一口粥一口菜地喂与父亲吃。李宁有兼人的饭量，英琼巴不得李宁吃完这碗再添。谁想李宁吃了多半碗，便自摇头，重又倒下。

第四十三回

大雪空山　割股疗亲行拙孝
冲霄健羽　碧崖丹涧拜真仙

英琼一阵心酸,几乎落下泪来。勉强忍住悲怀,把李宁被盖塞好。又将自己床上所有的被褥连同棉衣等类,都取来盖在李宁身上,希望能出些汗便好。这时已届天晚,洞外被雪光返照,洞内却已昏黑。英琼猛想起自己尚未吃饭,本自伤心,吞吃不下。又恐自己病倒,病人更是无人照料,只得勉强喝了两口冷粥。又想到适才经验,将粥锅移靠在火盆旁边,再去煮上些开水同饭,灶中去添些柴火,使它火势不断,可以随用随有。收拾好后,自己和衣坐在石榻火盆旁边,泪汪汪望着床上的父亲,一会又去摸摸头上身上出汗不曾。到了半夜,忽然洞外狂风拔木,如同波涛怒吼,奔腾澎湃。英琼守着这一个衰病老父,格外闻声胆裂。他们住的这个石洞原分两层,外层俱用石块堆砌封锁,甚为坚固,仅出口处有一块大石可以启闭,用作出入门户;里层山洞,当时周淳在洞中时,便装好冬天用的风挡,用粗布同棉花制成,厚约三四寸,非常严密。不然在这风雪高山之上,如何受得。英琼衣不解带,一夜不曾合眼。直到次日早起,李宁周身出了一身透汗,悠悠醒转。英琼忙问:"爹爹,病体可曾痊愈?"李宁道:"人已渐好,无用担忧。"英琼便把粥饭端上,李宁稍微用了一些。英琼不知道病人不能多吃,暗暗着急。这时李宁神志渐清,知道英琼一夜未睡,两眼红肿如桃,好生痛惜。便说这感冒不算大病,病人不宜多吃,况且出汗之后,人已渐好,催英琼吃罢饭后,补睡一觉。英琼还是将信将疑,只顾支吾不去。后来李宁装作生气,连劝带哄,英琼也怕她父亲担心劳累,勉强从命,只肯在李宁脚头睡下,以便照料。李宁见她一片孝心,只得由她。英琼哪能睡得安稳,才一合眼,便好似李宁在唤她。急忙纵起问时,却又不是。李宁见爱女这种孝心,暗自伤心,也巴不得自己早好。谁想到晚间又由寒热转成疟疾。似这样时好时愈,不消三五日,把英琼累得几乎病倒。几次要下山延医,一来李宁执意不许,二来无人照应。英琼进退为难,心如刀割。

到第六天,天已放晴。英琼猛想起效法古人割股疗亲。趁李宁昏迷不醒之时,拿了李宁一把佩刀,走到洞外,先焚香跪叩,默祝一番。然后站起身来,忽听一声雕鸣。抬头看时,只见左面山崖上站着一个大半人高的大雕,金眼红喙,两只钢爪,通体纯黑,更无一根杂毛,雄健非常。望着英琼呱呱叫了两声,不住剔毛梳翎,顾盼生姿。若在往日,英琼早已将暗器放出,岂肯轻易饶它。这时因为父亲垂危,无此闲心,只看了那雕一眼,仍照预定方针下手。先卷左手红袖,露出与雪争辉的皓腕。右手取下樱口中所衔的佩刀,正要朝左手臂上割去。忽觉耳旁风生,眼前黑影一晃,一个疏神,手中佩刀竟被那金眼雕用爪抓了去。英琼骂道:"不知死的孽畜,竟敢到太岁头上动土!"骂完,跑回洞中取出几样暗器同一口长剑,欲待将雕打死消气。那雕起初将刀抓到爪中,只一掷,便落往万丈深潭之下。仍飞向适才山崖角上,继续剔毛梳翎,好似并不把敌人放在心上。英琼惟恐那雕飞逃,不好下手,轻轻追了过去。那雕早已看见英琼持着兵刃暗暗追将过来,不但不逃,反睁着两只金光直射的眼,斜偏着头,望着英琼,大有藐视的神气。惹得英琼性起,一个箭步,纵到离雕丈许远近,左手连珠弩,右手金镖,同时朝着那雕身上发将出去。英琼这几样暗器,平日得心应手,练得百发百中,无论多灵巧的飞禽走兽,遇见她从无幸免。谁想那雕见英琼暗器到来,并不飞腾,抬起左爪,只一抓便将那支金镖抓在爪中;同时张开铁喙,朝着那三支连珠弩,好似儿童玩的黄雀打弹一般,偏着头,微一飞腾,将英琼三支弩箭横着衔在口中。又朝着英琼呱呱叫了两声,好似非常得意一般。那崖角离地面原不到丈许高下,平伸出在峭壁旁边。崖右便是万丈深潭,不可见底。英琼连日衣不解带,十分劳累伤心,神经受了刺激,心慌意乱。这崖角本是往日练习轻身所在,这时因为那雕故意找她麻烦,惹得性起,志在取那雕的性命,竟忘了崖旁深潭危险,也未计及利害。就势把昔日在乌鸦嘴偷学来的六合剑中穿云拿月的身法施展出来,一个箭步,连剑带人飞向崖角,一剑直向那雕颈刺去。那雕见英琼朝它飞来,倏地两翼展开,朝上一起。英琼刺了一个空,身到崖角,还未站稳,被那雕展开它那车轮一般的双翼,飞向英琼头顶。英琼见那雕来势太猛,知道不好,急忙端剑,正待朝那雕刺去时,已来不及,被那雕横起左翼,朝着英琼背上扫来,打个正着。虽然那雕并未使多大劲,就它两翼上扑起的风势,已足以将人扇起。英琼一个立足不稳,从崖角上坠落向万丈深潭,身子轻飘飘地往下直落,只见白茫茫两旁山壁中积雪的影子,照得眼花撩乱。知道一下去，便是粉身碎骨，性命难保。想起石洞中生病的老父，心如刀割。正在伤心害怕，猛觉背上隐隐作痛，好似被什么东西抓住似的，速度减低，不似刚才投石奔流一般往下飞落。急忙回头一看，正是那只金眼雕，不知在什么时候飞将下来，将自己束腰丝带抓住。因昔日李宁讲过，凡是大鸟擒生物，都是用爪抓住以后，飞向高空，再掷向山石之上，然后下来啄食，猜是那雕不怀好意。一则自己宝剑业已刚才坠入深潭；二则半悬空中，使不得劲。又怕那雕在空中用嘴来啄，只得暂且听天由命，索性等它将自己带出深潭，到了地面，再作计较。用手一摸身上，且喜适才还剩有两支金镖未曾失落，不由起了一线生机。便悄悄掏出，取在手中，准备一出深潭，便就近给那雕一镖，以求侥幸脱险。谁想那雕并不往上飞起，反一个劲直往下降，两翼兜风，平稳非凡，慢慢朝潭下落去。

英琼不知道那雕把她带往潭下则甚，好生着急。情知危险万状，事到其间，也就不做求生之想了。英琼胆量本大，既把生死置之度外，反借此饱看这崖潭奇景。下降数十丈之后，雪迹已无，渐渐觉得身上温暖起来。只见一团团、一片片的白云由脚下往头上飞去。有时穿入云阵之内，被那云气包围，什么也看不见。有时成团如絮的白云飞入襟袖，一会又复散去。再往底下看时，视线被白云遮断，简直看不见底。那云层穿过了一层又一层，忽然看见脚下面有一个从崖旁伸出来的大崖角，上面奇石如同刀剑森列，尖锐嶙峋。这一落下去，还不身如齑粉？英琼闭目心寒，刚要喊出"我命休矣"，那雕忽然速度增高，一个转侧，收住双翼，从那峭崖旁边一个六七尺方圆的洞口钻了过去。英琼自以为必死无疑，但好久不见动静，身子仍被那雕抓住往下落。不由再睁双目看时，只见下面已离地只有十余丈，隐隐闻得钟鱼之声。心想："这万丈深潭之内，哪有修道人居此？"好生诧异。这时那雕飞的速度越发降低。英琼留神往四外看时，只见石壁上青青绿绿，红红紫紫，布满了奇花异卉，清香馥郁，直透鼻端。面积也逐渐宽广，简直是别有洞天，完全暮春景象，哪里是寒风凛冽的隆冬天气。不由高兴起来。身子才一转侧，猛想起自己尚在铁爪之下，吉凶未卜；即使能脱危险，这深潭离上面不知几千百丈，如何上去？况且老父尚在病中，无人侍奉，不知如何悬念自己。不禁悲从中来。那雕飞得离地面越近，便看见下面山阿碧岑之旁，有一株高有数丈的古树，树身看去很粗，枝叶繁茂。那钟鱼之声忽然停住，一个小沙弥从那树中走将出来，高声唤道："佛奴请得嘉客来了吗？"那雕闻言，仍然抓住英琼，在离地三四丈的空中盘旋，不肯下去。英琼离地渐近，早掏出怀中金镖，准备相机行事。见那雕不住在高空盘旋，这是自然回翔，不比得适才是借着它两翼兜风的力，平平稳稳地往下降落。人到底是血肉之躯，任你英琼得天独厚，被那雕抓住，几个转侧，早已闹得头昏眼花，天旋地转，那小沙弥在下面高声喊嚷，她也未曾听见。那雕盘旋了一会，倏的一声长啸，收住双翼，弩箭脱弦般朝地面直泻下来。到离地三四尺左右，猛把铁爪一松，放下英琼，重又冲霄而起。

这时英琼神志已昏，晕倒在地，只觉心头怦怦跳动，浑身酸麻，动转不得。停了一会，听见耳旁有人说话的声音。睁开秀目看时，只见眼前站定一个小沙弥，和自己差不多年纪。听他口中道："佛奴无礼，檀越受惊了。"英琼勉强支持，站起身来问道："适才我在山顶上，被一大雕将我抓到此间。这里是什么所在？我是如何脱险？小师父可知道？"那小沙弥合掌笑道："女檀越此来，乃是前因。不过佛奴莽撞，又恐女檀越用暗器伤它，累得女檀越受此惊恐，少时自会责罚于它。家师现在云巢相候，女檀越随我进见，便知分晓。"

这时英琼业已看清这个所在，端的是仙灵窟宅，洞天福地。只见四面俱是灵秀峰峦，天半一道飞瀑，降下来汇成一道清溪。前面山阿碧岑之旁，有一棵大楠树，高只数丈，树身却粗有一丈五六尺，横枝低极，绿荫如盖，遮蔽了三四亩方圆地面；树后山崖上面，藤萝披拂，许多不知名的奇花生长在上面。绿苔痕中，隐隐现出"凝碧"两个方丈大字。英琼虽然神思未定，已知道此间决少凶险，便随那小沙弥直往树前走来。见那树身业已中空，树顶当中结了一个茅棚。心想："这人在这大树顶上住家，倒好耍子。"及至离那山崖越近，那"凝碧"两个摩崖大字越加看得清楚。忽然想起白眉毛和尚所留的纸条，不禁脱口问道："此地莫非就是凝碧崖么？"那小沙弥笑答道："此间正是凝碧崖。家师因恐令尊难以寻找，特遣佛奴接引，不想竟把女檀越请来。请见了家师再谈吧。"

英琼闻言，又悲又喜：喜的是上天不负苦心人，凝碧崖竟有了下落；悲的是老父染病在床，又不知自己去向，怕他担心加病。事到如今，也只好去见了那和尚再作计较。一面想，一面正待往树心走进时，忽听一声佛号，听去非常耳熟。接着面前一晃，业已出现一人，定睛看时，正是峨眉县城内所遇的那位白眉毛高僧。英琼福至心灵，急忙跪倒在地，眼含痛泪，口称："难女英琼，父病垂危，现在远隔万丈深潭，无法上去侍奉老父。恳求禅师大发慈悲，施展佛法，同弟子一起上去，援救弟子父亲要紧。"说时，声泪俱下，十分哀痛。那高僧答道："你父本佛门中人，与老僧有缘，想将他度入空门，才留下凝碧地址，特意看他信心坚定与否。后来见他果然一心皈依，真诚不二，今日才命佛奴前去接引。它随我听经多年，业已深通灵性，见你因父病割股，孝行过人，特地将你佩刀抓去。你以为它有心戏弄，便用暗器伤它，它野性未驯，想同你开开玩笑。它两翼风力何止千斤，一个不小心，竟然将你打入深潭，它才把你带到此地同老僧见面。它适才向老僧报告，一切我已尽知。你父之病，原是感冒风寒，无关紧要。这里有丹药，你带些回去与汝父服用，便可痊愈。病愈之后，我仍派佛奴前去接引到此，归入正果便了。"英琼闻言，才知那雕原是这位老禅师家养的。这样看来，老父之病定无妨碍。他既叫带药回去，必有上升之法。果然自己父亲之见不差，这位老禅师是仙佛一流。不禁勾起心思，叩头已毕，重又跪求道："弟子与家父原是相依为命，家父承师祖援引，得归正果，实是万千之幸。只是家父随师祖出家，抛下弟子一人，伶仃孤苦，年纪又轻，如何是了？还望师祖索性大发慈悲，使弟子也得以同归正果吧。"那高僧笑道："你说的话谈何容易。佛门虽大，难度无缘之人；况且我这里从不收女弟子。你根行禀赋均厚，自有你的机缘。我所留偈语，日后均有应验。纠缠老僧，与你无益。快快起来，打点回去吧。"英琼见这位高僧严词拒绝，又惦记着洞中病父，不敢再求，只得遵命起来。又问师祖名讳，白眉和尚答道："老僧名叫白眉和尚。这凝碧崖乃是七十二洞天福地之一，四时常春，十分幽静，现为老僧静养之所。你这次回去，远隔万丈深潭，还得借佛奴背你上去。它随我多年，颇有道术，你休要害怕。"

那旁小沙弥闻言，忽然噏口一呼，其声清越，如同鸾凤之鸣一般。一会工夫，便见碧霄中隐隐现出一个黑点，渐渐现出全身，飞下地来，正是那只金眼雕。口中衔着一支金镖、三支弩箭，两只铁爪上抓了一把刀、一把剑，俱是英琼适才失去之物。那雕放下兵刃暗器，便对英琼呱呱叫了两声。这时英琼细看那雕站在地下，竟比自己还高，两目金光流转，周身发黑光，神骏非凡。见它那般灵异，更自惊奇不止。那雕走向白眉和尚面前，趴伏在地，将头点了几点。白眉和尚道："你既知接这位孝女前来，如何叫她受许多惊恐？快好好送她回去，以赎前愆，以免你异日大劫临头，她袖手不管。"那雕闻言，点了点头，便慢慢一步一步地走向英琼身旁蹲下。白眉和尚便从身旁取出三粒丹药，付与英琼，说道："此丹乃我采此间灵草炼成，一粒治你父病，那两粒留在你的身旁，日后自有妙用，以奖你的纯孝。现在各派剑仙物色门人，你正是好材料，不久便有人来寻你。急速去吧。"英琼正要答言叩谢，一转眼间,白眉和尚已不知去向。只得朝着茅棚跪叩了一阵。那小沙弥取过一根草索,系在那雕颈上。叫英琼把兵刃暗器带好,坐了上去。这番不比来时,一则知道神雕与白眉和尚法力;二则父亲服药之后就要痊愈,还可归入正果。真是归心似箭,喜气洋洋,一丝一毫也不害怕。

当下谢别小沙弥,坐上雕背,一手执定草索,一手紧把着那雕翅根,一任它健翮冲霄,破空而起。眨眨眼工夫,下望凝碧崖,已是树小如芥,人小如蚁。那雕忽然回头朝着英琼叫了两声,停止不进。英琼急忙抬头往上下左右看时,只见头上一个伸出的山崖,将上行的路遮绝,只左侧有一个数尺方圆的小洞。知道那雕要从这洞穿过,先警告自己。忙将双手往前一扑,紧紧抱着那雕两翼尽头处,再用双脚将雕当胸夹紧。那雕这才收拢双翼,头朝上,身朝下,从洞中穿了上去。适才下来时,是深不见底;如今上去,又是望不见天,白茫茫尽被云层遮满。那雕好似轻车熟路一般,穿了一层云层,又是一层云层。到了危险地方,便回头朝着英琼叫两声,好让她早作防备。把一个英琼爱得如同性命一般,不住腾出手来去抚弄它背上的铁羽钢翎。似这样在雕背上飞了有好一会,渐渐觉得身上有了寒意,崖凹中也发现了积雪,知距离上面不远。果然一会工夫,飞上山崖,直到洞边降下。

这时日已衔山,英琼心念老父,又不愿那雕飞去。便向那雕说道:"金眼师兄,你接引我去见师祖,使我父亲得救,真是感恩匪浅!请你先不要走,随我去见我爹爹吧。"那雕果然深通人意,由着英琼牵着颈上草索,随她到了李宁榻前。恰好李宁尚在发烧昏迷,并不知英琼出去半日,经此大险。当下英琼放下兵刃暗器,顾不得别的,泪汪汪先喊了两声爹爹,未见答应。急忙掌起灯火,去至灶前看时,业已火熄水凉,急忙生火将水弄热。又怕那雕走去,一面烧火,一面求告。且喜那雕进洞以后,英琼走到哪里,它便跟到哪里,蹲了下来。这时英琼真是又喜又忧又伤心,不知如何是好。一会工夫,将水煮开,忙把稀饭热在火上。舀了一碗水,将李宁推了个半醒,将白眉和尚赠的灵丹与李宁灌了下去。一手抱着雕的身子,目不转睛地望着榻上病父。不大工夫,便听李宁喊道:"英儿,可有什么东西拿来给我吃?我饿极了。"英琼知是灵丹妙用,心中大喜。三脚两步跑到灶前,将粥取来。那雕也随她跳进跳出。李宁服药之后,刚刚清醒过来,觉得腹中饥饿,便叫英琼去取食物。猛见一个黑影晃动,定睛一看,灯光影里,只见一个尖嘴金眼的怪物追随在女儿身后,一着急,出了一身冷汗。也忘了自己身在病中,一摸床头宝剑,只剩剑匣。急忙持在手中,从床上一个箭步纵到英琼的身后,望着那怪物便

278

打。只听吧嗒一声，原来用力太猛，那个怪物并未打着，倒把前面一个石椅劈为两半，剑匣也断成两截。那怪物跳了两跳，呱呱叫了两声，并不逃走。李宁心急非常，还待寻取兵刃时，英琼刚把粥取来，放在石桌之上，忽见李宁纵起，业已明白，顾不得解释，先将李宁两手抱住。急忙说道："这是凝碧崖白眉师祖打发它送女儿回来的神雕，爹爹休要误会。病后体弱，先请上床吃粥，容女儿细说吧。"那李宁也看出那怪物是个金眼雕，听了女儿之言，暗暗惊喜。顾不得上床吃粥，直催英琼快说。

英琼便请李宁坐在榻前，仍是自己端着粥碗，服侍李宁食用，并细细将前事说了一遍。李宁一面吃，一面听，听得简直是悲从中来，喜出望外，伤心到了极处，也高兴到了极处。这一番话，真是消灾祛病，把英琼准备的一锅粥，吃了个锅底朝天。李宁听完之后，也不还言，急忙跑向雕的面前，屈身下拜道："嘉客恩人到来，恕我眼瞎无知，还望师兄海涵，不要生气。"那雕闻言，把头点了两点。李宁重又过来，抱着英琼哭道："英儿，苦了你也！"英琼原怕那雕生气，见李宁上前道歉，好生高兴。猛想起父病新愈，不能劳累，忙请李宁上床安息。李宁道："我服用灵丹之后，便觉寒热尽退，心地清凉。你看我适才吃那许多东西，现在精神百倍，哪里还有病在身？"英琼闻言，忽然觉得自己腹中饥饿。况且嘉客到来，只顾服侍病人，忘了招待客人。急忙跑进厨房，取出几样腊野味，用刀割成细块，请雕食用。那雕又朝着英琼叫了两声，好似表示感谢之意。英琼又与它解下绳索，由它自在吃用。自己重又胡乱煮了些饭，就着剩菜，挨坐在李宁身旁，眼看那雕一面吃，自己一面讲。这石室之中，充满了天伦之乐，真个是苦尽甘来，把连日阴霾郁郁景象一扫而空。

李宁见那雕并不飞去，知道自己将要随它去见白眉和尚，惟恐爱女心伤远离，不敢说将出来。心中不住盘算，实在进退两难，忍不住一声短叹。英琼何等聪明，早知父亲心思。忙问："爹爹，你病才好，又想什么心事，这般短叹长吁则甚？"李宁只说："没有什么心事，英儿不要多疑。"英琼道："爹爹还哄我呢。你见师祖座下神雕前来接引，我父女就要远离了，爹爹舍不得女儿，又恐仙缘错过，进退两难。是与不是？"李宁闻言，低头沉吟不语。英琼又道："爹爹休要如此，只管放心。适才凝碧崖前，女儿也曾跪求师祖一同超度。师祖说，女儿不是佛门中人，他又不收女弟子，不久便有仙缘来救女儿。日后爹爹虽在凝碧崖参修，有这位金眼师兄帮助，那万丈深潭也不难飞渡。女儿虽然年幼，恨不得立刻寻着一个剑仙的师父，练成一身惊人的本领，出入空濛，飞行绝迹。照师祖的偈语看来，也是先离后合。日后既有重逢之日,愁它何来? 实不瞒爹爹说,女儿先前也想不要离开爹爹才好。自从这次凝碧崖拜见师祖之后,又恨不能爹爹早日成道,女儿也早一点沾光。至于深山独居之苦,爹爹见了师祖之后,就说女儿年幼,求师祖命这位金眼师兄陪伴女儿,在洞中朝夕用功,等候仙缘到来。岂不免却后顾之忧,两全其美?"

第四十四回

只影感苍茫　寂寂寒山　欣逢佳侣
孺心伤离别　漫漫前路　喜得神雕

　　李宁见英琼连珠炮一般说得头头是道，什么都是一厢情愿，又不忍心驳她。刚想说两句话安慰她，那雕已把一堆腊野味吃完，偏着头好似听他父女争论。及至英琼讲完，忽然呱呱叫了两声。英琼疑心雕要喝水，刚要到厨房去取时，那雕忽朝李宁父女将头一点，钢爪一登，跃到风挡之前，伸开铁喙，拨开风挡，跳了出去。李宁父女跟踪出来看时，那雕已走向洞口，只见它将头一顶，已将封洞的一块大石顶开，横翼一偏，径自离洞，冲霄而起。急得英琼跑出洞去，在下面连声呼唤，央求它下来。那雕在英琼头顶上又叫了两声，雪光照映下，眼看一团黑影投向万丈深潭之内去了。英琼狂喊了一会，见雕已飞远，无可奈何，垂头丧气随李宁回进洞内。李宁见她闷闷不乐，只得用好言安慰。又说道："适才所说那些话，都是能说不能行的。你不见那雕才听你说要向你师祖借它来做伴，它便飞了回去么？依我之见，等那雕奉命来接我去见你师祖时，我向他老人家苦求，给你介绍一个有本领的女师父，这还近一点情理。你师祖虽说你不久自有仙缘，就拿我这回寻师来说，恐怕也非易事呢。"英琼到底有些小孩心性，她见爹爹不日出家，自己虽说有仙缘遇合，但不知要等到何时。便想起周淳的女儿轻云，现在黄山餐霞大师处学剑，虽说从未见面，她既是剑仙门徒，想必能同自己情投意合。再加上几代世交，倘能将雕调养驯熟，骑着它到黄山去寻轻云，求她引见餐霞大师，就说是她父亲介绍去的，自己再向大师苦求，决不会没有希望。等到剑术学成，在空中游行自在，那时山河咫尺，更不愁见不着爹爹。所以不但不愁别离，反恨不得爹爹即日身体复原，前往凝碧崖替自己借雕，好依计行事。不想那雕闻言飞去，明明表示拒绝。又动了孺慕孝思，表面怕李宁看出，装作无事，心头上却是懊丧难受到了极处。及至听李宁说求白眉和尚代寻名师，才展了一丝笑容。父女二人又谈了一阵离别后的打算，俱都不得要领，横也不好,竖也不妥当,总是事难两全。直到深夜,才由李宁催逼安睡。

英琼心事在怀,一夜未曾合眼,不住心头盘算,到天亮时才得合眼。睡梦中忽听一声雕鸣,急忙披衣下床,冒着寒风出洞看时,只见残雪封山,晨曦照在上面,把崖角间的冰柱映成一片异彩。下望深潭,仍是白云瀁黪,遮蔽视线,看不见底。李宁起来较早,正在练习内功。忽见女儿披衣下床,一跃出洞,急忙跟了出来。英琼又把昨日斗雕的地方同自己遇险情形,重又兴高采烈说了一遍。把李宁听了个目眩心摇,魂惊胆战,抱着爱女,直喊可怜。父女二人谈说一阵,便进洞收拾早饭。用毕出来看时,晴日当空,阳光非常和暖,耳旁只听一片轰轰隆隆之声,惊天动地。那山头积雪被日光融化成无数大小寒流,夹着碎冰、矮树、砂石之类,排山倒海般往低凹处直泻下去。有的流到山阴处,受了寒风激荡,凝成一处处的冰川冰原。山崖角下,挂起有一尺许宽、二三丈长的一根根冰柱。阳光映在上面,幻成五色异景,真是有声有色,气象万千。

李宁正望着雪景出神,忽见深潭底下白云堆中,冲起一团黑影,大吃一惊,忙把英琼往后一拉。定睛看时,那黑影已飞到了崖角上面,正是那只金眼神雕。英琼心中大喜,忙唤:"金眼师兄快来!"说罢,便进洞去,切腊肉野味来款待。那雕到了上面,朝李宁面前走来,叫了两声,便用钢喙在那雪地上画了几画。李宁认出是个"行"字,知道白眉和尚派它前来接引,不敢怠慢。先朝天跪下,默祝一番。然后对那雕说道:"弟子尚有几句话要向小女嘱咐,请先进洞去,少待片刻如何?"那雕点头,便随李宁进洞。英琼已将腊野味切了一大盘,端与那雕食用。那雕也毫不客气地尽情啄食。这时李宁强忍心酸,对英琼道:"神雕奉命接我去见师祖,师祖如此垂爱,怎敢不去?只是你年幼孤弱,独处空山,委实令人放心不下。我去之后,你只可在这山头上用功玩耍,切不可远离此间。我随时叩求师祖,与你设法寻师。洞中粮食油盐,本就足敷你我半年多用。我走后,去了我这食量大的,更可支持年半光景。你周叔父一生正直忠诚,决不会中人暗算;他是我性命之交,决不会不回来看我父女。等他回来,便求他陪你到黄山寻找你世姊轻云,引见到餐霞大师门下。我如蒙师祖鉴准,每月中得便求神雕送我同你相见。你须要好生保重,早晚注意寒暖,以免我心悬两地。"说罢,虎目中两行英雄泪,不禁流将下来。英琼见神雕二次飞来,满心喜欢。虽知李宁不久便要别离,万没想到这般快法。既舍不得老父远离,又怕老父亲失去这千载一时的仙缘。心乱如麻,也不知如何答对是好。那神雕食完腊野味后,连声叫唤,那意思好似催促起程。李宁知道再难延迟，把心一横，径走向石桌之前，匆匆与周淳留了一封长信，把经过前后及父女二人志愿全写了上去。那英琼看神雕叫唤，灵机一动，急忙跑到神雕面前跪下，说道："家父此去，不知何日回转。我一人在此，孤苦无依，望你大发慈悲，禀明师祖，来与我做伴。等到我寻着剑仙做师父时，再请你回去如何？"那雕闻言，偏着头，用两只金眼看着英琼，忽然长鸣两声。英琼不知那雕心意，还是苦苦央求。一会工夫，李宁将书信写完，还想嘱咐英琼几句，那雕已横翼翩然，跃出洞去。李宁父女也追了出来，那雕便趴伏在地。英琼知道是叫李宁骑将上去。猛想起草索，急忙进洞取了出来，系在那雕头颈之上。又告诉李宁骑法，同降下时那几个危险所在。李宁一一记在心头。父女二人俱都满腹愁肠，虽有千言万语，一句也说不出来。那雕见他父女执手无言，好似不能再等，径自将头一低，钻进李宁胯下。英琼忙喊"爹爹留神"时，业已冲霄而起。那雕带着李宁在空中只一个盘旋，便投向那深潭而去。

英琼这才想起有多少话没有说，又忘了请李宁求白眉师祖，命神雕来与自己做伴。适才是伤心极处，欲哭无泪；现在是痛定思痛，悲从中来。在寒山斜照中，独立苍茫，凄凄凉凉，影只形单。一会想起父亲得道，必来超度自己；那白眉师祖又曾说自己不久要遇仙缘，异日学成剑仙，便可飞行绝迹，咫尺千里。立时雄心顿起，止泪为欢，高兴到了万分。一会想起古洞高峰，人迹不到，独居空山，何等凄凉；慈父远别，更不知何年何月才得见面。伤心到了极处，便又痛哭一场。又想周淳同多臂熊毛太见面后，吉凶胜负，音讯全无。万一被仇人害死，黄山远隔数千里，自己年幼路不熟，何能飞渡？一着急，便急出一身冷汗。似这样吊影伤怀，一会喜，一会悲，一会惊惶，一会焦急。直到天黑，才进洞去，觉得头脑昏昏，腹中也有些饥饿。随便开水泡一点饭，就着咸菜吃了半碗。强抑悲思，神志也渐清宁。忽然自言自语："呸！李英琼，你还自命是女中英豪，怎么就这般没出息？那白眉师祖对爹爹那样大年纪的人，尚肯度归门下，难道我李英琼这般天资，便无人要？现在爹爹走了，正好打起精神用功。等周叔父回来，上黄山去投轻云世姊；即使他不回来，明年开了春，我不会自己寻了去？洞中既不愁穿，又不愁吃，我空着急做什么？"念头一转，登时心安体泰。索性凝神定虑，又做了一会内功，上床拉过被子，倒头便睡。

她连日劳乏辛苦，又加满腹心事，已多少夜不得安眠。这时万虑皆消，梦稳神安，直睡到第二天巳末午初，才醒转过来。忽听耳旁有一种轻微的呼息之声,猛想起昨日哭得神思昏乱,进来时忘记将洞门封闭,莫不是什么野兽之类闯了进来?轻轻掀开被角一看,只喜欢得连长衣都顾不及穿,从石榻上跳将起来,心头怦怦跳动,跑过去将那东西抱着,又亲热,又抚弄。原来在她床头打呼的,正是那个金眼神雕。不知何时进洞,见英琼熟睡,便伏在她榻前守护。这时见英琼起身,便朝她叫了两声。英琼不住地用手抚弄它身上的铁羽,问道:"我爹爹已承你平安背到师祖那里去了么?"那雕点了点头。回过铁喙,朝左翅根侧一拂,便有一张纸条掉将下来。英琼拾起看时,正是李宁与她的手谕。大意说见了白眉师祖之后,已蒙他收归门下。由师祖说起,才知白眉师祖原是李宁的外舅父。其中还有一段很长的因果,所以不惜苦心,前来接引。又说英琼不久便要逢凶化吉,得遇不世仙缘。那只神雕曾随师祖听经多年,深通灵性。已蒙师祖允许,命它前来与英琼做伴,不过每逢朔望,要回凝碧崖去听两次经而已。叫英琼好好看待于它,早晚用功保重,静候周叔父回来,不要离开峨眉。师祖已说自己儿女情长,暂时决不便回来看望等语。

英琼见了来书,好生欣喜,急忙去切腊味,只是原有腊味被神雕吃了两次,所剩不多,便切了一小半出来与那雕吃。一面暗作寻思:"这神雕食量大,现值满山冰雪,哪里去寻野味与它食用?"心中好生为难。那雕风卷残云般吃完腊味以后,便往外跳去。英琼也急忙跟了出来,只见那雕朝着英琼长鸣,掠地飞起。英琼着了慌,便在下面直喊,眼看那雕在空中盘旋了一阵,并不远离,才放了心。忽地见它一个转侧,投向洪桩坪那边直落下去。一会,那雕重又飞翔回来,等到飞行渐近,好似它铁爪下抓着一个什么东西。等到飞离英琼有十丈高下,果然掷下一物。近前一看,原来是一只梅花鹿,业已鹿角触断,脑浆迸裂,掷死过去。那雕也飞身下来,向英琼连声叫唤。英琼见它能自己去觅野食,越发高兴。爱那鹿皮华美温暖,想剥下来铺床。便到洞中取来解刀,将鹿皮剥下,将肉割成小块,留下一点脯子,准备拿铁叉烤来下酒。那雕在一旁任英琼动作,并不过去啄食。一会跳进洞去,抓了一块腊猪骨出来,掷在英琼面前。英琼恍然大悟,那雕是想把鹿肉腌熟再吃。当下忙赴后洞,取来水桶、食盐。就在阳光下面将鹿肉洗净,按照周淳所说川人腊熏之法,寻了许多枯枝,在山凹避风之处,将鹿肉腌熏起来。从此那雕日夕陪伴英琼,有时去擒些野味回来腌腊。英琼得此善解人意的神雕为伴,每日调弄,指挥如意,毫不感觉孤寂。几次想乘雕飞翔,那雕却始终摇头,不肯飞起,想是来时受过吩咐的。

过不多日,便是冬月十五,那雕果然飞回凝碧崖听经。回来时,带来李宁一封书信,说自己要随师祖前往成都一带,寻访明室一个遗族,顺便往云南石虎山去看师兄采薇僧朱由穆,此去说不定二三年才得回来。到了成都,如能寻着周淳,便催他急速回山。嘱咐英琼千万不要乱走,要好好保养、用功等语。英琼读完书信,难受一会,也无法可想,惟有默祝上苍,保佑她父亲早日得成正果而已。

　　时光易逝,转眼便离除夕不远。英琼毕竟有些小孩子心性,便把在峨眉县城内购买的年货、爆竹等类搬了出来,特别替那只神雕腌好十来条腊鹿腿,准备同它过年。又用竹签、彩绸糊成十余只宫灯,到除夕晚上悬挂。每日做做这样,弄弄那样,虽然独处空山,反显得十分忙碌。到二十七这天,那雕又抓来两只野猪和一只梅花鹿。英琼依旧把鹿皮剥了下来存储。等到跑到洞中取盐来腌这两样野味时,猛发觉所剩的盐,仅敷这一回腌腊之用,以后日用就没有了。急忙跑到后洞存粮处再看时,哪一样家常日用的东西都足敷年余之用,惟独这食盐一项,竟因自己只顾讨神雕的喜欢,一个劲腌制野味,用得太不经济,以致在不知不觉中用罄。虽然目前肉菜等类俱都腌好,足敷三四月之用,以后再打来野味,便无法办理。望着盐缸发了一会愁,想不出什么好办法来,只得先将余盐用了再说。一面动手,一面对那雕说道:“金眼师兄,我的盐快没有了,等过了年,进城去买来食盐,你再去打野味吧。现在打来,我是没有办法弄的啊。”那雕闻言,忽地冲霄而起。英琼知道它不会走远,司空见惯,也未在意。只在下面喊道:“天已快交正午,你去游玩一会,快些回来,我等你同吃午饭呢。”那雕在空中一个回旋,眨眨眼竟然不见。直到未初,还未回转。英琼腹中饥饿,只得先弄些饭吃。又把猪、鹿的心脏清理出来,与那雕做午餐。

　　到了申牌时分,英琼正在洞前习剑,远望空中,出现一个黑点,知是神雕飞回,便在下面连声呼唤。一会工夫,飞离头顶不远,见那雕两爪下抱定一物,便喊道:“对你说食盐没有,你如今又不大愿吃鲜肉,何苦又去伤生害命呢?”言还未了,那雕已轻轻飞落下来。英琼见它不似以往那样将野兽从空掷下,近前一看,原来是一个大蒲包,约有三尺见方,不知是什么物件。撕开一角,漏出许多白色晶莹的小颗。仔细一看,正是自流井的上等官盐,足有二三百斤重,何愁再没盐用。欢喜若狂,忙着设法运进洞去。出来对那雕说道:“金眼师兄,你真是神通广大,可爱可佩! 但是我父亲曾经说过,大丈夫做事要光明磊落,不可妄取别人的东西,下次切不可如此啊!”那雕只是瞑目不答。英琼便将预备与它吃的东西取来给它。正在调弄那雕之时，忽然闻见一阵幽香，从崖后吹送过来。跟踪过去看时，原来崖后一株老梅树，花已经开得十分茂盛，寒香扑鼻。英琼又是一番高兴，便在梅花树下徘徊了一阵。见天色已渐黄昏，不能再携雕出游，便打算进洞去寻点事做。

刚刚走到洞口前面，忽见相隔有百十丈的悬崖之前，一个瘦小青衣人，在那冰雪铺盖的山石上面，跳高纵远，步履如飞地直往崖前走去。她所居的石洞，因为地形的关系，后隔深潭，前临数十丈的削壁断涧，天生成的奇屏险障。人立在洞前，可以把十余里的山景一览无遗。而从舍身岩上来，通到这石洞的这一条羊肠小径，又曲折，又崎岖。春夏秋三季，是灌木丛生，蓬草没膝；一交冬令，又布满冰雪，无法行走。自从李宁父女同周淳、赵燕儿走过外，从未见有人打此经过。英琼见那青衣人毫不思索，往前飞走，好似轻车熟路一般，暗暗惊异。心想："这块冰雪布满的山石上面，又滑又难走，一个不小心，便有粉身碎骨之虞。自己虽然学了轻身功夫，都不敢走这条道上下，这人竟有这样好的功夫，定是剑仙无疑。莫不是白眉师祖所说那仙缘，就是此人前来接引么？"正在心中乱想，那青衣人转过一个崖角，竟自不见。正感觉失望之间，忽然离崖前十余丈高下，一个人影纵了上来。那雕见有人上来，一个回旋，早已横翼凌空，只在英琼头上飞翔，并不下来，好似在空中保护一般。英琼见那上来的人穿着一身青，头上也用一块青布包头，身材和自己差不多高下，背上斜插着一柄长剑，面容秀美，装束得不男不女，看去甚是面熟。正要张口问时，那人已抢先说道："我奉了家师之命，来采这凌霄崖的宋梅，去佛前供奉。不想姊姊隐居之所就在此间，可称得上是幸遇了。"说时，将头上青布包头取下，现出螓首蛾眉，秀丽中隐现出一种英姿傲骨。

来的这个女子，正是那峨眉前山解脱庵广慧师太门下带发修行的女子余英男。英琼自那日城中回来，先是父亲生病，接着父女分离，劳苦忧闷，又加大雪封山，无法行走，早已把她忘却。现在独处空山，忽然见她来做不速之客，又见人家有这一身惊人的本领，一种敬爱之心油然而生。自己正感寂寞的当儿，无意中添了一个山林伴侣，正好同她结识，彼此来往盘桓。先陪她到崖后去采了几枝梅花，然后到洞中坐定。英男比英琼原长两岁，便认英琼做妹妹。二人谈了一阵，甚是投机，相见恨晚。英男因不见李宁，便问："尊大人往哪里去了？"英琼闻言，不由一阵心酸，几乎落下泪来，便把李宁出家始末说了一遍。说到惊险与伤心处，英男也陪她流了几次热泪。渐渐天色已晚，英琼掌起灯烛，定要留英男吃完饭再走。英男执意不肯，说是怕师父在家悬望。答应回庵禀明师父，明日午前准定来做长谈，大家研究武术。英琼挽留不住，依依不舍地送了出来。

这时已是暮霭苍茫，暝色四合，山头积雪反映，依稀辨出一些路径。英琼道："姊姊来的这条路非常险滑，这天黑回去，妹子太不放心。还是住在洞中，明日再行吧。"说到此处，忽听空中一声雕鸣。英琼又道："只顾同姊姊说话，我的金眼师兄还忘了给姊姊引见呢。"说罢，照着近日习惯，噘口一呼。那雕闻声便飞将下来，睁着两只金眼，射在英男面上，不住地打量。英男笑道："适才妹子说老伯出家始末，来得太急，也不容人发问。当初背妹妹去见白眉师祖的就是它么？有此神物守护，怪不得妹子独处深山古洞之中，一丝也不害怕呢。"说罢，便走到那雕面前，去摸它身上的铁羽。那雕一任她抚摸，动也不动。英琼忽然惊叫道："我有主意送你回去了。"英男便问何故？英琼道："不过我还不知道它肯不肯，待我同它商量商量。"便朝那雕说道："金眼师兄，这是我新认识的姊姊余英男，现在天黑，下山不便。请你看我的面子，送她回去吧。"那雕长鸣一声，点了一点头。英琼大喜，便向英男说道："金眼师兄已肯送你回去，姊姊害怕不？"英男道："我怎好劳你的金眼师兄，怕使不得吧？"英琼道："你休要看轻它的盛意。它只背过我两次，现在就再也不肯背了。不然我骑着它到处去玩，哪里还会闷呢！你快骑上去吧，不然它要生气的。"英男见英琼天真烂漫，一脸孩子气，处处都和自己情投意合，好不高兴。又怕英琼笑她胆小，只得点头答应。英琼才高高兴兴把草索取来，系在雕颈，又教了骑法。英男作别之后，骑了上去，立时健翮凌云，将她送走。英琼便回洞收拾晚饭，连夜将石洞打扫，宫灯挂起，年货也陈设起来，准备明日嘉客降临。一会工夫，那雕飞回。英琼也就安歇。

第二日天才一亮，英琼便起床将饭煮好。知道英男虽在庵中吃素，却并未在佛前忌荤。特地为她煮了几样野味，同城内带来的菜蔬，崖前掘来的黄精、冬笋之类，摆了一桌。收拾齐备，便跑到崖前去望。到了午牌时分，正要请那雕去接时，英男已从崖下走来。二人见面，比昨日又增加几分亲密。进洞之后，英琼自然是殷勤劝客。英男也不作客气，痛快吃喝。石室中瓶梅初绽，盆火熊熊，酒香花香，融成一片。石桌旁边，坐着这两个绝世娉婷的侠女，谈谈笑笑，好不有趣。

那广慧大师原先也是一位剑侠，自从遁入空门，笃志禅悦，别有悟心，久已不弹此调。因此英男虽相从有年，仅仅传了些学剑入门的内功口诀，以作山行防身之用。她说英男不是佛门弟子，将来尚要到人世上做一番事业，所以不与她落发。昨日英男回去,说明与英琼相遇。广慧大师笑道:"你遇见这个女魔王,你的机缘也快到了。你明日就离开我这里,和她同居去吧。"英男疑心大师不愿她和英琼交友,便说英琼怎样的豪爽聪明。师父说她是女魔王,莫非她将来有什么不好么? 大师道:"哪里有什么不好,不过我嫌她杀心太重罢了。你同她本是一条路上人,同她相交,正是你出头之日。我叫你去投她,并非不赞成此举,你为何误会起来?"英男闻大师之言,才放了宽心。不过从师多年,教养之恩如何能舍? 便求大师准许同英琼时常见面,却不要分离才好。

第四十五回

李英琼万里走孤身
赤城子中途逢异派

话说广慧大师见英男难分难舍，笑道："痴孩子，人生哪有不散的筵席？也无事事都两全的道理。我如不因你绊住，早已不在此间了。现在你既有这样好的容身处，怎么还不肯离开？莫非你跟我去西天不成？"英男不明大师用意，仍是苦求。大师笑道："你既不愿离开我，也罢，好在还有一月的聚首，那你就暂时先两边来往，到时再说。"英男又问一月之后到何处去？大师只是微笑不言，催她去睡。第二日起来，先将应做的事做好，禀明大师，来见英琼。谈起大师所说之言，英琼正因自己学剑为难，现在英男虽然不到飞行绝迹的地步，比自己总强得多，既然大师许她来此同住，再也求之不得，便请她即日搬来。英男哪肯应允，只答应常来一起学剑，遇见天晚或天气不好时，便留宿在此。英琼坚留了一会，仍无效果，只得由她。英男便把大师所传的功夫口诀，尽心传授。英琼一一记在心头，早晚用功练习。又请英男引见广慧大师。大师却是不肯，只叫英男传语：异日仙缘遇合，学成剑术，多留一点好生之德便了。自从英男来的那天起，转眼就是除夕。英男也禀明大师，到英琼洞中度岁。英琼得英男时常来往，颇不寂寞，每日兴高采烈，舞刀弄剑。只苦于冰雪满山，不能到处去游玩而已。

初五这天早起，忽然听见洞外雕鸣，急忙出洞，见那佛奴站在地上，朝着天上长鸣。抬头看时，天空中也有一只大雕，与那神雕一般大小，正飞翔下来。仔细一看，这只雕也是金眼钢喙，长得与佛奴一般大，只是通体洁白，肚皮下面同雕的嘴却是黑的。神雕佛奴便迎上前去，交颈互作长鸣，神态十分亲密，宛如老友重逢的神气。英琼一见大喜，便问那神雕道："金眼师兄，这是你的好朋友么？我请它吃点腊野味吧。"说罢，便跑向洞内，切了一盘野味出来。那只白雕并不食用，只朝着英琼点了点头。神雕把那一大盘野味吃完后，朝着英琼长鸣三声，便随着那只白雕冲霄飞起。英琼不知那雕是送客,还是被那只白雕将它带走,便在下面急得叫了起来。那神雕闻得英琼呼声,重又飞翔下来。英琼见那白雕仍在低空盘旋,好似等伴同行,不由心头发慌。一把将神雕长颈抱着问道:"金眼师兄,我蒙你在此相伴,少受许多寂寞和危险。现在你如果是送客,少时就回,那倒没有什么;如果你一去不回,岂不害苦了我?"那雕摇了摇头,把身体紧傍英琼,现出依依不舍的神气。英琼高兴道:"那末你是送客去了?"那雕又摇了摇头。英琼又急道:"那你去也不是,回也不是,到底是什么呢?"那雕仰头看了看天,两翼不住地扇动,好似要飞起的样子。英琼忽然灵机一动,说道:"想是白眉师祖着你同伴前来唤你,你去听完经仍要回来的,是与不是?你我言语不通,这么办:你去几天,就叫几声,以免我悬念如何?"那雕闻言,果然叫了十九声。英琼默记心头。神雕叫完了十九声,那白雕在空中好似等得十分不耐烦,也长鸣了两声。那神雕在英琼肘下猛地把头一低,离开英琼手抱,长鸣一声,望空而去。英琼眼望那两只雕比翼横空,双双望解脱坡那方飞去,不禁心中奇怪。起初还疑心那雕去将英男背来,与她做伴。一会工夫,见那两只雕又从解脱坡西方飞起,眨眨眼升入云表,不见踪影。

英琼天真烂漫,与神雕佛奴相处多日,情感颇深,虽说是暂时别离,也不禁心中难受已极。偏偏英男又因庵中连日有事,要等一二日才来。一个人空山吊影,无限凄惶。闷了一阵,回到洞中,胡乱吃了一顿午饭。取出父亲的长剑,到洞外空地上,按照英男所传的剑法练习起来。正练得起劲之际,忽听身后一阵冷风,连忙回头看时,只见身后站定一个游方道士,黄冠布衣,芒鞋素袜,相貌生得十分猥琐。英琼见他脸上带着一种嘲笑的神气,心中好生不悦。怎奈平日常听李宁说,这山崖壁立千仞,与外界隔绝,如有人前来,定非等闲之辈,因此不敢大意。当下收了招数,朝那道人问道:"道长适才发笑,莫非见我练得不佳么?"那道人闻言,脸上现出鄙夷之色,狂笑一声道:"岂但不佳,简直还未入门呢!"英琼见那道人出言狂妄,不禁心头火起,暗想:"我爹爹同周叔父,也是当年大侠,纵横数十年,未遇过敌手。就说义姊余英男所传剑法,也是广慧大师亲自教授,即使不佳,怎么连门也未入?这个穷老道,竟敢这般无礼!真正有本领的人,哪有这样的不客气?分明见我孤身一人在此,前来欺我,想夺我这山洞。偏偏今日神雕又不在此,莫如我将机就计,同他分个高下,一面再观察他的来意。倘若上天见怜,他真正是一个剑侠仙人,应了白眉师祖临行之言,我就拜他为师;倘若是想占我的山洞,我若打不过时,那我就逃到英男姊姊那里暂住,等神雕回来,再和他算账。"她正在心头盘算,那道人好似看出她的用意。说道:"小姑娘,你敢莫是不服气么?这有何难。你小小年纪,我如真同你交手,即使胜了你,将被各派道友耻笑。我如今与你一个便宜:我站在这里,你尽管用你的剑向我刺来,如果你能沾着我一点皮肉,便算我学业不精,向你磕头赔罪;如果你的剑刺不着我,我只要朝你吹一口气,便将你吹出三丈以外,那你就得认罪服输,由我将你带到一个所在,去给你寻一位女剑仙做师父。你可愿意?"

英琼闻言,正合心意。听这道人语气,知道白眉师祖所说之言定能应验。把疑心人家,要夺她山洞之想,完全冰释。不过还疑心那道人是说大话,乐得借此试一试也好。主意想定后,答道:"道长既然如此吩咐,恕弟子无礼了。"说毕,右手捏着剑诀,朝着道人一指,脚一登,纵出去有两三丈远,使了一个大鹏展翅的架势,倏的一声娇叱,左手剑诀一指,起右手连人带剑,平刺到道人的胸前。这原是一个虚招,敌人如要避让,便要上当;如不避让,她便实刺过来。英琼见道人行若无事,并不避让。心想:"这个道人不躲我的剑,必是倚仗他有金钟罩的功夫,他就不知道我爹爹这口宝剑吹毛断铁的厉害。他虽然口出狂言,与我并无深仇,何苦伤他性命?莫如点他一下,只叫他认罪服输便了。"说时迟,那时快,英琼想到这里,便将剑尖稍微一偏,朝那道人左肩上划去。剑离道人身旁约有寸许光景,英琼忽觉得剑尖好似碰着什么东西被挡住,这挡回来的阻力有刚有柔,非常强大。幸喜自己只用了三分力,否则受了敌人这个回撞力,恐怕连剑都要脱手。英琼心中大惊,知道遇见了劲敌。脚一点,来个燕子穿云势,纵起两丈高下,倏地一个黄鹄摩空,旋身下来,又往道人肩头刺去。与上次一样,剑到人身上便撞了回来,休说伤人皮肉,连衣服都挨不着边。英琼又要防人家还手,每一个招势,俱是一击不中,就连忙飞纵出去。似这样刺了二三十剑,俱都没有伤着道人分毫。

英琼又羞又急,不知如何是好。后来见每次上前去,道人总是用眼望着自己。及至英琼刺他身后,他又回转身来,只不还手而已。英琼忽然大悟,心想:"这道人不是邪法,定是一种特别的气功。他见我用剑刺到哪里,他便将气运到哪里,所以刺不着他。"眉头一皱,登时想出一个急招:故意用了十分力量,采取野马分鬃,暗藏神龙探爪的架势,刺向道人胸前。才离道人寸许光景,忙将进力收回,猛地将脚一垫,纵起二丈高下,来个鱼鹰入水的姿势。看去好似朝道人前面落下,重又用剑来刺,其实内藏变化。那道人目不转睛地看英琼是怎生刺来。谁知英琼离那道人头顶三四尺左右,倏地将右脚站在左脚背上，又一个燕子三抄水势，借劲一起，反升高了尺许。招中套招，借劲使势，身子一偏，一个风吹落花势，疾如鹰隼。一个倒踢，头朝下，脚朝上，舞起手中剑，使了五成力，一个织女投梭，刺向道人后心。满想这次定然成功。忽见一道白光一晃，耳听锵的一声，自己宝剑好似撞在什么兵刃上面，吓了一大跳。只好又来一个猿猴下树，手脚同时沾地一翻，纵出去有三丈高远。仔细看手中剑时，且喜并无损伤。正想不出好法对付那道人时，那道人已走将过来，说道："我倒想不到你小小年纪，会有这般急智，居然看得出我用混元气功夫御你的宝剑，设法暗算于我。若非我用剑气护身，就几乎中了你的诡计。现在你的各种绝招都使完了，你还有何话说？快快低头认输吧。"

这时英琼已知来人必会剑术，要照往日心理，遇见这种人，正是求之不得。不知今日怎的，见了这道人，心中老是厌恶。知道要用能力对付，定然不行。暗恨神雕佛奴早不走，晚不走，偏偏今天要走，害我遇见这个无赖老道，没有办法。心中一着急，不禁流下泪来。那道人又道："你敢莫是还不服气么？我适才所说，一口气便能将你吹出数丈以外，你可要试验之后，再跟我去见你的师父吗？"英琼这时越觉那道人讨厌，渐渐心中害怕起来，哪里还敢试验，便想用言语支吾过去。想了一想，说道："弟子情愿认罪服输。弟子自惭学业微末，极想拜一位剑仙做师父。但是家父下山访友，尚未回来。恐他回来，不见我在此，岂不教他老人家伤心？二则，我有一个同伴，也未回来。再者，道长名姓，同我去拜的那位师父的名姓，以及仙乡何处，俱都不知，叫家父何处寻我？我意欲请道长宽我一个月的期，等家父回来，禀明了再去。或者等我同伴回来，告诉她我去的所在，也好使她转告家父放心。道长你看如何？"

那道人闻言，哈哈笑道："小姑娘，你莫要跟我花言巧语了。你父亲同你重逢，至少还得二三十年。你想等那个扁毛畜生回来保你的驾么？凭它那点微末道行，不过在白眉和尚那里听了几年经，难道说还是我的对手么？如果你想它跟随你身旁做伴，本是一桩好事，不过我哪有工夫等它？你莫要误会我有什么歹意，你也不知道我的来历。现在告诉你吧，我的道号叫赤城子，昆仑九友之一。我生平最不愿收徒弟，这次受我师姊阴素棠之托，前来度你到她门下。此乃千载一时的良机，休要错过了异日后悔。你怕你喂的那只雕回来寻不见你，你就不知道那个扁毛畜生奉了白眉和尚之命，永远做你的侍卫。它一日之间，能飞行数万里。它已深通灵性，只要你留下地址，它回来时节,自会去寻你,愁它则甚? 我受人之托,忠人之事。你愿意去更好,不愿意去也得去。反正你得见了我师姊之后,如果你仍不愿意,我仍旧可以送你回来。现在想不随我走,那却不成。"英琼见他说出自己来历,渐渐有点相信。知道不随他去,一定无法抵抗。他虽然讨人厌烦,也许他说的那个女剑仙是个好人,也未可知。莫如随他去见了那女剑仙,再作道理。反正他已答应自己,如不愿意拜师,他仍肯送自己回来,乐得跟去开开眼界再说。

主意打定后,便道:"道长既然定要我同去见那位女剑仙,我也无法。只是那位女剑仙是个什么来历,住在何处,必须先对我说明,好让金眼师兄回来前去寻我。我有一个义姊,就在此山腰解脱庵居住,你得领我先到她那里,嘱咐她几句,万一我父亲回来,也好让义姊转告他知道。再者,我如到了那女剑仙那里,要是不称我的心意,你须要送我回来。否则我宁死也不去的。"赤城子道:"你这几件事,只有因广慧这个老尼与我不对,到解脱庵去这一件不能依你外,余下俱可依得。那女剑仙名唤阴素棠,乃是昆仑派中有名的女剑仙,隐居在云南边界修月岭枣花崖。你急速留信去吧。"英琼便问:"那女剑仙阴素棠,她可能教我练成飞剑在空中飞行么?"赤城子道:"怎么不能?"英琼道:"我想起来了,你是他的师弟,当然也会飞剑,你先取出来让我看一看什么样子,如果是好,不用你逼我去,我一步一拜也要拜了去的。"赤城子道:"这有何难?"说罢,将手一扬,便有一道白光满空飞舞,冷气森森,寒光耀眼。末后将手一指,白光飞向崖旁一株老树,只一绕,凭空削断,倒将下来。一根断枝飞到那株宋梅旁边,打落下无数梅花来。花雨过处,白光不见,赤城子仍旧没事人一般,站在那里。欢喜得英琼把适才厌恶之念一概打消。兴高采烈地跑进洞中,与李宁、英男各写一封信,又请英男告诉神雕佛奴,到云南修月岭枣花崖昆仑派女剑仙阴素棠那里去寻自己。写完,取了些衣物出洞,那赤城子已等得不耐烦了。

英琼这才深信白眉师祖之言已验,当下便改了称呼,喊赤城子做叔叔。又将洞门用石头封好,并问上云南得用多少天。赤城子道:"哪用多少日子?你紧闭二目,休要害怕,我们要走了。"说罢,一手将英琼夹在胁下,喊一声:"起!"驾剑光腾空飞去。英琼见赤城子有这么大本领,越发深信不疑。她向来胆大,偷偷睁眼往下界看时,只见白云绕足,一座峨眉山纵横数百里,一览无遗,好不有趣。不消几个时辰,也不知飞行了几千百里,越过无数的山川城郭,渐渐天色黄昏,尚未到达目的地。天上的明星,比较在下面看得格外明亮,自出世以来,未曾见过这般奇景。

正在心头高兴,忽见对面云头上,飞过来数十道各种不同颜色的光彩。赤城子喊一声:"不好!"急忙按下剑光,到一个山头降下。英琼举目往这山的四面一看,只见山环水抱,岩谷幽奇,遍山都是合抱的梅花树,绿草蒙茸,翠鸟争喧,完全是江南仲春天气。迎面崖角边上,隐隐现出一座庙宇。赤城子望了一望,急忙带了英琼转过崖角,直往那庙前走去。英琼近前一看,这庙并不十分大,庙墙业已东坍西倒。两扇庙门只剩一扇倒在地下,受那风雨剥蚀,门上面的漆已脱落殆尽。院落内有一个钟楼,四扇楼窗也只剩有两扇。楼下面大木架上,悬着一面大鼓,外面的红漆却是鲜艳夺目。隐隐望见殿内停着几具棺木。这座庙,想是多年无人住持,故而落到这般衰败。赤城子在前走,正要举足进庙,猛看见庙中这面大鼓,"咦"了一声,忙又缩脚回来,伸手夹着英琼,飞身穿进钟楼里面。英琼正要问他带自己到此则甚,赤城子连忙止住,低声说道:"此刻不是讲话之时,适才在云路中遇见我两个对头,少时便要前来寻我,你在我身旁多有不便,莫如我迎上前去。这里有两枝何首乌,你饿时吃了,可以三五日不饥。三日之内,千万不可离开此地。如果到了三日,仍不见我回来时,你再打算走。往庙外游玩时,切记不可经过楼下庭心同大殿以内。你只要站在楼窗上头,纵到庙墙,再由庙墙下去,便无妨碍。此山名为莽苍山,这座庙并非善地。不听我的话,遇见什么凶险,我无法分身来救,不可任意行动。要紧,要紧!"说完,放下两枝巨如儿臂的何首乌,不俟英琼答言,一道白光,凌空而去。

英琼心高胆大,见赤城子行动果然是一位飞行绝迹的剑仙,已经心服口服。本想问他对头是谁,为何将自己放在这座古庙内时,赤城子业已走去,无可奈何,只得依言在钟楼中等候他回来再说。当下目送白光去后,回身往这钟楼内部一看,只见蜘蛛在户,四壁尘封,当中供的一座佛龛,也是残破不堪。英琼以一弱女子,来到这数千里外的深山古寺之中,吉凶未卜,满目凄凉,好生难过。几次想到庙外去看看山景,都因为慑于赤城子临行之言,不敢妄动。渐渐天色黄昏,赤城子还未见回转,觉着腹中饥饿,便将何首乌取了一枝来吃。满嘴清香甜美,非常好吃。才吃了半枝,腹中便不觉饿了。英琼恐怕赤城子要三二日才得回来,不敢任意吃完,便将剩余的一枝半何首乌,仍藏在怀中。将佛前蒲团上的灰尘扫净后,坐在上面歇息。愁一会,烦一会,又跑到窗前去远眺暝色。

这时天气也渐渐黑暗起来,一轮明月正从东山脚下升起,清光四射,照得庙前平原中千百株梅花树上疏影横斜,暗香浮动,一阵阵幽香,时时由风吹到，不由脱口叫出一声好来。赏玩一阵，顿觉心旷神怡，百虑皆忘。英琼毕竟是孩子心性，老想到庙外去，把这月色、梅花赏玩个饱，早忘了赤城子临行之言，待了一会，忍耐不住。这个钟楼离地三四丈，梯子早已坍塌，无法下去。英琼在峨眉练习过轻身术，受了她父亲的高明指点，早已练得身轻如燕，哪把这丈许远庙墙放在心上。当下站起来，脚一登，已由楼窗纵到庙墙，又由墙上纵到庙外。见这庙外的明月梅花，果然胜景无边，有趣已极。这时明月千里，清澈如昼，只有十来颗疏星闪动，月光明亮，分外显得皎洁。英琼来到梅花林中，穿进穿出，好不高兴。徘徊了好一会，赤城子仍是杳无音信，也不知他所遇的对头是何许人物，厉害不厉害，吉凶胜负如何，好生代他着急。

到了半夜，渐渐觉着有点夜凉，打算回到钟楼，将自己带来的小包裹打开，添一件衣服穿上，再作计较。一面心头盘算，便举足往庙里走去。美景当前，早忘了处境危险，此番进庙，因为顺便，便由正门进去。才走到钟楼面前，便看见架上那一面大可数抱的大鼓，鼓上面好似贴有字纸。暗想："这座破庙内，处处都是灰尘布满，单单这面大鼓，红漆如新，上面连一星星灰尘俱都无有，好生奇怪。"见那鼓槌挂在那里，好似又大又重，便想去取过来看看。猛听得殿内啾啾两声怪叫。英琼在这夜静更深，荒山古庙之内，听见这种怪声，不由毛发一根根直竖起来。猛想起适才头次进庙时，恍惚看见庙中停有几具棺材；赤城子临行时，又说此非善地。自己来时匆忙，只带了随身换洗衣服银两，不曾带得兵刃。越想心中越觉害怕，忍不住偷眼往殿内看时，月光影里，果然有四具棺材，其中一具的棺盖已倒在一边。英琼见无甚动静，略觉放心，也无心去把玩那鼓槌。正要返回钟楼时，适才的怪声又起，啾啾两声，便有一个黑东西飞将出来。英琼喊了一声："不好！"不管三七二十一，只一纵便上了墙头。定睛往下看时，原来飞出来的是一只大蝙蝠，倒把自己吓了一大跳。不禁"呸"了一声，心神甫定。

随即又有一阵奇腥随风吹到，耳旁还微闻一种咻咻的呼吸声。英琼此时已是风声鹤唳，草木皆兵。圆睁二目，四下观看，并无动静，知道自己神虚胆怯。正要由墙上纵到钟楼上去，忽听适才那一种呼吸声就在脑后，越听越近。猛回头一看，吓了一个胆裂魂飞。原来她身后正站着一个长大的骷髅，两眼通红，浑身绿毛，白骨嶙峋。并且伸出两只鸟爪般的长手，在她身后做出欲扑的架势。那庙墙缺口处，只有七八尺的高下，正齐那怪物的胸前。英琼本是做出要往楼上纵去的架势，在这危机一发的当儿，且喜没有乱了步数。英琼被那怪物吓了一跳，脚便落了空，幸那身子原是往前纵的，忙乱惊惶中顿生急智，趁那两脚还未着地之际，左脚搭在右脚上面，借劲使劲，只一纵，蜻蜓点水势地早纵到了钟楼上面。刚刚把脚站稳，便听见下面殿内的棺木发出轧轧之声。响了一会，接着又是砰砰几声大响，显然是棺盖落地的声音。接着又是三声巨响过去。再看刚才那个绿毛红眼的怪物，已绕到前门，进到院内，直奔钟楼走来，口中不住地吱吱怪叫。一会工夫，殿内也蹦出三个同样的怪物，都是绿毛红眼，白骨嶙峋，一个个伸出鸟爪，朝着英琼乱叫乱蹦，大有欲得而甘心的神气。英琼虽然胆大，也不由得吓出一身冷汗。幸喜那钟楼离地甚高，那四个怪物虽然凶恶，身体却不灵便，两腿笔直，不能弯转，尽管朝上直跳，离那钟楼还有丈许，便倒将下来。英琼见那怪物不能往上高纵，才稍放宽心。

惊魂乍定后，便想寻一些防身东西在手上，以备万一。在钟楼上到处寻觅，忽然看见神龛内的佛肚皮上，破了一个洞穴，内中隐隐发出绿光，好生诧异。伸手往佛肚皮中一摸，掏出一个好似剑柄一般的东西，上面还有一道符篆，非金非石，制作古雅，绿黝黝发出暗蓝光彩，其长不到七八寸。英琼在百忙中也寻不着什么防身之物，便把它拿在手中。再回头往楼下看时，那四个怪物居然越跳越高，几次跳到离楼窗只有三四尺光景，差这数尺，总是纵不上来。八只钢一般的鸟爪，把钟楼上的木板抓得粉碎。四个怪物似这般又跳了一会，见目的物终难到手，为首的一个好似十分暴怒，忽地狂啸一声，竟奔向钟楼下面，去推那几根木柱，意在把钟楼推倒，让楼上人跌下地来，再行嚼用。其余三个怪物见为首的如此，也上前帮同一齐动作。钟楼年久失修，早已腐朽，那四个怪物又都是力大无穷，哪经得起它们几推几摇，早把钟楼的木柱推得东倒过来，西倒过去。那一座小小钟楼，好似遇着大风大浪的舟船，在怪物八只鸟爪之下，摇晃不住，楼上的门窗木板，连同顶上的砖瓦，纷纷坠落下来。

英琼见势危急，将身立在窗台上面，准备钟楼一倒，就飞身纵上墙去逃走。主意才得拿定，忽地咔嚓一声，一根支楼的大柱，竟然倒将下来。英琼知道楼要倒塌，更不怠慢，脚一登，便到了庙墙上面。知道怪物不能跳高，见那大殿屋脊也有三丈高下，便由墙头纵了上去。悄悄伏在殿脊上面，用目往下偷看时，忽听哗哗啦啦之声。接着震天的一声巨响，一座钟楼竟被怪物推倒下来。又是咚的一声，一根屋梁直插在那面红鼓上面，将那面光泽鉴人的大红鼓穿了一个大洞。那四个怪物起初推楼时节，一心一意在做那破坏工作,不曾留心英琼逃走。及至将楼推倒,便往瓦砾堆中去寻人来受用。八只钢爪起处,月光底下瓦砾乱飞。那怪物翻了一阵,寻不见英琼,便去拿那面鼓来出气,连撕带抓,早把那面鼓拆了个粉碎。同时狂叫一声,似在四面寻找。忽然看见月光底下英琼的人影,抬头便发现了英琼藏身所在。这四个怪物互相吱吱叫了数声,竟分四面将大殿包围,争先恐后往殿脊上面抢来。有一个怪物正立在那堆破鼓面前,大概走得性急,一脚踹虚,被那破鼓膛绊了一跤。原来这四个怪物是年代久远的僵尸炼成,虽然行走如飞,只因骨骼僵硬,除两手外,其余部分都不大灵活。跌倒在地下,急切间不容易爬起。其余三个怪物已有两个抓住殿前瓦垄,要纵上殿脊上去。英琼百忙中想不出抵御之法,便把殿顶的瓦揭了一摞,朝那先爬上来的两个怪物顶上打去。

第四十六回

步明月　古寺斗僵尸
玩梅花　擒龙得宝剑

话说李英琼忙乱中用殿瓦向怪物打去,只听咔嚓连声,那怪物叫了两声,越加显出愤怒的神气,好似并不曾伤着什么。幸而那殿年久失修,椽梁均已腐烂。那怪物因为抓住瓦垄,身子悬在空中,还是纵不上去,着急一使劲,整个房顶被它扯断,连那怪物一齐坠到地下。英琼这时正是心惊胆落,眼观四面,耳听八方。防了这面,刚打算觅路逃走,忽见在破鼓堆中跌倒的那个怪物,从那破烂鼓架之中,拾起一个三尺来长、四五寸方的白木匣儿,匣儿上面隐隐看出画有符箓。这种僵尸最为残忍凶暴,见要吃的生人不能到手,又被那木匣绊了一跤,越加愤怒。不由分说,便把那木匣拿在手中,只一抓一扯之间,便被它分成两半。还待再动手去粉碎时,木匣破处,滋溜溜一道紫光冲起,围着那怪物腰间只一绕,一声惨叫,便被分成两截,倒在地下。那从房檐坠下的两个怪物,刚得爬起,还要往上纵时,忽听同伴叫声,三个怪物一齐回头看时,只见它们那个同伴业已被腰斩在地。月光底下,一团青绡紫雾中,现出一条似龙非龙的东西,如飞而至。那三个怪物想是知道厉害,顾不得再寻人来吃,一齐拔腿便逃。那条紫龙如电闪一般卷将过来,到了三个怪物的身旁,只一卷一绕之间,一阵轧轧之声,便都变成了一堆白骨骷髅,拆散在地。

那龙除了四个怪物,昂头往屋脊上一望,看见了英琼,箭也似的蹿了上来。英琼只顾看那怪物与龙争斗,竟忘了处境的危险。在这刻不容缓的当儿,才想起:"那几个怪物不过是几具死人骸骨,虽年久成精,又不能跳高纵矮,自己有轻身的功夫,还可以躲避。这条妖龙一眨眼工夫,便将那四个怪物除去,自必更加厉害。还不逃走,等到何时?"想到这里,便将身体用力一纵,先上了庙墙,再跳将下去。这时,那条龙已纵到离她身旁不远。英琼但觉一阵奇寒透体袭来,知道那龙已离身后不远,不敢怠慢,亡命一般逃向庙前梅林之中。那条龙离她身后约有七八尺光景,紧紧追赶。英琼猛一回头,才看清那条龙长约三丈,头上生着一个三尺多长的长鼻,浑身紫光,青烟围绕,看不出鳞爪来。英琼急于逃命,哪敢细看。因为那龙身体长大,便寻那树枝较密的所在飞逃。这时已是三更过去,山高月低,分外显得光明。庙前这片梅林约有三里方圆,月光底下,清风阵阵,玉屑朦胧,彩萼交辉,晴雪喷艳。这一条紫龙,一个红裳少女,就在这水晶宫、香雪海中奔逃飞舞,只惊得翠鸟惊鸣,梅雨乱飞。那龙的紫光过处,梅枝纷纷坠落,咔嚓有声。

英琼看那龙紧追身后,吓得心胆皆裂,不住地暗骂:"赤城子牛鼻老道,把我一人抛在此地,害得我好苦!"正在舍命奔逃之际,忽见梅林更密,一棵大可数抱的梅树,正在自己面前。便将身一纵,由树杈中纵了过去。奔走了半夜,满腹惊慌,浑身疲劳,落地时不小心,被一块山石一绊,一个失足,跌倒在地,又累又怕,手足瘫软,动弹不得。再看那条龙,也从树杈中蹿将过来。不由得长叹一声道:"我命休矣!"这时英琼神疲力竭,慢说起来,连动转都不能够,只好闭目听那龙来享用罢了。英琼自觉转眼身为异物,谁知半天不见那龙动静。只听风声呼呼,一阵阵寒梅幽香,随风透进鼻端。悄悄偷眼看时,只见月光满地,疏星在天,前面的梅花树无风摇动,梅花如雪如雾,纷纷飞舞。定睛往树杈中看时,那条龙想是蹿得太急,夹在那大可数抱的梅树中间,进退不得,来回摇摆,急于要脱身的神气。

英琼终于惊魄乍定,知道此乃天赐良机,顾不得浑身酸痛,站起身来,便想寻一块大石,将那龙打死。寻了一会,这山上的石头,最小的都有四五尺高,千百斤重,无法应用。英琼看那龙越摇越疾,那株古梅的根也渐渐松动,眼看就要脱出。此时她正在一块大石旁边,急切间随手将适才得来的剑柄往那石上打了一下。只听得锵然一声,那五六尺方圆的巨石,竟然随手而裂。英琼起初疑是偶然,又拿那剑柄去试别的大石时,无不应手而碎,才知自己在无意中得了一件奇宝。正在高兴,那龙摇摆得越加厉害。左近百十株梅树,随着龙头尾的上下起伏,好似云涛怒涌,有声有色。忽然首尾两头着地,往上只一拱,这一株大可数抱、荫被亩许的千年老梅,竟被带起空中十余丈高下。龙在空中只一个盘旋,便把夹在它身上的梅树摔脱下来。那初放的梅花,怎经得起这般剧烈震撼,纷纷脱离树枝,随风轻飏,宛转坠落,五色缤纷,恰似洒了一天花雨。月光下看去,分外显得彩艳夺目。直到树身着地有半盏茶时,花雨才得降完,从此化作春泥。英琼虽在这惊惶失措之间,见了这般奇景,也不禁神移目眩。

说时迟，那时快，那龙摆脱了树，似有物牵引，哪容英琼细赏这明月落花，头一掉，便直往英琼身畔飞来。英琼猛见紫光闪闪，龙已飞到身旁，知道命在顷刻，神慌意乱，把手中拿的剑柄错当做平时用的金镖，不管三七二十一，朝着那龙头打去，依稀见一道火光，打个正着。只听当当两声，紫光一闪。英琼明知这个妖龙决非一镖可了，手中又别无器械。正在惶急，猛见自己旁边有两块巨石，交叉处如洞，高约数尺。当下也无暇计及那龙是否受伤，急忙将头一低，刚刚纵了进去，眼睛一花，看见对面站着一个浑身穿白怪物。只因进得太猛，后退不及，收脚不住，撞在那白怪物手上，便觉头脑奇痛，顿失知觉，晕倒在地。耳旁忽听空中雕鸣，心中大喜。急忙跑出洞来一看，那白衣怪物业已被神雕啄死。一雕一龙正在空中狠命争斗，鳞羽乱飞，不分上下。英琼见神雕受伤，好生心疼，便将身旁连珠弩取将出来，朝着那龙的二目射去。那龙忽然瞥见英琼在下面放箭，一个回旋，舍了神雕，伸出两只龙爪，直向英琼扑来。

　　英琼心一慌，"哎哟"一声，坠落在身旁一个大水潭之中。自己不熟水性，在水中浮沉片刻，只觉身上奇冷，那水一口一口地直往口中灌来。一着急，"哎呀"一声，惊醒过来一看，日光照在脸上，哪里有什么雕，什么龙？自己却睡在一个水潦旁边。花影离披，日光已从石缝中射将进来，原来这洞前后面积才只丈许。神思恍惚中，猛想起昨日被赤城子带到此山，晚间同怪物、妖龙斗了一夜。记得最后逃到这石洞之中，又遇见一个白衣怪物，将自己打倒。适才莫不是做梦？想到这里，还怕那妖龙在外守候未走，不敢轻易由前面出去。悄悄站起来，觉着周身作痛，上半身浸在积水之中，业已湿了半臂。待了一会，不见动静，偷偷往外一看，日光已交正午。梅花树上翠鸟喧鸣，空山寂寂，除泉声鸟鸣外，更无别的丝毫动静。敛气屏息，轻轻跑出洞后一看，只见遍山梅花盛开，温香馥郁，直透鼻端。有时枝间微一颤动，便有三两朵梅花下坠，格外显出静中佳趣。这白日看梅，另是一番妙境。

　　英琼在这危疑惊惶之中，也无心观赏，打算由洞后探查昨日战场，究竟是真是幻。走不多远，便看见地下泥土坟起，当中一个大坑，深广有二三丈，周围无数的落花。依稀记得昨晚这里有一株绝大梅树，那龙便夹在此中。后来将这梅树拔起，脱身之后，才又来追逐自己。又往前行不远，果然那大可数抱的古梅花树横卧地下，上面还卧着无数未脱离的花骨朵，受了一些晨露朝阳，好似不知根本已伤，元气凋零，皮之不存，毛将焉附，而依然在那里矜色争艳，含笑迎人。草木无知，这也不去管它。

且说英琼一路走来,尽是些残枝败梗,满地落花,昨日的险境战迹,历历犹在目前,这才知道昨晚前半截不是做梦。走来走去,不觉走到昨日那座庙前,提心吊胆往里一望,院前钟楼坍倒,瓦砾堆前只剩白骨一堆,那几个骷髅龇牙咧嘴,好不吓人,不由出了一身冷汗。不敢再看,回头就跑。一面心中暗想:"此地晚上有这许多妖怪,赤城子又不回来,自己又不认得路径,在这荒山凶寺之中,如何是了?"越想越伤心,便跑进梅林中痛哭起来。哭了一会,觉着腹中有些饥饿,想把身旁所剩的何首乌,取出嚼了充饥,便伸手往怀中一摸。猛想起昨晚在钟楼佛肚皮中,得了一个剑柄,是一个宝贝。昨晚在百忙中,曾误把它当作金镖去打那妖龙,如今不见妖龙踪影,想必是被那剑柄打退。此宝如此神妙,得而复失,岂不可惜?当下不顾腹中饥饿,便跑到刚才那两块大石前寻找。刚刚走离那两块大石还有丈许远近,日光底下,忽见一道紫光一闪,疑是妖龙尚未逃走,吓得拨转身来回头便逃。跑出去百十步,不见动静,心中难舍,仍由来路悄悄地一步一步走近前来看时,那道紫光仍在映日争辉。爹着胆子近前一看,原来是一柄长剑。取在手中一看,那剑的柄竟与昨日所见的一般无二,剑头上刻着"紫郢"两个篆字。这剑柄怎会变成一口宝剑?十分奇怪。拿在手中试了试,非常称手,心中大喜。随手一挥,便有一道十来丈长的紫色光芒。把英琼吓了一大跳,几乎脱手抛去。她见这剑如此神异,试了试,果然一舞动,便有十余丈的紫色光芒,映着日光耀眼争辉。仔细一看,不禁狂喜起来。只可惜这样一口干将、莫邪般的至宝,竟无一个剑匣,未免缺陷。

英琼正愁没有兵刃,忽然无意中得着这样神奇之物,不由胆壮起来。心想:"既有剑,难道没有匣?何不在这山上到处寻找?也许寻着也未可知。好在有宝剑在身,又是青天白日,也不怕妖怪出来。"当下仍按昨日经行之路寻觅,寻来寻去,寻到那株卧倒的梅树跟前,已然走了过去,忽觉手中的剑不住地震动。回头一看,见树隙中好似一物在日光底下放光。近前一看,树隙缝中正夹着一个剑匣。这才恍然大悟,昨晚鼓中的龙,便是此剑所化。又是喜欢,又是害怕:喜的是得此神物,带在身旁,从此深山学剑,便不畏虎狼妖鬼;怕的是万一此剑晚来作怪,岂不无法抵御?仔细看那剑柄,却与昨日所失之物一般无二。记起昨晚曾用此剑柄去打妖龙,觉得发出手去,有一道火光,莫非此宝便是收服那龙之物?想了一会,毕竟心中难舍,便近前取那剑匣。因已深陷木缝之中,英琼便用手中剑只一挥,将树斩断,落下剑匣。将剑插入匣内,恰好天衣无缝,再合适不过,心中高兴到了万分。将剩的何首乌,就着溪涧中山泉吃了半截。又将剑拔出练习剑法,只见紫光闪闪,映着日光,幻出无边异彩。

周身筋骨一活动,登时身上也不酸痛了,便在梅林中寻了一块石头坐了歇息。本想离开那座庙,另寻一个石洞作安身之所,又恐怕赤城子回来无处寻觅自己;欲待不离开此地,又恐晚来再遇鬼怪。想了一阵,无法可施。猛想起自己包裹、宝剑、银两还在钟楼上,如今钟楼已塌,想必就在那瓦砾堆中。莫如趁这大白天,先取出来再定行止。当下先把那口紫郢剑拿在手中,剑囊佩在身旁,壮着胆子往前走。走近去先寻两块石头,朝那堆骷髅打去,不见什么动静,这才略放宽心。走近前去,那堆骷髅经日光一晒,流出许多黄水,奇臭熏人。英琼一手提剑,一手捏鼻,走到钟楼瓦砾堆中一看,且喜包裹、宝剑还在,并未被那怪物扯破,便取来佩在身旁。不敢再留,纵身出墙。随即从包裹中取出衣裳,将湿衣换下包好,背在身上。又等了一会,已是未末申初,赤城子还不见回转。想起昨晚遇险情形,心中犹有余悸,不敢在此停留,决计趁天色未黑,离开此山,往回路走。心想:"赤城子同那女剑仙既想收我为徒,必然会再到峨眉寻我。我离开此地,实在为妖怪所逼,想必他们也不能怪我。包裹内带有银两,且寻路下山,寻着人家,再打听回去的路程。"

主意拿定后,看了看日影,便由山径小路往山下走。她哪里知道,这莽苍山连峰数百里,绵亘不断,她又不明路径,下了一座山,又上一座山。有时把路径走错,又要辨明风向日影,重走回来。似这样登峰越岭,下山上山,她虽然身轻如燕,也走得浑身是汗,遍体生津。直走到天色黄昏,仅仅走出去六七十里。夜里无法认路,只得寻了一个避风所在,歇息一宵。似这样山行露宿了十几天,依然没有走出这个山去。且喜所得的紫郢剑并无变化,一路上也未遇见什么鬼怪豺虎。而且这山景物幽美,除梅林常遇得见外,那黄精、何首乌、松仁、榛栗及许多不知名而又好吃的异果,却遍地皆是。英琼就把这些黄精果品当作食粮,每次发现,总是先包了一大包,够三五日食用,然后再放量一食。等到又遇新的,便把旧的弃掉,又包新的。多少日子未吃烟火,吃的又都是这种健身益气延年的东西,自己越发觉得身轻神爽,舒适非常。只烦恼这山老走不完,何时才能回到峨眉?想到此间,一发狠,这日便多走了几十里路。照例还未天黑,便须打点安身之所,谁知这日所上的山头,竟是一座秃山,并无理想中的藏身之所。

上了山头一看,忽见对面有一座峰头,看去树木蓊翳,依稀看见一个山凹，正好藏身隐蔽。好在相离不远，便连纵带走地到了上面，一看果然是一片茂林。最奇怪的是茂林中间，却现出一条大道，宽约一丈左右。道路中间寸草不生，那大可二三抱的老树连根拔起，横在道旁的差不多有百十株。道旁古树近根丈许地方，处处现出擦伤的痕迹。英琼到底年幼不解事，这一路上并未见过虎豹，胆子也就越来越大。见这条大路长约百十丈远，尽头处是一个小山壁，便不假思索，走近一看，原来孤壁峭立，一块高约三丈的大石，屏风似的横在道旁。绕过这石再看，现出一个丈许方圆的山洞，心中大喜。只因连日睡的所在，不是岩谷，便是树腹，常受风欺露虐，好容易遇见这样避风的好所在，岂肯放过。又不假思索地走了进去，恰好洞旁现有一块七八尺宽的平方巨石，便在上面坐下，取出沿路采来的山果黄精慢慢嚼吃。

一会工夫，一轮大半圆的明月挂在树梢，月光斜照进洞，隐隐看见洞的深处，有一堆黑茸茸的东西。心中一动，渐渐回忆起前数日的险境，不由心虚胆怕起来。先取了一块石头，朝那一堆黑东西打去，噗的一声，好似打在什么软东西上面，估量是一堆泥土，才放宽了心。便把包裹当了枕头，将宝剑压在身下，躺在那里望月想心事。年轻人瞌睡原来得快，加以连日山行，未免劳乏，不知不觉间便沉沉睡去。睡到半夜，英琼恍惚听见锵锒一声。醒来一看，天气昏黑非常，自己心爱的那口宝剑掉在地下，紫光闪闪，半截业已出鞘。想是睡梦中不小心，翻身时节将它碰到地下。英琼连日把那口宝剑爱逾性命，便将它还匣，抱在怀中。见天还黑得厉害，重又倒下再睡。不知怎的，翻来覆去总睡不着。勉强将眼闭上养神，又觉得浑身毛焦火燎，好似心神不定。暗想："这几日月色都是非常之好，怎么今天会这样黑法，连星光都看不见？要说是变天，怎么又听不见风雨之声？"

她睡的那块石头，原离洞口不远，便想伸手到洞外去试试。正要从黑暗中摸到洞口去时，谁知石头上放的那口宝剑又锵锒一声，一道紫光闪出丈许，把英琼吓了一跳。疑心那剑又要化龙飞去，顾不得再看天色，急忙纵将过来，把那剑抢到手中看时，那剑已无故蹿出了大半截来，英琼好生惊异。猛想起："过去常听爹爹说过，凡是珍奇宝剑，遇有凶险事情发生，必定预先报警。此剑已深通灵性，刚才我睡梦之中，也曾锵锒一声，莫非今晚又有什么凶兆应在我的头上？"便对手中宝剑说道："你如真有灵应，倘使我今晚要遇见什么不好的事，你就再响一声。"言还未了，那剑果然又是锵锒一声，出匣半截，紫光影里，不觉照在面前石头上面。英琼大吃一惊，暗想："我记得这是昨日进来的洞口，哪里来的石头？"好生诧异。近前一摸，正是一块大石,业将洞门封闭。用手尽力推开,这块石头恐怕重有上万斤,恰似蜻蜓撼石柱,休想动分毫。不由把英琼急出一身冷汗。正在心中焦急,猛一回首,看见地下一道白光,吓了一跳。定睛看时,原来是太阳的光斜射进来。才明白时间已是不早,适才洞门被石头封闭,所以显得黑暗,并不是天还未亮。洞中有了日光,能依稀辨出洞中景物。昨晚自己认为是一个土堆的那一团黑东西,原来是一些野兽的皮毛骨角,堆在洞的一角,约有七八尺高,一阵阵腥臭难闻。

英琼见洞门被石头封锁,便想另觅出路。先将紫郢剑放出,一路舞,一路往洞内寻找,借着日光和剑上发出的紫光寻觅出路。将这洞环行了一遭,不禁大为失望,原来这个洞竟是死洞。把英琼急得像钻窗纸的苍蝇一般,走投无路。明知此洞绝非善地,越想心中越害怕。坐在那块石头上,对着石缝中射进来的日光寻思了一阵。忽然暗骂自己一声:"蠢东西,我又不是不会爬高纵矮,何不从那石头缝中爬了出去?"从这阴霾愁险中,忽然发现这一线生机,立时精神倍增。恰好那块石头立脚之处甚多,英琼用手试了试,将身一纵,已攀住那个缺口。一比那个口径,最宽的所在不到四寸,只能望得见外面,想出去却比登天还难,心中重又焦急起来。不知不觉中从那缺口向外望时,猛看见对面山头上来了一个巨人,赤着上半身,空着两只手,看它脚步生风,正往这面山头走来。英琼心中大喜,正要呼救,猛一寻思:"我在此山行走多日,并未遇见一点人迹兽迹。这山离那对面山头,约有半里多路,怎么看去那样大法?并且那人并未穿着衣服,不是妖怪,也定是野人。"想到这里,便不敢出声,胆寒起来。

正想之间,那人已走向这边山上,果然高大异常,那高约数丈的大树,只齐它胸前。英琼不禁叫了一声"哎呀",吓得几乎失手坠了下去。再看那巨人时,竟朝石洞这面走来,那沿路大可数抱的参天古树,碍着一些脚步的,便被它随手一拔,就连根拔起,拉倒道旁。英琼才明白昨日路旁连根拔倒的那些大树,便是这个怪物所为。虽然心中越发害怕,还是忍不住留神细看。这时那巨人已越走越近,英琼也越加看得仔细。只见这个怪物生得和人一般无二,果然高大得吓人:一个大头,约有大水缸大小。一双海碗大的圆眼,闪闪放出绿光。凹鼻朝天,长有二尺。血盆一般的大嘴,露出四个獠牙,上下交错。一头蓝发,两个马耳长约尺许,足长有数丈,粗圆约有数尺。两手大如屏风。浑身上下长着一身黄毛,长有数寸。从头到脚,怕没有十来丈长。英琼看得出了神,几乎忘记害怕。忽然眼前一暗,一股奇腥刺鼻,原来那怪物已走近洞前。那洞口齐它膝部，外面光线被它身体遮蔽，故而黑暗。英琼猛觉得石头一动，便知危机已迫，不敢怠慢。刚刚将身纵下石来，忽听耳旁哗啦一声巨响，眼前顿放光明，知道洞口石头已被怪物移开。急忙将身纵到隐蔽之所，偷偷用目往外看时，只见洞口现出刚才所见那个怪物的脑袋，两眼发出绿光，冲着英琼龇牙一个狞笑。把英琼吓得躺在一旁，连大气也不敢喘出。幸喜那怪物的头和身子太大，钻不进来，只一瞬间，便即退去。一会工夫，又有一只屏风般大、两三丈长的手臂平伸进来，张开五指粗如牛腿、长约数尺的毛手，便往英琼藏身之处抓来。只吓得英琼心惊胆裂，急忙将身一纵，从那大毛手的指缝中，蹿到洞的左角。那大毛手抓了一个空，便将手四面乱捞乱抓起来。英琼到了这时，也顾不得害怕，幸喜身体瘦小灵便，只在那大手的指缝中钻进钻出。那怪物捞了半天，忽然那毛手退出。

欲知究竟，请看下回。

第四十七回

斩巨人　马熊报恩
摘朱果　猩猩殒命

　　那怪物又低下头来看了看，重又将那大毛手伸进洞来，恰似小孩子在金鱼缸中捞金鱼一般，眼看到手，又从手缝中溜了出去，愤怒非常，震天动地般狂吼一声，那只毛手捞得越发加紧起来。英琼在这危机一发之间，越加不敢急慢，在这石洞毛手之间纵过来跳过去，只累得浑身是汗，遍体生津，腰中又带着那一柄长剑，碍手碍脚。忽然一个不留神，英琼在右壁角，那怪物的毛手伸将过来，英琼刚要纵起身来，被那柄长剑在两腿中间一绊，险些栽倒，眼看那大毛手已离身旁只有尺许，稍一迟延，怕不被它捏为齑粉。还算英琼天生神勇，急中生智，见毛手到来，将身往后便倒，让过巨人毛手，自己右手着地，一个金鲤跳龙门的姿势，平斜着蹿到洞口一个石缝中潜伏。

　　惊魂乍定，暗怪自己带的这口宝剑累赘误事。猛想起："此剑当初诛那四个僵尸并不费力，只一转瞬间就散成一堆白骨。它又能够变化神龙，发出十来丈的紫光。这个大手紧紧追逼，似这样逃来逃去，何时是了？自己想是吓糊涂了，竟会把这样奇珍异宝忘记。"不由暗骂自己一声"糊涂虫"。想到此地，已把宝剑出匣，擎在手中。那剑想是知道今日英雄已有用武之地，上面发出来的紫光，竟照得全洞皆明。那怪物的大毛手，起初不知道英琼藏在洞口石缝之中，只往深处乱捞。捞了一阵捞不着，正在急怒，英琼已打好主意。剑才出匣，那怪物好似已有了觉察，刚要将手退出洞去，英琼的剑光已不由英琼做主，竟自动地卷了过去。紫光影里，那怪物的大毛手指，已被剑光斩断两个下来，血如涌泉一般，直冒起丈许高下。那怪物受了重创，狂吼一声，那毛手很迅速地退了出去。英琼看见洞口现出亮光，在这间不容发之间，急智顿生。心想："这洞内逼厌，又无出路。那怪物既怕这口宝剑，何不趁它大手退出时纵到外面，与它分个死活？倘若侥天之幸，将它除去，也好为这附近几百里的生物去一大害。"想到此际，雄心陡起，把适才害怕忧愁之念化为乌有。英琼生有异禀，心思异常敏锐，她这种想头，只在一转瞬间。那怪物原是蹲在地下，将手伸进洞中去捞，被英琼紫郢剑斩了二指，痛楚入骨，便知不妙，急忙将手退出。刚站起身来，英琼在它腿缝中间纵了出去。

说了半天，那赤城子既引英琼前去拜师，为何半路上又将她抛在莽苍山凶寺之中，一去不返？除英琼斗龙，最后逃入石洞，被白衣怪物打倒入梦（那白衣怪物，是月光照在石头上面，被英琼眼花误认），以及她收脚不住，将头撞在石头上跌倒，误当作被怪物所击外，再有那凶寺中的四具将成旱魃的僵尸，红鼓中所藏先化神龙的紫郢剑，是何人所留？此山天气，为何这般温暖？以后英琼再到莽苍山盗取温玉，马熊二次报德，发现长眉真人留的石碣，那时自有交代，这且不言。不佞先向各位阅者补叙这巨人的来历。

自古深山大泽，多生龙蛇；无人迹的深谷古洞，常有许多山魈木客之类盘踞其中。这个巨人，便是山魈之一类，岁久通灵，力大无比。英琼所卧的那个石洞，便是它储藏食物之所，它擒来山中野兽生物，便拿来储藏在内，再用洞口那三丈高下的石屏风来封闭，以防逃逸。昨晚英琼睡在洞中，被它今晨走过发现。想是它当时不饿，防这小女孩逃走，才用石头将洞门封锁。那石屏风甚重，何止万斤，慢说英琼，无论有多大力量的野兽，也休想推动分毫。它将洞口封闭时节，英琼得的那口紫郢剑原是神物，忽然出匣长啸示警，将英琼从梦中惊醒。等到英琼发现洞门被石头封锁时，这个山魈业已回转，照往日习惯，先低下头来看了看，再伸手进洞去捞将出来食用。不想会被英琼的紫郢剑削去二指，愤怒非常，暴跳如雷，两个大毛脚登处石破天惊，毛手起处树飞根绝。正用左手拔起一根大树，想塞进洞去，将那仇人捣死，英琼已从它两腿中间溜了出来。

那怪物低头一看，怒发千丈，张开屏风般大的大毛手，便来捉英琼。英琼出来后，先将身体连连数纵，已纵离那山魈数十丈远。回头一看，只见那怪物果然生得凶恶高大，自己的头仅仅齐它脚髁。瞪着两只绿眼，张开血盆大口，伸出两只黄毛披拂的大手，追将过来。英琼虽然仗着宝剑的厉害，知道这个怪物身材高大，力大无穷，倘一击不中要害，被它抓着一点，便要身遭惨死。因此不敢造次，仗着身体灵便，只拣那树林密处，满树林乱纵乱跑。那山魈见英琼跳纵如飞，捞摸不着，惹得性发如雷，连声吼叫追逐，砰砰之声，震动山岳。英琼虽然身灵性巧，从清早跑到这正午时分，也累得力尽神疲。末后一次，那山魈好似有点气力不佳，追逐渐慢。英琼刚隐身在一棵大树身后，纵到那枝叶密处藏躲。那山魈好似不曾看见，背朝着英琼，在那四处寻找。英琼暗喜那怪物不曾看见，正想喘息片刻，用一个什么巧招，将它斩首。谁知那山魈更比她来得狡猾。英琼剑上的紫光，更是一个特别记号，人到哪里，光到哪里。它见英琼纵跃如飞，不易到手，等英琼纵上树去，故意用背朝着英琼，装作向前寻找模样，身子却渐渐往英琼身旁退来。这树虽然高大，只齐那怪物颈边。英琼喘息甫定，见那怪物退离树旁不过数丈，伸手可到，虽然以为怪物并未看见自己，却也不敢怠慢。正要往别的树上纵去，谁知那怪物离树切近，猛一回头，狂吼一声，伸开两只长有数丈的手，向那株大树抱来。那树被山魈一抱，树枝咔嚓连声，响成一片，纷纷折断下来。英琼正站在离地三四丈高下的树枝上，刚要往上纵起时，忽见那怪物如飞一般旋转身子，连人带树抱来，不由大吃一惊，知道中了怪物的诡计。急忙一个鹞子翻身，溜跳下来，离地丈许，将两脚横起，以树身一垫，来个水蛇扑食势，横着身子斜穿出去。原预备就势再蹿到别的树上去，累了半日，一个收不住劲，脚刚着地，正看见那怪物业已抱紧那树，一只断了二指的血手鲜血淋漓，那一只左手正往英琼藏身所在乱摸。

起初，英琼未尝不想用剑去诛那怪物。皆因那山魈的手生得太长，身体太高，若要刺它致命所在，剑未到，已先被它两手所伤，即使将它杀死，自己也难逃活命。也是她初得紫郢剑，尚不知道它的妙用的缘故；又受了李宁真传武功要诀，讲究我到人不到、我先到胜人后到的影响：所以白累了半日，几乎误事。这时见那怪物紧抱树身，正在找寻，并未发觉自己溜将下来，正是绝好下手机会，稍纵即逝，怎敢怠慢。脚刚沾地，便用力一垫，一个燕子穿云势，将身纵起有四五丈高下，一横手中紫郢剑，用尽平生之力，奋起神威，就势朝那山魈身后拦腰斩去。手才起处，那宝剑已化十来丈长的紫光，脱手飞去，连那山魈和那株大树只一绕。英琼在空中使不得力，原是借劲使劲，把吃奶的力气都使了出来。忽见手中宝剑凭空脱手飞出，疑心自己使过了劲，一时失手，大吃一惊。"哎呀"一声，一个风卷残花势，倒翻筋斗，刚要落下地来觅路逃生，耳旁猛听那怪物狂吼一声，吓得英琼心胆皆裂。接着又是轰隆咔嚓几声巨响，树身折断，地下尘土腾起有二三丈上下。震得英琼目眩神昏，心摇体战，落地时节一个站立不稳，伏在地下吓晕过去。待了一会，才得苏醒过来，觉得身旁腥味扑鼻，身上有好几处湿乎乎的，疑是自己落在怪物手中。急忙偷眼一看，适才那怪物业已齐腰变成两个半截，死在地下。怪物身上的血，竟像山泉一般，直往低洼处流去。

英琼正趴在一个血泊之中，知那怪物已被自己紫郢剑所斩，好不高兴。

顾不得周身疼痛，正想起立去看个究竟，忽听四周咻咻之声。忙回身往外一看，离自己身旁有五六丈远近，伏着大大小小成千成百的大马熊，除怪物死的那一面没有外，身左身右同身后到处皆是。一个个俱是马首熊身，长发披拂，身体庞大，状态凶猛。头上生着一只独角，后足微屈，前足双拱，跪在那里，瞪着一双红眼，望着英琼，动也不动。这一种马熊，乃是狻猊与母熊交合而生。狻猊头生独角，遍体花鳞，吼声如鼓，性最猛烈，能食虎豹。那熊也是山中大力猛兽。这两种厉害野兽配合而生马熊，其凶猛可知。英琼从小娇生惯养，几曾见过这般厉害凶猛的东西，而且为数又太多。三面俱被包围，任你天大本事，也难逃走。何况累了这大半天，业已筋疲力竭，浑身酸痛。自己一口宝剑适才又脱手飞去，想去寻回抵御，已来不及。不由长叹一声："我命休矣！"便想往山石上撞死，免得生前被那些猛兽分食之惨。刚把身体站起，二足酸软得竟不受自己使唤，一个站立不稳，重又坐下。看了看四围的马熊，一动也不动，见英琼坐下，反把前爪合拢，朝着英琼连连拱揖起来。

英琼偷偷往四外一看，这成千成百的马熊，个个都是如此拱揖，好生奇怪。忽然灵机一动，娇叱一声道："我李英琼蒙神仙赐我紫郢剑，专与世人除怪诛妖。适才那个大怪物，又被俺斩成两段。尔等这些无知孽畜，竟敢包围于我，难道欺我匣中宝剑不利么？"说到此地，无心中随手往身后一摸，忽然觉着手触剑柄。心想："难道刚才吓糊涂了，宝剑并未脱手？"虽然这么想，还不敢骤然就看。后来越摸越像，手拿剑柄轻轻一拔，锵的一声，宝剑出匣，紫光闪闪，仍是那口宝剑。心中大喜，立时胆壮起来。也不暇计那剑怎么还在匣中，勉强将身站起，将手中剑朝那群马熊一指，喝道："尔等这群孽畜，急速退去！否则俺宝剑飞来，休想活命！"果然那些马熊非常害怕这口宝剑，剑才出匣，便都如飞后退了十余丈。可是仍不走散，一个个还是跪在地下，前足拱揖不住。英琼越发奇怪，不知这群野兽是什么用意。看它们神气，又不像伤人的样子。便喝问道："尔等朝我跪揖，不像要侵犯我的神气，莫非有求于我吗？"那些马熊听了，果然将头连点，又齐将前爪指英琼身后。英琼回头一看，猛想起昨晚洞中见的那堆兽骨，不禁恍然大悟，稍放宽心。重又喝问道："尔等见我替你们诛去那个大怪物，心中感恩，故而朝我跪揖，是不是？"那群马熊又连连拜揖不止。内中有两个最大的，竟向英琼面前膝行了几步，见英琼无甚动作，又往前行，渐渐相隔只有三五丈远，才跪在那里不动，只把前爪拱揖。

英琼估量那两个大马熊必是这些马熊的首领，看它们的神气，非常怕那宝剑，便将剑还匣，向它们说道："我原是无心替尔等除此大害，你们虽感恩，于我何益？如今怪物已除，更无用我之处，还不走去，等待何时？"那两个大马熊将头摇了摇，回身朝着后面指了两指，从口中发出了像打鼓一样的鸣声。便有十来个稍大一点的马熊，如飞绕向英琼身后而去。一会工夫，鼓声震地，在英琼两旁伏着的那些马熊，忽然一阵大乱，四散奔逃，一齐逃到英琼身后跪伏，各把前爪朝对面连指。英琼回身往那大怪物死处一看，对面尘土飞扬，山坡上十余只大马熊，口中发出鼓音，如飞往英琼立的所在逃来。后面相隔数十丈，一个巨人，与死的那个大怪物长得一般无二，发出与死怪物同样的狂吼，迈开大步，如飞追来。英琼这才明白马熊用意。因自己精力已疲，不敢轻易上前迎敌，忙将身体隐在一块大石后面，取出宝剑，相机行事。

那山魈原是一雄一雌，住在一个山洞。此山马熊最多，便是那山魈专门食品。今天雄山魈出来觅食，雌的正等得不耐烦，忽听洞外马熊吼叫与往日不同，它不知是诱敌之计，便追将出来。有一个马熊跑得稍慢，被那山魈追上，一把抓住颈皮，张开血盆大口，往颈间一咬一吸，便扔在地下，重又来追逃在前面马熊。英琼见这山魈这般凶猛，格外心惊，暗替自己适才侥幸。一会工夫，那山魈追到这边山上来，一眼看见雄山魈尸横就地，放下马熊不追，抱着那雄山魈上半截尸身，又跳又号，绿眼中流出来的泪滴有拳头般大小，神态非常好笑。那雌山魈号嗥一阵，又去细看那雄的伤口，好似去研究是如何死的。又低头寻思了一会，忽然暴怒起来，挨近它的大树，被它拔得满空飞舞，砂石乱落，如雨雹一般，叫人见了惊心动魄。那山魈正在那里号叫，被它无意中回首，看见英琼身旁发出来的紫光，并看出英琼藏身所在，就猛一回身，如飞向英琼身前扑来。

英琼正看得出神之际，忽觉眼前一黑，那雌魈迎面如飞扑到，顿时慌了手脚。知道那怪物手长，如果使剑迎刺，剑还未到，已被它手所伤，自己力尽筋疲，又不能再似先前般跳纵。急中生智，只好孤注一掷，趁那怪物手还未到，把手中紫郢剑朝着那怪物颈间飞掷过去。自己奋力使劲，往旁纵出丈许。正待再起身逃走时，只见那十来丈长的紫光过处，朝那怪物颈间一绕，一个大似水缸的大脑袋斩了下来。同时十丈左右长的尸身，连着那颗大头，扑通两声，凭空跌到尘埃。附近所在，树断石裂，尘土乱飞，约有盏许茶时，才得安静。那紫郢剑诛罢妖物，长虹般的紫光在空中绕了一个圈，竟自动回到英琼身旁剑匣之中，把英琼吓了一大跳。想不到此剑如此神异，心中大喜，抱着剑匣，连连感谢不止。

那些马熊见怪物被英琼所诛，一个个跳跃了一阵，走向两个死山魈面前，好似还有些畏惧，不敢骤然走近。末后那两个大的先用前爪往山魈身上抓了一下，不见动静，吼了一声。这千百马熊才一齐上前，四脚齐施，连咬带抓，一会工夫，这两个山魈只剩了一堆黄骨，拆散在地。英琼正看得起劲，忽觉腹中饥饿，便往先前洞中走去。幸喜衣服食粮俱未伤损，只是由家中带出来的那口家传宝剑，已被怪物大手折成两段了。连忙在洞中暗处换了血衣，走出洞来一看，这群马熊竟离洞门三丈远近，跪成一个圆圈，把英琼去路拦住。英琼一手拿着一枝黄精，正在食用，按剑说道："尔等大仇已报，为何还不放我上路，莫非恩将仇报么？"众马熊一齐摇头。那大的两个朝着英琼，用前爪比了又比，那个意思，好似叫英琼不要吃手中的黄精，接着从口中又发出先前的鼓音。当下便有十来个马熊分头走去。另有两个马熊走到一株树边，抱着一摇一拱，连根拔起，口爪齐施，把树枝折了个净尽。一个马熊抬一头，人立起来，抬到洞前。又有一个便骑了上去，抬走几步，重又放下，向着英琼指了指。英琼估量它是叫自己骑了上去，由它们抬走，虽然明白并无恶意，万一这些猛兽忽然野性发作，如何是好？又不知它们将自己抬往何方，到底有点不放心。眼看日色已交未初，天气还早，力竭神疲，得它们抬送一程，倒亦有趣。暗想："自己得这口剑，几次事先报警，我何不卜它一卜？"便问道："紫郢剑，这群野兽要抬送我过山，如果去得，你便长鸣两声；如果去不得，你便长鸣一声。我好打主意。"话犹未了，那剑果然锵锵两声。英琼心中大喜，便走近马熊跟前，纵上树身坐下。

那群马熊见英琼肯让它们抬走，一个个跳跃拱揖，好似十分欢喜。那两个大马熊，一个在前，一个在后，口中鼓声一响，这千百马熊竟前后左右，好似排队一般，抬了英琼，直往山下走去，走得非常迅速。连越过了好几个山头，末后到了一座山峰上去，满山峰尽是些奇花异草。刚刚上山不远，路旁现出有百十个马熊排列，一个个跪在地下，人立拱揖。再向前行数十步，远远望见一个大山洞。由十来个马熊领导，后面跟着一大群猩猩，每个猩猩双手捧着许多不知名的山果，飞也似的跑到英琼身旁，将手中捧的果品献上。英琼随意取了几个食用，一面由那抬树的两马熊抬着她向前行走。一会工夫，走到洞前一看，这个山洞竟高大异常。那一群马熊和猩猩，前呼后拥地将英琼抬进洞中，放下树身。英琼下来，举目往四处一看，这洞中竟是轩敞异常，约有百十丈宽广。当中一块高约二丈、宽约十余丈的巨石，上面满铺着许多兽皮。当下两个猩猩纵将上去，学人坐卧。随又跳将下来，拉了拉英琼衣袖,口中不住叫唤。英琼明白它的意思,便将身纵了上去坐下。再看下面,这成千成百的马熊,连着那许多猩猩,由洞里洞外,分成十数排,跪满了一地。另有十来个猩猩替换着将果品献上。

英琼正在随意食用,忽然看见果品当中有一种不知名的山果,血也似的通红,有桂圆般大小。剖将开来,白仁绿子,鲜艳非常。食在口中,甘芳满颊。可惜不多,只有十来个,一气把它吃完,觉着满腹清爽,精神顿长,把先时的疲劳一扫而空。知是山中奇珍,便将果皮拿在手中,朝那进食的猩猩说道:"此果甚好,可能领我去采些来带走么?"旁立那个猩猩闻言,似有难色,回转身来朝着它那些同伴叫了两声。当下便有十来个猩猩走出洞去,直走了半个多时辰,才回来了五六个,每个手中只取得一个朱果献上。又向旁立发令的那个猩猩哀嚎了几声。当下全洞中的猩猩都随着哀嚎起来。

英琼不知它们是何用意。只因贪看这些马熊、猩猩善解人意,又等猩猩采朱果,耽误了很大工夫。那洞中非常光亮,直到外面日色平西,尚不知道这座洞门正对西方。英琼正在那里指挥群兽,其乐洋洋之际,忽然看见洞外一轮落山红日,大有亩许,红光射进洞来,照得满洞通红。才知天已不早,不能上路,不禁着起慌来。再看洞外,依旧光明如昼,映着夕阳斜晖,幻出无边异彩。便想今晚暂且宿在此洞,明早再走。不过自己一个孤身幼女,处在这人迹不到的荒山,和这些猛逾虎豹的马熊,高大过人的猩猩同处,到底不能不有些顾虑。低头沉思了一阵,便对那些马熊、猩猩说道:"今日天黑,我已不能上路,意欲在你等洞中借宿一宵。尔等如果愿留我在此地,便皆急速全体退出洞去,以免我匣中的宝剑出来,误伤了尔等性命。"说罢,这千百马熊和那些猩猩,万鼓齐鸣地吼叫了几声,果然全体退出洞去,只留一个大猩猩在洞口侍立。

英琼见这些野兽能通人言,进退有序,非常欣喜。因时光还早,打算待一会再安睡。便跳下大石,信步走出洞外。见满山满野,尽是马熊栖息着。惟有那百十多个猩猩,却聚集在一个崖角下面,交头接耳,啼声凄厉。英琼虽然不通兽语,看去好似在商量什么似的。内中有一个老猩猩,便是适才指挥群猩的首领,正站在那里口鸣爪指,忽然回转身,见英琼走来,便长叫一声。众猩猩一齐回身,跪伏在地,朝着英琼不住地叩头。那老猩猩便走近英琼身旁跪将下来,拉了拉英琼襟袖。英琼便随它走近那猩群中一看,原来地下竟躺着五个已死的猩猩尸首。那老猩猩用前掌朝那死猩猩头上指了指。英琼俯身看时,这五个猩猩竟是一般死法:头上一个大洞,猩脑已空,看去好似被什么东西抓伤。内中一个,手中还紧捏着一个朱果。猛记起:"适才贪吃那红色异果,曾由十来个猩猩再去采寻,后来只回来了一半,采回的红色果子也不多。自己因为天近黄昏,原打算明早叫猩猩带路再去寻找,不曾放在心上。看这几个猩猩,想是为采红色果子而死。只为自己一时口腹之欲,损伤了几条生命,好生难过。而且这几具猩猩死法一样,决不是因采果子失足坠崖,定是此山还有什么怪物异兽。尝闻猩猩善于人言,偏偏此地猩猩能通意不能言,无法究问。我莫如也一半比,一半说,向这些猩猩盘问。倘若真有专吃猩脑的野兽,我便用身旁宝剑替它们除去,岂不是好?"想到此间,便朝那老猩猩问道:"看你那五个同伴死法,好似因为采那红色果子,被什么怪物所伤。你何不领我前往,替你除害如何?"话言未了,这些猩猩同时齐声长鸣点首。英琼见皓月正明,清光如昼,自己这口宝剑又是能收能发的神物,立时雄心顿起,便叫那老猩猩领路前去。那老猩猩摇头,用前掌朝着月亮指了指。英琼估量是夜间不便前往,便又问道:"你的意思,是说夜晚怪物不易寻觅?那末我明日再去如何?"那猩猩点了点头,又欢呼跳跃了一阵。便有十几个猩猩,将已死的五个猩猩尸体抬往山后而去。

英琼在月光底下闲眺了一会,回进洞中一看,仍是全洞光明,如同白昼,非常惊异,疑有异宝藏伏。满洞寻找了一个多时辰,并未发现,只得作罢安歇,夜间睡眠甚稳。洞中气候暖如初夏,较比连日辛苦饥寒,判若天壤。直睡到红日东升,也无一些其他异状。等到醒来,在石头上坐起。洞旁侍立的猩猩,看见英琼起身,长啸一声,立时鼓声震地,那洞外的猩猩、马熊,竟像潮涌一般蹿将进来。英琼几乎吓了一跳。这些马熊仍然排班匍匐,那百十个猩猩各捧花果献上。

英琼一一食用,仔细一看,并无昨日那种红色异果,才想起答应那些猩猩今日去替它们除怪。吃了一顿果子,先跑到洞外,寻那僻静所在,方便了一阵。重又进洞,站在石上说道:"我今日便要起身。尔等昨日去采那红色果子,曾有五个同类被害。可速领我前去除却,以免我走后又来为害生灵。"话言未了,猩猩、马熊又各鸣成一片。英琼将包裹整理好了,又将剩的朱果同许多好吃果品包好,纵身下地。众马熊立刻让出一条大道。那老猩猩立起身来,朝英琼长鸣了两声,便在前头领路。双方相隔约有丈许远近,那老猩猩一路走,一面不时回头看望。

当下猩猩在前,马熊在后,俱都低头慢走,不发一些鸣声,这寂寞的深山中,只听足声贴地,尘土飞扬。英琼随着那老猩猩越过了一个山头,那些马熊俱都停步不前,只由老猩猩领着英琼转到一个峭壁后面。忽然迎面一座孤峰突起有百十丈高下,山头上面满生着许多不知名的奇花异果。峰下面一个很长很深的洞,流水淙淙,泉声聒耳。英琼正觉这里景物清丽,那在前行走的老猩猩忽然停止不前,登时现出十分畏惧的样子。英琼刚要问话,那老猩猩忽然用前爪朝洞旁一个孔洞中指了指。英琼定睛看那孔穴,有六七尺方圆,黑黝黝的,看去好似很深。孔穴旁边有一块奇形古怪的大石,石上面有一株高才寻丈、红得像珊瑚的小树,朱干翠叶,非常修洁,树上面结着百数十个昨晚所食那种红色的果子。

英琼正奇怪那树生平从未见过,如何会长在石头上面?耳旁忽听呼声震耳。回看领路的老猩猩,已向来路退回有百十丈远近。心想:"此地莫非就是怪物潜藏之所?"待了一会,不见动静,便想纵身到那石头上面去摘取朱果。刚一迈步,耳旁呼声忽止,匣中宝剑锵锵一声,连连飞跃。知有异兆,不禁吃了一惊。凝神往那孔穴中看时,只见有两点绿光闪动。一转瞬间,呼的一声,纵出一个似猴非猴的怪物,身上生着一身黄茸细毛,身长五六尺,两只膀臂却比那怪物身子还长。两手如同鸟爪一般,又细又长。披着一头金发。两只绿光闪闪的圆眼,大如铜铃。翻着朝上一看,比箭还疾地蹿了上来,狼嗥般大吼一声,伸出两只鸟爪,纵起有三五丈高下,朝英琼头上抓将下来,身法灵活无比,疾如闪电。英琼见那怪物来势太快,不及抵御,忙将身子斜着往旁横纵出两丈远。那怪物抓了一个空,正抓在英琼站的那块石头上面,爪到处碎石纷飞。狂吼一声,又向英琼扑来。这时英琼已拔剑在手,才一出匣,便有一道紫光耀日争辉。那怪物好似知道此剑厉害,偏巧英琼无心中正拦住它去路,归穴不得,只得拨回头,飞一般往英琼来路逃走。英琼急忙在后追赶,正要将手中剑放出去时,一眨眼工夫,只听许多猩啼熊叫之声,那怪物竟已御风飞行,踪影不见。

又一会工夫,那老猩猩率领许多同类,一路嗥叫而来,见了英琼,倒身下拜。又见那猩群当中,竟又抬有许多断臂折股、破脑碎腹的猩猩。想是怪物逃走时,路遇这藏躲猩群,被它性起,捞着几个,故而有好些猩猩受伤。英琼见怪物逃走,懊悔适才未曾预先下手,偌大莽苍山,哪里去寻那怪物踪迹?欲待袖手而去,又可怜这些猩猩性命。那老猩猩想是也怕英琼走去,跪在地下,拉着英琼襟袖不放。那受伤未死的猩猩,更是哀啼不止。不禁勾起英琼侠心义胆,便对那老猩猩道:"我虽然归心似箭,可惜适才被那怪物趁空逃走。我意欲留此十日,寻那怪物踪迹,替尔等除此大害。十日之后,如尚不能寻得，那也就是尔等命中该受那怪物摧残，我也不能久留了。"说罢，那老猩猩好似深通人言，十分欢喜。又领英琼回到峰旁，先纵往高处一望，跳下地来，朝那些同类叫了几声。便有十来个猩猩分头择那高处爬了上去，四外瞭望。那老猩猩好似仍不放心，又纵身上去看了看，才下来纵到洞旁石上，将上面朱果全采了下来，分几次送上，交与英琼。树上所摘朱果，竟比昨日吃的那些朱果还要香美。

第四十八回

紫电飞芒诛木魃
青山赏雨动归思

英琼便尽兴吃了有十来个，把下余那些朱果藏在包裹之内，准备路上食用。刚刚收拾完毕，忽见那老猩猩纵了上来，领英琼纵到下面。英琼仔细看那树时，竟是生根在石头上面，通体透明，树身火一般红，树旁还有几滴鲜血。那猩猩手比了一阵，又哀啼几声。英琼明白这里便是昨日采果猩猩为怪物所害之地。孔穴看去很深，那老猩猩用手势让英琼站在外面，它却爬了进去。英琼因此处是怪物巢穴，不敢大意，便将那紫郢剑拔在手中，一面留神四外观看。只见这块奇石约有两丈高圆，姿势突兀峻峭，上丰下锐，遍体俱是玲珑孔窍，石色碧绿如翠，非常好看。英琼一路摩挲赏玩，无心中转到石后，只见有一截二尺见方的面积，上面刻有"雄名紫郢，雌名青索，英云遇合，神物始出"四句似篆非篆的字，下面刻着一道细长人眉，并无款识。猛想起腰中紫郢原来是口雄剑，还有一口雌剑埋藏在此。"英"是自己名字，那"云"不知何人？不禁起了贪心，便想一同得到手中。正在仔细往四外寻觅，那老猩猩从孔穴内纵了出来，身上背着一个猩猩，业已奄奄待毙，手上拿着形似婴儿的两个东西。

原来这个洞便是怪物藏身之所。那怪物名为木魃，力大无穷，两只钢爪可穿金石，锋利无比，专食生物脑髓。穴旁石上大树，便是道家所传的朱果。凡人吃了，健身益魄，延年长生。三十年才一开花。此处的猩猩名曰猩猿，乃是猩猩与猿猴所生，善解人意。想是平日备受怪物摧残，与那马熊遭遇山魃感受一样痛苦。英琼来到洞中时，那些猩猩冒着百死，乘那怪物睡着时，采来朱果与英琼食用，引她来此报仇。那木魃生性好睡，尤其过午以后，更是昏睡不醒。及至英琼第二次再索朱果，那猩猩甚是害怕，大着胆子去采，才采到几个朱果，便将木魃惊醒，连忙亡命奔逃，已被怪物钢爪到处，伤了五个。照往日习惯，将猩脑吃罢，将猩尸扔到上面。内中有一个猩猩吓晕在地,逃避不及,被它生擒。那木魃吃罢生物脑血,便神醉欲睡,随手夹进洞去,准备明日醒来食用。恰好英琼到来,它估量又有买卖上门,纵身上去,不想碰在钉子上面。此怪物岁久通灵,看见英琼剑上紫光,知道不好,急忙御风逃走。那老猩猩的同类尚有一个不知存亡,知道木魃只吃猩脑,不食猩尸;又知英琼爱吃朱果,打算采来报德。采完朱果之后,嗅着洞口猩猩气息,冒险入内,寻找那被擒同类,已被木魃夹得半死,当下救了出来。无意中在洞的深处发现两个孩尸,顺手取将出来,原来是两具成形的何首乌。想是成形之后,在山中游行,被木魃看见,当成生物。等到抓死以后,觉得不似生物好吃。那木魃素来血食,不知此千年灵物妙用,随手掷在洞中,被那老猩猩寻着,献与英琼享受。

　　大凡猩猿之类,多是惜群爱众。起初看见两具孩尸,以为英琼同类,原打算带将出来,交与英琼一看。英琼起初也误认是孩尸,及至接到手中一看,长还不到一尺,虽然口目姣好,形态似人,却与生人到底不同。而且一股清香扑鼻,那被怪物伤处流出来的并不是血,竟是玉一般的白浆。猛想起她爹爹李宁说过,深山之中,若遇小人小马之类飞跑,便是千年灵芝与何首乌所化,吃了可以成仙。这两个小人,不知是与不是? 如果真是灵物,岂不侥幸? 又恐怪物洞中取出之物,万一有毒,非同小可。忽见面前那个老猩猩站在那里不动,心想:"闻说猩猩与猴俱不吃荤,何不试它一试?"便把那小的一个递与那老猩猩,比个手势,叫它吃。那老猩猩起初以为是人,还不敢就吃,禁不住英琼按剑怒视,吓得它不敢不从,勉强咬了一口。英琼见那老猩猩咬了一口之后,忽然喜欢起来,连啃带咬,吃得非常高兴。等到英琼想起这是奇珍,难得遇见,不应这般糟掉时,已被那猩猩三口两口吃完,望着英琼手中那个大的,还不住地流涎,伸开两掌还待索要。英琼喝道:"我原叫你尝一只小手,谁叫你都吃下去? 我手中这一个是不能给你了。"她见猩猩吃了何首乌无甚动静,知道无毒。一面说,随手将那具成形何首乌手臂折断,便有许多白浆冒出。忙用樱口一吸,果然清香甜美,微微带着一点苦涩,愈加显得好吃。后来越吸越香,竟连肉咀嚼起来,才知那何首乌周身并无骨头,吃到嘴里仿佛跟薯蓣、黄精差不多,不过比较格外甘芳而已。因知是延年灵物,恐怕过时无效,平日食量本好,好在通体并不甚重,当下一顿把它吃完,用腰中绢帕擦了擦嘴。

　　还待再去寻那雌剑时,忽见那块大石缝中冒起一股白烟。正在惊异,忽听上面瞭望的猩猩连声吼叫,那老猩猩登时面带惊惶,用前掌连连比画。英琼知是怪物回转，不敢怠慢，将剑舞起一团紫光，纵身上崖。那老猩猩见英琼舞起一团紫光，不敢近前，另从旁处纵上崖去，寻一僻静所在，潜伏不动。英琼纵到高处，往四外一看，已是红日照空，将近正午。适才来路旁西北角上，大树丛中有十余只翠鸟，鸣声啁啾，正往自己立的峰侧飞来，日光下面，红羽鲜明，非常好看。一会工夫，掠过峰南，投入一个树林中而去。除此之外，四面静荡荡的，并无一些迹兆。那老猩猩也从僻静处纵了上来，同那瞭望的猩猩交头接耳一阵。回身朝着英琼，指一指西北角上那个树林。英琼不知它什么用意，心中不舍那石上所说的雌剑，意欲再下洞去寻找。走到洞旁，刚要纵身而下，那块奇石缝中冒出来的白烟，竟似浓雾一般冒个不住，转眼间洞壑潜踪，将那块奇石隐蔽得一丝也看不见。

英琼自在峨眉寄居数月，看惯山雾，知道这般浓雾，一半时不能消尽。下面碎石如刀，又不知那雌剑到底埋藏何处，即使冒险下去，也无法寻找，只得罢休。老等怪物不见回转，有些气闷。忽然想起："此山怎么竟有许多怪物野兽和灵药异果？昨晚所居的洞中那样光明温暖，想必也有珍宝埋藏，昨晚寻找了一番不曾发现，何不趁现在无事回洞寻找？或有遇合，也未可知。"英琼小孩心急，想到哪里，便做到哪里，当下率领猩群，往回路向那洞走去。自从食了何首乌之后，已有个半时辰，觉着力气大增，身心格外轻快，非常高兴。提剑走离那西北角上大树林只有十余丈远近，前走的猩猩忽然惊鸣起来。英琼近前一看，原来地下死着两具马熊，脑髓已空，与昨晚猩猩死法一般无二。猜是那怪物逃走时，遇见马熊，被它抓食，当做晨餐。四外看看，虽然无甚动静，倒也不敢大意，加了几分小心，往前行走。这一群猩猩围着英琼，有的在前，有的在后，有的放下前足在地上爬走，有的人立纵跃。这一群狰狞野兽之中，却夹着一个容华绝世的红裳少女，真是一个奇观。英琼也觉自己有降妖伏兽之能，豪气不可一世。

刚刚绕过那片大树林，才走得十来步，忽然后面一个猩猩狂叫一声，接着身旁的猩猩一阵大乱，四散惊逃。英琼知有变故，霍地旋转身子，举剑朝前看时，后面猩群中已有好几个倒在地上。适才奇石旁边孔穴中那个绿眼金发、长臂鸟爪的怪物，疾如闪电般伸开五只瘦长的长臂，腾空扑来，已离头顶只有尺许。英琼大吃一惊，来不及避让，忙将手中剑朝顶上一撩，十余丈的紫光，长虹般过处，一声狂吼，凄厉非常。忙纵身往旁立定看时，日光下两条黑影，耳旁又是重物落地的声音，扑通两响，那怪物已然从头到脚劈成两半。想是那怪物来得势猛，临死余力未尽，尸身蹿出去约有七八丈远近，才得落地。

原来那木魈性如烈火，自从被英琼赶走，知道敌人剑光厉害，不敢正面交手，便将那两个马熊的脑髓抓去食用。不想被峰头瞭望猩猩看见，吼叫起来，惊动英琼上来看时，它已隐入深林。适才英琼所见南飞的翠鸟，便是被那木魈惊飞的。及至英琼领着猩猩回转，它几次三番要想下手，俱怕英琼宝剑厉害。直等英琼转过树林，到底沉不住气，原想从英琼身后飞来，一爪将英琼脑子抓碎。谁知英琼身后面走的那些猩猩看见两个死马熊，知是被怪物所伤，早已触目惊心，提心吊胆。禽兽耳目最灵，眼见木魈飞到，自然狂叫起来。它不由心头火起，随手打死了两个猩猩，身手未免迟延了一下。英琼才得闻警，旋回身子，将它用紫郢剑劈死，幸免于难。否则木魈腾空飞行，疾如飘风，如非因打死了两个猩猩这瞬息耽误，英琼紫郢剑纵然通灵，能自动飞出，恐怕也难免于危险哩。

英琼见怪物已死，心中大喜。众猩猩自然更是欢鸣跳跃，只是平日备受荼毒，木魈虽死，俱不敢近前。及至看英琼又斫了木魈几剑，不见动静，才大吼一声，众猩猩口脚齐上，乱撕乱咬。英琼知这些猩猩受害已深，乐得看着好玩，不来禁止。那老猩猩领众将那怪物撕咬了一阵，忽从怪物脑海中取出一块发红绿光彩、似玉非玉、似珠非珠透明的东西来，献给英琼。英琼取到手中一看，这块玉一般的东西，长才径寸，光华耀眼。虽然不知道用处，觉得非常可爱，便随手放在身上。

正要号令那老猩猩率领猩群回洞，忽听风声四起，雷声隐隐由远而近。抬头看时，红日业已匿影。路旁的树林被那雨前大风吹得如狂涛起伏，飞舞不定。一块块的乌云，直往天中聚拢，捷如奔马，越聚越厚，天低得快要压到头顶上来。乌云当中，时时有数十道金蛇乱窜，照得见那乌云层内，许多如奇石异兽龙鸟楼阁的风云变化，在转瞬间消失，非常好看。知道变天，要下大雨。这山行遇雨，本是常事。不过英琼连日过得都是丽春晴日，适才还是红日当空，万没料到天变得这般快法。此地离那山洞还有十里远近，怕把身上包裹淋湿没有换的，不禁急了起来。便迁怒那些猩猩道："都是你们要撕怪物死尸，耽误时光。你看立刻大风大雨来了，怎么好？"言还未了，忽地眼前一道金蛇一亮，震天价一个霹雳打将下来，震耳欲聋，吓得那群猩猩一个个挤在一起，互相拥抱，不敢乱动。

英琼本想往树林中暂避，谁知举目往旁看时，离身十丈外，酒杯大的雨点，密如花炮般打将下来。那树林受了风雨吹打，响成一片涛声，如同万马奔驰一般，夹着雷电轰轰之声，震耳欲聋。起初疑是偏东阵头雨，所以只落一处。及至转身看时，在自己所立的数亩方圆以外，俱是大雨倾盆，泥浆飞溅，只自己近身这数十丈地方滴雨全无，好生惊异。试往前行走了数十步，她走到哪里，离身十丈左右居然没有雨，猜是宝剑作用。计算时光已是不早，今晚势必仍在洞中再停留一夜。看那天色越加阴沉如晦，雨是越来越大，不像就会停止的神气，便决计认明路径回洞。那猩猩抬着它的死伤同伴，一个个战战兢兢，紧傍英琼身旁，随着行走。这几个峰头，本来生得峭拔玲珑，又加大雨，中间雨水由高处汇集数十道悬瀑，银河倒泻般往下降落。迎面十丈以内，尚辨得出一些路径；十丈以外，简直是一团烟雾，溟濛一片。偶尔看见一两个峰尖时隐时现，泉瀑泻在溪涧中，吼声如雷，真是有声有色，另有一番妙趣。英琼一路看雨景，离洞渐近，雨势渐小。远望洞门，疏疏落落，挂起两三处银帘；近前看时，那雨从洞的高处往下飞流，恰似水晶帘子一般。从那无水的空隙中走进洞去，满耳兽息咻咻，那些马熊不知从什么时候跑了回来。除当中那块大石外，洞的四周，俱都满满地爬伏在地，只留了当中三尺阔的一条空隙。

英琼进洞以后，便纵身上石坐下。那些马熊万鼓齐喧地吼叫起来，一个个拱起前爪拜个不休。英琼嫌它们吵人，娇叱一声，登时全洞皆寂，除猩、熊呼吸外，更没有一些声响。这女兽王见猩、熊如此服她号令，好不高兴。见洞外雨势稍小，仍然落个不住。洞外天色渐渐阴霾起来，洞中却是仍旧光明。便手持宝剑，纵下石头，四处寻找她心中所想发光的异宝。整整找了三四个时辰，天已半夜，仍未寻着。她自从吃了何首乌之后，腹中一丝也不觉饥渴，身上也不觉着疲累。似这样寻一会，歇一会，在这块石头宝座上纵起纵落，直到天明，仍未有所发现。那些马熊见英琼走到哪里，便急忙四散让道，倒无什么表示。那老猩猩好似已知英琼心意，也帮英琼找，有时拾了两块透明的石头，交与英琼。英琼起初也很高兴，拿到洞外，暗中一试，并无异迹。见那老猩猩跟前跟后，知它善解人意，便问它道："你知这洞内发光明如白昼的缘故吗？"那猩猩摇了摇头。英琼知它也是不知，因见它那般殷勤灵慧，心中一动，不禁脱口说道："你这个猩猩很好，可惜不能把你带到峨眉去替我看守门户。"说罢，那猩猩忽然拉了拉英琼衣袖，跪将下来叩头。英琼知它能解人言，便道："看你的意思，倒好似愿跟我去的样子。只要我走后，你能一心为好，不害生灵，我一成为剑仙，即刻前来度你。"那猩猩摇了摇头。英琼也未放在心上，仍然满洞寻找。那猩猩忽然若有所悟似的，把英琼衣袖一拉,用手势引英琼上了大石坐下。它口中长啸一声,它手下百十个猩猩竟然全体发动,寻找起来。除英琼坐的那一块大石外,这一座山洞,差点没给这些猩猩翻转过来,仍是无有踪迹。英琼起初以为这些猩猩久居此洞,既然请自己高坐旁观,由它们前去寻找,必定有所发现。谁知仍旧没有效果,渐渐失望起来。原来打算寻到宝贝,第二日天明动身,遥念峨眉故居,归心似箭。谁知宝贝也未寻着,这一场大雨又下了两日三夜,才得渐渐停止。

第三日天明,英琼出洞凝望,见大雨已停,朝阳升起。枝头好鸟,翠羽尚湿,娇鸣不已。地下红瓣狼藉。远近百十个大小峰峦,碧如新洗,四围黛色的深浅,衬托出山谷的浓淡。再加上满山的雨后新瀑,鸣声聒耳,碧草鲜肥,野花怒放,朝旭含晖,春韶照眼,佳景万千,目穷难尽。这一幅天然图画,漫说记者一支秃笔难以形容,就起历代画苑的名贤于地下,也未必能把这无边山色齐收腕底。英琼见天已放晴,这雨后山谷,又是这般佳妙,不禁狂喜起来,在这无限春光中徘徊了一阵。忽然一阵轻风吹过,桃梅树上的残花,如白雪红雨一般,随风缓缓翻扬坠落地面,不禁动了归思。

这时那全洞的猩、熊,也明白恩主不能久留,全体排起行列,跪伏在地。那老猩猩却紧随在英琼身旁,承颜希旨。英琼天性豪迈,在这洞中住了几日,调猩驯熊惯了。虽然兽类不通人言,那些猩、熊却也极知感恩戴德,把英琼当作神明一般供奉。及至见英琼进洞去取包裹,知要长行,一个个前爪跪拱,延颈长鸣。有的两眼中竟流下许多人类所不能流的兽泪来。猩猩的吼叫本极凄厉,那马熊的吼叫更似万鼓齐鸣一般,震动山谷。英琼最讨厌这两种叫声,在洞中居住这三日,一遇它们吼叫,马上娇叱禁止。它们颇通灵性,竟能揣知人意,很少叫唤。今日英琼要和它们分别,想到再要听它们欢迎的呼声,至少须在自己剑术学成以后。于是不但不加禁止,反觉它们这种号叫鼓噪,雄壮苍凉,异常好听。又爱这山中景致同气候,不禁也有些惜别之想。当下将身纵到一个高约三四丈的小孤峰上面,辨明去路。那些猩、熊见英琼纵了上去,急忙一齐围拢过来,将那石峰跪成一个圆圈,仰着头,越发吼叫不停。

英琼在这千百个猛兽自然鼓吹拥戴之下,正在那里独立感慨、顾盼自豪的当儿,忽见远远空际银雁般的一个白点,朝峰头飞来,渐飞渐近。英琼已然看清来人是个白衣女子,身材颇为秀美,知是剑侠一流,心中大喜。正要高声呼唤,那白衣女子距离英琼立身的所在,尚有百十丈光景,忽地一道青光,惊雷掣电般直射下来。峰下的马熊逃避不及,立刻便有三四个身首异处。英琼才知来者是敌不是友，又惊又怒。她自食了何首乌之后，已然身轻如燕，平地蹿起数十丈高下毫不吃力，只因连日不曾纵跳，却一丝也不觉得。这时因与熊、猩相处数日，情感已深，见到敌人剑光厉害，猩、熊四散奔逃，不由一着急，将身一纵，跳下峰来。那些猩、熊也着了急，亡命一般，齐向英琼身旁奔来。那道青光也如流星赶月一般，紧追过来。英琼大吃一惊，一道十来丈长的紫光随手出匣，紫巍巍耀眼生光，直朝那道青光卷去。那道青光好似有了知觉似的，霍地退了回去。英琼见来人剑光畏惧自己宝剑，立刻胆壮起来。

第四十九回

别猩熊　巧遇石明珠
擒猛虎　惊逢鬼道士

这时除那老猩猩仍在英琼身旁外,众猩、熊已然逃避无踪。英琼恼恨那白衣女子无故杀害生物,叵耐人家飞身空中,没法交手,便抬头向空中骂道:"大胆贱婢!无缘无故杀死我的猩、熊,你敢下来与我决一死战么?"言还未了,眼前一道电闪似的,那白衣女子已经降落下来,站在英琼面前,约有数丈远近,含笑说道:"这位姊姊不要骂人。俺乃武当山缥缈儿石明珠。适才送俺义妹申若兰回云南桂花山炼剑,路过此山,听得鼓声震地。见姊姊一人独立峰头,被许多马首熊身的怪兽包围,疑是姊姊山行遇险。因相隔甚远,恐救援不及,才将飞剑放出。原是一番好意,不想误伤姊姊养的异兽,这也是一时情急无知,请姊姊原宥吧。姊姊一脸仙风道骨,小小年纪,竟有这般驯兽之威。适才发出来的剑光,竟比俺的飞剑还要胜强十倍,并且叫妹子认不出是哪一家宗派。若非妹子见机得早,姊姊手下留情,差一点妹子在武当山廿年修炼苦功毁于一旦。请问姊姊上姓尊名?令师何人?是否就在此山中修炼?请一一说明,日后也好多多领教。"

英琼见那白衣女子年纪约有二十左右,英姿飒爽,谈吐清朗,又有那绝迹飞行的本领,早已一见倾心。及至听她说话,才知原是一番美意,才发生这种误会。本想对她说了实话,因为常听李宁说人心难测,这口宝剑既然她连声夸奖,比她飞剑还强,万一说了实话,被她起了觊觎之心,前来夺取,自己别无本领,如何抵敌?她既怕这口宝剑,索性哄她一哄,然后见景生情,再说实话。主意打定后,先将宝剑入鞘,然后近前含笑道:"妹子李英琼,师祖白眉和尚。偶从峨眉来此闲游,一时高兴,收伏许多猩猩、马熊,不算什么。适才误会了姊姊一番好意,言语冒犯,还望姊姊恕罪。此剑名为紫郢,也是师祖所赐。请问姊姊师父何人?异日姊姊如有闲暇,可能到峨眉后山赐教么?"

石明珠闻言大惊道："原来姊姊是白眉老祖高足,怪不得有此一身惊人本领。家师是武当山半边老尼。妹子回山复命后,定至峨眉相访。姊姊如有空时,也可到武当一游,妹子定将姊姊引见家师。以姊姊之天生异质,家师见了,必定高兴欢迎的。姊姊适才所说尊剑名为紫郢,是否长眉真人旧物? 闻说此剑已被长眉真人在成道时,用符咒封存在一座深山的隐僻所在,除峨眉派教祖乾坤正气妙一真人外,无人知道地址。当时预言,发现此剑的人,便是异日承继真人道统之人,怎么姊姊又在白眉老祖门下? 好生令人不解。姊姊所得如真是当年长眉真人之物,仙缘真个不浅。可能容妹子一观么?"

英琼适才就怕来人要看她的宝剑,偏石明珠不知她的心意,果然索观。心中虽然不愿,但不好意思不答应。看明珠说话神气,不像有什么虚伪。只得大着胆子将剑把朝前道:"请姊姊观看此剑如何?"手执剑匣递与明珠。明珠就在英琼手中轻轻一拔,日光下一道紫光一闪,剑已出匣。这剑真是非常神妙,不用的时节,一样紫光闪闪,冷气森森,却不似对敌时有长虹一般的光芒。石明珠将剑拿在手中,看了又看,说道:"此剑归于姊姊,可谓得主。"正在连声夸赞,忽然仔细朝英琼脸上看了看,又把那剑反复展玩了一阵,笑对英琼说道:"我看此剑虽然是个奇宝,而姊姊自身的灵气尚未运在上面,与它身剑合一。难道姊姊得此剑的日子,离现在并不多么?"英琼见她忽发此问,不禁吃了一惊;又见明珠手执宝剑不住地展玩,并不交还,大有爱不忍释的神气。她既看出自己不能身剑合一,自己的能耐必定已被她看破,万一强夺了去,万万不是人家对手,如何是好? 在人家未表示什么恶意以前,又不便遽然翻脸当时要还。好生为难,急得脸红头涨,不知用什么话答复人家才好,情急到了极处。不禁心中默祝道:"我的紫郢宝剑,快回来吧! 不要让别人抢了去啊!"刚刚心中才想完,那石明珠手中所持的紫郢剑忽地一个颤动,一道紫光,滋溜溜地脱了石明珠的掌握,直往英琼身旁飞来,锵铿一声,自动归匣。喜得英琼心中怦怦跳动,只是不敢现于辞色,反倒作出些矜持的神气。

那石明珠见英琼小小年纪,一身仙骨,又得了长眉真人的紫郢剑,心中又爱又歆羡。无意中看出剑上并没有附着人的灵气,暗暗惊奇英琼一个人来到这人迹不到,野兽出没的所在,是怎生来的? 原想问明情由,好替英琼打算,所说的话,本是一番好意。谁想英琼闻言,沉吟不语,忽地又将剑收回,以为怪她小看人,暗用真气将剑吸回。她却不知此剑灵异,与英琼暗中默祝。心想："这不是自己用五行真气炼成身剑合一的剑，而能用真气吸回。自己学剑二十余年，尚无此能力。"暗怪自己不合把话说错，引人多心。又见英琼瞪着一双秀目，望着自己一言不发。在英琼是因为自己外行，恐怕把话说错，被人看出马脚，多说不如少说，少说不如不说，只希望将石明珠敷衍走了了事。石明珠哪里知道，也是合该英琼不应归入武当派门下，彼此才有这一场误会。石明珠见英琼讪讪的，不便再作久留，只得说道："适才妹子言语冒失，幸勿见怪。现在尚要回山复命，改日峨眉再请教吧。"英琼见她要走，如释重负。忙道："姊姊美意，非常心感。我大约在此还有些耽搁，姊姊要到峨眉看望，下半年再去吧。"明珠又错疑英琼表示拒绝，好生不快，鼻孔里似应不应地哼了一声，脚微登处，破空而起。

英琼目送明珠走后，猛想起："自己日日想得一位女剑仙做师父，如何自己遇见剑仙又当面错过？此人有这般本领，她师父半边老尼，能为必定更大。可恨自己得遇良机，反前言不搭后语的，不知乱说些什么，把她当面错过。"匆忙高声呼唤时，云中白点，已不知去向了。没奈何，自恨自怨了一阵，见红日当空，天已大晴，只得准备上路。

那些猩、熊见明珠一走，便又聚拢过来。英琼便对它们说道："我要走了。我看尔等虽是兽类，却也通灵。深山之中，不少吃的东西，我走之后，千万不要再作恶伤人。我异日如访着名师，将剑术学成，不时还要常来看望尔等，尔等也不必心中难受。"话言未了，这些猩、熊俱各将英琼包围，连声吼叫个不住。英琼便问那老猩猩道："它等这样吼叫，莫非此山还有什么怪物，要我代它们除去么？"老猩猩把头连摇。英琼知它等感恩难舍，不禁心中也有些恋恋，便道："尔等不必如此。我实在因为再不回去，我的金眼师兄回到峨眉，要没法找我的。"那些猩猩虽通人性，哪知她说的是些什么，仍然包围不散。欲待拔出剑来吓散它们，又恐误伤，于心不忍，只得按剑娇嗔道："尔等再不让路，我可就要用剑伤尔等性命了。"手微一起，锵的一声，宝剑出匣约有半截，紫光闪闪。那些猩、熊果然害怕，一个个垂头丧气似的让出一条路来。

英琼整了整身上包裹，运动轻身功夫，往前行走。那些猩、熊也都依依不舍地跟在后面，送出去约有二三十里的山道。一路上水潦溪涧甚多，均仗着轻身本领平越过去。走到未末申初时分，走上一座高峰，远望山下桃柳林中，仿佛隐隐现出人家，知道已离村市不远。自己带了这一群异兽，恐怕吓坏了人，诸多不便。便回头对那些猩、熊说道："送君千里，终须一别。我此次回去,如能将剑术练成,必定常常前来看望尔等。此山下去,便离村落不远,尔等千百成群跟在身后,岂不将山下居民吓坏? 快快回山潜伏去吧。"众猩、熊闻言,想必也知道不能再送,万鼓齐鸣地应了一声,便都停步不前。那老猩猩却走到猩群当中,吼叫两声,便有许多猩猩献出许多异果。英琼见它等情意殷殷,随便吃了些,又取了些松子、黄精之类,放在包袱以内。那老猩猩便把下余果品,拣好的捧了些在手中。

英琼也不甚注意,见那些猩、熊不再跟随,便自迈步前行,下这高峰。走了半里多路,回望峰头,那些猩、熊仍然远望未去。那个老猩猩却紧随自己身后,相隔才只丈许远近。英琼觉得奇怪,便招呼它近前问道:"你的同伴俱已回去,你还老跟着我做什么?"言还未了,看见它手中还捧着适才在群猩手中取来的果子,觉得畜类忠实远胜于人,不禁起了感触,说道:"原来你是因为你同类送我的果子,我没有吃完,你觉得不满意么? 我包裹业已装满了,没法拿呀。"那猩猩摇了摇头,将果子放在一块山石上面,用手朝英琼指了指,朝它自己指了指,又朝前路指了指。英琼恍然大悟,日前洞中几句戏言,竟被它认了真,要跟自己回峨眉山去。便问它道:"你要跟我回去么?"那猩猩抓耳挠腮了一阵,忽然迸出一句人言,学英琼所说的话道:"要跟你回去。"原来这老猩猩本猩群中首领,早通人性。又加那日英琼给它一枝成形何首乌,这几天工夫,横骨渐化,越加通灵。知道若能跟定这位恩主回山,日后必有好处。所以决意抛却子孙家园,相从到峨眉去。它也知英琼未必允许,所以跟在身后,不敢近前。及至被英琼看见,喊它相问,它连日与英琼相处,已通人言,只苦于心内有话说不出来。这时一着急,将颈边横骨绷断,居然发出人言。它的祖先原就会说人话,它是猩父猿母所生,偏偏有这一块横骨碍口。如今仗着灵药脱胎换骨,这一开端说人话,以后就不难了。这且不言。

英琼见它三数日工夫学会人言,好生喜欢。本想带它回去,怎奈沿路人兽同行,多有不便。便对它说道:"你这番意思很好,况且你心性灵巧,几天就学会人言,跟我走,于我大有用处。无奈与你同行,沿路不便。莫如你还是回去,等我遇见名师,学成剑术,再来度你如何?"那猩猩闻言,操着不通顺的人言说道:"我去,你去,采红色果子。"英琼看它说时,神气非常着急诚恳,又爱又怜,不忍拂它的诚心,到底童心未退,又苦山行无伴,且待到了有人家所在,再作计较,便对它道:"我不是不愿你同往,只因你生得凶猛高大,万一被人看见,不是被你吓坏,便是要想法害你。妖怪害你,我可以杀它;人要害你,我就没法办了。你既决心相从,且随我走到人家所在,先试一试,如果通

326

行得过,你就随我前去,否则只有等将来再说吧。"

猩猩闻言,低头沉思了一阵,点了点头。英琼高高兴兴,又往前行走,觉得有些口渴。看见前面有一个山涧,泉水甚清,便纵身下涧,用手捧些水喝。那猩猩也捧着一手松子果品之类,纵身下来,放下手中果品,也学英琼的样子,伸出两只毛手去舀水。怎奈两只手指漏空,不似人的手指合缝,等到将水捧到嘴边,业已漏尽。捧了几回,一滴也不曾到口。招得英琼哈哈大笑。末后还是猩猩将身倒挂涧旁树枝,伸头入水,才喝到口内。重将石旁放的果品,捧在手中献上。英琼因沿路所采松子果品,都异常肥大鲜美,为峨眉所无;自从离了那山洞以后,十里之外,也不曾再遇见像那样好的果品。所以舍不得吃,想连那朱果俱带些回去,款待她惟一的嘉宾余英男。却没有想到这莽苍山,在云南万山之中,路程迂回数千里,不知要走多少日子。若不是路遇仙缘,恐怕还没回到峨眉,都要腐烂了。

英琼只在猩猩手中挑了几粒松子吃,重又打开自己包裹,将那些果品塞满。一猩一人,刚刚纵身上涧,忽然一阵腥风大作,卷石飞沙。那猩猩向空嗅了两嗅,长啸一声,将身一纵,已到前面相隔十丈远近的一棵大树上面,两足倒钩树枝,就探身下来。英琼见那风势来得奇怪,竟将猩猩惊上树去,正在诧异,忽然对面山坡之上跑下来许多猿、鹿、野兔之属,亡命一般奔逃。后面狂风过处,一只吊睛白额猛虎,浑身黄毛,十分凶猛肥大,大吼一声,从山坡上纵将下来,两三蹦已离猩猩存身的大树不远。英琼虽然逐日诛妖斩怪,像这样凶猛的老虎,有生以来还是头一次看见。正要拔剑上前,那老虎已离英琼立的所在只有十来丈远近,一眼看见生人,立刻蹲着身子,发起威来:圆睁两只黄光四射的眼睛,张开大口,露出上下四只白森森的大牙,一条七八尺长的虎尾,把地打得山响,尘土飞扬。忽地抖一抖身上的黄毛,做出欲扑的架势。身子刚要往上一起,却被那树上的猩猩两只钢爪一把将老虎头颈皮捞个正着,往上一提,便将老虎提了上去,离地五六尺高。那老虎无意中受了暗算,连声吼叫,拼命般地想挣脱猩猩双爪。那猩猩更是狡猾不过,它将两脚紧钩树枝,两手抓着老虎头皮,将那虎头直往那儿大可两三抱的树身上撞去。那老虎虽然力大,却因身子悬空,施展不得。猩猩撞它一下,它便狂叫一声。只撞得树身摇摆,枝杈轧轧作响。英琼见猩猩擒虎,觉着好玩,由它去撞,也不上前帮助将虎杀死。撞了一会,那老虎颇为结实,竟然不曾撞死。那猩猩比人还要高大许多,加上这一只吊睛白额猛虎的重量,何止六七百斤,那树的横枝虽然粗大,如何吃受得起。那猩猩撞高了兴,一个使得力

327

猛,咔嚓一声,树枝折断,竟然骑上虎背,两只钩爪往前一凑合,扣紧虎的咽喉不放。那虎被猩猩撞了一会,头已发晕,好容易落下地来,又被猩猩扣紧咽喉,十分痛苦,大吼一声,一个转身,前爪往前一探,蹿上高冈,如飞而去。

英琼因恐猩猩受害,急忙运动轻身功夫,在后追赶。追过了两个山坡,追到一个岩壁后面,忽听一声猩猩的哀啸,知道不好,急忙纵身追将过去。看那猩猩业已倒在地下,那老虎前爪扑在猩猩胸前,不住磨牙摇尾,连声吼叫。旁边立着一个红脸道人,手执一把拂尘。英琼见猩猩在虎口之下,十分危险,不问青红皂白,往前一纵,手中剑一挥,十来丈长的紫光过处,栲栳大的虎头,立刻削了下来。那红脸道人一见英琼手上发出来的紫光,大吃一惊,忙将身子后退。喝问道:"哪里来的大胆女娃娃,竟敢用剑伤我看守仙府的神虎?"说罢,用手中拂尘朝着英琼一指。英琼立刻觉着头晕,忙一凝神,幸未栽倒。那道人正是那巫山神女峰妖人阴阳叟的师弟鬼道人乔瘦滕,也与阴阳叟一样的学会一身妖法剑术,比阴阳叟还要作恶多端。那白额猛虎本是他守洞之物,今日出去猎食,遇见英琼。那虎也颇通灵,正在追赶獐鹿野兔,忽然看见前面站定一个美丽女娃,便想按照往日习惯,衔了回去,与它主人采补。不想中了猩猩暗算,掉下地来以后,又被猩猩紧扣咽喉,施展威力不得,这才急忙逃回山洞。那乔瘦滕闻得前山虎啸不似往日,知道那虎必遇强敌,正要去救,那虎已背着猩猩回来,被他用拂尘一指,猩猩立刻晕倒地下。那老虎也是受了许多痛苦,又在树上撞了一阵,头晕眼花,便用两爪扑在猩猩胸前,原打算缓一缓气,再行咬吃报仇。谁想被英琼赶来,一剑将它身首异处。

乔瘦滕本不知虎后面有人追赶,及见来人是个美丽女孩,并未放在心上,也不知是猩猩主人。反起了不良之心,想擒回洞去,采补受用。谁想那女孩十分厉害,才一照面,一眨眼的工夫,随手发出十来丈长虹一般的紫光,将他心爱的老虎杀死,心中大怒。原想仍用颠倒迷仙之法,将那女孩擒住。谁知拂尘指将过去,那女孩并无知觉,才知来者不是平常之辈。看那女孩,好似寻上门来的晦气,来者不善,善者不来,不禁又恨又怕。他却不知英琼食了许多灵药朱果,轻易不受寻常妖法所侵。正在心中寻思,忽听对面女孩一声娇叱道:"你是哪个庙里道士? 竟敢纵虎伤人! 我的猩猩本来是打赢了的,如今倒在地下不动,想是受了你之害。待我看来,如果受了你的暗算,我决不与你甘休。"一面说,一面往猩猩躺的地方走来。乔瘦滕见来人虽然年幼,一时发出来的剑光,竟与昔日长眉真人所用雌雄双剑无异,并且又能拳

328

养这么大的猩猩，不敢造次用飞剑迎敌。又听英琼所言，天真烂漫，不像是专寻自己晦气而来，稍放宽心。知道此女明敌不成，暗中念念有词，先用妖法玄女遁将这周围十里山路封锁，以防逃去。自己也不还言，先在路旁一块石头上坐下，看那女孩如何施为，去救那猩猩。

这时英琼已然走近猩猩面前，见它躺在地下，脸皮紧皱，目中流泪，神气非常痛楚。看见英琼，勉强坐起，用手朝那道人直比，口中却不能发声。英琼好生怜惜，见猩猩手比，知是中了道人暗算，不禁骂道："好个贼道！被你害得不能说人话了。等一会我再与你算账！"英琼见猩猩直用手比它的喉咙，疑它是口渴，所以不能说话。当下解开包裹，里面除了松子、黄精之类，还有数十个吃剩的朱果，随手取了两个，塞在猩猩口中。越想越恨，便立起身来，指着乔瘦滕骂道："你将我的猩猩害得不能说人话了，快快将它医好便罢，如若不然，我也把你舌头割去，叫你做一世的哑巴。"说罢，千贼道，万贼道地骂个不住。那乔瘦滕不知猩猩也吃过灵药，只见英琼走近，猩猩便能坐了起来，又见英琼取出朱果与猩猩吃，越发心惊。暗想："这小女孩来历必定不小，似这样百年难得一遇的朱果，竟拿来随便喂猩猩吃。不要说头一次看见，连听都未听过。"又见英琼朝他指骂，心中大怒，狞笑答道："你这个小女孩是何人门徒，跑到我这里来扰闹？我已下了天罗地网，你插翅难逃。快将来由说出，随我回归仙府过快活日子。"

话言未了，那地下猩猩食了朱果，已经恢复如初，倏地弩箭脱弦一般，纵到道人身旁，两手紧扣咽喉不放。乔瘦滕猝不及防，被那猩猩两只钢爪扣住，疼得喊都喊不出来，空有许多妖法，竟然施展不出，眼看红脸变白，两眼朝上直翻。还是英琼不知道这人竟是个无恶不作的妖人，恐怕弄死了人，不是玩的，忙喊猩猩住手。那猩猩果然听话，手一松，便纵回英琼身旁。乔瘦滕见猩猩放手，侥幸得保活命，自己生平几曾吃过这样大亏，心中大怒，不暇再计利害，用手往脑后一拍，便有两道黄光飞向猩猩背后。英琼见势紧急，拔剑往前一纵，长虹一般的紫光，与敌人飞剑迎个正着。乔瘦滕知道不好，急忙收回飞剑，已被英琼斩断一道，坠落地面。

英琼迎敌时，暗想："这个贼道也会飞剑。"不禁心中发慌。谁想紫光出去，便将敌人打退，心中大喜。那旁立的猩猩，忽然高声连呼"妖怪""飞剑"不止。英琼猛想起："这个贼道长得异样，这样大的老虎说是他家养的。这猩猩颇通灵性，莫非他真是妖怪变成的人？"正待提剑上前，忽听对面道人骂道："大胆丫头！擅敢伤我飞剑。你已入我天罗地网，还不投降，随我进洞取乐,死到临头,悔之晚矣!"英琼虽不明他说得什么,估量不是好话,骂一声:"妖怪休走,吃我一剑!"说罢连人带剑纵将过去。鬼道人乔瘦滕见对面这道紫光,恰似长虹一般飞来,知道难以迎敌,口中念念有词,把手中拂尘望空中一挥,立刻隐身而去。

第五十回

鬼哄森林　李英琼飞剑斩妖人
春藏魔窟　朱矮叟无心得异宝

英琼追到道人立的所在，忽然道人踪迹不见，心中大为惊异。抬头看了看天色，正是申酉之交，还没到黄昏时分，见这道人白日隐形，越加疑是鬼怪。因听道人适才说已经摆下天罗地网，便用目往四外细看了一看。四外古木森森，日光斜射入林薄，带一种灰白颜色，果有些鬼气。知道久留必有凶险，无心再追究道人踪迹。正待退回原路，忽然一阵旋风过处，把地下沙石卷起有数丈高下，恰似无数根立柱一般，旋转不定。

一会工夫，愁云漠漠，浓雾弥漫，立刻分不出东西南北。四面鬼声啾啾，阴风刺骨。旋风浓雾中，出现数十个赤身女鬼，手持白幡跳舞，渐渐往英琼立处包围上来。那猩猩一声狂叫，早已晕倒在地。英琼也觉一阵阵目眩心摇，四肢无力，知是那道人的妖法。本想用手中宝剑朝那些女鬼斩去，谁知两只手软得抬都抬不起来，这才害怕起来。眼看那旋风中女鬼是越跳越近，耳旁又听有人说道："女娃娃，你已入罗网，还不放下手中宝剑投降，随你家祖师爷到洞府中去寻快乐么？"听出是那个道人声音，情知难免毒手。正待想一套言语诈降，哄那道人撤去妖法，等他现身出来，再用宝剑飞刺过去。心头盘算还没有定，忽见那些女鬼跳离自己身旁还有两丈远近，便自停步不前，退了下去。又听见道人在相隔十数丈外吆喝，以及击令牌的声音。令牌响一次，那些女鬼便往英琼立的所在冲上来一次。及至冲到英琼立处两丈以内，好似有些畏惧神气，拨回头重又退了下去。那道人好似见女鬼不敢上前，十分恼怒，不住把令牌打得山响，终归无效。英琼起初非常害怕，及见那些赤身女鬼连冲几次，都不敢近自己的身，觉得稀奇。猛发现手中这口紫郢剑端的是仙家异宝，每当女鬼冲上来时，竟自动地发出两丈来长的紫光，不住地闪动，无怪那些赤身女鬼不敢近前。英琼不由放宽了心，胆力顿壮。叵耐手脚无力，不能动转。否则何难一路舞动宝剑，冲了出去。

那鬼道人乔瘦滕所用妖法，名为九天都箓阴魔大法，原是非常厉害，漫说一个寻常女孩，就是普通剑仙，一经被他这妖法包围笼罩，也没有个不失去知觉，束手被擒的。偏偏英琼遭逢异数，内服灵药仙果，外有长眉真人的紫郢剑护身，虽然将她困住，竟是丝毫侵害她不得，不由心中大怒。起初原见英琼一身仙骨，想生擒回去受用。及至见妖法无灵，不由无明火起，便不管那女孩死活，狠狠心肠，将头发分开，中指咬破，长啸一声，朝前面那团浓雾中喷了过去，便有数十道火蛇飞出。

英琼正在那里无计脱身，忽见赤身女鬼退去，浓雾中又有数十条火蛇飞舞而来。正不知手中宝剑能否抵御，好生焦急，暗恨自己眼力不济，竟会看不见那妖道存身之所，否则我这紫郢剑能发能收，只消朝他用力掷去，便可将他杀死除害了。想到这里，手中的宝剑忽然不住颤动，好似要脱手飞去的神气。这时那火蛇已渐渐飞近，英琼一阵着急，叹道："妖道呀，妖道！我只要能见你在哪里，我定把我的紫郢剑放出，叫你死无葬身之地的。"一言才罢，觉得手中的宝剑猛然用力一挣，英琼本来手脚软麻，一个把握不住，竟被它脱手飞去，眼看长虹般十几丈长的一道紫光，直往斜对面雾阵中穿去。接着耳旁便听一声惨叫。同时那数十条火蛇一般的东西，已迫近英琼身旁。英琼四肢无力，动转不得，相隔丈许远近，便觉炙肤作痛。在这危机一发之间，倏地紫郢剑自动飞回，刚觉有一线生机，耳旁又听惊天动地的一个大霹雳打将下来，震得英琼目眩神惊，晕倒在地。停了一会，缓醒过来，往四外一看，只见夕阳衔山，暝色清丽，愁云尽散，惨雾全消。那猩猩也被雷声震醒转来，蹲在自己旁边。自己手脚也能动转。面前立定一个云被霞裳，类似道姑打扮的美妇人。急忙回手去摸腰中宝剑，业已自动还匣，便放宽了心。

英琼见那道姑含笑站在那里，绿鬓红颜，十分端丽，好似神仙中人一般，摸不清她的来路。正要发言相问，那道姑忽然开口说道："适才妖人已死，妖雾未退，才用太乙神雷将妖气击散。小姑娘不曾受惊么？"英琼听那道姑吐词清朗，仪态不凡，知是异人。又听她说妖人已死，才想起适才被妖法所困，后来宝剑飞出时，曾听一声惨叫，莫非那妖道已在那时被紫郢剑所诛？忙抬头往前观看，果然相隔十数丈外，一株大树旁边，那个道人业已身首异处，心中大喜。刚要向道姑回答，那道姑又接口说道："姑娘所佩的紫郢剑，乃是吾家故物。适才我在云中看见，疑是来迟了一步，被异派中人得了去。不想会落在姑娘手中，可算神物有主。但不知姑娘是否在莽苍山赵神殿中得来的呢？"

332

英琼见道姑说紫郢剑是她家故物,不禁慌了手脚,连忙用手握定剑把答道:"正是在莽苍山一个破庙中得来。你说是你家的旧东西,这样宝贝,如何会把它弃在荒山破庙之中?有何凭证?就算是你的,我得它时,也费了一夜精力,九死一生才能到手,颇非容易呢。"还待往下再说时,那道姑已抢先说道:"小姑娘你错会了我的意。此剑原有雌雄之分,还有一口,尚待机缘,才得出世。若非吾家故物,岂能冒认?你问我凭证不难,此剑本是长眉真人炼魔之物,真人飞升以前,嫌它杀气太重,才把它埋藏在莽苍山中,是个人迹不到之所,外用符咒封锁。彼时曾对外子乾坤正气妙一真人说过,此剑颇能择主,若非真人,想得此剑,必有奇祸。果然后来有人闻风前去偷盗,无一个不是失败和身遭惨死。近闻那里出了四个僵尸、两个山魈和一个木魅,把一座五风十雨的灵山,闹得终年炎旱,隆冬时节,温暖如同暮春,一交三月,便天似盛夏。若非山中原有灵泉滋润,全山灵药异卉全要枯死。那山原无人迹,这还不甚要紧。谁知那四个僵尸日益猖獗,不久便要变成飞天夜叉,离山远出伤人。那两个山魈和木魅,更是每日伤尽生物,作恶多端。外子计算时日,剑的主人不久便去到那里,并说得剑人不但尚未学成剑术,连门都未入,只是机缘凑巧而已。贫道因此剑厉害非常,虽说长眉真人留下预言,万一不幸落在异派中人之手,岂非助纣为虐?特地赶到莽苍山,诛那几个怪物,顺便看那得剑之人是个何等样人。贫道到了那里,正是下雨之后,知道木魅已诛。再下去一看,连那两个山魈与四个僵尸,俱被取剑人除掉。外子原说取剑的人不会剑术,猜是那人无此本领,恐被异派中人得了去,一路跟踪赶来。适才看见剑上发出的紫光,急忙下来,你已被妖法所困,被我用太乙神雷将妖气击散,将你救醒。果然你的资禀异于常人,此剑也果然得主,才放了心。只不知你一个幼年女子,如何会到那群魔盘踞的莽苍山去寻取此剑?何人指引?如何得到并知用法?请道其详。"

　　英琼细听那道姑说话,不似带有恶意,有好些与石上之言相合,猜知来人定是一个剑仙。她说那剑原是她的,想必不假。低头寻思了一会,忽然福至心灵,跪在地下,口称:"仙师,弟子实是无意中得到此剑,并无人指引。"便把前事细说了一遍。然后请问那道姑的姓名,并求收归门下,伏在地下不住地叩头。那道姑笑道:"外子是乾坤正气妙一真人齐漱溟,我是他妻子荀兰因。你此次险些被人利用,归入异派。总算你禀赋福泽甚厚,才能化险为夷,因祸得福。收你归我夫妇门下,原也不难,不过你还不曾学会剑术,虽得此剑,不能与它合一,一旦遇见异派中高人,难免不被他夺了去。我意欲先

333

传你口诀,你仍回到峨眉,按我所传,每日把剑修炼,两三年后,必有进境,我再引你去见外子。你意如何?"英琼闻言大喜,当下拜了师父,站起身来,那猩猩也在旁边随着跪叩。妙一夫人荀兰因笑道:"它虽是个兽类,居然如此通灵,以后你山中修道,倒可少却许多劳苦与寂寞了。"

英琼又说:"弟子曾蒙白眉和尚赠了一只神雕,名唤佛奴,骑着它可以飞行空中。还有一个世姊,名唤周轻云,在黄山餐霞大师处学剑。请问师父住在哪座名山?这三年期中,可不可以骑着那雕前去参见?"妙一夫人笑道:"'吾道之兴,三英二云。'长眉真人这句预言,果然应验。就拿你说,小小年纪,就会遇见这样多的仙缘凑合。那白眉和尚辈分比我还长,性情非常特别,居然也把他座下神雕借你做伴,真是难得。我住在九华山锁云洞。你还有一个师姊名唤灵云,一个师兄名唤金蝉,俱是我的子女。你如真想见我,须待一年之后,至少须能持此剑随意使用,能发能收才行。"英琼闻言,喜道:"弟子不知怎的,现在就能发能收了。"妙夫人道:"你哪知此剑妙用?得剑的人,如能按照本派嫡传剑诀,勤修苦练,不出三年,便能与它合而为一,能大能小,能隐能现,无不随心所欲。你所说那能发能收者,不过因剑囊在你身旁,剑又由你主动发出,故能杀人之后,仍旧飞回,这并不算什么。你如不信,只管将你的剑朝我飞来,看看可能伤我?"

英琼虽然年轻,心性异常灵敏,这次同妙一夫人相见,凭空从心眼中起了一种极至诚的敬意,完全不似和赤城子见面时那般这也不信,那也不信。又恐宝剑厉害,万一失手,将妙一夫人误伤,岂不耽误了自己学剑之路?欲待不遵,又恐妙一夫人怪她违命。把两眼望着妙一夫人,竟不知如何答复才好。妙一夫人见她为难神气,愈发爱她天性纯厚。笑对她道:"你不必如此为难。我既叫你将剑飞来,自然有收剑的本领,你何须替我担心呢?"英琼闻言无奈,只得遵命答道:"师父之命,弟子不敢不遵,容弟子跑远一点地方飞来吧。"妙一夫人知她用意,含笑点了点头。

英琼连日使用过几次紫郢剑,知道它的厉害,一经脱手,便有十余丈紫光疾若闪电飞出,恐怕夫人不易防备,才请求到远处去放,心中也未始不想借此看一看自己师父的本领。当下道一声:"弟子冒犯了。"将身回转,只一两纵,已退出去数十丈远近。又喊了一声:"师父留神,剑来了!"锵铿一声,宝剑出匣。心中默祝道:"紫郢紫郢,我这是跟我师父试着玩的,你千万不可伤她呵!"祝罢,将剑朝着夫人身旁掷去。那道紫光才一出手,只见从妙一夫人身边发出一道十余丈长的金光,迎了上去,与那道紫光绞成一团。这时天已黄昏，一金一紫，两道光华在空中夭矫飞舞，照得满树林俱是金紫光色乱闪。英琼见妙一夫人果然剑术高妙，欢喜得蹦了起来。正在高兴头上，忽然面前一闪，妙一夫人已在她身旁站定，说道："这口紫郢剑，果然不比寻常，如非我修炼多年，真难应付呢。待我收来你看。"说罢，将手向那两道剑光一指。这两道光华越发上下飞腾，纠结在一起，宛似两条蛟龙在空中恶斗一般。英琼正看得目瞪口呆之际，忽然妙一夫人将手又向空中一指，喊一声："分！"那两道光华便自分开。接着将手一招，金光倏地飞回身旁不见。那紫光竟停在空中，也不飞回，也不他去，好似被什么东西牵住，独个儿在空中旋转不定。英琼连喊几次"紫郢回来"，竟自无效。妙一夫人也觉奇怪，知有能人在旁，不敢怠慢，大喝一声道："紫郢速来！"接着用手朝空中用力一招，那道紫光才慢腾腾飞向妙一夫人手上落下。

妙一夫人随即递与英琼，叫她急速归鞘。然后朝那对面树林中说道："哪位道友在此，何妨请出一谈？"言还未了，英琼眼看面前一晃，站定一个矮老头儿，笑对妙一夫人说道："果然你们家的宝剑与众不同，竟让我栽了一个小跟头儿。"妙一夫人见了来人，连忙招呼道："原来是朱道友。怎么如此清闲，来到此地？"一面又叫英琼上前拜见道："这位是你朱师伯，单讳一个梅字，有名的嵩山二老之一。"又对矮叟朱梅道："这是我新收弟子李英琼。你看天资可好？"

朱梅笑道："我在成都破慈云寺，见天下许多好资质，都归入你们门下。我虽然也收了两个徒弟，却是一个都比你们不上，有些气不服。等到十五那天晚上破了慈云寺，除掉了许多异派的妖孽，回到青城山金鞭崖，住了些日。你知道我是闲不惯的，又因为你的女公子和你前世的令郎，以及贵派门下子弟，好些人都奉了齐真人之命，前往云贵一带，各有事做。我很爱惜贵派门下这些小弟兄们，这路上邪魔异派甚多，打算暗中前去保护，顺便遇到机缘，也收一两个资质好的门徒。走到云南昆明，遇见苦行头陀的得意弟子笑和尚，他说正打算往回走，去与齐灵云姊弟会合，结伴同行。我见那孩子非常机灵，用不着我帮忙。我在那里游玩了几日，也往回走，路过飞熊岭，听见下面山脚下有一道人高声呼唤。下去看时，原来是昆仑派的剑仙赤城子，一条左臂业已斩断，身上还受了几处重伤，飞剑业已失去，神情非常狼狈。问起根由，他满脸羞惭地对我说了一遍。

"原来有一次阴素棠路过峨眉，看见一个小女孩在那里舞剑，天资根基都非常之厚，本想将她带回山去，收归门下。正要上前说话，忽见一只大雕飞来,认得是白眉老祖座前的神雕佛奴。阴素棠见那神雕能与那女孩做伴,那女孩必与白眉老祖渊源很深。那雕又向来不讲情面,厉害非常,幸喜不曾被它看见,连忙隐身退去。知道白眉老祖一向不曾收过女弟子,只猜不透那雕如何会那样驯服地受这小女孩调弄。她自脱离昆仑派后,原想独创一派。这些年来,老想寻得一个根基深厚的门人,来光大门户。如今遇见这般出类拔萃的人才,怎肯放过。回山以后,越想越觉难舍。知道赤城子昔日曾随半边老尼到白眉老祖那里听过经,神雕佛奴与他曾有数面之缘。若派赤城子前往,即使那小女孩弄不回来,至少限度也决不会伤他。特地着人将赤城子请去,请他代劳一行。赤城子当年曾受过阴素棠许多好处,当然义不容辞。也是缘分凑巧,他赶到峨眉,正好神雕他去,不消三言两语,便把那小女孩带走。正当御剑飞行,偏偏遇见他誓不两立的对头华山烈火秃驴,知道难以回避。急忙按住剑光下去,先将女孩藏好,以免万一不幸,玉石俱焚。谁想下去一看,那个所在正是莽苍山,只有一座破庙,他便带那女孩往庙中走去。当时发现那庙中妖气甚重,后殿上停了四具棺木,知是已成形的僵尸。欲待另觅善地,已来不及。只得将那女孩带到钟鼓楼上面,匆匆嘱咐了几句话,忙驾剑光升起空中,便遇见烈火秃驴同滇西毒龙尊者的师弟史南溪追来。即使一个烈火祖师已够他对付,何况又加上一个穷凶极恶的史南溪,才一交手,便被人家将他的剑光绞断。幸喜他从阴素棠那里学会了五鬼隐形遁,急忙驾遁逃走,一只左臂已被烈火祖师斩断,身上还中了史南溪追魂五毒砂,伤势很重,驾不得遁,便在那山脚下躺着挣命等救星,已有一二十天光景。我给他几粒丹药吃,止住了痛。他说再静养二三日,借我丹药之力,便可复原,借遁回去,设法报仇。他又说那小女孩名叫李英琼,在莽苍山破庙之中。这许多天的工夫,不知走了没走,吉凶如何。她小小年纪,在那深山凶寺之中,十分危险。他自己已是不能前去看望,托我无论如何代他前去寻觅一个下落。如果她还没有遇见什么凶险,他知道我不大看得起阴素棠,只托我给那小女孩在那庙的周围百里之内,另觅一个安身之所,给她几粒丹药充饥,十天之内,自有人前去接引。另外对我说了不少感激道谢的话。

"我本不愿代他人办事,一来因为他在难中;二来听他说那小女孩的禀赋几乎是空前绝后,有些不信,想去看看;三来这女孩小小年纪,在那荒山凶寺之中,呆上这许多日子,吉凶难定,动了我恻隐之心。我也懒得和赤城子细说,又留了几粒丹药。赶到莽苍山一看,庙中钟楼倒坍,四具僵尸已然被人除去,只剩一堆白骨骷髅。无意中在一面鼓架旁边,发现长眉真人的符篆,猛想起真人飞升时节,曾将两口炼魔的雌雄飞剑埋藏在两处无人迹的深山之中,莫非此剑已被人得去?遍寻那小女孩不见,估量她无此本领。后来跟踪寻找,忽然看见两具大山魈的尸体旁边围着许多大马熊,在那里啃咬踢抓。我疑心那小女孩被那些马熊咬伤,心中大怒,打算用飞剑将它们一齐杀死。"

英琼正听得出神,听到这里,忽然失声说道:"哎呀!这些好马熊没有命了!"朱梅笑对她道:"你不要忙,听我说,我哪有这般莽撞呢?"又接着说道:"我当时原是无意中发现,距离那些马熊聚集的地方很近。它们见了生人,既不扑咬发威,也不畏避。我故意上前抚弄它们颈毛,它们一个个非常驯良。又看见一群最凶猛的猩猿,也是如此。我后来代那小女孩袖占一课,竟是先忧后喜,卦象大吉。我按卦象中那女孩走的方向,一路跟踪来到此地,忽然一声雷震,知道同道之人在此。将身隐在林中偷看,才看出夫人与令徒正在比剑。想不到长眉真人的紫郢剑今又二次出世,想是异派中杀劫又将要兴了。令徒小小年纪,这样好的根基禀赋,将来光大贵派门户,是一定的了。"

妙一夫人笑道:"根基虽厚,还在她自己修炼,前途哪能预料呢?此地妖人已死,不知他巢穴以内什么光景,有无余党。现在天已入夜,你我索性斩草除根。道友以为如何?"矮叟朱梅笑道:"我是无可无不可的。"说罢,三人带着一个猩猿,迈步前行。走到坡旁,妙一夫人便从身上取出一个粉色小瓶,倒出一些粉红色的药面,弹在那妖人尸首上面,由它自行消化。不提。

三人又往前走了半里多路,才看见迎面一个大石峰,峭壁下面有一个大洞,知是妖人巢穴。这时已届黑夜,矮叟朱梅与妙一夫人的目力自然不消说得,就连英琼这些日在山中行走,多吃灵药异草,目力也远胜从前,虽在黑夜,也能辨析毫芒。当下三人一猿,一齐进洞。走进去才数丈远近,当前又是一座石屏风。转过石屏,便是一个广大石室。室当中有一个两人合抱的大油缸,里面有七个火头,照得全洞通明,如同白昼。英琼往壁上一看,"呀"的一声,羞得满面通红。妙一夫人早看见石壁上面张贴着许多春画,尽是些赤身男女在那里交合。知是妖人采补之所,将手一指,一道金光闪过处,英琼再看壁上的春画,已全体粉碎,化成零纸,散落地面。那猩猿生来淘气,看见油缸旁立着一个钟架,上面还有一个钟槌,便取在手中,朝那钟上击去。一声钟响过处,室旁一个方丈的孔洞中,跳出十来个青年男女,一个个赤身露体,相偎相抱地跳舞出来。英琼疑是妖法,刚待拔剑上前,妙一夫人朝那跳舞出来的那一群赤身男女脸上一看，忙唤英琼住手。那十几个赤身男女，竟好似不知有生人在旁，若无其事，如醉如痴地跳舞盘旋了一阵，成双作对地跳到石床上面，正要交合。妙一夫人忽然大喝一声，运用一口五行真气，朝那些赤身男女喷去。那些赤身男女原本是好人家子女，被妖人拐上山来，受了妖法邪术所迷，神志已昏，每日只知淫乐，供人采补，至死方休。被这一声当头大喝，立刻破了妖法，一个个都如大梦初觉。有的正在相勾相抱，还未如是如是，倏地明白过来，看看自己，看看别人，俱都赤条条一丝不挂，谁也不认识谁，在一个从未到过的世界中，无端竟会凑合在一起。略微呆得一呆，起初怀疑是在做梦，不约而同地各把粉嫩光致赛雪欺霜的玉肌轻轻掐了一掐，依然知道痛痒，才知不是做梦。这些男女大都聪明俊秀，多数发觉自家身体上起了一种变化，羞恶之心与惊骇之心，一齐从本来的良心上发现，不禁悲从中来，惊慌失措，各人去寻自己的衣服穿。叵耐他们来时，被妖术所迷，失了知觉，衣服早被妖人剥去藏好，哪里寻得着。只急得这一班男女一个个蹲在地下，将双手掩住下部，放声大哭。

妙一夫人看见他们这般惨状，好生不忍，忙对他们说道："你等想是好人家子女，被这洞中妖道用邪法拐上山来，供他采取真阴真阳。平时因受他邪术所迷，已是人事不知，如不是我等来此相救，尔等不久均遭惨死。现在妖人已被我等飞剑所诛。事已至此，你等啼哭无益，可暂在这里等候，待我三人到里面去搜寻你们穿的衣履，然后设法送你等下山便了。"众人起初在忙乱羞惧中，又在清醒之初，不曾留意到妙一夫人身上。及至妙一夫人把话说完，才知自己等俱是受了妖人暗算，拐上山来，中了邪法，失去知觉，供人淫乐，如不是来的人搭救，不久就要死于非命。又听说妖人已被来人用飞剑所斩，估量来人定是神仙菩萨，一齐膝行过来，不住地叩头，苦求搭救。妙一夫人只得用好言安慰。英琼看不惯这些赤身男女的狼狈样儿，便把头偏在一旁。那矮叟朱梅同那个猩猩，在众人忙乱的当儿，竟不知去向。妙一夫人正在盘问众人根底，忽见朱梅在前，猩猩在后，捧着一大抱男女衣服鞋袜，从后洞走了出来。那猩猩走到众人跟前，将衣服鞋袜放下。这一干男女俱是生来娇生惯养，几曾见过这么大的猩猩，又都吓得狂叫起来。那猩猩颇通灵性，知道这些人最怕心善面恶的东西，将衣履放下，急忙纵开。妙一夫人又向众人解释一回，众人才明白这大猩猩是家养的。见了衣履，各人抢上前来，分别认穿。

那衣履不下百十套，众人穿着完毕，还剩下一大堆。妙一夫人便问朱梅道："朱道友，这剩的衣服如此之多，想是那些衣主人已被妖道折磨而死。道友适才进洞，可曾发现什么异样东西？"朱梅笑道："我见道友有心肠去救这些垂死枯骨，觉着没有什么意味，我便带着这猩猩走到后洞，查看妖道可曾留下什么后患。居然被我寻着一样东西，道友请看。"妙一夫人接过朱梅手中之物一看，原来是一个麻布小幡，上面满布血迹，画着许多符箓，大吃一惊道："这是混元幡，邪教中厉害的妖法。看这上面的血迹，不知有多少冤魂屈魄附在上面。幸而我们不曾大意，如果不进洞来，被别的妖人得了去，那还了得！此物留它害人，破它非苦行大师不可。待我带到东海，交苦行大师消灭吧。"朱梅点了点头，说道："道友之言不差，要将此幡毁去，果然非苦行头陀不可。否则你我如用真火将它焚化，这幡上的千百冤魂何辜？这妖道也真是万恶！适才在后洞中还看见十来个奄奄垂毙的女子，我看她等俱已真阴尽丧，魂魄已游墟墓，救她们苟延残喘反倒受罪。不忍看她们那种挣命神气，被我每人点了一下，叫她们毫无痛苦地死去了。"

第五十一回

大发鸿慈　为难女顽童作伐
小完夙愿　偕仙禽异兽同归

妙一夫人望着眼前站的这一班男女,一个个眉目清秀,泪脸含娇。虽然都还是丰采翩翩,花枝招展的男女,可是大半真元已亏,叫他们回了家,也不过是使他们骨肉家人团聚上三年五载,终归痨病而死罢了。当下一点人数,连男带女竟有二十四个。便朝他们说道:"如今妖人已死,你等大仇已有人代报。一到天明,便由我等送你们下山。但是你们家乡俱不在一处,人数又多,我等只能有两人护送,不敷分配,这般长途跋涉,如何行走? 万一路上再出差错,如何是好? 我想尔等虽被妖法所迷,一半也是前缘,莫若尔等就在此地分别自行择配,成为夫妇。既省得回家以后难于婚嫁,又可结伴同行,省却许多麻烦。那近的便在下山以后,各自问路回家;那远的就由我同这位朱道友,分别送还各人故乡。你等以为如何?"这一班青年男女听了,俱都面面相觑,彼此各用目光对视。妙一夫人知道他们默认,不好意思明说。便又对他们说道:"你等既然愿意,先前原是在昏乱之中,谁也不认得谁,如今才等于初次见面,要叫你们自行选择,还是有些不便。莫如女的退到旁的石室之中,男的就在此地,由我指定一男将这钟敲一下,便出来一个女的,他两人就算是一双夫妇,彼此互相一见面,将姓名家乡说出。然后再唤别人继续照办,以免出差。何如?"

说罢,那些女人果然都腼腼腆腆地退到适才出来的石室之中去了。只有一个女子哭得像泪人一般,跪在地下不动。英琼见那女子才十五六岁,生得非常美貌,哭得甚是可怜,便上前安慰她道:"我师父唤你进去,再出来嫁人呢,你哭什么? 天一亮,就可下山回家,同父母见面了,不要哭吧。"那女子见英琼来安慰她,抬头望了英琼一眼,越加伤心痛哭起来。妙一夫人先时对这一干男女虽然发了恻隐之心,因要在天亮前把诸事预备妥当,知道他们俱受过妖人采补,不甚注意。及至见末后这一个女子哀哀跪哭,不肯进去,才留神往她脸上一看,不禁点了点头。这时朱梅不耐烦听这些男女哭声惨状,早又带了猩猩二次往后面石室中去了。英琼见那女子劝说无效,还是不住口地哭,正待不由分说将她抱往里面,妙一夫人忙道:"英琼不必勉强于她,且由她在此,待我将这些人发落了再说。"英琼闻言,连忙应声,垂手侍立。那女子也止住哭声。

妙一夫人先在众人脸上望了一望,再唤英琼击钟。英琼领命,便将钟敲了一下。这些女子在这颠沛流离的时候,还是没有忘了害羞,谁也不肯抢先出来。妙一夫人连催两次,无人走出。恼得英琼兴起,走到她们房门口,只见那些女子正在推推躲躲,哭笑不得,被英琼随手一拉,牵小羊似的牵了一个出来。妙一夫人便看来人受害深浅,在众少男中选出一个。这一双男女知道事已至此,便都跪下,互说了家乡姓名,叩谢妙一夫人救命成全之恩,起来侍立一旁。英琼又将钟击了一下,那些女子还是不肯出来,还是英琼去拉出来,如法炮制。直到三五对过去,大家才免了做作,应着钟声而出。

这里头的男女各居半数,只配了十一对,除起初那个跪哭的女子外,还有一个男子无有配偶。那女子起初看众人在妙一夫人指挥下成双配对,看得呆了。及至见众人配成夫妻,室中还剩一个男的,恐怕不免落到自己头上,急忙从地上挣扎起来,跑向妙一夫人身前跪下,哭诉道:"难女裘芷仙,原是川中书香后裔。前随兄嫂往亲戚家中拜寿,行至中途,被一阵狂风刮到此地。当时看见一个相貌凶恶的妖道,要行非礼。难女不肯受污,一头在石壁上撞去,欲待寻一自尽。被那妖道用手一指,难女竟自失了知觉。有时苏醒,也不过是一弹指间的工夫,求死不得。今日幸蒙大仙搭救,醒来才知妖道已伏天诛。本应该遵从大仙之命,择配还乡,无奈弟子早年已由父母做主许了婆家。难女已然失身,何颜回见乡里兄嫂?除掉在此间寻死外,别无办法。不过难女兄嫂素来钟爱,难女死后,意欲恳求大仙将难女尸骨埋葬,以免葬身虎狼之口。再求大仙派人与兄嫂送一口信,说明遭难经过,以免兄嫂朝夕悬念。今生不报大仙大恩,还当期诸来世。"说时泪珠盈盈,十分令人哀怜,感动得旁观那些男女,也都偷偷饮泪吞声不止。妙一夫人适才细看裘芷仙,已知她非凡品。又见剩下那个男的,虽然面目秀美,却是受害已深,看他相貌又不似有根底人家子弟,不配做芷仙的配偶。再听芷仙哭诉一番,料知她的被污,完全中了妖法,无力抵抗,并且看出她的为人贞烈,不由动了恻隐之心。正要开言说话,那裘芷仙已把话说完,又叩了十几个头,站起身来,一头往石壁上猛撞过去。英琼身法何等敏捷,见她楚楚可怜,早动了怜悯之心，哪容见死不救！身子一纵，抢上前去，将她抱了回来。妙一夫人便道："你身子受污，原是中了妖法，不能求死。你既不愿择配，也无须乎寻死。我看你真阴虽亏，根基还厚。你既回不得家，待我想一善法，将你送往我一个道友那里，随她修行。你可愿意？"裴芷仙一听此言，喜出望外，急忙跪下谢恩，叩头不止。夫人便道："英琼，挽她起来，等我打好主意再说。"这一干男女都对她羡慕不置。

那剩下的男子名唤唐西，乃是一个破落户子弟，学得一手好弹唱，被妖道掠上山来，他偏能承欢取媚。那妖道平时选他做众人中一个领袖，只他一人并不用妖法迷禁，反传了许多妖法与他。裴芷仙被妖道抢来才三日，就被他看在眼里。怎奈芷仙身有仙骨，被妖道看中，预先嘱咐，淫乐跳舞时节，不准他染指。他虽然心中胡思乱想，好在美貌男女甚多，倒也不在心上。今日闻得钟声，引众跳舞而出，忽听妖道被妙一夫人等所杀，大吃一惊。他为人机警，知道如要逃走，定然难保性命，莫如假装与众人一样痴呆，相机行事。后来他见众人都有了配偶，只剩下芷仙一人，知道要轮到他的身上，暗中好生庆幸。心想："这可活该我来受用。"及至芷仙痛哭，妙一夫人答应带了她走，自己空喜欢一场，还是变成一个光棍，暗恨夫人不替他做主。他本会几样障眼法，便安下不良之心，想抽空子抢了就走。

偏偏妙一夫人也是一时大意，看见唐西满身邪气，以为他受毒较深，还不知他已学会邪术，只嫌他眉目流动，知非端人，不大答理他。将众人家乡问明之后，便把人分成两起，准备到了天明，与朱梅分别将他们送回故乡。见朱梅不在室中，正要唤英琼入内相请，朱梅已带了猩猩，二次由后洞走来。猩猩手上又包了一大堆食用之物，搁在石床上面。朱梅对妙一夫人道："恭喜道友！今天升作月下老人了。只是这多半夜工夫，不怕把这痴男怨女肚子饿瘦么？适才我又到后洞中去，又发现一个密室，里面还藏有许多食物丹药。道友请看。"妙一夫人闻言，才想起英琼、猩猩俱未进食，便唤大众进前随便取食。这些被难男女，平时饮食起居全系受妖法指挥，一旦醒来，又熬了半夜，俱都有些腹中饥饿，听了夫人吩咐，便都上前取食。

英琼见那些食物大半是川中出产的糖食饼饵之类，多日未曾吃过，颇觉好吃，只是有些口干。猛想起自己包裹内还有许多好吃的鲜果同黄精、松子，何不取将出来孝敬父师伯？想到这里，忙将包裹打开，把莽苍山得来的那些异果取出献上。矮叟朱梅一眼看见那数十枚朱果，大为惊异，便问妙一夫人："这不就是朱果么？我学道这么多年，全未见过，只从先师口中听说

342

过此果形状。爱徒从何处得来这许多,岂非异数?"英琼起初对妙一夫人说斩木魃经过,因不知朱果名称,只说是因叫猩猩领自己去寻红色果子,才得斩了一个怪物。妙一夫人也未想到英琼会将天地间灵物得来许多。及至见英琼取出,也觉稀奇,便叫英琼说斩木魃经过。英琼遵嘱说了一遍。朱梅道:"这就无怪乎你仙缘遇合之巧了。此果名为朱果,食之可以长生益气,轻身明目。生于深山无人迹的石头上面,树身隐于石缝之中,不到开花结果时决不出现。所以深山采药修道的高人隐士,千百年难得遇见。加之天生异宝,必有异物怪兽在旁保护。别人求一而不可得,你竟无意中得到如此之多。你带来的这个猩猩,虽然是个兽类,颇有仙气,想必也是得吃此果的缘故了。"英琼又把同吃何首乌的事说了一遍。妙一夫人与矮叟朱梅俱惊英琼遇合之奇不置。

英琼起初拿出来时,原想孝敬师父、师伯之后,分给这些被难男女。及至听完妙一夫人与朱梅之言,才知此果有许多妙用,不禁心中狂喜,又有些舍不得起来。忙取了十枚献与朱梅,把余下三十多枚献与妙一夫人。夫人笑道:"此果虽佳,我还用它不着,我吃两个尝尝新吧。"说罢,随手拈了几个吃了。朱梅也不客气,吃了两个,把其余的揣在身旁,说道:"此果我尚有用它的地方,既然令徒厚意,我就愧领了。不过我这个穷老头子,收下小辈的东西,无以为报,岂不羞煞?"说罢,从身上取出一个两寸长,类似一只冰钻,似金非金、似玉非玉的东西,递与英琼道:"这件东西是我近日在青城山金鞭崖下掘土得来,发现之时,宝气上冲霄汉。等我取到手中,见上面篆文刻着'朱雀'两个字。放在黑暗之中,常有五彩霞光。无论什么坚硬的金石,应手立碎。知是一个宝贝,只是不知道它的用法。但知妙一真人与玄真子能识此物,本打算去问他个明白。如今你既归妙一真人门下,我索性就送与你,等你见过真人再问用法吧。"英琼闻言,拿眼望着妙一夫人,还不敢伸手去接。妙一夫人叫英琼跪下领谢。英琼连忙跪下,谢了朱梅,接过那只冰钻。她自从被赤城子带出,虽然辛苦颠沛了好多日子,既得了许多异果奇珍,又得拜了剑侠中领袖为师,可算此行不虚,真是兴高采烈,心头说不出来地喜欢。妙一夫人叫英琼把剩下的朱果包好。英琼再三请夫人多吃几个,妙一夫人见英琼满脸天真至诚,不忍拂她的意,便取了八个带在身上。

英琼见裘芷仙站在旁边,秀目盈盈,泪光满面,望着朱果,大有垂涎之态,神气非常可怜。便取了两个朱果递与她道:"姊姊这半天未吃食物,想必腹中饥饿。妹子日前食了这个朱果,虽然有时也吃东西,腹中从未饥过。适

343

才听了师父、师伯之言，才知道此果妙用。姊姊也吃上两个尝尝新吧。"芷仙闻言，含羞接过道谢，正要张口去吃，忽然满洞漆黑，伸手不辨五指，一声娇啼过去，接着又是一声惨叫。英琼疑是什么妖怪前来，拔剑出匣时，妙一夫人已将手一搓，发出一道白光，把全洞照得通明。再看地下，躺着一具死尸，业已腹破肠流，鲜血洒了一地。那个猩猩正用地下的碎纸在擦手上的血迹。洞口旁边倒着裴芷仙，业已吓晕过去。那一干被难男女，也吓得挤作一团，嘤嘤啜泣。英琼见那死尸正是适才择配时落后向隅的唐西，疑是猩猩野性未驯，无故伤人，恐怕妙一夫人怪罪，正要上前责问。妙一夫人笑道："小小妖魔，也敢到我二人面前卖弄，我一时大意，差点没让他把人拐走。想不到这个猩猩眼力竟这样好。"

原来唐西因见心上人不能到手，仗着自己会了几样小妖法，时时刻刻想摄了芷仙逃走。妙一夫人起初只以为他是受邪太深。等到择配完毕，见他一人向隅，一双贼眼不住在那些女子身上打量，尤其对于芷仙格外注意；又见众人在惊魂乍定后，俱是满脸伤心与害怕的神气，惟独他神态自若，这才对他留一番心，觉得这人不是善良之辈。后来见他吃东西时举动轻捷，不似别人身体亏虚，行步迟钝。细细一看，果然看出这个人以前是假装痴呆，便知是妖人余党。估量他能力有限，不敢班门弄斧，且看一看再说。谁想唐西见妙一夫人等站在室中，离他较远，恰好芷仙接朱果时，正站在他的身旁不远，以为是一个良机。心想："自己虽不是人家敌手，借法逃走，总还可以。"当下口中默诵妖诀，将室中灯火弄灭，黑暗之中驾起阴风，才待抱了芷仙御风逃走。他这点障眼法儿，如何遮得住妙一夫人与矮叟朱梅的慧眼，正要上去制止。那猩猩本自通灵，又食了许多灵药仙果，可以暗中视物。眼见唐西要抢了一个女子逃走，如何容得，将身一纵，已抢到唐西面前，一爪抓住芷仙，一爪往唐西胸前一抓，已将他活生生破腹抓死。英琼听了妙一夫人之言，还不大明白。那猩猩自己上前朝英琼跪下，指着死尸，连喊"贼怪"。妙一夫人又把唐西举动说了一遍，英琼才知究竟。便走过去，将芷仙扶起，唤了几声。芷仙原是一时着了惊吓，被英琼一阵呼唤，悠悠醒转。英琼又对她把前事说了一遍，芷仙便上前谢了众人与猩猩救命之恩。

这时天光业已向曙。妙一夫人再细看其他男女，俱都无甚异样，便对朱梅道："这些男女回家之后，多则五年，少则两年，俱要痨病而死。道友的灵药能够追魂返命，可怜他等无辜，索性行善行彻，积一些德吧。"朱梅笑道："我的丹药熬炼实非容易，如今又剩得不多，我向来不救无缘人。夫人既代他们求情，我就帮夫人完成此番善举吧。"说罢，便从身旁取出一包丹药，拣了二十二粒，付与众人。妙一夫人又将石榻上的一个花瓶，叫猩猩拿到外面洗净，取些山泉来。一面同朱梅、英琼齐至后洞察看，又寻出许多首饰金银，拿来分与众人，带回家去。只等猩猩取水回来，服药上路。芷仙把两个朱果捡起吃完，觉得入口甘芳，精神顿振，愈加动了出家之念。

一会工夫，天光大亮，猩猩还未回转。英琼刚要出洞去看，忽听一声长啸，猩猩从洞外飞蹿进来，躲向英琼身后，它爪中取水的瓶不知去向。英琼不知就里，正要责问，忽听洞外连声雕鸣，不及再顾别的，纵身出去看时，果是神雕佛奴同约它去的那只白雕，正要离地飞起。英琼这一喜非同小可，高兴得忘了形，竟忘口中呼唤，将身一纵，竟纵起十余丈高下，刚刚抓着神雕佛奴的钢爪。

那神雕佛奴原随它的同伴，由峨眉回到白眉和尚那里去炼骨洗心。等到服完白眉和尚赐的丹药之后，白眉和尚对它说道："你的同伴玉奴已是脱离三劫，将归正果的了。惟有你三劫未完，杀心太重。我在十年之中，就要圆寂坐化，念你跟随我一场，特地命玉奴将你唤回，与你脱胎换骨，洗心伐髓。你的新主人仙缘甚厚，可仍回到那里，忠心相随，自然能助你完成三劫，得成正果。你此去就无须乎再来了。"神雕佛奴早已通灵，听了白眉和尚之言，已知前因后果，便长鸣了数十声。白眉和尚知它依恋不舍，又对它说道："你不必再依恋我。你的新主人现时已不在峨眉，你此去由莽苍山顺路经过，便能在路上相遇。她正要用你回山，急速去吧。"神雕佛奴仍是依依不舍，几经白眉和尚催迫，才行上道。那白雕玉奴同伴情深，仍旧送它飞回。

这两个雕排云横翼，疾如闪电，哪消半个时辰，已飞到了莽苍山，各把速度降低，在空中留神细看。神雕佛奴本来淘气，偶然看见山涧之下有个大猩猩用瓶汲水，知是此山修道人用来代替童仆之用的兽类，便想将它抓住，逗它的主人出来，开个玩笑。谁想那猩猩也是通灵之物，汲水中间，忽然看见从未见过的一黑一白两个大雕朝它扑来，知道不好，没命般朝洞中跑回。任它行走如飞，怎赶得上神雕两翼的神速，一眨眼的工夫，便已追上，只一爪，便将猩猩离地抓起有十余丈高下，然后掷了下来。神雕的本意，原想将猩猩跌个半死，好引它主人出来，没料到猩猩身手会那样轻捷。神雕佛奴并不想伤生，只在它后面追随飞翔，不想倒会把自己主人引了出来。它见一个年轻的女子由洞中捷如飞鸟般纵将出来，只一纵，便抓住它的钢爪，早已认清是它的主人李英琼，当下又慢慢飞翔下来。

英琼着地后,妙一夫人、矮叟朱梅也走了出来。神雕佛奴又朝空中叫了两声,白雕玉奴也飞翔下来。两个神雕站在英琼旁,竟比她人还高。妙一夫人见了这两个神雕,笑道:"这番我不愁分身无术了。"朱梅认得这两个雕是白眉和尚之物,非常厉害,寻常剑仙俱奈何不了它们,居然会听英琼使唤,真是奇怪。笑对英琼道:"你师父夫妻二人,与我当年成道,已经算仙缘凑合容易的了。谁知你比我们还要容易,竟有许多送上门来的奇缘。那白眉和尚脾气好不古怪,居然肯把座下两个灵禽赠你,岂非亘古未闻的奇事奇缘吗?"英琼道:"这黑的金眼师兄,原是白眉师祖赠我在峨眉做伴的。这个白的,当初原是奉了白眉师祖之命,接它回去的。原说去十九天就回,想必今日期满,故而又送它回来,不想竟在途中相遇,真巧极了。"

妙一夫人道:"既是神雕路遇,再巧不过。天已不早,就烦朱道友按照路程,与我同将这十一对男女分送回家。这神雕两翼载重何止千斤,芷仙现时有家难归,她又志在出家,我此时无暇带她同走,就叫英琼带着她回到峨眉暂住,以俟后命。只是这个猩猩无法带走,意欲命它先在此洞潜修,异日英琼剑术学成,再来带它便了。"英琼同猩猩共患难多日,听了夫人之言,未免依依不舍,只是初入师门,不知师父脾气,怎敢表示不愿。那猩猩早已通灵,一听夫人不叫它与英琼同去,急忙跑过来,朝着妙一夫人跪下,不住地叩头落泪,嘴里头结结巴巴,半人言半兽语地央求。妙一夫人笑道:"想不到此畜竟如此多情向上。我并非不让英琼带去,皆因人兽不能同载。黑神雕虽能载重,但是背上面积有限,它身又高大。再者,它虽然有些灵性,到底兽性还未除尽,万一飞在高空惊慌起来,英琼、芷仙俱要受它连累。只有白神雕可以带它飞去,但是白神雕乃是白眉禅师座下灵禽,未得它同意,我们怎好随便相烦呢?"说时,拿眼望着英琼,又看了那雕一眼。英琼恍然大悟,原来妙一夫人不是不让猩猩同去。但是不明白夫人既示意自己去烦白雕带猩猩回山,何以夫人自己不肯明说?因为出来日久,回山心切,也不及细想原因,便朝黑雕佛奴说道:"这个猩猩乃是我在莽苍山收服来的,随我这些日,共了许多患难,异日帮我照应门户,采摘花果,极为得用。意欲烦你转求送你来的那位穿白的同伴,带它回转峨眉,那就再好不过了。"话言未了,那白雕一个腾达,扑向猩猩身上,舒开两只钢爪,就地将猩猩抓起,冲霄而去,吓得那猩猩连声怪叫。眨眨眼冲入云霄,往峨眉方向而去。

英琼见白雕去得突兀,也自心惊,正要向黑雕问猩猩的吉凶,妙一夫人道:"猩猩已被白雕带往峨眉,这番称了你的心愿了。我们众人眼前就要分手,此去数月后才得见面。你有神雕、猩猩做伴,别的自可无忧。不过你从师才只一日,要将功诀一齐传你,短时间内自是不能办到。你可随我到前面坡下,先将练剑的初步功夫口诀传你吧。"说罢,领了英琼,走到无人之处,将许多要诀一一指点。英琼天资颖异,自是牢记于心,一教便会。妙一夫人传完口诀,日光业已满山,便把洞中男女一齐唤出,按照路途方向,与朱梅分领一半,将各人送回家去。不提。

第五十二回

并驾神雕　逐鹿惊邪火
饥餐朱果　斗剑遇同门

英琼、芷仙依依不舍地拜送妙一夫人等走去之后，英琼笑对芷仙道："姊姊休要害怕，请随妹子到峨眉山去吧。"芷仙见英琼小小年纪，有如此惊人的本领，心中非常羡慕佩服。闻言便道："妹子命薄，惨遇妖人，迷却本性，失节辱身，恨不早死。多蒙仙师垂怜援手，准许妹子到姊姊洞府中，随姊姊修行，真是恩施格外。自堕魔劫后，已把生死二字置之度外，况有姊姊同乘，何惧之有？"英琼道："如此甚好。恩师、师伯已经率众人走去，我们走吧。"一面说，一面将包裹取来，套在神雕颈上，先扶芷仙坐了上去，叫她两手紧攀神雕翅根，紧闭双目，不要害怕。自己随着也腾身而上，还怕芷仙坐不牢稳，一手紧抓神雕贴身处铁翎，一手伸向芷仙胸前，将她拦腰抱住。才喊得一声"起"，那神雕长鸣一声，健羽展处，已是离地二三十丈高下。英琼在雕背上喊道："金眼师兄，飞得低些，一来沿途可以看看风景，二来省得裴姊姊害怕。"那神雕果然听话，不再高飞，就在离地二三十丈高下，朝前飞去。芷仙起先还觉得有一些头晕，后来觉得平稳非常，不禁偷偷低头往下观看。眼中一座座大小峰峦，在脚底下飞一般跑向身后，春山如秀，风景绝佳，不禁在雕背上连喊有趣。

英琼恐怕她得意忘形，失手跌了下去，刚要唤她留神，忽然那神雕倏地加快速度，朝着下面一个山坳处飞将下去。忙从芷仙身旁朝下看时，原来山坳处有一只梅花鹿在那里吃草，被那神雕一眼看见，想要顺手抓回去当午餐吃。说时迟，那时快，那只大鹿看见天上一只大雕扑来，知是它的克星，正要纵逃，已是不及，被那雕飞近身旁，两只钢爪将那鹿拦腰一抱，便将它抱起。英琼、芷仙在雕背上觉着微微一震动间，那雕已擒鹿在爪，仍旧往上飞行。那鹿被雕擒住，知道性命难保，便用头上大角回头朝神雕颈间触来。那只梅花大鹿，角长有三四尺光景，差点没碰着芷仙的身体。惹得神雕性起，两只

348

钢爪用力一扣，一齐伸入鹿腹。那鹿护痛不过，"哟"的一声惨叫，竟然死去。吓得芷仙心头不住怦怦跳动。

英琼正觉着有趣，忽听下面有人大叫道："何方贱婢，竟敢纵使扁毛畜生伤及仙鹿？快快下来，还我鹿的命来！"英琼闻言大惊，忙朝下面看时，只见山坳旁跑出一个非尼非道的女子，手中执着一柄宝剑。英琼吃了一回亏，昔日又听自己父亲讲过，异服奇装的僧尼道士最为难惹，况且又有芷仙同在雕背上面，益发用不得武。便向那神雕说道："飞得好好的，偏偏你要抓什么鹿，今日闯了祸了，还不快跑！"那神雕想是也知下面的人难惹，正加速度往前飞走。谁知下面那个女子见英琼并不答言，那雕依旧朝前飞行，心中大怒，急忙念诵口诀，将手中执的那柄长剑朝空掷去，脱手便是一阵黑烟，夹杂着一溜火光，朝着神雕身后飞来。神雕闻得身后风声，略将身子回旋，往后一看。想是知道那女子厉害，在空中稍微迟顿了一下，两爪松处，放下那只死鹿，拨转头，风驰电掣一般，直往前面逃走。那雕飞得那般神速，又不似适才平平稳稳地朝前飞去，时而高举冲霄，时而弩箭脱弦一般往下泻落。慢说芷仙胆战心惊，就连英琼也觉得头晕眼花。两人都是迎着劈面的天风，连口都张不开。英琼生怕芷仙受不住这般剧烈震撼，遭受危险，急中生智，忙将头躲在芷仙身后，好容易迸出两句话道："这般逃法，不大妥当，莫如降落下去，同来人拼个你死我活吧。"神雕本通灵性，恰好这时正朝前面一个低坡飞去，听了英琼呼唤，顺势降落。这时已飞出十来里地，离那飞剑已经很远。等到神雕落地，英琼扶着芷仙跳将下来，芷仙已是头昏脚软，支持不住，坐到地下。

英琼正要举目往天空看时，忽听神雕一声长鸣，倏地舍了英琼，往空便起。英琼连忙抬头看时，原来敌人飞剑已然赶到，被那神雕迎个正着，朝那黑烟火光中飞去。英琼不知神雕本领，生怕有了差池，忙喊："金眼师兄，快快下来，待我同她对敌。"话言未了，神雕已经冲入烟火之中，一个回旋，已将敌人飞剑抓入爪中，飞下来地。英琼看见神雕爪中抓着一把宝剑，烟火围绕，心中大喜。适才说话时节，已将身旁紫郢剑拔在手中，急忙迎上前去。那雕还未落地，便将宝剑掷将下来。英琼见那剑有火围绕，不敢用手去接。又见那剑稍微往下一沉，离地还有丈许，好似空中有什么吸力，略一停顿，又要往空中飞起。英琼恐它逃走，更不怠慢，忙将手中剑纵身往上一撩，撩个正着，十余丈紫色寒光过去，当的一声，将敌人那口飞剑削为两截，火灭烟消，坠落地下。英琼见神雕如此灵异，越发珍爱，便上前去抚弄它的翎毛，看看并无伤损，越加高兴。

偏偏芷仙受了这一番大惊恐和剧烈震撼，竟是手脚疲软，无力再上雕背飞行。虽然不敢请求英琼歇息一会再走，英琼已看出她那楚楚可怜的神气。又仗着自己有神雕、宝剑，不禁心粗胆壮起来。便对芷仙说道："此地离敌人巢穴不远，虽然是个险地，但是妹子有白眉师祖座下神雕，同长眉真人的紫郢剑，料无妨碍。姊姊既然劳累，我们休息一会，吃点果子再走吧。"说罢，便将雕颈上拴的包裹取下打开，取了两个朱果，递与芷仙。芷仙道："此地既是险地，怎好为妹子一人暂时舒适，去惹凶险？这个朱果，恩师妙一夫人同那位姓朱的仙师曾说是稀世奇珍，百年难得一遇。妹子自受妖法所迷，浑身作痛，手脚疲软，昨日在洞中蒙姊姊赐了两个吃下，昨晚并不曾睡，今早反觉神清气爽，可知此果功用非常。妹子是个命苦福薄的人，怎敢过分消受仙果？妹子随便吃两个松子，这个仙果姊姊留为后用吧。"英琼笑道："我得此果，已然好些天。这是鲜东西，虽说是仙果，恐怕也未必能够久藏。我只要留几个，回转峨眉与我余英男姊姊吃就行了，你就吃吧。"芷仙人极聪明，与英琼见面虽然才只一日，谈话也才两三次，已知她有个小性儿。起初不吃，原是一番客气，及见英琼固劝，便也乐得受用。

二人正吃朱果，那神雕忽然叫唤两声，用嘴在包裹中衔了两个朱果，放在英琼身旁，睁着一双大金眼，大有垂涎之态。英琼笑道："你也想吃仙果吗？我起初还以为你尽吃荤的哩。"说罢，便拿起一个朱果往空中扔去。神雕将身微一扑腾，便纵上前去，衔在口中，吃下肚去。英琼觉着好玩，便取了六七个朱果，用家传连珠弹法，打向空中。那神雕也甚狡猾，竟用了六七种不同身法，去接吃口中。招得英琼哈哈大笑。还待向包裹中去取朱果时，一看只剩下九个了，才想起回山还要送人，便停止不打。那神雕连吃了几个朱果，倏地又冲霄飞起。英琼以为敌人寻来，连忙纵身拔剑看时，天交正午，碧空无云，一些迹兆皆无。再看那雕，已朝来路飞去，转瞬不见踪影。英琼不知它的用意，只好等它回来，再作计较。

芷仙见那雕如此灵异，便问英琼得雕始末。英琼便将峨眉山中父病割股，神雕接引去见白眉和尚，父亲病好出家，蒙白眉和尚赠雕为伴，种种从头说起。还未说到一半，神雕已经飞回，爪中抓着一个鹿的天灵盖，两个鹿角还附在上面，没有丝毫损伤。那角红得像珊瑚一样，横枝九出，非常好看。英琼才明白那雕百忙中擒取那鹿，原来为的是这一双鹿角，只不知有何用处。还待与芷仙接着往下讲时，芷仙道："妹子此刻头已不昏晕，此地风景虽好,金眼师兄又去将鹿角取回,难免不去惹动敌人追赶前来,我们骑上金眼师兄,回到姊姊洞府再说吧。"英琼也觉言之有理。那神雕忽然走近前来,蹲在地下,也好似催促上路神气。

英琼仍将包裹拴在雕颈,正待扶着芷仙先上雕背,忽然从身后树林子内走出一男三女。男的看去年纪和自己相仿佛,那三个女的,大的一个也不过二十以内,真是男的长得像金童,女的长得像玉女一般。才出林来,那年长的一个口中喊道:"两位姊姊暂留贵步,我等有话相烦。"英琼起初疑是敌人跟踪寻来,连忙拔剑在手。及至定睛看来人,一个个俱是神采英朗,风度翩翩。自古惺惺惜惺惺,自然而然地起了一种好感。正要上前答言,忽然一阵狂风过处,飞沙走石,天昏地暗,耳旁又是鬼哭啾啾,竟和昨日追虎遇见妖人光景相像。不禁大吃一惊,知道中了妖人暗算。芷仙是个无能之人,英琼忙把她一把先抱在怀内,舞动紫郢剑护着身体。用目寻那妖人存身之所,好照上回一样,将紫郢剑飞出,取他性命。正在四处观望,耳旁又听数声娇叱道:"胆大妖孽!擅敢无礼。"话言未了,适才那四个青年男女站立的地方忽然发出数十丈长、亩许方圆的五色火光,把天地照得通明,光到处风息树静,雾散烟消,依旧是光明世界。接着便有三道红紫色、一道青色的光华和两道金光,同时飞将出去。英琼这时也辨不出谁是敌,谁是友,见那几道光华在自己头顶上飞来,慌忙将剑朝上一撩,手中紫郢剑竟自脱手飞出,与两道红紫色的剑光迎个正着,立刻在空中绞成一团,隐隐发出风雷之声。其余那三道光华飞到英琼头上,并不下落,反投向英琼身后而去。英琼正觉着有些诧异,忽听前面那个年长的女子说道:"我们俱是相助姊姊,为何自己人反争斗起来?还不将剑快快收去,省得二宝相争,必有一伤。"英琼闻言,还不明白。芷仙虽在惊惶中,因她无有临敌本领,只有害怕心思,反较英琼清楚,早看出来人是一番好意。忙喊:"姊姊休要误会,来的几位姊姊是帮你的。"英琼刚辨出来人语意,耳旁又是一声女子的惨叫,顾不得收剑,忙回头看时,离自己身后十来丈远近,躺着适才在空中看见的那个非尼非道、披头散发、奇形怪状的女子。还有一个奇形怪状的男子,业已望空逃去。再看那雕,业已望空中飞起,追赶那男的去了。从头上飞过去的那几道光华,正往回飞去。刚一回身,那年长的女子已走近身边,说道:"姊姊还不收回尊剑,等待何时?"英琼再看空中自己的紫郢剑和那两道红紫色的光华,如同蛟龙闹海一般,斗得正酣。便用妙一夫人所传收剑之法,将剑收了回来。然后上前与那四个青年男女相见。

英琼还不曾开言,那年长的一个女子道:"这位姊姊,何处得遇家母妙一夫人? 请道其详。"英琼闻言,忙问那四个青年男女姓名。才知这其中的三个人便是妙一夫人的子女、自己的师姊师兄齐灵云、金蝉和餐霞大师的弟子女神童朱文。那一个黑衣女郎,正是在峨眉、武当、昆仑、五台、华山正邪各派之中,异军突起的女剑仙墨凤凰申若兰。她原是云南桂花山福仙潭红花姥姥生平惟一得意的弟子。红花姥姥自从得了一部道书后,悟彻天人,深参造化,算计自己不久坐化,只等那破潭之人前来破去她潭中封锁,便好飞升。又因潭中黑暗,毒石、神鳄年深日久,越发厉害,恐怕来的那一双慧根男女不易对付,特地差申若兰赶到武当山,向半边老尼去借紫烟锄和于潜琉璃,好助来人破潭,以应昔日誓言。申若兰走后,红花姥姥又起了一卦,知道破潭的人已在路上,只因内中一人负伤,不能御剑飞行,山川辽远,恐怕耽误了飞升日期,只得亲自下山,暗中用千里户庭囊中缩影之法,将灵云等三人暗中接引上山。

第五十三回

感深情　抱病长征
施妙法　神囊缩地

　　原来灵云等三人自从在成都和张琪兄妹分手,雇用车轿上路,多给车夫银钱,连夜兼程,每日也不过走一百数十里路。他们俱是御剑飞行,瞬息千百里地惯了的,自然觉着心焦气闷。本想退了车轿,改乘川马,贪图快些。偏偏女神童朱文虽然仗着灵丹护体,也不过保全性命,浑身烧热酸痛,日夜呻吟,哪里受得长途骑马的颠沛,只得作罢。灵云性情最为温和,保护朱文,如同自己手足,虽然觉着心烦,倒还没有什么。金蝉性情活泼,火性未退,偏偏这次对于朱文竟是早晚殷勤将护,不但体贴个无微不至,并且较灵云还要耐心一些。灵云看在眼中,暗暗点了点头,因朱文病重,不好取笑,反倒装作不知。他三人按照二老所指的途径,在路上行了八九日,忽然峰峦重重,万山绵亘,除掉翻山越岭过去,简直无路可通。先一日车夫就来回话,说前面已是莽苍山,不但无路可通,而且山中惯出豺虎鬼怪,纵然多给银钱,他等也无法过去。灵云来时,原来听二老说过,到了莽苍山,便要步行。知道他们说的是实话,只得取下包裹,打发他们回去。先在山脚下一个小村中歇了歇脚,商量上路。偶然看见一个人坐着滑竿走过,金蝉异想天开,向灵云要了一把散碎银子,走将过去,请那人站下商量,将他那一副滑竿买下,两手举着拿到朱文面前放下。
　　村中居民看着这三个青年男女,一个个长得和美女一般,来到这荒山脚下,已是奇怪;又见金蝉小小年纪,把那一副滑竿如同捻灯草一般,毫不在意地举在手中,更是惊异。有那多事的人,便问他三人的来踪去迹。金蝉便说:"住在城里,要往这山中去打猎。"那地方民情敦厚,又见他们三人各佩长剑,倒也不疑什么。只是说山中豺虎妖怪甚多,劝他们年纪轻轻的人不要造次。灵云看见来人越聚越多,恐朱文不耐烦琐。又见金蝉买了那一副滑竿来,便问有何用处。金蝉道:"你不要管,先带着它上了山再说,我自有用它之处。"灵云还待要问,金蝉一面催着上路,一面手举那副滑竿(中间结着一个麻绳结着的网兜,两旁两根长有两三丈粗如人臂的黄杨木的杆子),独个儿迈步自跑上山去。

灵云当着许多人,无法,只得将朱文半扶半抱地带进山去。在山内走了二里多地,回看后面无人,正要喊住金蝉,金蝉业已赶了回来,放下手中的滑竿,说道:"我适才跑到高处一望,山路倒还平坦,只不知前面怎样。我想用这副滑竿,和姊姊一人抬一头,将朱姊姊抬到桂花山。如何?"灵云才明白他买那滑竿的用途,不禁点头一笑。朱文一路上已觉着灵云姊弟受累不浅,如今又要屈她姊弟作挑夫抬她上路,如何好意思,再三不肯。灵云笑道:"文妹,你莫辜负你那小兄弟的好意吧。我正为路远日长发闷,难得他有此好打算,倒可以多走些路。"说罢,不由分说,硬将朱文安放在网兜之中,招呼一声,与金蝉二人抬了便走。朱文连日周身骨节作痛,适才有灵云扶着,走了这二里多山路,已是支持不住,被灵云在网兜中用力一放,再想撑起身来已不能够。况且明知灵云姊弟也不容她起身,再若谦让,倒好似成心作假。便也不再客气,说了几句感激道谢的话,安安稳稳躺在网中,仰望着头上青天,一任灵云姊弟往前抬走。灵云怕她冒风,又给她盖了一床被,只露头在外。同了金蝉,施展好多年不用的轻身本领,走到日落,差不多走了五六百里。看天色不早,依着金蝉,还要乘着月色连夜赶路。朱文见她姊弟抬了一天,好生过意不去,执意要找一个地方,大家安歇一宵,明日早行。灵云姊弟拗她不过,见四外俱是森林,暝岚四合,黛色参天,便打算在树林中露宿一宵。朱文也想下来舒展筋骨,由灵云姊弟一边一个,搀扶着走进林去,寻了一株大可数抱的古树下面,将网兜中被褥取来铺好。灵云取干粮与朱文食用,叫金蝉拿水具去取一些山水来。

金蝉走后,朱文便对灵云道:"姊姊如此恩待,叫妹子怎生补报呢?"灵云闻言,只把一双秀目含笑望着朱文,也不答话。停了一会才道:"做姊姊的,是应该疼妹妹的呀。"朱文见灵云一往情深的神气,不知想到一些什么,忽然颊上涌起两朵红云,兀自低头不语。这时已是金乌西匿,明月东升,树影被月光照在地下,时散时聚。灵云对着当前情景,看见朱文弱质娉婷,眉峰时时颦蹙,知她痛楚,又怜又爱,便凑近前去,将她揽在怀中,温言抚慰。朱文遭受妖法,身上忽寒忽热,时作酸痛。她幼遭孤露,才出娘胎不久,便被矮叟朱梅带上黄山,餐霞大师虽然爱重,几曾受过像今日灵云姊弟这般温存体贴。在这春风和暖的月明之夜,最容易引起人生自然的感情流露。又受灵云这一种至诚的爱拂,感激到了极处。便把身子紧贴灵云怀中,宛如依人小鸟,益发动人爱怜。

灵云和朱文二人正在娓娓清谈,忽然一阵微风吹过,林鸟惊飞。灵云抬头往四外一看,满天清光,树影在地,有一群不知名的鸟儿,在月光底下闪着如银的翅膀,一收一合地往东北方飞去。灵云见别无动静,用手摸了摸朱文额角,觉得炙手火热,怕她着风,随手把包裹拉过。正要再取一件夹被给她连头蒙上,恰好金蝉取水回来。灵云先递给朱文喝了,自己也喝了两口,觉着山泉甜美。正要问金蝉为何取了这么多时候,言还未了,忽觉眼前漆黑,伸手不辨五指,便知事有差池。一手将朱文抱定,忙喊金蝉道:"怎么一会工夫,什么都看不见了?"金蝉道:"是啊!我的眼力比你们都好得多,怎么也只看出你们两个人,别的不见一些影子呢?莫不是中了异派中人的妖法暗算吧?"灵云道:"你还看见我们,我简直什么都看不见了。我看这事不妙,黑暗中又放不得飞剑,你既看得见我们,你索性走近前来,我们三人连成一气,先用神鲛网护着身体再说吧。"金蝉闻言,连忙挨将过来,打算与她二人挤在一起。

这时朱文正在浑身发热难过,忽觉眼前漆黑,起初还疑是自己病体加重。及至听了灵云姊弟问答,才知是中了什么异派中人弄的玄虚。猛想起自己身边现有矮叟朱梅赠的宝镜,何不将它取出来?忙喊灵云道:"姊姊休得惊慌,我身旁现有师父赠我的宝镜。我手脚无力,姊姊替我取出来,破这妖法吧。"恰好金蝉也走到面前,灵云已先把玉清大师赠的乌云神鲛网取出,放起护着三人身体,这才伸手到朱文怀中去取宝镜。金蝉刚要挨近她二人坐下,忽然一个立脚不住,滚到她二人身上。由此三人只觉得天旋地转,坐起不能。情知将朱文身旁宝镜取出,便能大放光明,破去敌人法术,谁知偏偏不由自主。似这样东滚西跌了好一会,慢慢觉察立身所在,已非原地,足底下好似软得像棉花一样。三人如果紧抱作一团不动还好,只要一动,便似海洋中遭遇飓风的小船一样,颠簸不停。灵云忙喊住金蝉、朱文:"不要乱动,先挤在一处,再作计较。"说完这句话,果然安静许多。朱文因二人是受自己连累,心中好生难过,坐定以后,勉强用力将手伸进怀中,摸着宝镜,心中大喜。刚要取将出来,三人同时听见有人在空中发话道:"尔等休要乱动,再有一会,便到桂花山。如果破去我的法术,你我两方都有不利。"说罢,不再有声响。

灵云到底长了几岁年纪,道行较深,连忙悄悄止住朱文道:"我看今晚之事来得奇怪,未必便是异派敌人为难。如果是异派中人成心寻我们的晦气,在这黑暗之间,虽然我们俱能抵敌,他岂肯不暗下毒手?他所说的桂花山,又是我们要去的地方,莫如姑且由他,等到了地头再说。如今凶吉难定,我们各将随身剑囊准备应用，以免临时慌乱便了。"说罢，觉得坐的所在，愈加平稳起来。朱文虽在病中，仗着平时内功根底，昏睡之时甚少。灵云姊弟更是仙根仙骨，睡眠绝少。这时经了这一番扰乱之后，一个个竟觉着有些困倦起来。先是朱文合上双目，躺在灵云姊弟身上睡去。金蝉也只打了一个哈欠，便自睡了。灵云在暗中觉着朱文、金蝉先后都朝她身上躺来，有些奇怪，随手摸了摸二人鼻息，已是睡去。就连自己也觉着精神恍惚，神思困倦起来。知道修道之人不应有此，定是中了敌人暗算，深悔刚才不叫朱文取出宝镜来破妖法。一面想，一面强打精神，往朱文怀中摸宝镜。心中虽然明白，叵耐两个眼皮再也支撑不开，手才伸到朱文怀内，一个哈欠，也自睡去。

不知经过了几个时辰，三人同时醒转，仍是挤在一处，地点却在一个山坡旁边。彼此对面一看，把朱文羞了一个面红通耳，也不知在黑暗中怎么滚的，朱文半睡在金蝉怀中，金蝉的左腿却压在她的右腿上面，金蝉的头又斜枕在灵云胸前，灵云的手却伸在朱文怀内。朱文纽带自己解开，露出一片欺霜赛雪凝脂一般细皮嫩肉。叵耐金蝉醒转以后，神思恍惚，还不就起。朱文病中无力，又推他不动，又羞又急。还是灵云比较清楚，忙喝道："蝉弟你还不快些站起！你要将朱姊姊病体压坏吗？"金蝉正在揉他的双眼，他见天光微明，晨曦欲上，躺的所在已不是昨晚月地里的景色，好生奇怪。忽听姊姊说话，才发觉右手腕挨近脚前躺着的朱姊姊，急忙轻轻扶着朱文起来。灵云也挨坐过来，将朱文衣襟掖好，又将她发鬟理了一理。金蝉已拔出鸳鸯霹雳剑，纵上高处，寻找敌人方向。这时天光业已大亮，照见这一座灵山，果然是胜景非凡，美不胜收。看了一会，无有敌人踪迹，也不知这座山叫什么名字。便又跑到灵云面前说道："姊姊，你看多奇怪，明明昨天在月光底下，受了人家妖法暗算，怎么一觉醒来，竟会破了妖法，换了一个无名的高山？莫非我们做了一场梦吗？"灵云道："你休要胡乱瞎说。如今敌友不分，未卜吉凶；你朱姊姊又在病中，昨晚受了一夜虚惊，幸喜不曾加病。凡事忍耐一些好。我看昨晚捉弄我们的人，决非无故扰乱，也许不是恶意，好坏未知。且莫急于找寻敌人，先设法探明路径，检点自己的东西再说。"

说罢，各人查点随身之物，且喜并无失落，只有金蝉买来的那一副滑竿不知去向。灵云正在寻思那作法的用心，朱文忽然惊叫道："姊姊！你看这石头上面，不是桂花山吗？"这一句话，顿时将各人精神振作起来，顺着朱文颤巍巍的手指处一看，可不是，在她身旁一块苔萝丛生的石壁上面，刻着"桂花山"三个大字。

第五十四回

登桂屋　灵药医奇病
浴温泉　涤垢去尘氛

　　三人当时高兴起来，依旧聚坐下来，商议入山之策。灵云道："按照白、朱两位师伯所指途径，我们那般走法，至少还需二十天左右。如今一晚工夫来到此地，昨晚行法的定是一位前辈高人，特来接引我等入山，以免延迟误事。适才所见山上大字，正与白、朱二位师伯之言相符。只需依言行事，那倒不消计算的。只是红花姥姥当年誓言，原说是要一双三世童身、具有慧根、生就天眼通的男女，才能入潭取草。文妹虽是合格，可惜她身中妖法，毒气未退，潭中神鳄、毒石厉害非凡，文妹连路都走不动，如何能够随着蝉弟一同下去？我看红花姥姥道术通玄，并且不久飞升，她要践当年誓言，必能助我等一臂之力。我等先去拜见她老人家，求她撤去洞口云雾。然后我们三人一同下潭，由我护着文妹，蝉弟上前用霹雳剑先斩神鳄，再设法铲去毒石。此去务必语言、礼貌都要谨慎，不可乱了方针，又生枝节。"

　　三人计议定后，朱文实是周身酸痛，不能行走，也就不再客气，由灵云将她背在身上，直往红花姥姥所住的福仙潭走去。刚刚走上山坡，便看见西面山角上有一堆五色云雾笼罩，映着朝日光晖，如同锦绣堆成，非常好看。金蝉直喊好景致。灵云道："哪里是什么好景致，这想必是姥姥封锁福仙潭的五色云雾。她如不答应先将这云雾撤去，恐怕下潭去还不容易呢。"三人正在问答之间，金蝉先看见福仙潭那边飞起一个黑点，一会工夫，便听有破空之声，直往三人面前落下。灵云见来人是一个黑衣女子，年约十六七岁，生得猿背蜂腰，英姿勃勃，鸭蛋脸儿，鼻似琼瑶，耳如缀玉，齿若编贝，唇似涂朱，两道柳眉斜飞入鬓，一双秀目明若朗星，睫毛长有二分，分外显出一泓秋水，光彩照人。灵云知她不是等闲人物，正要答话，那女子已抢先开口道："三位敢莫是到俺福仙潭寻取仙草的么？"灵云道："妹子齐灵云，同舍弟金蝉，正是奉了白、朱两位师伯之命，陪着俺师妹朱文来到宝山，拜谒红花姥姥求取仙草。只不知姊姊尊姓大名，有何见教？"那女子闻言，面带喜容，说道："妹子申若兰。家师红花姥姥，因预知三位来此取乌风草，日前特命妹子到武当山，向半边大师借紫烟锄和于潜琉璃，以助姊姊等一臂之力。家师不久飞升，连日正在忙于料理后事，在未破潭之前，不能与三位相见，特命妹子迎上前来，接引三位先去破潭。又因这位朱姊姊中了晓月蝉师法术，受毒已深，恐怕不能亲身下潭，功亏一篑。叫妹子带来三粒百毒丹，一瓶乌风酒，与这位朱姊姊服用，比那潭中乌风草还有灵效。可请三位先到妹子结茅之所，由妹子代为施治。明早起来，再去破潭不晚。"

灵云等闻言大喜，当下随了申若兰，越过了两座山峰，便见前面一座大森林，四围俱是参天桂树。若兰引三人走到一株大可八九抱的桂树下面，停步请进。灵云看这株大树，树身业已中空，近根处一个七八尺高的孔洞，算是门户，便由若兰揖客。进去一看，里面竟是有床有椅，还有窗户。窗前一个小条案，上面笔墨纸砚，色色俱全。炉中香烟未歇，也不知焚的什么香，时闻一股奇馨扑鼻。室中布置得一尘不染，清洁非凡。门旁有一个小梯，直通上面，想必上面还另有布置。灵云姊弟见朱文脸上身上烧得火热，病愈加重，无心观赏屋中景致，坐定以后，便请若兰施治。若兰先从身上取出一个三寸来高的羊脂玉瓶。另外取了一红一白三粒丹药：用一粒红的，叫灵云隔衣伸进手去，按住朱文脐眼；余外两粒，塞在朱文口中。然后若兰亲自走至朱文面前，将瓶塞揭开，立刻满屋中充满一股辛辣之味。若兰更不怠慢，一手捏着朱文下颏，将瓶口对准朱文的嘴，把一瓶乌风酒灌了下去。随即帮同灵云将朱文抬扶到床上躺下，取了带来的被褥与她盖好。然后说道："此地原名古桂坪，三年前，被妹子看中这一株空了肚皮的大桂树，拿来辟为修道之所。家师自从得了天书之后，不愿人在眼前麻烦，所以妹子除每日一见家师，听一些教训传授外，便在此处用功。这树也逗人喜欢，除全身二十余丈俱是空心外，还有许多孔窍，妹子利用它们做了许多窗户。把这树的内部修造出三层。最上一层近枝丫处，被妹子削平，搭了一些木板，算是晚间望月之所。现在还没有什么好玩，一到秋天，满山桂花齐放，素月流光，清香扑鼻，才好玩呢。朱姊姊服药之后，至少要到半夜才醒。我们不宜在此惊扰她，何不到蜗居楼上玩玩呢？"

灵云摸了摸朱文，见她已是沉沉睡去，知道灵药有效，许多日的愁烦，为之一快。又见若兰情意殷殷，便也放心，随她从窗前一个楼梯走了上去。这一层布置，比较下面还要来得精致。深山之中，也不知是哪里去寻来的这些筠帘斐几，笛管琴箫，满壁俱用锦绣铺设，古玩图书，罗列满室。暗暗惊奇："申若兰一个修道的人，如何会有这般布置？难道她凡念绮思，犹未尽吗？"若兰也看出她的心意，笑道："姊姊，你看我这蜗居布置，有些不伦不类吗？妹子幼小出家，哪里会去搜罗这许多东西？皆因家师早年所修的道，原与现在不同，这许多东西全是家师洞中之物。家师自得天书后，便将这许多东西完全屏弃不用。妹子生性顽皮，一时高兴，便搬来布置这一座蜗居。去年桂花忽然结实，被妹子采了许多，制成香末，所以满屋清香。昨晚听家师说，姊姊等三位即刻就到，才将这壁的一张床搬下去，预备朱姊姊服药后睡的。妹子不久要随姊姊同去，这些一时游戏的身外之物，万不能带走。我们且到最上一层去玩，留作他年凭吊之资吧。"灵云姊弟便又随她走到上一层去，此处才是若兰用功之所，药鼎茶铛，道书长剑，又是一番古趣。灵云便问若兰要随她同去的意思。若兰道："家师自得天书后，深参天人，说妹子尚有许多人事未尽，不能随她同去。家师生平只收妹子一人为徒，平时钟爱非凡，传我许多法术同一口飞剑。家师恐她飞升以后，妹子别无同门师叔伯师兄弟姊妹，受人欺侮，想趁姊姊取药之便，托姊姊引进峨眉门下。只不知姊姊肯不肯帮妹子这个大忙哩。"

自古惺惺惜惺惺。灵云一见若兰，便爱她英风丽质，闻言大喜道："妹子与姊姊真是一见如故，正愁彼此派别不同，不能时常聚首。既然姥姥同姊姊有此雅意，那是再好不过，岂有不肯替姊姊引进之理？不过妹子还有一节请教：姥姥既然对敝派有这番盛意，何以今日不容妹子等进谒？潭中生雾，原是姥姥封锁，何不先行撤去，以免妹子等为难呢？"若兰笑道："家师性情有些古怪。一则不愿出尔反尔；二则不愿天地灵物，令人得之太易；三则知道令弟生就慧眼，朱姊姊有天遁镜，还有姊姊的神鲛网护身，再拿着妹子在武当借来的紫烟锄和于潜琉璃，必能成功。愁它则甚？"灵云闻言，才放宽心。又随她从一个小窗户走到她的望月台上。那台原就两三个树枝削平，虽然简单，颇具巧思。又是离地十余丈高下，高出群林，可以把全山美景一览无遗。想到了桂花时节，必定另有一番盛况。

灵云姊弟与若兰在上面谈了一阵，若兰又请她姊弟吃了许多佳果，才一同走下楼来。灵云摸了摸朱文，见她依旧沉睡不醒，周身温软如棉，不似以前火热，面目也清润了些，知是药力发动。若兰道："看朱姊姊脸上神气，药力已渐渐发动，我们不要在此扰她。现时无事，何不请随我到福仙潭去，看看潭中形势，同这山上景致如何？"金蝉道："刚才我就有这个心思，只是朱姊姊病体未愈,恐怕我们走了无人照料,所以没有说将出来。我们三人同去,倘若朱姊姊醒来唤人,岂不害她着急? 姊姊素来爱朱姊姊,请你留在此地,让我同申姊姊先到潭边去看看吧。"灵云含笑未答,若兰抢先说道:"你哪里知道,家师这药吃了下去,至少要六七个整时辰才得醒转哩。别看我这个小小桂屋,四外俱有家师符箓,埋伏无穷妙用,这番姊姊等三位前来,如不得她老人家默许,漫说入潭取草,想进此山也非易事。朱姊姊睡在里面,再也安稳不过,担心何来? 快些随我走吧。"灵云姊弟只得抛下朱文,随着若兰走出桂屋,直往山巅走去。

那福仙潭形如钵盂,高居山巅,宽才里许方圆,四围俱是烟云紫雾笼罩。灵云走到离潭还有数十丈,便是一片溟濛,时幻五彩,认不出上边路径。若兰到此也自止步,说道:"上面不远就是福仙潭。这潭深有百丈,因那毒石上面发出暗氛,无论多高道行的剑仙,也看不出潭中景物。再加上家师所封的云雾,更难走近。前些年到本山来盗草的,颇有几个能人。有的擅入云雾之中,被家师催动符咒,变幻烟云,由这云雾之中发出一种毒气。那知机得早的,侥幸逃脱性命;有的稍微延迟一些,便作了神鳄口中之物。这番姊姊等前来,家师虽不施展法术困阻来人,因为昔日誓言,却也不便自行撤去烟雾。我们要想从烟雾中走到潭边,实在是危险又困难。幸喜这次奉命到武当山借宝,蒙我义姊缥缈儿石明珠向她师父说情,借来于潜琉璃,听说可以照彻九幽。待我取出来试它一试。"

二人正说到兴头上,忽听金蝉在头上喊道:"姊姊们快来,怎么下面黑洞洞的,只看出一些影子在动呢?"若兰闻言,大吃一惊,忙从身上取出那于潜琉璃,拉了灵云,纵了上去。只见金蝉正立潭边,望着下面,又指又说。若兰见金蝉未遇凶险,才得放心。便对灵云道:"令弟怎么这般胆大,会从烟雾丛中摸将上来? 万一有个差池,如何是好?"金蝉见若兰手上擎着一团栲栳大的青光,荧荧欲活,便问这是何物。若兰道:"这就是那于潜琉璃。你看这光到烟雾堆中,竟看得这般清楚。如果没有它,明日如何下去呢?"说罢,便将那琉璃往潭中一照。金蝉顺着那道青光,往下看了一看,摇头说道:"不行,不行。"若兰便问何故。金蝉道:"你看这光只照得十丈远近,下面依旧黑洞洞的,有何用处?"若兰原本艺高性傲,闻了金蝉之言,也不答话。青光照处,看见下面七八丈远近处,有一块大石现出,便将身一纵,纵了下去,打算离潭底近一些,看看那神鳄到底是何形象。谁知脚还未得站稳,忽然下面卷起一阵怪风,接着从下面黑暗之中蹿起一条红蟒一般的东西,直往若兰脚底穿了上来。若兰久闻师父说那神鳄厉害，吓了一个胆战心惊，知道不好，更不怠慢，将脚一点，纵上潭来。不知怎的一个不小心，手松处，那一个于潜琉璃脱手坠落潭心，上面依然漆黑。金蝉早看见潭中卷起一阵怪风，一条红蟒般的东西蹿了上来，那于潜琉璃又从若兰手中坠落，知道潭中妖物出来，不问三七二十一，把手中霹雳剑往下一指，两道红紫色剑光往潭中飞射下去。那妖物想也知机，不敢迎敌，拨回头退了下去，转瞬不知去向。那一团栲栳大的青光，荧荧流转，半晌才得坠落潭底。金蝉连喊有趣。忽然高声叫道："我看见那怪物了，原来是一个穿山甲啊！"

若兰失去手中于潜琉璃，又羞又惜。且喜怪物不来追赶，回望潭下，依稀看出一丝青光闪动，潭上面依旧漆黑。黑暗之中，恐怕出了差池，不敢久停。正要招呼灵云姊弟御剑飞行下峰，忽听金蝉所说之言，与红花姥姥所说神鳄形象相似，好生奇怪。还未及问他怎会看见，又听灵云道："蝉弟，这黑暗之中，我们三个人就只你看得见潭中怪物，道力深浅难测，快些过来，领我们一同下去吧。"若兰闻言，才知金蝉目力果异寻常。金蝉也自走将过来，先拉了灵云，灵云又拉了若兰，三人一同下了高峰。若兰对灵云道："令弟天生神眼，这破潭一层，想必不难了。只可惜我一时失手，竟把半边大师的于潜琉璃失去。那块琉璃原是半边大师昔年在雁荡修道，路过于潜，一晚夜行田间，看见一个小土坡上，有一道青光上冲霄汉，在那里守了数十天，费了不少事，才将宝得到。起初原是一个流动质，经大师用本身先天真气炼成此宝。一旦被我失去，万一破潭之后，竟被怪物损坏，异日见了大师，如何交代？这真叫人为难呢。"金蝉道："姊姊不必担心，适才我见那团青光坠到潭底，那形似穿山甲的神鳄竟掉头扑了上去，扑离青光不远，又退了下来，看那神气，好似有些畏惧的样子。因它几次扑近青光，我才看出它形似穿山甲。起初我也不过只看见一团黑影，哪里能看得仔细呢？"灵云听他二人对答，只是低头寻思，不曾发言。忽然笑道："倘得仰仗红花姥姥相助，文妹再告痊愈，明日破潭必矣。"若兰虽然听金蝉说到于潜琉璃未被神鳄损坏，到底还是不大放心，听灵云说起破潭那般容易，忙问究竟。灵云道："我想多年得道灵物，大都能够前知。我们先回去看看文妹病体如何，等到破潭之时，再作计较吧。"若兰也知神鳄通灵，便不再问。

当下三人回转桂屋，已是下午申牌时分。才进屋来，便闻着一股奇臭刺鼻，中人欲呕。若兰忙招呼灵云姊弟退出，先不要进去，在外暂停片刻。自己飞身上了三层，由窗户进去。灵云姊弟放心朱文不下，刚要再次走进，忽听若兰在内喊道："姊姊们快闪开！"说罢，一道青光过处，若兰身上背着朱文，如飞一般往林外而去。金蝉不知朱文吉凶，大叫一声，随后追去。灵云也是十分关心，跟踪上前。若兰背着朱文，走到一个山洞底下，回首见灵云姊弟跟在后面，叫："姊姊快来帮帮忙。叫令弟不要下来。"灵云知有缘故，止住金蝉，跳下洞去。只见朱文面如白纸，遍体污秽狼藉。她身上的衣履，若兰正替她一件件地脱呢。灵云忙问到此则甚？若兰道："你看朱姊姊身上这个样子，快替她洗呀！"灵云见朱文脸上虽然惨白，只是神气委顿，不似先前一身邪气，知道若兰定是依照红花姥姥之言而行，便帮若兰扶了朱文，将她浑身脱了个干净。

先前三人从桂屋走后，朱文迷惘中忽觉周身骨节奇痛非常，心头更好似有千万条毒虫钻咬，想唤灵云姊弟，口中又不能出声。似这样难受了一会，下面一个大急屁，接着屎尿齐来。朱文虽然痛苦，心中却是明白，叵耐四肢无力，动转艰难，又羞又急。暗恨金蝉到底是小孩子心性，枉自在路上殷勤服侍了多日，在这生死关头，却抛下自己走开去玩，越想越气。正在万般难受，忽然一阵奇酸，从脑门直达脚底。紧跟着又是一阵奇痛，比较刚才还要厉害十倍。羞愤痛苦，急怒攻心，一个支持不住，大叫一声，滚下床来。待了一阵，才得醒转，耳旁听灵云等笑语之声。刚要呼唤，便觉身子轻飘飘的，好似被一个人背起出门，被大风一吹，立刻身上清爽非凡，虽然头脑涔涔，有些昏晕，身上痛苦竟然去尽。微眸秀目，见背自己的人竟是个女子。迷惘中醒来，先还忘了若兰是谁，及至若兰将她背到洞边，才看清楚。恰好灵云赶到，与她脱去衣履，不由有些害羞，还待不肯。忽然闻着奇臭刺鼻，再看自己身上，竟是遍身粪秽，连若兰身上也沾染了许多，又是急，又是羞，索性装作昏迷，由她二人摆布。

灵云将朱文上下衣一齐脱去，同若兰将朱文扶到洞边。见那碧泉如镜，水底满铺着极细的白沙，沙中有千千万万个水珠，不住地从水底冒到水面上来，结成一个个水泡。微风过处，将那些水泡吹破，变成无数圆圈，向四外散去。水中的碧苔，高有二尺，稀稀落落地在水中自由摆动，甚是鲜肥。水面上不时还有一丝丝的白气。灵云顺手往水中一摸，竟是一泓温泉，知道朱文浴了于病体有益。这时朱文已坐在水边一块圆滑的石头上面脱鞋袜，虽然身子还有些疲倦，觉着胸际清爽，头脑清明，不似前些日子那般难过的样子，知道病毒全消。又见灵云、若兰不顾污秽，左右扶持，心中感激到了万分。忽然觉着身旁还少了一人，不知不觉中抬头往四外一望，一眼看见崖上有个人影一晃。猛想起自己一丝未挂，一着急，羞得"哎呀"一声，扑通跳入水中，潜伏不动。灵云见朱文忽然"哎呀"一声，吃了一惊。及见朱文跳入水中，已在游泳洗浴，方放了心。若兰已看出一些形迹，因自己背负朱文，又与她脱衣解履，闹了一身污秽，也想到温泉中洗一洗。恐怕跟朱文一样被人偷看，又不好意思明言，便对灵云说道："朱姊姊病后体弱，妹子身上又沾染了好些污秽，想下去陪朱姊姊同洗。我们俱是女儿家，意欲请姊姊先到涧上替我们巡风可以吗？"

灵云闻言，才想起金蝉现在涧上，适才朱文那般惶急，莫非他在那里偷看？暗恨金蝉没有出息。表面上却仍装笑脸，对若兰道："这有什么，只是又累姊姊一人，太叫人过意不去了。"说罢，先将朱文身上佩的长剑、宝镜等替她代收身旁，纵身上涧，满打算责问金蝉一番，用目一看，哪有金蝉影子。心想："适才下涧时，明明叫他在上面等候，为何此时不见？莫非错怪了他么？"正在寻思之际，忽见前面树林之内，红紫色的剑光与两三道青灰色的剑光绞作一团，大吃一惊。急忙飞身进林一看，树林之中，有一块两亩大的平地，金蝉指挥双剑，正与两个红衣女子，一个凹鼻红眼、披着一头长发、怪模怪样的人，在那里拼命争斗。灵云知红花姥姥性情特别，来往此山的人，大都是她的朋友，现在正是有求于人之际，暗怪金蝉造次。正要上前问个明白，金蝉已一眼看见灵云走来，忙唤道："姊姊快来！这个红眼塌鼻鬼，打算用黑剑来害我们，被我发现，追到此地。他又寻出两个帮手来，三打一。姊姊快将他们除了吧！"

灵云已看出来人剑光路数不正，只因身在人家势力范围以内，不愿多事。便将手一指，一道金光过去，先将金蝉剑光与来人剑光隔断，止住金蝉，喝问道："我等来到此山，乃是奉了本山主人红花姥姥的允准。你们三人是何人门下？因何暗中寻衅？快快说将出来，以免伤了和气。"那红脸男子见灵云剑光厉害，心中畏惧，可是还不甘伏，脸上一阵狞笑，说道："好好！你们也是红花姥姥约了来的么？我们三人，乃江西庐山白鹿洞八手观音飞龙师太门下，金氏三姊弟金莺、金燕、金驼的便是。你们呢？"灵云道："我乃乾坤正气妙一真人长女齐灵云，这是我兄弟金蝉，还有我师妹朱文，奉了嵩山二老之命，到此拜求红花姥姥赐一些乌风草，并不曾得罪三位，为何与舍弟动起干戈？"金驼闻言，大怒道："你原来就是齐漱溟的女儿，来盗乌风草的么？你可知道那乌风草，原是我师父向红花姥姥预定下的？适才我等三人赶到此地，正遇见你等同申若兰那个小贱人私探仙潭。你们哪里得了姥姥允许？

分明申若兰瞒着姥姥,勾引你等来此盗草。是我心中不服,打算趁你们下涧洗澡,用九龙梭将你等打死。不想被这个小畜生看见,破了我九龙梭。我将他引到此地,正要同我两个姊姊将他碎尸万段!我要早知你们是峨眉余孽,岂能容你们活这些时候?"说罢,将口一张,一股白烟过处,那三道青灰色的剑光重又活跃起来。金蝉哪里容得,不等金驼说完,早已挥动剑光上去。灵云因金氏姊弟虽然路数不正,听他口气,与红花姥姥颇有渊源,不愿伤他,只将剑光把金氏姊弟剑光围住,打算叫他们知难而退。

这样支持了有好一阵,日色已逐渐平西。灵云恐怕金氏姊弟还有余党,又记挂着朱文病体,正想设法将金氏姊弟逼走,忽听林外一声娇叱道:"大胆不识羞的红贼,又到本山扰闹!"声到人到,一道青光,神龙一般从林外飞将进来。只听"哎呀"一声怪叫,那三道青灰色的剑光,倏地破空遁去。

第五十五回

相逢狭路　初会飞龙师
预示仙机　同谒红花姥

　　若兰还待追赶,灵云连忙上前唤住。这时朱文也从林外走将进来。灵云见朱文脸上浮肿全消,虽然清瘦许多,却是动止轻捷,不似先前委顿,知道病毒已除,好生高兴。朱文看见金蝉,不由妙目含嗔,待要说他两句,又不好意思说什么似的。灵云刚要问若兰有关金氏姊弟的来历,金蝉抢先说道:"刚才那三个怪人,真是可恶已极! 我们从福仙潭回到桂屋时,便见他们在我们后面藏头缩脑。彼时因为担心朱姊姊病体,急于进屋看望,我又疑惑他们是本山上人,没有十分注意。后来申姊姊背了朱姊姊出来,那红脸贼隐身树后,手上拿着一个丧门钉,在申姊姊背后比了又比,好似要发出去的神气。我又因为急于追赶三位姊姊,没去理他。想是我们剑光快,那厮来不及发出。等到三位姊姊走向洞边,姊姊只不叫我下去,又不说出原因。我在上面等得心烦,刚刚把头往下一探,还未及往下看时,便听后面窸窸窣窣作响。忙回头一看,原来是那厮掩在后面,手中拿的那一根丧门钉,正朝我放将过来,出手便是一条孽龙,夹着一溜火光。被我用霹雳剑迎着一撩,那厮的钉看去厉害,却是个障眼法儿,被我的剑光一碰,当时烟消火灭,跌在地上。先还想喊姊姊帮忙,一来怕朱姊姊病体受惊,二来见那厮本领不济,发出来的剑光又是那般青灰色的,我便不想惊动多人,想独自将他擒住。果然他的剑光与我才一接触,马上逃走。被我追进树林,那厮同来的两个贼婢出来相助,虽然同是下等货,却比那厮强得多。我听那两个女子直喊祭宝,想必要使什么妖法。恰好姊姊们来到,便赶跑了。"

　　朱文听金蝉说他曾在洞上面探头,羞了个面红过耳。金蝉却天真烂漫,并未觉着什么。灵云本想说他两句,又怕当着若兰羞了朱文,只看了他两人一眼。听金蝉把话说完,笑道:"你说话老像炒爆豆似的,进个不停。也不问清来人是谁,就忙着动手,万一误伤本山贵客,何颜去拜姥姥哩?"若兰道:

"姊姊休要怪令弟。这三个鬼东西实在可恶，我现在想起还恨！适才剑光慢了一些，仅仅伤了他的左臂，没有取他的首级，真是便宜了这贼。"灵云见若兰那般深恨金氏姊弟，觉着奇怪，便问道："那厮口称令师红花姥姥曾预先答应给他乌风草，想必与姥姥有些渊源，何以姊姊这样恨法呢？"

若兰道："姊姊哪里知道。他们三人原是庐山白鹿洞飞龙师太的三个孽徒，因他们的师父宠爱，简直是无恶不作。他师父与家师当年原是好友，后来家师得了天书，把从前宗旨大变，两下里渐渐生疏起来，可是表面来往依然照旧。他们的师父在年前又来看望，家师谈起只等盗草之人破了福仙潭，便要圆寂飞升等语。这次原是带着她那三个孽徒来的。那红脸的一个名叫金驼，最为可恶，听说家师不久飞升，无端忽发妄想，打算家师走后霸占此山，把乌风草据为己有，并对妹子还起了一种不良之念。他师父向来耳软心活，听了她三个孽徒之言，以为家师还是当年脾气，便劝家师何必把这天材地宝奉之外人，昔时誓言不过与长眉真人打赌的一句笑话，岂能作准？叫家师只管飞升，将本山让与她掌管，作为她的别府。又劝家师将我许配那个红脸鬼。家师闻言，已知他们用意，情知他们没有三世慧根、生有慧眼的童男女，下不去那潭，便敷衍她道：'昔日誓言，岂能变更？无论何派何人，只要破得了潭，便可做本山主人。我徒弟婚姻一节，要她本人愿意，当师父的人，不便主张。'他师父知家师存心推托，住了两日，觉得无味，不辞而去。那红脸鬼还不死心，从那日后，便不时借破潭为由，来到本山。偏他又没有本事下去，老在这里胡缠。去年年底，他知我不大理他，异想天开，又运动他两个不识羞的姊姊。先是假装替她们师父前来看望家师，并谢昔日不辞而去之罪。家师洞中石房本多，她二人便赖住不走，天天与妹子套亲近。妹子年幼心热，哪知人情鬼蜮，不但不讨厌她俩，反替她俩筹划破潭盗草之计。住了些日，她们请求搬往桂屋中去，与妹子同住，以便朝夕聚首。相处在一起多日，倒也相安。也是活该她们奸谋败露。有一天妹子在桂屋中，忽听家师那里呼唤，叫妹子一人前去，不要别人知道。这是一种千里传音，别人是听不见的。妹子奉命之后，只说回洞取些东西，便去见家师听训。才一进洞，见家师手中拿着三寸来长的一面小旗，上面画着八卦五行。这便是昔年家师最厉害的宝贝，名叫旗里烟岚。家师将这旗赐予妹子，又教会用法，便催妹子回转桂屋，也不说别的话。

"妹子知道家师脾气，向来不喜欢人问长问短。而且每教人做一件事，总只预示一些迹兆，余外全由受命的人自己办理，办好办糟，她都不管。似这样很机密地将妹子唤去,赐给她老人家最爱之宝,估量必有事故发生,可是还未料到金氏姊弟有不良的心意。当下由家师洞中回转,走离桂屋不远,看见一条黑影飞进屋中。我觉着有些奇怪,起初还疑心金氏姊妹有个出来回去,看那身材又似不像。急忙用家师传的遁法,跟踪到了屋的上层,往下一看,那人正是金氏姊妹的兄弟红脸鬼金驼。我一见是他,本来就不乐意,再一听他说的话,更是气得死人。我伏在上面,偷听他三人把话说完,才知他三人奸计:先是由那厮两个姊姊与我亲近,等到彼此交厚,才由那两个贱人趁妹子用内功时,用她们本门的迷药将妹子迷过去,由她们的禽兽兄弟摆布。那厮本与两个贱人同来多日,因为惧怕家师,还不敢骤然下手。那厮见妹子不在屋中,又来寻两个贱人商议,不想被妹子听见,哪里容得,便下去与这三个狗男女理论。那厮见事已败露,索性一不做二不休,逃到外面,与妹子交起手来。此时妹子人单势孤,很觉吃力,便将家师赐的那面旗,如法使用出来。才一招展,便有百十丈烟雾云岚,将三个狗男女包围,不大工夫,三个狗男女同时跌倒地面。我正打算取他们的性命,耳旁又听家师说:'他等三人虽不好,看在他等师父份上,只可薄惩示儆,休要伤其性命。'妹子虽然不愿,怎敢违抗家师之命,急切中又想不出怎样惩治之法。适才洗澡的地方,原有两个泉眼,洞后的一个却是寒泉,其冷彻骨。便将他三人浸在那寒泉之中,泡了三日。到第四日夜间,正要去放他们,不知被何人救去。从此本山就多事了。想是三个狗男女怀恨在心,勾引了许多旁门邪道,来与妹子为难,俱被妹子仗家师法力打发回去。家师因飞升在即,不愿妹子多结仇怨,为异日留下祸恨,把本山用云岚封锁,道行稍差的人,休想入山一步。姊姊们来时,若非家师先就撤去云岚,漫说破潭取草,入山还有些费事哩。想是那厮心还不甘,今日又来寻我们的晦气。因恨他不过,妹子将他臂肉削下一大片来。此仇越结越深,也顾不得了。"

话言未了,忽听一声怪叫道:"大胆贱婢!竟敢屡次伤我徒儿。今日叫你难逃公道!"灵云等闻言大惊,面前已出现一个中年道姑,生得豹头环眼,黄发披肩,穿着一件烈火道衣,手中拿着一个九节十八环的龙头拐杖。若兰已认出来人便是金氏姊弟的师父、庐山白鹿洞八手观音飞龙师太,知道不是要处,硬着头皮上前叫了一声师叔。飞龙师太狞笑道:"你眼里还有什么师叔? 况且不久你就要背师叛教,到峨眉门下去了。这原是你那老不死的师父,把你宠惯得这个样子,原与我无干。那乌风草本是此山灵药,又不是你师父自己带来的,被你师父霸占多年。我见她死期不远,不能再霸占下去,

367

打算好意向她求让。既然允许了我，如何纵容你这小贱人，勾引外人前来盗草？又三番两次，欺压我的徒儿？今日别无话说，快快束手就擒，随我到你那老不死的师父面前讲理，还则罢了；如若不然，莫怪我手下无情，悔之晚矣！"若兰闻言，正待申辩，早恼了朱文、金蝉，也不答话，双双将剑光放起。飞龙师太骂道："怪不得小贱人猖狂，原来还有这许多倚仗。"说罢，长啸一声，手扬处，指头上发出五道青灰色的光华，抵住朱文、金蝉剑光。一面还待伸手去拿若兰时，忽然一阵天昏地暗过去，一霎时满山都是云岚彩雾，分不出东西南北。只听若兰说道："姊姊们休慌，我师父来了。"

话言未了，耳边果听得一种极尖锐极难听的声音说道："飞龙道友，凡事莫怪旁人，只怪你专信一面之词。我昔日誓言，原说不论何派的人，只要能下得潭去，乌风草便属于他。令徒们既来取草，为何心存邪念，打算暗害若兰？就以道友来说，也是得道多年的人，不该听信谗言，算计我老婆子。我明日圆寂，今日要运用玄功，身子僵硬，不能转动。你要欺负他们这些年幼孩子，若非我早料到此着，岂不受了你的暗算？道友休要不服，我对你与峨眉派均无偏袒。如要取那乌风草，明日福仙潭尽管由你们先行下去。明知自己不行，徒自欺负他们，何苦呢？"又听飞龙师太接着道："你休要偏袒你的孽徒。你既谅我不能入潭取草，等我明日取草之后，再取这一班小畜生狗命便了！"

说着，依旧一阵狂风过去，一轮红日已挂树梢，清光满山，幽景如画，宛不似适才双方引刃待发神气。若兰道："想不到这个老贼竟会听信三个孽徒谗言，前来与我们为难。若非家师相助，说不定还会吃她的亏呢！"金蝉道："适才云雾堆中，我只看见那老贼婆一人，竟看不见你师父在哪里。本想趁那老贼婆被云所迷，暗中刺她一剑。谁知我才指挥剑光过去，好似有什么东西挡住似的，看起来这个老贼婆还不好对付呢。"若兰道："二位剑光被阻，想是我师父不愿与人结仇。只是明日我们入潭取草，又要加上一番阻力了。"灵云道："我看那飞龙师太发出来的剑光虽然不正，却也厉害。那人怙恶不悛，性情古怪。明日仙草如被她取去，不但我等空劳跋涉，顽石大师性命休矣！如果那仙草被我们得到手中，她又岂肯甘休？这事须要想一妥善之法才好。"说罢，拿眼望着若兰。若兰答道："这倒不消虑得。这老贼婆性情虽然古怪，却不知我师父比她还要特别，从未服输过人。既然答应让他们明日先下潭去，此中必有深意，决不会冷眼看我们失败的。至于顽石大师急等乌风草救命，家师配的药酒留存甚多，朱姊姊既能起死回生，想必顽石大师服

368

了也是一样。家师所以要人来将草取去者，一因昔日誓言；二因悟道以后，想将这些灵药付托一个正人，好代她济世活人。无论如何也决不会让老贼婆得去的。"

灵云闻言，略放宽心。四人在月光下又计议了一阵。若兰生性喜洁，因桂屋已然污秽，好在自己明日便要随灵云等同行，也就不打算再去屋中打扫。谈到三更向尽，对灵云等说道："现在离天亮不多时，我们无须再回转桂屋，就此先到家师洞府，等到天明破潭吧。"灵云道："我等多蒙姥姥照应，以前听姊姊说，姥姥不见生人，所以不敢冒昧进谒。转眼我们破潭取草之后，就要离此他去，既然姊姊相邀到姥姥洞府，不妨顺便代为通融，以便上前拜谢姥姥大德，也不枉来到宝山一场。姊姊意下如何？"若兰道："家师洞府，就在福仙潭后，地方也很大。慢说姊姊们外人，就连妹子也只有明日行时拜别，或者得见一面而已。"

说着，四人便一同前去，不久便到。灵云见红花姥姥所居洞府，虽然是一座石洞，有数十间石室，到处都是文绣铺壁，陈设富丽，更奇怪是全洞光明，如同白昼。朱文、金蝉觉得稀奇，几次要问，都被灵云使眼色止住。灵云等三人随着若兰，到各室游玩了一会，走到姥姥昔日的丹房落座。若兰从身上将紫烟锄取出，对灵云说道："潭中那块毒石，周围十丈以内，发出一种黑氛毒雾，非常厉害。乌风草便长在那毒石后面，惟有这紫烟锄能够将它铲除。可惜于潜琉璃业已失落潭中，失掉好些帮助。明午破潭，若不是家师预先算定，妹子真不敢乐观呢。"

灵云正要答言，四人同时听见一种尖锐声音说道："你们天亮后可由这丹房旁边一个洞穴走了出去，那便是福仙潭的中心，离潭底才只十丈多高。那里有一块平伸出来的大石，石旁丛生着有数十茎素草，能避毒氛，可各取一茎，含在口内。到了辰刻，便有人来破潭，你们休出声息，不要乱动，由他等替你们除了神鳄。那时他们无法破那毒石，必然前来寻我。前晚我接引你们三人来此，才知你们带来矮叟朱梅的天遁镜，胜似于潜琉璃十倍。等那先来破潭的人走后，才由历劫三世的童男女，一个手持宝镜照着下面，一个用紫烟锄去锄毒石。那时潭底不多一会便要冒出地火，四周的山峰也要崩裂。你们取得仙草以后，须要急速离开那里。我也便在那时圆寂。先前的人必不甘心，定要与你们为难，可是我已早有安排，到时自知。若兰可趁我法身未解以前，将我法身背在身上，掷入福仙潭内火葬以后，急速随他们回去便了。"若兰闻言，知道师父一会便要圆寂飞升，并且生前不与她再见，想

369

起这十余年相随恩义，不禁跪在地下痛哭起来。灵云也领了朱文、金蝉拜谢姥姥昨晚接引之德。若兰痛哭了一阵，又听姥姥的声音说道："我平日造孽多端，自从巧得天书，已顿悟前非，好容易才盼到今日。你如感念师恩，千万不要忘记我前年在桂屋中对你说的那一番话，就算报答我了，有什么悲伤呢？如今天色快明，尔等急速去吧。"

若兰知道姥姥言行坚决，既不容她见面，求也无益，只得忍着悲怀，起来领了灵云等三人走出丹房。果然见丹房旁似陷出一个地穴，便由金蝉前导，走了下去。往下走约数十丈远近，又转过好几个弯，觉得前面愈走愈觉黑暗，不时闻见一股瘴疠之气，中人欲呕。幸喜金蝉能在暗中视物，四人拉拉扯扯，一任金蝉招呼行走，好容易才摸到姥姥所说的那一块平伸出潭腰的巨石。四面愈觉黑暗，头脑兀自昏眩起来，除金蝉外，灵云等对面难分。四人摸摸索索，才去寻那素草。灵云正觉头眼昏眩，忽然闻见一阵幽香，顺手一摸，居然将那草摸着，心中大喜。立刻取来分与众人，还不敢含在口内，用鼻闻了一闻，立刻头脑清凉，心神皆爽，知道不会有错，才把草含入口中。金蝉看下面青光荧荧流动，知是那于潜琉璃，离近了反看不出那神鳄存身所在。因姥姥适才嘱咐，四人俱都屏息宁神，静以待变。

四人坐了有好一会，忽听那上面有人说话。金蝉便见似龙一样的东西，直从上面投入潭中。还未到得潭底，灵云等坐的那块石头下面，倏地也蹿起日前所见那条红蟒一般的东西，与那条火龙迎个正着，斗将起来。金蝉定眼细看，叵耐四围黑气浓厚，只看出两道红光夭矫飞舞，分不出那东西的首尾。眼看这两样东西斗了有一个时辰，兀自难分胜负。猛听潭上面大喝一声，又飞下一道青森森的光华，往那两道红光中只一绕，便听一声怪啸过处，先飞下来的那条火龙和那道青光，依旧飞回潭上。潭中却是黑沉沉的，什么迹象俱无。猜是神鳄已除，只不见潭上人下来。金蝉性急，正要招呼朱文取出宝镜，忽见潭上先前那道青光，同了一道较小的青光，飞入潭底。最奇怪的是那青光上面还附着一团丈许方圆白光，带着那一道较小的青光，流星赶月一般满潭飞绕。光影里看出四围黑氛非常浓厚，倒好似白光本身发出一团黑雾似的，在潭中滚来滚去。似这样上下飞舞了一阵，这青白三道光华，倏地聚在一处，电也似疾地直投潭底，看看飞到那于潜琉璃发光的所在不远。这道白光经下面于潜琉璃上面所发出来的青光反射，竟照得潭底通明。金蝉等才看出潭底是一大块平地，偏西南角上黑茸茸的，不知是什么东西，余下简直是一无所见。这时前飞的那一道白光已到潭底，若兰恐怕于潜琉璃要被旁人夺去,好生着急。谁知那道白光只略微顿了一顿,与后飞的那一道青光同时投向西南。还未飞到尽头,忽见黑暗之中喷起几缕极细的黑烟,倏地散开,化成一团浓雾,直向那三道青白光华包围上去。一声怪啸过处,那三道青白光华好似抵敌那黑烟不过,拨转头,风驰电掣一般,飞回潭上。金蝉迎面往上看时,黑暗之中,依稀有几个人影闪动,几声喁喁细语过去,便听不见动静了。

金蝉看得正出神,耳旁忽听得有人唤道:"破潭的两个人还不下去,等待何时?"灵云等闻言,一齐警觉。当下金蝉抖擞精神,向若兰手中取过紫烟锄。朱文从身旁也取出天遁镜,才揭开那面乾坤镜袱,便发出数十丈的五彩光华,照耀潭底。若兰见朱文有此至宝,心中大喜。因姥姥之命,只叫这一双童男女下去,便和灵云仍站在原处警备。众人在这天遁镜的光华中,早看出潭底静悄悄的,黑云尽散,紫雾全消。惟有西南角上有一块牛形的奇石,从那石的身上,不断地冒出一缕缕的黑烟。若兰关心那一块于潜琉璃,忙往潭底看时,那青光被这五彩光华一照,好似太阳底下的灯台,渺小得可怜。想看看潭中神鳄到底是何形相,竟不见踪迹,想已被飞龙师太收了回去了。正在用目四望,忽听朱文、金蝉"哎呀"了一声。若兰大惊,忙往潭中看时,原来朱文、金蝉双双携手下去时,金蝉性急,脚先沾地。谁知那潭底看似平地,却是虚软异常,金蝉才一落地,便陷了下去,心中一急,一用力,更陷下去尺许。那泥竟火热一般燎烫,眼看要陷入这污泥火潭之中。幸喜朱文细心,处处留神,手中觉着金蝉往下一坠,忙用气功往上一提,把金蝉提了上来。可是受了金蝉拉的力量,两脚也稍微沾地,觉得热烫难耐。知道不好,一面提着金蝉,喊一声,各将身子悬空,离地约有三尺,飞身前进。倒把灵云在上面吓了一大跳。金蝉飞到那块于潜琉璃跟前,将紫烟锄夹在左臂,顺手俯身下去,拾将起来,揣在怀中。正要同朱文飞向西南角上去破那块毒石,猛见地下有一摊血迹,依稀看出穿山甲一般的一条鳄鱼尾巴,直往地下慢慢陷落。那上半截身子,想是在被斩时早已入土了。

朱文拉了金蝉飞离那块毒石不远,见石上发出来的黑气越来越厚,知道厉害,便将手中宝镜对准毒石。毒石黑气被镜上五彩光华近处一逼,纷纷四散。朱文见毒石为宝镜所制,益发飞身近前。金蝉抡起紫烟锄往那石上砍去,那锄才着石面,便有一大团紫雾青光。那石受了这一击,竟发出一种极难听的呻吟声,被紫烟锄劈成两半。金蝉见毒石伎俩已尽,由朱文将左手宝镜对准石头上面,自己用力一连就是十几锄,把这一块四五尺高的毒石连根锄倒,四散纷飞。这石锄倒以后,才看见石后面长着数十根菜叶一般的东西,叶黑如漆,在那里无风自动,知是那乌风草。起初下来时,上了一个当,此刻自然处处留心。好在那乌风草长在一处,便用紫烟锄连根掘起,挑在肩上。那毒石一经掘倒,依然和鳄鱼一样,慢慢陷入泥中。金蝉掘那乌风草时,因是身子悬空,不好用力,若不是朱文用力拉提,险些脚又沾地。

二人取到了乌风草以后,还想寻觅有无千年何首乌。正在四下寻找,耳听一阵沸汤之声,又觉身上奇热。忙将宝镜往潭心一照,只见潭心泥浆飞溅,热气上腾,恰好似刚煮开了的饭锅一样。一转瞬间,四围尽是泥浆,一圈大一圈小地沸涨飞沫。朱文猛想起姥姥嘱咐的话,喊一声:"不好!"不及说话,拉了金蝉,才飞到适才站立的那块巨石上面,脚底下的泥潭噗的一声过处,泥浆飞起有十来丈高下,沸泥中心隐隐看见喷出有火光。再找灵云、若兰二人,踪迹不见。知道此潭的四围山峰就要崩裂,又惊又急,欲待从原路回转姥姥洞府,已无路可通。幸喜烟云尽散,四外清明,二人只得飞身上潭。不由回望潭下,已是飞焰四张,泥浆沸涌,觉着站的地方隐隐摇动。不敢延迟,猛抬头看见潭后一道青光和一道金光,正和一道青灰色的光华驰逐,知道灵云、若兰遇见敌人。才待赶上前去,又见飞起一团绿雾,接着飞起亩许方圆一块乌云,耳旁又是一阵轰隆砰叭的声音,知是四围山峰崩裂。

朱文等正在着急,不暇再顾别的,双双飞向潭后,见姥姥的洞府业已震坍。飞龙师太同着那日林中所见金氏姊弟,不知使用什么法术,飞起一团绿雾,灵云、若兰用神网护着身体,正在相持。朱文不管金蝉,娇叱一声,手举天遁镜,照将过去,五彩光华照处,绿雾立刻在日光下化作轻烟四散。那飞龙师太正在扬扬得意,忽见一男一女飞来,一照面便发出百十丈五彩光华。紧跟着那个男童手扬处,两道红紫色的光,夹着霹雳之声,电也似的飞来。知道今日万难取胜,情势非常危险,只得错一错口中钢牙,将脚一蹬,带了三个徒弟,驾起剑光,破空逃走。

这时金蝉猛觉脚底奇痛,腿上也烫了无数水泡。朱文也觉脚底热痛。便不再追赶敌人,上前与灵云相见。正要细说破潭之事,猛见若兰奔入室中,一会工夫,背起一个红衣的人,头上包着一块红布,分不清面目,跑了出来,口中连喊:"姊姊们闪开!"灵云见若兰眼含痛泪,满脸惊惶,忙把路让开,跟上前去。这时福仙潭业已崩裂,火焰飞空,高起有数十丈,照得半山通红。若兰跑向潭边,便把红花姥姥尸身捧起,掷入火内。跪在地下,放声大哭,直哭得力竭声嘶。灵云好容易才将她劝住。若兰道:"妹子从今全仗姊姊照应，如蒙视为骨肉，请改了称呼吧。"灵云见她楚楚可怜，愈加爱惜，点头允了她的要求。将她扶起，又替她拢了拢云鬓，手搀手走了回来。

这时金蝉火毒已发，疼得浑身是汗，满地乱滚。朱文虽然比较轻些，也觉着脚底热痛难耐。见金蝉那般痛苦，想起路上那般殷勤服侍，老大地不忍心，拉着金蝉双手，不住地抚慰。金蝉索性滚入朱文怀中，得了这一种温暖的安慰，虽然脚腿热痛，心头还舒服一些。朱文恐怕若兰走来看见，想叫他起来，又难以出口。正在着急，灵云、若兰已然回转。朱文忙喊道："姊姊们快来！蝉弟弟不好了！"灵云闻言大惊，连忙上前问故。朱文便将误踏潭底浮泥，中了热毒，说了一遍。若兰闻言，也不答话，重又跑进石室，取出一瓶药酒道："朱姊姊与蝉弟既然中了火毒，这是先师留与妹子的乌风酒，擦上去就好。"灵云大喜，忙接了过来，先取些敷在金蝉腿上，觉着遍体清凉，金蝉直喊好酒。灵云又将他的草鞋脱下，用酒将肿处擦满，立刻疼消热止。金蝉猛翻身坐起，说道："姊姊快替朱姊姊擦擦吧，她脚上也疼着呢。"灵云才想起忘了朱文，好生不过意，急忙过来与朱文脱鞋。朱文偏偏抵死不肯，一双秀目只望着金蝉。金蝉道："朱姊姊不肯擦药，想是多我一人。偏偏我这时腿上刚好些，不能转动，待我滚下坡去吧。"说罢便滚。朱文见他神态可笑，自己也觉着腿底热疼渐渐厉害，不能久挨，笑对金蝉道："你刚好一些，哪个要你滚？你只把身子转过去，背朝着我便了。"金蝉笑道："我也是前世作了孽，今生偏偏把我变作男身，有这许多避讳。"一面说，将头一拱，一个倒翻筋头，滚到旁边大树一边，隐藏起来。招得若兰哈哈大笑。灵云也不好说什么，绷着脸来替朱文脱鞋。朱文道："由我自己来吧。"灵云笑道："我们情同骨肉，这一路上还少了服侍你，这会又客气起来了。"朱文道："亏你不羞，还做姊姊呢。见我才好一些，就来表功劳了。做妹子的不会忘记姊姊的大恩的啊！"灵云笑道："你忘记我不忘记，当什么紧？"说到这里，朱文不知怎的，竟不愿她再往下说。恰好灵云也就止住，便用话岔开道："不要说了，做妹子的年轻，哪一时一刻不在姊姊保护教训之下哩。无非是见姊姊累了这多天，于心不忍，况且妹子不似日前不能动转，所以不敢劳动姊姊，难道说还怪我吗？"灵云这时已帮着朱文将脚上鞋袜脱去，只见她这双脚生得底平指敛，胫跗丰满，皮肤白腻，柔若无骨。近脚尖处紫黑了一片，炙手火热。知道火毒不轻，无暇再和她斗嘴，急忙将药酒与她敷上。朱文觉得脚底下一片清凉，热痛全止，便要穿上鞋袜。灵云劝她："既然药酒见效，索性停一会，再擦一次，以收全功。"说罢，又拿了药酒走到金蝉藏身之所，见他将身倚着树根，正在仰天呆想。看见灵云走来，急忙问道："朱姊姊擦了药酒，可好一些么？"灵云正色答道："我们与朱姊姊本是同门，相聚数年，又共过患难，情逾骨肉，彼此亲密，原是常情。你现在年岁不小，不可再像小时候那样随便说笑，以免外人见笑。况且你朱姊姊还有个小性儿，你要是招恼了她，就许一辈子不理你，顶好的兄弟姊妹反倒弄成生疏，多不合适呢。"

金蝉与朱文在黄山、九华相处多年，竹马青梅，两小无猜，又都有些孩子气，时好时恼。自从醉仙崖诛蟒以后，朱文服了肉芝，灵根愈厚，常从餐霞大师口中听出一些语气，知道自己还有许多尘缘，惊心动魄，抱定宗旨，与金蝉疏远。金蝉童心未尽，虽然觉着闷气，还不十分在心。及至他二人成都相见，在碧筠庵、辟邪村两处住了多日，金蝉便常寻朱文去一块玩。起初朱文还狠着心肠，存心不理。金蝉无法，好在同门小弟兄甚多，赌气抛了朱文，与笑和尚、孙南等亲近。朱文也不去理他，双方也就日益地疏远。偏偏这一班小弟兄们静极思动，互相约成两组去探慈云寺，无形中又共了一次患难。后来朱文贪功，中了晓月禅师的妖法，金蝉舍死忘生，将她救回。朱文从迷惘中醒来，看见金蝉在旁，情急悲泣，芳心中不由得起了一种感动。偏偏嵩山二老又命灵云姊弟陪她取乌风草，路上承蒙她姊弟尽心爱护，不避污秽，为她受了许多辛苦。他二人感情本来最好，起初生疏原是矫情做作。好些日在患难中朝夕相处，彼此在不知不觉中，心情上起了一种说不出的变化。也并不似世俗儿女，有那燕婉之求，只觉你对我，我对你，都比别人不同似的。因此形迹之间，自然有许多表现。心里头本是干干净净，可是一听旁人语含讥讽，便都像有什么心病似的，羞得满脸通红。

刚才金蝉因朱文示意他回避，便躺在树后，仰天默想，男女之间为何要拘这形迹？又想起前些年与朱文交好，胜似手足，中间忽又疏远起来，天幸这次因她中了妖毒，倒便宜自己得在她面前尽一些心。不晓她病好以后，会不会再和自己疏远？正在胡思乱想，被灵云走来数说了一顿，很觉自己丝毫没有错处，你还不是一样爱护她，偏不许我。虽然这般想法，以为他姊姊说的话太无道理，说得他不服，可是脸上不知怎的，依旧羞起两朵红云，作声不得。只得把眼仰望天上的浮云，顺手折一枝草花，不住在手中揉搓。灵云以为他于心有愧，无话可答，记挂着朱文还要擦药上路，便将药酒与他敷了一遍，又走了回去。若兰已然走开，只朱文一人坐在草地上，低头看着那一双脚出神。灵云远远点了点头，也不说什么，走上前来，二次与她将药酒敷好。

朱文见脚上已然一丝不觉痛苦，恐怕金蝉走来，忙将鞋袜穿着整齐，站起身来。举目往洞后一望,只见福仙潭内火焰高举,上冲云霄,轰隆哗啦之音不绝于耳,看去非常惊心骇目。灵云便问朱文:"若兰往哪里去了?"朱文说道:"她适才好似忘了什么要紧事似的,如飞一般跑进洞中。我问她,她说去去就来,没对我说为什么事。"二人正说到此地,忽听一阵呼呼之声,狂风大起,洞后火焰愈炽,热气逼人。金蝉从树后跑将过来,寻着适才脱的那双草鞋。刚刚穿好,瞥见若兰身上背了一个包裹,满脸通红,从洞内飞身出来,还未到三人跟前,口中大叫道:"姊姊们快驾剑光逃走,这里顷刻就要崩裂了!"言还未了,先自腾身而起。

灵云等三人见若兰那般惶急,不敢怠慢,拾起地下的乌风草,飞身便起。这时脚底已在那里摇动,一转瞬间,轰隆一声巨响过去,接着劈啪劈啪,好似万马奔驰的声音,无量数的大小石块树木望空迸起,满天乱飞。不是三人飞起得快,险些被那碎石打着。三人在空中,见适才站立的那一个山坡,凭空陷了一个无底深坑,一大股青烟由地心笔直往上激射起来,迎着日光,变成一团火云。接着地底喷出数十丈高的烈火,泥石经火化成液体,飞溅滚沫,许多树林溅着火星,烧成一片。那一座红花姥姥所居的洞穴石室,已不知去向。再望福仙潭那边,业已变成一片火海。那未经喷火之处,经这一番大地震后,周围数十里的大小树木,有的连根拔起,有的凭空震动。一座名山胜景,洞天福地,在这一刹那间,竟会变成泥坑火海。无怪乎人世上的崇楼杰阁,容易变成瓦砾荒丘了。

灵云见火势逼人难耐,招呼一声,正等飞身同行。若兰道:"姊姊且慢,还有一点事。"灵云等三人随她回转身来,才看见相距不远,有两个小小的峰头,便随若兰飞身到了峰上。想是天留胜迹,不愿教它全化灰烬,这样小小一座山峰,竟是岩石幽奇,花明柳媚,居然丝毫没有受着地震山崩的影响。四人到了上面立定,往来路一看,只见数十处烈焰飞空,沙石乱飞,天已变成红色,幸喜还是逆风,大家已是热得遍体汗流。金蝉不耐炎热,正要催大家快走,忽见若兰望着福仙潭跪倒,重又大哭起来。灵云、朱文正要上前劝慰,忽见福仙潭内火焰越来越大,一会工夫,腾起一块亩许大的彩云,停留不散。倏地一道红光,往空冲起,红光中一个遍体通红、奇形怪状的赤身女子,由那块彩云笼罩着,直往四人站立的那座山峰飞来。灵云等三人疑是火坑中出来怪物,正要准备放剑,若兰哭道:"姊姊们休要造次,这是我师父啊!"灵云连忙止住朱文、金蝉,跪伏在地。说时迟,那时快,那红光中女子已飞到四人头上,含笑向着下面点了点头。然后电闪星驰,往西南方向飞去,日光底下,依稀看见一点红星,转瞬不见。

若兰看见姥姥已然成道,尸解而去,悲哭了好一会。灵云等三人费了若干唇舌,才将她劝住。便邀她同到嵩山见了追云叟,送上乌风草复命之后,再同回九华,引见到妙一夫人门下。若兰哽咽着说道:"妹子此后一任姊姊们提携照顾,只要不离开姊姊,我全去的。"说时,拉着灵云、朱文的手,越加显得小鸟依人,动人爱怜。灵云便问若兰是否还要回到桂屋走一趟,若兰道:"要紧的东西全在身边,去不去均可。只是那里还有姊姊们的东西呢。"灵云道:"我们也没有什么东西,只有来时,因为文妹病重,张琪兄弟赠的被褥包裹。现在文妹病愈,也用不着那些东西;况且东西已然污秽,也不好还人。既是兰妹不愿回去,就算了吧。"朱文因在姥姥洞中听金蝉说起桂屋中景致,昨日病中不曾领略,想去一看。灵云拗她不过,只好同去。四人到了桂屋一看,那株参天老树业已震断,幸喜桂树不曾被火延烧,桂屋中零星用品遗了一地。若兰忽然看到一个小盒,便拾起揣在身上。朱文便问何物。若兰道:"这便是妹子将这树上所结的桂实制成的香末,本没想带着走,被我回来无心捡着,留在这里白糟践了可惜,将它带到九华,无事时点着玩吧。"

灵云因若兰说起那香,猛想起昨日在洞边,幸而留神身上没有沾着污秽,连日风尘劳顿,且喜事已办完,还添了一个山林闺伴,非常高兴,便想到那温泉中洗一回浴,商量分班去洗。若兰道:"不是姊姊提起,我还忘了呢。那日背朱姊姊去洗澡时,裹她的那一块被单,连同妹子外边披的那一件披风,因为沾了一点污秽,妹子曾把它洗净,晾在石上,忘了去取。妹子在此山过惯了暖和岁月,九华高寒,原用得着;况且那披风又是先师所赐,更不该将它随便丢弃。等我去将它取来吧。"说罢,四人一同走到洞边,且喜温泉无恙,只是水越发热了些。商量既妥,还是金蝉在洞上巡风,灵云等三人洗完,再让他洗。这样轮流洗浴完毕,大家上来休息了一会,又互把破潭和灵云、若兰遇见飞龙师太师徒的事说了一遍。

原来适才朱文、金蝉双双下潭之时,灵云、若兰在上面看见五彩光华当中,金蝉脚往下一坠,与朱文同时一声惊叫,大吃一惊,几乎飞身下去援救。再定睛用目一看,他二人已是驾起剑光,飞往西南角上,知道不曾失脚,才放了宽心。久闻奇石、神鳄的厉害,正想看个究竟,忽与若兰同时听见红花姥姥呼唤,叫若兰同灵云快去后洞,并说她们站的那块大石就要崩裂。灵云闻言大惊,不放心金蝉、朱文在下面,想要招呼他们。若兰只说无碍,姥姥现在已被敌人包围,危险万分,催她快去。灵云只得半信半疑,随着若兰,二次从石洞中回转原来姥姥洞府。才得现出身来，便听天崩地裂一声巨响，前洞业已塌坍。前面站立一个二尺来高、长得婴儿一般、浑身通红的女人，身上发出十余丈的红光，与昨日林中所遇的飞龙师太及师徒四人苦苦相持。若兰见了大惊，忙喊："姊姊快上前，我师父已被这老贼婆害了。"说罢，几乎哭出声来。灵云早已料到那红色女婴定是姥姥炼的婴儿，不俟若兰说完，肩微动处，一道金光如蛟龙一般飞上前去，抵住来人四道青灰色剑光。那婴儿见灵云上前，急忙往后便走。若兰道："姊姊休放这四个狗男女逃走。妹子送家师回洞，去去就来。"说罢，随那婴儿如飞转回后洞。

那飞龙师太起初以为灵云人单势孤，原未放在心上，谁知一交手，才知来人飞剑竟非寻常可比。本来昨日树林交手，灵云因不知金氏姊弟来历，特意相让。今天听红花姥姥已被她师徒所害，怎肯相容。剑刚发将出去，运用她父母真传，一口混元真气喷将出去。头一个先遇着金燕的剑光，金燕刚觉着来人剑光厉害，重于泰山，知道不好，想要撤回，已来不及，被灵云剑光往下一压，立刻将她真气击散，化为一块顽铁。飞龙师太知道自己三个徒弟绝非来人对手，忙叫金莺、金驼退将下来；一面用自己剑光迎敌，将手从腰中掏出一个葫芦，将在庐山多年修炼的绿云瘴放了出来。这时恰好若兰赶到，将飞剑放出，双战敌人。灵云见飞龙师太放起一团亩许方圆的绿雾，远远便闻见腥臭触鼻，不知破法，不敢造次。先将玉清大师赠的乌云神鲛网放在空中，现出一块亩许方圆的乌云，将她与若兰护住，各将剑光收回。

这时四面俱是地裂山崩，火烟四起。忙问："姥姥进洞可有话说？如今地震山崩，金蝉、朱文有无妨碍？"若兰悲泣道："他二人倒决无妨碍。老贼婆师徒因取乌风草不成，险些被那毒石所伤，虽然斩了神鳄，只便宜后来的人少了一层阻力，心怀不忿，以为毒石是家师安排，并非天生。知道家师运用元神出窍的当儿，身子不能动转，便去寻她晦气。她用一种极毒的妖法，名叫烈火毛虫，乃万条毛虫所炼，专攻人的七窍，打算立逼家师撤去毒石和潭中云雾。谁知家师早已料就，在她老人家打坐的面前，安排下家师当年得意的法宝五火乾坤罗，以毒攻毒，将她千万条毛虫活活烧死。老贼婆愈加大怒，便同家师拼命，运用她的飞剑，身剑合一，从家师胸前穿过，原想将家师形神一齐刺死。家师原知昔日没有修得外功，三劫只免得一劫，合该在她手内兵解。并且自己婴儿刚能成道，如用飞剑抵敌，散了婴儿真气，非同小可，只得坐以待死。没料想那老贼婆也料到此着，竟朝婴儿致命所在刺去。幸而家师预先拼命将元神遁去，不然岂不遭她毒手，把百余年来功行付于一旦？家师因为婴儿刚刚成形，元气还未十分坚固，不能和她久持，进洞等候姊姊们将老贼婆赶走，由妹子将她火葬，以完三劫。老贼婆所放的妖法，名为绿云瘴，乃山中大蟒的毒涎所炼。家师说姊姊有护身之法，只留神飞剑受污，一会就有人来破。"话言未了，忽听外面射进数十丈长的五彩毫光，光到处烟消雾散。原来朱文、金蝉已然破潭回来，用矮叟朱梅的天遁镜，将妖法破去，赶走飞龙师徒。

第五十六回

遇髯仙　奉命返峨眉
结同门　商量辟仙府

金蝉也将破潭取草的事,从头又细说一遍。灵云见那乌风草长得和莲叶一样,只是没有那般大,茎长二尺,又黑又亮,拿在手中不住地颤动,真是灵药。只可惜那千年何首乌,已被神鳄享受去,不能到手了。

四人谈说一阵,不觉金乌西匿,皓月东升,远望福仙潭火烟突突,依旧往上冒个不住,烘起满天红雾,与那将落山的红日相映成趣,不时听见爆炸之声。灵云急于到衡山复命,便招呼朱文等三人,同时驾起剑光,望空飞起。在空中御剑飞行了不多一会,忽听空中一声鹤唳,知是髯仙李元化路过,便迎上前去。见面之后,五人同时落下地来,灵云介绍若兰拜见髯仙。李元化见若兰骨秀神清,虽在旁门,却是一脸正气,满身仙骨,连声夸赞。灵云便说:"承红花姥姥与若兰相助,乌风草业已取到,现在就要往衡山。请问师叔云游何处?"髯仙李元化道:"我就为取此草而来。"原来顽石大师受伤以后,追云叟等便将她护送到了衡山,元元大师即托衡山白雀洞金姥姥代为照料。经追云叟用了不少的丹药,虽然保得性命,却是苦痛丝毫未减,几次打算兵解,都给金姥姥劝住。追云叟计算日期,请髯仙李元化迎上前来,将乌风草取回。并叫灵云等无须回转九华,径往峨眉飞去,便能在路上遇着她母亲妙一夫人荀兰因,见面之后,自有分派。髯仙李元化交代完毕,取了乌风草,回转衡山。不提。

这里灵云等听说路上能与妙一夫人相遇,并且叫他们无须回转九华,不知有何分派,恐怕半路错过,忙驾剑光,由莽苍山经过,往峨眉那一方向飞去。一路留神在空中细看,直到第二日辰牌时分,看见山侧一个小村集,围着一圈子人和十来匹骡马。金蝉眼光尖锐,看那十余个男女,俱是非常年轻,穿着华丽,觉着奇怪,不禁凝神细看。忽见人丛中走出一个道姑,好似母亲妙一夫人。便招呼灵云等,在远处按下剑光,跑进那村去一看,果然是妙一夫人领着十个少年男女,在那里雇用骡马山轿。金蝉便要上前招呼,妙一夫人忙使眼色止住。灵云等便也装作不识,在旁闲看,不去拜见。一会工夫,见妙一夫人雇好骡马山轿,打发这十个青年男女上路。灵云等见众人当中,有好几个眼含泪珠望着妙一夫人,依依不舍,露出十分感激的神气。也不知这一群人,怎会聚集在这荒山孤村之中,自己母亲偏偏有此闲心替他们去雇骡马。正在胡猜,妙一夫人已将众人分别送走,向村中居民敷衍了两句,作别出村而去。

那村中居民看见又来了一男三女,估量又是好买卖上门,便装出一脸笑容走上前来,对金蝉说道:"小官人同这三位大姑娘,敢莫也是去朝四川峨眉山,在前面上山遇着大蟒,吓得转回来,想雇用车马回家么?我们这里牲口山轿都让适才那十位香客雇用尽了。离此二十里,还有一个吴场坝,那里牲口很多。如果小官人和三位大姑娘要用,只要多给点钱,我们可以代雇的。"说罢,笑容可掬。金蝉正要向他说些什么,灵云、朱文已猜出妙一夫人定是在何处救了这十个人,假说是遭难香客来此雇用山轿,送他们回家。见夫人已走,不愿再说废话,便止住金蝉,抢先说道:"我等正想雇用车马,既然被前面香客雇尽,承你指示,我们到吴场坝再雇吧。"说完,不俟那人答言,招呼朱文等三人,跟在妙一夫人后面,直往山中走去。那村人见四人走去,暗怪自己不该说出吴场坝,跑了上门买卖。不提。

灵云等进山不远,追上妙一夫人,便带领若兰一同上前拜见。妙一夫人见若兰根基甚厚,颇为嘉许,当时答应收归门下。若兰大喜,上前恭恭敬敬行了拜师之礼。两下里互谈经过。

妙一夫人将前事说了一遍,便对灵云道:"你父亲现在东海,仗着玄真子相助,将宝炼成,不久便要回归峨眉。后山的白眉和尚业已他去,李宁父女所居的栖云洞,直通潭底的凝碧崖,打算将那里辟出一个别府,作你们一班小弟兄姊妹聚会修道之所。英琼现在途中,你们四人可以迎上前去,与她见面之后,一同回到峨眉,借用半边大师的紫烟锄,将栖云后洞当年白眉和尚封闭的石壁锄倒。下面有百余级石阶,石级尽处,便转到洞侧深潭中心一块巨石。从巨石缺口处翻将下去,便是一条斜坡,直通凝碧崖。那里四季长春,到处都是奇花异卉,四外常有飞瀑流泉,终年无雨,最宜于练剑修道。你们到了那里,由灵云率领,朝夕用功,代传若兰、英琼口诀。三个月之后,灵云可去九华,将芝仙移植到峨眉来。日前追云叟派人向我借用九华洞府,我已答应了他,你们无须再回去。到了今年年底,你父回转峨眉,你们那时再

380

听他吩咐。我救的这些青年男女，原同矮叟朱梅约好，将他们分送回家。为免村民大惊小怪，适才我假说他们是附近各县的人家子弟，发愿去峨眉进香，中途在莽苍山被大蟒吓回，替他们将山轿牲口雇好上路。但是我还不甚放心，恐怕他们俱都年幼，未出过门，路上出了差错。好在他们差不多俱在附近云南各县，打算随时暗中护送，等他们回了自己的家再说。英琼还同着一个被难的女子裘芷仙一路，她二人骑着白眉和尚的神雕，那雕如不载人，比你们剑光还要迅速。这一路上颇多异派中人，英琼虽然得着师祖的紫郢剑，但是有一个不会武术的女子同行，恐怕路上难免要遇麻烦。你们不必停留，急速去吧。"说罢，妙一夫人脚一蹬，一道金光，凌空而起。

灵云等四人也驾起剑光，直飞向峨眉一路追赶。灵云正走之间，忽见前面有一柄异派中人放的飞剑，夹着黑烟火光，如飞前进。依了金蝉，便要动手。灵云连忙止住，想看个究竟，便跟在那飞剑后面紧追。金蝉从烟火中看去，隐隐辨出飞剑前面一只飞鸟，上面坐定两个女子，猜是英琼、芷仙二人坐着神雕，被异派中人追赶。正要告诉灵云上前相助，忽见那只大鸟倏地似弩箭脱弦一般，飞向下面山坡落下。因摆脱烟火遮蔽，分外看得清楚，原来是一只大黑雕，背上背着两个年轻女子，便知是英琼无疑。灵云等也都看得清楚。说时迟，那时快，还未容灵云等上前相助，那雕已放下背上两个女子，蓦地冲霄飞入烟火之中。灵云知那异派飞剑颇为厉害，还恐那雕受伤，那雕已将那飞剑用钢爪抓住，飞落下去。再被下面女子剑上发出的十来丈长的紫光一撩，立刻烟消火灭，飞剑变成顽铁，坠落地下。

灵云见那女子小小年纪，竟是身轻如燕，发出来的剑光尤为出色，非常欣喜。知道她的敌人决不肯善罢甘休，便招呼众人，远远按落剑光，隐身树林之内，一来想暗中助那两个女子一臂之力，二来看看她的本领。在林中待了一会，见那雕向那用剑女子要吃了许多红色果子，忽又冲霄而起，一会工夫，抓了一副大梅花鹿角回来。金蝉见那雕如此灵异，只喜欢得打跌。待了一会，见敌人无甚动静，急于要问那两个女子是否妙一夫人所说的英琼、芷仙，又见那两个女子要走，再也忍不住，不经灵云同意，首先出了树林。灵云等也只得跟将出来。灵云才要喊那两个女子留步时，忽然狂风大作，飞沙走石，鬼声啾啾，天昏地暗。金蝉慧眼早看见黑暗中一对奇形怪状男女，披头散发，施展妖法而来。朱文见是妖法，早将天遁镜放起十余丈的五色毫光，破了妖法。灵云等已看出妖人站的方向，各将剑光飞起。灵云剑快，首先将那女的当胸刺过。那男的妖人见这些幼年男女个个厉害，只一照面，他的同伴便死了一个，吓得心惊胆裂，忙借妖法望空逃走。

　　这里灵云等与那两个女子通问姓名之后，果是妙一夫人所说的李英琼与裘芷仙，俱各心中大喜。英琼见是同门师姊师兄，喜从天降。双方施礼，又谈了一阵。神雕佛奴也飞了回来，英琼便问妖人可曾抓死。神雕摇了摇头，知道被他逃走。灵云等俱不知那妖人来历，只得罢休。金蝉、若兰见那雕灵慧通神，善解人意，不住上前抚摸它的铁羽。那雕瞪着一双金光四射的眼，站在当地，一任二人抚摸，纹丝不动，又神灵，又驯良，爱得二人都恨不能骑上一回，才称心愿。大家谈谈笑笑，非常投机，大有相见恨晚之概。英琼、芷仙剑术未成，也不同众人客气，竟自骑上雕背。灵云等四人也都随后升起，紧随那雕前后左右，一齐往峨眉飞去。

　　那雕两翼飞程，本比剑光还快，只因身上背了两个凡人，禁受不住天风，只得慢慢飞翔。灵云等又愿意同英琼在一起走，故而两下速度如一。金蝉、若兰孩子气比较重，既爱这两个新同门，又爱那雕，时而飞在雕前，时而飞在雕后，不时同英琼、芷仙二人说话。叵耐雕行迅速，扑面天风又急又冲，英琼将头藏在芷仙背后，还能勉强回答；芷仙两手紧攀神雕翅根，被对面天风逼得气都透不过来，哪里还回答得出。偏偏芷仙天生好强，又极爱面子，自从遇救出险以后，总觉自己非女儿之身，无端受尽妖人糟践，羞恨欲死。偏先后遇见英琼、灵云这一班小辈剑侠，大半都是比她年纪还轻，一个个俱都本领高强，飞行绝迹，美若仙人，英姿飒爽。不禁又是羡慕，又是佩服，越想越自惭形秽，远不如人。抱定宗旨，到了峨眉，无论如何都要从他们学些飞行本领，巴不得承颜希旨，得他们一点欢心才好。见若兰、金蝉飞近身旁，问长问短，自己连口也张不开，又怕若兰、金蝉说她大模大样，只好点头微笑，急得浑身俱是冷汗，无计可施。那英琼一旦遇见许多本领高强的同门伴侣，并且可以永久和他们在峨眉一处做伴，再不愁空山寂寞，只喜得心花怒开，洋洋得意。见金蝉、若兰问那神雕来历，便把一个头紧藏在芷仙背后，从李宁得病起，直说到莽苍山月夜斗龙，斩山魈，诛木魅，救马熊，灵猩舍命相从，以至同他们四人见面的情由，滔滔不绝，详细说了下去。金蝉、若兰听到还有一只神雕，已经把一只善通人性的大猩猩带到峨眉去了，越发觉得好玩高兴。

　　朱文本同灵云并飞，偶尔顺风，听见一鳞半爪，后来也听出趣来，便拉了灵云飞近英琼，听得津津有味。神雕飞在空中，两翼平伸出来，好似两扇小门板一般。朱文知那雕能载重，好在自己深通剑术，不怕坠落，又想挨近英琼听个仔细,便收了剑光,试坐到雕翼上去。那雕见有人加坐在它右翼上面,只回头望了望,又转头望左叫唤了两声。灵云一面飞行,笑对朱文道:"你坐在神雕翼上,轻重失了平衡,只图你顺便,它可受了罪了。"说时,朱文见那雕并不闪动,坐在上面迎着呼呼天风,平稳非凡,便望金蝉笑着微一点首。金蝉明白她的用意,便把剑光收了,往左翼上坐去。若兰也看出便宜,两人对抢着坐了上去。那雕连头也不回,竟自往前飞去。英琼见灵云一人向隅,好生不过意,便用手连招她来骑。灵云近前笑道:"尽够神雕受的了。"英琼偏着脸道:"我后面还空着许多地方咧,姊姊上来,抱着我坐吧。"连说了几次。灵云不忍拂她意思,想叫雕翼力量平衡,便收了剑光,在英琼身后,近左翼处坐下。那雕不但不嫌重,益发加快速度,平稳往前飞行。若兰、英琼连喊有趣不置。

六人一雕,一路说一路飞,正在高兴非凡。忽听那雕长鸣一声,倏地一道青光,流星赶月一般,往南方斜射过去。接着对面云堆中,也是一声雕鸣,一只白色大雕横开丈许长的银翼,风驰电掣,摩空飞过,直向那道青光追去。英琼坐下的雕往高飞,迎个正着,口中不住长鸣。那白雕闻得同伴鸣声,舍那青光不追,横转双翼,减了速度,挨近黑雕身旁,一同飞行,两下一递一声叫唤着,显得非常亲热。众人见这只白色神雕比黑雕还要大许多,一双红眼,火光四射,浑身银羽,映日生辉,俱各连声夸赞。若兰便问这个白雕是否现在也归英琼所有。英琼还未答应,金蝉满拟白雕也和黑雕一样,不问青红皂白,将身一纵,打算骑了上去。谁知那白雕竟不许金蝉骑,见金蝉飞身上来,倏地空中一个大旋转,竟将金蝉闪脱。若不是金蝉会剑术飞行时,这一失足怕不落在地面化为肉泥。金蝉受了这个失闪,吃了一惊,又羞又气,骂一声扁毛畜生,忙驾剑光,想二次上前将它制服,收为己用。就连朱文、若兰,也都跃跃欲动。幸而灵云年长知事,知道白眉和尚座下神雕厉害非凡,稍次一点剑仙,俱不是它的敌手,适才见它追那青光,本领已可想见,不敢造次。便连忙喝住金蝉不得无礼,众人休要乱动。又对那白雕说道:"舍弟年幼无知,我到了峨眉,自会责罚于他,仙禽休怪。"那白雕闻言,也长鸣示意。灵云忙将金蝉唤上雕背,不住地埋怨。金蝉本不甘服,怎奈适才路遇妙一夫人再三嘱咐,无论何人,俱须听从灵云之命。又加上金蝉要跟灵云学那屡次想学、灵云吝而不教的一套练剑的口诀,只得坐上雕背,干生闷气。这时英琼的话也逐渐说完,当下几个人倒清静起来。六人二雕,直飞到天黑,才到了峨眉后山降下。

383

这时候已是星月交辉,天已二更向尽。众人下了雕背。那大猩猩早在洞门口徘徊瞻望,看见主人同了几个嘉客骑雕飞来,欢喜非凡,迎上前去,跑前跳后。英琼便问:"你早被它抱回来么?"那猩猩横骨已化,能学人言,便学着答道:"回来么?"英琼大喜。金蝉便道:"你说那猩猩,是否就是它?怎么大得吓人?"英琼道:"你光说它大,它的心性却灵巧着哩!"说罢,黑雕陪着白雕,自在外头盘旋,英琼便自揖客进洞。猩猩猜知主人之意,先抢到前面,把洞口封的大石推开。英琼笑道:"这东西真灵,不然我只顾让客,还忘了开洞呢。"灵云道:"俱是一家人,无须客气。我们这里地理不熟,还是你先进去领路吧。"英琼闻言,便同了猩猩前行,先取出一盏油灯点上,然后邀众人坐定。忙放下背上包裹,跑到洞后,取了四个腊鹿腿出来。说道:"姊姊哥哥们先坐一会,我去喂喂那金眼师兄同它的朋友,就回来的。"说罢,匆匆往洞外就走。若兰、金蝉、朱文都想去看一看,拉了灵云往洞外便走。芷仙在雕背上坐了这一天,头晕腿酸,周身如同散了一样,看见洞中有一个石床,再也支持不住,恨不得躺一会才好。灵云见她累得可怜,叫她不要劳动,躺下养养神的好。说罢,便随众人出洞。芷仙猛见床侧石桌上有一封信,写"英琼姊亲拆",知是英琼的信,便取来藏在身畔,一倒身睡在石床之上歇息,不多一会,竟自睡着。

灵云同众人出洞,见英琼正喂那黑雕,爪喙齐施,风卷残云般在吃那鹿腿。白雕站在地下,只是不动,也不去吃。金蝉虽是恨那白雕,适才在空中不让他骑,可是心里头还是非常之爱,见它不吃,便随意拿了一只鹿腿去喂。那白雕把头一偏,连忙跳开。金蝉不舍,赶得白雕乱蹦乱躲。灵云怕金蝉把白雕逗急,急忙止住金蝉道:"白仙禽业已成道,想必不食人间烟火了,你强它则甚?可惜晚上无处去采果子,不然着猩猩去采些果子来,或者仙禽肯吃,也未可知。"一句话把英琼提醒,才想起自己包裹中还有九个朱果,同一些黄精、松子之类。见两个神雕又在长鸣,恐怕飞走,急忙回身进洞。见芷仙已自睡着,扯了一床被与她盖上。打开包裹,取了些黄精、松子同四个朱果,走将出来,对白雕说道:"我知你是吃素。这个朱果乃是仙果,我听我师父说,吃了可以延年轻身。可惜一路被我糟掉了不少,如今只剩下九个。我打算请你吃两个,给我爹爹带两个去,余下的五个我留在洞中待客了。"那白雕闻言,果然毫不客气走近前来,将两个朱果吃了,长鸣一声,点了点头,好似道谢的意思。接着伸出一只钢爪,英琼便将两个朱果递在它的爪中。这白雕抓了朱果,一个回旋,望空便起。黑雕佛奴也随着飞起,月光下一白一

384

黑两个影子，转眼不见。金蝉、若兰忙问英琼："二雕可要飞回？"英琼道："那黑的，我叫它金眼师兄，它名字叫佛奴，白眉师祖业已赐予了我。白的是师祖座下仙禽，这次是送它同伴回来，不会在此停留的。"金蝉不住口地直喊可惜。果然不多一会，黑雕飞回。

英琼二次揖客进洞，坐定后，便取出那五个朱果，递给每人一个。说道："裘姊姊业已吃过几个了，这一个留给余姊姊吧。早知此果是个仙果，不易得到，我先前也不把它猪八戒吃人参果，当饭吃了。"众人闻言，哈哈大笑。因适才听英琼在雕背上说过，知是仙果，大家慢慢咀嚼，果然甘香无比，食后犹有余甘。灵云细看这洞，有好几间石室，石床、石几、石灶样样俱全。洞外风景也甚清幽。只不知洞底凝碧崖风景如何，且待明早再去开辟。这时在灯光下，重新细看英琼，真是一身的仙风道骨，神采清爽，目如寒星，光彩照人。暗想："她并未入门，却比那修炼多年的人，看去功行还要深厚。与若兰一比，真似一瑜一亮，难定高下。母亲说她生具异禀，果然不差。"

第五十七回

抱不平　余英男神针御寇
寻仇隙　魏枫娘飞剑伤人

　　大家正说得高兴,忽听芷仙在床上大叫道:"姊姊们千万提携我这苦命妹子呀!"众人知她梦中呓语,境由心生,俱都可怜她的遭遇。尤其灵云,自从遇见芷仙,便觉她性情温和,英华内敛,谈吐从容,动人怜爱,不由得点了点头。英琼在这空山古洞之中,寂寞惯了的人,一旦涉远山川,迭经奇险,死里逃生回来,得了许多飞行绝迹、本领高强、同自己差不多的剑仙,来常共晨夕,喜欢得不知如何才好。一会指挥猩猩帮着她打扫床榻,一会又去烧锅煮水,弄饭弄菜,把过年时在城内买的那些年货俱搬出来,请大家食用,又把四壁宫灯点起,忙了个不亦乐乎。逗得若兰、金蝉高了兴,也帮她忙进忙出。中间还夹着一个大猩猩蹦前蹦后,显得四壁辉煌,人影幢幢,满洞生春,笑语喧哗,非常热闹。灵云、朱文虽然断绝烟火,但是也还不禁饮食,禁不住英琼劝客情殷,每样都用了些。英琼又去看了看芷仙,见她睡得正香,知道她多少夜不得好睡,昨晚熬了一夜,路上受了许多辛苦颠连,便不去唤她,只与她留下些吃的,灶中添上火,准备她醒来食用。自己仍同大家围坐,计议明早用紫烟锄去掘开通往凝碧崖的后洞。

　　英琼又把同余英男交好之事说了一遍。灵云道:"她就是寒琼仙子广明师太和女韦护广慧师太的徒弟么?自从那广明师太误收了神手比丘魏枫娘做徒弟,把平生本领不惜尽心传授。谁知那魏枫娘在新疆博克山十年冰雪寒风中,将广明大师独创的天山派法术学成以后,假说奉了师命,到西南各省收罗弟子,光大门户,其实却是仗着本领,到处淫恶不法。又收了西川的黄骈、薛萍、钱青选、伊红樱、公孙武、厉吼、仵人龙、邱舲等男女八魔做徒弟,愈加胡作非为起来。气得广明师太从新疆博克大坂赶到四川寻她时,被她约来滇西魔教中一个惯使妖法害人,名叫布鲁音加的蛮僧,埋伏在她的巢穴之中,假说请师父去赔罪悔过,由那妖僧暗中用乌鸩刺,废了广明师太左臂,

386

还算见机尚早,得逃性命。广明师太逃出来后,因为她素来好胜,吃了徒弟的亏,虽然恨在心里,却不好意思寻人报仇,反倒避在一旁,装聋作哑。那魏枫娘见师父都不敢管她,越加无恶不作。去年被家母同餐霞大师在成都城外将她杀死,八魔才害怕,躲往青螺山敛迹,轻易不敢出头。事后广明师太写信来道谢家母同餐霞大师替她清理门户,并说她因误中孽徒暗放毒刺,不久便要圆寂;又说她还有两个徒弟,甚是不才,只有一个徒弟很好,名叫余英男,可惜不是空门中人,现在她师弟广慧门下,请家母同餐霞大师便中照应等语,想必就是此人了。"

英琼道:"她只说幼遭孤露,五六岁被恶婶赶将出来,倒在大雪之中,醒来已在一个山洞内,旁边还生着火,面前站定两个尼姑,一个年纪较长的,先收她做了徒弟。不多几天,那年纪较轻的,忽然要告别回山,行时对年长的说道:'此女资质甚好,师兄莫再把她误了啊!'那年长的闻言,叹了口气说道:'你既如此说,你就把她带了走;我救她一场,算是我记名徒弟。'说完,便叫英男重又拜师。英男拜罢刚站起身来,那年轻的便解开僧袍,将她抱在怀内。她觉着有些气闷,还未说出,忽觉身上寒冷。偷偷用小手拉开袍缝一看,只见下面尽是白雪云雾从脚下飞过。她虽然年幼,已猜出这两个师父都不是凡人,又喜欢,又害怕。如是过了好半天,才落到一个山上。她新认的师父已觉察出她在半空中往下偷看,笑对她道:'你看在云雾中奔驰,好玩么?'她也是福至心灵,当时便跪下求教。她师父道:'早呢,早呢。你先认的那个师父,名叫广明。我叫广慧,是她的师弟。我俩都不是教你的人。不过你同我二人有缘,所以被我二人将你援救到此。你要从我两人学本领,便会走入旁门,反误了你。不如等你机缘到时,再说吧。'当时英男同她师父还不大熟,又是小孩子,见师父不允,也就罢了。后来英男年长一些,屡次跟她师父出门,飞来飞去,仗着她师父非常疼爱,便执意要学。她师父被她磨不过,才教她坐功炼气,及许多轻身击剑之法。又过了几年,她见她师父能在二三十里外飞剑取人首级,又打得一手好梅花针,她又磨着要学。她师父道:'我教你打坐驭气,便是学飞剑的根底,那是从峨眉派一个好朋友处问来的,与我的飞剑不同。我的飞剑实是旁门,因为克欲功夫不纯,你的资质太好,反误了你。'执意不教。她又要学那梅花针,她师父道:'你这孩子,真是见一样,要学一样。这原是我一个救急防身的东西,你既一定要学,好在于你现时用的内功并无妨碍,就教与你吧。'

"英男学成梅花针以后,在四五年前,她随广慧师太在西川路上,遇见一

387

伙强人，劫一个镖客的镖。那强人劫了镖，还要将保镖的人众杀死。英男好生不服，便请她师父上前打抱不平。她师父道：'你不要忙，自有人出头的。这些强人，还是自家人呢。'说罢，果然看见路旁纵出一个壮士，先替那镖客求情，那伙强人不允，动起手来。那壮士武功虽好，怎耐强人大多，堪堪寡不敌众。英男气恨不过，在暗中对那伙强人放了一把梅花针，那伙强人才败了下去。她师父见她放针出去，急忙带了她回到山上，埋怨道：'你怎么爱闯祸，你看那壮士虽然不能抵敌，那旁边树林内还隐着一个能人呢，何苦我们结怨则甚？'说罢，便对英男道：'三五日内，如有人来问我，便说我病了十来天，好多日不曾下山。不论来人怎样无礼，不可轻举妄动，以免再生事端。那来人不久便有人收拾她，她虽万恶，何苦我们自残呢？'

"果然到了半夜，广慧师太忽然真病起来。倒把英男急得要死，日夜衣不解带地服侍。到了第三天，果然来了一个女子，直闯进来，首先看见英男，便冷笑道：'我听说我那老不死的师父在雪堆中救出一个女花子，想必就是你么？'英男年轻气盛，见那人盛气汹汹，刚要质问她为何出口伤人，广慧太已在里面呻吟唤道：'外面是哪位道友来了？恕我病中懒于行动，请进来吧。'那女子闻言，又冷笑一声，闯进室内。英男在外偷听，只听广慧师太与来的女子辩论了好半天。那女子一口咬定，各派剑仙中，使用这一种梅花针的，只有她师父同广慧师太，现在真凭实据在此，如何不认？口气非常强硬，咄咄逼人。广慧师太却说自己因误食山中药草，已病倒十来天，声音非常低弱，好似病势越发沉重。英男心如刀割，刚走进房，广慧师太忙对她使眼色，只得重又退出。那女子争论了一阵，半信半疑，说是还要去察访放针人下落，并要用飞剑去杀那壮士。出来时，一眼看见英男，眼中闪出凶光，硬要英男送她出洞。英男刚要倔强，又听广慧师太在内说道：'你这贱丫头，来了几年，连什么也没学会，枉自生了一副聪明面孔。你师姊叫你送她，你也不肯，你就那样懒么？'英男上山以来，从未受过师父责骂，一闻此言，猜是病人肝火太旺，不好不依，只得忍气吞声，送那女子出洞。那女子走了不几步，忽然回头叫道：'你这小鬼丫头！这事定是你偷偷干的吧？'说罢，手扬处，便有两道青光飞来。英男见那女子下毒手施放飞剑，吓得往房内飞跑，连喊师父救命。刚刚跑到病榻之前，广慧师太一伸手，便把她揽在怀里，只说：'你师姊吓你的，不要害怕。'英男等了半晌，不见动静。广慧师太忽然站起说道：'这个业障，真正可杀不可留了！'

"英男再看广慧师太，面容依旧红润，哪有什么病容。身后青白光已不知去向，还疑是来人飞剑已被师父收去，好生奇怪。正想问时，广慧师太道：'来的那女子，名叫神手比丘魏枫娘，是我师兄广明师太以前的得意门徒。那中梅花针的强人，便是她手下党羽。我知道你闯了那祸，她一定看出梅花针是我独门传授，要寻我们的晦气，故此才将真气内敛，装病哄她。不想由此倒看出你一番孝道，越发令我欢喜。她进门时，本不信我的话，反因你一脸愁苦之容，错疑我生病，才相信我果不曾下山。又见你一身仙骨，满脸英姿，以为你已将我剑术同梅花针学成，私自下山，抱打不平，才逼你送她，放出飞剑，试你一试。你如果已会飞剑，势必也放剑抵敌。她已尽得我师兄所传，漫说是你，我也不好对付。我不想因不愿你学旁门剑术，不曾传授，你自然不会，无法抵敌，逃了进来。她这人虽万恶，却从不肯亲手杀一个无能力抵抗的人，因此才未下毒手。反越加相信我师徒果然不曾离山，收了剑光，又寻旁人晦气去了。这贱婢如此骄横，目无长上，恶贯已盈，不久便遭惨劫。我师徒也犯不着怄气，由她将来自作自受吧。'

"英男姊姊因了这一次小风波，练剑之心越急，日夜运用内功。叵耐广慧师太到如今，也未把飞剑口诀传授给她。在我离开峨眉之前，常同她见面，承她教给我许多打坐刺剑之法，有好些颇与仙师妙一夫人所传相似。她并说不久便要搬来与我同住。等我明日陪着诸位姊姊哥哥，把凝碧崖这条道路打开，再去接她来同住吧。"灵云闻言，也甚赞同。

自己师兄妹，头一次聚在一处畅谈，大家越谈越起劲，一个也不去做功夫，也不去安歇，一直谈到天明。床上芷仙睡了一夜，业已醒转，见洞口透进来的曙光，还疑是月色。见众人俱在围坐畅谈，急忙翻身坐起道："诸位姊姊，天到什么时候了，怎么还未去睡？"若兰道："天都亮了，你还睡呢。我们昨晚畅谈了一夜，谁也舍不得走开，偏你一人好睡。"芷仙听说天明，急忙爬下床，说道："我昨日也不知怎会那样困法，原想倒下去稍歇一歇，竟会睡得那样死法。可是诸位姊姊也都受过好多日辛苦，倒一丝也不困，真可算得龙马精神了。"英琼道："你哪里知道，漫说姊姊们剑术已成，就连我不过稍微懂得一些坐功，常时三五晚不睡，也不当要紧，这有什么稀奇？"说罢，见众人不会再睡，一会便要去开辟凝碧崖通道，兴冲冲跑到后面去烧水煮粥去了。那猩猩睡伏在石桌旁边，见主人入内，便也跟了进去，帮着烧火打水。一会工夫，先将水烧好，取出与大家盥洗。若兰、金蝉觉着好玩，便也跟进去帮英琼动手。芷仙更是连脸都不洗，先替英琼将杯箸等类摆好。

大家忙了一阵，英琼将粥煮好，切了一盘腊味，又取了一大盘咸菜捧将出来。金蝉、若兰最爱吃那腊味，赞不绝口。朱文笑对金蝉道："九华虽然清苦，辟邪村玉清大师颇预备许多荤素吃食，我不信这一趟莽苍山，会把你变成一个馋痨鬼。今天才到李师妹家中第二天，也不怕人家笑话。"说罢，抿着嘴，用两个指头在脸上刮。金蝉见朱文羞着笑他，便也反唇相讥道："朱姊姊你还不是不住口地吃鹿肉，还说我呢。当心把神雕的粮食吃完，神雕不依吧。"朱文正要还言，英琼见二人斗口，忙道："朱姊姊、金哥哥爱吃腊味，我还多着呢。即使吃完，只要叫我金眼师兄出去几趟，便能捉得好几个回来。我们都跟亲手足一样，谁还笑话不成？"朱文冷笑道："我不过见他吃得野相，好意劝他几句，他反倒来说我。这类烟火食，我一年也难得吃上两回，因见李姊姊劝客情殷，又加上头一次吃鹿肉，觉得新鲜，才拿两片撕着就稀饭。谁似他狼吞虎咽的，这一大盘倒被他吃了一多半。为好劝他两句，还反说人吃不停嘴，吃你的吗？"金蝉见朱文娇嗔满面，便低下头只顾吃，不再言语。

灵云是一向看他二人拌嘴惯了的，也不去答理。见大家都吃得津津有味，便也取了筷子，夹一片慢慢咀嚼，那一股熏腊之味，竟是越吃越香。笑对金蝉道："无怪你们争吃，果然这鹿肉很香。英琼妹子小小年纪，独处深山，居然布置得井井有条，什么饮食设备，样样俱全。与若兰妹子一样，都是那么能干，叫人见了又可爱又可敬。要像这种殷勤待客，怕不宾至如归，把山洞都挤破了吗？"若兰见朱文、金蝉拌嘴，在旁边也不答言，只顾吃。这会听灵云赞她能干，便笑道："姊姊怎么也夸奖起我来？我哪一点比得上诸位姊姊们？不过平日仗着先师疼爱，享享现成的罢了。"

这时朱文停箸不食，坐在那里干生气。金蝉不时用眼看着朱文，想说什么，又不好说似的。英琼惦记着那只神雕，匆匆在后面取了两只鹿腿，出洞喂雕去了。芷仙怕他二人闹僵，看他二人神气，知道金蝉业已软化，容易打发，便劝朱文道："姊姊不要生气，招呼凉了，不受吃。"还要往下说时，灵云忙拦道："我们休要劝他们，他二人是这样惯了的。"朱文误会灵云偏袒金蝉，本想说两句，猛想起灵云患难中相待之德，不便出口，越发迁怒金蝉，假装看雕，立起身来，独自行出洞去。金蝉见朱文出洞，知她心中不快，讪讪地立起身来，也跟了出去。若兰天真烂漫，还不曾觉察。芷仙年岁较长，见他二人这般情况，已然看出他二人情感与众不同。暗想："原来剑仙中人，一样也有男女之爱。"不由想起自己的未婚夫婿罗鹭来，好生伤感。灵云见芷仙尽自发呆，便劝慰她道："姊姊有何心事，这样愁闷？何妨说将出来，我们多少也可替你尽点小力。"芷仙道："妹子自遭大难，万念皆灰，恨不如死。多蒙恩师救援,得同诸位神仙姊姊长聚一处,真是平生之幸。不过妹子天生薄质,深恐学道不成,有负恩师同诸位姊姊一番厚意罢了,哪里有什么心事?"灵云见芷仙不说,便也不去强她。

这时若兰业已吃完,便对灵云道:"天已不早,我去将师兄同二位师姊请回来,商量开辟凝碧崖吧。"说罢,跑出洞去一看,只见英琼一人站在崖边凝望,便问朱文、金蝉二人去向。英琼道:"我想叫金眼师兄去请英男姊姊,在这里等它回来。适才朱姊姊出来,同我说了几句话,见师兄出来,便带了猩猩往崖后走去,师兄跑在后面,想是到崖后采梅花去了。"

第五十八回

轻嗔薄怒　同摘梅花
慧质仙根　共寻碧涧

　　若兰猛想起适才二人吃鹿肉拌嘴情形，猜是金蝉与朱文赔礼，不及还言，照英琼指的方向便走。才将身转到崖后，便听朱文笑语之声，忙把身掩在一旁偷听。只听朱文笑道："该死的！花未采着，倒撒了我一头的花瓣。那边那边，我要那西北角上斜出来的那一个横枝。谁要这么大的，拿回家去当柴禾烧么？"若兰猛闻一股幽香袭来，定睛往前面一看，原来崖侧生着一株大梅花树，开得十分繁茂。朱文站在当地指说，金蝉同猩猩分踞在梅树枝上。一会工夫，金蝉照朱文所要的小横枝采了下来，那猩猩却采了五六尺长的一根大枝。金蝉、猩猩下地以后，把梅花都去递与朱文。朱文似嗔似喜地看了金蝉一眼道："你采来了，我偏不要你的。"说罢，接过猩猩手中那枝长梅，回身就要走去。那猩猩非常淘气，也学着人言，对金蝉道："偏不要你的。"恼得金蝉怒起，上前举拳便打。吓得那猩猩连蹿带纵，飞一般跳下山崖，无影无踪。金蝉便向朱文赔话道："你还跟我生气么？下次我再不和你犟嘴了。"朱文站在那里，只是不理。金蝉仍是不住地说好话，定要朱文接他采的那枝梅花。朱文吃他纠缠不过，正要伸手去接，若兰忍不住要笑出来，连忙忍住，高声说道："天都不早了，你们还采梅花玩，大师姊她们叫回去开辟凝碧崖呢。"

　　朱文见若兰忽然现身出来，不禁脸上一红，不再理会金蝉，回身便走。金蝉无法，只得同若兰跟在后面。刚走到洞口，众人俱在那里，神雕业已飞回，英男并未接来。英琼手中拿着一件白色半臂，正和灵云、芷仙讲说，三人不由凑上前去。只听英琼说道："适才我因想念英男姊姊，打算叫金眼师兄将她背来，与我们一同开辟凝碧崖。不想金眼师兄回来，只带了她穿的这一件半臂，问它英男姊姊可在家中，它只摇头。难道她又随她师父出门去了么？"灵云道："神雕飞回，想必英男不在庵中。不过这半臂又是何人与它带来？是何用意？这倒叫人难解呢。"正说到这里，神雕忽用它的钢喙，把英琼衣角拉了几下，又朝解脱坡那边长鸣了两声。英琼对众人道："我同金眼师兄处的日子不少，它的举动十九我能猜出，这会它要我到解脱坡去。莫非英男姊姊生了大病，没人照看，故而将她穿的半臂与我带来，叫我前去看她么？"话刚说完，神雕又叫了两声，不住地摇头，英琼好生不解。朱文道："这有何难，反正解脱坡离此不远，我们何须为此小事只管商量不决？我看天已不早，请大师姊领着众人开辟凝碧崖，我代英琼妹妹到解脱坡去看上一看，如果有病，我这里还剩有嵩山二老赐的丹药，与她吃上两粒，将她背到此间便了。"英琼闻言大喜，便将解脱坡方向说与朱文，就请朱文骑雕前去。那雕不待英琼吩咐，便自挨近朱文身旁蹲下。朱文越加高兴，骑上雕背，一个回翔，便已冲霄飞起。

这里众人急于开辟凝碧崖，大家一路说笑，回身往洞内便走。刚走到洞门跟前，英琼忽然回头，"咦"的一声。灵云问是何故。英琼道："那解脱坡原离此地不远，那神雕为何到了那里不往下落，反朝西南方飞去，是何缘故？"灵云道："我看那神雕在白眉禅师那里听经多年，非普通仙禽可比。看它背着文妹去的神气，此中必有缘故。此雕业已通神，文妹又非弱者，等她少时回来，必有分晓。我们还是办我们的事吧。"

说罢，英琼在前领路，灵云等随在后面，按照妙一夫人指定的方向进去。原来是半间石室，尽头处石壁非常坚固。估量地点已对，便由若兰取出紫烟锄，向那石壁上面打去。立刻紫光闪闪，满洞烟云，大的石块随着飞进。不消十几下，已将这数尺的石壁锄了一个六七尺长、二尺来宽的石门，尽可容一个人出入。灵云便止住若兰且慢动手，先纵身进去一看。原来这里昔日原是后洞门户，那块石壁是从别处移来封闭的。洞内只有两丈多的面积，还是个斜坡，下临绝巘，旁边便是那万丈深潭，云雾弥漫，看不见底。地洞中一块丈许方圆、三四尺厚的大石盖在上面，四围俱是符咒，知道下面便是通凝碧崖的捷径。若兰纵身进来，站好方向，往那石上便锄。锄下去后，金光闪闪，那石还是纹丝不动，任你半边大师镇山之宝，也是无效。灵云见那紫烟锄竟然无功，知道是白眉和尚的佛法，连忙止住若兰，率领大家跪倒，默祝了一番。祝罢起身，眼前一道金光亮处，石上符咒竟然不见踪迹。便再次命若兰动手，这次锄才下去，那块大石居然应手而碎。灵云、英琼也同时拔出剑来动手，不消顿饭光景，将那块大石击成粉碎，现出一个石洞。若兰顺便用锄将那石洞中碎石拨开。灵云见下面黑洞洞的，便道："此洞定是通那凝碧

393

崖的捷径。偏偏文妹又到解脱坡去了，下面黑洞洞的不知深浅。只好等她回来，用天遁镜照着下去吧。"若兰猛想到金蝉是一双慧眼，能在黑暗中看物，可以领着大家下去。回头一望，竟然不在面前。原来适才朱文骑雕走时，金蝉本想跟去玩玩，还可借此与朱文赔话，因怕姊姊拦阻，特意走在众人后面。灵云等因急于开辟凝碧崖，不曾注意到他。他见众人进洞，早抽身追赶朱文去了。灵云发现金蝉不在跟前，猜是追赶朱文，他二人俱不在此，无法下去，只得等他二人回来再说。

谁知等了两个时辰，朱文、金蝉才得回转，见了英琼说道："你说的那个余英男，大概被人抢了去了。"英琼闻言大惊，忙问究竟。朱文道："我骑上雕之后，直过了峨眉山六七百里，还不曾往下降落，我觉着非常奇怪。神雕不时回头朝我长鸣示意，飞得比我们驾的剑光还快，又飞出去好几百里，落到一个不知名的大山中。下了雕背走不远，看见一座洞府，洞门紧闭，四外风景好极了。我正在那里想主意，神雕忽然跑将过来蹲下，那意思要我骑上。我先疑心它飞累了，下来歇一歇力，再往前飞。谁想我二次骑了上去，它就往回路飞来。不多一会便遇见蝉弟赶来，一同骑上雕背，这才飞到你所说的那个解脱庵中落下。看见一个年老佛婆，满面愁苦，在那里念经，见我们从天飞下，非常害怕。我对她说明来意，她才说她本是广明师太佣人，后来又跟随广慧师太。广慧师太五日前在本庵坐化，由英男同她将广慧师太埋葬以后，英男便说师父遗命，叫她到峨眉后山投奔英琼姊姊。她也知你出外未归，每日俱要到后山去看你回来不曾。到第三天上，忽然来了一个姓阴的道姑，说是与她有缘，硬要收她做徒弟。英男执意不肯，偏偏那道姑法术非常厉害，不由英男不从，只得勉强拜她为师。那道姑便要带英男到一个山上去修道，英男老想拖延，等你回来见上一面，费了许多唇舌，那道姑才容她再待两日。她恐你回来寻她无着，特到后山来与你留下一信。今天早上，那道姑便把她带走了。去的时节，她将庙中一切都送与了那老佛婆。又再三嘱咐，她走后如果有一个姓李的小姑娘来，便把以上情形对她详细说明，要紧要紧。那老佛婆把我错当作了你，才把这许多情形对我说。我问她那道姑什么模样神气，那老佛婆上了几岁年纪，说得不十分清楚。听她语气，那道姑决非好人，英男定是被逼无法，被人强抢了去。那神雕领我去的所在，想必便是那道姑的巢穴，也未可知。"

芷仙闻言，忽然想起昨日进洞时，曾在石桌上捡起一封信，上写"英琼妹亲拆"。彼时英琼出洞喂雕去了，自己因见人多，好意替英琼收好，不知怎的,一倒头睡着,便把此事忘却。听朱文所说情形,英男昨晚尚在庙内,今早才被那道姑逼走,岂不是自己误了人家?不由又羞又急,又不好意思直说出来。正在为难,忽听英琼着急说道:"那老佛婆既说英男姊姊走前曾到我洞中留信,如何我们都没有看见呢?"芷仙知道英琼与英男交厚非常,不便再为隐瞒,好在自己是一个无心之失,忙接口道:"昨日我进洞时,曾看见石榻旁边有一封信,也未看清上面写的什么,因彼时身子困倦已极,被我随手塞在床褥底下,也不知是与不是?"英琼闻言,不暇与芷仙答话,急忙奔至榻前,将信取出一看,果然是英男亲笔。信中大意说:

英男前十天到后山来寻她,见洞门紧闭,以为她在左近闲游,寻了一遍,不见踪迹。起初还疑心她骑雕出游,后来接连来了数次,最后一次将洞中石头搬开,看见留的信,才知她被赤城子接引到昆仑派女剑仙阴素棠那里,神雕佛奴已于事前飞去。她想了一阵无法,只得回去把前事告诉广慧师太。广慧师太听说她被阴素棠接去,大为惊异,说那阴素棠现时已经脱离了昆仑派,如果被她接去,恐不会有好结果。并说自己后日就要圆寂,原想叫英男到后山与她同住,不想中途出了差错,好生替英男发愁。英男既担心好友,又见恩师就要永诀,心中悲伤已极,无法可想,自己每日守着广慧师太哭泣。过了两天,广慧师太果然坐化。那老佛婆原是当年西川路上有名的女飞贼铁抓无敌唐家婆,因为行劫一家大户人家,被广慧师太收服,从此洗手皈依,跟随广慧师太已十多年,本极为忠心。英男同唐家婆将广慧师太埋葬后,又到后山来看英琼回来没有。英男的意思,以为英琼纵使暂不回来,神雕佛奴总要回来的。倘若遇见神雕,便请它将自己背到白眉禅师那里,问一问白眉禅师:如果那阴素棠是个好人,自己便设法寻了去,与英琼一齐拜在她的门下;假使阴素棠是个坏人,也好求白眉禅师搭救英琼,仍回峨眉同住。谁知来了几次,均未遇见。第三天上,又到后山,忽然遇见一个中年女道姑,自称她是女剑仙阴素棠,当时就叫英男随她回去。后来问明来意,才知她请赤城子接引英琼,路过莽苍山,遇见仇人史南溪,受了重伤。幸而遇见嵩山二老中的矮叟朱梅,给了几粒夺命神丹,才得保住性命,养息了些日,回转枣花崖,请人报仇。阴素棠听说她所要收归门下的李英琼,遗落在莽苍山中一个破庙之内,因史南溪与烈火祖师不是一时能寻得到的,先放下报仇之事,急忙驾起剑光,沿途寻找英琼,并无踪影。猜她已从原路回转峨眉,故跟踪到此,英琼却并未回家。巧遇英男,见她根骨甚厚,便要收她为徒。英男听说英琼在半路上孤身遗落,因听师父说过阴素棠不是好人,见英琼未被她网罗了去,不禁心喜。但是听阴素棠说英琼孤身一人在荒山破庙之内,并且已寻不见踪迹,又非常担忧。加上那阴素棠见寻英琼不着,执意要带她走,又害怕,又不愿意。后来阴素棠用飞剑相逼,英男被迫无奈,再三哀告,假说亡师后事未了,请容她再在解脱庵中住上几日,再随着她同去,费尽许多唇舌。英男的嘴本甜,一套花言巧语,居然将阴素棠哄信,但是却不准她多延,只能再等两天。英男无法,只得应允。她的原意,只因英琼信上说神雕只去十几日回来,想捱到神雕回来,骑了逃走。又假对阴素棠说,她与英琼情同骨肉,起初所以不愿随她同去,是因舍不得英琼。求阴素棠允许她这两日内常到后山,探望英琼回来不曾,如果回来,与她一同拜师,岂不是好?这几句话,果然大合阴素棠心愿,知道英男不会飞剑,不愁她逃走;又见英男一脸小孩子气,谈吐真诚,便答应了她。英男背着阴素棠,偷偷写了这封长信,留与英琼,托英琼回来,千万请神雕到枣花崖阴素棠那里将她背回,再一同逃到白眉禅师处安身等语。

英琼看完这一封信,一阵心酸,几乎流下泪来,当下便请灵云等设法去救英男。灵云道:"我看阴素棠既然这样爱惜人才,英男在她那里决无凶险。我们不愿她归入旁门,去接她回来,自是正理。不过也用不着忙在这一时,等到将凝碧崖开辟出来,再从长计议如何?"大家闻言,俱都赞同。英琼虽然性急,也只得任凭灵云调度。当下重又进石洞,灵云先命朱文、金蝉二人持着天遁宝镜前导。初下去时,那洞只容一人出入,加上适才坠下去的碎石碍路,顶又不高,只得鱼贯俯身而行。及至走下去有数十丈远近,忽然觉着空气新鲜起来。灵云忙叫朱文收起宝镜。果然看见透出一片光亮,和早上出来的曙光一样。便往那有光所在走了下去,绕了几个弯子,竟是越走前面越亮。及至走到尽头,原来已出洞口,面前是一座峭壁。那洞口上下半截,平伸出去,上面只露出宽约数尺的一个孔洞,四外一无所有。朝上一望,只见云雾弥漫,伸手可接,看不见青天,也不知离上面有多高。再走到崖侧,往下一望，下面也是层云隔断，看不见底。若兰失声笑道："这里就是凝碧崖么？外头上不见天，下不见地，洞内又是这样黑洞洞的，我们又不是要逃走避难，好端端地跑到这里来居住，有什么意思呢？"

话言未了，金蝉忽然狂呼道："在这里了！"原来众人起初以为妙一夫人既说凝碧崖是白眉和尚禅悦之所，又叫连九华都不要回去，只在此处学道，估量那里一定是美景非凡。适才下来时，便充满了好奇之想。走了好一会黑路，好容易前途才出现一些光明，满心欢喜。及至走到了尽头，却是寸草不生，枯燥无味的一个死崖口。除了灵云年长，知道妙一夫人叫大家来住，不是别有用意，便是自己同众人还未走到地头。英琼是去过的人，已知道这里决非凝碧崖。余人大半失望。还未容英琼说话，若兰已先说出不满意的话来。那金蝉更是性急，他见崖口上下俱被云遮，不由分说，将朱文宝镜抢到手中，揭开锦袱，向下一照。再加上他的一双慧眼，霞光到处，下面云雾冲散，早看见底下一个广崖，崖上下丛生许多奇花异草，嘉木繁荫，溪流飞瀑，映带左右，果然是一个仙灵窟宅。心中大喜，不由狂喊起来。

这时英琼正对灵云说："这里不是凝碧崖，那凝碧崖我昔日去过，哪里是这般光景？"大家听见金蝉高兴狂呼，也都围将过来，虽然看得没有金蝉那般清楚，也看出下面的山光水影，一片青绿，别有洞天，果然无愧"凝碧"二字。众人便商量着要驾剑光下去。灵云道："我想这条道路到此而止，便要驾剑光才能下去，决没有这般简单。母亲既叫我们从上面开辟，想必还有路可通。我们下去，原不费事，裘、李二位妹子不会御剑飞行，如何下去？"金蝉道："姊姊总是这样虑前虑后，慢吞吞的。我们适才从上面下来，不就是这一条路么？至于裘、李两位姊姊，你同朱姊姊俱都剑术高强，不会背她们下去么？"灵云道："话不是这般说法。一个人做事，总要做彻，没有说畏难苟安，只做一半的。英琼妹子生具仙骨，又得了一口仙剑，吃了许多仙药灵果，身轻如叶，只消照父亲口诀去练，我从旁再稍微指导，不消一月，便能御剑飞行。芷仙妹子就难得多了，她至少还要练个三年五载。以后常要出入，只有我一人才能带她进出，倘若我们有事他往，岂非不便？"金蝉还要争论，朱文抢先说道："我们既然看见下面景致，是不是凝碧崖还不一定，何妨大家将裘、李二位背的背，带的带，先同到了下面，看清地点是与不是，再由我们一同去寻那通下面的捷径，岂不是好？"金蝉听了这一番话，固是心服口服；众人大半少年喜事，俱都赞同。灵云也只得同意。便议定由灵云带芷仙，朱文带英琼，连同若兰、金蝉，共是六人。

正要举足，忽听顶上雕鸣。英琼听出是佛奴鸣声，忙唤众人稍停一停再下去。不多一会，果然佛奴从上面崖旁那数尺圆的孔洞中，束翼翩然而下，背上面坐着那个大猩猩。若兰笑道："这个猩猩倒会享福，莫非求神雕携带，也到凝碧崖走走么？"言还未了，神雕已飞到英琼面前落下。猩猩看见主人，忙从雕背上跳了下来，趴伏在地。英琼道："这番我同裘姊姊不必二位姊姊携带了。"说罢，拉了芷仙骑上雕背。那雕等二人坐稳，将身往下一扑，就势舒展两只钢爪，抓起地下猩猩，横开双翼，朝孔洞中斜飞下去。若兰拍手哈哈笑道："他们倒好耍子。将来等我遇见机会，也收服一只神雕来骑骑多好。"朱文道："你们不用羡慕人家了，快些下去吧。"当下同了金蝉、灵云、若兰四人驾起剑光，飞身下去，一会工夫，便已着地。

英琼同芷仙已先到，笑对众人道："这里正是凝碧崖，昔日曾被金眼师兄背我来过的，你看那边崖壁上面不是有'凝碧'两个大字么？"灵云等举目往前一看，果然前面崖壁上面有丈许方圆的"凝碧"两个大字。左侧百十丈的孤峰拔地高起，姿态玲珑生动，好似要飞去的神气。那凝碧崖与那孤峰并列，高有七八十丈，崖壁上面藤萝披拂，满布着许多不知名的奇花异卉，触鼻清香。右侧崖壁非常峻险奇峭，转角上有一块形同龙头的奇石，一道二三丈粗细的急瀑，从石端飞落。离那奇石数十丈高下，又是一个粗有半亩方圆、高约十丈、上丰下锐、笔管一般直的孤峰，峰顶像钵盂一般，正承着那一股大瀑布。水气如同云雾一般，包围着那白龙一般的瀑布，直落在那小孤峰上面，发出雷鸣一样的巨响。飞瀑到了峰顶，溅起丈许多高。瀑势到此分散开来，化成无数大小飞瀑，从那小孤峰往下坠落。峰顶石形不一，因是上丰下锐缘故，有的瀑布流成稀薄透明的水晶帘子，有的粗到数尺，有的细得像一根长绳，在空中随风摇曳，俱都流向孤峰下面一个深潭，顺流往崖后绕去。水落石上，发出来的繁响，伴着潭中的泉声，疾徐中节，宛然一曲绝妙音乐。听到会心处，连峰顶大瀑轰隆之响，都会忘却。那溅起的千万点水珠，落到碧草上，亮晶晶的，一颗颗似明珠一般，不时随风滚转。近峰花草受了这灵泉滋润，愈加显出土肥苔青，花光如笑。

众人遇见这般仙景，一个个站在那里没声响，耳听大自然的仙音，目接无穷尽的美景，不约而同地静默得呼吸都要停止。金蝉快乐到了极处，忽然在静寂中一声狂呼。大家不知不觉地互相欢呼跳跃起来，一同高兴赞赏了一阵。英琼又向着崖前一株绿荫如篷、荫覆数亩地面的参天老楠树，指给灵云等看，说此树便是昔日白眉和尚结茅之所，把前事补叙了许多。

正说得高兴,忽然一团黑影从树顶飞落,接着又是哧溜一声,溜下一个黑东西来,把芷仙吓了一跳。定睛一看,原来是神雕背着猩猩,猩猩爪上还抓着一串佛珠同一张纸条。英琼接过一看,正是师祖白眉和尚所留。大意是说:

　　他已早算出他们要来此地居住,崖壁上面有一个洞府,里边有一百多间石室丹房,昔年原是长眉真人准备光大门庭时开辟出来的,后来还没有用,便已道成升仙,一直没有人用过。自从白眉和尚到此借住,又开出来一道灵泉,从各大名山福地移植了许多灵药异卉,瑶草琪花,更为此地增色不少。那石洞中的石头,本是一种透明质地,日夜光明,最宜修道人居住。洞门西面有一条上升的道路,直通后山飞雷岭聱仙李元化洞府旁边的一个已经闭塞的石洞之中。南面还有一条上升道路,便是通李宁父女所居的栖云洞。佛珠赠予英琼,后来自有妙用等语。

英琼见纸条上面提到她的父亲,不禁动了思亲之念,流下泪来。灵云劝慰了几句,便从她手中接过那一串佛珠看时,一共只有十八粒。拿在手中轻飘飘的,非金非玉,非木非石,颗颗匀圆,有龙眼般大小。发出来的乌光黑黝黝的,鉴人毛发。知是一个宝物,想必将来定有用处,仍递与英琼套在手上。

第五十九回

辟洞天　裴芷仙学道
传飞梭　李英琼出山

英琼恐楠树上面还有东西，将身一纵，蹿起十余丈高下，攀着树梢，将身往上一翻，只两三纵，已蹿入了白眉和尚所居的楠巢之内。灵云等纵能飞行绝迹，看见她这种轻如飞鸟、捷比猿猱的轻身本领，也不由点头赞赏。金蝉、若兰好奇心盛，双双不约而同地跟踪上去。三人先后到楠巢里面一看，那巢全是一些黑白鸟羽做成，又干净，又整洁。面积并不大，只有不到两丈方圆。当中有个大蒲团，旁边又有两个小蒲团，此外空无一物。寻了一阵，并无遗物，三人也不再流连，同是纵身下地。

灵云便领众人同上高崖，去寻那座洞府，一路上又看了许多奇迹仙景。走了一会，尚未寻见那座洞府，忽听泉声聒耳，如同雷鸣一般。众人往前面一看，对面崖壁下面有一条长洞，宽有数丈。中流倏地突起一座石峰，石峰上面丛生着无数的青松翠柏，四围俱是大小孔窍。洞中之水，被那小石堆分成十数条银龙，从崖侧奔腾飞涌而来。流到那石峰根际，受了那石的撞击，溅起几丈高的水花落下。再分流绕过石峰，化成无数大小漩涡，随波滚滚往下流头奔腾澎湃而去，好似那中流砥柱都要被冲走。水撞在石缝孔窍中，收翕吞吐，响成一片黄钟大吕之声，与刚才瀑布的鸣声，又自不同。灵云等正伫足玩赏，若兰见那石峰体态玲珑，屹立中流，一任下面奔流冲射，兀自一动也不动，又雄美，又好玩，心中高兴，飞身一纵，便到了石峰上面。金蝉、朱文、英琼也要随往，忽听若兰高叫道："那底下才是座洞府。"说罢，便飞身回来，拖了灵云往下走。众人也随着下崖。

走下去不到十余步，果然看见一座石洞。那洞宽大宏敞，正对着那座中流砥柱，洞门上藤萝披拂，丛生着许多奇花异草，上面有"太元洞"三个大字。大家便走了进去。但见石室宽广，丹炉、药灶、石床、石几色色皆全。里面钟乳下垂，透明若镜。就着石洞原势，辟出大小宽狭不同样的石室，共有一百多间。知是祖师长眉真人所留无疑。走到最后,忽看见一间两三亩宽的石室,上面横列着二十五把石凳,猜是将来同门聚会之所。走过这间石室,地势忽然越走越高。灵云记着白眉和尚留纸所说,便率众人往南走去,果然发现一条甬道。循着这条甬道走了有好半会,越走光线越暗,便由朱文、金蝉用天遁镜在前照着行走。又走了二十多丈远,前面忽然有石壁挡住,业已到头,不能前进。正疑错了方向,忽然镜光照处,石壁上面似有字迹。近前一看,上面写着"栖云门户"四个篆字。摸了摸石壁,手感微软,颇似石膏凝结而成。灵云仔细想了一想,便命若兰用紫烟锄姑且试试。一锄下去,那石头竟似豆腐块似的,随手而落。灵云忙从若兰手中要过紫烟锄,亲自动手,不多一会工夫,便已开辟出一个六尺高三尺宽的门户,正齐那篆字下面,恰好篆字当成门额。石门开通后,见那石壁竟有三尺多厚,探头往门内一看,忽然看见亮光。大家走出门去一看,不禁同时欢呼起来。原来外面正是适才由上面下来时,到此无路可通,后来驾剑光下去的那个洞口。此门开辟,上面英琼所居的栖云洞,与下面凝碧崖,便打通一气,无须由半山当中再驾剑光下去了。大家高兴头上,便商量在上面先住一宵,明日再将应用东西搬将下来,仔细安排。

这时天色将近黄昏,英琼便去安排饮食,大家一齐帮她动手将饭做好。未及食用,英琼猛想起神雕同猩猩尚在下面,适才急于开辟洞府,不曾想到它们。急忙出洞看时,已不知在什么时候竟自回转。便回洞切了一只腊鹿腿,送出洞去与那雕吃。因那猩猩吃素,莽苍山中带来的黄精、松子业已吃得所剩有限,好生发愁。便对它说道:"金眼师兄的粮,它自己能够去找,还能有富余,让我们沾光。你吃的东西大半是些果子,你也有法去寻么?"那猩猩闻言点头。英琼因洞中饭已做好,天已快黑,且过了今天再说,便把所剩的一些松子、黄精都给了那猩猩吃。随即招呼众人就座。

灵云在席上说道:"这次毫不费事,便将师爷遗留的仙府开辟出来。我比诸位年长,我不同诸位客气,忝做诸位一个老姊姊。不过从今日起,诸位也就此各按年岁称呼,大家都方便一些,省得客套。此后既在一起练剑学道,便是一家人了。"当下各人序了一序齿,除灵云外,芷仙最长,其次便是朱文、若兰、金蝉,仍是英琼年纪最小。各人改了称呼以后,分外显得亲密。灵云又给那神雕、猩猩各取一个名字:神雕原名佛奴,因是白眉和尚座下仙禽,不便照此称呼,取名钢羽,算是大家同辈中的异类道友;那猩猿便将它原来名称颠倒过来,去掉两字的犬旁,叫作袁星。天黑以后,灵云便将许多学剑秘诀，按程度不同，分别传与若兰、英琼、芷仙三人。除芷仙是初次入门，只先学习坐功外，若兰、英琼二人，一个已得旁门真谛，一个生具仙骨慧心，一点便会。就连芷仙，也是绝顶聪明，不过根行较浅罢了。灵云传罢剑诀之后，便不许再为熬夜耗神，率领大家分在几个石床上打坐练功。一会工夫，除芷仙外，俱都入定。一宵无话。

到了天色微明，众人下床盥洗已毕，便将一切应用东西径由洞后捷径运至凝碧崖太元洞中。英琼想起昔日曾由崖上骑雕飞下凝碧崖去，便打算再骑着下去一回，以后剑术学成后，多一个出入之地。这时芷仙已与灵云、朱文、金蝉三人到太元洞布置去了，只剩若兰在上面帮她检点零星用品。英琼便将一切应带的轻便东西打了两个包裹，拉了若兰走出洞外。只见洞外已堆着两个死鹿，同一大堆山果黄精之类，知是神雕钢羽与猩猩袁星找来的食粮，心中大喜。便引袁星将那两具死鹿、果品携回洞中，到那通太元洞入口之处，叫它连上面遗留的粗重东西，陆续搬到下面太元洞去。自己同若兰依次出洞，骑上神雕，从那万丈深潭之中飞了下去。若兰初次从云雾中往下飞行，觉得非常有趣。不一会工夫，便到太元洞口落下。

二人走进洞去一看，灵云等已将各人住室指定，俱都相离洞口不远。除金蝉与若兰各独居一室外，朱文是与英琼一室，灵云是与芷仙一室，以便早晚间用功，可以从旁指点。不消几个时辰，袁星将上面应用东西一齐运来。各人到了新居，贪恋美景，不是临流观瀑，便是登峰长啸，谁也不愿再行上去。若兰、金蝉更是小孩子心性，高兴异常，抢着骑雕飞行。那雕也忽然驯良起来，无论谁骑都不倔强。朱文却同了英琼，带了袁星去寻景选胜，游玩了大半天，又采来不少奇花异果，大家食用。

从此众人每日随着灵云，在太元洞凝碧崖修炼，十分快乐。英琼几次要请灵云去接英男，灵云总说无须忙在一时。山中日月，转瞬到了四月下旬，虽只三四月工夫，英琼竟进步得骇人，照着妙一夫人所传的口诀，加上灵云旦夕在旁指点，竟能御剑飞行，指挥如意。众人俱觉她前途远大，未可限量，非常歆羡。

一天早上，灵云领了众人，各自分据一个树巅，发出飞剑，练习剑术。忽从崖顶云端飞下一道疾若闪电的金光。英琼、若兰不知就里，正要上前抵挡。灵云已用手一招，那金光便落在她的手中，略一停顿，倏又往空飞去。众人俱从树巅飞身下来，围拢灵云面前。却见灵云手上拿着一封书信，原来是乾坤正气妙一真人的飞剑传书。上面写着：

八魔年来见无人干涉,故态复萌,新近又做了滇西毒龙尊者的记名弟子,愈加淫恶不法,西川路上的商民受尽他们的荼毒。现在矮叟朱梅来信,说三游洞侠僧轶凡的弟子赵心源,同他新收的门徒陶钧,还同了几个少年剑侠,要在端午日到青螺山下去赴八魔之约,了结昔日八魔邱舲劫镖一重公案。朱梅因自己有事,届时恐怕来不及前去相助,赵、陶二人难免不遭毒手,写信请妙一真人派人在暗中前去助他们出险除害。妙一真人命灵云、朱文、金蝉三人即日动身,前往川边青螺山,假说是去滇西,做朝山拜佛的香客,在青螺山左近寻一个僻静处安置,随时到魔宫察看,助赵、陶诸人一臂之力等语。

金蝉最是年少喜事,听见这个消息,欢喜得直蹦起来。英琼近日来已能御剑飞行,便要同去。灵云因信上没有写着她,又因她剑术还未精纯,八魔名声很大,不知深浅,不愿叫她前去涉险。英琼却以为自己虽然拜在峨眉教祖门下,但只见过妙一夫人,信上没有提她,焉知不是妙一真人还不知道妙一夫人已收她为徒?磨着灵云要跟了去。灵云本极爱她,知道父亲不叫她去,不是因为洞府无人主持,便是别有原因。见她的解释非常幼稚可笑,不忍过分拂她意思,再三婉言劝解说道:"你的剑术还未精纯,上不得这般大阵。好在你的资质聪明,异乎常人,再有一年半载,便能出神入化,以后要修外功,何愁没有这种热闹机会呢?"

英琼还要拉着灵云撒娇,忽见若兰在灵云身后不住地对她使眼色。暗想:"芷仙姊姊是本领不济。若兰姊姊早就学会剑术,还会许多法术,她为何也不说去?我要去,她又止住我,必有缘故。"这几个月光景,英琼与若兰感情最好,便想同她商量商量,再同去要求灵云。装作赌气,往洞内便走。若兰假装相劝,随到房中,对英琼道:"教祖未提我们,想必是妙一夫人尚未与他见面,不知有我等二人。灵云姊姊一向做事谨慎小心,像个道学老夫子,同她商量,有何益处?好在你已能御剑飞行,加上座下神雕,难道她会去,我们就不会去?只管让他们先走。好在离端午还有七八天,他们三人前脚走,我们不会随后跟去,还愁追不上么?"英琼闻言大喜,正要回言,忽听外面有人说道:"你们好算计,待我告诉我姊姊去。"英琼大惊,见是金蝉,忙起身问道:"蝉哥,真要去告诉姊姊么?"金蝉笑道:"哄你呢。谁不愿大家一起去?又热闹,又壮声势。连我这个最无用的人还要去呢。兰姊剑术高强,道法通神,琼妹又得了师父的紫郢剑,同白眉禅师座下神雕,反不叫去,莫怪二位生气,连我也不服。只是姊姊一向惯用大帽子压人,偏有些歪理,不便同她抬扛。刚才你说我们先走,你们随后跟来,那是再好不过。你们进来时,我姊姊同文姊俱说兰姊刚才一句话不说,琼妹先前急于要去,后来忽然不说话,往洞内便走,兰姊又急忙跟进来,疑心你们二位要出花样,叫我前来探听口气,果不出她二人所料。不过她二人猜得倒不错,可惜所托非人,我不肯把二位真话拿出去报告罢了。"英琼闻言,不住口地称谢。金蝉便向英琼借那神雕一骑。若兰哈哈大笑道:"怪不得要做汉奸,原来是别有所图呀!"

正说之间,灵云、朱文、芷仙三人也一同进来。若兰便朝英琼使了使眼色,英琼仍是装作生气模样。金蝉重又说起借雕的事。灵云道:"你总是小孩子脾气,我们都能御剑飞行,你偏借琼妹的雕则甚?"金蝉道:"姊姊休要处处怪人,我向琼妹借神雕,实含有两种用意:第一,我身剑合一,刚会不满半年,剑光没有你们快,省得为我耽误时光;第二,我们万一到了青螺山,对敌人家不过,兰妹、琼妹到了五月初六七日见我们尚未回转,便可骑着那雕前去接应,现在让那雕先去认一趟路多好。"灵云知他强辩,因是小节,便不再说。英琼更是无有问题。当下灵云等便与申、李、裴三人作别动身,若兰等送灵云等三人出洞,灵云又再三嘱咐三人好生温习功课,不要妄动。然后同了朱文、金蝉分别御剑骑雕,破空而去。

灵云等走后,依了英琼,就要随后动身。若兰却主张何必忙在一时,且等神雕回来再说,省得追赶不上,迷失路途。芷仙这几个月来非常崇拜灵云,见申、李二人商量跟去,留她一人守洞,一则空山寂寞,二则恐怕她二人走后,万一发生事端,独力难支,心中好生不愿。但是知道若兰性情温和,还好讲话;英琼素来刚直好胜,说做便做,任何人都劝说不转,灵云一走,更无人敢干涉她。只得偷偷与若兰商量,求她婉劝英琼,不要前去。若兰也是极愿前去的人,好胜好强之心也不亚于英琼,未便明里拒绝,却去推在英琼身上。芷仙见二人都执意要走,想跟她二人前去,又恐洞中无人照管,灵云回来怪她;自己又是本领不济,去了不但不能帮助大家除魔,反添累赘。左右为难,好生焦急。无奈何,又把守洞责任重大,恐怕外人前来侵占,自己不会飞剑,无法抵御的话,再向若兰恳求。

若兰见她说时神态非常可怜,便对她道:"此洞深藏壑底,外人哪里知晓?我们出去,不久就回,哪有这么巧法,就会发生事端?姊姊能力有限,大家都知道,即使有事,大师姊也不能怪你。姊姊如对本身多虑的话,我有两个小玩意儿,乃先师早年叫我到深山采药时作防身之用的。一个类似隐身法,叫作木石潜踪;还有一个是一面小幡。倘若遇见敌人、鬼怪,抵敌不过时,先将这幡一展动,立地生出云雾,遮住敌人视线,好借剑光遁走。姊姊不会剑遁,你可再念'木石潜踪'口诀,只要觑定身旁,不论是树木山石滚到跟前,便和它一样,变成树木石头,等敌人走开,便可逃走。我将以上两法现在传授与你,以作万一防身之用。那袁星力大通灵,捷如飞鸟,力劈虎豹,再留它作为你的护卫,料无妨碍了。"

芷仙闻言无奈,只得请若兰将以上法术传授。若兰便从怀中取出一面小幡,连同各样口诀一同传授。双方又演习了几回,演习纯熟,天已近夜。英琼等神雕不回,跑来寻若兰商量,正瞧见二人在那里演习法术,觉得好玩,便也要学。若兰只得笑着也传授给她。英琼问起根由,又安慰了芷仙两句,同回房中用功。

次早出洞,神雕业已在夜间回转。英琼更不再商量,只嘱咐了袁星几句,叫它一切须听芷仙调遣,不准擅离洞府,早晚帮她煮饭做事。袁星数月来随着众人打坐,愈加通灵,已将人言学会,听见主人吩咐,急忙点头遵命。英琼高高兴兴地与若兰二人手拉手骑上雕背,向芷仙道声"珍重",健翮凌云,直往青螺山飞去。芷仙目送申、李二人走后,便命袁星去将通上面门户用大石封闭,日夕用功,静等她们回来。不提。

第六十回

湘江避祸　穷途感知音
岳麓凭临　风尘识怪叟

话说前文所说的烟中神鹗赵心源，自从在江西南昌陶家庄上打走了许多骗饭耍贫嘴的教师，便在陶家庄上居住，因见陶钧心地纯厚，资质聪明，有心将平生本领传授给他，师徒二人每日用功习武，倒也安然。不想一日同陶钧在庄前闲眺，忽见前面坡上树林中飞来一支银镖，接着远处飞到一人，近前一看，认出是西川八魔手底下的健将神手徐岳。只因八魔主邱舻在西川路上劫一个镖客的镖车，被赵心源出来干涉，眼看取胜，又从暗处飞来一把梅花针，将邱舻打败。四处寻找那放针的人不着，疑是心源同党，恨如刻骨，归山与七个兄长商议，定要寻着赵心源同放针的人，碎尸万段，以报前仇。心源当时原是激于一时义愤，本不认得邱舻。后来既已结下冤仇，知道自己不是对手，满拟跑回宜昌三游洞，去求师父侠僧轶凡相助，不想反被侠僧轶凡数落一顿，逐了出去。心源无计可施，只得避难，奔走江湖，才在陶家安居。岂料不几时便被八魔手下人探听明白，拿着银镖请柬前来。心源知大祸将临，明知胜不过人，但是长此避逃，也非长法。昔日还可推作不知，如今已和敌人来使对面，再要藏躲，岂不被天下人耻笑？当下挺身承认，明年端午节准到青螺山赴约。遂辞别陶钧，打算在这半年多的时间内，寻几个帮手。

离了陶家庄，路上仔细盘算，知道师父怪他，不该学业未成，就自请下山，闯出祸来，又无法收拾，不来管他。除了师父侠僧轶凡外，所有生平几个好友，也不过如陆地金龙魏青之类，俱非八魔敌手，何苦拉人家前来陪绑？想来想去，想起师父的两个好友：一个是嵩山二老中的矮叟朱梅，但是这位老头子行踪无定，可遇而不可求，寻他须碰自己的造化；另一个便是长沙谷王峰隐居的铁蓑道人，他是终年不常下山的，寻他比较能有把握。以上两人，但能寻着一个，就能帮自己除魔，还可强拉他师父侠僧轶凡加入相助。

主意打定后,晓行夜宿,便往长沙进发。

这时正当满人入关不久,那一些叛臣汉奸名节既亏,哪有几个知道天良、廉洁爱民的?再加上一些为虎作伥的土豪恶霸、猾吏奸胥,狐鼠凭城,擅作威福,到处所闻见的都是民间疾苦与不平的悲呼,差点没把心源肚皮气破。心想:"以前在川中居住,因为地广人稀,土地肥沃,虽然也遇见许多赃官恶霸,却不似湖南路上这般厉害。有心伸手打个抱不平,又因日期迫近。如现时想不出一个根本解决办法,徒救个一家两家,不但无济于事,甚而连累事主,为善不终。倒不如暂且由他们委曲偷生,等到自己过了端阳,侥幸除了八魔,再联合多数同道来个大举,反倒痛快。此时索性装作不知,办完自己的事再说。"心中有事,自然脚程加快。等赶到谷王峰顶,在全山上下寻了一个遍,哪里有铁蓑道人踪影。后来走到岳麓山脚下,看见一个道人,打扮神情有些异样,心源眼光尖锐,知非常人。那道人也觉心源是个能者。双方同到岳庙面前坐定,谈起彼此来历,才知那道人名叫黄玄极,也是来访求铁蓑道人的。他说心源来得不巧,铁蓑道人已在三日前到云贵一带去了。心源大失所望,见那黄玄极人甚正派,本领也不弱,便把自己心事说出,求他相助。黄玄极道:"你的仇人八魔,同我也是仇人,只因我人单势孤,奈何他不得。我二人正好联合进行,寻找能手,为民除害。我还有一点小事,再耽搁一天,便可同行了。"

心源虽然心急,也不在此一天。好在自己是孤身一人,同黄玄极商量好了,便自回转寓所,携了自己的小包裹,搬到黄玄极所住的一个小破庙中。时间已是向晚,见黄玄极正同一个穿白的中年人说话,见心源到来,便同双方引见。问起那人姓名,才知他便是昔年名驰冀北"齐鲁三英"中的云中飞鹤周淳。心源见周淳虽然俗家打扮,却是一脸英风道气,谈吐俊朗,目如寒星,非常敬服。黄玄极与周淳本来谈得正起劲,见他进来,坐定以后,却不再言语,猜是有背人之话,便起身告辞。黄玄极看出心源意思,便笑道:"其实我们说几句话,原不避人,不过暂时尚未到明说的时候,道友不要介意。"

心源客气了几句,便独自走出庙来闲眺。这时夕阳业已衔山欲没,暝色苍然,四面峰峦,隐隐笼罩上一层紫烟。东望湘江,如一条匹练,绵亘直下。一面是群峰插云,环峙星罗。一面是平畴广野,村舍茂密。一缕缕白色炊烟,从林樾间透出,袅袅上升。因在隆冬之际,草木凋零,越显出一些清旷之致。心源正看得出神,忽然身后有脚步声音。回转头一看,原来是一个穿着得很破旧的穷老头,一脸油泥,拖着两片破鞋,踢跶踢跶地朝心源走来。要在别人看那老头这身穷相，决不在意，顶多可怜他年老穷困，或者周济几个钱罢了。心源眼光是何等敏锐，还未等那老头近前，已觉出他行动异样；及至走到对面，不由大吃一惊。见那老头虽然穷相，却生得鹤颜鸢肩，行不沾尘，脸上被油泥所蒙，那一双半合的眼睛神光四射，依旧遮掩不住那人行藏，知是一位前辈高明之士。心中一动，便凑上前去搭讪道："老丈，你看这晚景好吗？"那老头闻言，大怒道："狗子！你看我这般穷法，还说我晚景好，你竟敢无缘无故挖苦我吗？"说罢，摩拳擦掌，怒气冲冲，大有寻人打架的神气。心源知他误会，被他骂了两句也不生气，反向前赔礼道："老丈休要生气，我说的是夕阳衔山的晚景，不是说老年的晚景。小可失言，招得老丈错怪，请老丈宽恕吧！"那老头闻言，收敛起怒容，长叹了一口气，回转身便走。心源连忙上前问道："老丈留步，有何心事，这样懊叹？何不说将出来，小可也好稍尽一些心力。"那老头闻言，连理也不理，脚下反倒快起来了。

心源见那老头步履矫捷，越猜不是常人，拔脚便追。一直绕到岳麓山的东面一个溪涧底下，那老头才在一块磐石上面坐定，口中仍是不住地叹气。心源赶到老头面前，把刚才几句话又说了一遍。那老头忽然站起身来，劈面一口唾沫吐到心源脸上，说道："你要帮我的忙吗？你也配？连你自己还照管不过来呢。"心源无端受那老头侮辱，心中虽然有气，面上仍未带出。及至听到末后一句，愈觉话里有因。揩干了脸上唾沫，赔笑答道："小可自知能力有限，不能相助老丈，但是听一听老丈的身世姓名，也好让晚生下辈知道景慕，又有何不可呢？"那老头闻言，哈哈笑道："你倒有好涵养，不生我老头子的气。你说的话，我有几句不大懂。你大概要问我为什么叹气？你不知道，我有一个好老婆，名叫凌雪鸿，多少年前死了，丢下我老汉一人，孤孤单单。有她在的时候，仗着她会跳房子，到人家去偷些钱来与我买酒喝。如今漫说是酒，就连饭都时常没有吃了。我有一个姓周的徒弟，叫我不要时常偷骗人家酒吃，他情愿供给我，我又不愿意；何况他前些年又是做贼的，他请我吃的酒，多少带点贼腥气，我越吃越不舒服。才跑到岳麓山底下，想遇上两个空子，骗他一些酒吃。谁知等了三天，一个也没遇到。只有那小破庙内有个老道，他倒愿意请我吃酒。可是我算计他请我吃完了酒，定要叫我办一件极难而又麻烦的事，因此我又不敢领情。我在他庙前庙后想了多少时候，不给人家办事吧，人家不会请我喝酒；办罢，我又懒。其实前些年比他这类还难的事，我都不在乎；如今老了，又懒了，打算白吃，又遇不上空子。好容易遇见你，又说什么晚景水井的，勾起我的心事，这还不算，又追来唠叨这半天。我也不知道你是干什么的，只看你请我吃酒不请，就知道你是空子不是。"

心源见那老头说话疯疯癫癫，知道真人不肯露相。尤其他说他妻子名叫凌雪鸿，非常耳熟，叵耐一时想不起来。心中略一转念，计算那老头不是剑侠一流，也定是一名有道之士。抱定宗旨，不管他如何使自己难堪，决定同他盘桓几时，定要探出他行藏才罢。便笑答道："原来老丈想喝酒，小可情愿奉请。但老丈肯赏脸吗？"老头道："慢来慢来。这些年来多少人请我吃酒，没有一次不是起初我把他当成空子，结果吃完以后，我却是吃了人家口软，给人家忙了一个不亦乐乎，差点没把我累死。我同你素不相识，一见面就请我吃酒，如今这世界上哪有你这种好人？莫不成我把你当成空子，等到吃完，我倒成了空子？那才不上算呢。"心源道："老丈休要过虑，小可实是竭诚奉请。不过小可这里尚是初来，地方不熟，请老丈选择一家好酒铺，小可陪老丈一去如何？"那老头道："如此说来，你是心甘情愿地当空子了？"心源见他说话毫不客气，竟明说自己请他是当空子，情知故意做作，也觉好笑，面上却依然恭敬答道："小可竭诚奉请，别无他意。天已昏黑，我们去吧。"老头道："去便去。适才我看你从那小破庙出来，便猜你是个空子。你大概与那庙的老道认识，他对我没安好心，你要同时去约他，我情愿甘受饿瘘，也是不去的。"心源本想顺道约黄、周二人同往，见老头如此说法，只好作罢，好在黄玄极原说等一天再走。只是与周淳见面未及畅谈，不无耿耿罢了。当下点头应允。

两人下山，一路往西门走去。路上心源又问那老头姓名。老头道："名字前些年原是有的，如今好久不用它了。你口口声声自称小可，想必就是你的小名了，我就叫你小可吧。你也无须叫我老丈，新账我还没打算还呢，叫我老丈，我听着心烦。这么办：我平时总爱穿白的，却可惜穿上身一天就黑了，你就以我爱白，就叫我老白，我就叫你小可，谁也无须再问姓名。再若麻烦，我不同你去了。"心源这时已看透那老头大有来历，只好恭敬不如从命。二人走进城后，在西门大街上寻了一家著名的酒楼，唤来酒保，要了许多酒菜。那老头见酒如见命一般，抢吃抢喝，口到杯干，手到盘干。心源几番用言试探，那老头也不言语，只吃他的。心源无法，只得耐心等候他吃完了，跟他回去，想必便知究竟。这一顿酒饭吃了有两个时辰，直到店家都快上门，酒客走尽，那老头才说了声："将就行了！"酒气熏人，站起身来。酒保开来账目，计算仅酒吃下有四十多斤，慢说店家，连心源也自骇然。

当下由心源会了酒账，陪着老头下楼。刚到街上，老头便要分手。心源便请问他住在何处，并说自己意欲陪往。那老头闻言大怒："我知道你没安好心，明明是借着这一顿酒，想将我灌醉，假说送我回转衡山，认清我住的地方，再去偷我。你恨我白吃，等我吐还你吧。"说罢，张口便吐。心源连忙避开，一个不留神，撞在一个行人身上。那人是一个年轻公子，却神采飘逸，眉目间隐有英气。心源误撞了人，连忙赔话时，那人知心源是无心误撞，也不计较，双方客气两句，各自分别。心源在黑暗中看出那人临去时，脸上却带着愁苦之容，也未十分在意。忙寻老头时，业已走出很远，心源连忙就追。老头回头看见心源追来，拔脚便跑，任你心源日行千里的脚程，也是追赶不上，双方相差总是数丈远近。直追到城墙旁边，这时城门业已紧闭，一转瞬间，那老头已经站在城上。心源何等快的眼光，并没有看见他怎么上去的。既已看出一些行径，如何肯舍？口中不住地央告，求那老头留步。脚底下一使劲，也纵到了城墙上面。那老头见心源纵身追将上来，"哎呀"一声，一个倒翻筋斗，栽落护城河下面。心源急忙随着纵身下去，再寻老头，哪里还有踪影。

虽知老头是个奇人，特意试他，只猜不出是何用意。见天上繁星隐曜，寒风透骨，大有下雪光景。呆想了一阵，无可奈何，只得无精打采回转岳麓山破庙之内。那黄玄极、周淳已不在庙内，看那供桌上灯台底下压着一张纸条，上面写着：黄、周二人因等他不见回转，现在有事，须到衡山一行，明日午后准可回来。庙中茶水、灯火俱已预备，请他务必等他们回来，一同上路等语。心源见了这张纸条，只得在庙中等候。随便在一个板桌上躺下，思潮起落，再加上泉声松涛响得聒耳，益发睡不着。重又起身，走出庙外一看，四面漆黑，白日所见的峰峦岩岫业已潜迹匿影。心源随便在庙旁一块大石上坐下，一会工夫，树定风息，鹅掌大的雪花一片片飘扬下来。在这万籁俱寂的当儿，连那雪花落地的声音，仿佛都能听见。心源越坐越无聊，忽然觉得前额上流下冰冷一片，用手一摸，原来是雪落在他的头上，被热气融化流了下来。

心源见雪越下越大，便站起身来，抖了抖身上积雪，便要回转庙中，忽听一阵破空的声音。心源剑术虽不高明，却是行家，听出来人厉害，连忙把身体藏在树后，隐在暗中，看个动静。刚刚藏好身形，那驾剑光的人已到面前，两道黄光一闪，在破庙门前现出两个奇怪装束的人，竟与昔日西川路上所遇八魔邱龄一样打扮，俱是披头散发，手持丧门长剑，穿得非僧非道，黄光影里看去，形态非常凶恶。心源大吃一惊，猜是八魔跟踪寻来为仇。自思能力决非来人敌手,伏在那里连动也不敢动。正想之间,那二人来到庙前,更不寻思,已走进庙去。心源暗暗侥幸自己不在庙内。正要趁他二人不见时逃避,猛觉左臂一麻,身子立时不能动转。情知中了别人暗算,来的尚不止那两人。不由长叹一声,只得坐以待毙。不大工夫,那先前进去的二人已然走了出来,口中连喊奇怪,说道:"明明徐岳说他在这里住,如何会不在此地?"内中另一个人却说道:"三哥不要忙,你看庙中灯点着,料定那厮不会远离,终要回来,我们坐到那石上去等他回来如何?"说着便往心源刚才坐的那块大石走来。这时雪已停止,地上积雪约有寸许。心源在树后看得清楚,见来人往自己身旁走来,不由暗中捏着一把汗。幸而那二人并不曾看见心源,只来到了树前,便在那石头上用手拂了拂余雪,随便坐下。还未坐定,便听一个说道:"六弟,你看这石头上面显有厚薄痕迹,明有一人在此坐过。莫非那厮就在这附近,不曾走远?"还有一个答道:"这有何难,我们只消把剑光放出,四处一寻,除非他不在此地,不然还怕他不现身出来不成?"

话言未了,忽听叭的一声。那先说话的人跳起身来,大喊道:"六弟留神!有人在暗算我二人了。"说罢,先将剑光放出,护住身体。那后说话的人便问究竟。那先说话的答道:"我正在听你说话,忽从黑暗之中有人打了我一个大嘴巴,打得我头上金星直冒。不是有人暗算,还有什么?"正说着,又是叭叭两声,一人又挨了一下,打得还非常之重。这二人都大怒起来,各人将剑光放出,上下左右乱刺了一阵。谁知剑光舞得越快,挨打也来得越重,只打得二人头昏脑涨,疼痛难忍。心源在树后正当担惊害怕,忽见二人被一个潜身暗处的人打了个不亦乐乎,非常好笑,几乎忘了自己也是动转不得,同处危险之境。又听那二人当中有一个说道:"六弟,我看今晚之事,有些稀奇。起初寻那厮不见,原是好好的,为何才往那石头上一坐,便挨起打来?要说是你我敌人,凭着那人能够隐形这一点,便能取我二人性命如同反掌。大概我们冲撞了树神,他竟打我们几下,以作警戒,也未可知。"另一个道:"你说话不要如此随便,现在诸事还不知真假,留神出了笑话。那人既不在庙中,莫如我们暂且回去,明早再来吧。"言还未了,每人脸上又是叭叭两下。吓得这两个魔王也不说话,不约而同地驾起剑光便走。

心源在树后见二人胆怯逃走,神情非常狼狈,也觉好笑。忽见黄光在空中直转,好似有什么东西阻住似的,逼得那两道黄光如同冻蝇钻窗纸一般,四面乱冲乱撞,只是飞不出圈子去。心源暗暗惊异。一会工夫,两道黄光同时落下,依旧出现先前二人,走到心源藏身的大树面前,交头接耳商量了一阵,各人盘膝在雪地里坐定,将剑光护住身体,口中念念有词,半晌不见动静。只听一人道:"怪哉!怪哉!怎么今晚连我们的法术都不灵了?"另一人答道:"我看此地不会有这么大本领的能人,能够不现身形,破了我的妙法,还将我等困住的,定是那树神与我二人为难。"说到这里,声音便放低了。又待了一会,那二人双双走近大树跟前,朝着那树说道:"我二人来此寻找仇人,并不曾与尊神为难,何苦与我等作对?"心源见那二人站在自己面前,相隔不到丈许,吓得连大气也不敢出。听他二人那里祝告,连自己也疑心是冲撞了本山神灵,故而不能动转。正在沉思,忽听脑后"扑哧"一声冷笑,把心源吓了一大跳。

第六十一回

雪夜寻仇　钱青选岳麓遭毒打
残年买醉　赵心源酒肆结新知

那二人正是八魔当中的三魔钱青选与六魔厉吼，因为当初同黄玄极结下深仇，后来知道黄玄极是东海三仙中玄真子的弟子，奈何他不得。前年忽听人言，黄玄极因同他师兄诸葛警我奉师命分别看守两座丹炉，黄玄极道根不净，走火入魔，第七天上，丹炉崩倒，白糟践了多少年工夫在天下名山福地采来的灵药仙草。玄真子见他尘心未净，犯了道规，本要从重处罚，因念他在平日尚无过错，只将他逐出门墙。经诸葛警我再三替他求情担保，说他昔日奉命采药，同异派中人结下了不少的仇怨，求师父给他留一点防身本领，才未追去他的飞剑。在不到三年工夫，黄玄极一意苦修，立志到各处名山，将以前在自己手中失去的那一炉丹药采办齐全，再求各位前辈师叔替他向玄真子求情。知道前辈剑仙中，只有峨眉派掌教乾坤正气妙一真人齐漱溟及嵩山二老，能在玄真子面前讲情。妙一真人教规素严，恐怕自己恳求不了。想来想去，只有二老中的追云叟白谷逸，与峨眉教祖长眉真人以及玄真子、妙一真人，都是两辈至交，最为合适。但是老头子性情特别，自己没有把握。知道长沙谷王峰铁蓑道人与追云叟有极深的渊源，自己与铁蓑道人先前本是忘年之交，非常莫逆。将药草采齐后，先寻了一个适当地方藏好，径来寻铁蓑道人时，已往云贵一带云游去了。正在失望之际，忽然碰见心源也是来寻铁蓑道人，他见心源根骨非凡，又是侠僧轶凡的弟子，侠僧轶凡与苦行头陀本是同门师兄弟，便想万一寻铁蓑道人与追云叟不成，再请心源引见到侠僧轶凡那里，求他转托苦行头陀讲情，留一个最后地步。这时黄玄极已闻说八魔要报昔日青螺山夺草断指之仇，时刻小心在意。心源也与八魔为仇，更是同病相怜。双方越谈越投机，才约定跟踪去寻铁蓑道人。

心源告辞去取包裹时，黄玄极一人站在岳麓山畔，越想越后悔昔日不该大意，走火入魔，被师父逐出，还受了许多苦楚和同门耻笑。倘若这次求人讲情，师父再不允许，惟有死在师父面前，也不想活在世上了。正在愁烦之际，忽听头上有破空的声音。黄玄极眼光敏锐，来人飞行又低，早认出是同门中人，自己忍辱负重，本不好意思上前相见。一转瞬间，不禁又起了一种希冀之想，便将自己剑光飞出，追上前去，打了个招呼。一会工夫，剑光敛处，落下二人：一个正是自己大师兄诸葛警我；那一个是个中年男子，英姿勃勃，仪表非凡。不由心中大喜，幸喜不曾当面错过。由诸葛警我引见那人，才知是追云叟新收的弟子云中飞鹤周淳，虽然剑术才得入门，因为名师传授，已很可观了。黄玄极便把自己心事说了一遍。诸葛警我道："如今我们老少同辈，都忙于要去破慈云寺。周师弟前些日，才在衡山顶上红砂崖采来朱灵草，与醉师叔炼剑。适才我奉师叔妙一真人之命去见白师伯，承周师弟美意，定要送我一程。因为谈话方便，飞行很低，看见岳麓山下站定一位道友，极像你的打扮，正想下来，就接着你的飞剑，不料果然是你。我现在很忙，急于回山复命之后，还要到别处去。铁簑道人已往贵州去了，你要寻他，可到安龙、贞丰瘴蛊最多的一带，前去寻他，必能遇见。至于求师父再收你回到门下一层，师父已知你这三年来的苦修，虽未明说出来，看去意思很好，能求白师伯讲情，那是再好不过。你这两年所采的药，颇非容易，你到处奔走，万一失落，岂不可惜了？由我先带回去吧。如今你既和周师弟认识，你请他引见白师伯便了。"说罢，又托付周淳几句。并说送君千里，终须一别，请他不必再送。然后一道金光，破空而去。周淳也追他不上，只好恭敬不如从命，便同黄玄极在庙中谈了一阵，很是投机。一会心源来到，黄玄极因是初交，不好意思说出前事。心源知机退出后，二人又谈了一阵。黄玄极便求周淳引他去见追云叟，周淳点头应允。二人出庙，见心源不在庙外，回头留了一个纸条与心源，便同往衡山去了。

那三魔钱青选与六魔厉吼，本是到长沙来闲逛，顺便掳个美女回山受用。才到长沙，便遇见徐岳，说起八魔主的仇人赵心源，准定明年端午拜山赴约。又说他无意中遇见昔日在青螺山用青罡剑削去四魔主伊红樱四指，又用振霄锤连打六魔主厉吼、七魔主仵人龙的黄玄极，现在岳麓山一座破庙内藏身等语。三魔、六魔一听，勾起旧仇，仗恃近年来在神手比丘魏枫娘那里学成剑术，又学会了许多妙法，马上便要到岳麓山寻黄玄极报仇。还是徐岳再三劝二位魔主不要心急，先把敌人根底察看明白，是否还有厉害帮手，再行定夺。三魔倒不怎样，六魔却是心急非常。当下议定，先寻住所，吃罢酒饭，仍由徐岳去观察动静。二人便去寻好店房，一人寻了一个土娼，饮酒淫乐。这两个土娼颇有几分姿色,各样都来得。二人一高兴,便商量就带这两个土娼回山,无须再在长沙作案了。到了半夜,不见徐岳回转,好生奇怪。直等到第二天用完晚饭,还是不见回来。三魔、六魔猜是中了敌人毒手,心中大怒。同土娼们盘桓了个尽兴,等到夜静更深,驾剑光同往岳麓山去寻黄玄极。

走到庙中一看,只见屋内油灯还亮,到处寻了个遍,并无一人在庙。打算出庙寻找,不想在暗中挨了无数嘴巴,情知不好,便想驾起剑光逃走。谁想空中好似布下天罗地网一般,无论如何走法,都似有一种罡气挡住,飞不出去。因为适才在那大树旁的石头上坐了一坐,才挨的嘴巴,疑是树后有人暗算。两人商量了一下,打算用妖法暗下毒手。谁知念了半天咒语,那一把阴火竟放不起来。借遁又遁不走,才害了怕,向树神祈告。虽似有点服输,可是都没安着好心。原打算假装祈告,只要看出一些破绽,或者发现一些异状,便立时用他俩最厉害的看家本事五鬼阴风钉,连他二人的飞剑,发将出去。刚刚祈告不到一半,忽然树后"扑哧"一声冷笑,先还疑真是树神复活,吓了一跳。三魔何等机警,已知上了人家大当。留神往前一看,已看出心源的一些身体,故意装作不知,口中还在祈告。一个冷不防,左手阴风钉,右手飞剑,同时朝树后那人发将出去。

心源先时听到后面冷笑,本已吓了一跳。方幸前面二人不曾看见自己,忽见黄光绿火飞来,自己身体不能动转,不但无法抵御,也不能逃走,只得长叹一声,闭目等死。半晌工夫,耳边只听一种清脆的声音,好似小孩打巴掌一般清脆可听。偷偷用目一看,前面二人竟然对打起嘴巴来,你打我一下,我还你一下,都是用足了力气,仿佛有什么深仇似的。心源好生不解。再用目往四外搜寻时,忽见身旁不远,有一丛黄光绿火不住地闪动,与适才二人所发出来的一模一样。先还疑是那二人同党,后来定睛一看,不由心中大喜。原来那旁站定的,正是白日拿自己当空子,请他吃酒的穷老头子,一手托住绿光,一手托住黄光,在那里摆弄着玩。不由恍然大悟,才明白这两个人无端挨打被困,定是受了那老头子的法术所制。只看他来去隐形,伸手收去人家的法术、飞剑,便知决不是等闲之辈。只不明白他为何将自己也困在这里,可惜不能转动,不能过去相见,急得心中不住地默祝。那二人直对打了半夜,还是不肯停手。最奇怪的,是下半身站在那里不动,上半身就只两手可以抡动起来。刚好三魔的左手打在六魔的脸上时,六魔的左手也同时打在三魔的脸上。左手打罢,右手又照样来打。二人站的地方,也再没有那么合适。你打过来,我也打过去,快慢如一,距离一样。叭叭叭叭的声音连响个不住,要快也一样快,要慢也一样慢,好比转风车一般,匀称极了。

心源惊魂初定,知道那二人已被老头困住,暂时不能侵犯自己。仔细往那二人看时,雪光底下,业已看出他二人脸肿血流,气竭力尽。再看那老头,将那绿火与黄光摆弄了一会,好似玩得讨厌起来,倏地两手合拢,只几搓的工夫,光焰渐小,转眼随手消灭。然后踢踏踢踏地跑到那两人面前,笑嘻嘻地说道:"你们这两个魔崽子,平日狐假虎威,无恶不作,无论谁冲犯你们一点,不管有理无理,动不动寻人报仇。今天老头子教训教训你们,再不洗心革面,我看你们还能看几回龙舟吗?"那二人已然痛楚非常,四条有气无力的臂膀,还是一递一下地打着。听了老头之言,知道遇见能手将他们制住,无法脱身,又羞又急,又痛又怕。叵耐嘴里说不出话来,两只手又不听使唤,各把自己的人打个不休。万般无奈,只得把一双眼睛望着老头,露出乞怜之态。那老头想是看出行径,笑对二人道:"你两个魔崽子也有打人打累的时候? 你们也不打听打听,岳麓山上有你们魔崽子发横的地方吗?"正说之间,隐隐听出有破空的声音,老头拿眼睛往空中一望,说道:"我的账主又来了,便宜了你这两个魔崽子!"说罢,那两人才得住手不打,各人垂着两条臂膀,在雪地里直哆嗦,两张脸上业已打得嘴破出血。有心用手去摸,都抬不起膀子来。你望着我,我望着你,哭不得,笑不得,把初来时盛气消磨了个干干净净。再看那老头子时,已拖着两只鞋,踢踏踢踏往庙后走去了。

心源见那老头行径,再把那白天遇见他所说的那一番话仔细一寻思,忽然心中大悟。暗想:"他曾说他妻子叫凌雪鸿,凌雪鸿的丈夫,不是五十年前江湖上人称追云叟、嵩山二老之一的白谷逸白老前辈吗? 自从凌雪鸿在开元寺坐化以后,久已不听见他的踪迹,不想倒被自己无心遇见。"暗恨自己无缘,白天只觉凌雪鸿三个字听去有些耳熟,如何竟会想不起来,把这样第一等的有名剑仙当面错过了。越想越后悔,一生气,伸手把自己打了一下。猛想起适才看见二魔时,被人用法术将自己制了个动转不得,这一嘴巴倒把自己打醒。再伸了伸腿,也能动转,知道法术已解。正要迈步走出,又想起这两个魔主,追云叟虽然收拾了他们一顿,并未将他二人除去,现在外面未走,出去岂不碰个正着? 重又缩了回来。

那钱、厉二魔法术解去后,知道这里不能容他们猖狂,本想遁去,怎耐适才自己打了半天,手脚疼痛得要断,脸破血流,周身麻木,只得在地上你靠我,我靠你,打算溜个几十步,活动活动血脉再走。正在这时,忽听树后叭的一声,与刚才打嘴巴声音相似,吓了一大跳。六魔厉吼不顾疼痛就要逃走。

三魔钱青选比较镇静,连忙用目往树后一看,见那树后出来一人,口中说道:"大胆魔崽子!还敢在此逗留,莫不是还嫌打得不够么?"三魔钱青选夯着胆子问道:"我二人少停即走。仙长留名,好作将来见面地步。"那人答道:"不必问我姓名,适才走的,便是我师父追云叟,因见你二人竟敢跑到本山扰闹,将尔等惩治了一顿,命我在此监视尔等逃走。若再流连,我就要不客气了。"话言未了,钱、厉二魔才知刚才那老头子是嵩山二老中的白谷逸,知道碰在硬钉子上,吓了个魂不附体。不等那人说完,不顾疼痛,驾起剑光,逃回青螺山去了。

原来心源在大树背后,因为一个不留神,被钱、厉二魔发现。知道不能再隐身,要凭本领又绝不是他二人的对手。急中生智,知道二魔被追云叟戏弄半天,已成惊弓之鸟,好在除八魔邱龄外,钱、厉二人并不认识自己,索性假充字号诈他一诈。不想二魔果然上了他的当,吓得负痛而逃,心源暗暗好笑。忽见前面山麓畔又纵出二人,急忙定睛一看,见是黄玄极同周淳,才放了心,三人聚在一处。

黄玄极同周淳是因为到了衡山,追云叟业已出外,二人等了一会也无法可想。周淳受了诸葛警我的教嘱,为友心切,知道追云叟常到岳麓去闲游,便又陪了黄玄极一同回来,或者侥幸能够在路上相遇。二人驾起剑光,飞离岳麓山畔不远,黄玄极练就一双夜眼,早看出庙前雪地上,有两个奇形怪状的人在那里打旋转。他为人精细,忙拉周淳按落剑光,在稍远处降下,将身伏在一个大岩石后面。用目往前看时,那两个奇形怪状的人中,有一个正是自己当年结下深仇的六魔厉吼,那一个想来也是八魔中同党,前来寻自己晦气的,大吃一惊。知道如今八魔学了许多妖法,自己绝非敌手;周淳初学剑术,根底还浅,更不愿连累朋友一同受害。正打算招呼周淳逃走,忽见树后又出来一人,只一照面,便将二魔惊走。定睛一看,见是心源,并不知追云叟业已将二魔制伏,还疑心是心源本领,好生佩服。及至同心源见面一问,才知是追云叟所为,好生后悔来迟了一步,不曾相遇,白白跑了一趟衡山。

心源同周淳二次见面之后,才知就是追云叟新收的弟子,想起傍晚酒楼上所说的那一番话,暗暗好笑。这时黄玄极也不再隐瞒,便把自己得罪师父,意欲请追云叟缓颊的话说了一遍。三人同进庙内,议定先在庙中住下,决意设法求见了追云叟再说,如能直接请他相助,岂不大妙?又谈了一会,周淳告辞回山,黄、赵二人便请他见了追云叟,代为先容,明日二人即去求见。周淳道:"家师对待门下极为恩宽,我虽入门不久,有时话说得冒渎一点,他老人家向不怪罪。话是我可以替二位说,不过他老人家若不愿相见,二位无论如何想法,仍是无效的。"

周淳作别走后,黄、赵二人到了第二日早起,至至诚诚,一同到了衡山,追云叟仍未见回转。心源想起追云叟爱喝酒,又同黄玄极把城里城外大小酒楼酒铺寻了个遍,仍是寻访不出一丝踪影。似这样每日来来往往,连去衡山多少次,总未见着追云叟。过了十多天,二人正预备动身到衡山去,忽然周淳御剑飞来,说是峨眉派与各异派明年正月十五在成都慈云寺、辟邪村两处斗剑,追云叟业已回山,传了周淳好些剑术,叫周淳日内先到成都,与醉道人送还飞剑。周淳便把黄、赵二人求见之事代为婉陈。追云叟说,此时忙于布置成都之事,无暇及此,好在距离端阳为期尚远,叫黄、赵二人不必性急,也不必到成都去,只在岳麓山暂住,暂时也无须到云贵去寻铁蓑道人,尚有用他二人之处。并带来书信,叫他二人到了明年二月初三,按照书信行事等语。黄、赵二人闻言大喜,立时心中一块石头落地。又过了不几天,周淳果然来与他二人作别,径往成都去了。周淳到了成都情节,前书已有交代。

且说黄、赵二人,自从周淳送信,知道已蒙追云叟应允相助,各人去了一块心病。又知钱、厉二魔受了追云叟惩治,八魔知道追云叟在衡山隐居,决不敢轻易前来启衅。心源内功虽佳,飞剑却是未有深造。黄玄极得过玄真子真传,自比他较胜一筹。心源便不时向他请教,黄玄极也毫不客气,尽心指点。二人安住在岳麓山,倒也不显寂寞。衡山原有七十二峰之称,湘江又环绕其下,衬上平原的红土与青山绿水,交相辉映,在在都能引人入胜。二人除了练习剑术及打坐外,不时也到各处名胜地方闲游。

光阴迅速,不觉已将近除夕。有一天,二人无意中走进城去,忽见路旁有一座酒肆,里面顾客云集,非常热闹。心源看那地方很熟,才想起昔日同追云叟初遇时,在这里喝过酒。偶一高兴,便约黄玄极上去,沽饮几杯。上楼一看,业已座无虚席,候了有片刻,才由酒保在朝街一个小角上,收拾出一张小桌同两把椅子。心源心想:"今天已是二十八,还有两日便要过年。店家都忙于收账齐市,普通人家谁不筹备过年,怎么今天这酒楼上会这么热闹? 好生奇怪。"正在寻思,酒保已将杯箸摆好,问要什么酒菜。心源随意要了几样荤素酒菜。酒保招呼下去,半晌还不见端菜上来,人也不见。黄、赵二人本来涵养功深,知道客多事忙,倒也不在心上。接近心源有一张桌子上面,原坐着两个买卖人,只喝得一半,因久等酒菜不来,喊来酒保,刚要发作,那酒保却悄悄地在那人耳边说了几句话。那两个买卖人闻言,不但没有发作,脸上反显出一些惊恐之容,也不再催下余酒菜,匆匆给了酒保一些散碎银子,慌不迭地下楼而去。

这二人刚走不多一会,又上来一个酒客,生得虎背鸢肩,堂堂仪表,上楼只看了看,径往那张空桌上坐定。这时满堂客人正在哄饮,呼幺喝六,热闹非常。那人上来时,酒保正送先前二人下楼,见又来了这么一位,眉头一皱,走将过来,赔笑说道:"小店今日因是快过大年的时候,不曾预备多少东西,不想今天来客特别地多,所有酒菜差不多俱已卖尽。请客官包涵一点,上别家去吧。"那人刚要答话,正赶上先前招呼黄、赵二人就座的酒保,一古脑儿连同酒饭包子都端了上来。心源原想同玄极两人慢慢浅斟低酌,不曾想到先是久等不来,一来却是连酒带饭一齐来,有许多吃食并未要过,他也一齐送来,惟独酒却只有一小壶。心想:"也许灶上太忙,故而趁空并作,一齐送来;再不然就是适才酒保听错了话。既已一齐送来,只好将就。惟独这一小壶酒,如何够二人之饮?"便笑对那酒保道:"这酒太少,好在酒不要现做,你给再来七八壶吧。"那酒保闻言,又跟对待先前二人一样,凑近心源耳畔说道:"今天这里有事,客官最好少喝一点酒,改日再补量吧。"

心源闻言,知道其中必有隐情,揣知必是当地有什么土豪恶霸要在此生事。适才上楼不曾留意旁人,这时不禁用目往四外一看,果然那满堂酒客,除了雅座以内看不见外,余下差不多一个个俱是横眉竖目,短装缚裤,愈加明白了大半。知道盘问酒保也不肯说,估量这些人无非市井无赖,凭自己一人也足以对付,索性不问也不走,借着吃喝看一个究竟。便用好言向酒保商量道:"你只管放心,我同这位道爷俱是外乡人,决不会在这里多言多事。不过我二人因听说你酒菜好,特意前来过酒瘾,饭吃不吃不算什么,酒却不能不饮。我二人酒量大,酒德好,只躲在这偏角吃喝,回头多给你小费,还不行吗?"说罢,便取出十两一锭银子,叫他存柜,吃完再说。那酒保略寻思了一下,便嘱咐心源:"少时无论看见什么,不要说,不要动。如果看见有人相打,这楼角有一个小门,进去便可转通到另一个楼梯下去。剩的银子,改日再算。"说罢,刚要转身,忽听一人大声说道:"众人都卖,为什么偏不卖我?我在这里吃喝定了!"

心源回头一看,正是适才上楼那一个酒客,因为酒保劝他到别家去饮,言语不合,争吵起来。同他说话的那个酒保,见他发急大嚷,不住地低声央告。那人还是执意不从。心源回头的时节,正与那人打了个照面,觉得他英姿勃勃,一脸正气,一望而知是一个江湖上的豪杰,不禁动了惺惺相惜之意。见他同那酒保争执不已,一时高兴,便过去排解道:"他们今日买卖委实甚忙,想是知道酒菜预备得不齐全,怕耽误了客官饮食,所以请阁下到别家去饮。我们萍水相逢,也算有缘,阁下如不嫌弃,何妨移尊到兄弟那张桌上同饮,何必同他们小人怄气呢?"那人见心源谈吐豪迈,英气内敛,不禁心中一动,见心源相邀,连忙接口道:"在下一个出门人,本不愿同他怄气。这厮说酒菜不全,原也不能怪他。末后他说,如果我定要在此饮酒,等一会出了差错,休得埋怨他们。问他细情,他又不说,反说上许多恐吓的话语,叫人听了不服。既是阁下美意,在下也未便再同他计较。不过萍水相逢,就要叨扰,于心不安罢了。"心源知他业已愿意,又客气了两句,便请那人入座。说话时节,先前同心源说话的那个酒保,不住站在那人背后使眼色。心源知他用意,装作不知,竟自揖客入座。那个酒保无法,只得问那人要吃什么。心源抢着答道:"这里有许多菜,才端上来还未动。你们今日既是菜不齐全,随便把顺手得吃的配几样,先把酒拿来就得了。"那酒保重又低声说道:"客官是个常出门的好人,适才我说的全是一番好意,还望客官记在心头,不要大意。"心源道:"我们知道,你先去吧。"

酒保走后,心源又将黄玄极向那人引见。彼此通问姓名之后,那人忽然离座,重向心源施礼,连说"幸会"。原来那人就是陶钧在汉阳新交的好友展翅金鹏许钺。自从他与余莹姑江边比剑,矮叟朱梅解围,众人分手之后,便决意照朱梅所说的话,将一切家务料理完竣,开春之后,到宜昌三游洞去投到侠僧轶凡门下。光阴迅速,转瞬年关,猛想起长沙还有两处买卖,因为这两年懒于出门,也没有去算过账。如今自己既打算明年出外访师,何不趁着这过年将它结束,是赔是赚,省得走后连累别人。想到这里,便将他的一儿一女接回家来,告诉他的姑母,说自己年前要赶到长沙收账,不定能不能回来过年,家中之事便请他姑母照料。一切安排妥当,又在家中待了几日,直到腊月二十左右,才由家中到了长沙。问起他所开的那两家买卖,恰好一赔一赚。许钺大约看了看账,便吩咐主事的结账收市,将这两处生意盘与别人。这两处主事人都甚能干,听了东家吩咐,劝说两句无效,只得照办。到了二十六,两处买卖分别结束清楚,一算账,除偿还欠账外,还富余三千多两银子。这样迅速,大出许钺预料。便将这三千多两银子,分给主事的铺掌同人一半,将余下的一半打成包裹,准备带回家去。因想到衡山岳麓一带去游玩个畅,便不想回去过年。第二天假说回家,辞别众人,搬到店房去住,先在岳麓山去游了一天。第二日无意中听人说这家酒楼酒菜极好,跑上来买醉,不想那酒保却托词拒绝。

第六十二回

抱不平　同访戴家场
负深恩　阻婚凌氏女

　　许钺为人原极平和机警,酒保初同他说时,语近恐吓,知道话出有因,其中必有缘故,本不想同他计较。忽然看见大桌子上坐着七八个人,装束相貌,周身俱是匪气。内中有一个人更生得兔耳鹰腮,一脸横肉,一望而知不是善良之辈。许钺同酒保争执,他不住地在一旁斜视,带着一种极难看不屑的神气。许钺先还想忍耐下去,后来一想:"日前听说长沙城内出了一个恶霸,叫作老疙疸罗文林。另外还出了一位英雄,叫作玉面吼白琦,非常了得。看今日酒楼上神气,必与这两人有关,何不趁此机会见识见识? 自己不久便要出世,倘在此见不平之事,何妨伸一伸手,替人民除去祸害,自己再赶回家中料理料理,远走高飞。"想到这里,不禁勾起雄心,故意大声说话,原是取瑟而歌之意。心源过来解劝,一见面便知不是常人。及至问起姓名,才知是好友陶钧的师父,那一个道士也是剑侠一流,心中大喜。双方叙礼之后,许钺又把陶钧已得了一位剑仙为师之事说了一遍。他为人持重,因为侠僧轶凡是否收他为徒,尚说不定,故此把这一节没有说出来。

　　三人在酒楼上正谈得投机,忽然楼下一阵大乱。接着楼梯噔噔直响,上来一人。生得非常矮小,手中拿着四个铁球,在手上滚得叮当乱响;招耳掀鼻,尖嘴鹰目,眼光流转,一脸精悍之气。这人未上来时,楼上面酒客吃酒划拳,声音嘈杂。这人刚一上楼,立刻全堂酒客停杯放箸,站起身来,恭恭敬敬地喊了一声"九大爷",随即深深施了一礼,满堂鸦雀无声。那人连正眼也不看他们,仿佛在鼻孔里哼了一下。早已由一间官座里挤出来的七八个人,众星捧月一般将那人簇拥到官座里去了。心源等坐的地方在偏角上,本不容易被那人看见,偏偏从官座出来的那一群当中,有一个身体高大的汉子,看见全堂酒客只心源等三人未曾起立,狠狠地打量了心源等一眼,竟自进屋去了。那矮人进去后,全堂酒客重又乱将起来,这一次可与适才喝酒时情形不同，没有一个敢大声说话，俱都是交头接耳，叽叽咕咕。那些酒保也全都上来，赶往官座内张罗去了。先前伺候心源这一桌的酒保，却跑过来悄悄对心源说道："客官酒饭如果用毕，就请回吧。"心源正要答言，忽见那官座内有一个人走出来，对着楼上面那一伙人只招呼得一句话，满楼酒客轰然四起，拿东西的拿东西，穿衣服的穿衣服，只听楼板上一阵杂乱之声，一霎时这百多酒客争先下楼，走了个干净。许钺耳聪，恍惚听见那人说的是"戴家场"三字。那酒保见心源假装听不见，知道他们三人尚无去意；又见这一班酒客纷纷走去，知道不会再有什么差错。恰好楼下有人唤他，便自走去。

许钺问心源："酒保是不是又来催走？"心源道："你猜得正对。我看今天这些人皆非善良之辈，想必是又要欺凌什么良善，在此聚齐，也未可知。"许钺道："后辈日前来此收账，一路上听见人说，长沙出了一个恶霸，名叫老疙疸九头狮子罗文林。想必这些人当中就没有他，也必与他有关。适才我仿佛听见他们说出'戴家场'三字，大约就是他们去的地点了。"还要往下说时，黄玄极忽对二人使了一个眼色，便都停止不语。回头看时，官座门帘起处，那矮子已慢条斯理地走了出来，其余七八个人跟在后面。内中有一个生得特别高大，走到楼梯跟前，猛回头看见黄、赵、许三人，便立定了脚，待要说些什么似的。正在此时，楼梯噔噔直响，又跑上来一人，朝那矮子悄悄报告了几句话。那矮子闻言，双眉倏地一竖，也不再顾黄、赵、许三人，喊一声走，由这一伙人簇拥着下楼而去。

他们走后，先前酒保才上来招呼心源等道："这番清静了，诸位请自在安心吃酒吧。我们东家知道三位是过路人，适才多有怠慢，特意叫我们这里的大师傅做了几样拿手菜，补敬三位。三位还要什么，我一同去取来吧。"说罢，转身要走。心源连忙一把将他拉住，说道："你们有好菜何不早说？我们如今业已酒足饭饱，改日再扰你们吧。只是我不明白，你们开的是酒饭铺，先前我这位朋友要酒要菜，你们那一个伙计竟然不愿卖他，仿佛欺生似的，如今又来赔话，是何缘故？"酒保闻言，先抬头四下看了一看，才悄声说道："本不怨三位生气。今天因为罗九太爷在此请客，这座楼面原不打算让给外人的。偏偏罗九太爷手下什么样人都有，照例不许人问的，我们这本地差不多都知道，只要遇见，自己就会回避。先前你老同这位道爷上来时，我们也不知是不是罗九太爷的客。及至坐定，要完酒菜，才知二位是过路客官，已经要了酒菜，怎好说出不卖来？后来东家知道，着实埋怨了我几句，说今天九太爷请客，是在怒火头上，非比往日，忠心伺候还怕出错，如何将座卖给外人？话虽如此说,但是也不便催二位走,只得叫大师傅匀出工夫,将二位酒菜一齐做得,端了上来。原想二位吃完就走,不想又上来了这位客官,我们那个伙计不会说话,招得这位客官生气。幸而所说的话,因是外乡口音,没被他手下人听了去;又多亏你家解劝,给请了过来。要被他们听见,那乱子才大呢!虽然三位在这里吃喝,我们背地里哪一个不捏着一把汗?也怪我们刚才不预先打个招呼,以致九太爷上来时,三位连起立都不起立。幸而在偏角上,九太爷不曾看见;他手下人,又因为九太爷心中有事,顾不到这里,没有闲心和三位淘气。如若不然,漫说九太爷不答应,连他那一班手下人也不肯甘休的。"心源闻言,笑问道:"这罗九太爷这般势要,想必是做过大官的吧?"酒保闻言,抿了抿嘴笑道:"你家少打听吧,三位俱是外路人,多一事不如少一事,耳不听,心不烦,吃喝完了一走,该干什么干什么,比什么都好。"

心源知他不敢明说,还待设法探他口气,楼下已有人连声喊他。这时楼上除心源三人外,并无他客。许钺起身漱口,无意中挨近楼梯,听见店主人嘴里叽咕,好似埋怨刚才那个酒保,耳边又听得"戴家场"三字。知道酒保决不再吐真言,便回桌对心源一说。心源道:"我想这里头必有许多不平之事在内,店家恐怕连累,未必肯说实话。许兄如果高兴,何不问明戴家场地址,我们一同去探看个明白何如?"许钺自然深表赞同。当下重唤酒保,果然不是先前那人,三人也不再说什么,将酒账开发。下楼之时,走过柜房,许钺顺便问了问戴家场路径。柜上人一听问的是戴家场,脸上立刻有点惊异神气,反问许钺找谁。许钺心中却不曾预备有此一问,因日前听说过一个姓白的侠士,随口答道:"我找一位姓白的。"柜上人闻言,愈加惊惶,忙说道:"这个地方我们不知道,你出了南门再问吧。"三人见柜上的人如此说法,知道他们怕事,便不再问。听他说话神气,料那戴家场在南门外,便一同往南门外走去。

出城走了十多里路,问了好几个路人,才知道那戴家场在白箬铺西边,离长沙还有五六十里路哩。再一打听罗九同白琦的为人,提到白琦,差不多还有肯说一句"这是个好汉子"的;再一提罗九,便都支吾过去。三人问不出所以然来,见天色尚早,好在没事,虽然许钺不会剑术,也能日行数百里,索性赶到戴家场去看个明白。行路迅速,走到酉初光景,已然到了白箬铺。从路人口中打听出戴家场还在前面,相隔有六七里地。赶到那里一看,原来是位置在一座山谷之中的一个小村。这时天已黄昏,四野静荡荡的,看不出丝毫迹兆,疑是适才许钺听错了地方,或者长沙城外另还有个戴家场也未可知。不过既然到了这里，索性打听个明白，便往村内走去。走出不多远，见有人家，是一个乡农，正从山脚下捡了一捆枯枝缓步回村，看上去神态很安闲。心源便上前打听这里可是戴家场。那乡农朝三人上下望了两眼，点头道："我们这里都姓戴。三位客官敢莫是寻访我们戴大官人的么？请到里面去，再寻人打听吧。"心源道声"打扰"后，同了黄、许二人，照他所说的路径走去。只见前面高山迎面而起，挡住去路，正疑走错了路。及至近前一看，忽然现出一个山谷，两面峭崖壁立，曲折迂回，车难并轨。这地方真是非常雄峻险要，大有一夫当关之势。在谷中走了有二三里路，山谷本来幽暗，天又近黑，三人走路的足音与山谷相应，越加显得阴森。三人不时抬头，看见半山崖壁间有十几处类乎大鸟巢的东西，也没作理会。又走了里许路，谷势忽然平展开来，现出一方大广场，场左近有百十户人家。近山麓有许多田垄，方格一般，随着山势，一层层梯子似的，因在隆冬，田都是空的。

这时天已昏黑，心源走近那些人家一看，且喜俱未关门，不时听见绩麻织布的声音。恰好这家人家正走出一个中年汉子，见心源等在门外盘旋，便问做什么的。心源仍照先前一样，问这里可是戴家场。这时房内又走出一个年轻汉子，先前那人不知嘴里说了一句什么，这后出来的便朝心源看了一眼，走向后面去了。先前那人便向心源道："这里正是戴家场。你们是从哪里来的？何事到此？"可笑心源、许钺在江湖上奔走多年，只因在酒楼上看见罗九那般大气焰，疑心他率领多人，到戴家场欺压良善，激起满腔义侠之心，一路赶来，逢人便问，匆忙中竟会没有预备人家回问。黄玄极又是素来不爱多说话的人，这一下几乎没有把心源问住。只得随便编谎道："我等听说戴家场明天有集，特意前来赶集办年货的。"那人闻言，只冷笑了一声，回身便走。心源也知自己答得不对，岂有住在城里的人，除夕头两天还连夜到乡下赶集的？三人吃了一个没趣，只得离了那家。

黄玄极猛道："我们真是太呆了。你想那一伙人下楼不多一会，我们便追了出来，我们三人的脚程何等快法，那罗九纵然了得，他带的那一伙人差不多都是些无用之辈，岂有我们追赶不上的道理？这条路上通没有见那些人的踪迹，我们莫非上了当吧？"赵、许二人恍然大悟，暗笑自己鲁莽。正商量回转岳麓，等明早再设法打听时，忽然一道九龙赶月的花炮，从广场北面一家院落中冲霄而起，一朵碗大的星灯，后面随着九条大花，飞向云霄，煞是好看。许钺道："想不到这一个山坳小村里，还造得这般好花炮，这里居民富足也就可想了。"说罢，正要转回来路，忽听当当当一片锣声，山谷回音，响声震耳。先还疑是打年锣鼓过年,一会工夫,遍山遍野四面俱是锣声。黄玄极道:"锣声之中带有杀伐之音,莫非许居士没有错听,毕竟那话儿来此寻衅吧?"话音未了,锣声停处,广场北面卷出一队人来,接着遍山火把齐明。黄、赵、许三人正在惊异,那一队人已走离三人立处不远,为首二男一女。两个男的,一人手持两根十八环链子槊,一人手持一杆长枪;那女的手持双剑。除那使槊的年纪稍长外,其余一男一女都年约二十左右。走到近前,一声号令,队伍倏地散开。那使槊的首先喝道:"罗九门下走狗速来纳命!"

许钺见那使枪的少年非常面熟,手上的兵器又和自己门户中所传的式样一般,好生奇怪。还未及三人还言,那使枪少年已纵身上前,失声喊道:"来者不是馨哥么?"许钺听那人喊他乳名,越发惊异,近前仔细一认,只觉面熟,还是想他不起。那人却已认出许钺,一面止住众人,上前施礼道:"我是你离家逃走在外的十三弟许铁儿,现在改名许超的便是。馨哥事隔十二年,不认得兄弟了吧?"许钺这才想起,这人便是十二年前因为学武逃走的一个叔伯兄弟许铁儿,彼时他才九岁。他的父亲原和许钺的父亲是同胞,生了有七八个儿子,最后一个便是许超,乳名铁儿。从前在书房中不喜欢读书,时常偷偷去看叔伯哥哥许钺练许家的独门梨花枪,将招式记在心头,背着人练习,书却不爱读。到第九岁上,因为逃学习武,被他父亲打了一顿,便从家中出走,久无音信。不想在这里见面,如何不喜。

当下许钺便将黄、赵二人介绍见面,许超也把他同来的人引见。那使槊的便是此间地主飞麒麟戴衡玉。那女的是衡玉的妹子戴湘英,人称登萍仙子。大家见面之后,知是自己人,戴衡玉便邀三人至家中叙话。黄、赵二人正要打听罗九为人,许钺又是骨肉重逢,自是愿意。心源便问衡玉道:"如今大乱之后,地方倒还安静,贵村设备这般周密,莫非左近还藏有什么歹人不成?"许超抢着答道:"话长着哩,三位回到家中,见了我们大哥再说吧。"这时山上火把依然通明,队伍也跟在众人后面,步列非常整齐。衡玉笑道:"只顾招呼远来嘉客,也忘了开发他们。"说罢,把手一挥,一声梆子响处,这些队伍倏地左右分开,化成两队,一队往南,一队往北,远望过去,好似两条火龙,蜿蜒缓向村后。遍山火把,通都不见,仍是一片空广场,静荡荡地一个人影也无。只剩明星在天,寒风吹到枯树上飕飕作响。回望来路,山崖上面也有十几处火光依次熄灭。心源才知适才进来的山谷中所见鸟巢一般的东西,皆是埋伏,不禁佩服此中人布置得周密。若不是许钺同来,兄弟重逢,自己同黄玄极会剑术的话,要想出去,还不一定怎么样呢。

一行谈谈笑笑，走到北面一家人家，迎面有座照壁，门墙高大。门首站定一人，后面跟着许多长年。见众人走近，迎上前来迎接，笑道："适才听人误报，说是罗九又派人公然寻上门来。不想俱是自己人，做张做势的，好叫嘉客见笑。"许超忙向黄、赵、许三人引见道："这位便是我们的大哥玉面吼白琦的便是。村中行兵部署，全是大哥出的主意呢。"戴湘英见许超毛急，瞪了他一眼，说道："也没有你这人这般猴急，什么话都怕说不完似的，无论什么人见了面，恨不能连家谱都背出来哩。"许超吃了一个抢白，低头不语。这时黄、赵、许三人同白琦、戴衡玉又说了许多仰慕和客套话，才一同进内。里面房屋甚是阔大，佣人也甚多。未及叙话，长年已来催客入席。白琦道："今日是我二弟先父忌日，备有酒筵，适才上祭之后，正预备吃年饭，忽听人报说陈圩来了奸细，满以为这年饭要吃不舒服。不想来了三位嘉宾，真是幸会！我们索性入座再谈吧。"黄、赵、许三人见这三个主人英姿勃勃，非常豪爽，倒也不客气，由主人邀进厅堂入座。

　　上酒菜之后，问起根由，衡玉道："那罗九原是长沙城外一个破落户，因为他生得虽然矮小，却是力大如牛。他能运气，将一只臂膀上鼓起九个疙瘩，于是人家都叫他作罗九疙瘩。后来因为在赌场和人打架，被一个有名武师卫洪打了一顿，栽了跟头，立脚不住。不知怎的，会跑到陕西太白山积翠崖峨眉派剑仙万里飞虹佟元奇门下，学了一身惊人本领，去了九个整年头，去年年底才回转长沙。第三天，便去寻卫武师报仇，才两三照面，便被他用内功将卫武师心脏震碎。回去不到三天，生生腹痛肠裂而死。卫武师本是资江人，长沙城内有一家姓俞的富家，名叫俞允中，请来教武的。他死之后，罗九便托人向俞公子说，打算要谋那教师席位。偏偏俞公子虽然年轻好武，人却正派，并且念旧，不但拒绝了他，还要四处聘请能人给卫武师报仇。听说我会几手粗拳粗脚，几番着人前来聘请。我因自己原是务农为业，不愿招惹是非；再说卫武师是长沙有名的人物，尚且不是敌手，那厮又是剑仙门徒，不知他的深浅，万一抵敌不过，白白丢人，只得托词拒绝。

　　"离我们西南二十里一个山坳中，有一个村庄名叫陈圩，同俞家因是世仇，听说罗九本领了得，忙用卑词厚礼聘到家中。罗九因见俞家不用他，本已怀恨在心，陈家派人前去聘请，正合心意，当下一请就到。陈圩的首领名叫陈长泰，外号人称地头蛇追魂太岁，原来就横行乡里，无法无天。罗九一来，更是如虎生翼，不多几日，便寻俞家开衅。俞允中自知不敌，又亲来寻我。我彼时正为先人营墓，无法分身，又自知不是对手，才教俞允中差人与陈圩送信。大意说:你无须倚仗人多逞强,我姓俞的自有个交代,请等我一年,让我把家务料理清楚,明年今日,我准到陈圩来领教便了。那天恰是今年二月初三。自从回复他们之后,按照江湖上的规矩,虽未再去寻俞允中生事,可是把俞家挨近陈圩的一条水沟硬给霸占了。俞允中无法,只得忍气吞声,四处访请能人。直到中秋节前,白大哥从善化回转长沙,在岳麓山脚下遇见一伙人打群架,劝解不从,被白大哥将山脚下一块六七尺方圆大石举将起来,将众人镇住,一时威名传遍了长沙。俞允中听见信,连夜赶到此地,苦苦央求,给他助拳出气。白大哥先还不肯,经不住我在旁边苦劝,才得应允,只叫他在期前不要传扬出去。白大哥原是湖南善化大侠罗新的表弟,在长沙颇有名声,从幼小便和我在一起长大。他家只在长沙城内开一家笔铺,除了有老年寡嫂同两个幼年侄儿外,并无他人。出门时节,叫我代为照应。我索性就请搬来同内人们一起住,又方便,又热闹。所以他每次回来,总住在我这乡下,很少往长沙城内去。俞允中回家之后,因为遵从大哥之言,只说大哥谢绝了他。罗九听了愈加高兴。

"也是合当有事。陈长泰原是惧怕卫武师才搬到乡下去住,住了两年,未免嫌厌。卫武师已死,又添了一个厉害爪牙,还怕谁来?过了中秋,便同罗九带了一班狗腿,重回城中居住。俞允中知他回来,便避着他,不常出门。起初两人不见面倒还没事。到了腊月初头上,俞允中因有人与他提了一门亲事,往城外岳家前去行聘。这女家姓凌,也是练武的世家,世代单传。末后这一代名叫凌操,只生一女,名唤凌云凤,生得非常美貌,武艺超群。陈长泰以前几番慕名求亲,凌操本精于风鉴,见面后,背地告诉别人:陈长泰脑后见腮,三年之内必遇奇祸,执意不允。陈长泰虽然怀恨在心,怎奈自己本领奈何凌操不得,只索作罢。后来另娶了一个妻子,又买了许多美妾,把此事早已忘却。这天听见凌云凤反要嫁给他的仇人,如何不恨?便想不等明春之约,就在期前将俞允中打成残废,把两种仇做一起报。叵耐罗九以前在长沙落魄时,受过凌操许多好处;他被卫武师打伤,又是凌操用家传金创药给治好的,于心不忍。但是吃了人家的饭,平日又说得嘴响,怎好不从?只得含糊应允。当俞家向凌家提亲时,曾有人警告凌操说,现在陈长泰同罗九正与俞允中寻仇,这场亲事恐有波折。凌操道:'我见允中为人敦厚,气度端凝,文武两面都来得,决非夭折之相。罗九那厮曾受过我的大恩,凭他敢怎样?'不但立刻应允了媒人,因为爱女的缘故,很铺张了一下。至于俞允中的心里,未尝不知事情危险,一则久闻凌女才貌,二则知道凌家父女本领,想多

427

得一个好帮手,到了行聘这日,亲自前往凌家过礼。才走离凌家门前不远,陈长泰同罗九的埋伏忽然出现。正在不可开交,凌操得信赶到当场,把罗九痛骂了一场。罗九羞恼成怒,同凌操动起手来。凌操到底上了两岁年纪,一个不留神,中了罗九一掌。俞允中见乃岳受伤,情急不顾利害,奋身入场,他哪里是罗九的对手。正在危急之间,恰好三弟从四川回来,路见不平,上前助阵;凌云凤也得了信从家中赶来。双方一场混战。陈长泰手下伤了不少人,三弟同凌氏父女和俞允中四人,还是敌不过罗九,凌操左手又受了内伤,一路打,一路走,直打出南门外十几里路。我同大哥得着俞家飞马报信,迎个正着,将他四人接回来。从此,便与陈长泰、罗九等结下深仇。

"转眼就是明春二月,彼此都戒备很严。罗九因见我们这里人多,还另约了好些助拳的。我们这里虽是一个山村,却是富足。那年吴三桂起事失败,到处都闹土匪。自从经大哥用兵法部勒村民,设了许多守望,我们这里的人都会几手毛拳;又加上地形太好,深藏山谷之中,稍差一点的地痞棒客,轻易也不敢前来侵犯。这两年地方逐渐平靖,大哥常住善化,本用不着像早先那样戒备。偏偏本村人民因见以前设备收有成效,仍愿再照式办下去。推我做个临时首领,在农事之余,轮流守望,练习武艺,虽在平靖时节,也是戒备极严。此次同陈、罗二贼结仇,自是小心在意,早派人在谷口同沿崖险要处守望,一见面生可疑之人,马上用号灯递信。那号灯之法也是大哥所教。用一个方灯笼,三面用木板隔住烛光,一面糊上红油纸。如果看见夜间谷内有人行走,没有拿着本村的号灯,立刻由崖上守望的人将红灯按照来人多少,用预定暗记,向第二个守望的人连晃几下,由第二个人再接着往下传。似这样一个传一个,传到广场前面山崖的总守望台。我们也同时看那总守望台上的号灯上所示的人数准备。如果估量来的人多,白日是放响箭,晚上是放起一朵流星火光。这只不过片刻的工夫,全村会武艺的人全体出动,各人奔就各人的行列,随着我的号令前进。无论来人的脚程多快,还未到前面广场,我们业已准备,以逸待劳。我们埋伏既多,地势又非常险要,来犯的人十个有九个成擒的。

"可笑罗九不知厉害,前天晚上派了一个著名飞贼,叫作双头鼠文宝薰的,跑来窥探动静,才进谷口,我们便接着号灯报信。因见来人不多,不似今晚大举,只由我同二弟、舍妹三人,带了数十个壮丁迎上前去。文贼见势不佳,回头就跑,逃到山谷中间,被预先埋伏下的龙须网罩将下来,像网兔一般,将他擒了回来审问。起初见他不过是一个小小毛贼,本不打算要他的狗

428

命。后来问出他的真姓名，知道他是双头鼠文宝薰。这厮曾将亲兄弟毒打赶逐出去，将家产并吞以后，还嫌他的母亲白吃闲饭，强逼着他生身的母亲改嫁旁人；平日又在长沙城内无恶不作，是有名的枭獍恶贼。所以容他不得，我问明白了他的真情以后，便将他送到山上活埋。并从他身上取了一个符号，着人与罗九送去。听说陈、罗二贼得知此事，暴怒如雷，等不到明春，日内便要前来报仇。今晚三位进来的时候，我们接着谷中传报，还有三位去的那一家也前来送信。因听说三位进来时节举动自如，满不在乎的神气，疑是陈、罗二贼请来的能者，不敢怠慢，才全体出动。若非三弟与许兄骨肉重逢，几乎伤了和气，那才是笑话哩。"

众人哈哈大笑。心源又将城内所闻说了一遍。

第六十三回

深宵煮酒　同话葵花峪
险道搜敌　双探鱼神洞

大家谈了一阵，彼此越来越投机。白琦、戴衡玉兄妹从许钺口中听出黄、赵二人俱会剑术，十分钦慕，便请许超转留黄、赵、许三人助一臂之力。心源道："除暴安良，扶持弱者，原是我辈本分。不过小弟同黄道兄尚有要事在身，二月初三，尚奉有一位前辈剑仙使命，留有书信一封，要到当日才能拆看，偏偏这事约的日期也在这日，能否如命效劳尚无把握。倘在二月初三以前同他交手，那就可以一定效劳了。"说罢，便将追云叟命周淳传书之事说了一遍。还恐白、戴三人不信，又将身旁书信取出。白琦道："赵兄太多心了。我看罗九见文贼身死，必不能守原定日期。二位既有要事在身，兄弟也不敢勉强。我等总算有缘，现在为期还早，此间颇有清静房屋，谷中风景不亚岳麓，何妨请三位移此居住？如到期前陈、罗二贼不来，再另想别法，决不致误尊事。如何？"黄、赵二人野鹤闲云，见主人盛意相留，彼此难得意气相投；又闻得陈、罗二人如此横行，只要不误追云叟使命，正乐得为民除害。便答应明日回转岳麓，去将一些随身东西取来，住到二月初三，看了追云叟书信再定行止。白、戴二人闻言大喜。

凌操同俞允中俱受了罗九的伤，幸而白琦知道门径，加意治疗，在后园养病。闻说来了三位剑侠，连凌云凤俱要扶病出来请见。白琦说他二人不能劳顿，随请黄、赵、许三人入内相见。谈起来，凌操还是心源初次学武时的同门师叔，彼此自然愈发亲近。

第二日，黄、赵、许三人回转长沙岳麓，分别将东西取来，在戴家场住下。惟有许钺急于要到三游洞拜师，还要回家料理一切，说住过了正月十五便要回去。白琦见他去意甚坚，不便过分挽留，只得等他住过十五再说。

到了除夕这晚上，戴衡玉大摆筵席，款待三位嘉客。酒席上面，黄玄极道："那天我们在酒楼上，许三弟明明几次听见那一伙人说出戴家场三字，如今三日不见动静,莫非那厮另有诡计? 我们不可大意呢。"一句话将众人提醒,戴衡玉道:"不是黄道兄提起,我还忘了呢。这山坳本名葵花峪,峪中原有两个聚族而居的小村,戴家场算是一个。还有一村姓吕,虽然也在这葵花峪内,那年下了一场大雨,山洪暴发,冲塌了半边孤峰。再加上洪水带下来的泥沙石块,逐渐堆积凝聚,将两村相通的一条小道填没。那条道路两面绝壁巉岩,分界处的鱼神洞原只能容一人出入,如今被泥沙堵死,就此隔断,要到对村去,须要绕越两个绝岭,极为险巇难行。再加上两村虽然邻近,感情素不融洽。不来往也倒罢了,第二年吴三桂的兵败了回来,溃而为匪,攻进吕村,杀死了不少人,掳掠一空。从那年崩山起,年年发山水,田里庄稼快熟的时节,老是被水冲去。吕村的人安身不得,寻了一位地师来看风水,他说吕村龙脉业已中断,居民再不设法迁移,谁在此地住,谁就家败人亡。此地最信风水,又见年年发水,实实不能安居,便把阖村迁往邻近高坡之上。惟有田地不能带了走,又觉可惜,只得在开春时节前去播种,收成悉听天命。谁知他们迁走那一年,竟不发水,收成又好。可是他们一移回来,住不几天,水就大发。他们无法,惟有把耕田和住家分作两处。只在较高的山崖上面留下两家苦同族看守田地,每当耕种时节,跋来报往,真是不胜其烦。那边山田又肥,舍又舍不得,卖又没人要。常请地师去看,都跟以前地师的话差不多。还有几个说那孤峰未倒时,吕村与戴家场平分这山的风水;山崩以后,风水全归戴家场,所以吕村的人只能耕地,不能住家。吕村的人闻言,把我们恨得了不得。但这山是自己崩的,与我们无干,我们防备又严,他们奈何我们不得。旧吕村与新吕村相隔约有五六里山路,事隔不多年,旧日房屋尚能有一大半存在。倘若陈、罗二贼知道本场难以攻入,勾引吕村,借他们旧屋立足,凿通鱼神洞旧道,由峭壁那边爬了过来,乘我们年下无备,来一个绝户之计,倒也不是玩的。"

白琦道:"二弟虑得极是。这贼最无信义,文贼一死,知道他不肯甘休,可是谁也不能料定他何时才来。为期还有这么多天,哪能天天劳师动众?最好由我兄弟三人轮流到鱼神洞湮塞的旧道上巡守,怀中带着火花,稍有动静,立刻发起信号,以备万一。以为如何?"许钺抢先说道:"此事不必劳动白兄诸位,我因急于要赴三游洞寻师,不能到时效劳,些许小事,就请白兄分派小弟吧。"心源、玄极也说愿往。白琦说:"三位嘉宾初来,又在年下,正好盘桓,怎敢劳动?"禁不住许钺一定要去,只请派人领去。白琦道:"要去也不忙在这一时,今明晚请由小弟同令弟担任如何?"说罢,便起立斟了一满杯,对许超说道:"愚兄暂在此奉陪嘉客,劳烦贤弟辛苦一回吧。"许超闻言,立刻躬身说道:"遵命。"端来酒杯一饮而尽。早有人将随身兵刃送上。许超接过兵刃,朝众人重打一躬,道声再见,转身下堂而去。

许钺因是自己兄弟,不便再拦,只得由他。众人重又入座,白琦殷勤劝客,若无其事一般。大家觥筹交错,直饮到二更向尽,仍无动静。当下有长工撤去杯箸,由白、戴二人陪到房内闲谈。因是除夕晚上,大家守岁,俱不睡觉,谈谈说说,非常有趣。直到三更以后,戴衡玉入内敬完了神出来,向大家辞岁。接着全家大小、亲友长班以及戴家场阖村的人,分别行了许多俗礼。

许钺见衡玉一家团圆,非常热闹,不禁心中起了一些感触。猛想起:"许超同自己分手了多少年,不曾见面,无端异地骨肉重逢,还练了一身惊人本领。适才也未及同他细谈别后状况,自己不久便要往三游洞寻师,说不定就许永久弃家出世。何不把那一份家业连同儿女都托他照管,岂不是好?"想到这里,便趁众人忙乱着辞岁礼之际溜了出来,门上人知他是本村贵客,也未盘问。许钺在席上业已问明鱼神洞路径,离了戴家,便往前走。只听满村俱是过年锣鼓的声音,不时从人家门外,看见许多乡民在那里迎财神,祭祖先,各式各样的花炮满天飞舞,只不见那日初进村时所见的九龙赶星的一支号花罢了。许钺一路上看见许多丰年民乐,旨酒卒岁景象,颇代村民高兴。正走之间,忽地一道数十丈高的横冈平地耸起,知道这里已离鱼神洞不远。只见天上寒星闪耀,山冈上面静悄悄的,更无一个人影,又不见许超在何处守望。再往回路看时,依然是花炮满天乱飞,爆竹同过年锣鼓的声音隐隐随风吹到。

许钺更不思索,将身连纵几下,已到高冈上面。正用目四外去寻许超时,忽听耳旁一声断喝,接着眼前一亮,两柄雪亮的钢刀直指胸前。许钺急忙将身往后一纵,纵出有三五丈远近。定睛朝前看时,原来是两个本村壮勇,每人一手提着本村号灯,一手拿着一把钢刀。正要想还言,忽听脑后风声,许钺久经大敌,忙将头一偏,便有两杆长枪寒星一般点到。许钺知道戴家场的人个个都会一些武术,并且布置周密,再不从速自通来历,无论伤了哪一方面,都不合适。一面将身横纵出去,一面喊道:"诸位休得误会,俺乃白、戴二位庄主派来替俺兄弟许超的。"那四人闻言,便将四盏红灯提起,直射到许钺的面上,认出是日前庄主请来的嘉客,连忙上前赔话道:"我等四人今晚该班,巡守此地,因见贵客没有携着本村的号灯,上半夜三庄主又来说,鱼神洞内恐有奸细混入,着我等仔细防守,以致把贵客误当作外人,请你老不要见怪。"

许钺也谦逊了两句，便问三庄主许超何往。那四人当中为首的一个叫戴满官的说道："上半夜曾见三庄主到此，说他要往鱼神洞故道前去办一点事，叫我四人不准擅离一步。如到天色快明他还不曾回来时，等第二班替我们的人到来，便去与大庄主同各位报信。起初我们还看见他提着长枪在鱼神洞口盘桓。二更过后，就见他独自走进洞去，从此便不见出来。那鱼神洞深有四五十丈，原是通吕村的必由之路。前些年这山崩下来，将这条路填塞，鱼神洞的脊梁被山石压断，也堵死了，变成两头都不通气。日前我们在此防守，总是把四人分成两班，带了许多酒菜，跑进洞去，弄上一些柴火，在里面取暖喝酒。四个人分着两班防守，有两个伙伴听见里面有鬼哭神嚎的声音，隐隐还看见洞的深处有青光闪动，疑惑是出了妖怪，吓得跑了出来。我们两人不信，也到洞中去看，起初没有什么响动。正要怪我们那两个伙伴说谎，忽见从洞内深处飞出一道青光，一道白光，从我们头上穿出，飞向洞外，把我二人吓倒在地。停了一会，出洞看时，什么踪影都没有。本想报告三位庄主，三位庄主素不信神信鬼，恐怕说我们胆小偷懒，忍了好些天。因为三庄主素来随和，爱同我们说笑，也是我多嘴，说鱼神洞内出了妖怪，说起此事。如今三庄主到洞中一去不见出来，我真替他担心呢！"

许钺闻言大惊，略一寻思，便对戴满官说道："一个小小洞中，哪里有什么妖怪？想必三庄主在里面认错了路。你们四位仍在此地防守，如有外人来到，不必同他交手，只将号灯往村中挥动，自有人前来擒他。我去寻我兄弟出来便了。"说罢，携了手中兵刃，直往鱼神洞走去。许钺走到鱼神洞口一看，只见洞口高约二丈，已被碎石堆积，只容得一二人出入，里面黑洞洞的。倾耳细听，没有什么动静。姑且朝着洞内喊了两声许超的小名，洞深藏音，又加上许钺丹田气足，分外清越。许钺喊了两声，再仔细凝神，听那山洞的回音。忽喊一声："不好！"也不进洞，径自回到原处，向戴满官要了一只号灯。二次来到洞前，用手掩住灯光，走进洞去，摸着一块石头，脸朝黑处坐下，睁眼往前凝视，有半盏茶的工夫。然后眼闭上，调息敛神，又待了片刻。然后睁开二目，朝黑暗中看去，居然看清路径，知道这洞内必另还有透光之处，不然决不会看得这般明显。

许钺这一种暗中看物的功夫，名叫虚室生白夜光眼。初练的时节，先预备一间黑暗屋子，里面点上一根香火，从明亮处走将进去，睁开二目，向室中预设的香火凝视片刻。然后闭目凝神，有半刻光景，重又睁眼注视香火，不眨眼,直看到两眼酸到不能支持。又将眼闭上,养神片刻光景,重又睁眼注视香火。每晚须有一定次数,逐渐将香火做的目标减小。到了三个月以后,撤去香火,换上一根白的木棍,照样去练。一直练到木棍由大而小,木棍颜色由白而黄而红,功夫才算练成,从此暗中视物非常清楚。

许钺刚才喊了两声,听出余音虽长,没有回响;又听戴满官说,许超入洞业已时间很久,知道这洞必已被人打通,许超入内,也许遭了毒手。本想回去说与众人知道,又恐许超万一没有出事,这般劳师动众,未免示弱。仗着艺高人胆大,又练就这一双夜眼,好歹先去寻寻许超下落再说。便向戴满官要了一只号灯,将漏光的一面朝着石壁,准备自己万一迷路时的标记。那号灯只有一面透光,又是红色,射在石壁上面,依稀只有些微影子,不是练过夜眼的人,绝不会看见。许钺还不大放心,重又坐下,调息安神,在黑暗中把目光调好,睁眼朝四外一看,自己坐的这块石头旁边还有柴灰余烬同一把酒壶,知是巡守的村壮所遗。再往前面一看,这洞颇有曲折。许钺人本细心,运用夜眼,蹑足凝神,朝前一路看,一路走。往里走了有三四十丈远近,忽然走到尽头,四外细寻,并无出路。心想:"那四个壮勇明明看见许超从此进来,这洞虽然曲折,却只有一条道,并无歧路,怎么已到尽头,还不见许超何在? 莫不是他们看错了,许超不曾进来? 或者洞外还有一条道路,也未可知。那前晚守夜的人所听的哭声,同洞内冲出那一青一白的两道光华,又是什么缘故呢?"

正在寻思之际,忽听一种极细微的声音,从那尽头处石壁后发出。许钺更不怠慢,轻轻挨近石壁,将耳朵贴在上面一听,竟是一种搬动重东西的声音,仿佛还听得好些人在一处说话,只是听不十分清楚。知道已有踪迹可寻,仗着耳力甚聪,屏息凝神,细听了好一会,才听出一个尖声尖气的嗓子说道:"我当初原说那两个鸟儿既从这儿飞走,这条险道决不可靠。我们晓得,难道别人会不晓得? 果然今晚人家就派人前来。若不是我预先准备,岂不又被他们把虚实全得了去? 我们既有郭真人相助,索性等到日期,明刀明枪地分个高下多好。何必还偷偷摸摸的,倒叫人家预先多一层防备。如今把这条道重新填死,我们固然不想过去,人家想来,要掘这堆石头,也决不是顷刻工夫所能办到。真要知道人家动静,只需请郭真人的门人驾起剑光前去便了。"说到这里,又听一人接口说道:"还是三老爷说得是,这都是罗九那厮说的。他听见前日那两个鸟儿从这里逃走,我们发现鱼神洞险道已通,他说戴家场防守周密,到处都有埋伏,外人插翅也难飞进,如今既有这条捷径,正好趁新年内去暗度陈仓,杀一个鸡犬不留。谁想我们昨日费了半天事才得打通,倒便宜人家的奸细毫不费事地溜了进来,幸亏将他擒住。郭真人知道了此事,大大以为然,立逼庄主重新将洞堵死。大年三十晚上,我们还不得好生在家过年。我兄弟老五还被那奸细将脚筋刺断,变成残废。这都是罗九这狼崽子出的主意!”先前那人又道:“老四,你也不用再难过了,快把这一块堆上,随我去见庄主去吧。天都快亮了,我还想到你家去过残年哩。”随后又听石头移动之声响了一下。接着便有许多脚步之声,由近而远,直到听不见丝毫响动。

许钺估量石壁后面的人业已走远,听那些人所说的一番话,知道许超凶多吉少。急忙回身取来号灯,将油纸取下,细细往石壁上面去照。果然发现石壁靠左边有一个孔洞,离地有四五尺高下,宽约三尺,地下还有许多脚印。那洞现在虽被一块大石填塞,经辨认结果,已看出是人工所为。用手推了两下,却推它不动。许钺不肯死心,再往别的地方用力推扳,无意中忽然觉着右下角那一块山石隐隐有些活动。拿灯一照,果然看出一些裂痕,心中大喜。且不动手,先把这石壁端详了一会,看出这座鱼神洞当中,半截地势比较宽广。当年那座山峰倒将下来,将洞顶压穿,把往来要道堵塞。山石倒下来时节,受了剧烈震动,表面虽然浑成一块,却有不少震裂的地方。起初人本不甚注意,直到敌人打算掘通故道,偷袭戴家场,才发现有一块石头,业已同石壁本身分家,便把它移开了去。今晚想是又有人主张,不要用这种险法,重新将它填死,不想又被自己发现。不过许超如在此处出去被擒,石壁那面敌人必有防备。如不从此路设法,一则自己道路不熟,二则听人说相隔太远,恐耽延时间,许超出了差错。仔细一寻思,决定仍然开通此路出去。便将长枪搁在地下,拔出身旁宝剑,朝那石头裂缝中直插了进去,用力往怀里一搬,居然随手而开。许钺怕惊动了石壁后面敌人,轻轻将剑入鞘,蹲下身来,用两手扳着那石头棱角,用尽平生之力,稳住劲,沉住气,往怀中一拉,毫不费事地把一块二尺方石头拉了出来。探头往那小洞中一看,忽见一丝光线射在石头上面,知已将石壁开通,可以由此出去。

原来当初山崩的时候,一座山峰的峰尖正压在鱼神洞的脊梁上,这一块大石半截插入地内,厚的地方差不多有三四丈,偏偏有两处薄的才只尺许,受不住那么大压力,恰好一左一右裂成两块。所以许钺毫不费事,一拉便开。许钺将石洞开通之后,不知对面敌人还有什么埋伏,不敢造次爬将过去。先取下自己戴的一顶小帽插在枪尖上,伸出洞去,晃了几晃,一面用耳

435

细听,并无动静,这才撤回来。放下枪,轻轻爬将过去一看,不由叫了一声惭愧。原来这座石壁竟是空心的,那一面被自己开通,这一面虽然未开,却天生成有三四寸方圆的孔窍。就着孔窍中往外一望,外面果然有两个人在地下打着地铺,业已入睡。当中一个火盘,盘沿上还有许多酒菜茶水。虽然这两个防守的人业已睡着,要打算破壁出去,必定将这二人惊醒。如果从孔窍中用暗器结果他二人性命,然后出去,又怕误伤无辜。再推了推石壁,竟是非常坚实,不动兵刃,决难出去。

正在为难,忽觉脑后一阵凉风,怕是敌人暗器,急忙藏头缩颈,将身往下一偏。眼看两条黑影一晃,接着便又听喳喳两声,紧跟着一声轰隆巨响,石壁凭空倒下,震得地下尘土乱飞。面前站定二人,那守夜的人惊醒过来,才待起身,已被那二人用点穴法点倒。许钺定睛一看,来的二人正是玄极、心源。心中大喜,急忙跳将过去相见。刚要问他二人因何到此,心源道:"令弟业已身陷虎穴,此刻无暇多谈,快将令弟救出再说。"说罢,先将被擒两个守夜之人点开活穴,与玄极各自鹰捉小鸟一般提了一个到旁边去,分头审问许超踪迹。

那二人道:"日前吕村半夜里去了两个女子,俱都是本领高强,听说还会放出青光白光杀人。不知怎的,被郭真人用法术擒住,将两个女子关在这鱼神洞内,外面用符咒封锁。原想困她们几日,等她们支持不住,自请投降,同庄主各人娶一个做妾。不想第二天晚上,被那两个女子将鱼神洞故道打通逃走。郭真人为了此事好生不快,他说那两个女子是衡山金姥姥的徒弟,如果将她们收服,不但得了两个帮手,还可因她二人,连金姥姥拉拢过来。如今被她们逃走,必定去请金姥姥前来报仇,好生后悔当初不该同她们为难。正在此时,罗九爷同陈庄主由城里回来,闻及此事,说鱼神洞故道既通,正可利用它抄袭戴家场的后路。便同我们庄主商议,把鱼神洞当中的石壁再打开些。我们庄主与陈庄主原是多年老朋友,此番由华山回来,听说陈庄主同戴家结仇,本答应给他帮忙。在前多少天,陈庄主同罗九爷前来拜访,说戴家场防备太严,不易进去,知道吕村相隔邻近,打算借这里去抄戴家场后路。及至到了这里一看,才知从前与戴家场相通的鱼神洞,如今因山崩,把这条路填死,中间隔着许多悬崖峭壁,不易过去,好生扫兴。陈庄主见此计不成,只得托我们庄主到时帮忙。他二人回去之后,又听说我们庄主的好友郭真人来到,急忙赶来拜望,听见故道已通,非常高兴。我们庄主自然一说便应允。谁想今日白天才把鱼神洞打通,到了夜晚,便来了戴家场一个姓许的,本领非常了得，我们守洞的人被他伤了不少。恰好我们庄主同罗九爷到洞中查看路径，二人合力将他擒住，捉回庄中拷问。被郭真人知道，大大不以为然，他说江湖上最重信义，既同戴家场约定明春交手，不应该在期前鬼鬼祟祟去偷袭人家，不问输赢，都是没脸的事，立逼庄主派人连夜将鱼神洞重新堵死。我们二人在此该班守夜，姓许的死活存亡，实在不知。"说罢叩头，请求黄、赵二人饶命。